梅毅 作品

南北英雄志

文明皇后 下

天地出版社 | TIANDI PRESS

目录

第四十七章 咫尺天涯

万寿宫内，常氏端坐上首，常英、常泰、赵黑坐在她对面。殿中立着一尊可以盛装二十斛美酒的纯金金樽，金樽上面有个造型狞厉的龙头，宫婢只需简单操作一下，龙口就会往外吐酒。

常英、常泰父子感到非常新奇，不停地用酒盏从龙口接酒，一口饮尽，又再去接……

赵黑满脸笑意，看着这对活宝父子兀自在那里玩弄酒具。常氏则慵懒地坐着，斜靠着一张凭几。在她身后两米左右的地方，一个才入宫不久的俊秀的鲜卑小宦者跪侍着，弯腰匍匐，不敢抬头。

最终，常氏忍不住喊道："行了，你们玩够了没有？！别又喝多了，跑出去在万寿宫里瞎转！上次你们两个喝醉了在御苑内撒尿，正被皇帝看了个清清楚楚。换作是别人，如此大不敬，早就被诛三族了！"

常英、常泰父子听常氏如此说，都不敢再从那尊纯金酒具里面接酒来喝了。

赵黑笑着对常氏说："陛下和太后都是一家人，监察的官员别说看到王爷和公子在御苑里撒尿，就是看到他们调戏宫女，估计也不敢说什么！"

常氏禁不住得意地笑了："黑儿，你也别这样说！这对父子若是真如你说的那般做，没准哪天就给我们常氏一门带来灭门的大祸！……对了，黑儿，哥哥，最近皇帝对那个李贵妃的宠爱，越来越明显了。"

听妹妹提到李氏和她的父兄，常英在一旁撺掇道："是啊，太后！而且陛下还对李贵妃的父亲李崔和兄长李长祥加官晋爵，又赐给他们一所平城里的大宅子，他们可真是鸡犬升天了……"

赵黑顺着常英的话讲道："李贵妃一家，幸亏是南来降人出身，在平城没有什么根基，太后您还是有充足的时间对付他们的……不过，皇帝对她的宠爱日长，她的父亲和兄长如今又在平城内广交权贵，日后没准真会成为您和皇后的对头啊……"

常氏心事重重："唉，皇后对这事儿也太不操心了，倒让我来为她操心……如今她替李贵妃那个贱人抚养孩子，好像心思全跑到那个孩子身上去了。"

赵黑："这倒没什么。皇后母仪天下，李贵妃的孩子，依据大魏礼制，就是皇后的孩子。作为嫡母，皇后把孩子养大也是应该的。只是，不知道皇后对李贵妃究竟是怎么打算的？"

常英："太后，您看如今在平城，就属我们常家最得意……皇后虽然还有个哥哥冯熙，却被外放到州郡当官去了。这李贵妃一家都在平城，她父兄一旦在朝中站稳脚跟，绝非好事。"

常氏："也不必太着急。我看哪，这个李贵妃也翻不出什么大浪，毕竟我们大魏还有子贵母死的制度在呢！"

赵黑拱手道："太后圣明！这一招，只有您能用！"

常氏一脸自负："嗯，那也要看人家皇后和冯昭仪的意思，也不能净是让我去得罪人，好人都让她们姑侄两个做了。对了，听说乙浑家里也安排了人到李贵妃那里去当贴身侍女？"

赵黑："回禀太后，是乙浑族兄乙瓌的女儿，叫乙观音。"

常氏略作沉吟，而后道："乙浑这个狗才，还挺会见风使舵的。我倒要看看他还能踩几条船！"

常英此时含笑劝说道："太后，乙浑对咱们常家忠心不贰，这事儿，他首先也是和我商量过的。"

常氏一脸警惕地问常英："还有这事儿？你怎么没跟我说过？"

常英解释："乙浑说把他们乙家的女孩儿送到李贵妃那里，主要还是给咱们常家当眼线去的，这样一来，李贵妃的一举一动我们肯定就都能知道了呀……"

赵黑兀自沉吟："乙浑此番也是多此一举。据我所知，乙瓌和他虽是同宗，可从前他们来往并不密切，乙瓌根本看不上他……"

清晨，坤德六合殿内，晨曦唤醒了沉睡中的冯皇后。她掀开被子，感到自己的身体充满了活力。

她叹了一口气。

皇后宫内，非常舒适。夏天的早晨，充满一种宁静和纯朴。空气清新，依稀可以嗅到花园中那些沐浴在阳光下的花草的气息。

床边，一直侍奉着皇后的元蕊还睡得迷迷瞪瞪的。元蕊毕竟还是个小姑娘，冯婉华看着她的样子，笑了。她环顾自己的寝殿，四处是帷幔、软鞋、熏香，还有各种各样的刺绣衣服，以及自己和元蕊、元华的一些首饰……满是青春和女性的氛围。

花园中，响起了小孩子咯咯的笑声。听到这个声音，冯婉华立刻完全醒了过来。"第豆胤（拓跋弘鲜卑小名）这么早就去花园玩了？"

元蕊赶忙从卧榻边上起身，依旧惺惺懂懂，含糊地说道："是吧……是元华姐姐和宫女们抱他去的吧……嗯，听，他还一直笑呢……皇后，您这几天抱孩子都累得不行了吧，现在感觉怎么样？"

冯婉华："第豆胤这孩子，一发热就爱抽风[①]，吓死我了！他前天开始终于不发热了，我却忽然感觉要累倒了，这两天一点都不想吃东西，没有胃口……"

元蕊着急地问："那您现在感觉怎么样？"

冯婉华："没事了，我肯定已经好了。但凡病后复元，只要早晨一觉醒来，感到一切都和从前一样，就说明身体已经恢复了。这是我母亲教我的，我从小就知道这个道理。元蕊，我在你这么大的时候，可受罪了，我若是不懂得照顾自己，早就不知死去多少次了……"

在这样一个有着和煦阳光的五月的早晨，已是皇后的冯婉华和侍女元蕊慵懒地聊着天，享受着生活的平静和安谧……

正午时分，坤德六合殿庭院中，才两三岁的拓跋弘正蹒跚学步。不少鸟儿在庭院上空成群地四处飞翔，吱吱叫着，逗得拓跋弘也发出快乐的咯咯笑声。

庭院边上的树林中，树木不是很茂密，阳光四处洒照。在元蕊和元华的护持下，拓跋弘在宽阔的林间旷地上跑跳着。

常氏、拓跋濬、冯婉华乘坐着由宦者肩扛的坐辇，在斑斓的树荫中缓缓前行。他们吸入鼻腔的，都是独属于五月的干燥而馨香的气息。

冯婉华抬头远眺，看见林间草地上反射着五彩的光辉。沿着草地再往前行一些，一小簇灌木丛随风摇动，闪烁着耀眼的绿色光芒。忽然，一只金红色的肥大山鹬从灌木丛中冲了出来，几乎就栽在拓跋弘的脚边，而后飞向蓝色的天际。

拓跋弘被这不速之客吓了一跳，张皇失措，咧嘴想哭，元蕊、元华赶紧俯下身去安抚他。没过多久，孩子似乎又忘记了刚才的事儿，高高兴兴地玩耍起来。玩够了，他用袖子揩擦着脸，跑到坐辇旁边向冯婉华要吃的。

---

① 指高热痉挛。

拓跋弘仰着头，奶声奶气地说："娘娘，娘娘，吃……"

冯婉华脸上露出无限怜爱的表情，从随身的软囊中掏出一块软饧，递给拓跋弘。看着这对母子如此亲热，常氏、拓跋濬都笑了。

一家人，其乐融融。

不久，众人来到一个池塘边。池中水透明清澈，倒映着苍穹，深沉又美丽。有清风沿着草地吹来，树梢簌簌作响。在这簌簌的声音里，随行的宫婢和宦者都非常安静，只有常氏豢养的一只小狗，似乎比拓跋弘更加活跃。它扑通一声跳进水里，小心翼翼向前游着，不时把头仰出水面，竖起耳朵，回头望向拓跋弘，似乎在鼓励拓跋弘也跳进池塘来玩耍。

坐辇上的冯婉华很紧张，抬了抬手，元蕊马上抱住了想要往池塘边去的孩子。拓跋弘指着水中的小狗，咿咿呀呀地说着什么。小狗突然开始往回游，好像水里面有什么让它害怕的东西似的。跳回岸上，小狗使劲地抖动身子，它身上的水立刻溅得元蕊和拓跋弘浑身都是。

看到小狗抖毛，拓跋弘咯咯笑了起来。至此，冯婉华紧绷的神情才稍微舒缓了一些……

常氏望着冯婉华慈爱的面容，会心地笑了。

常氏说："皇帝小的时候，五岁之前，当时我是寸步不敢离开，必须时时刻刻眼盯着他。小孩子嘛，就是这样，稍微一不留神，弄不好就会被宫内的器物砸到，或者跑到池塘里面被水呛到……"

拓跋濬握住常氏的手："太后您辛苦！"

拓跋濬和常氏亲热地说着话。

坐在辇上，冯婉华感受着初夏时节的温暖和光明，心中充溢着幸福的感觉。在树林外边，能够看到黄澄澄的田野上闪烁着阳光。这时，天边突然出现了一朵巨大的白云，这朵云就像是从树林背后忽然飘出来的一般，在蓝天上形成一个奇异的圆圈，慢慢地变化着，宛若人生的境遇。

冯婉华闭上眼睛。她好想回到从前，和拓跋濬在望不到头的草地上并肩躺下，共同仰望天空。可现在，虽然皇帝就在自己身边，近在咫尺，却又似乎远在天涯。如今她的夫君身为帝王，她自己身为皇后，他们之间曾经那亲密无间的感情却逐渐淡漠了……

怀着这样一种宁静又忧郁的情感，冯婉华凝视着自己所爱之人，眼中忽然浮出一股难以掩盖的悲伤……

　　就在这时，一个小宦者匆匆跑过来，低声禀报："启禀太后、陛下、皇后，李贵妃求见！"

　　冯婉华愣怔了一下，拓跋濬也感到有些突然。常氏的脸色顿时阴沉下来，语气不快地道："这个李贵妃，难道不知道宫内的规矩吗！老身与皇帝、皇后叙叙家常，她怎么事前也不禀告，就这么直接过来了？"

　　小宦者："贵妃说她先前已经禀告了陛下，是陛下让她来的……"

　　拓跋濬这才忽然想起来什么似的，一拍自己的脑袋，说："还真是，朕都忘记了，确是朕让她来的。她的父亲李崔先前给朕上了一个条陈，为朕建议如何在平城管理那些南来的降人和俘虏，朕批了谕旨，想让李贵妃在与他见面的时候转交给他……"

　　常氏轻轻抚着拓跋濬的肩膀，说："皇帝，咱们天家，后妃和娘家人相见也是有规矩的，就算是亲爹，她也不是想见就能见的啊。而且，如果让李贵妃拿着皇帝的谕旨去转交给自己做朝官的父亲，就有后妃干政之嫌了啊。"

　　冯婉华在旁边默然无语。

　　拓跋濬做了个鬼脸，笑了。他还是那种素常在常氏身边时的顽皮孩子的样子。而后他对近旁的宦者低声道："宣李贵妃入见。"

　　常氏收敛了笑容，冯婉华则表情复杂。一旁的元华、元蕊都露出了好奇又紧张的神色。

　　李贵妃和她的侍婢乙观音很快出现在不远处，她们快步向庭院内的坐辇走过来。正在庭院中间玩耍的拓跋弘忽然见到两个陌生人，很是吃了一惊。

　　李贵妃看到自己的亲生儿子就在面前，却不能与他亲近，一时间心如刀绞，不由自主地放慢了脚步。乙观音也随之放慢了脚步。

　　看到这两个陌生人开始打量自己，拓跋弘撇撇嘴，一副要哭的样子。冯婉华很想下辇去安抚拓跋弘，却被常氏严肃的目光阻止了。

　　元蕊趋前，抱起拓跋弘，一边哄着他，一边来到冯婉华的辇旁站立。

　　看到冯婉华，孩子又咯咯地笑了起来。

　　李贵妃眼中闪烁着泪光，走到辇前，和身后的乙观音一起跪地行礼："臣妾拜见太后，拜见陛下，拜见皇后。"

　　拓跋濬让二人起身，略作沉吟，他稍稍扭头看了看常氏，才说道："朕批阅了你父亲李崔所上的奏折，本想让你转交……不过，太后有懿旨，朕已经把折子送到中书省去了……"

　　说话的时候，拓跋濬没太在意近在咫尺的李贵妃的表情，而是仔仔细细地盯着她身后的乙观音看。冯婉华一直在他侧后方紧张地观察着他的表情，此时微微松了一口气，神色柔和了许多。

常氏也注意到了这一幕，问道："李贵妃，你身后的是何人？"

乙观音听到辇上的太后如此问，立刻重新跪倒在地。

李贵妃："这是臣妾宫内新来的侍婢，名叫乙观音。"

拓跋濬依旧目不转睛地望着乙观音："……嗯，乙观音，好名字！你姓乙，莫非是乙浑的什么人？"

听见皇帝问自己，跪在地上的乙观音不敢马上接话，她抬头望向李贵妃，用目光询问自己是否能回答皇帝的问话。

李贵妃说："陛下问你话呢……"

乙观音："回陛下，奴婢与乙浑大人是宗亲，奴婢的父亲与乙浑大人是同族……"

听到乙观音如此清脆悦耳而又柔和的声音，拓跋濬心神摇荡，面露笑意。

此时此刻，皇帝对自己的侍婢如此感兴趣，李贵妃却完全没有察觉，她所有的心思都在元蕊怀中的孩子身上。作为深受皇帝宠爱的女人，她苦于与自己的亲骨肉相距咫尺，却不能亲近。李贵妃眼圈发红，心中悲苦不已：人生最深沉的痛苦，莫过于此！

怀着无尽的悲伤，李贵妃努力不让自己眼眶中的泪水滚落，眼巴巴望着自己的亲骨肉和皇后亲密无间。也正是在此时，这个女人忽然想到，真正悲伤的，只有她自己，她的孩子却不会因为童年没有她这个母亲而悲伤。他们明明是一对亲母子，却就像完全没有关系一样。

怀揣着一颗还没有对现实完全觉醒、对所有宫廷规矩仍存有幻想的心，李贵妃忽然跪地，向辇上的常氏、拓跋濬以及冯婉华施礼。她胆怯地请求道："太后，陛下，皇后，臣妾有一事相求，不知能否允许臣妾道明？"

拓跋濬还在打量着乙观音，随意地一扬手，道："贵妃请讲。"

常氏挑眉，一脸阴沉。冯婉华停止了逗弄孩子，认真地准备听李贵妃说。

李贵妃声音更加低弱了："……臣妾是否能够抱一下孩子……"

拓跋濬这次没敢立刻答应。他望向常氏。常氏恨得腮边咬肌滚动，冷冷地问："李贵妃，这孩子也是你能抱的？"

冯婉华低下头，不敢去看李贵妃那绝望的眼神。

李贵妃咬了咬唇，一副豁出去的神情道："太后，臣妾只是想抱一抱孩子！"

常氏冷冷一笑，看了一眼拓跋濬和冯婉华，欲言又止。沉默了片刻，她厉声吩咐："升辇！到西苑！"

宦者即刻起辇。元华和元蕊抱着拓跋弘缓步跟在辇后，也离开了。拓跋濬的神色似有些尴尬，他看了看常氏和冯婉华，又望了望跪在地上泪眼婆娑的李贵妃，没有说话。

坐在辇上往前行了一会儿，回头望去，还跪在地上的李贵妃的身影越来越小，拓跋濬终于笑着打破了僵冷的气氛："太后，您真是圣明！这个李贵妃确实不懂事，我们大魏的皇子，从来是生下来就马上抱离生母，哪有人像她这样提出此等非分要求的！特别是道武帝、明元帝和太武帝三朝，极其忌讳皇子——尤其是太子——由生母抚育。如今就是朕躬，也都不知道自己的生母到底是谁！"

常氏听他如此说，赞许地点了点头，道："嗯，皇帝真是越来越懂事了。我们大魏的宫廷制度都是祖宗留下来的，谁也不能胡乱改变！"

拓跋濬点头附和。在他身旁，冯婉华也轻轻点着头，但她的表情似乎有些复杂。

看到太后、皇帝和皇后的坐辇走远，乙观音先起了身。她搀扶着依旧在哀声哭泣的李贵妃也站了起来，劝说道："贵妃，您别难过了……"

李贵妃哭得梨花带雨："你想想，这世界上，还有什么事情比刚才更让人难过的……那是我自己的孩子、自己的骨肉啊，他就在我身边，他们却连抱都不让我抱一下……"

乙观音："贵妃，我入宫前听母亲讲过，大魏宫廷中的制度就是这样的。而且大魏有子贵母死制度，据说，如果皇子被立为太子，皇子的生母就会被赐自尽。到了那个时候，才能让当娘的抱一抱孩子，而且还必须是三岁之前的孩子。若是那时皇子已满三岁，那他的生母就算是被赐死，也不能再抱孩子了……"

听到乙观音如此说，李贵妃的面色越发煞白："……孩子过了三岁，生母即使被赐死也不让抱了？……这不过是为了让孩子彻底忘记自己的生母是谁罢了！这样的制度，我真恨啊！"

说着，李贵妃脚下开始踉跄。乙观音扶着她坐到殿庭旁边的草地上。她在草地上两棵间隔很近的白桦树薄薄的阴影中躺了下来。天空飘过几朵浓厚的白云。四周此时安静得让人瘆得慌，只有树木枝叶被风吹动发出的哗哗的声音。树影参差斑斓，在地上来回晃动着，映照在李贵妃满是忧郁的脸上。她依旧在幻想着能够与自己的孩子亲近……

渐渐地，她开始有一些恍惚："观音啊……第豆胤，这孩子的鲜卑名字，到底是什么意思呢？你是鲜卑人，你应该懂吧……"

乙观音："……贵妃，是'佛儿'，好像是'佛儿'的意思……"

第四十八章　子贵母死

常氏所在的万寿宫内，气氛阴沉；万寿宫外，空气亦是十分沉闷。

常氏、冯昭仪、冯婉华都坐着，面前摆着的吃食和酪浆都没有动。赵黑、元华、元蕊在旁边侍立。

殿外的天色越来越暗，空中的云层逐渐密集。忽然一道凌厉的淡紫色闪电划过天空，高不可测的苍穹发出骇人的隆隆响声。闷雷自上而下向四方滚动，而后电闪雷鸣越来越强烈……

殿内昏暗得几乎如同在傍晚，宫婢过来燃起蜡烛。殿外，天昏地暗，狂风夹着电光狂刮不已，倾盆大雨落下，砸得四处叮叮当当乱响，雨中似乎还夹杂着大小不一的冰碴儿，让人感到天地似乎都在颤抖。

几个宦者赶紧跑过去将殿门紧紧关上。常氏从鼻子里哼了一声："瞧，老天都发怒了！这个李贵妃，老天爷都不容啊！"

冯昭仪、冯婉华都没有接她的话。

赵黑接口道："李贵妃确实太过嚣张，竟敢当着太后、陛下和皇后的面，要求抱孩子！就看她这种态度，还有她父兄如今在朝中大权在握的趋势，显然他们一家都不是善茬啊……"

元华也愤愤地道："她本是罪王眷属，能在宫内活下来就不错了，有幸受到陛下宠幸，诞育皇子，运气都好到天上去了，她还不满足！现如今，她竟当着太后、陛下、皇后以及宫中那么多人的面想要抱孩子，恐怕就是想要别人都知道她才是孩子的生母吧！"

冯昭仪在一旁和稀泥："这个李贵妃，想来也不是特别有心机的人，否则她不会做得这么明显……"

冯婉华："我也这样认为……大魏后宫制度，她应该也是知道的。她当时会有那样的举动，应该是因为看到孩子，情不自禁吧。"

常氏的面色有些狰厉。她压低了音声说："当今皇帝的生母是郁久闾氏，她的孩子都登基当皇帝了，她还不是照样按照制度被赐死了！郁久闾氏当年可没有情不自禁！大庭广众之下，李贵妃竟敢想认亲，真是反了她！"

赵黑看了看冯昭仪和冯婉华，又看了看常氏，用劝解的口气说："太后所言甚是！既然李贵妃想认亲，咱们何不就成全她！"

冯婉华有些惘然，问："成全她？难道把第豆胤交给她亲自抚育不成……"

冯昭仪一时间默然。她深知赵黑真正的意思。

常氏得意地一笑："哼，所谓的成全她，就是劝皇帝立第豆胤为太子。"

冯婉华还没有反应过来，问："第豆胤确实应该被立为太子……可这怎么算成全李贵妃呢？"

冯昭仪有些怜惜地拍了拍侄女的肩："子贵母死啊……"

冯婉华："……"

常氏将手中的佛珠重重摔在桌案上，咬牙切齿地道："夜长梦多！早些解决了这事，省得日后这个李氏又弄出别的什么事情来！"

虽然常氏如今是一脸狰狞，但从冯昭仪、冯婉华姑侄的角度来看，她们逐渐发现，常氏确实是一个威风凛凛的女人！此时的常氏在威狠气质的衬托下，显得身材尤为高大。关键时刻，她确实能够做到杀伐果断，异于常人！当然，在大多数时候，常氏都显得特别亲切。如今，她同冯氏姑侄的日常生活以及政治命运紧密地连接在了一起，不知从何时起，冯昭仪、冯婉华的所有悲伤和欢乐，似乎都与常氏共享。特别是对于冯婉华来说，宫廷之内，她最隐秘的内心想法，还有她渴望的远大前程，其实都是靠着这位"常妈妈"才得以一步步实现的……

不知为什么，冯婉华忽然泪如雨下。

常氏见此情状，立刻关切地问道："皇后，你怎么了？"

冯婉华拭泪不已，说："……不知道，就是忽然想哭……应该是因为我从心底里感激太后吧，您对我这么好……"

冯昭仪犹豫了片刻，似是想说什么，最终还是没有说出口。

常氏叹了一口气："皇后，你怕是心软，对那李氏感同身受了吧……作为女人，尤其是作为大魏宫廷中的女人，我们确实挺苦的……这个李氏，其实命更苦，儿子贵为太子的那一日，就是她要死的日子！可是皇后啊，你还真不能心软，若是让你换了她，她换了你，说不定她会高兴死呢……"

冯婉华起身对常氏施礼："婉华谢太后教诲。"

常氏此时也有些伤感："昭仪，皇后，想想我们娘儿几个，这些年来风霜雨雪的，我们能够活到现在，容易吗？！一旦心软，刀把子被别人握在手里，到那时候，我们就算是想像一个一般的宫婢那样活着，也都没有可能！……"

冯婉华："太后说的是，太后圣明！"

冯昭仪："常妈妈辛苦！"

坤德六合殿内，冯婉华望着窗外的天空，对元华说："元华，如果我们人能够飞上天空就好了，要是能坐到那些云彩上飘游，在美丽的高空之上浮荡，脱离人世间的一切烦恼，那该有多惬意、多舒服啊！……唉，西沉的太阳在闪耀，却让人心情沉重，我忽然感觉自己孤零零的……"

元华有些不明就里："您今天为什么这么伤感啊……"

冯婉华："我也不知道。我这一生，最痛苦的事就是失去我母亲……我父亲死的时候，你肯定也记得。我当时才六岁，太小了，一切发生得太突然了，我还来不及悲伤和痛苦。我和母亲，还有你，我们从长安一路来到平城，那么远、那么苦我们都熬过来了，母亲却在最后关头走了……还有你，也眼看着父亲死在自己面前……我们所爱的一切，总有一天都会离我们而去，那种对失去亲人的恐惧，实在是让人难受……母亲赐予了我生命和肉体，我却只能眼睁睁看着她在我面前死去，她是我永恒的悲伤的化身……你也知道的，母亲从不在我面前流泪，她一直在用她的全部来爱着我、庇护着我……"

白日里，夏天的阳光总是欢快地照耀着金碧辉煌的大殿，而到了此刻，阳光正在离去，只在角落留下惨淡的余晖。这番景色让冯婉华越发心如刀割。

一个宦者低声禀告道："禀皇后，李贵妃求见！"

冯婉华："请她进来。"

李贵妃带着乙观音急趋入殿，向冯婉华跪拜行礼。

冯婉华从座上起身，走到李贵妃面前，柔声道："姐姐，你来啦。"

李贵妃似乎不敢相信自己的耳朵，谦卑地说："皇后不必这样称呼臣妾，臣妾……臣妾怎敢让您叫我姐姐啊……"

冯婉华一脸诚恳，道："姐姐，如今我们在内殿，这里没有外人，我们就如同家人一般。你年纪确实比我大了几岁，我叫你姐姐也是应该的……"

李贵妃的表情极其复杂，她不知如何是好。乙观音默默站在李贵妃的身后，察言观色。

一时间，坤德六合殿内非常安静。

沉默了许久，冯婉华才又开了口："姐姐，我有一件喜事和一件哀事要告诉你。你想先听哪一件？"

李贵妃愣了一下。她咬着嘴唇，低眉沉吟了片刻："皇后，您说的喜事和哀事，恐怕其实是同一件事吧……"

见到李贵妃如此冷静，冯婉华反而一时间不知说什么好了。她扭头凝望殿门外那奇妙的逐渐变成淡红色的天空，心中有些失落。

如同剪影一般，殿外的树木安静地摇曳着。冯婉华问："姐姐，那你觉得，这件事情到底是喜事还是哀事呢？"

李贵妃神色凄然，语气却坚定："我早预料到了……弘儿会被立为太子，日后他会成为大魏的皇帝。而我……肯定就要死了……这肯定是好事啊，是喜事……这怎么可能是哀事呢……"

乙观音有些吃惊，她想说什么，又没敢说出口。元华站在冯婉华身后，似是有些惋惜。

冯婉华："……姐姐，其实我也觉得这是一件好事。你别怪我，这事真不是我能够决定和左右的……"

李贵妃忍了又忍，语气变得生硬许多："皇后，臣妾又怎么敢怪您……"

冯婉华忽然对元华和乙观音说："你们二人暂且退下，我有话要单独对贵妃说。"

元华、乙观音退下，远远站到了殿门处。在那里，她们能够看见冯婉华和李贵妃的轮廓和动作，却完全听不到她们在说什么。

冯婉华拿出先前赵黑给她看的掖庭黄册，压低了嗓音说："姐姐，这是你刚刚作为罪王眷属入宫时候的月事记录……"

李贵妃最初还没有反应过来，静静看了冯婉华手中的东西一会儿，而后她如遭雷击一般，骤然面色惨白。这个可怜至极的女人嘴唇哆嗦着，语气中满是恐惧和哀求："皇后，您想干什么？求您……求您杀了我吧，千万别害弘儿……"

冯婉华："如果我想害你，早就动手了，也不会将你儿子当成自己的孩子来抚养……"

李贵妃匍匐在地，稽首行大礼："谢皇后！我来世做牛做马也要报答您的恩情……"

冯婉华俯身扶起李贵妃，也是泪流满面："同为女人，我也知道你的不容易。我想在你死前让你知道，扶立你的儿子当太子一事，是有我的份儿，可赐死你确实不是我的意思……你不要怨恨我！"

李贵妃："皇后，只要您不说出这个孩子的秘密，让我干什么都行，哪怕把我千刀万剐，我也心甘情愿！"

冯婉华："姐姐，你放心走吧，你的儿子就是我的儿子！我在，他便在……"

李贵妃声音颤抖："皇后，您的大恩大德，容我来世再报答！"

冯婉华擦干脸上的泪，对不远处的元华做了一个手势，又示意乙观音也过来。

李贵妃看到乙观音，忽然对冯婉华说："皇后，希望我走之后，您也照看一下我的这个宫婢……观音，快过来跪谢皇后！"

乙观音趋前，下拜行稽首大礼。

冯婉华对李贵妃说："姐姐放心，对于观音，我自有安排！"

此时，元华将已经睡熟的拓跋弘抱了过来。

李贵妃几乎站不稳，想靠过去抱看孩子，犹豫之余，却又不敢过去，只眼泪簌簌地滑落，掉在衣襟上。

冯婉华："姐姐，你要走了，还是抱一抱孩子吧……"

李贵妃用衣袖擦干眼泪，轻轻地接过孩子，仔仔细细地看了好一会儿孩子的脸，心如刀割。片刻之后，她把孩子送还到元华怀里。而后，她重新跪倒在冯婉华面前，施以三拜重礼："皇后，臣妾就此别过！"

冯婉华禁不住泪下沾襟，嘱咐道："姐姐走好。你还有一日的时间，到了明日，太后会派人去你那里……"

北苑偏殿内，李贵妃面如死灰，自言自语道："白日已尽，黄昏将临。明天，我就要去了……"

乙观音眼中闪烁着泪光，问："贵妃，您就不能求求陛下吗？"

李贵妃："后宫的事情，都是由太后做主，求陛下也没用。"

乙观音："那就求太后呀！"

李贵妃凄然苦笑，说："现在最想要我命的人就是太后了，怎么求？"

乙观音："那求皇后也不行吗？"

李贵妃："皇后待咱们极好，如果不是她事先通知我，我到死连抱一抱孩子的机会也没有！明天太后宫里就会派人来这里赐死我了……"

乙观音一脸惶然："贵妃……"

忽然之间，李贵妃的表情坚定了许多，说："不用多想了。你也别担心自己，我死之后，皇后会照顾你的……我从前错怪了皇后，总把她当成敌人，其实……唉，人各有命，这回我怎么也躲不过去了……"

殿前是一片荒野，说话之时，李贵妃的眼神定定的，一直在发愣。乙观音虽然年轻，举止神情却不是特别慌乱，她既庄重又恭顺，只是由于紧张，她的脸色比平日更加苍白。

两人一起在殿中等待着。

经历着人生中如此大的变故，李贵妃的面容依旧迷人。殿内四处是菖蒲花的幽香。窗外，隐约飘来宫墙下几株叫不出名字的野花的芬芳。李贵妃抬头望向殿外，似乎是在仰望苍天。她那清秀的脸庞上挂着几滴清泪，很快被吹进殿内的晚风吹干了。

漫长的夏日里，平城的蓝天近乎透明。清风徐来，几朵浓厚的白云飘荡在空中。早晨时分，暑气还未升起，也闻不到那些被晒透的青草的气味。在晨光的照耀下，黑色的殿砖闪闪发光。远处的斜坡草地上，不停地滚动着绿色草浪。起伏的草浪上面，浮动着云朵的影子……

赵黑带着两个小宦者迤迤然而来，飘然入殿。他的脸上没有任何表情，但他略微尖厉的声音，加上他手中所拿的诏旨，却让在场的人都深感不安。

赵黑高声道："太后懿旨！"

李贵妃跪地下拜："臣妾接旨。"

赵黑："贵妃李氏，所生皇子拓跋弘，得立为皇太子。依据大魏制度，特赐贵妃李氏升天，早登极乐！"

李贵妃的表情非常镇静，接过诏旨后说："谢太后恩典！臣妾祝愿陛下、皇后千秋万岁！"

看到李贵妃这般仪态，轮到赵黑有些吃惊了。他眯起左眼，仔细打量着李贵妃。在赵黑看来，他面前的这位李贵妃似乎已经洞悉了人世间的所有卑鄙和残酷，她现在的反应和表现，堪称英勇。

不知为什么，赵黑忽然同情起李贵妃的遭遇来，他心中竟觉得有些难过。

过了一会儿，赵黑问："李贵妃，您还有什么遗言要说吗？"

李贵妃语气平静地道："万事皆有天做主，我没有什么要说的。"

赵黑："好吧，希望贵妃走好。……其实也不是什么天说了算，都是人说了算！"

李贵妃："嗯，是太后说了算……"

赵黑转了转眼珠，说："也不尽然，说到底还是大魏的国法规矩说了算。不过，太后有口谕，贵妃您若是有所求，尽可以提出。太后是信佛之人，会成全您最后的愿望的……"

李贵妃忽然泪下如雨，恳求道："……只希望太后别为难我的父兄……"

赵黑此时一脸真切，对李贵妃说："这怎么会！贵妃，您的儿子毕竟是太子，别说是太子，就是一般的皇子的母家亲族，也都会得到朝廷照看的，更何况您的父兄现在已经是我们大魏储君的外祖父、亲舅舅了……放心吧，您的父兄很快会得到升迁的。不过，安全起见，他们两人都会被外派异地为官。当然，富贵荣华肯定是会有保证的。"

听赵黑如此说，李贵妃这才仔细地打量了一番眼前这个奉太后诏令来赐死自己的人。

她向赵黑行礼："谢公公成全。"

赵黑也向她恭敬地施礼："请贵妃上路。"

说着，赵黑微微扭头，示意两个小宦者行动。两个小宦者慌忙躬身抬过来一张红漆小木桌，桌上摆着两件东西——白绫一根，毒酒一杯。

乙观音的眼泪不住地流。

赵黑像在介绍两件极其平常的物件一样，说："贵妃，这两件东西，您应该明白如何使用，我也就不再仔细跟您解释了。不过，根据我多年经验，最好用的是白绫，这东西保险，上路快，只要站在小床上，您自己一蹬，或者我们帮您踢开，一会儿您就能升天了……当然了，这瓶鹤顶红也是不错的，可是宫内掖庭狱的配方真不是很保险，万一量不足，喝下去还是挺难受的。上次，宫内一个女犯喝下这个，两个时辰都没死透，难受得不行，最后还是用了白绫……"

李贵妃没有犹豫，指了指白绫。两个小宦者把白绫高高抛起，绕在了殿梁上，结成一个死结。

李贵妃站上小床，把白绫套在自己的脖子上，低头对跪地哭得梨花带雨的乙观音说："你帮我踢开小床吧……"

乙观音叩头不止，拼命摇头。赵黑叹了一口气，忽然上前，踢开了小床……

第四十九章　乙观音

李贵妃死后，冯婉华得了重病。沉沉病中，清醒时她总是会看见李贵妃哭泣的脸。

死去的美人如同一个巨大的幽灵，坤德六合殿内的卧室变成了一个幽暗的洞穴，还有无数丑恶阴险的脸庞、鬼影幢幢的人影、狰狞的野兽、多刺而奇怪的植物——所有这些影像，都在床头蜡烛的火浪中颤抖着……有时候，她还会忽然看到父亲和母亲，他们似乎非常高兴，音容笑貌宛若在世之时，还有，哥哥冯熙也回来了……母亲非常幸福的脸，自己儿时的脸，人们的叫喊声和欢笑声，忽然而来的马蹄声，戛然而止的中秋佳节，客人们被刀刃和箭雨赶得星散时惊惶的脸，乙浑和众多禁卫军兵将杀气腾腾的脸……

冯婉华躺在床上，全身不停地颤抖。她的脸上没有一点血色，黑黑的睫毛抖动着，陷入长久的昏迷。元蕊、元华、抱公公都焦急万分地站在床榻前，关切地望着她。元蕊、元华不停地给她揩拭额头，换毛巾，帮她退烧。

冯昭仪也抱着拓跋弘站在一边。看到母后如死人一般毫无表情、惨无血色的脸，拓跋弘哇哇大哭了起来……

冯婉华忽然惊醒："好奇怪啊……我肯定得重病了……"

冯昭仪高兴地一下子抱住冯婉华："婉华，你都昏迷三天三夜了！你终于醒了！"

冯婉华无力地抬起胳膊，摸着拓跋弘的小腿："我确实得了重病，天国地狱好像都转悠了一圈。究竟发生了什么事呢……开始发病的时候，我的整个身体完全虚弱无力，好像没有了任何感觉，什么听觉、嗅觉、触觉，全部丧失掉了……过了好长时间，我也不知道是多久，我就躺在这里，真的丧失了生的欲望，没有欢乐，也没有哀愁，我听得到昭仪姑母的声音，但心里面似乎连最亲的人也都不喜欢了……"

冯昭仪："婉华，你这怕不是中了癔症啊……"

冯婉华凄然一笑："……难道是死去的李贵妃在作祟吗？不应该的，她的死和我一点关系也没有，我还帮她照顾孩子呢……唉，这种到了地狱之后又回到宫廷的尘世生活，感觉真好啊……我现在特别想吃东西，想喝水……我想吃平城的羊肉……"

得知皇后醒转的消息，拓跋濬非常高兴。他穿着皮靴，下身着裤褶，英气勃勃。他手持箭矢，带着心爱的十多只猎狗，和一些随从、贵臣一起，骑着高头大马，一同沿着通往北苑草原的道路奔驰。

拓跋濬身后，跟随着一位年轻的贵族，身着王爷服色。这是拓跋濬同父异母的兄弟，安国王、侍中、征南大将军拓跋子推。

拓跋子推身材魁梧，猿臂善射，非常强壮有力的样子。他骑着马，跟随在皇兄拓跋濬的身后。仅从外貌上看，他似乎比拓跋濬显得年长。

骑马跟随在拓跋濬身后的，还有乙浑以及常英、常泰父子。乙浑骑马很在行，跟得很紧。常英、常泰父子都不善于骑马，累得汗流浃背，气喘吁吁。

大约一百多人的禁卫军队伍，迈着矫健的步伐跟在拓跋濬等人的马后，踏得深绿色的草丛沙沙作响。按照北魏皇家狩猎时的规矩，这些禁卫军必须随时跟着皇帝和王爷们。

拓跋濬非常快乐，他嘴里不时吹着口哨。所有人都劲头十足，就连猎狗都非常兴奋，上蹿下跳，摇摆着身子，不时抖抖卷紧的尾巴，把头深入草丛中，又或者人前人后地蹿来绕去，全神贯注地搜寻猎物。

夏天的午后，刮过阵阵热风，太阳晒得人们喉咙冒烟。一边是荒漠一边是草原的北苑，却充满着男人的明亮和快乐。

不知不觉，一行人愈走愈远。忽然间，那些猎狗呆立不动，身体向前倾斜，个个抬起右脚，似乎在盯着前方的什么东西。

拓跋濬没有看到猎物，只是出于本能地大喊："抓住它们！"

十多只猎狗猛然前冲，刹那间，从草丛中蹿出一头巨大的野猪，估计有一千多斤，艰难而笨拙地突出重围，不顾猎狗的撕咬，向远方奔逃……

"追！"拓跋濬大喊着，带领身后的禁卫军和随从一拥而上，一路猛追。

他们穿过草地，越过山冈，最后到达一个水塘边。这是一个圆形的水塘，很宽阔，如同一个小湖，水面闪耀着耀眼的光芒，那是太阳照射在水面而反射出来的光。

池塘中心一个突出的小沙岛上，栖息着一群乌鸦，它们立在突出水面的高地上，看似无所归依，实际上悠然自得，默默注视着跑到绝境的野猪。看这些乌鸦的样子，似乎并没有在考虑远走高飞，而是要和野猪，和这个与它们常年厮守在一起，如今却马上要死掉的巨大的野兽道个别。

原本身处天荒地远的山冈草丛，忽然遇到了这么一大群人，野猪惘然自失……

拓跋濬对身边的拓跋子推说："这只野猪真大啊，比家猪大了有三倍……"

拓跋子推："陛下，野猪非常危险，切勿靠近！"

拓跋濬回头高喊："放箭！"

禁卫军得令，嗖嗖放出一排羽箭。

野猪横冲直撞，还是有十多支箭射中了它。不过，它摇了摇身子，只有一支插在它臀部的箭没有掉落，其余的箭就像射到了石头上一般，纷纷掉落下来。

拓跋濬一脸悔意："朕忘了带弩机，弩机的劲道大，能够射穿这头大野猪。"

说着，拓跋濬亲自弯弓搭箭，对着野猪射出一支箭。野猪跳了一下，本来箭可以射中野猪的肚子，被它这么一跳，羽箭擦着猪毛掉落在地。

拓跋濬有些懊恼，对身边的弟弟拓跋子推说："你来试一试！"

拓跋子推得令，掏出一支箭矢，眯眼瞄准。嗖的一声，他竟然把那头大野猪的眼睛射了一个对穿！一声凄厉的嚎叫，巨大的野猪瘫倒在地，抽搐、挣扎、翻滚着，很快就死了。一直在旁观望的十多只猎狗活跃起来，纷纷冲上去，撕咬着还热乎的野猪尸体……

一场射猎过后，拓跋濬在胡床上和拓跋子推对坐，畅饮美酒。他兴奋得满脸通红："好热呀，刚才骑马跑了这么久，真是口渴得很！渴时一滴如甘露！"

拓跋子推恭敬地举杯，一饮而尽。

乙浑奉承拓跋子推说："安国王，您真是箭术高明！一箭竟然把野猪的眼睛射了个对穿，我在军中这么多年，都罕见此箭术！"

拓跋子推语气谦逊："我一直在王府中向神箭手学习箭术，刚才方能在陛下面前献丑……"

拓跋濬："唉，我们小的时候，虽然是亲兄弟，却基本没有机会见面。"

拓跋子推："陛下，您是景穆皇帝嫡子，能够住在万寿宫内，而我们这些皇子只能住在皇宫之外，当然不能和您比啊。"

乙浑这时候忽然插话："陛下，忘记恭喜您了，今日宫内传来喜讯，大魏东宫得立，您有皇太子了！"

拓跋濬漫不经心地回答道："哦，是第豆胤啊……按照出生顺序，他是应该得立为皇太子……"

忽然间，拓跋濬手一哆嗦："咦，李贵妃怎么样了？"

乙浑假装不解，反问道："李贵妃？"

拓跋濬若有所思，说："依据大魏制度，自然是子贵母死啊……"

乙浑忽做恍然状，唉声叹气道："哦，那贵妃应该是已经被赐死了吧……我们大魏开国以来，几代皇帝都遵守了这个制度……"

拓跋濬眉头紧皱，想了一会儿，忽然问乙浑："对了，李贵妃新收的侍婢，好像是你们乙氏的人……"

乙浑："正是奴才的侄女，乙观音。……"

万寿宫内，赵黑向常氏施礼："禀告太后，李氏已经死了……"

常氏抬了抬眼皮子，问："……她死之前，说什么了吗？"

赵黑："没有……只说感谢太后您，还有，她还感谢陛下、皇后……"

常氏闻言，忽然有些伤感："其实呀，我也未必就想对她如何。只是这大魏宫廷制度，不能更改啊。最要紧的是，这个李贵妃不晓事，南蛮子脾性。你们说，如果她有皇后一半的柔性，说不定我就能暂且宽免她几年了，是不是……"

常英："太后，这倒不一定，弄不好就是养痈遗患啊……现在好了，如今大魏朝廷之中就没有谁能和咱们常家抗衡了！"

赵黑瞥了常英一眼，欲言又止。

常氏非常不屑地对常英说："哥哥啊，就你这种见识，也想在大魏朝廷站稳脚跟？唉，等哪天我死了，你们若是还不知道韬光养晦，估计你们父子和咱们常氏宗族，也会被人家全部整死！"

常泰茫然不解，问："姑姑，有您在，有陛下在，谁敢整咱们常家啊？"

常氏大声斥责道："别叫我姑姑，叫我太后！真没见过你这样没大没小，没尊没卑的！"

常英瞪了常泰一眼。

常氏继续怒斥常泰："哼，上次我们常氏家宴，请皇帝、皇后入筵席，你这个狗奴，竟敢叫皇后'冯姑娘'，真是找死！"

常泰嗫嚅道："从前我们不是都叫她'冯姑娘'吗，我看皇后挺高兴的啊……"

常氏："呸！'冯姑娘'也是你这个狗才能叫的？你还真不拿自己当外人！现在我活着，你能叫皇后一声'冯姑娘'，等我死了，这声'冯姑娘'很有可能就会害死你！"

赵黑察言观色，劝说道："太后，不至于吧……皇后、昭仪姑侄俩，对您可是如对至亲啊！说句实在话，当初没有您，她也当不上皇后。而如今，如果没有您，谁又能替她除掉李贵妃啊……"

常氏："嗯，这倒也是。不过人心隔肚皮，咫尺不相知！人无远虑，必有近忧！现在这大魏皇宫内，唯一能和我平起平坐的，也就是皇后了……"

赵黑："太后您尽管放心，皇后绝对敬您如母！"

常氏一脸得色："……嗯，皇后、昭仪姑侄人都不错，可能是我多虑了……"

在一旁一直没有说话的乙浑低着头喝酒，此时他看了看常氏，刚张嘴想说什么，又看了看赵黑，就没有说出口。过了一会儿，乙浑说："太后，但凡宫中大事，您确实想得长远！不过，有臣等在，水再大，也漫不过桥……"

常氏诡谲地一笑，亲切地看着乙浑，暗暗向他抛了一个媚眼。

坤德六合殿内，冯婉华半倚半坐在床榻上，面前放着一张药案，案上放着一尊佛像以及一碗还散发着热气的药。元华半跪半坐在她身边，轻轻抚摸着她的后背，元蕊则在一旁的药炉前煎药。冯昭仪坐在一旁的坐榻上，正拿着一个药方在看。

冯婉华："唉，李贵妃被赐死了，我真是挺难受的。不过，我这身病，现在终于要好了……"

冯昭仪的心疼之情都写在脸上，她对侄女说："婉华，只要你不过多地思虑，烦恼就会烟消云散。反正又不是你要害谁，你内心的平静最重要，只要内心平静，没有杂念，你就会感受到喜悦……"

冯婉华："有时候我一个人待着，也会感到某种异样的感觉，没有饥渴，没有焦虑，没有期待，当然也没有任何如临深渊的恐惧……有时候我会自己坐一个下午，一动不动，元华和元蕊就在近处，都听不到我的动静……唉，那种时刻，殿外，窗外，宫外，好像整个世界，都凝固在了静寂之中，只有庭院中明净的月亮在散发着幽光……"

小宦者入禀："启禀皇后，李贵妃的侍婢乙氏求见。"

冯婉华赶忙在坐榻上坐正，说："让她进来。"

乙观音进入寝殿之后，向冯昭仪和冯婉华施礼："奴婢拜见昭仪！拜见皇后！"

冯婉华上下细细打量着乙观音，道："起来吧……"

冯昭仪也看了乙观音好大一会儿，然后对冯婉华说："婉华，你仔细看看，这个小姑娘的样子，太像李贵妃了……"

冯婉华："还真是的！李贵妃平时穿的多是南朝服饰，发型也是南朝晋人的样子……观音啊，你如果把发型和衣服换换，活脱脱就是一个更年轻的李贵妃！"

冯昭仪："嗯，她的个子还比李贵妃更加高挑一些呢。"

乙观音有些不好意思，腼腆地笑着说："谢昭仪夸奖！谢皇后夸奖！"

她犹豫片刻，掏出一件物什，双手举起，跪地道："皇后，贵妃走之前留下一件东西给您，说是给您做个念想……"

元华接过来，递给坐榻上的冯婉华。这是一个纯金步摇，极其精美，雕刻精细的黄金主根上分出六个支根，每个支根又向上分出六个小支杈。每个小支杈的杈梢，均有一小金环，挂有桃形金叶一片。仔细看，錾刻精美的金叶甚至可以随风摇动。这种纯金步摇，是当时北魏鲜卑妃子或者公主平时佩戴在步摇冠上的一种高级装饰。

冯婉华拿着金步摇仔细看了许久，叹息一声。看着这个物事，李贵妃那倩美的脸仿佛再一次浮现在她面前，风情万种，又充满哀怨。岁月会侵蚀一切，最终模糊它们的轮廓，使得回忆变得非常不可信任，因此，有时候甚至近在咫尺的回忆中的面孔也会显得格外悠远。李贵妃的面庞在冯婉华脑海中显现出来的模样，有时候细致入微，有时候模糊不清，恰如这颤动的金步摇，小心翼翼，细密有致，恍如梦幻……

冯婉华抬起头，看着一身夹领小袖和小襦袄打扮的乙观音。片刻后，她对元华说："你帮观音姑娘打扮一下，去尚衣局拿几套上好的南朝服饰给她换上。对了，发型和头饰也换了，按照李贵妃从前的喜好来妆扮……"

寂静之中，元华带着乙观音走出寝殿。

冯昭仪问："婉华，你想怎么样？"

冯婉华："皇帝很喜欢李贵妃，如今李贵妃走了，既然我能在后宫做主，就把观音给皇帝送过去，或许皇帝心里会好受一些……"

冯昭仪："……嗯，这倒没什么，只是我听说，这个乙氏好像和那个乙浑是同族？"

冯婉华："对，她和乙浑是同宗。但她的父亲乙瓌我见过，乙瓌亲自对我说，他跟乙浑之间非常不睦……当然，这也是乙瓌的一方之言，姑妄听之吧……"

冯昭仪："婉华，你现在做事，万万不可任性，也不要那么情绪化，想好了，想细了，再去说去做……"

北苑大殿之内，两个宫婢正在侍奉拓跋濬更衣；内室里，元华、元蕊也正侍奉冯婉华更衣。皇帝、皇后二人，着装都从骑装换为常服。

拓跋濬更衣毕，坐在榻上饮酒。此时，乙观音从旁边的屏风后面走出。她一身南朝服装，梳着南朝宫内女性常梳的发髻，飘然而出，向拓跋濬下拜施礼："奴婢拜见陛下。"

拓跋濬忽然看到乙观音，手中的酒杯一下子掉落在地上："李贵妃？……"

乙观音稽首再行礼："奴婢是李贵妃的侍婢，乙氏。"

拓跋濬的声音有些不自然："你抬起头来……"

乙观音略略抬头，垂着眼帘，不敢直视拓跋濬。拓跋濬忽然站起身，走到乙观音面前，围着她转了几圈，仔细地看她。

"你太像李贵妃了……朕记得从前见过你，当时你好像不是这个样子……"

乙观音："奴婢当时是鲜卑扮相，如今换了华服和华妆……"

拓跋濬："哦，难怪……"

拓跋濬扶起乙观音，抱着这姑娘的肩头，又仔细看她，心旌摇荡。

"……你好好侍奉朕，莫患不富贵！"

乙观音蜷缩着身子，没敢答言。

拓跋濬满脸喜色，说："朕想想……皇后之下，宫内嫔妃分为五等，昭仪、贵妃、婕妤、容华、美人……好吧，朕先封你为美人吧！"

乙观音没有跪下谢恩，反而从怀中掏出一个金跳脱来。"陛下，李贵妃升天之前，让我把这个交给陛下。"

拓跋濬仔细看着那只金跳脱，说："唉，这是李贵妃平常最喜欢戴的首饰，南朝宋国工匠做的，精美绝伦啊……可我们大魏内廷有制度，既然她所生的孩子被尊为皇太子，朕也不能再救她……"

乙观音："李贵妃上路之前还说，深谢陛下大恩！"

拓跋濬沉思着，良久才说："唉，佳人难再得啊……"

正在拓跋濬和乙观音说话之时，殿内响起了鞋履之声，以及冯婉华和元华、元蕊低低的话语声。拓跋濬赶忙回到坐榻上坐下。

皇帝和皇后所坐的是连榻。冯婉华慢步走到榻前，轻轻坐下。她面色如常，问拓跋濬："陛下，您已经见过乙观音了吧……"

拓跋濬笑着点头："是啊，见过了。刚见到她，朕吓一跳，还以为是李贵妃复活了呢……"

冯婉华笑意盈盈："她确实很像李贵妃……不过，这姑娘比李贵妃更年轻，更漂亮……"

拓跋濬似乎有些不好意思，随声附和道："嗯，嗯……朕觉得她侍奉李贵妃有功，毕竟李贵妃之子是皇太子嘛，所以朕刚才准备封她为美人。皇后，你觉得如何？"

冯婉华沉吟片刻，道："您要封乙观音为美人，我觉得不行。"

拓跋濬吃了一惊："……既然皇后如此说，朕可能确有滥封之嫌。嗯，还是听皇后的。要不，先封她为宫内的女官，女书史吧，类同三品官……"

冯婉华坚决地摇头："不行！"

拓跋濬的表情有些尴尬："那要不封她为四品的中才人或者供人？总不能把她往五品女官上封吧，什么表衣、女酒、女飨、女食、奚官女奴，这些都是最低的五品女官了。她毕竟是忠义王乙浑的宗亲啊……"

跪在地上，亲耳听着皇帝、皇后商讨给自己的品级和封赠，乙观音如坐针毡，面红耳赤。

冯婉华忽然提高了声调："我觉得，乙观音服侍李贵妃有功，又是忠义王乙浑的宗亲，应该特别赐她尊贵的封号才好。这样吧，封她为贵嫔，位在昭仪之上，等同二品，陛下意下如何？"

拓跋濬暗中舒了一口气，大声对左右说："皇后明断！就依皇后谕旨！乙氏，还不赶紧向皇后谢恩！"

乙观音的声音有些战战兢兢："深谢皇后恩德！"

傍晚时分，万寿宫内，常氏脸色愠怒，对坐在她左手边的乙浑说："我觉得吧，皇后现在越来越精明了。你看，她最大的敌手李贵妃被我赐死了，恶人呢，我来做了，可瞧瞧人家冯家姑娘，竟然还能到皇帝面前去换人情，把你们老乙家的姑娘封了个贵嫔！"

乙浑摸着胡须，低头沉吟片刻，说："皇后虽然年轻，手段是真老辣，不在太后您之下啊……"

　　常英："这也没什么吧，皇后这样做，不过是为了讨好皇帝罢了，显得她自己不妒忌……"

　　常氏："呸！皇后倒是讨好皇帝了，老身作为皇太后，却做的净是得罪皇帝的事情！"

　　乙浑："……子贵母死是大魏宫廷制度，皇帝肯定不会怪罪太后的！"

　　常氏点点头："其实，也确是你说的这样！我这样做，还不是为了维护大魏列祖列宗留下的制度，还不是为了防止以后这李氏家族坐大。不过，我知道你也有私心，乙观音被封为贵嫔，等于你乙浑在皇帝那里的关系又近了一层，毕竟乙观音是你们乙氏家族的人……"

　　常氏这句话，把乙浑吓得一颗心直扑腾。他立刻离席跪地，大表忠心："太后，为臣生是常家的人，死是常家的鬼！我所作所为，都是为了效忠太后。有乙氏姑娘在宫内，也是我想为太后在皇帝身边放个耳目……"

　　常氏摆摆手："起来吧，乙浑，我料你也不敢对我怎么着！皇帝待我如亲娘，我待皇帝如亲儿，无论是你们谁，也离间不了我们母子！"

　　常氏虽然如此说着，心内却总有些胆战心惊……她望着殿外的白云，有些怅惘地说："你们看，白云苍狗，世事无常啊……世间万物，每天都在变换，我们人活一辈子，谁又知道明天会发生什么事情呢。就像这几朵白云，它们明天到什么地方，是否会化成雨水降落到地上，谁又能把这些云彩止住？唉，我总觉得自己现在享福过头了……有时候，特别是晚上，我闭上眼睛，蒙眬间总会感觉到，现在的一切都是梦，是从前我自己完全没有想到的、不可理解的梦！……如果一切真是梦，唉，无论是什么样的结局，都会是悲伤的吧……"

　　突然，砰的一声响，是常泰喝酒的时候把一个沉重的金杯掉到了案子上。常氏一脸嫌憎，怒视着这个酒囊饭袋般的娘家侄子……

第五十章　信都之行

秋高气爽。北苑中极殿外，各种各样的鸟儿成群地四处飞翔。枝叶纷繁的老树枝丫上不时有干黄的落叶飘下来，树叶有些稀疏了，再不像夏天时那样密不透光。

在北苑光滑的干草地上，拓跋濬和冯婉华骑着马，并行在斑斓的树荫下，空气中充满干燥的馨香气味……

拓跋濬骑的是一匹黑色的高头大马，冯婉华骑的则是一匹细腿的棕红色小马。冯婉华的小马有着一双战战兢兢的充满胆怯的眼睛，却也是一双明亮的如同黑色李子般清澈的眼睛。如果细看，就能发现，拓跋濬所骑的高头大马，正是这匹小马的母亲。行进之时，大马似乎一直怀着压抑的喜悦，对小马驹的疼爱之情展现在它的脸上。大马不时抬头侧目，看着小马……

不远处的北苑中极殿广场上，传来微弱却又清晰的演奏声音，那是一队俘虏自南朝的乐师组成的演奏团，乐声畅悦嘹亮。他们使用的乐器，很少有北方鲜卑、柔然、高车等部族使用的胡乐乐器，属于中原正音。每一个音符，冯婉华都可清晰闻见。她侧耳倾听着，循着音乐声和拓跋濬一起来到了中极殿广场上。

广场上站着不少人，都是相貌英俊的拓跋氏王爷，他们都很年轻，岁数和拓跋濬差不多。这几个年轻王爷看到皇帝、皇后，跪倒一片，异口同声道："拜见陛下，拜见皇后！"

拓跋濬很高兴，低声对冯婉华说："这几个王爷，都是朕同父异母的兄弟。近日高侍郎给朕的建议，非常好，朕还是要封建诸王，护卫我大魏江山！"

冯婉华："宗室之中，亦有远近亲疏之别，陛下明鉴！不过，陛下，这几个王爷哪个是哪个，您能告诉我吗？"

拓跋濬有些尴尬地笑了，低声说："其实，除了三弟拓跋子推朕还算稍稍熟悉，其余的弟弟，朕确实不是特别清楚谁是谁。"

高允就站在附近。大概是从拓跋濬和冯婉华的神情中看出了端倪，他从中书省官员行列中站出来，高声为二人介绍。

高允："陛下，皇后，为臣今日特率领诸位新封王爷来觐见！这位是阳平王拓跋新成。"

拓跋新成："臣拜见陛下，拜见皇后！"

拓跋濬低声告诉冯婉华："这是朕的二弟。"

高允："京兆王拓跋子推！"

拓跋子推："臣拜见陛下，拜见皇后！"

拓跋濬："这是朕的三弟。"

冯婉华有些奇怪："京兆王？陛下不是已经把这个头衔赐给乙浑了吗？"

拓跋濬："高侍郎他们建议，这个京兆王的王封，本就应给近亲宗室，所以改封乙浑'忠义王'。"

而后，高允又依次向拓跋濬介绍了济阴王拓跋小新成、汝阴王拓跋天赐、乐浪王拓跋万寿、广平王拓跋洛侯、任城王拓跋云。

这七个拓跋氏宗室王爷，由于都是异母所生，岁数相差不大。其中只有拓跋新成是个胖子，其余六个王爷虽然高矮略有差异，皆相貌英俊，长身玉立，英姿勃勃。

拓跋濬显得非常高兴，不停地仔细打量这几个兄弟，脸上洋溢着真诚的笑容。冯婉华则很平静，脸上也挂着微笑，骑在马上，居高临下地把这些王爷的相貌一一记下。

拓跋濬高声说道："既然各位皇弟都已经得封为王，就应即刻率领人马去各自的封地上任，替朕体察民情，清廉公正，轻徭薄赋，与民休息，保卫我们大魏的封疆！"

诸位王爷齐声道："臣谨记圣命！"

高允："陛下有旨，任命拓跋新成为征西大将军，任命拓跋子推为征南大将军、长安镇都大将，任命拓跋天赐为镇南将军、虎牢镇都大将，任命拓跋万寿为征东大将军，任命拓跋云为龙镇都大将……"

拓跋濬听着高允宣诏，满意地点着头。

太安四年一月，北魏皇帝拓跋濬带领冯婉华及群臣开始东巡。此次行程是这样的：大军先过广宁①温泉宫，抵达辽西②黄山宫；二月二日，拓跋濬携冯婉华登临碣石③，观看沧海景色；二月四日，拓跋濬和冯婉华南下去冯婉华的祖籍信都④，而后拓跋濬率领将士在广川⑤围猎；三月十二日，拓跋濬夫妇一行回到平城。

出发当日，在平城举行郊祭仪式。空地上生起巨大的柴寮以告天祭地，即使在白昼，也是烟雾弥漫，灯火辉煌。到处是焚香散发出的令人愉悦的莫名香气，巨大的祭坛上面火光冲天，四望所及，都是熠熠发亮的柴寮木堆。

十多万禁卫军站在祭坛下宽广的田野上，军阵一眼望不到头。随着队伍依次接受检阅，田野上灰尘滚滚。同时，军阵中发出嘹亮的礼敬之声，军将和兵士都非常兴奋，不停高呼"万岁"。

冯婉华和拓跋濬一样，也非常喜欢这样的仪式和排场，喧哗，躁动，热闹，令人难以忘怀。望着火花四射的祭坛和柴寮，看着周遭烟雾缭绕、热气腾腾的烟火，拓跋濬和冯婉华这一对年轻的帝后，手拉手坐在高大的辇车上，满脸陶醉。

他们互相望了一眼，又各自转回头去。共同的经历，使得他们对彼此的爱慕之情一直没有减弱。当然，或许拓跋濬永远不会了解自己的皇后内心深处的一些情感。而冯婉华呢，她很清楚自己身边的皇帝，同时也是自己的夫君，并不会知道自己对他的炽情。在往后的岁月里，每当她闻到柴寮的气息，每当她检阅军队，每当她闻到萦绕在鼻孔中的那些敬神的熏香，她都会想起今天这一刻，想起夫君对自己这短暂而深情的一瞥，想起万马之军中那阵阵"万岁"的欢呼声……

检阅仪式完毕，各部军队陆续开拔。位于中间的皇帝仪仗队，也开始移动方阵。

拓跋濬和冯婉华换乘有棚的辇车。这辆辇车十分巨大，需要十六匹马拉动。辇车中间有一个类似小殿的车居，里面拉着帷幕，香气扑鼻，十分舒适。

拓跋濬坐入车居之后，并没有看到冯婉华上来。没多久，一阵香气扑鼻，竟然是打扮得明媚靓丽的乙观音，款款走到了辇前。

冯婉华对乙观音说："乙贵嫔，此行路途迢迢，你可要每时每刻都把皇帝照顾好了啊……"

---

① 在今河北张家口涿鹿县。
② 在今河北迁安。
③ 在今河北秦皇岛昌黎县西北。
④ 在今河北衡水冀州区。
⑤ 在今河北衡水枣强县。

乙观音深施一礼："谨遵皇后命！"

拓跋濬又惊又喜："皇后，你也上辇车，与朕同行……"

冯婉华："陛下，我还要照顾第豆胤呢，小孩子难免哭闹，会耽误陛下休息宁神。这一路啊，陛下还是和乙贵嫔一起，让她照顾您吧……"

说着，冯婉华转身，拉着拓跋弘的小手，带他上了位于皇帝辇车后方几辆车之后的一辆稍小的辇车。元华、元蕊都已经在辇车上了。

黄昏的原野上，拓跋濬和乙观音并马而行，不远处，有禁卫军跟随扈卫。乙浑骑着一匹青色大马，迎头而来，假装和皇帝不期而遇。

拓跋濬扬起马鞭，高声说："京兆王，不，忠义王，爱卿，你过来！"

乙浑纵马上前，来到拓跋濬和乙观音的马前，飞身下马，跪伏在地："拜见陛下，谒见贵嫔！"

乙观音在马上叉手回礼："见过叔父。"

乙浑："老臣不敢！希望贵嫔能够不负我们乙氏宗族之托，侍奉好陛下……"

拓跋濬一脸高兴："忠义王，你赶紧起来吧，我们都是一家人，现在又不是在太极殿，何必拘礼！"

乙浑起身。

拓跋濬又对乙观音说："贵嫔，你先到辇车上歇着，朕和忠义王聊聊……"

乙观音举手施礼，而后轻拉马辔离开。乙浑翻身上马，和拓跋濬并马而行。

乙浑："陛下，老臣从西域又得来养生秘药，特来呈给您！"

说着，乙浑从怀中掏出一个小金壶，递给了拓跋濬："陛下，您尽管放心食用。老臣怕这药不稳妥，自己已经先服了一个多月，确实功效显著……呵呵，如今我的四个妾室，都已经怀有身孕啦……"

拓跋濬拿着那个雕镂精美的金壶看了看，又拧开盖子闻了闻："嗯，闻起来倒不错。朕就喜欢你的这般孝顺忠心，每次服用你给朕的药，朕体都十分康健，心神安宁啊……"

乙浑一副忠心耿耿的样子，说："谢陛下！如果老臣的肉能为陛下所食，老臣也会自己割下来孝顺陛下的，更别说这样的药了……"

拓跋濬望了望辇车上的乙观音，说："乙贵嫔妙丽天成，资质娴雅，朕心颇慰！"

乙浑冲拓跋濬眨了眨眼："陛下，您今晚就可以一试此药。不过，估计我们乙家这位姑娘也受用不起，呵呵，到时候您不用担心，我已经为您准备了八位柔然美人，随时为陛下侍寝承欢！"

拓跋濬闻言，哈哈大笑起来。

冀州原野，辽阔无限。冯婉华、元华、元蕊，以及随从的几个宫婢，在帐篷边的草地上或坐或站，逗拓跋弘玩。

马蹄嘚嘚，乙观音骑着一匹小马慢悠悠地走来。按规矩，她原应在远离帐篷的地方下马，却行至距离帐篷很近的地方才将马勒停。元华、元蕊看到她，立刻上前迎接，扶她下马。

冯婉华发现，乙观音下马的时候，似是有些艰难的样子。她走路的时候，嘴里好像在倒抽凉气，腿脚看上去也有些一瘸一拐的。

乙观音走到冯婉华近前，跪地行礼："拜见皇后！"

冯婉华有些惊讶："我不是让你陪侍陛下吗，你怎么到这里来了？"

乙观音眼中有泪花，低声对冯婉华诉苦："……臣妾陪侍陛下，他……夜夜饮酒，乙浑大人给了陛下一种来自西域的药物，他服用之后，臣妾真是无福承受，下体创甚……"

冯婉华立刻明白了所发生的事情。元华、元蕊却因都还是姑娘家，不理解乙观音所说，面面相觑。

冯婉华吩咐元华："你赶紧让人在我的帐篷旁边再搭建一个帐篷，乙贵嫔要在我们这里休息几天……"

又行了数日，大队人马到达辽西肥如县。拓跋濬和冯婉华并辔而行，登上一个小山冈。

路程劳顿，加之酒色过度，拓跋濬显得面容清癯。然而虽有些疲惫，他的精神头依旧很好，骑马如风，来回奔跑。纵马跑了几个来回，他停在冯婉华马前，气喘吁吁，满脸笑意："皇后，这肥如城是什么来历，你给朕说说。"

冯婉华关切地望着夫君的脸，劝诫道："陛下，您要保重身体啊，我怎么看您又瘦了……"

拓跋濬一笑："旅途迢迢，难免劳累。没事的，朕的精神特别好……"

冯婉华："嗯，这肥如城，在我们大魏治下，是统辖辽西、北平二郡的平州治所，又是我大魏的辽西郡治所所在。这个地方，在战国时期是肥子国[①]遗地。太

_____

① 在今河北秦皇岛卢龙县北部，靠近迁安杨各庄镇一带。

后的哥哥，辽西王常英的封地，就在这个地方……"

拓跋濬笑了："哦，朕想起来了，这个地方曾经也由你祖父的燕国（北燕）所统辖……"

冯婉华没有接这个话茬，而是继续道："肥，本来是春秋战国时期白狄的一个部族，和晋国接壤。周景王十五年（公元前530年），肥国被晋国打败，一部分人因此归顺晋国，还有一部分人北迁，逃到了当时的战国七雄之一燕国。燕国国君让北逃而来的这部分肥国人定居在此，称这片地方为肥子国，又称肥如。不过，这时候的肥子虽然在名义上还称'国'，实际只是肥国来的难民在当时燕国的一片居住地。而后一代代沿袭，肥如就成了这一带建置最早的县治，从秦汉一直延续到现在我们大魏。我们马上要去登临的肥如县碣石，就是从前秦始皇和汉武帝所登临的碣石。而我们要去的黄山宫，就在平州辽西郡肥如县境内。陛下，按照行程，陛下您应该在黄山宫和群臣百姓游宴数日；五天后，我们再到碣石游览，登高望远，以观沧海！"

拓跋濬："朕能和秦始皇、汉武帝一样登临沧海，死无恨矣！"

冯婉华："陛下英明神武，远迈秦汉，不要说这种不吉利的话……"

隔着一条河望过去，对岸有一尊露天的佛像。在佛像面前，依稀可见几盏燃着的长明灯，还有一个巨大的香炉正袅袅地冒着淡白色的烟。几个年轻的妇女正跪在那里祈祷，在她们的上方，那尊巨大的石佛叉手而立，面容温顺又有些悲伤，执着而哀悯地注视着跪在自己面前的芸芸众生。佛像头上，戴着镶着金银装饰的五彩花冠，绚丽斑斓，在夕阳下闪烁着点点光辉。

冯婉华："唉，这冀州大地，这么多年来，也浸透了百姓的鲜血，特别是晋朝（西晋）第一次灭亡之后，冀州曾多次被匈奴人、羯族人等围攻、侵占，经过了无数轮的焚烧和抢掠……"

拓跋濬："是吗……"

冯婉华："河北大地，是华夏非常古老的疆域，传说中的古代帝王，好几个都是从这里发迹的，如帝尧、帝舜、大禹，他们都是在此地奠定基业的。还有，黄帝联合炎帝，曾经在涿鹿大战蚩尤，这些事也都是在这片大地上发生的……"

拓跋濬陷入沉思："黄帝和炎帝嘛……不一定真有这些帝王，只是传说吧……"

…………

又一个清晨。朝日初升。拓跋濬、冯婉华、乙贵嫔、元蕊、元华，以及群臣和一众军将兵士，一行人浩浩荡荡，登上了碣石山顶。拓跋弘被宫婢抱着，也在队列之中。

临风浩荡，旭日朝阳。拓跋濬和冯婉华风华正茂，容光焕发。

拓跋濬对皇后说："今日大乐，朕决定，改碣石为'乐游山'！"

进入冀州信都地界，拓跋濬、冯婉华骑马在前，边走边说着话；元华、慕容白曜跟随在后，几人在信都的田野上溜达着。

不远处，乙浑正指挥一些军士在田间土地上挖着什么。露出土层的，是巨大的折断成几截的残缺石碑。

拓跋濬笑着打趣道："忠义王，你在干什么呢？指挥兵士盗掘古墓？"

乙浑和兵士赶忙停下手中的活儿，跪地行礼。"拜见陛下，拜见皇后！军士们发现了一块石碑，真让陛下您说对了，我们都以为是古墓，说不定能挖出财宝呢……"

慕容白曜下马，仔细地看着石碑上的题字。

题字是篆体，慕容白曜辨认之后道："是皇帝巡视碑！这块大碑，应该是记载从前赵国皇帝石虎巡行的碑刻。估计这块碑刻早先是立在地上的，赵国灭亡之后，它才被人推倒砸毁，埋在地里面。后来，风风雨雨，经过一百多年的雨水冲刷，这石碑又露了出来……"

此时，北方大地上，快要落山的太阳依旧顽固地照射着地上的不少残垣断壁。不远处的村庄，冒出一股股炊烟，附近的山峦反射着夕阳的光芒。恰恰就在拓跋濬率领大军准备就地休息的时候，忽然出现了这一处碑刻，一切便显得神奇有趣……

望着这块隐约可见字迹的神秘又略显可怕的石碑，拓跋濬、冯婉华以及慕容白曜等人，都不禁开始依着碑上文字记载，想象过去在这里发生的事情，想象着昔日匈奴人、羯族人、晋人、氐人、羌人等不同部族之间的恩怨情仇……

拓跋濬看到慕容白曜还在仔细地查看地上那一截截从前赵国所刻的石碑，便打趣道："慕容爱卿，难道你也是个老学究？给朕说说石氏赵国的故事吧……"

听皇帝如此说，元华的表情有些尴尬："陛下，您问他干吗？慕容不过是一个粗鲁军人，他哪里懂……"

慕容白曜微笑了一下，说："回禀陛下，石氏赵国，是晋灭亡之后，继匈奴刘氏汉国之后建立起来的国家，开国皇帝名字叫石勒，本是奴隶出身。石勒所建立的这个赵国，占地特别广，现在我们经过的冀州绝大部分土地，当时都在羯族赵国的统治之下……"

拓跋潜："嗯，这个朕也知道，高允师傅从前给朕讲过，石氏赵国当时基本把整个北方都占领了，甚至还占领了南方不少地方……"

慕容白曜："石勒死后，他的侄子石虎非常凶暴，杀掉了皇帝伯父原本立的太子，自己当了皇帝。"

拓跋潜："嗯，小时候听高侍郎给朕讲过，依稀记得，这个石虎，绝对是个大魔头！"

慕容白曜："大魔头石虎统治的赵国，内忧外患，天灾人祸不断，老百姓苦不堪言。就是这样，他照旧天天饮酒、淫乐、打猎，还派大军四处征战，往北征伐辽西鲜卑首领段辽，同时也派军南征。还真别说，石虎的养孙石闵在荆扬地区一路大胜，杀晋（东晋）兵一万多人；胡亭一役，掠七万户晋民凯旋……"

拓跋潜："这个石闵，就是后来颁布'杀胡令'的那个冉闵吧……"

慕容白曜："陛下英明，就是那个冉闵。当时他还叫石闵，是石虎军队中最得力的大将。兵事频兴之时，石氏赵国境内天灾不断，先是冀州八郡闹蝗灾，饿死数万人，不久又逢大旱，一年内赵境粮食减产，又有几万人冻饿而死。水旱蝗灾都那么严重，大魔头石虎仍旧横征暴敛。他认为自己赵国国内少马，就严禁百姓私自养马，藏匿者腰斩，一时间把百姓辛辛苦苦所养的四万匹马充公。同时，他还在邺城大起台观四十余所，在长安、洛阳两地同时建造宫室，押送四十多万百姓去干苦役。当时的赵国，十分之七的百姓流离失所，数十万人惨死在工地和途中……"

冯婉华："我先前也听昭仪姑母讲过石氏赵国。当时，这个大魔头石虎为了打仗，下令百姓充军，还要百姓自己出兵车、出牛、出米绢。石虎严苛，他下诏说，但凡百姓筹措不起军资的，就要全家斩首……"

慕容白曜："对，此令一出，害得百姓穷窘绝望，卖妻卖子以充军调，如此一来，赵国境内，道路两旁上吊自杀的人比比皆是。石虎本人，就喜欢天天以游猎宴饮为乐。胡人本性都爱打猎，为王称帝后，石虎日益肥壮，胖得不能骑马，但他驰猎的兴头反而更大……"

听慕容白曜一口一个"胡人"，元华直朝慕容白曜使眼色。慕容白曜说得起劲，完全没有注意到元华的神情。元华心里又气又怕，因为近在咫尺的皇帝陛下本人其实也属于鲜卑"胡人"。

慕容白曜沉浸在故事之中，依旧站在那里对皇帝和皇后兴致勃勃地讲述着："石虎爱极了打猎，就下令制造数千乘辕长三丈，高一丈八尺的巨大'猎车'，还下令开辟方圆近万里的广袤猎场，严禁百姓捕捉其中的动物，违者论死。石虎还向全国各地派出御史，个个皆是凶暴奸邪之徒，百姓家有美女、良马、珍宝者，如果求之不得，他们就诬称对方在猎兽场'犯兽'，一时间，因此罪被杀的百姓就有一百多家。"

冯婉华意味深长地瞟了一眼拓跋潜："这个石虎一定很好色……"

慕容白曜："石虎好色淫荡是出了名的，他统治下的羯族赵国，还有一个奇怪的特色，就是乱加女官官位，把宫内女官官位增加到二十四等，连东宫女官都有十二个等级。他还规定，赵国境内，二十岁以下、十三岁以上的姑娘皆要编入名籍，以待朝廷甄选。各地地方官，争相选送美人来邀宠，即使是已出嫁的美女，也可能被从夫家抢走，送入宫内。如果哪位百姓妻有美色，当地豪强一定前往威胁，害得不少人只得自杀以避辱。最后，赵国各地进献美女共四万多人，全部送入邺城皇宫。史书上记载，石虎临轩拣视，看到宫内的广场上佳丽充盈，美姝满目，大悦之下，立刻下诏，封十二个'有功'的官员为列侯。此外，石虎在游猎、选美的同时，征发十六万人重建长安未央宫，又发二十六万人重修洛阳的宫殿，强征百姓耕牛二万多头，配入朔州牧场以备军队食用……"

拓跋潜："石虎这个人，真是穷奢极欲啊……"

慕容白曜："石勒、石虎这两个赵国的羯族君王，大概是穷怕了的奴仆出身，都刻意聚敛财宝，明火执仗地盗取皇陵，上至秦始皇陵，下至赵简子墓，反正中原大地一直就是'帝王之都'，几乎所有古陵，都成了他的下手对象……石虎派人挖掘秦始皇冢，想取墓内的铜铸器和金银财宝。可是那秦始皇陵是动用数百万工匠修了几十年的大工程，太难挖掘，石虎欲望再强，他手下的虎狼之军再能干，他们最终只能挖及陵墓的附属建筑遗址。耗费无数人工，只挖出些大铜柱子，他便也只好罢手……这石氏王朝，确实就是人渣的聚集地。已然滥用人力如此，还有个名叫吴进的和尚在出坏主意，说什么胡运将衰，晋当复兴，应该苦役晋人以改天运。"

拓跋潜听得入迷，问："晋人和羯族人都是当时的赵国国民，石虎真听从了那个和尚的建议去虐使晋人吗？"

慕容白曜："石虎很迷信这一套，对那和尚言听计从，发派邺城附近男女十六万人、车十万乘，昼夜不息地运载土石修华林苑，并在邺北筑长城围之，长数十里。赵国当时掌管天文星相的礼部官员为此进谏，石虎大怒，说'长墙朝戍夕没，吾无恨矣'！于是，他催促工地夜间也燃烛，让晋人役夫连轴转地苦干。恰值暴风大雨，河水山洪猛冲，几天之内，役夫死亡数万……赵国广袤的苑囿建成后，其间遍植奇木，养放珍禽异兽。石虎天天泛身池中，观兽饮酒，乐此不疲……"

拓跋濬对身边的冯婉华说："历史上还有这么暴虐的皇帝啊……"

慕容白曜："陛下，这还没完呢。如此刮榨民脂民膏，石虎仍嫌不足，让他的太子石宣率领大军四处游荡，到名山大川去为自己祈福。按理讲，祈福的话，派些仪从、备足香烛礼器也就够了。可太子石宣不然，他名为祈福，实则是去游猎，乘大辂、羽葆、华盖，建天子旌旗，共率十六个军团，精甲利矛兵士十八万人，从金明门鱼贯而出，仪仗队伍旌旗蔽日，烟尘障天，金鼓齐鸣……"

拓跋濬一脸吃惊："十八万人？！比我们大魏现在的排场还要大啊，这石虎的儿子一支队伍出行，放在我们现在，都是要用尽国力啊！"

慕容白曜："陛下明断！石虎爱看热闹，当时他稳坐后宫的凌霄殿宝椅上，远望儿子出行的盛大场面，还大笑着对左右说什么他家父子威风如此，除非天崩地陷，能有什么值得忧虑的事呢，他就在宫里抱子弄孙享乐吧！"

冯婉华："如此残暴虐待百姓，肯定长久不了！"

慕容白曜："皇后明断！石虎活着的时候，他自己的几个儿子互相残杀；石虎本性酷虐，自然他自己也残杀儿子。在他死后，国内立刻陷入大乱，而后，他的养孙石闵最终夺取了赵国的政权。"

拓跋濬："好像石闵是晋人后代……"

慕容白曜："这个石闵，本来姓冉，是晋末陕地乞活军部众冉良的后人，他的父辈和祖辈，也是不得已才向羯族军队投附的……掌权之后，冉闵深知胡人不会为自己所用，便颁下历史上有名的'杀胡令'。此令一下，短短一日就有数万颗羯族人的脑袋被砍下，堆在邺城凤阳门前大广场上。冉闵本人呢，当时也亲自率领晋人将士后代，在邺城内外搜杀胡羯，几天时间内就杀掉二十多万羯族胡人。当时，屯据四边的各镇也依石闵的命令四处捕杀羯胡。'杀胡令'一下，整个赵国都炸了窝，许多羯族人或与羯族人关系密切的晋人高官纷纷外逃，各地的地方长官也纷纷闭城坚守，姚弋仲、蒲洪等氐、羌部族势力趁机割据一方，天下沸腾。"

拓跋濬叹息："这样的残暴王朝，肯定下场极惨！"

慕容白曜："是啊，自晋成帝咸和五年（公元330年）石勒称王，至晋穆帝永和六年（公元350年）石鉴被杀，赵国总共有过两个皇帝。石虎死后，被冉闵推立的几个傀儡皇帝都不能作数，因此石氏羯族赵国其实也就存在了二十年。一场空忙，最终石氏全族被灭，羯族人也被杀完了……"

看到慕容白曜越说声调越高，整个人都十分兴奋，再看皇帝和皇后都在不停点头赞许，沉浸其中，元华才终于放下心来。

　　傍晚。拓跋濬和冯婉华坐在辇上的车居中对饮。

　　拓跋濬对冯婉华说："信都这个地方，是你的祖籍啊。皇后，你喜欢这里吗？以后你如果想回来这里看看，朕就陪你同行……"

　　冯婉华："陛下，说实话，我还真不知道信都是我的祖籍。我从来没有在这里生活过，我出生在长安，只记得六岁之前在父母身边的那些日子，是那么快乐却又短促。唉，陛下，我在长安的家里，生活得特别舒适、惬意、温暖……"

　　冯婉华沉浸在回忆中，神色有些迷茫。

　　拓跋濬："也是！人在小的时候，记忆最深刻……朕童年时代的记忆，都和太后有关。所以，对朕来说，太后就是最亲、最重要的人……"

　　冯婉华的表情有些恍惚："我小的时候，会一整天坐在母亲身边看她织花边什么的，唉，那样寂静的房间，充满香气。我记不住是什么香气了，可能是花的熏香，或者是什么西域入贡的香料吧，反正特别香……那样美好的时光，真是过得既缓慢又快速。直到有一天，宗爱派禁卫军去了我家，那样的好日子就这么忽然中断了……我真希望回到从前，那样我就能再看到父亲了，他会突然出现在家门口，冬天他总爱戴一顶有耳罩的毛帽子，穿貉皮大衣……每次看到他从外面打猎回来，我都会全力奔过去，扑到他身上，搂着他的脖子，让他把我抱起来……就是在今天，现在，我都还能想起父亲的胡子擦在我脸上的感觉……严寒天气，他的胡子贴上我的小脸，让我感到有些冰凉和潮湿……"

　　拓跋濬也悠然神往："啊，回忆中的景色和感觉真好啊。"

　　冯婉华："我还记得大路两旁有许多栗子树，冬天的时候，它们在寒气之中依然挺拔；到了春天，它们又像穿上盛装一样，青葱翠绿。而到了秋天，树上结满了果实，那些栗子无论是煮着吃还是烧着吃，都美味极了……"

　　拓跋濬将冯婉华搂得更紧了。车居之内，灯熄灭了……

第五十一章　忠奸难辨

早朝。拓跋濬坐在御榻上，仔细地看着奏章，不时和殿内群臣讨论。

他手中拿着一卷奏疏，对座下群臣说："忠义王乙浑这份奏疏很好，如今万国来朝，我们大魏必须把接见四夷使者的大殿太华殿重新翻修，扩大规模，如此一来，肯定会使得四夷使者望之生敬，礼尊我大魏上国！"

乙浑在朝班中听皇帝如此说，满脸谄笑，不停点头。

中书侍郎高允出班，面色严肃，劝谏道："陛下，乙浑巧言令色，此议绝非纯臣所为！我们大魏太祖道武帝平定天下以后，定都平城，修筑城池等所有工程，都是利用百姓的农闲时间来做。如今，我们大魏立国已久，皇宫之内殿宇已经很多，臣统计过，到如今，平城所建宫殿楼堂就有二十八所之多，还有花园池亭等九处。在这些宫殿楼堂之中，西宫、东宫、北宫为大内诸宫之最，太极殿、太华殿、天文殿、永安殿、安乐殿乃诸殿之首，都非常恢宏壮丽，殿宇完全够用了！大魏威示四夷，怀柔远人，应该以仁以德，而非用宏大奢侈的宫室来炫耀。再者，即使陛下您真的决心要扩修太华殿，也应该仔细加以规划，逐步增修，绝不能仓促而为。臣粗略计算下来，扩建太华殿这个大殿，伐木运土加上其他杂役所需人力，大概是二十万。届时壮丁劳作，还需要老幼运饭打杂，合起来需要人力三十万。就这样，这么多人在一起干活儿，也要干半年才能完工……"

拓跋濬听高允如此说，皱起了眉头。

冯婉华赞和高允道："陛下，高侍郎说得极是。古人有言，一夫不耕，或受其饥；一妇不织，或受其寒。如今扩建太华殿，根本不是迫在眉睫的工程。动辄召集数十万人，对于百姓来说，不仅会耽误他们田中的活计，还会有不少人因为徭役而卖儿鬻女，甚者家破人亡。望陛下三思……"

拓跋濬听冯婉华如此说，微微点头："皇后所言非常对，朕应从善如流，那就依高侍郎之见，暂缓扩建工程。不过，忠义王乙浑忠心体国，也应该嘉奖……”

冯婉华面对群臣，谆谆而言："高侍郎经常对陛下恳切地劝谏，陛下呢，每次也总能听取他的意见。但凡朝廷措施有不当之处，高侍郎知无不言，言无不尽，他真是我大魏的纯臣、忠臣！"

拓跋濬脸色缓和了些，表示说："每次朕退朝的时候，看到高侍郎停留不走，便料定他要对朕有所劝谏。朕虽不德，但遇此情况，几乎每次都会提前屏去左右，让高侍郎能够单独与朕畅谈。有时候，高侍郎早上入宫，和朕倾心交谈，商议国事，直到傍晚才出来。你们一定要知道啊，他进宫来，绝非是来与朕饮酒赋诗的，每次都是来对朕进行劝谏……当然了，高侍郎为人忠直，有时候他会以话语触犯朕的忌讳，每每说到朕的痛处。有一次朕气急了，命令左右武士将高侍郎扶出，可过后，朕心甚悔……"

朝内群臣听皇帝、皇后如此夸赞高允，都不停点头表示赞和。此时，唯独乙浑站在朝班之中，暗中咬牙切齿，腮边咬肌滚动。

冯婉华："君主和父亲，对于臣子和儿子来说，差不多是一回事。父亲有了过错，当儿子的就应该劝谏，作为纯臣，高侍郎从不在大家朝议的时候指摘陛下已经颁行的政令，他讲过，如果那样做，会使得朝廷和陛下的过错暴露于外，其实在某种程度上也可以说是臣子在故意彰显君主的过错……所以啊，高侍郎总是在内殿之中面对面地劝谏陛下，即使触怒龙颜，他也能够做到毫不避讳，侃侃直言。陛下多次对我讲过，他每每回顾高侍郎的忠言，都会喟然叹息！"

拓跋濬听冯婉华如此夸赞高允，大有同感。他指着站在自己御榻附近的几个宗室贵臣："说来令人感叹！我们大魏宫廷内部，像高侍郎这样真正忠心耿耿的纯臣，其实并不多！瞧瞧你们几个人，属于大魏宗室贵臣，天天在朕的身边，但朕从来听不到你们说一句劝谏的话！你们总是在朕高兴的时候趁机为你们自己或亲戚求取官职！我知道，你们陪朕出去打猎，自称栉风沐雨。朕骑马的时候，你们拿着弓箭佩刀，跟随在朕的身边驰驱。其实呢，仔细思之，你们干的这些，不过是一些犬马小劳而已，但你们现在却都享受着贵臣王公的高位和俸禄！"

冯婉华也大发感慨："唉，陛下，数十年来，高侍郎以忠直匡扶国家，到了如今，他却不过是一个中书省侍郎。想想他，再想想你们这些穿朱着紫的贵臣，你们难道内心不惭愧吗？！"

拓跋濬忽然开窍了似的大声说道："对呀，高侍郎还是个侍郎！来，传朕与皇后旨意，马上晋升高允为中书令！"

高允跪地谢恩。

　　冯婉华感慨万千地对拓跋濬说："我听说，当初高侍郎是与大臣游雅等人一同被国家征召的。到如今，大臣游雅都退休了，其他的人也都当上了大官，封侯拜相者不计其数，甚至曾是高侍郎部下，如今已官拜刺史、两千石这般官职之人，多达数十乃至数百。而高侍郎在中书省当侍郎二十七年之久，竟然没有升过一次官……"

　　拓跋濬点头："朕对此事也略知。想当初，为保护皇考景穆皇帝，高侍郎差点被朕的皇祖太武帝杀掉……"

第五十二章　攻克无盐

距离宋国青州城不远，大魏军队在慕容白曜、元华等人的率领下对无盐①进行包围。当时，大魏朝廷趁宋国争权内乱之机，任命慕容白曜为使持节、都督诸军事、征南大将军，派他率领五万大魏大军进攻宋国。

望着不远处的无盐城头，慕容白曜道："无盐城就在眼前，我们一定要攻克……"

他手下一个部将在马上行军礼禀告："慕容将军，如今我们军内的攻具没有准备齐全，不宜忙于急攻，否则我军会在攻城之时被守城敌军杀伤严重……"

几名将领和谋士都点头赞和。慕容白曜听部将如此说，一脸忧色。

元华沉吟了一会儿，坚定地表示："如今我们轻军远袭，深入敌境，如果迟疑淹留，粮草不济，肯定会有更大的危险。仗打到这个份上，守城的宋军将领认为自己可以凭借坚城防守，必定会抓紧战备，继续严防死守。如果我们现在示之以弱，假装退却，而后再出其不意，攻其不备，肯定能一攻而克之！"

几个魏军将领听元华如此计策，纷纷点头。

慕容白曜面露喜色："一日纵敌，数世之患。如果我们在白天继续猛攻无盐坚城，不仅会杀伤不少我军将士，更会激使敌军守城军民顿起固守之心。嗯，我们确实应该假装退却，先麻痹对方……"

拂晓时分。

天色混黑之际，慕容白曜骑在马上，神情坚毅。元华也骑马，立于慕容白曜旁边。

慕容白曜转头，对身后的北魏军士猛喝："冲锋！"

---

① 在今山东泰安东平县东南。

下令之后，慕容白曜和元华首先纵马冲锋。无盐城下的大地，在大魏军队马蹄的践踏下，发出沉闷的呻吟声。慕容白曜一直高举着手中的长剑，和元华一起冲在第一线。受到主帅英勇之举的感召，大魏兵士也都开始冲锋。

慕容白曜的白袍和元华的红色袍服交相辉映。他们的身影在灰色的田野上，如同两个耀眼的光点，不断闪动着。北魏兵士发出震动天地的喊声，很快，这种高昂的情绪就感染了所有人，连战马都似乎受到鼓舞，四腿伸展，一跃就是几米远。

就在此时，慕容白曜、元华和北魏军士听到了无盐城头宋国守军的尖叫声，而后，就是弩机发出箭矢的嗖嗖声和敌军慌张的呼喊声。

慕容白曜冲锋前就已经觉得血液在胸中汹涌奔腾。由于元华，他心爱的人，就在身旁，他内心没有任何恐惧，只有勇往直前的念头。他一边冲锋，一边用余光留意着不远处的元华。

元华其实心中还是有一些紧张。她高举着手中的宝剑，感觉到腋下生风。呼喊部下冲锋进击，她嗓子都喊痛了，手掌也在冒汗。她感觉自己全身像涂了一层黏液似的，汗水将她的衣服全粘在了身上。听着箭矢在头顶飞鸣，她把脑袋伏在汗淋淋的马脖子上，刺鼻的马汗臭味直往鼻子里面钻。

忽然之间，大概是有箭矢从她的胳膊处擦了过去，除了耳朵里的响声，她同时感觉到手臂处有些许疼痛。但是，她根本没有在意自己胳膊上的轻伤，而是一直紧张地观察着慕容白曜。

在大魏冲锋部队的后方，大魏步兵不断发射弩箭。箭矢尖声呼啸着，在空中像扇面般从宋军头顶四散开去，插入他们的肉身，致使他们不断发出惨号。

马蹄扬起棉絮似的烟尘，很快，慕容白曜在一片朦胧中看到了无盐城头惨叫溃逃的宋军，以及自己手下勇敢无畏的登城军士。

元华回头看了一眼，只见一个大魏军将的坐骑直挺挺地从躺在地上的几具大魏兵士的尸体上方跃过，却忽然龇了龇牙，脖子一弯，跌倒在地；马背上的军将也被弹离马鞍，飞落在地上，翻滚出去。紧接着，又一匹大魏骑兵的大马也被弩箭射中，摔倒在地，大马嘶鸣着，发出死前的哀嚎，粉红色的牙床和龇着的两排牙齿显露在外。很快，这匹马又被从后面驰来的一个大魏兵士的战马马蹄踏过，马头顿时被踢碎……马蹄踢踏马牙所发出的奇特的声音，长久地刻在元华的记忆中，使她不能忘却；而从那几个摔倒在地，眼睛几乎突出眼眶的兵士痛苦的脸上，她也仿佛亲身感受到了一种临死时的巨大煎熬……

不断地有人倒下去。慕容白曜透过被风吹得全是泪水的视野看向战场，嘴里依旧不停高呼进攻和冲锋。同时，他直盯着从身边不断奔过去的如潮水般的北魏兵士。

城上原本整齐的宋国守军，如今已经零乱不堪。大魏军队中跑在前面的骑兵队伍，包括慕容白曜和元华，已经跨过护城壕沟，冲到了城门下面。紧随在后的大魏步兵上前，推着巨大的攻城高车和云梯，开始蚁附登城。不久，魏军在城池前面的空地布置好许多床弩。这些床弩用多头牛力绞轴上弦，威力非常强大，它们发射出以皮或铁叶为羽的巨大标枪，把城墙上守卫的宋国兵士连串地射杀……

慕容白曜和元华气喘吁吁，驻马在城下，指挥兵士登城攻击。城门很快被撞车撞开，大魏兵士上下一心，呐喊着攻入城内。绝望之下，守城的宋国兵士中有几个不怕死的，骑着马往城外猛冲，其中一个身材高大的兵士挺起长槊，高叫着直朝慕容白曜和元华冲过来。

慕容白曜大喊一声，冲了过去，挡在元华身前。他猛挥长剑，从侧面用剑猛刺敌方，长剑一下子就刺进了那宋国兵士脆弱的脖子，顿时鲜血四溅。

元华看到那个宋国兵士倾身向后，肤色黝黑的脸刹那间就失去了神采，魁梧的身躯轰然倒在地上。

慕容白曜依旧心惊肉跳。元华安然无恙，她已经麻木的手仍旧紧紧抓着长剑，口中呐喊不停。

越来越多的大魏兵士攻上了城头。守城的宋军开始四散奔逃。慕容白曜骑在马上，与元华肩并肩地在城下仰头观望战局。

看到十多个从城门处冲出来试图逃跑的宋国兵士，元华自己也不知道为什么，忽然拨转马头，从马鞍上摘下弓矢，飞奔过去。眼看着元华纵马飞驰，慕容白曜立刻用剑柄在马身上猛拍一下。座下大马弓起脖颈，立刻驮着他也飞奔而去。

一个身形肥壮的宋军兵士一路狂逃，连手中的短兵器都扔了，吓得昏头昏脑，摇摇晃晃，沿着城墙根乱窜。元华弯弓搭箭，嗖的一声，正射中那个宋军兵士翘得高高的后脑勺，几乎把他钉在了城墙上。

受到元华和周围大魏兵士勇武情绪的感染，慕容白曜重新举起了长剑。他一边紧追着一个留着大胡子的宋国兵士，一边高声呼喝。那个宋国兵士无头苍蝇一般乱跑，使得骑在马上的慕容白曜用剑很不方便。忽然，慕容白曜找准时机，猛地策马转到那个宋国兵士的前面，从马上把身子往下一探，斜挥一剑，迎着那宋国兵士的脖子就来了那么一下子。那宋国兵士一声也没有喊叫，下意识地伸出两只手按住自己的脖子，一转身，脑袋却掉在了地上……

元华此时全神贯注，不停地从背上的箭囊中抽箭，嗖嗖发射。眼前的场景如同在打猎一般，猎物般奔逃的宋国兵士纷纷倒地。慌乱之中，一个面孔清俊的兵士被元华射中了左腿，一瘸一拐，跑不动了。他回转身来，站立在原地，充满了恐惧的眼睛呆呆地望着追赶过来的慕容白曜和元华等人。

目光和对方相遇，元华犹豫了一下，转开了视线，不愿再去看近在咫尺的敌人。只见那个宋国兵士的一个膝盖慢慢弯了下去，慕容白曜甚至能听到他的喉咙里在咕噜咕噜作响。慕容白曜稍微迟疑了一下，看到对方握刀的手微微扬起，立刻打马飞速冲过去，朝着对方挥手就是一剑。这一剑，从上而下劈砍，一下子就把对方的头骨劈成了两半。

元华的胯下骏马长嘶一声，高跳起来。她用力勒住马缰，稳稳地站在了慕容白曜身边。

城头之上，响起了魏军的欢呼声。尽管城下依旧有零星的打斗，可显然魏军之胜已是定局。

正午时分，魏军已经彻底攻下无盐城。

城内议事厅里，慕容白曜面色阴沉。此役大魏虽然取得胜利，可己方军队伤亡数千，损失也不小。慕容白曜感觉自己的头像灌了铅一样沉重。元华也面色严肃，站在慕容白曜身边，静静地看着议事厅内人来人往。

议事厅外，不断有人骑马飞驰而过。其间，一群又一群的宋国俘虏被驱赶着快步跑过。这些面色仓皇的宋国军士，挤成一堆向前跑着，他们身后，北魏骑兵的马蹄声刺耳地嘚嘚作响。同时，也不断有魏军伤员被人抬着从门口经过。

看着那些大魏兵士蜡黄的面孔，慕容白曜更是心慌意乱："我们这次的损失真不小啊……"

元华拍了拍慕容白曜的肩膀以示安慰："你别这么着急……"

慕容白曜腮边咬肌滚动，命令道："传我的命令，将无盐城内所有百姓罚为奴隶，以为军赏；被俘宋军，全部坑杀！"

大魏军将得令，纷纷露出高兴的神色，齐呼"得令"。

元华见此情形，赶紧劝阻："将军，万万不可！我们大魏军队要为仁义之师，如今大魏皇威刚刚在齐地宣示，百姓还没有深切感受到我们大魏的恩德信义，如果攻克此城之后，马上对据守军民大行杀戮，必会激起其他宋国城池的军民的剧烈抵抗。如此，日后攻城略地，于我们大魏而言会更加艰难……"

慕容白曜咬牙切齿道："无盐军民抵拒我大魏天军多日，即使现在被我们所俘，也个个心中怀二，如果不杀光这些人以立威，日后其他宋国城池的军民也定会效仿！"

元华："不然！如今我们攻克无盐，应该先示以大魏信义，纵放俘虏，安定民心，让宋国地界的军民知道我们大魏军队仁德远布，绝非嗜杀无辜之徒。由此，也可以为其他城池做示范和榜样，不怒自威！"

慕容白曜低头思考良久，终于采纳了元华的建议。

由此，慕容白曜率领大魏军队攻克无盐之后，释放全部俘虏，在城内安定民心。不久，慕容白曜继续率领魏军向宋国肥城①方向突进。迫于魏军军威和慕容白曜的声威，宋国肥城守军竟弃城而逃，大魏军队因此取得不战而屈人之兵的结果，获军粮三十万斛。而后，在元华的协助下，慕容白曜又率领魏军攻取垣苗、糜沟两座城池②，获军粮十余万斛。接下来，十天之内，慕容白曜率领魏军连拔宋国四城，声威大震。

之后，魏军继续攻克青州、东阳等地，生擒宋国大将沈文秀，共获仓粟八十五万斛，米三千斛，弓九千张，箭十八万八千，刀二万二千四百，甲胄各三千三百，城内户口八千六百，百姓四万一千人……

得知魏军得胜的消息，拓跋濬和冯婉华大喜，立刻派使者到军中慰劳。

慕容白曜、元华以及其他魏军诸将皆在帐前跪听使者宣读诏书——

"卿总率戎旅，讨除不宾。霜戈所向，无不摧靡。旬日之内，克拔四城。韩白之功，何以如此？爱卿宜勉崇威略，务存长计。伐罪吊民，国之令典，当招怀以德，视民如子，令我大魏皇帝恩泽，加于宋国百姓。爱卿策名王庭，累荷荣授，历司出内，世载忠美。秉钺启蕃，折冲敌国，开疆千里，拔城十二！爱卿辛勤于戎旅之际，契阔于矢石之间，登锋履危，志存静乱。今特拜爱卿为使持节、都督青齐东徐州诸军事、开府仪同三司、青州刺史、济南王！"

慕容白曜顿首谢恩。

授勋仪式过后，元华在帐内与慕容白曜并肩而坐。

元华笑意盈盈，对慕容白曜说："这下子你可得意了，慕容王爷，济南王！"

慕容白曜看帐内无人，笑呵呵地搂紧元华的肩膀："我是王爷，你就是王妃了！"

元华笑着躲开，努嘴示意帐外还有军士："你对我还没有明媒正娶呢，王妃之号，说不定轮到谁呢……嗯，等我们班师回朝的时候，陛下、皇后一高兴，没准把宫内的美人赏你一个……"

慕容白曜指天画地发誓说："我慕容白曜，非你莫娶！回朝之后，我马上禀

---

① 在今山东肥城。
② 此二成都在今山东济南长清区。

明陛下、皇后，一定要娶你回府！"

元华微笑不语。她的眼神中，充满了对未来的憧憬和向往。她压低了声音，说："你应该清楚，如今你能够率领大军出征，获得胜利，都依仗的是皇后对我们的信任，是皇后劝陛下下令，派我们外出，我们才有立功之机的。回朝之后，我们更要为皇后争脸啊……"

慕容白曜："我当然知道皇后的恩德。日后但凡皇后有事需要我们，任由她下令，我必当效死尽忠！"

魏军班师回朝。

大道上车声辚辚。运送辎重的大车车轮滚动着，磨得铁轴吱扭吱扭响。目光所及，都是魏军兴高采烈的脸。不少人一边骑马，一边大声说笑，就连躺在车上的伤兵，脸上也都是懒洋洋的笑意。军士们骑乘的马匹四蹄翻动，扬起漫天尘土，不少马匹被尘土呛得不断打喷嚏。一路上，魏军情绪激昂，众人边骑马赶路，边唱起悠扬、洪亮的凯旋之歌……

慕容白曜和元华并骑而行。一声鸣叫，他们同时抬头，看到从路旁池沼的芦苇丛中飞出一对花白翅膀的野鸭。这对野鸭一面高声鸣叫，一面向天空更高处飞去。一边飞，这对野鸭还一边不断地回过头来，翡翠一般漂亮的眼睛俯视着一眼望不到头的军阵，也好奇地注视着并马骑行的慕容白曜和元华。

黑夜降临。这是一个军旅途中真正漆黑的夜晚。如同在梦里一样，元华和慕容白曜相拥着，静静地坐在车篷之内，感受着两个人私密的幸福。

在这样一个晚上，元华和慕容白曜思绪万千。能够率领大军得胜回朝，还得封济南王，慕容白曜和元华都非常高兴和激动。马的铃铛声，周围步兵走路的声音，拉着大车的马儿边走路边嚼食的沙沙声，都使人产生一种舒适之感。

黑暗中，外面的风很大。慕容白曜和元华能够感受到黑沉沉的大地随着马车的前行，在不停地向后移动。周边咔哒咔哒的马蹄声无尽无休，响个没完……

他们静静地躺着，望向车篷外面。远方依稀可见人家灯火，那些亮光，好像久久地停在一个地方，忽然间显得特别明晰。随着马蹄嘚嘚和车轮辚辚，灯火越来越近，越来越大，而后，黑暗的大路两旁逐渐出现了北魏村庄的屋顶。灯火都是从那些屋顶下的窗户里透出来的，看上去特别舒适诱人。慕容白曜和元华甚至可以透过窗户看到正在家中吃饭的百姓。百姓看到大军经过，脸上纷纷露出惊奇的神情……

第五十三章　纯臣高允

田间，高允一身短褐，与他的老妻和两个儿子一起在田里割麦。

深秋的平城，艳阳高照，天气干燥而炎热，连晴空都变成了暗蓝色。那些完全干透、色如黄沙的麦子，一垛垛地堆着，如同高墙一样在田间耸立；还没收割的麦子则麦穗饱满，俯首垂头，随着镰刀的挥动而簌簌作响，一片片地倒伏下来。

高允一家，整齐划一地慢慢往前走，坚定地向麦海进发。阳光下，他们抡起闪亮的镰刀，沙沙地割下一笼又一笼麦子，在身后留下片片黄色的刺人的麦茬。他们一直弯着腰，喘着气，一点点刈向远方，直到把一整片田地刈光……

高允的小儿子高怀疲累过度，抱怨说："父亲大人，您都是中书令了，还亲自割麦子。陛下和皇后知道了，肯定会非常吃惊……"

高允的皮肤被太阳晒得黝黑，他闻言一笑，没有立刻接儿子的话，而是继续割麦。

高允的妻子直起腰来，叹息了一声。她想说些什么，又把话咽了回去。过了片刻，她看看两个儿子，又弯下腰去继续割麦。

高允站直身体，示意老妻和儿子休息一下。他一边喝水一边说："我们大魏官员，始终没有实际的俸禄。我为官清廉，天下皆知。身为朝廷官员，纵然是亲自在田间割麦，传出去也是好事啊……我年轻时刚开始在田间干活儿割麦的时候，那可真是太痛苦了，当时我干农活儿非常笨拙，每次下田都是精疲力竭的。每年秋收时节，晚上回家时我的腰杆都像断了一样，完全直不起来，双肩更是疼痛难忍，手上布满了灼痛的血泡。不过，后来我就逐渐习惯了这种农活儿。其实，平常多干活儿，对身体还是非常有好处的……"

高允的老妻和两个儿子互相对视了几眼，没说什么，都开始喝水。

麦子收割完，还需要装车运走。高允不辞辛苦，亲手把巨大的木叉插进一捆捆有弹性的麦秆。虽然已经上了年纪，他依旧能用膝盖撑起滑溜溜的木叉，而后猛力一举，把一捆捆沙沙作响的庞然重物抛到大车上。随着每一次扬叉，那些黄黄、尖尖的穗粒都撒满他全身。不久，大车上麦捆越堆越高，大车四边露出饱满的穗粒……

高允的两个儿子非常熟练地协助着父亲，用粗绳把大车上堆如小山的麦捆仔细捆好。这些麦捆散发出清香气息，摇晃着，麦芒轻轻刺着他们的皮肤。在儿子们的帮助下，高允又用绳子把大捆大捆的麦捆拴紧，牢牢地绑在大车边缘高高竖立的木杆上……

烈日下，高允父子汗流如雨，满身都是灰尘，满口都是麦穗的味道。

高允笑了。望着装满麦子的庞然大物在坎坷不平的土路上摇摇晃晃地慢慢走着，听着灼热阳光下布满尘土的轮毂发出吱呀的声音，这位当朝中书令一脸的心满意足，道：“当今皇上、皇后圣明，对百姓轻徭薄赋，多次实施大赦和曲赦，还多次对遭受蝗灾、霜灾的民众进行赈济，百姓大乐啊……”

高忱说：“父亲大人，您所言极是！陛下最近还加大了对我们国内吏治的整顿力度，朝廷下诏对离任官员进行离任审计，这也是新政之一啊……”

高允：“陛下圣明，皇后也非常聪颖明察。今日朝廷下令，官员任职期间综合政绩处于末位的，要问罪下狱。皇后还一直劝说陛下对边地六镇的灾民进行赈济，还严令对那些怠于行政的官员进行处罚……”

高允一家正说话间，忽然看到远处地平线上出现了大量的车马和人员。拓跋濬和冯婉华坐在辇车上，缓缓而行。在他们身后，司徒陆丽、忠义王乙浑、济南王慕容白曜，以及诸多中书省官员皆骑马跟随。元华、元蕊也随行。

皇帝、皇后一行逐渐走近。看清是御驾到来，高允一家赶忙跪地拜谒。见到身为朝廷中书令的高允竟然身穿短褐，满身大汗地和家人一起割麦，拓跋濬惊讶得说不出话来。

冯婉华和元华、元蕊对视了一下，会心地点点头。

迅速地察言观色，乙浑骑在马上，也做出大受感动的模样。他对拓跋濬说：“陛下，高大人虽蒙受陛下恩宠，但他的家境真是太贫寒了！我从前听说过高大人的事迹，可若不是亲眼所见，还真不敢相信……”

陆丽和慕容白曜斜眼看了一眼乙浑，都撇了撇嘴，露出不屑的神情。

拓跋濬听乙浑如此说，忽然恼火：“你怎么不早说！现在，你们这些人，看到朕重用高令公，才告诉朕他家里是多么贫寒！”

乙浑被拓跋濬如此训斥，当即闹了个大红脸。

高允此时已经站起身，他拱手拜谢：“陛下、皇后圣明！老臣乐在其中，不觉得有什么劳苦的……"

冯婉华轻声细语地对拓跋濬说："陛下，我们还是前去高令公家里看看吧……"

拓跋濬："对，去高令公家里看看。起驾！"

一行人来到高允所谓的府宅，映入众人眼帘的，是几间破败的茅草房子。

拓跋濬和冯婉华随众人走入茅草房中，只见床上放着粗布被子和破旧丝絮做成的袍子；走入厨房，又看到案板上只有一点点粗盐和青菜。

见此，拓跋濬和冯婉华相顾叹息。

拓跋濬："唉，就连史书上记载的古代清贫贤士，都没有谁能够像高令公这样清贫！"

冯婉华："是啊，我们先前都听说高令公清贫，就是没有想到，作为国家如此重要的大臣，他竟能够清贫到这个地步！"

拓跋濬问跟从的乙浑、陆丽和慕容白曜等人："卿等府邸，有如此景象否？"

乙浑默然不敢应。慕容白曜低头沉吟。陆丽躬身答言："回禀陛下，臣等世为鲜卑贵胄，童仆上千，家财巨万，确实不若高令公家中如此贫寒！"

拓跋濬点头："嗯，陆司徒还算诚实……忠义王，估计你在平城内的家当，要万倍于高令公吧……"

乙浑闻言恐惧，赶忙跪下："陛下明鉴，臣之家财，也是出于世袭，不敢贪冒取得……相比高令公，臣等府邸园宅，确实奢侈至极……"

拓跋濬叹息一声，随手扶起乙浑："朕并非斥责卿等贪渎，只是看到高令公家贫如此，朕心颇伤啊……朕来高令公家之前，皇后多次和朕讲过，先前和高令公同时入朝为官的游雅等人，许多都已拜为高官，而这么多年来，高令公部下门吏一百多人，也都做到了刺史二千石那样的官职。唯独我们的高令公，做了二十七年的中书侍郎而不得不徙官……来人，赏赐高令公五百匹布帛，一千粟米！拜令公长子高忱为绥远将军，任长乐太守！"

高允闻言，即刻跪地谢恩。同时，他坚决推辞，说道："臣本东野凡生，本无入朝为官之志。幸得朝廷征召，得以入朝为官，职入麟阁，一向尸素官荣，恐怕妨贤已久。如今官拜尚书令，荣宠已极，不敢再有非分之想！"

拓跋濬和冯婉华闻言，感动不已，二人亲自扶起高允，依旧颁布诏令，宣布对高允长子的任命。同时，催促朝廷职官即刻把赏赐送到高允家中，以示荣显。

草屋外面的麦田，在阳光下像丝绸一般闪烁着深褐色的光泽。那些未来得及割取的麦穗，几乎低垂到地上，预兆着丰收。

宣完封赏，冯婉华没有闲着，她低声吩咐元华、元蕊等人安排赐宴。

不久之后，拓跋濬、冯婉华、高允全家，以及跟随而来的一众贵臣、从人，全部坐在高允茅草屋外面的空地上。黄昏时分，巨烛高燃，空气中充满了热腾腾、油腻腻肉菜的气味。由于人多烛亮，场地上充满了和谐的气氛。看着皇帝、皇后、高允以及诸位贵臣笑语朗朗，众人都情不自禁地沉浸在欢快的氛围中。

冯婉华望着目光森严、骨骼粗大，举止却十分儒雅的高允，感慨良多。她举觞劝酒："令公，感谢您多年来在宫内侍奉皇家，亲撰旨敕，披览史籍，备究典纪。正是您的勤政和清廉，最终使先王之道，光演于明时；郁郁之音，流闻于四海！"

高允离席，跪地谢恩："深谢陛下！深谢皇后！"

第五十四章　冯皇后再孕

太极殿内，灯火通明。

冯婉华表情复杂地对常氏和冯昭仪说："我好像又有孕了……"

冯昭仪表情复杂，看了看常氏，不知说什么才好。常氏先是一愣，而后握住冯婉华的一只手，非常亲热地抚摸着。低头想了一会儿，她委婉地低声劝慰冯婉华："……你有孕了，这是好事，好事……"

不久，常氏劝慰的声音似乎变成了耳语一般的低语。等她看到冯婉华憋得全身颤抖，看到她从饮泣变成抽泣的时候，就开始亲吻她那被泪水浸湿的眼睛和两颊……

女人的心，似乎非常容易被怜悯和爱惜所抚慰和征服。此时，冯婉华倾出自己全心奔放的母性热情，怯生生地把自己的秘密告诉了皇太后常氏和姑母冯昭仪。随即，她忽然又从常氏的眼神中，感受到那种发自内心的毁灭性的、无法压抑的嫉妒之情。

不知道为什么，冯婉华尖叫一声，昏了过去……

冯皇后被抬着回到自己居住的坤德六合殿。等她醒来时，已是夜半时分了。

天已完全黑透。各种各样奇怪的念头在她脑海中翻滚着。忽然再次有孕，使得她的人生又发生了巨大的变化。她非常希望周围立刻漆黑一片，因为，在这样一个静谧之夜，黑暗能短暂地让她感受到某种虚假的温暖。她把脸贴在枕头上，想象着自己肚子里初育的孩子的模样，娇嫩、饱满、清新，却又非常模糊。这是怎样的一张脸庞啊……

不知道睡了多久，她被一阵窸窸窣窣的声音惊醒。借着窗外的光亮，她忽然看到已经七岁的第豆胤站在自己的床边。在他身后，是元华、元蕊关切的脸。拓跋弘贴心地问："母后，您醒了……您身体还好吧……"

冯婉华吃力地支起胳膊，说："第豆胤，我还好。你怎么来了？这都多晚了，你还没睡觉啊……"

元华："太子听说您病了，急得睡不着，要马上来看望您……"

每次看见这孩子，冯婉华内心都会涌起悲伤。这个孩子的模样，特别是神情，太像他的母亲李贵妃了。她把拓跋弘搂进自己怀里。

在母后的怀抱中，拓跋弘感受着冯婉华的体温。慈爱的母后，在他心中无比重要。

对于冯婉华来说，李贵妃的影子总是挥之不去。她非常希望李氏的音容笑貌能逐渐在自己的记忆中慢慢淡去。更加让她感到悲伤和焦虑的是，一旦自己腹中的孩子成形、出生，第豆胤的太子身份肯定就保不住了。毕竟，她是皇后，她亲自诞育的孩子，便是真正的皇后的嫡子。

冯婉华的脸色越来越不好看。一种黑色的焦虑，逐渐弥漫至她的全部身心：作为皇后，她生出的孩子是嫡子，那么根据大魏宫廷的制度，她也很有可能会被赐死。当然，她最终是否被赐死，决定权完全掌握在皇太后常氏的手中……

万寿宫内，常氏和乙浑、常英、常泰在议事。

常氏："你们知道吗，皇后竟然又有孕了……"

常英耸耸肩："女人有孕，有什么稀奇呢……"

常泰看看父亲，又看看姑母，没敢说话。

乙浑聚精会神地打量常氏，而后他低头沉思了一会儿，道："皇后有孕，是好事，也是坏事……"

常英、常泰都看着乙浑。常氏点点头："忠义王，那你说说，怎么是好事，又怎么个是坏事？"

乙浑："好事嘛……皇后也好，嫔妃也好，只要生下的孩子是男孩，这孩子就有被立为太子的可能。而冯皇后所生的儿子是嫡子，肯定就是皇太子。如今的太子拓跋弘呢，此后肯定要降为亲王。与此同时，作为太子生母，根据大魏制度，冯皇后的生死就完全掌握在太后您的手中了……"

常英："坏事呢，又如何说？"

乙浑一脸老到："冯氏是当今皇后，与陛下感情极深。她生下男孩之后，陛下也很有可能会废除子贵母死制度。如此一来，一旦当今皇帝驾崩，冯氏就会立刻成为真正的皇太后，我们大魏的权力也会尽掌于冯氏手中！"

常泰小心翼翼地插话道："即便如此，姑母到时候也会成为太皇太后，辈分还是高于冯皇后啊……"

常氏瞪了侄子常泰一眼，忍住怒气没有发作："唉，哪天若真是如此，我被升为太皇太后，真正的权力也肯定是人家娘儿俩的……"

诱发女人之间关系发生微妙转变的因素，常常变幻莫测。常氏想起自己昨天看到的冯婉华那绯红的面颊，以及因有孕而生出的一种成熟女人的气韵，内心深处涌出一股类似嫉恨的情绪。

不知不觉，这个从前在掖庭里干苦活儿的小丫头冯氏，不仅成了大魏的皇后，还又重新怀上了皇帝的孩子，这个孩子若确是个男孩，便是真正的大魏嫡子。黑色的意念使得常氏心中五味杂陈，现在的状况，是一个她感到完全陌生、曾经无从想象的存在。常氏一向抱有偏执求宁的心态，本来，她可以仗恃皇帝儿子的权力，整日寻欢作乐，然而忽然出现冯皇后有孕这样一个新的状况，她不禁忧心忡忡。

常氏眉头紧皱，自言自语道："冯氏有孕了，我一时间还真不知道怎么办才好……"

坤德六合殿。

冯婉华脸色苍白，站在殿前。冯昭仪面有隐忧，一脸慈爱地望着侄女。殿内，氤氲着一股菖蒲花的香味。从不远处的窗外，隐隐传来墙根下那株野生花树的芳香。一枝开满鲜花的树枝，静悄悄地伸进了半开半掩的殿宇窗户。

每当有心事的时候，冯婉华就会躲到坤德六合殿的这个偏殿里来，有时候发呆，有时候读书，有时候就这样胡思乱想。她刚刚偷偷哭泣过，姑母冯昭仪过来之后，她才强打精神起身，和姑母说话。

不远处，拓跋弘完全不知道自己可能即将改变的命运。他沿着宫内花园里的小路，兴致勃勃地连蹦带跳。不久，他就小跑起来，根本不在乎自己身上浅黄色的袍子会不会溅上路旁的泥水。

确实，拓跋弘自从出生起，就被冯婉华养育在自己宫中，他从来没有这样那样的顾虑，总是生活在祥和、慈爱的氛围中。

冯婉华关爱地喊着拓跋弘："第豆胤，过来喝水！你玩了这么久，一口水都没有喝……"

元华赶紧拿起一个水罐小跑过去，截住了到处疯跑的拓跋弘，笑着说："皇后命令你喝水！"

拓跋弘看看不远处的母后，原不想听话的，犹豫了一下，却索性夺过元华递过来的水罐，仰脖喝了个一滴不剩。

冯婉华脸上露出微笑，她那充满母爱的目光，就如同亲吻一样，还是孩子的拓跋弘能够深深地感受到。

　　冯昭仪非常细心地端详着冯婉华的脸色，问："婉华，你有孕这个事情，自己想好怎么处理了吗？"

　　冯婉华迟疑了半晌，才说："唉，我也不知道怎么办才好……"

第五十五章　元华大婚

平城济南王府。慕容白曜和元华大婚。

礼官高声宣布："济南王娶亲！"

按照北魏鲜卑婚礼习俗，慕容白曜身着崭新的袍服，高张济南王府的全部鼓吹和仪仗，来到平城皇宫内院迎娶新妇。到了殿门前，依北魏鲜卑的"催妆俗"，慕容白曜和他手下的亲将、家丁一起大喊："新妇子，催出来！"

他们呼喊了好一阵子，元华才身着全套锦绣服装，在元蕊和宫内诸多宫婢的扶持簇拥下，慢慢走出殿宇。而后，她款款而行，上了济南王府的新妇专用车。

面纱半遮元华的脸颊。元华走出殿门时，冯婉华注意到，陪伴自己多年的这位女伴，脸上挂着几滴不自觉流下的眼泪。

出宫之后，新妇下车，改为乘鞍骑马。慕容白曜悄声对元华说："根据鲜卑风俗，迎娶新妇之时，新妇乘马鞍。'鞍'者，'安'也，象征我们夫妇一世平安！"

元华微笑不语。与此同时，拓跋濬、冯婉华乘辇车，宫内诸人跟随，迎亲的队伍往济南王府方向走去。

王府内空地边上的树林，沐浴在阳光里。天非常非常蓝，近乎一种淡紫色，似乎老天也在保佑这对夫妇，希望他们一生都能够过一种平静安全的生活。

想起自己有孕的事情，冯婉华心事重重。在阳光灿烂的世界上，那些浅绿、深绿色的树梢千姿百态，周围到处是雀鸟生机勃勃的叽喳声。站在高高的台阶上，可以看到花园后面的田野一直伸延到远方，目光所及，一切都在阳光和尘埃中闪耀着光芒……

平时英姿飒爽的元华，如今脸庞上显现的全是甜蜜和温顺。她那修长的身子，依偎在慕容白曜健美的身体上，让人感到莫名舒畅……

慕容白曜英俊年轻。他头戴一顶新郎花冠，花冠下露出他黑黝黝、梳洗过的头发，整个人风度翩翩，沉浸在一种快乐和紧张交织的情绪之中……

很快，王府之内开始举行"转毡礼"。依北魏旧俗，新郎迎得新妇到家中之后，要使新妇步履不着地，便在地上铺垫柔软的白毡，让新娘踏之而行。而后，二人携手，共同走进青布幔裹的大帐，这就是"青庐行婚"。

接着，拓跋濬和冯婉华非常感兴趣地进入帐中，见证结婚仪式中最重要的环节，那就是"共牢合卺礼"。共牢，也就是"共享牢盘"，即男女双方象征性地在同一个盘子里一起吃饭。"合卺礼"，本是新婚夫妇把一个大瓠一分为二，夫妻各用一瓠，斟满酒后当众对饮；不过如今慕容白曜贵为济南王，行合卺礼的器物自然不再是葫芦瓢，而是皇帝、皇后赏赐的纯金瓠器。

礼官高声宣布："夫妇之始，王化所先。共食合瓢，足以成礼！"

吉时到，慕容白曜和元华夫妇交拜，正式结为夫妻。

二人相视一笑，开始一起享用美味佳肴。看到他们的筷子碰到一起，众宾客，包括拓跋濬和冯婉华，都高声欢呼起来。

交拜礼刚过，装成女方家属的宫婢、宫女百十号人，包括元蕊在内，突然笑语喧喧，吵吵嚷嚷，冲向新郎慕容白曜，举起手中的小棍朝他打去。慕容白曜猝不及防，高声喊痛，围着帐篷跑来跑去……

拓跋濬见状，哈哈大笑。他问冯婉华："皇后，这是什么风俗？"

冯婉华也不禁莞尔，说："这是鲜卑婚礼的风俗，叫'打新郎'……"

元华心疼地看着自己的夫君被宫婢们追打，欲言又止……

第五十六章　福兮祸兮

清晨，薄雾在空气中弥漫，笼罩住皇宫内的树林。从雾中飘来一股股花香。秋天的风相当猛烈，许多深灰色的乌云在蓝色的天空迅速扩散。

冯婉华神色忧郁，斜靠在睡榻上的靠枕上。她将双臂交叉抱在胸前，望着殿外那片树林和草地。不远处的草地上，吱吱喳喳地跳跃着几只乌鸦和白嘴鸦。鸟儿的眼神愚蠢而多疑，时不时就歪着脑袋，好奇地瞅着殿宇门口……

冯婉华对姑母说："按理说，有孕本是个喜事，可是落到我身上，却又是一件愁事……"

冯昭仪轻叹了一口气："真是的……你如果能够生下太子，是再好不过的事情。我们冯家数代的命运，都会落在这个孩子身上……"

抱公公在一旁插言道："如果皇后能够诞育皇子，将来必是大魏储君。日后他登基为帝，冯家就是真正的帝室宗亲了……"

冯婉华："说是这样说，但有太后统领后宫，不知道她心里会怎么想。"

冯昭仪眉头紧锁："太后一直在帮助咱们姑侄，这些年来对你照顾有加，这份恩情绝对没的说……可是，你现在已经贵为皇后，如果再生出一个皇子，到时候啊，我们冯家肯定就会成为有些人的眼中钉……"

元华表示不解："太后毕竟算是和咱们一边的人啊，她老人家不至于对皇后有什么不利的想法和举动吧。皇后好，太后也好啊……"

冯昭仪摇摇头："时势不同，人心有变……即使太后自己心里没什么想法，也难保她身边的那些人不会撺掇她、蛊惑她……这么长时间以来，我们冯家在京城从来不敢张扬，包括婉华的哥哥冯熙，都外派出京去当官，就是为了避免出现冯、常两家在都城争权的情况。唉，我们都这么小心翼翼了，皇后和太后之间应该没有大的矛盾。可现在涉及皇后有孕这件大事，太后大可以凭此弄出许多麻烦来啊……"

抱公公："嗯，我得去赵黑那里问一问……"

呼吸着早晨清新的空气，望着绿色的树林和草地，看着长满矮小树丛的沟壑里蜂蝶飞舞，冯婉华心中升起一种既甜蜜，同时又近乎悲哀的感觉。一想到自己肚子里面的孩子，就仿佛有一股让她觉得愉快又痛苦的力量压在胸膛上，使她在甜蜜的忧郁中思潮起伏。

为了转移话题，冯婉华对身边陪侍的元华说："唉，你现在已经嫁给了慕容白曜，也是王妃了，就别时不时地入宫陪我了，你多陪一陪你的夫君吧……"

元华脸一红，摇摇头："我不放心，总是惦记皇后……"

冯昭仪也道："元华，你现在已经是他人妇，还是要多在家里待着，天天入宫来，传出去总不太好……对了，元蕊，你不是还有个妹妹吗，她今年多大了？可以和你父亲说一下，让她入宫，和你一起陪侍皇后。"

元蕊："嗯，我是有一个妹妹，叫林月月，今年十五岁了……"

元华此时若有所思："我的夫君慕容有个妹妹叫慕容雪莲，今年也十五六岁的年纪，可以让她也入宫侍奉皇后……"

冯婉华："好啊，好啊……"

冯昭仪："别着急，先问一问她们的秉性脾气如何，再唤她们入宫也不迟……"

冯婉华轻轻抚摸着自己的肚子，说："我现在一遇到让我感到困难的事情，就会越发思念父母，想念自己的童年……晚上睡不着的时候，我就会清晰地回忆起母亲是怎样死去的，甚至她当时身上穿的衣服纹饰都清晰地印在我的脑海中……我记得她是怎样把头靠在我胸前的，我当时年岁那样小，那么无助……"

听冯婉华如此说着，元华也红了眼圈。往事历历在目。

冯昭仪忽然说："当初我被送来大魏时，你父亲还没有娶你母亲，我还真没有见过她的样子呢……"

冯婉华再次陷入回忆之中："我还常常想起父亲，他的样子很帅，身材高挑，精力充沛，说话声如洪钟，下巴上留着黑色的长胡子……记得有一次，父亲在吃饭的时候喝多了酒，他抱着我亲吻，突然又大笑起来，高兴得满脸通红……那种酒的味道闻起来好甜，好像是西域来的，琥珀色……"

冯昭仪慈爱地笑了："你来平城的时候才六七岁，怎么还记得从前那么多事情啊？"

冯婉华点点头："嗯，我真记得……"

刹那间，冯婉华感到无比心痛。她不由自主地眯起眼，随即又摇了摇头，忍住快要涌溢出来的泪水："我还记得长大之后头一回得了重病的情景。当时陛下还是皇子，怕被宗爱杀掉，我们出逃在外。回程的路上，我得了重病，差点死去……唉，那是一种全身心的虚弱无力，好几天都是昏昏沉沉的，整个身体和内心都产生了巨大的变化……我记得，当时我只希望自己尽快死去，太难受了，头痛得好像眼珠子都要裂了，完全不想动，也不想吃喝，同时好像还丧失了所有的欢乐和哀愁。后来，听说我整天整夜地昏迷不醒，就像真死了一样，只是啊，就在那样的时候，我还会被一些噩梦惊醒……那些梦都是乱七八糟的，想想真是荒谬绝伦，在那种发热病的状态之下，人真的太脆弱了……唉，我真真切切地记得当时的情景，在我真就快要死去的时候，我看到了母亲在我身边安慰我。本来，我都看见地狱幽暗的景象了，看到了无数丑恶的野兽、人影，还有许多奇形怪状的怪物，它们都在床头蜡烛的光影里面飞奔和颤抖！当我快要陷落到地狱的时候，母亲忽然出现，唤醒了我，让我努力把握住这个现世可爱的、熟悉的生活……母亲的爱太深了，我想，就是她去世了，她还一直在保佑我，让我的内心充满了明亮和期待……"

冯昭仪："唉，其实，我年纪那么轻就被我的父亲送到大魏来，当时也是天天提心吊胆的。毕竟，自己的国家当时是处于大魏军队逼压之下啊……我在来大魏之后的第二年，还生过一个女儿呢……"

冯婉华、元华、元蕊等人都未曾听说过此事，大惊失色，只有抱公公眉毛挑了一下，显然知道内情。

冯婉华："姑母，您从来没对我们说过这件事情啊。"

冯昭仪也陷入回忆之中，面色凝重："唉，那个女儿，只活了八个多月，就死了……其实，太武皇帝还挺喜欢这个孩子的，封她为安乐公主……记得当时是元日过后的第三天，皇宫内院到处喜气洋洋，大家纵酒作乐，贺节的大臣和贵戚盈门……就在那样的日子中，我的女儿忽然生病了。生病前，她那一双结实的小腿天天蹬踢，都能够在殿内到处爬了……她的叫喊和欢笑声，天天回荡在我的耳边……不知道为什么，她就像中了邪一样，忽然发烧，高烧了两天，就昏迷不醒了……"

冯婉华等人聚精会神，听着冯昭仪的叙述。

冯昭仪兀自沉浸在悲伤的回忆之中："唉，殿内房间半明半暗，我当时束手无策，御医来了几拨也没有用……可怜的孩子，就像一盏即将熄灭的灯一样，我只能那样无助地看着她，看着她的生命在我面前慢慢消失……我当时几乎哭死，为什么老天独独选中了她，要带她走呢？她是我唯一的欢乐啊……在那样一个隆冬的黑夜，我的孩子去了。在阴沉的灯光下，她一动也不动，她的小脸还是那么漂亮，就是没有血色，也毫无表情。我记得，当时烛光映在她黑黑的睫毛上，落在她脸上的影子晃动了一下，我还以为她会活转过来……"

眼泪无声地从冯昭仪脸上滚落。在冯婉华心目中，她这个心地善良的姑母，从来没有如今天一般多愁善感。也就是在今天，在当下，冯婉华第一次看到姑母的泪水。

虽然已经年近半百，冯昭仪仍然没有褪去昔日的风韵。她身上那种善良、正直，以及不同寻常的娴淑品质，使她显出一种天然而朴素的美丽。她那戴着手镯的白皙的手臂，她那挂着一串珍珠项链的脖颈，以及她漆黑的鬓发，俏丽而迷人。

然而，此时此刻，冯昭仪坐在殿中敞开的窗子附近，一身白色绸衣，显得消瘦而苍白。陷在回忆之中的她，神情严肃而忧伤。她秀丽的眼睛，好似刚刚熄灭的炭火一般，散发着某种毫无生气的微弱闪光。多年来，无情的苦难在这个不幸的女人脸上留下了不可磨灭的痕迹，从内心摧残了她。亡国之痛和丧女之痛，使得她那无限美丽的容貌细看上去却有无尽沧桑，也使得她的种种迷人的特质之下依然隐藏着某些非常残酷和可怕的痕迹……

冯昭仪说话的时候，双手紧紧地攥着一串佛珠，表情茫然，她望着地面，似乎一时间无法面对命运黑暗的罡风。而透过这无法预测的命运，她仿佛又看到了女儿那张模糊而俊俏的小脸。她的心因痛苦而再一次紧缩……

冯昭仪的痛苦，似乎有传染性，使得冯婉华一下子也如同落进无底深渊。她呆愣愣的，直到听见元华、元蕊轻微的哭泣声，她才从悲痛到近乎麻木的状态中稍稍清醒过来。

正当殿内诸人叹息之时，太子拓跋弘忽然进入殿内，身后跟着两个小宦者……

第五十七章　深夜猎熊

慕容白曜和元华夫妇兴致不错，他们率领着几个仆从，带着几条狗，到平城附近的郊野去打猎。

看着慕容白曜和仆从拿着几罐蜂蜜在树林中的树木上到处涂抹，元华很吃惊，同时非常有兴趣。"夫君，你们往树上涂蜂蜜干什么？"

慕容白曜边干活儿边回答："蜂蜜很香，嗯，你闻到了吗？这么香甜的气味，很快就会吸引野兽前来，我们才好打猎啊……"

慕容白曜穿着一件看上去非常暖热的鹿皮半臂①，头戴一顶打猎时专用的无檐毡帽。他的手中拿着一把锋利的叉，腰间插着一把阔口虎头钢斧。看了看日落的方向，他和仆从大致划定好这次打猎的范围，便与元华一起坐在胡床上等待。

不时有乌鸦在树林上方飞翔，拍着翅膀，哇哇叫着；草丛中也有不少野兔，它们忽然出现，踩得地上的枯叶沙沙作响，而后又向水边跳去；偶尔也能看到有敏捷的貂鼠出没，而后像闪电一样倏地消失在树林之中；静默之间，还有各类禽鸟的啁啾声，衬得树林更加清幽。

太阳正在落山。落日的红光在巨大的树木的枝条之间照耀着。森林里面开始出现大型动物，四处是令人警觉的动静。

一群野猪喷着鼻息从慕容白曜、元华夫妇等人旁边慌慌忙忙地跑过。不久，一大群麋鹿也急驰而过，这群麋鹿数量不少，它们的蹄子踏过枯叶，在树林里激起一片回响。

慕容白曜忽然说："唉，我今天没有带弓箭来，否则，怎么也要射几头麋鹿回去……"

元华："嗯，我们最好别碰到熊之类的猛兽，遇到虎狼什么的都还好说。"

---

① 即坎肩。

这时候，天空中突然出现一大片暮霭。树林内的许多树木顶端被即将消失的夕阳照耀着，远远望去就像是树顶在燃烧。不久之后，一切又逐渐安静下来，森林里面，寂静无声。光线越来越微弱，不久，天色近乎完全黑了下来。

元华似乎在自言自语："我虽然已经嫁给你了，却总是想念宫内，我真舍不得皇后啊，也舍不得太子……"

元华和慕容白曜静静地坐了好久，她先是想念起冯婉华，接着，又想念起一直受她照顾的皇太子拓跋弘。她回想起同皇后告别时，把拓跋弘抱在怀里哄弄，孩子当时哭得死去活来，让人心酸不已。她絮絮叨叨，向夫君说自己是如何惦念太子俊秀的脸蛋，惦记他的学业，惦记他晚上睡觉踢被子……

慕容白曜劝慰妻子说："反正我们都在平城，你任何时候都可以去宫内陪皇后啊，也可以顺便去陪太子玩耍……"

忽然，不远处的沼泽中传来一些含糊的声音，声音挺大的，好像是某种庞然大物沉重的喘息声……

元华的表情有些忧惧，她站起身来，望着黑暗沼泽的方向。可她什么也看不见，好像一切景物都被大地吞没了似的。

慕容白曜赶忙摸摸身上的武器。钢叉和钢斧都是新磨出来的，锋利无比。同时，他身边又有仆从跟随，所以此时此刻他心中并不害怕会出现大型野兽。不过，罡风吹过，嗖嗖风声在夜晚特别让人瘆得慌，让人想起传说中的鬼怪。

不知为什么，慕容白曜的内心十分不安。一颗松球掉下来，正好砸在元华的肩膀上。在这深沉的静寂中，这颗松球竟然发出相当大的响声来，着实吓了诸人一大跳。继而，一切又归于寂静。慕容白曜、元华以及随行仆从都沉默着，甚至能够听见自己的呼吸声。

昏暗中，慕容白曜保持着高度的清醒。他仔细听着，果然听见身后传来一阵沙沙声。元华也听到了这种声音，她紧紧抓住慕容白曜的胳膊。野兽，毕竟不同于战场上的敌人，在这漆黑的夜晚，更让女人发自内心地感到恐惧。

慕容白曜把手中的钢叉握得更紧了，他伸长脖子，仔细倾听。哼哧哼哧，沙沙声迫近，越来越清晰。枯枝发出咔嚓咔嚓的声音，满地的落叶也沙沙地响。有个大东西来了……越来越近的这头野兽，似乎也感觉到了什么，行进之中，它犹犹豫豫，沙沙声时发时止。

元华对着慕容白曜耳语："难道是一只大狼？"

慕容白曜摇摇头，轻声回答："不像狼，狼的脚步声特别轻。这头野兽个头很大，说不定是一头大野猪什么的……"

声音完全静止了，野兽在近在咫尺的一棵大树下停住了脚步。四周是那么安静，现场没有一个人敢出声。过了一会儿，众人又听见了那缓慢而小心的脚步声。这个身量巨大的野兽，来得如此谨慎，元华和慕容白曜禁不住感到十分惊奇。

慕容白曜能够断定，那东西就在他身后十几步的地方。他瞪大了眼睛，四下观瞧，但能清楚地看见的只有周围的树干，没有任何别的东西。没办法，不能主动盲目出击，他们只能在原地等待。

元华全身打了一阵寒战："如果真有鬼怪，它从那么可怕的沼泽地里走过来，也太吓人了……"

慕容白曜听元华如此说，感觉自己无檐毡帽下面的头发都一根根竖了起来。相对于女人，在某些时候，男人更害怕神魔鬼怪之类莫名而陌生的东西……

过了一会儿，他们周围再一次响起一阵沙沙声，比前一阵更加清晰。这头巨大的野兽已经在他们身边绕了一圈，眼下，它正从前方向众人靠近。

慕容白曜牢牢握住手中的钢叉，默默站起身，准备随时发动攻击。突然间，他嗅到了熊的气息……

这时候，慕容白曜不再害怕了。他直视前方，全神贯注地听着。随着沉重而清晰的脚步声越来越近，慕容白曜和元华终于发现，正朝着他们大步奔过来的，真是一头熊！

一头大熊！

大熊身上浓烈的臭味灌入二人的鼻孔，它巨大的喘息声和哼哼声也随之而来。这头野兽扭动着又大又黑的躯体，半直立着，所有的注意力都被树上的蜂蜜气味吸引了。

慕容白曜大喊："是一头大熊！"

元华非常害怕，吓得不由自主后退了几步。

几个仆从也吓得纷纷后退，只剩慕容白曜一个人在大熊近前。这时候，大熊才忽然看到松树下面的慕容白曜。它短促地大吼一声，似乎也被这个意外出现的幽灵一般的人类吓了一跳。不过，它也发现，自己已经走得太近，无法避免地要跟这个人正面搏斗了。

刹那间，大熊怒吼着重新半立起来。它叉开前足，好像要紧紧地抱住近前的慕容白曜。无畏无惧，慕容白曜为了保护身后的元华，闪电似的跳了起来，用他壮健的双臂架住钢叉。然后，他使出全身的力量，把钢叉对准大熊的胸口直刺过去。顿时，嚎叫声响起，似乎整座森林都响彻受伤大熊恐怖的吼叫声。大熊用一只大爪抓住钢叉，好像要把它拉出来。但是慕容白曜把钢叉刺得太深，根本拔不出来。

由于剧烈的疼痛，大熊的吼叫声越发可怕。这时候，它忽然前倾身体，想要抓住近在眼前的慕容白曜。它斜倚着刺入自己身体的钢叉，朝慕容白曜扑过来。

慕容白曜死死抵住手中的钢叉，这样一来，钢叉插入大熊身体就更深了一些。两个身材高大的仆从终于反应过来，也挺勇敢，抢刀直扑上前。大熊扬起熊掌，在嚎叫声中把两个仆从的脑袋拍得稀烂。腥味极浓的鲜血顿时溅了慕容白曜一身一脸。其余几个王府仆从，一看这种骇人的景象，纷纷后撤，甚至跌倒在地。

为了保命，也为了保护身后的元华，慕容白曜拼尽气力，依旧紧握住钢叉，不敢有丝毫退缩。由于疼痛难忍，森林里响彻大熊愤怒和绝望的吼声。叉尖越刺越深，大熊越来越痛，它紧紧靠在一棵大树上，摇动着身体。

这是一场人兽之间可怕的搏斗。没过多久，慕容白曜就觉得自己精疲力竭了。他内心深处非常清楚，一旦自己倒下去，一旦自己松开手中的钢叉，自己马上就会被大熊拍碎头骨或者胸骨，而且，还会危及身后的妻子元华。忽然之间，一股类似愤怒的情绪烧遍了他的全身。他高声怒喝着，用钢叉死死抵住大熊的胸口。这时候，他宁愿自己死去，也不愿这头野兽伤害到元华。

更危险的是，慕容白曜的一只脚被一条蜿蜒的树根绊住了。他的身体摇晃了一下，抵住钢叉的力量减弱。大熊大吼一声，巨大的熊背脱离大树，眼看就要泰山压顶一般压向慕容白曜。

紧要关头，元华忽然出剑，不顾危险，刺伤了大熊的一只眼睛。同时，元华大喝："夫君，用你的斧子！"

绝处逢生。趁着大熊因眼睛被刺瞎而丧失力气，慕容白曜从腰中抽出锋利的斧头，对准大熊的脑袋用尽全力砍了下去。

轰的一声，面前巨大的野兽倒下了……

看到倒在地上抽搐的大熊，慕容白曜简直不敢相信自己的眼睛。经过一阵长久的静默，慕容白曜依旧大口呼吸喘气。过了好大一会儿，他才直起腰抬起头来，走到元华身边，搂住了妻子。

一个仆从开始试着用火镰点燃火把。元华拥抱了夫君一下，然后轻轻推开他，也开始点火。

在火光中，慕容白曜清清楚楚地看到妻子乌黑的眉毛，鲜红的嘴唇，以及她雪白的前额。她吹着燃烧起来的火绒，仪态优美无比。

慕容白曜深情无限地说："如果没有你刚才提醒我用斧子，如果没有你刺瞎大熊的眼睛，我肯定会被大熊拍死的……"

慕容白曜说着，情不自禁地抱住了元华，也不顾忌身边的仆从，就开始亲吻她的双颊。

元华手上的火绒，一下子掉到了地上。毕竟还是害羞，她低声说："你放开我……"

虽然如此说，她还是任由夫君亲吻着自己。

望着躺在地上的大熊尸体，元华对慕容白曜和仆从说："你们找几片大的油脂树柴过来，还有枯叶和枯枝，我们赶紧把火堆点起来，否则再有大熊的同伴过来，我们就惨了……"

不一会儿工夫，火堆燃烧起来，周围一片明亮。

庞大的褐色熊尸瘫倒在地上，躺在一大摊血泊里。慕容白曜自豪地指着大熊尸体说："好一头可怕的大熊！"

元华也情不自禁地赞叹："你真有力气，看，大熊的头都被你劈开了！"

元华躬身去摸熊的尸体，好像是想要看看它是否够肥硕。接着，她站起身来，容光焕发："嗯，这头大熊身上的肉啊，特别肥，熊的脂肪特别有用，还能喝，对身体特别好……"

慕容白曜指挥着仆从，亲自熔了一大罐熊脂给元华，自己也高高兴兴喝下了一大罐。"啊，非常新鲜，味道也不错，你喝一点吧……"

元华把头摇得像拨浪鼓一般："我才不喝呢，这么膻的东西……不过，一定要把熊脂留下一些，我要入宫带给皇后和太子，听说冬天搽熊脂可以预防冻疮……"

第五十八章　童言无忌

坤德六合殿中。

冯婉华夸赞说："慕容白曜，你竟然能够单打独斗杀死一头大熊，真是我大魏勇武的榜样！"

元蕊搂住元华的肩头，佩服无比地讲："姐夫他能杀死一头大熊，还不是靠我元华姐姐！我们都知道了，如果没有我元华姐姐给了那头大熊的眼睛一剑，估计你也就被大熊一巴掌拍死了！"

元华假装嗔怪地拍了一下元蕊的脸蛋。

冯婉华笑了。

慕容白曜："元蕊说得真对！当时我都撑不住了。那头大熊的重量和力气，绝对不是我们人能够相比的！如果不是当时元华在我身后，我可能都没有足够的勇气去和一头大熊搏斗……现在想起它那又臭又红的大舌头，还有粗厚的熊掌，我都后怕……"

元华抿嘴笑了起来。

冯婉华坐在榻上，看到元华脸上洋溢着婚后那种发自内心的幸福之情，更是暗暗称奇。合适的婚姻，会使得女人更加美丽。元华一身窄袖袍服打扮，衣服上面镶着貂皮边，更显得英姿飒爽。特别是她的鲜卑裤褶和高筒软皮靴装束，使她看上去非常像一个远嫁到北魏来的柔然公主，简直就像一个刚刚从画中走出来的美人。

正说着话，皇太子拓跋弘走进殿来。他身后跟着抱公公。抱公公身后，还跟着一只性情暴躁的小狗，是拓跋弘的宠物。

拓跋弘向冯婉华行礼："孩儿拜见母后！"

冯婉华慈爱地看着这个自己一手养大的少年。

冯婉华："第豆胤，元华看你来了。她现在是济南王妃，难得回宫省亲，你还不和她亲热一下……按照民间老百姓的风俗，你应该管元华叫姨母，管慕容白曜将军叫姨父呢……"

元华急忙走过去揽住拓跋弘，亲热地说："太子殿下，我还给你带来不少好吃的，还有用大熊脂肪现熬出来的熊油。你是汗脚，冬天出去玩耍打猎的时候容易生冻疮，涂了这种熊脂，就不会冻脚了……"

出乎在场所有人的意料，拓跋弘没有与元华如何亲热，而是站在原地，冷脸看着元华。而后，他又望向慕容白曜。

慕容白曜向拓跋弘行礼："拜见皇太子殿下！"

拓跋弘气鼓鼓地说："哼！原来就是你抢走了我的元华姐姐，早晚我会把你杀掉！"

皇太子拓跋弘如此怒言，使得在场诸人都感到惊讶。慕容白曜有些惶然无措，虽然对自己口出恶言的是个少年人，但这个少年人毕竟是大魏的皇太子啊。元华也愣怔在原地，不知该说些什么才好。

冯昭仪也吃惊匪浅。她看看拓跋弘，又看看自己的侄女皇后。冯婉华也对拓跋弘的话大感意外。沉默了片刻，她忽然变色，大声斥责道："第豆胤，你身为储君，竟敢如此妄言！"

拓跋弘在宫内被宠坏了，从来没有见过母后如此声色俱厉的样子，顿时感到害怕。

在场众人见状，都赶忙跪下。

低头想了想，觉得不对，拓跋弘也只得跟随众人跪下："母后息怒！"

冯婉华："第豆胤，你知罪吗？"

拓跋弘嗫嚅着，还想解释什么："儿臣……"

此时，殿中诸人里，慕容白曜最感难受。他想劝冯婉华息怒，却又不知道该如何劝；元华呢，更是尴尬异常，她内心也知道，拓跋弘从小由自己带大，一朝自己出嫁离宫，他心里肯定依恋不已，但她怎么也想不到，这个少年人竟然说出要杀她的夫君的话来。

窘迫之中，元华望向冯昭仪。

冯婉华继续数落拓跋弘："你身为储君，一言一行，都要谨慎！这些年，我亲自选择硕儒教授你学问，君臣之道，人子之礼，你怎么全学到狗肚子里面去了？慕容将军作为大魏臣子，广立功勋，你竟在大庭广众之下妄言杀戮，是何缘由？！"

殿内气氛非常凝重。拓跋弘不得已，伏在地上再次对母后稽首行礼，表示道歉。

冯婉华依旧是怒不可遏。

冯昭仪劝说道："皇后不必动怒！皇太子年幼，说话不知道轻重，想必他依恋元华，觉得是慕容将军抢走了元华……待其年纪稍长，肯定就不会再这样说话了……"

拓跋弘伏地再叩首："儿臣知罪了……"

慕容白曜、元华、抱公公、元蕊等人皆伏地叩首求情："皇后息怒！"

冯婉华对慕容白曜说："慕容将军，你扶太子起来吧……"

慕容白曜和元华赶忙走过去，一起扶跪在地上的拓跋弘起身。拓跋弘本想甩开慕容白曜的手，犹豫了一下，没敢。

元华搂住拓跋弘的臂膀，低声耳语相劝……

济南王府的牛棚在宅院中很靠后的地方。慕容白曜和元华穿过宽阔的院落，经过松树下面的雪堆，一起来到牛棚附近。

元华依偎在慕容白曜身上，深情地说："我们的生活如果能永远这么宁静就好了。你看，不慌不忙的，没有阴谋，没有杀戮，没有担忧……"

慕容白曜拍了拍元华的肩膀："顺其自然吧……咱们这济南王府里，肯定没有宫内那么多的烦心事和麻烦事……"

推开被雪微微冻住的门，一股热烘烘的牛粪气味迎面扑来。几头健硕的母牛忽然看到灯笼的光，一下子惊骇起来，纷纷骚动着，不停喷着鼻息。一头下崽不久的大母牛，晃动着它宽阔、光滑的有着黑色花纹的脊背对向他们，护着自己的小牛。

慕容白曜拍拍大牛的屁股。元华走近小牛，轻轻地把小牛推向大牛身边。

大花牛沉重地舒出一口气，安下心来，用粗糙的舌头舔舐着自己的孩子。小牛在昏暗的灯光中摸索着，把鼻子伸到母亲的乳房下使劲嗅，还不停摇着尾巴。很快，它开始吃奶。

元华："唉，我们现在这样的生活，是我最想要的，如果能够一直持续下去，该多好啊……"

慕容白曜的神情有些不安："太子今天对我说出那些话，真是出人意料啊。"

元华以安慰的口吻说："他一个小孩子，你别把他的话往心里去。"

慕容白曜面有忧色："他可不是一般的小孩子，他是皇太子，储君，未来的皇帝！……现在想起他当时恶狠狠的语气，我还心惊肉跳的……"

元华："在他的心中，就是你把我从他身边抢走了啊，所以他才会那样说话。皇后当时很生气，你也看到了……"

慕容白曜低头想了想，道："说他是小孩子吧，其实也不小了。今天的事情，他长大了也会记得。真怕太子记仇，万一他长大之后，当上皇帝，还记得今天被皇后训斥的事，念起旧怨来，说不定真要把我杀掉呢……"

元华脸上露出半是困惑半是犹疑的神色，说道："怎么会！只要我活着，你就不可能死！而且，即使太子以后当上皇帝，有我在，有皇后在，他又怎么会杀你？……"

北苑。

深冬的晚上，辇车内部温暖又安适。车窗拉上了帘幕，外面的人既看不到车里的人是谁，也听不到他们在说些什么。

冯婉华和姑母冯昭仪坐在辇车上，慢慢闲逛，说着私密的话语。辇车之内，只有元蕊一个人在伺候。距离辇车很远的地方，跟着几个皇后宫里的宫婢和小宦者。

晚霞已经消失了，夜幕即将降临。姑侄两个静静坐了好久，辇车内的温度越来越高，暖和得甚至使元蕊打起了盹儿来。

辇车又慢又稳地由果下马拉着，冯婉华拿起手中的香囊给姑母看："这西域进贡的香真好闻……姑母，您瞧，我现在觉得连窗外吹进来的一丝丝微风都是香的……"

冯昭仪笑着点了点头，对侄女说："婉华，刚才你为什么那么生气？太子说要杀慕容将军，就是小孩子随便那么一说而已。他毕竟还是个孩子，特别依恋元华，元华嫁人出宫，他不太理解，才会说出那样的话……"

冯婉华表情严肃："第豆胤这个孩子今天的表现，大大出乎我的意料。他毕竟是皇太子啊，是储君，竟然对一位朝廷将军说要杀对方，这是多么严重的一件事情啊。如果我现在不对他加以严厉管教，日后他为帝为君，说不定会成为什么样的暴君呢……"

闻着辇车内的股股芳香，冯昭仪和侄女私下相处，谈着心里话，觉得非常愉快。她目不转睛地望着自己的侄女那美丽、年轻的面容，听着她那种年轻女人特有的，在低声絮语时也特别清脆悦耳的声音，心里油然生出一股温情。

"太子毕竟还小，再大一些他就知道收敛了。你作为母后，应该在外人面前显得更慈爱一些……不过，婉华，我想知道的是，对于你自己肚内的孩子，你到底打算怎么办？"

　　冯婉华回头看了看坐在车厢角落里打盹儿的元蕊，回过头来，望着姑母，坚定而又决绝地说："姑母，我已经做了决定，这个孩子，必须做掉！"

　　冯昭仪听侄女如此说，顿时脸色大变。虽然她心中也是有一定准备的，可亲耳听到身为皇后的侄女说出这样的最终决定，她还是惊讶不已。

第五十九章　宫内宫外

平城皇宫的夜晚，一切都处于宁静状态。就在这宁静之中，决定着某些人命运和大魏命运的事情正在或者即将发生！

只有青春焕发的年轻女人，才能在这样一个寂静的夜晚爆发奇特的力量。

四匹拉辇车的果下马精神饱满地走着，它们有节奏地左右摆动，在嘚嘚的马蹄声中，冯昭仪仿佛感到某种神秘的力量正左右着自己和侄女的命运。

冯婉华对姑母说："我已经听说，嗯，是抱公公从赵黑那里得知的，太后还是对咱们冯家放心不下。如果我生下男孩，她还是准备依大魏宫廷旧制来处置我——子贵母死！姑母，我喜欢孩子……但是，我绝对不能死！如果我死了，好多事情就办不了！我们冯家的命运又会完全改变！我拼了这么多年，忍了这么多年，我不想因为一个孩子就忽然死去，我不认命！"

冯昭仪听侄女如此说，心中顿时充满了莫名的伤感。辇车之外，树林中有鹌鹑在高声啼叫，似乎一下子给人以一种假象般的欢乐。

冯婉华推开辇车的窗子，看到天空中的群星渐渐隐没在轻烟薄雾之中。天上，一弯明月如钩，尚未满盈，清辉四泻，寒光闪闪。

情不自禁地，冯昭仪凑过去搂住了自己的皇后侄女，温柔地拥抱着她的躯体。冯昭仪脸上的泪水，很快就浸湿了冯婉华的衣襟……

平城近郊农庄。

皇太后常氏大大咧咧地坐在屋子中间，许多宫婢和宦者围绕着她，不停地向她递送吃食和酒。常氏本来就是个性情爽快的女人，可是由于青年时代长久地经历贫寒的生活，使得她极其贪图物质享受。做皇太后之后，她的身体日益发福，头逐渐变圆，头发越加漆黑油亮，原先因为干各种粗活儿而粗糙的双手，日渐柔软白皙。心情好了，她的大脸盘子的线条似乎也变得更加柔和了。不说话、不发怒的时候，常氏的那张大脸显得十分良善。

乙浑一脸谄媚，对常氏说道："富贵思安乐。太后，想想您现在的泼天富贵，再吃一吃这种从前吃过的百姓饭菜，是不是心里更加高兴了啊？"

为了让常氏乐呵，乙浑特意奉驾，让宫内大批宦者和宫婢随从，到他名下庄园的一处庄户人家，让常氏重温农家之乐。这家庄户的主妇是个五六十岁的老妇人，头上戴一顶黑色的包发帽，这让她看上去比实际年纪还要老上十几岁。

跟随老妇人不停上菜上饭的，是她八九岁的小孙女。这个女孩因为常年在户外，风吹日晒的，故而皮肤黝黑，活泼好动。她生着一双大眼睛，小翘鼻子尖尖的，非常俏丽好看。

由于平时没有见过什么达官贵人，老妇人只道来人是乙浑大人带来的更富贵的人，并不清楚这位坐在自己屋子正中的是当朝皇太后，所以比起一众宦者和宫婢，老妇人和她的孙女没有丝毫奴颜婢膝的样子，就像是在招待普通来客吃饭一般，不卑不亢。见惯了身边人对自己的卑躬屈膝，忽然见到老妇人和她孙女这样平直没有掩饰的模样，常氏反而感到特别自在和舒服。

老妇人一直在忙着张罗。在小孙女的帮助下，她在家里的场地上抓了两只老母鸡，当着常氏的面杀掉，还在房门口拔了毛。

有几个宫婢从来没有见过杀鸡，都战战兢兢地注视着整个过程。常氏惬意地看着老妇人忙碌，乙浑则跪在她身后，一刻不停地为她按摩背部。

常英、常泰也坐在屋子里面，假装出好奇的样子，附和着常氏。那个一直跟随常氏的鲜卑青年面首，也躬立在常氏身后不远处，兴致勃勃地看着老妇人宰鸡褪毛。

老妇人手脚非常利索，在把两只鸡放进锅里以前，飞快地褪毛，清洗。没过多久，她就把鸡放入大锅中煮了起来。

鸡，终于煮好了，香味弥漫在屋子里面。

常氏非常满意地回头，仰首对乙浑说："忠义王，你真有心讨好老身啊，我在宫里真是待腻了，能到外面来散散心，好高兴啊……嗯，这鸡，我闻着都流口水，肯定好吃，肯定香……"

奴仆一般，乙浑亲自摆好饭桌，然后让宫婢铺上从宫里带出来的丝绸桌布，悉心收拾停当。贵为王爷的乙浑亲自在饭桌上摆放好数个装有调味品的小碟，然后，他躬身把炖好的两只鸡装入盘子，恭恭敬敬地端到了常氏的面前。

常氏低头先尝了尝鸡汤的味道，嘴里啧啧："多么香的鸡汤啊……我年轻的时候给皇帝喂奶，每天都有鸡汤喝。唉，但是想起那些鸡汤，真是难喝死了，不知道当时宫里那些宦者贪污了多少钱，买的死贵的鸡，做出死难吃的鸡肉……"

常氏陶醉在鸡肉的香气之中，依旧不忘从前的苦日子。看着贵为王爷的乙浑亲自剪烛花，望着身边环绕着的宫婢和宦者，她久久沉浸在非常愉快的情绪之中。

忽然，常氏叹了口气。乙浑仔细观察着皇太后的表情，趁机进言："如今皇后有孕，不知道太后决定如何处置？"

常氏放下手中的鸡腿："冯氏姑侄，说句实话，她们对老身一直很照顾，也很懂事和听话……只是，人情势利，一旦皇后诞育皇子，这整个大魏国家之中，还真就没人镇得住她了……"

乙浑赞同地点头："太后圣明！人心难厌！……不过，为了防止冯氏坐大，微臣有一计，不知可讲否？"

常氏："但说无妨。"

乙浑："当今圣上的身子骨，真是堪忧，一旦哪天驾鹤升遐，肯定是当今太子继位。而当今太子的生母李氏的父兄，先前都被太后您斥贬外任，不在京城……为了拉拢人心，太后您大可再下诏旨，召回李氏的父亲李崔和兄长李长祥！"

拓跋濬、冯婉华高坐在北苑殿内，慕容白曜、元华领着慕容雪莲，元蕊的父亲林冬间领着女儿林月月，入内拜见。

冯婉华低声对拓跋濬介绍："元华出宫之后，我这里缺人，想让慕容白曜的妹妹慕容雪莲，还有元蕊的妹妹林月月入宫。陛下，您也见一见吧。嗯，林月月，我替她改名了，她现在叫元丽。"

拓跋濬满脸都是笑意："好，元丽，这名字改得好，她确实很美丽。"

元丽、慕容雪莲这两个女孩，都非常漂亮，看上去也都非常聪睿。慕容雪莲属于那种一看就毫不拘束的人，个性开朗，大概是习武的原因，给人以英姿飒爽的感觉；元丽呢，则属于风度优雅的淑女，眼睛里总是满含笑意，但可能因是平齐户①出身，她身上同时还散发出一种小家小户的世故之感。

抱公公、赵黑这两个在宫内历练多年的宦者，凭着特有的能迅速了解人的内心的能力，很快就对新入宫的两个女孩有了大概的了解。他们一边耳语着，一边特别注意着元丽，暗道这个女孩或许本性是很好，就是不太讨人喜欢。

---

① 北魏军队夺取南朝宋国的青、齐二州之后，掳掠了许多民户，迁到平城。其中一部分充作奴婢，分赐文武百官，另一部分被分派到平城附近耕作，不许自由迁徙，称为平齐户。这些南朝百姓，与北魏当时的隶户地位类似。

看到冯婉华和拓跋濬都非常满意两个女孩，他们当然不会说出自己心中真实的想法，只是庆贺皇后身边又增添了新的女官。

拓跋濬问："慕容雪莲，你平时练习什么武功？"

慕容雪莲赶忙跪下："回禀陛下，我平时主要练习剑术，也练习射箭。"

拓跋濬满意地点了点头："朕看见你的眸子精光闪烁，就知道你是习武之人。"

而后，拓跋濬转向元丽，问："你呢，平时学习什么武功吗？"

元丽跪下禀复："陛下，我只是学习了一下拳术，平时读书多一些……"

林冬闾这个时候跪下回禀："陛下，臣女元丽和元蕊不同，我没有教她过多的技艺。她平时学习的拳术，也都是花拳绣腿，不像她姐姐元蕊那样真有技艺功夫……"

说到自己的两个女儿，林冬闾那本来有些佝偻的背都直起来了，一双眼睛炯炯发光。显然，他非常关注女儿入宫之后的表现和举动。

由元蕊、元丽、慕容雪莲以及一群宫婢和宦者陪侍，拓跋濬、冯婉华一起钓鱼为乐。

北苑花园后面的大池塘里，有许多鱼。宫婢和宦者在池塘边的树荫下放了两张胡床，拓跋濬和冯婉华坐在胡床上面，脚下还各有毯子作为脚垫。

在钓鱼方面，拓跋濬属于有经验的人，不劳宦者动手，他亲自为皇后挑选了一根最好的钓竿，而后又仔细、热心地为皇后装上钓饵，详细地向皇后讲解钓鱼的基本步骤。做好一切钓鱼前的准备，拓跋濬还亲手把钓饵甩出去，姿态异常优美。他已经有好多天没和冯婉华聚会了，因此十分兴奋。他们之间那种亲情似的爱情，使他每次看到自己的皇后就心情大好。

今日冯婉华穿着一件紫色的裙子，略施粉黛，肤色显得更加白皙。她一手拿着一块鱼食，另一只手扶着非常容易弯曲的钓竿梢，显得有点吃力。

拓跋濬望着冯婉华因为紧张而略显严肃的面部侧影，伸出手替她撩了一下一缕耷拉在眼眉上面的头发，又顺手轻抚了一下她粉红娇嫩的面颊。

拓跋濬笑着说："皇后，你钓鱼的样子，真的好可爱啊！"

冯婉华闻言，立刻转过脸来，对着拓跋濬笑意盈盈。

河岸附近，有一棵大树的树影落到了这对玉人身上，使他们看上去更加情意绵绵。拓跋濬的眼睛因为喜悦而闪烁着光辉："皇后，朕听说你又有孕了，恭喜，恭喜！"

听皇帝如此说，冯婉华的脸色忽然变了。但她很快恢复了常态，敷衍道："嗯，确实有孕了……但听御医说，这一次坐胎不是很稳……"

拓跋濬非常关切地问："皇后，你一定争取把这个孩子保下来。如果你生的是个男孩，他就是我们大魏正统的皇太子！"

冯婉华迟疑了一下，说："皇上，我们大魏现在已经有太子了，第豆胤，您现在不缺储君啊……"

拓跋濬一笑："皇后不要顾虑，第豆胤现在是太子，但一旦你生下男孩，他就是正嫡皇后的嫡子，肯定要成为太子的……不用担心，朕不会亏待第豆胤，会封他为尊贵的亲王……"

拓跋濬发现冯婉华不是很兴奋的样子，想了想，又说："皇后，你作为朕的皇后，生下男孩成为太子，应该不会像先前那样子贵母死……"

冯婉华眼睛里面忽然闪出一丝亮光，随即又黯淡下去："这件事情，估计陛下您说了也不算，还是要太后来决断啊……"

冯婉华脸上现出有些异样的表情，那是一种徒劳地想要掩饰狂暴痛苦的表情，使得她的脸略显憔悴。

拓跋濬把钓竿支在地上的架子上，紧紧握住了皇后的手。

站在北苑花园中，闻着清新而潮湿的空气，冯婉华眯缝起眼睛，很想把自己全身都蜷缩起来，连同腹中的孩子一起，躲到一个安全、黑暗的地方去。

空气中，充满了野草和白桦嫩芽的淡淡清香。轻柔的微风，温暖的空气，以及池塘边上那些树木浅色的阴影，使得冯婉华心中那种黑暗的伤感，更加难以忍受……

第六十章　李氏兄弟

太极殿里，拓跋濬和冯婉华共榻而坐。拓跋濬面露喜悦之色，问中书令高允："今日朝会，应高令公之请，荐举贤才。令公，您要向朕推荐的，是哪几位啊？"

冯婉华接过话茬说："令公所荐举之人，肯定德才兼备。"

高允："老臣今日荐举四人，高闾，李敷，李奕，李诉。"

四人出班，向拓跋濬和冯婉华叩拜施礼。

这四个人，都是三四十岁的年纪。高闾一副儒雅文士的模样，面上有三绺黑髯；李敷身强力壮，看上去像是武将；李奕长身玉立，翩翩浊世佳公子，面容白皙俊秀，光彩照人；李诉个子不高，圆圆脸，是团团和气的面相。

高闾："臣高闾，渔阳雍奴人，现任中书博士。"

李敷："臣李敷，赵郡平棘①人，现任中书博士。"

李奕："臣李奕，赵郡平棘人，现任中书博士。李敷乃臣之兄长。"

李诉："臣李诉，范阳②人，现任中书博士。"

拓跋濬微笑地看着这四人，问高允："令公，高闾和您是亲戚关系吗？"

高允："老臣乃渤海蓨县③人，和高闾非同宗同族。即使和高闾是同族，臣也会举贤不避亲。"

拓跋濬："令公，您误会了，朕不是这个意思……只要是大魏的人才，即使是您的子侄，朕也肯定会量才授官的。"

冯婉华的表情似乎有些复杂，她仔细打量了李氏兄弟良久，问："李敷、李奕，你们是亲兄弟？"

李敷、李奕："回禀皇后，正是。"

---

① 在今河北石家庄赵县。

② 在今河北涿州。

③ 在今河北衡水景县。

冯婉华若有所思地点点头，想要再问些什么，忽然看到朝臣行列中的乙浑，又将话咽了回去。

拓跋濬问："李䜣，那你和李敷、李奕是同族吗？"

李䜣："回禀陛下，吾宗与二位之宗族同在河北，然族世虽远，情如一家。"

拓跋濬笑了："朝中姓李的官员太多了，但凡籍贯在河北的，朕都觉得是同源同脉。"

拓跋濬和冯婉华低声交谈了几句，然后向中书省官员示意了一下。而后，礼官当廷宣布对这几人的新任命。

礼官高声宣道："陛下有旨，任命高闾为中书侍郎，任命李敷为南部尚书，任命李奕为中书侍郎，任命李䜣为仪曹尚书。"

四人稽首谢恩。

拓跋濬对殿中群臣表示："蠕蠕①前后数次袭扰我们大魏朔边，近日还听说蠕蠕国内有高车部族想向我们大魏投诚，蠕蠕国主亲自率领徒众追杀，导致他们国内大乱。朕想趁蠕蠕内乱，兴兵征讨。今日朕引见群臣，主议就是出征蠕蠕，不知众卿有何建议？"

乙浑即刻出班力赞："自古以来，有国有家者，莫不以戎事为首。蠕蠕数代国主，因袭凶业，为恶不悛，一直攻袭我们大魏边境。以臣愚见，正宜在此时兴军征讨。我们大魏天军一发，即使不能对这些寇贼犁庭扫穴，也能够趁着蠕蠕国内有乱，大破其军！"

李贵妃之父李崔也出班："臣赞同陛下御驾亲征，愿效犬马之劳，跟随陛下出征。"

拓跋濬脸上露出喜色："李崔忠勇可嘉，朕出征之时，一定带你父子前往立功。"

看到李崔出班，还发现李崔身后站着他的儿子李长祥，冯婉华面露惊讶之色。她完全不知道先前被常氏外派的李贵妃父兄为什么会在这时候忽然回朝入京。

刚刚获封官职的高闾却提出不同意见："臣不赞同此时大举攻伐蠕蠕。"

拓跋濬挺吃惊："高闾，为什么对朕攻伐蠕蠕有所异议？"

高闾："往昔强汉之时，天下一统，故能举全国之力穷追北狄匈奴。如今我们大魏南有吴寇②，因而不宜悬军深入漠北，臣恐南北不得兼顾……"

李敷此时也出班表奏说："臣也不希望陛下此时北伐！去年春夏少雨，百姓

---

① 又称柔然、茹茹，是一个与拓跋鲜卑同源的民族。

② 指南朝宋国。

饥馑，黎元伤瘁，希望陛下天启圣姿，休息百姓，待来日国力更盛之时，再大举攻灭蠕蠕不迟！"

拓跋濬低头想了想，望了望乙浑："居安当思危！朕不想终日在都城内享乐太平，很想开疆拓土，攻伐不服之贼！既然北虏蠕蠕强悍易逋，不如朕亲率六军，先去攻伐南朝吧……"

高闾又进谏说："安定国家，不在一时之开疆拓土。希望陛下能够动之以礼，绥之以和！安不忘危，有国常典。陛下雄武之志，诚然可敬。臣以为天下百姓，家业未就，皆思亲恋本，加上最近一两年间水旱之灾常有，百姓人人似有愁心。臣还是希望陛下能够安慰孤贫，开关弛禁，薄赋贱籴，乐业保土……"

拓跋濬眼巴巴望着还没有表达意见的李奕和李䜣，问："李奕、李䜣，二位爱卿以为如何？"

李奕略微迟疑了一下，而后振声朗言道："南土宋国，自刘义隆父子乱亡，僭主屡易。陛下如果命将亲征，威陵江左，当地百姓望风慕化，肯定能够克拔数城，威惠普著。但如今北土有蠕蠕侵袭，南伐肯定不能大兴军兵，攻城拔寨之后，留下戍守的兵士数量也不会太多。兵法有言，十则围之，倍则攻之。陛下御驾亲征，兵卒量少，东西悬阔，难以兼顾……当年世祖皇帝以回山倒海之威，率领步骑数十万南临瓜步，诸郡尽降，唯独宋国臧质坚守盱眙小城，攻而不克。世祖皇帝班师之日，兵不戍一郡，土不辟一寸，形成当时态势的主要原因，就是大镇未平，不可守小！堰水先塞其源，伐木必拔其本。源不塞，本不拔，虽翦枝竭流，终不可绝！而寿阳、盱眙、淮阴三大坚城，乃淮南之根本。此三镇不克其一，而留兵守郡，着实太难！如果我们大魏军队逼敌之大镇，隔深淮之险，留兵太少不足以自固，留兵太多则粮草运输又会是一大问题……"

李䜣："臣以为陛下可以率领军队南伐，到时候修渠通漕，保持辎重运输畅通就可以了……"

李奕："修渠通漕，其路必经过泗口；溯淮而上，肯定还要经过角城。淮阴乃军事大镇，南军一直修整武备，大聚舟船。如此，宋国因先积之资，以拒始行之路，以有备之军待我大魏之军，必有血战。战争一起，我们大魏军队善于陆战，一旦在水上受挫，兵士挫怯，时间一久，夏雨水长，后续军队救援实难。……淮阴东接山阳，南通江表，兼近江都、海西之资，西有盱眙、寿阳之镇。更何况，我们军队回师之后，血战夺得的南朝土地，必然会派遣兵士留守。而安土乐本，人之常情，留守兵士恐慌思乡，不久恐为敌擒。所以，镇戍新立，悬在异境，以劳御逸，以新击旧，肯定不能自固！角城虽然是蕞尔小城，地处淮北，距离淮阳十八里，先前五固之役，我们大魏军队攻围许久，最终不能克拔如此小城。以今比昔，肯定更要困难数倍……"

李奕侃侃而谈。他对南朝宋国的布防了如指掌，使得拓跋濬、冯婉华、高允等人，无不暗自称赞。

拓跋濬面有犹豫之色，说："朕已经决定亲自率领军队南征北战，但李爱卿所言也极有道理，朕再想一想吧……"

李奕躬身行礼："陛下布德以怀远人，与民休息，定能使中国清穆，德化流布四方！"

退朝之后，朝臣大多散去。殿外，忽然显现出死一般的寂静。北魏皇宫的殿堂，此时展现出蕴藏着的巨大力量。在这种看似有些风平浪静的寂静中，潜藏着深刻的变化。

冯婉华走出殿门，就在门槛不远处的一块地方，她发现一棵根部粗壮的牛蒡从巨大青石铺就的地面的地缝中钻了出来，它们伸展着绿油油、水灵灵的嫩茎和粉红色的触须，喻示着春天的到来。

望着站立阶下的高允和李奕，冯婉华叹息了一声，让身边的元蕊唤二人近前。

高允和李奕跪地行礼。

冯婉华仔仔细细地打量着李奕，说："李侍郎，我看着你十分面熟啊……"

高允先答言："回禀皇后，李奕的父亲李真，曾任大魏雍州治中别驾，当时就是您父亲任雍州刺史之时的主要助手……"

听高允如此说，冯婉华的泪水忽然夺眶而出："真是你！李奕哥哥！"

李奕跪地稽首："皇后，在下正是李奕！自从长安一别，快二十年了……为臣先前得知皇后姓冯，但不敢相信就是您！"

望着李奕那张清俊的面庞，冯婉华回忆自己儿时在长安和李奕一起玩耍的情景，也想起了父母被害之时的种种回忆……

冯婉华："唉，长安……我和父母相处的最好的年华，如今已经逝去了这么多年……李奕哥哥，不，还是叫你李侍郎吧，这么多年，没想到你们兄弟能平安无事……"

李奕的表情也十分复杂，回禀说："承蒙皇后惦念，万谢，万谢！当时奸贼巨阉宗爱假传太武皇帝诏旨，目的是要除掉太宰①，所以并没有对我们李家有进一

---

① 指冯婉华的父亲冯朗。当时冯朗是北魏雍州、秦州刺史，冯婉华当上皇后之后，北魏追封冯朗为太宰。

步的行动。跑出长安之后，我们兄弟躲避了一阵，安心读书。日后宗爱被诛，我们兄弟入京，一直在高令公手下做事。我在中书省做博士已经很长时间了……前几年，您的兄长冯驸马①入京，我就知道皇后您的身份了，只是当时怕多事，没有前往驸马府拜见驸马……"

冯婉华："我记得你和我哥哥是少年时代最好的伙伴……他入京之后，很快就赴外任，如今在定州刺史任上。唉，近在咫尺，我竟然不知道我们冯家的恩人就在朝中啊……"

高允："今日获封之前，李敷、李奕兄弟，功名官位不显，也没有机会入朝面见陛下、皇后。我记得当时替宗爱到长安去杀太宰一家的，就是乙浑！不过，刚才在朝中的时候，我特意观察了一下乙浑，他对李侍郎兄弟应该没有什么特别的记忆。特别是李侍郎，估计当时你还年幼，又不是冯太宰的家人，是以他对你印象不深吧……"

李奕低头沉吟了片刻，说："嗯，如今乙浑已经是忠义王，对待此人，不可不慎……"

冯婉华："乙浑乃巨奸大恶，可是他对陛下有推立之功，现在，我们还真不能对他怎么样。"

高允面露忧虑之色："陛下提出征伐蠕蠕之议，其实正是乙浑撺掇的。他想趁着陪同陛下御驾亲征的机会，扩大他自己在军中的权力，同时和陛下培养更亲密的关系……"

冯婉华看到李奕一直低头躬身，便说："李奕哥哥，如今没有外人，我们情同兄妹，你自可抬头，不必拘谨……"

李奕大着胆子抬头看了看冯婉华："谢皇后恩典！……皇后，您当年入宫，年纪那么小，真不容易啊……"

冯婉华听李奕如此说，眼圈又是一红："是啊，当年我才六岁……这些年，我真是太不容易了。日后有空，我再详细跟你说……李奕哥哥……"

高允躬身行礼，劝说道："皇后，为了避免您日后当着别人的面出现口误，为臣希望您还是不要这样称呼李侍郎……"

李奕躬身向高允行礼："多谢令公提醒！"

冯婉华点点头："是啊，令公所言极是！我们冯家在外朝，基本没有根底，跟随我多年的元华嫁给了济南王慕容白曜，如今也引起了乙浑等人的注意，私下

_____

① 冯熙娶了景穆帝拓跋晃的女儿博陵长公主为妻。

里说我在培养势力。唉，人言可畏啊……希望令公您也替我和李侍郎保守这个秘密，不要让别人知道我们冯家和李家从前是通家之好……"

高允："皇后无须过虑，老臣明白。"

冯婉华坐在御榻上，高允、李奕侍立。沉默了半晌，冯婉华对身后的元蕊、元丽说："扶令公入座。"

元蕊、元丽扶着高允坐下。李奕也随着跪坐在高允旁边的坐席上。

冯婉华问高允："我日后难免会唤李侍郎入殿商议事情，李侍郎如今在中书省，令公，我到时候以什么名义召唤他比较妥当呢？"

高允看看李奕，想了一下，道："李侍郎精通医术，皇后，您可以问医的名义，唤李侍郎入殿。"

冯婉华看向李奕："啊，我想起了，你当初还真学过医术。你现在还在研习吗？"

李奕："回皇后，为臣一直在学习医术，至今未辍……"

冯婉华若有所思："就是啊，其实，我还真有些医术方面的事情要问你呢……"

冯婉华陷入了沉思。如今，在长久的宫廷寂寞之中，冯婉华终于遇到一个能够使自己保持清醒，能够给予自己安慰的人。见到了李敷、李奕兄弟，使她能从容不迫地面对宫内即将发生的事情……就在这个时候，就在今天，命运给她送来了李奕，前尘往事涌上她的心头，一时间，忆念父母的悲哀情感再一次冒了出来。在她心里，对父母和长安的思念，似乎从来没有现在这样深厚和强烈。

冯婉华感受着殿外那死一般的寂静，心中充满了新的期待。

太阳静悄悄地在天上移动着，白云也静悄悄地飘浮。冯婉华望出殿外，有些出神……

李奕望着面前年轻的皇后，想起她小时候的样子，目光中满是温情。他在心中开始想她，内心平静下来，嘴角露出了难以抑制的微笑。他也在想，平城皇宫之外，生活那样沸腾，从朝臣到百姓，都是那样忙碌。而在这里，在这深宫大殿，皇帝和皇后的生活，更像大海归流那样，有时汹涌奔腾，有时只是静静地流淌……

冯婉华忽然问高允："令公，今日殿上，我怎么看到李崔、李长祥父子也在？李崔不是被外派去做雍州刺史了吗？"

高允："据老臣所知，他此次入京，加封为散骑常侍、侍中、秦益二州刺史，应该是太后、乙浑等人说动皇上下的诏旨。其间内情，老臣就不知了……"

　　冯婉华："乙浑近日异动不少，与太后还有常英、常泰父子往来密切。如今，他又搭上了李崔、李长祥父子，真不知他要干什么……想当初，决意赐死李贵妃，并把李贵妃父兄外派出京的，也是乙浑和太后；此时他们又把李崔父子唤回京城，确实蹊跷……"

　　李奕："据为臣揣测，乙浑应该想要借此壮大自己的势力，替太后买好。毕竟，李崔、李长祥是当今太子的亲外公和亲舅啊……"

　　冯婉华沉吟久之，说："嗯，第豆胤……太子日渐长成，现在还不知道他生母李贵妃的事情，也不知道李崔、李长祥的身份……"

第六十一章　冯皇后的心事

万寿宫内，常氏又和乙浑、常英、常泰议事。赵黑也在座。

常氏问赵黑："黑儿啊，皇后身体最近如何，保胎保得如何啊？"

赵黑："回禀太后，皇后身体无恙，天天喝保胎汤。御医所开的药方，我可以呈给太后您审验……"

乙浑一脸狐疑："皇后有孕之后，好像没什么大的变化，今天早上还与陛下并坐上朝，不喜不忧的。她确实不是一般的女人……"

常英看了一眼赵黑，说："要不，我们在御医那里想想办法，弄点药混到冯氏的药汤里面，也省得她日后生出太子来，再麻烦太后去弄子贵母死！"

常氏厉声厉色呵斥常英："住嘴！皇帝皇后伉俪情深，买通御医下药不难，但冯氏流产之后，一旦皇帝追查，肯定露馅！"

常英灰头土脸，讪讪地道："那怎么办，难道就听任冯氏生出个真太子来？皇帝和她感情极深，真的可能会当廷宣布废除子贵母死惯例，到那个时候，她们冯家岂不是会忽然坐大，一飞冲天！"

乙浑添油加醋道："就是啊，太后，您可要想好了，想长远一些……"

常氏沉吟半晌，道："没事，先让冯氏生出孩子再说。说不定她生出个女孩呢。如果是女孩，大家平安无事；如果是男孩，毕竟我现在还操有内廷后宫的权柄，到时候，我搬出子贵母死制度，皇帝不见得会尽力阻止！即使皇帝阻止，我们再想别的解决方法也不迟啊……"

赵黑默默听着几个人的谈话。忽然，他的脖颈和脑袋痉挛般地动了一下，好像被领子勒痛了似的。殿外传来乌鸦嘎嘎的叫声。常氏的眼睛慢慢转向黑漆漆的窗外，露出深不可测的表情……

夜晚的坤德六合殿，蜡烛高烧。

乙观音冉冉行礼："拜见皇后，拜见昭仪。"

乙观音还是像从前那样苗条，身上的衣服也穿得漂亮得体。紫色的罗衣紧紧地裹住她那美丽的身体，使得她更显秀丽绝尘。

冯婉华把目光移到乙观音的肚子上，发现她的外表和生产之前几乎没有不同，身段依旧匀称纤细，只是柔软的胸部比起从前要丰满了一些。

冯婉华："乙贵嫔，你这次生了一个公主，真是可喜可贺啊！"

乙观音发自内心地表示谢忱："深谢皇后大恩！您赏赐奴婢的金簪和食物，我都收到了。此次前来，是特意向您谢恩！"

冯婉华轻轻叹息了一声，上下打量她那丰满的胸部。一瞬间，她的胸口再一次感到一种刺痛般的感觉。

乙观音关切地对冯婉华说："皇后，听说您也有孕了，请您务必保重玉体……如果有什么孕期想要知道的事情，尽可以向奴婢发问……我在近十个月的孕期之中，懂得了许多从前不懂的东西。我们女人有孕，确实有许多事情要注意……"

冯婉华露出温婉的笑容："乙贵嫔，多谢你如此费心！你这次生了公主，陛下也非常高兴，我一定替你为这孩子讨一个好封号……最可贺的是，太后那里你也不用担心了，如果你生的是男孩，没准太后还会'惦记'你呢……"

乙观音笑意盈盈："皇后，这个奴婢可不担心，即使我生下的孩子是男孩，肯定也和太子无缘。如今，已经有太子在位了啊……哦，对了，皇后，如果您生出个男孩，肯定是真正的皇太子，那么现在的太子……"

忽然之间，乙观音不说话了。她意识到自己无意之间说到了冯婉华最不愿意提及的话题……

冯婉华凄然一笑，但很快，她就控制住了自己的感情。她感到自己的手在微微颤抖。为了肚子里面的孩子，一个女人宁愿付出一切代价。毕竟，女人健全的天性，都有很强大的力量。

冯婉华的目光中流露出宫内女人少有的慈爱、关怀和善良。面对乙观音时，她说起话来的声音很亲切，面对着忽然而来的太子话题，她也没有展现出过多的情绪波动。

乙观音发现，有孕似乎并没有让皇后变胖，甚至她的脸比起先前还瘦削了一些。不过她仍然美丽，只是脸色像蜡一样苍白，少了许多丰富的表情。

李奕进入坤德六合殿，拜见冯婉华。落座之后，他看到琴案上有一张古琴，不禁悠然神往。

冯婉华："李侍郎，我记得你少年时代就会弹琴，现在肯定还会吧……你为我弹奏几首曲子好吗？"

李奕："谨遵皇后教令！"

李奕毕恭毕敬，走到古琴前坐下，神情高傲而严肃。他凝神屏气，低头沉思片刻，然后手挥五弦，开始弹奏。他所弹的第一首曲子，是《碣石调幽兰》。

冯婉华坐在榻上，很快就沉浸在乐曲声中。她很久都没听过这样的音声了，如此婉转悦耳，如此幽淡出世，却又如此热情奔放，完美的旋律，一时间让她陷入流光溢彩的幻觉之中。

乐声，从李奕纤细洁白的指下流出，有时候渐渐增强，有时候渐趋沉寂，似乎蕴含着人生中所有的秘密，有着神秘和圣洁的意味。同时，乐声还包含着音乐所特有的那种亘古不变的愁思。

李奕所弹奏的《碣石调幽兰》，从第一个音符开始，就那么扣人心弦。不仅冯婉华沉浸其中，她身边的元蕊、元丽、慕容雪莲，也都受到优美旋律的感染和鼓舞，陶醉其中。特别是慕容雪莲，这个女孩子挺直了身躯，直直地站在那里。由于在欣赏音乐的时候情绪兴奋，她的面色甚至都变得苍白了，身体不时地战栗一下，好像有点发冷的感觉。

一曲毕，应冯婉华所请，李奕又弹奏了一首《乌夜啼》。这首乐曲，立刻深深印在几个女子的心里，似乎乐曲本身充满了悱恻的情感。

乐声飘向天际，渐渐消失在虚空之中。冯婉华："李侍郎，请你再弹一遍吧……"

听到冯婉华的低声请求，李奕连忙俯首表示遵命。

沉思片刻，他把刚才那两首美妙的乐曲又重新弹了一遍。殿内红烛高照，内室充满浓烈的香气。殿外，已经高高升起的月亮将清辉洒在窗户上面，仿佛连空气中也充满了彩色的音符。而所有在场女子的心，都随着李奕指尖弹奏出的美丽乐曲声而颤动，庄严的皇宫殿宇一下子成了缠绵悱恻的神秘殿堂。

在殿内半明半暗的光线中，李奕的两只手似乎都充满灵感，不时地高高抬起，又低低扫下去……

冯婉华全身一动不动，好长时间一直静静地坐在那里，神情非常严肃沉迷，几乎是目不转睛地朝前望着，望向殿外的虚空……

李奕打断沉默，问在场的元蕊、元丽姐妹："你们两个人是南朝来的，知道南朝民间的'懊恼歌'吗？"

元蕊："我们当然知道，'懊恼歌'有十四首之多，我们还都会唱呢……"

冯婉华非常感兴趣地问："'懊恼歌'？什么意思，是民歌吗？"

元蕊："'懊恼歌'，也叫'懊侬歌'。'懊侬'是南朝吴语，'烦闷'的意思，这些琴歌在南朝晋朝（东晋）时期开始流行，主要表达的是男女情爱受到挫折之后的苦恼和惋惜……"

李奕非常高兴地笑了起来，对元蕊说："我会弹奏曲调，你唱给皇后听吧。"

于是，李奕低头沉思一会儿，然后弹奏起乐曲来。

元蕊定了定心神，想了想，然后用她婉转的歌喉唱道："江陵去扬州，三千三百里。已行一千三，所有二千在……"

元蕊嗓音清丽，响遏行云。

冯婉华听得入神："哦，歌词太有味道了……"

受到元蕊歌声的感染，李奕也情不自禁地朗声唱了起来："吾有一宝琴，价重双南金。刻作龙凤像，弹为山水音。星从徽里发，风来弦上吟。钟期何日遇，谁辩曲中心……"

欣赏琴曲之后，冯婉华和李奕分主宾坐定。而后，冯婉华让元丽和慕容雪莲退下，只留元蕊一个人在身边伺候。

冯婉华表情严肃，问："李侍郎，你精通药学和医术，是否能够告诉我，有什么药物可以终止妊娠以及堕胎呢？"

李奕一愣。沉思过后，他侃侃而谈："……据臣所知，草药中能够导致堕胎的，主要有麝香、马钱子、生南星、生川乌、生草乌、水银、巴豆、蜈蚣、水蛭、三棱、莪术、益母草……除此以外，还有一种汤药叫'牛膝汤'，就是用去掉苗土的牛膝、去掉芦头的羌活儿，以及羚羊角各半两，升麻和炒熟的酸枣仁、芍药各三分，还有去叉的防风和酥炙的虎胫骨各一两，再放入栀子仁三枚，清水煎服……"

冯婉华："哦，这种'牛膝汤'，原来不是用牛的膝盖骨熬制的汤啊……"

李奕摇头："牛膝是一种草药，别名'牛磕膝'，药物中所使的牛膝，主要就是这种植物的根部，效用是活血通经……"

冯婉华："还有别的什么药方吗？"

李奕："据为臣所知，以五味子、三棱、文术、归尾、荸荠、人参、归尾、红花、丹皮、附子、大黄、桃仁、官桂、莪术，还有白醋糊，熬制之后搓成药丸，服用效果更佳……"

冯婉华："哦……那你帮我熬制几服药剂吧……"

李奕听冯皇后如此吩咐，没有马上答应。迟疑久之，他才回答："……臣遵旨。"

第六十二章　利益合流

万寿宫内，李崔、李长祥父子非常礼敬地跪地，向端坐在榻上的皇太后常氏稽首行礼。

常氏一脸慈祥，给二人赐座。

二人在小宦者的伺候下落座。乙浑马上表示说："李侍中，你们父子这次能够入朝，都是太后向皇帝建议的，完全没有经过中书省。作为皇亲国戚，特别是皇太子的外祖父和舅舅，外戚入朝，很不容易啊……"

李崔诚惶诚恐："深谢太后恩典！"

常氏摆摆手："唉，老身现在能够做的，就会去做……先前李贵妃被赐死，其实我也曾多方回护，无奈后宫真正能够做主的，还是皇后，我也不好妄加阻止啊……"

李崔腮边咬肌滚动了几下，眼珠乱转。定了定心神，他道："太后对我们李家恩重如山，太子如今保养宫中，也多赖太后恩德护养！日后太子得继大统，吾女地下有知，也会含笑……"

常氏接着装好人："太子一直为皇后亲自抚育，唉，杀其母而养其子，难为皇后了……不过，你们也不要怪皇后，这毕竟是大魏的制度，没有一个是例外的啊……"

李崔稽首言道："为臣怎敢怪罪太后，感谢还来不及……不过，为臣最近听说，有传言说皇后也怀了身孕……如果皇后生下皇子，当今的太子，又会如何安置呢？"

听李崔如此说，乙浑、常英、常泰，包括李长祥，都望向常氏。

常氏面无表情："这件事情，还真挺麻烦，老身也一直在犹豫呢……不过，有忠义王等人在，现在李侍中你也入宫为官了，一切应该不是大问题。只要你们父子心中知道该向着谁，关键时刻能够出力，就行了……"

李崔闻言，离席再拜："太后恩德如山，一旦太后有旨意，为臣万死不辞！"

常氏满意地颔首示意。她忽然问："嗯……对了，李侍中，你们父子如今住在哪里？"

李崔："为臣一直外任，如今回京，暂时住在驿舍……"

常氏用命令的口吻对乙浑道："忠义王，你传老身的旨意，把先前罪王拓跋仁的王府赐给李侍中做府邸。那座大宅子距离皇宫很近，地势高，风水好……"

拓跋仁的王府是一座由多座院落组成的巨大府邸。李崔、李长祥父子在一群仆从的引导下，四处转悠着查看府邸内部的结构和房间。

李长祥非常兴奋，四处张望，一脸笑意。李崔则眉头紧锁，忧心忡忡的样子。

李长祥察言观色，对李崔说："父亲，您看上去有心事？如今太后召我们父子入朝为官，又赏赐我们李家这么一座大宅邸，您应该高兴才对啊。"

李崔挥退仆从，语重心长地讲："我们父子先前在京城之外做官，其实最安全。如今，太后和忠义王召我等入京，虽然机会多了，危险也更大。特别是如今皇后怀了孕，一旦诞育皇子，当今太子的地位就岌岌可危……当然，皇后若是生下皇子，是否也要行子贵母死之制，应该还是太后说了算。从前，太后和皇后一直是一条绳上的人，如今呢，皇后有了身孕，太后指不定有新的想法，才会把咱们父子召入京城……宫内之事，千头万绪，我们还是要小心为上！"

李长祥问："皇上近日要出京，率领军队去攻伐蠕蠕，忠义王也要我们父子跟从，您怎么看这件事情？"

李崔思虑长远："跟随皇帝出征，名正言顺，自不必多虑……不过日后但凡京城内有事，我们父子一定要三思而行，一旦行差踏错，我们李家必成齑粉！"

第六十三章　再伐柔然

大魏北部与柔然接壤的边境地区，大魏大军正浩浩荡荡地开进。其中，骑兵居多，军士骑着马匹，慢慢爬上山坡。

山坡下面，就是一个柔然的游牧村落。白雪皑皑之下，可以发现这座美丽的村庄坐落在山脚下一条冰封的、白茫茫的大河河湾地带。村落的不少烟囱里，都冒着软绵绵的轻烟。从高处俯瞰，能看到一些惊慌失措的柔然人正在村内奔跑，村内响起了报警的钟声。

在河对面的山冈上，隐约可见许多高大松树的树梢。再往更远处，可以看到白雪茫茫的地平线。太阳差不多下山了，余晖染红了烟雾朦胧的天空。

慕容白曜率领几百名大魏骑兵，穿行在满是覆盖白霜的野苹果树的土岗上。望见山下的村庄，骑兵们都打马小跑起来，鞍座咯吱咯吱响着。不一会儿，包括慕容白曜在内，大魏骑兵们都裹紧了有护耳的大风帽，开始纵马飞奔。一时之间，马蹄清脆而刺耳的声音响彻空中……

慕容白曜率领队伍顺着山道驰去。道路两旁是一片不久前融化的雪水洼结成的薄冰。冰面上有许多冻结的草茎。夕阳照射下，这些草茎如同一道道金色的流火在闪烁。

拓跋濬坐在一辆辇车里面，怀着痛苦和怜悯的心情，打量着外面的队伍。看着山下的骑兵，他禁不住打了一个哆嗦。北部边境地区，超出意料的寒冷。寒风从辇车的窗户中吹进来，即使辇内多添加了两个提炉，也没有暖和多少。

辇车旁边，簇拥着几个骑马的人，包括乙浑和李崔、李长祥父子。他们都骑着高大的柔然马，穿着皮衣皮靴，脸上缠着厚厚的羊毛护巾。

不久，辇车停住。乙浑指挥着一群军士搭建皇帝专用的营帐。在营帐旁边，乙浑勒住了马，他扶着鞍头，艰难地试图把一条腿跨下马背。这时候，从旁边匆忙跑来几个侍从兵，赶紧扶住了他，帮助他慢慢下来。很快，几抬轿子被大魏军士抬到了营帐前。乙浑把手中的缰绳扔给侍从兵，威风凛凛地大踏步向轿子走去。

李崔、李长祥父子和几个北魏军官也都下了马，跟随乙浑走过来。掀开轿帘，乙浑看到了几个两颊红艳的柔然姑娘满脸惊惶地坐在轿中。

乙浑笑着安慰着她们："不要害怕，你们把皇帝侍奉好，你们的父兄和部落就会得到无数赏赐，全家也都会搬到大魏的都城平城去享福……"

跟随拓跋濬出征的几个宫婢，过来扶这几个柔然美人下车。

然后，她们跌跌滑滑地踏着水洼，往刚刚搭建好的皇帝营帐走去……

夜晚。专供皇帝居住的营帐内，很快摆满了炭炉。宫婢和宦者忙碌不停，到处熏香铺被。乙浑亲自烫酒，伺候着拓跋濬。

拓跋濬感觉暖和了许多。他穿着一件罗衫，坐在厚厚的皮褥子上面，看着几位打扮一新的柔然美人。这些柔然投诚酋长送来的女眷都很年轻，都是二十岁不到的年纪。似乎她们并不太清楚帐内这位长相俊美的年轻人就是大魏的皇帝，所以，她们并没有大魏臣民见到皇帝时那种发自内心深处的紧张和畏惧。

几壶热酒下肚，拓跋濬很兴奋。大概是因为军旅途中，好长时间他都没能找到合适的机会发泄一下，忽然看到这么多充满异域风情的柔然美人，他一下子兴高采烈起来。他怀着巨大的喜悦注视着她们，左拥右抱。在美酒的作用下，他觉得这些美人的面容非常美丽，非常可爱。

至此，这些柔然美人越发放松下来，开始和拓跋濬一起饮酒。

一个皮肤白皙、有着一双深蓝色眼珠的柔然美人紧挨着拓跋濬坐着，在给他灌酒的同时，坐在他的膝上不停地扭动着身体。她耸动着那窄小的香肩，不时发出娇声娇气的笑声。

乙浑半跪在帐篷里面，眨巴着眼睛，装出一副非常投入的样子，一直亲自热酒给拓跋濬和几个柔然美人。

拓跋濬喝了多壶美酒之后，哈哈笑着对乙浑说："忠义王，你先退下吧，朕要和这些美人天地一家春！"

乙浑诡谲地一笑，对拓跋濬眨了眨眼："为臣告退！"

离开帐篷之前，乙浑用柔然语对几个美人吩咐了些什么，然后退出了御帐。

帅帐之内，慕容白曜对乙浑说："忠义王，我们大魏军队此次出征，柔然人早已经远遁无踪，师出无功啊……"

乙浑沉思片刻，嘿嘿一笑："确实如此。不过，我们本应斩获一些敌人的首级的，如此一来，陛下高兴，我们回去之后还可以得些功勋赏赐。"

慕容白曜："刚才我率领一部禁卫军骑兵到山下的村庄，青壮年村民早就逃走无踪了，村里只剩下老弱妇孺，没有见到一个柔然军人……"

李崔赞和乙浑道："我们这次出征，动静这么大，出来了十万大军，还是皇帝御驾亲征，可几乎没有任何斩获，就这样回到京城，很没有面子……"

李长祥也说："这次征伐，主要是没有事先搞好情报。柔然可汗的主力完全不在边境地区。"

几人正商议间，背后不远处传来了阵阵喧哗的声音。乙浑不由自主地回头朝那边望了一眼。原来，走过来的是禁卫军中的一些高车人。这些人身材特别魁梧高大，胡须都修剪得非常漂亮。

这些高车禁卫军和许多刚刚前来投降的高车人混在一起，亲切地用家乡话交谈着。

御营中的这些高车军士，是拓跋濬第一次征伐柔然的时候投降过来的。由于作战勇武，他们被拓跋濬指定编成一部禁卫军。这一部高车禁卫军的旗帜和军服，都和北魏原来的禁卫军有着鲜明的区别。特别是他们的战旗，上面是一头巨大的白狼。

望着这些高车军人，乙浑若有所思。他指着其中骑着一匹大白马的军官对慕容白曜说："你让那个高车幢主过来。"

很快，那个高车将领匆匆骑马过来，身后还跟着一个骑枣红马的副将。高车幢主和副将都滚鞍落马，十分恭敬地向乙浑等人施礼："拜见忠义王！拜见济南王！拜见李侍中！"

乙浑："请起。你叫什么名字？"

高车幢主："小人姓氏勿地延。"

乙浑又问他身后的副将："你呢？"

高车副将："小人姓氏莫那娄。"

乙浑点点头，压低声音对幢主说："勿地延，你给我讲实话，刚才和你们说话的那群人，是什么人？"

高车幢主有些慌乱，赶忙回答说："回禀忠义王，那是刚刚向我们投诚的高车军士，他们先前是柔然的……"

乙浑面色阴沉："这些人性情反复，一会儿向柔然称臣，一会儿又向我们投降，我看不是些什么好人……"

高车幢主急忙解释："忠义王，这些高车人都是真心投附我们大魏的，他们先前被柔然人欺压，一直想找机会向我们大魏投诚。他们这批人先前所在部落，和我们的部落相邻，他们非常忠勇能战，王爷您千万不要怀疑他们……"

乙浑果断地挥手，制止了勿地延的话："我听说，这些新近投降的高车人，实际上是柔然派来诈降的，想趁机造反，谋刺圣上！"

听乙浑如此说，勿地延面无人色。慕容白曜、李崔、李长祥等人面面相觑。

乙浑一面用手指摸着自己的胡须，一面死盯着勿地延的脸。这个高车幢主不知该说些什么才好，支支吾吾地想要辩白，但又想不出合适的话。

乙浑："嗯，勿地延，我给你一个化祸为福的机会吧……"他指着正和禁卫军相聚言笑的大约一千个来投诚的高车人，"你率领你手下的高车禁卫军，把他们引到山腰那块平地上去，然后听我号令，和慕容将军率领的禁卫军一起，将他们全部杀掉！"

贵臣王爷的身份，使得乙浑发号施令的口吻和动作都显得那么老练、稳健，音声有力，不容置疑。人高马大的勿地延在乙浑面前，顿显矮了一截似的。

听乙浑如此命令，勿地延更加心神不安，走近乙浑的马头，还想辩解。他面带哀求，说："王爷，这些新近来降附的高车人，真的不是柔然内应，他们投诚我大魏之前，还杀了几百个柔然军人来报功啊……"

忽然，乙浑抽出身上的腰刀。他骑在马上，居高临下，猛地朝下挥刀，向这个高车幢主劈过去。

勿地延哆嗦了一下，不自觉地把左胳膊举到头顶，想挡住袭来的刀。

乙浑身边的慕容白曜等人，眼睁睁看着勿地延的手腕被砍断，断掉的小臂与大臂折成了一个三角形。勿地延的脑袋往后仰着，头上的黑色皮帽子掉了下来，如同一棵茎秆折断的谷穗那样，慢慢倒了下去。

临死之时，他的大嘴奇怪地歪扭张开，眼睛痛苦地眯着，嘴里发出呜呜的声音，似乎还想要解释什么。

乙浑用刀挑起勿地延的帽子，将自己那把被血染红的刀擦干净了。

接着，乙浑对高车副将命令道："莫那娄！你是叫莫那娄吧……"

莫那娄惊吓得几乎说不出话来，即刻跪地叩首："小人在……"

乙浑："莫那娄，如果想活命，就听我号令，把那些高车人引到那块平地上去。"

莫那娄铁青着脸，率领着手下的高车禁卫军，艰难地踏上积雪塌陷的山路，把那些同族的高车降人驱赶到山腰间的一块平地上。在高车禁卫军身后，是手持明晃晃刀剑的魏军禁卫军精锐。

慕容白曜虽然不情愿，还是遵照乙浑的命令，让手下的禁卫军严阵以待。李崔、李长祥面色凝重，也骑马跟随在乙浑和慕容白曜身后，掏出刀剑。

此时，那群高车降人还没有明白过味来，被驱逼的同时，还不时回过头去和驱赶他们的高车禁卫军说着些什么。

不久，一千多高车降人在平地上站定，站在最前面的一个高车酋长大声和莫那娄解释着什么。这个高车酋长身材高大，长着一脸黑白相间的大胡子，面孔孔武有力。

乙浑上前，面对这些手无寸铁的高车降人，宣布说："尔等高车丑类，假装投降，实则是柔然内应，全部斩杀！"

莫那娄用高车语翻译给那个高车酋长听。

大胡子高车酋长听莫那娄说完，轻蔑地眯缝起他那浅色的、凶狠的眼睛，一直盯着乙浑看。看了乙浑一会儿，他回头和身后的高车降人说了些什么。

那些高车降人一阵哗动，但没人站出来，也没人敢冲出去。

由于过分激动和气恼，高车酋长全身哆嗦着，他两只眼睛眨也不眨地死盯着乙浑，轻蔑地朝地上吐了一口唾沫。

乙浑脸色阴沉，目光与大胡子酋长毫无惧色的目光相遇。当时，他很想以王爷之尊，把对方那种充满仇恨的沉重目光压下去。可那大胡子酋长忽然摇晃着脑袋，张嘴呲呲地吸着气，全身前俯，像一头猛兽一样朝莫那娄和乙浑的方向冲了过来。从他痉挛的嘴里，连串地吐出夹杂着谩骂的高车语……

站在乙浑前面的莫那娄慌忙提起马缰，往后躲避。乙浑呢，这样一来正好直接面对着冲过来的高车酋长。

关键时刻，李崔忽然拍马冲过来，以迅雷不及掩耳的速度，使出惊人的力量，兜头就是一劈，照着高车酋长的脑袋来了一刀。

一时之间，鸦雀无声，只听到钢刀劈开头骨的声音，以及那个大胡子高车酋长的惨号。

乙浑此时也反应过来，他全身向右扭去，从刀鞘里抽出马刀，转过身子，对着自己身后的禁卫军大喊："砍死这些该死的高车丑类！全部砍死！一个不留！"

顿时，大魏御营禁卫军骑兵纷纷挥刀，打猎一般冲入平地上手无寸铁的高车降人群中，挥刀斩杀，胡乱劈砍。

饶是平素孔武有力的高车军人，如今没有了甲胄和刀剑，又被北魏禁卫军中的同族人以及慕容白曜率领的部队夹击，一时间只能抱头鼠窜。

慕容白曜、李崔、李长祥等人不敢放慢速度，纷纷挥刀拍马，进行杀戮。

李崔、李长祥父子赶上了一个肥壮的高车兵士。这个人朝着山下方向猛奔，李长祥从背后给了他一刀，这个人先是高高地跳起来，然后像一棵大树一样轰然倒了下去。

一个红头发的高车兵士在逃跑途中被慕容白曜追上，他忽然停止奔跑，绝望地回转身抓住刀刃。鲜血，顿时从被割破的手掌上流到全身，他像受了惊吓的小孩子一样高声尖叫，跪到地上求饶。

李崔恰好从旁边赶过去，挥手给他脖子来了一刀。这个兵士仰面倒下去，红头发的脑袋在雪地上乱滚着滚出好远……

平地上到处都是哀嚎声和高车投诚兵士不断呼号的惨叫声，高车禁卫军和大魏皇帝禁卫军的马刀乱砍不止。

飞奔狂逃的高车兵士没有一个能跑出去多远。冬天的劲风，呼啦啦地吹起他们的毛皮大氅，逃跑中的高车人就如同长了翅膀的大鸟，飞着飞着，忽然就落地死掉了……

慕容白曜的眼睛被风吹得全是泪水，视线模糊，他一边气喘吁吁地四处追杀，一边在心中谴责乙浑，也谴责自己和手下的禁卫军：如此出尔反尔，杀掉手无寸铁的高车降人，哪里还有大魏的荣誉感……

这是一个北国少有的晴朗却寒冷的日子。杀戮，整整持续了一夜。

早晨时分，北风依然凛冽。山岭之间，可以看到太阳向四周射出朦胧的光柱。山脚下的茫茫雪原，非常明净。在地平线尽头的草原上，在烟雾腾腾的雾气笼罩之下，可以隐约看到一片紫霞色的蜃气氤氲其间。

一千多个高车降人，基本被杀了个干净。此时，一个先前倒在地上装死、年纪才十八九岁的高车青年，估计是担心自己躲不过去，忽然从雪地上跳了起来，发狂般地开始奔逃，想逃出层层北魏骑兵形成的包围圈。

忙了一夜的乙浑此时又来了精神，亲自拍马追上去，将那高车青年砍倒在地。

临死之际，由于巨大的恐惧和痛苦，在尖声喊叫的同时，这个长相俊美的高车兵士穿着皮靴的双脚在雪地上刨出了两个深坑。慕容白曜从背后抽出一支箭，嗖的一声，射中了这个高车青年的脖子，一下子就结束了他的痛苦。

白雪皑皑的冈顶，此时洒满了耀眼的阳光。万里无云的蔚蓝色晴空下，洒满鲜血的雪原，显得更加触目惊心……

第六十四章　忍弃腹中儿

清晨。

好长时间，冯婉华默默地看着镜子中的自己。她不停转身，左左右右地仔细看着自己微微隆起的腹部。

元蕊、元丽和元华都轻轻地跪在她面前，轮流吻她的双手，哭泣着求她不要冒这么大的风险堕胎。

起先，冯婉华一言不发。不久，她叹息了一声，俯身向前，禁不住地哭出声来。元丽、元华看到，捂在她脸上的两只手，十分苍白，白得可怜，显得虚弱无力。

殿内静静的，只有几个女人的抽泣声。

一只黑猫十分安静地蹲在宽大的床榻上，靠在被褥上面。它耷拉着眼睛，轻轻地打着呼噜。巨烛的火焰微微颤抖、晃动着，整个殿宇，笼罩在一片悲戚的氛围之中。

冯婉华声音非常低，像是自言自语一般："我肚子里面的这个孩子，肯定是要打掉的，我绝对不能以身犯险。万一我生出来是男孩，第豆胤的太子身份不保，我对不起死去的李贵妃；而且，在宫内我们冯氏姑侄辛辛苦苦熬了这么多年，太后如今心意难料，一旦再对我行子贵母死之制，更是难保日后我们冯家的未来。都熬过快二十年了，我不想冯氏再经历一次族灭……"

元华突然抓住冯婉华的一只手，把这只冰凉的手轻轻握在自己的手里。冯婉华也热泪盈眶，低头看着元华将她的手捧到自己红艳、丰满的唇边，满含热泪，不停地亲吻。

元蕊和元丽完全不知所措。这两个姑娘年纪还小，确实都不知道该怎么办，也不知道该怎么劝说皇后。

望着面前那碗药汤，冯婉华的一颗心非常敏感地剧烈狂跳起来。她的脸变得煞白，嘴唇哆嗦着。她勉强控制住自己的情绪，担心会失去自制。不久，她又觉得自己有点眩晕。

身穿一身素白的衣裳，她展现出一种更加迷人的姿态。她那戴着手镯的白皙的手臂非常迷人；她松乱的没有簪饰的鬟发非常迷人；她那因为恐惧和忧虑而变得苍白的脸，依旧生气勃勃地显示出一种迷人的美丽。然而，在她的眼神中，在她这些迷人的魅力之中，蕴藏着某种可怕和残酷的东西。

作为臣子，李奕的神情非常复杂，思路也非常混乱。他握紧拳头，深知自己根本没有办法劝说皇后停止进行这种危险的堕胎。他心中对自己不满，更为自己的无力而感到深深的苦恼。

李奕跪地奉劝说："皇后，这碗药汤喝下去……我也不敢保证能够顺利把您腹中的胎儿打下来……而且，为臣心中感到无限恐惧和羞耻，毕竟，您腹中所怀的胎儿，是当今皇帝的龙种啊……"

冯婉华凄然一笑："想想我六岁的时候，从繁华的长安城里高官人家锦衣玉食的女儿，忽然变成囚犯，天寒地冻，一路颠沛流离，路经无数荒无人烟的小地方，忍受着饥饿和恐惧，被押送入平城……就在路途之中，我特别希望有无处不在、无所不知的神佛，能够以一种神秘的巨大力量灌注到我们的心灵里，使得我们心中充满纯洁和崇敬畏惧的同时，有所依赖，有所依靠……我希望有个神佛能够像至亲的亲人一样，在关键的时刻来拯救我们……"

此时，冯皇后用有节奏的平静声音，向李奕娓娓讲述着她从长安到平城的过程，讲她和母亲、元华是多么艰辛。

听冯婉华如此娓娓道来，李奕逐渐释然，感到自己混乱的心情也渐次得到缓解和澄清。同时，对自己当下无能为力的羞耻感也在逐渐减弱。

李奕："我现在唯一希望的，就是皇后您这次能够躲过劫难。希望这次之后，所有的一切，都变得比从前更好一些……"

冯婉华咬了咬嘴唇："死生有命，富贵在天。这碗汤药喝下去，希望我能够沉浸在最愉快的安全幻想中。这么多年，我明白了一个道理，人，只要怀着对更美好新生活的希望，可能事情就会往更好的方向发展……"

元华、元蕊和元丽，都跪在地上，双手合十，暗自祈祷皇后能够顺利渡过这个劫难。

冯婉华又叹了一口气。元华、元蕊屏住呼吸，望着案子上的那碗汤药。

坤德六合殿内，即使有足够的炭炉，依旧感觉冷飕飕的。清晨的寒冷的风，从门缝中侵袭进来，使得此时此刻那种被禁止的、奇怪的气氛，更加让人心怀惴惴。

李奕情不自禁地关切地倾身凑近冯婉华。

冯婉华也本能地感觉到，近期的这些谈话，使自己和李奕之间的关系亲密了许多。为此，她内心深处感到非常惊惶，同时也感到了某种隐约的幸福：毕竟，在她的生命之中，终于在皇帝夫君之外，有了能倾诉秘密的男人……

冯婉华禁不住温情地凝望着李奕俊美的脸，说："李奕哥哥，有你真好……"

当她端起药碗的一刻，想到毕竟是人命关天的事情，她把碗又放下了。

由于过度紧张，她感到似乎有某种东西在自己的胸中爆裂。本来，决定饮药的前一天晚上她就彻夜未眠。最近许多天，她都沉浸在这种神经质的紧张中，满脑子充溢着不祥的黑色幻影。直到将近天明，她才打了一会儿瞌睡。当她醒来的时候，天已经大亮了。

冯婉华再次端起那碗汤药，马上要来临的痛苦和今后的一切黑色的琐事，立刻袭上她的心头。此时此刻，药汤就要入嘴的那一刻，先前那种紧张的状态不但恢复了，而且更加强烈，竟至使她要呕吐的地步……

元华坐到一个角落里哭了起来，她能感觉到冯婉华的深刻痛苦，喃喃地道："皇后，您不应该受这样的屈辱，不应该受这种罪……"

李奕音声低沉，也再次劝说道："皇后，开弓再无回头箭。此药喝下去，就再也没有回旋的余地了……"

冯婉华泪光闪烁："李奕哥哥，在我心中，你比我兄长还要亲……等到哪天我能控制宫廷，大魏宫廷不再遵循子贵母死旧制，我再生孩子吧……"

午后。

元丽带来的稳婆，是个五十多岁的老妇人。她的脸色呈黄白色，头上裹着一条不是很干净的头巾，还邋遢地歪在一边。这位妇人，是民间的稳婆，从来没有到过宫廷。她穿宫入巷走了这么久，终于意识到自己来到了皇宫。到了宫内，她又不敢多问。紧张之余，她的嘴唇和手都在哆嗦发抖，眼睛也因为恐惧而闪闪发光。

冯婉华腹如刀绞，在床榻上翻滚着，脸上都是豆大的汗珠，脸色煞白。元华、元蕊、元丽都手足无措。冯昭仪坐在床上，紧紧搂着侄女，满脸的惶急。

元华急切地对稳婆说："妈妈，有劳你了……"因不敢言明冯婉华的皇后身份，元华只能道，"这个贵人看起来就要小产了，你好好看护，看看怎么能把她肚子里的胎儿稳妥地弄出来……"

看到周围都是女人，元华说话又是那么和气，稳婆才稍微觉得不再像刚才那样紧张了。她仔细观察了一下冯婉华的肚子和下半身，说："料也无妨！待老身伺候贵人下胎，让她安稳下来吧……"

说着，稳婆不紧不慢，把冯婉华的裙裾褪下，轻轻揉着她的腹部。

她时而用力，时而放松。冯婉华不停地辗转呻吟，忍受着巨大的疼痛……

过了片刻，稳婆嘴里安慰道："……没事，没事，下来了！"

说话间，一个又像血块又像肉块的东西落在了稳婆的手中。元蕊、元丽扭过头去，不敢看。冯昭仪和元华凑近仔细瞧看，也看不出个究竟来……

稳婆仔细看了看手中的东西，叹息了一声。她把这血污之物轻轻放在了元华递过来的金碗里面："唉，贵人啊，这是一个男胎，阿弥陀佛！愿佛祖保佑！"

听到稳婆说是个男胎，冯婉华眼中的泪水顿时如泉涌一般。此时此刻，她已经全然感受不到身上的疼痛。她只感到内心有一种撕心裂肺的痛苦，这种痛苦远远超越肉身的疼痛，在她的胸中迅速地扩散开来。她很想高声号叫和痛哭，但她忍住了。终于，她紧紧抱住姑母冯昭仪，泪流不止……

坤德六合殿内。

平时到处出现的宦者如今皆不见踪影，只有冯婉华最亲近的人在殿内。不久，元华领着稳婆来到偏殿，拿出一袋金宝递给她。稳婆还是有些精神恍惚，假装推让不受："老身能够为贵人引胎，是老身的荣幸，怎么敢接受您的财物……"

元华神色凝重、严厉，诫嘱说："妈妈，这些东西，你一定要收下！不过，今日入宫之事，你但凡和第二个人说，全家必灭无疑！我知道，你有两个儿子，一个儿子在东市当屠夫，尚未娶妻；另一个儿子在东市做估衣买卖，生有一子。为了你的儿孙万全，今日之事，绝不可外泄！"

元华话语不多，字字清晰。稳婆闻言，脸色大变，一脸恐惧，赶忙跪下："姑娘您放千百个心，这一路过来，除了引我入宫的人，绝对没有其他人见到我，也没有任何坊中的闲杂人等知道。万谢您今天饶我性命，老身敢以二子一孙担保，今天之事，我绝对不会和别人说！"

稳婆指天画地，几乎掉下眼泪来。元华点点头，把手中的袋子交给了她。

稳婆没敢再推脱，哆哆嗦嗦地接过去，而后千恩万谢地走了……

第六十五章　太后的疑心

万寿宫内。

常氏满脸疑虑，问赵黑："我听说皇后小产了，黑儿，此事真切否？"

赵黑："回禀太后，消息属实。刚才，有皇后宫内的宦者来报，皇后昨日忽然腹疼难忍，已经小产了……"

常英面露得色："嗯，太后您这下就不必再担心了。皇后生不出嫡子，那拓跋弘就还是皇太子。只要太子不是皇后亲生的嫡子，皇太后您就永远是皇太后、太皇太后……"

常泰听他爹车轱辘话啰唆了这么多，满脸迷惑，想问什么，又没敢问。

常氏没有理会常英，接着对赵黑说："黑儿啊，你去太医院查查，皇后这次小产到底是什么原因引起的。……唉，皇帝还在出征途中，听到这个消息，心里肯定不高兴……"

赵黑："遵命！我这就派人去查。"

常氏不放心，继续叮嘱说："你仔细着问，把御医的姓名、值班时间、皇后病情记录，一并都问清楚了……嗯，这事还是比较蹊跷。几天前我还问过御医，他们说皇后胎气很稳，怎么就忽然小产了呢？"

常英在一旁察言观色，插嘴道："太后，您对皇后小产这件事情有所怀疑？皇后肚子里的孩子掉了，对咱们常家来说，是好事啊，问它作甚？"

常氏狠狠瞪了一眼常英，欲发作，又忍住了。"冯皇后这个人，绝非你这种低能小才所能比的人物。她有孕之后，和她姑母冯昭仪几次来拜见我，就是拐着弯地想打听明白一件事——如果她肚子里面是个男孩，子贵母死旧制是否可以免除。对这件事情，我是一直没松口的。如果冯氏真为了保全她自己而故意打掉她肚子里面的孩子，唉，那作为女人，作为皇后，这个人可就太了得了……"

常泰此时故意抖机灵，道："哦，如果太后能够从御医那里查到皇后是自己打掉的胎儿，那她罪过可就大了去了！敢不上报皇上而堕掉皇家骨血，其罪可族诛啊！太后，您真是太高明了！如此一来，皇后就有更大的把柄掌握在太后您手中了！"

常氏很想张嘴骂人，看了看赵黑，叹息一声，作罢。

赵黑、抱公公都作平民打扮，各自骑一匹马，边走边聊。他们身后几丈远的地方，默默地跟着几个也化装成百姓的仆从。

赵黑环顾左右，说："抱公公，这个地方，是您从前常常带我来游玩的地方啊。这个渡口，好像已经不在原来的地方了，可这附近的村庄和街道，还有这片树林，看着和从前差不多，没有什么特别大的变化……"

抱公公没有马上说话，从他的表情可以看出，他正沉浸在往昔的回忆中。

路边有一口大井。井口伸出一支翘起的汲水吊杆，如同向天空伸出的巨大手臂，在向尘世昭示着命运的无奈……

抱公公："黑儿啊，这个地方叫黑狐沟。你小的时候，咱们爷儿俩常常到这里来射猎。还记得吗，有一次你偷了一个禁卫军幢主的弓箭，吓得那个幢主差点自杀……"

赵黑笑了："是啊，我还记得。那个幢主的弓箭，是当时太武皇帝赐给他的。如果当时不是您打了我一顿，把弓箭交还给他，那个幢主恐怕真会自杀……太武皇帝确实太暴虐了，喜怒无常，高兴起来可以赏赐给臣下庄田财宝奴婢无数，可只要一言不合，就会忽然生怒，再贵盛的大臣和再亲近的近侍，也可能被诛杀三族。先前有个禁卫军幢主，太武皇帝赐给他的一匹战马扭伤了脚脖子，太武皇帝知道之后，竟然下令把幢主全家都杀了。唉，我到现在都想不通，既然太武皇帝把东西都赐给他了，怎么还对他这么苛刻呢……"

抱公公陷入沉思："至圣无恩……皇帝就是皇帝，想怎么样就怎么样！"

两人聊着天，很快就来到村里的一条主要街道。看到路边有人，抱公公小心地吆喝着马匹。抱公公和赵黑所骑的两匹马，感觉到附近人的目光，更加精力充沛地撒欢小跑起来。

迎面而来的村民，虽然看到马上的人都穿着平民服色，但他们座下的柔然大马还是泄露了他们尊贵的身份。为此，村民们纷纷避让，几个年纪大的男人还都下马躬身行礼。临近道路的那些土屋的门口，身穿鲜卑服色的妇女把手掌搭在眼睛上方，小心翼翼地向抱公公和赵黑一行人张望。毕竟，这里距离京城很近，总有宫内的贵人路过。

回头看看周围没什么人，赵黑对抱公公说："干爹，太后那里，如今对皇后可一直是严加提防啊。她听说皇后小产，将信将疑，派我去太医院严查御医的记录，很想搞出点事情来的样子……"

抱公公面色平静："皇后小产一事，千真万确。但她到底是如何小产的，就是我也不甚清楚。太后身后有着那么大一股势力，主要是那乙浑如今又掌控着宫内禁卫军……黑儿，你要特别注意！不过，太后和皇后之间，并没有你死我活的恩怨和仇恨。只要你我用尽一切力量，尽力调和她们的关系，应该不会起什么不可掌控的冲突。我们现在只能如此了，也没有别的太好的办法……"

坤德六合殿内，赵黑来拜见冯婉华。他跪地行礼，大声言道："启禀皇后，小臣奉太后之命，特意前来问候皇后！"

看到左右只有元华、元蕊、元丽和慕容雪莲几个女侍，赵黑稍稍近前，来到冯婉华床榻边上，悄声说："皇后，奴才给您请安！"

冯婉华有气无力地道："赵黑啊，听说太医院你也去了……怎么，可是太后有什么不放心？"

赵黑："太后怀疑太医院记录有假，特意派奴才前往验看……"

冯婉华一脸冷笑："唉，自从我怀了孕，真是让太后操碎了心啊……"

赵黑依旧压低音声，说："太后怕您以皇后身份生下嫡子，那样一来，日后您就是真正的皇太后，即使她升格为太皇太后，也奈何不了您了……"

冯婉华有些愤然，怒言道："太后也太欺负人了吧……我们冯家姑侄，真没有得罪过她啊……"

冯婉华怀着愤怒的惊异，好像是在对赵黑讲话，又好像是在自问。她放下手中的汤药，往后一仰，靠到锦褥上，把一柄如意紧紧握在手里。回忆起前日所经历的一切，她感到在后怕之余，其实没有什么可以让自己羞愧的。即使自己是故意堕掉腹中的胎儿，思及真正的缘由，她感觉自己也没有什么可羞耻的——自己这样做，可以免却皇帝的尴尬，可以让自己的夫君不必再像从前太后处置李贵妃时那样，无奈地去面对无法掌控的结局……

虽然这样想着，一瞬间，她心中愤怒的情绪还是加剧了。仿佛有一个声音在她心中大吼："我要主宰宫廷！我要为我的孩子报仇！"

赵黑赶紧跪地再叩首："皇后，您安心歇着吧，我回去禀复太后……"

冯婉华气色稍和，缓言道："嗯，代我向太后致意，承蒙她惦念，我一定安心休养身体……"

赵黑走到殿门前，元华对赵黑行礼："王爷慢走，恕不远送。"

赵黑含笑望着元华，说："你现在也是王妃了，还对皇后这么忠心耿耿……"

元华微微一笑，说："王爷，您也对皇后很忠心啊。而且，其实太后和皇后都喜欢您……您对她们两个人都忠心耿耿啊，我比起您来，还差得很远呢……"

赵黑嘿嘿笑了："我怎么感觉你话里有话呢……"

元华脸上掠过一丝讥讽的神色："我是仗恃着先前和您的关系亲近，所以才敢这样和您说话啊……抱公公待我们几个皇后身边的侍女如亲闺女一般，我看他对待王爷您，也像对待他自己的亲儿子一样呢……"

赵黑点点头："那是自然！"

看看左右无人，赵黑从怀中掏出一个锦袋，递给了元华。元华接过锦袋一看，脸色忽然大变。这个锦袋，正是先前她装着金宝交给稳婆的那个袋子。

元华有些愤怒，叱问道："怎么，您把那个稳婆……杀了？皇后特意吩咐，不要滥杀无辜，要积阴德啊……"

赵黑面色严峻，回答说："元华，不，应该叫你济南王妃——王妃啊，有些事情，一定不能留下首尾！主子们吩咐我们做的事情，我们自己也要把握好分寸。该自己拿主意的，一定要自己拿！记住，死人不会说话，才保守得住秘密！"

元华左右看了看，低声问："那个稳婆是坊市间的人，别人哪里知道她是谁！"

赵黑冷冷地回答说："她既然进出了这皇宫一趟，肯定就有人会看到她，知道她！我特别要提醒王妃你的是，这种锦袋，是南朝建康特有的御用物品，在我们大魏平城，只有宫内才有，外间百姓手里，不可能有这样的东西！所以啊，王妃，你用这个袋子装东西给人，也太不小心了……"

元华牙关紧咬，再问："所以……那个稳婆，被你杀了？"

赵黑点点头："为了保守秘密，不仅要把那个稳婆解决了，还要把解决稳婆的人也迅速解决掉！所以，王妃，你敬请放心，也请抱公公放心，这件事情已经完全了结了，就连我自己，现在都不知道稳婆到宫内来干了什么事情！"

赵黑看到元华依旧站在原地，神情复杂，又说："解决稳婆，也是为了她家里人好。她一个人死了，秘密也全部带走了。否则，她家里人恐怕一个都不能活……"

第六十六章　朔风劲吹

大魏北部，靠近柔然的边境地区。

拓跋濬心情不错，披着一件裘皮长衣，站在辇车上往远处瞭望。

远远望去，在远处的山间平地上，点缀着一堆黑黢黢的密密麻麻的尸体，就像落在田地里的黑色落叶。

山间道路上，不停有北魏骑兵奔驰而过。在更远的天边的地平线上，还断断续续地跑着一些马匹，它们显得非常渺小，就好像是没有人骑的马匹自在奔驰着，奔向遥不可及的地方。

乙浑拍马而来："禀告陛下，先前有柔然高车部族贼兵假装投降，昨晚他们想趁机偷袭，我等没敢惊动陛下，率领禁卫军把他们全部消灭了！"

乙浑身后的慕容白曜、李崔、李长祥等人，皆默默无语。

拓跋濬听乙浑如此说，非常高兴和感兴趣："哦，还有这事儿……先前不是有不少高车部族的人来向我们大魏投诚吗，怎么，他们又反了？"

乙浑："这些高车贼兵，就是被柔然安排到我们这里来假降的，不少人在车里暗藏铠甲钢刀。如果不是我们提前防备严密，还真就被这些贼兵得手了……一旦他们得手，肯定要惊了御驾，为臣可就罪过大了！昨天夜里，没敢惊动陛下，臣指挥手下，一举平灭了这些贼兵，希望陛下不要怪罪为臣！"

拓跋濬非常高兴："我看下面那堆尸体，怎么也有好几百人吧……"

乙浑："陛下，有一千多人，都是身强力壮的高车贼兵，幸亏陛下的禁卫军敢战能战，几乎把这些贼人一个不留地杀戮一空……嗯，禁卫军中的那些高车籍军士也非常英勇，关键时刻，能够站在我们大魏这边，和我们肩并肩杀敌。嗯，但还是有为首的一个幢主心怀贰意，被臣就地诛杀了！"

拓跋濬拊掌大笑："好！忠义王，做事不能在人后！朕要嘉奖你！此次出征，朝中不少文臣都反对，说我们兴师动众，如果我们大军回京的时候没有什么斩获，还真封不住那些人的嘴！"

说着，拓跋濬打了一个哈欠。他回头望了望自己满是美人的大帐，对乙浑说："忠义王，你好生安排着！朕颇感乏累，先去歇息一下……唉，朕上次亲征柔然的时候精神头可好了，如今这也没过去几年啊，朕怎么就这样禁不住路途折腾了呢……"

离开御帐不久，慕容白曜对乙浑说："忠义王，我刚刚得到军报，山后那一部先前已经向我们大魏投诚的高车人，真的叛变了，还抢劫了我们不少军资，向草原方向逃窜……"

乙浑听到此事，不忧反喜："呵呵，叛变得好！我们正好一举把这些高车贼寇消灭，再立一件大功给陛下看看！刚才你们也看到了，陛下也正为此次出征无功郁闷呢。如果我们能再多杀一些高车贼寇，大军回到都城后才更好向臣民交代……"

李长祥此时插言说："唉，我们此次出征的目的原是讨伐蠕蠕，高车部族本来都要来投诚的，如今却导致他们忽然反叛。等我们回师之后，蠕蠕再犯边境，高车部族恐怕就不会再帮我们了。而且，如果没有边境上这些高车部族给我们通风报信，我们日后征伐柔然，就会变得非常被动……"

李崔听到儿子忽然说出这样一番话，非常恼火。他瞪了李长祥一眼，但也没说什么。

慕容白曜满脸忧色："李侍郎说得挺对，高车部族本来一直受蠕蠕欺压，和我们通气通声。如今无罪戮之，不祥啊……"

乙浑听慕容白曜如此说，有些恼羞成怒："杀都杀了，现在还说这些作甚！还不赶紧派出大军，追杀那些高车叛贼！"

慕容白曜："忠义王莫忧，我等已经派出军马追击。那些复叛的高车人马不多，临走还抢了不少兵器和粮草，应该跑不远……"

几个人正说话间，一些禁卫军骑兵精锐押着几个刚刚俘虏的高车部族军官走了过来。为首的一名高车部族军官，相貌堂堂。他脚步稳健，走得很快。

骑马的禁卫军不停地用戟杆捅着他的后背，催他快走。直到走近了，众人才发现有一支箭插在他的肩胛骨上。阵阵热辣的疼痛和失血引起的呕吐感，使得他的面色白得吓人。然而，即使受伤流血不止，这个人还是咬紧牙关，表现得非常坚强。被带到众人面前的时候，他艰难地仰靠在就近的一个马鞍上，从头上摘下皮帽，露出了额角上的一片汗水。

这个被俘的高车军官，大概出身高车部族的酋长世家，神态显得很是从容。此人相貌如此英俊，如果不是因为失血而脸颊苍白，甚至可以用英姿飒爽来形容他。

在他身后，是一个矮小身材、大脑袋的高车中级军官。他身上只穿了一件薄薄的衣服，显然保暖御寒的裘衣先前被人抢走了。他的脸上，靠右眼处，有一道明显的鲜血淋淋的刀伤，流出的血浸湿了他歪戴着的大皮帽子。

在中级军官身边，还走着一个非常年轻的高车军士，这个人长着一张俊秀而年轻的脸。特别让人难忘的，是他那双女人似的美丽眼睛，睫毛又黑又长。他的风帽两边的长耳被寒风吹动，显得尤其潇洒。这个年轻军士身上没有任何地方受伤。他走路的样子，大摇大摆的，似乎不是刚刚被俘，而是出来散步来了……

面对乙浑、慕容白曜等大魏高级军将的注视，为首的高车军官脸上没有任何惧色。他轻蔑地抚弄着自己满腮帮子的胡子，眉宇之间展现出深刻的痛苦和仇恨，严厉地打量着骑马立于众人之间的乙浑。

这时候，一个大魏禁卫军幢主骑马飞奔过来，高声向乙浑报告："禀告忠义王，逃跑的高车叛贼已经全部斩杀，割首一千二百三十六级！"

由于刚刚进行了杀戮，这个幢主的马匹和衣服上溅满了鲜血。

乙浑捻着自己往上翘起的胡须，有些声嘶力竭地叫着："高车叛贼，今天，你们的末日到了！"

那高车军官站定，使劲呼吸了一下，对于即将到来的命运，他毫不畏惧。他望着乙浑、慕容白曜等人，不紧不慢，先用鲜卑语，后用华言，说："我们这些高车军人，本来是因为被柔然欺压，才前来投附魏国天军的。哪里料到，你们把我们诱骗到营地，对我们加以集体处决，而后割首报功。如此行径，和那些凶恶的柔然人又有什么区别呢？"

乙浑没有料到这个高车军官会说华言，一时间他骑马站在原地，好久都没有吭声。

受伤的高车军官依旧冷静异常，他转过身去，帮助自己身后的那个年轻的、可能是他子侄辈的漂亮高车青年整理好上衣。其间，他甚至猫腰替那青年把裤腿塞进了靴筒，然后使劲地拍了拍对方的肩膀，用眼神对这个年轻人进行无言的鼓励。

小伙子笑了一笑，将头上的皮帽子往后一推，戴在后脑勺上，脸上露出一副满不在乎的表情。他也深知，自己很快就要遭到魏国人的杀害。

高车军官又说："我们这个部落，几乎全部人都被你们杀掉了！我诅咒你们！凭借我们祖先的神灵和天上的神祇，我发誓，我们在阴间地下，也会向你们复仇！你，魏国的忠义王乙浑，还有你们行营中的皇帝，都会不得好死！"

话音落地。过了许久，乙浑、慕容白曜、李崀、李长祥以及在场的所有北魏禁卫军，都没有出声。

在这样一个时刻，在场的大魏军将、禁卫军中的高车兵士，以及他们面前被俘的三个高车军官，都同时呼吸着北国冬天寒冽的空气，嗅闻着山脚下的河水带来的清新的潮湿气味。好久好久，无论是谁，都默默无言。

突然，乙浑打了一个冷战，他皱了皱眉头，然后对身边的几个禁卫军军官挥了一下手。

三个军官拍马冲出，挥刀朝三个俘虏而去。那三个高车人一动不动，没人求饶，没人躲避。面对不可避免的死亡，他们都面露微笑。

乙浑咬紧牙关，大声喊道："杀！劈死他们！"

第六十七章　病龙还朝

十万大魏大军从边境地区开始还朝。

骑在马上，慕容白曜对身边骑马的李长祥和李崔父子说："啊，终于要回家了！我现在心里好受多了，想到家里的女人，我心里就感到非常温暖。有家和没家真不一样，我就想回家里陪陪女人，侍弄一下家里的马匹和牲口，特别是打包干草垛的活儿，我特别喜欢干，那种干苜蓿的气味，特别新鲜香甜……"

李长祥："大魏北方的边境地区太冷了，超出我们的想象。先前在平城，我都已经感觉非常冷了，哪里想到北部边境还能冷到这种随便都冻得死人的地步。这次出征，我们的人冻死冻伤的就有数千……"

作为南朝降人，李崔显然在对慕容白曜说话的时候有所保留："嗯，我们李家从前在南朝，确实没有遇到过这么冷的冬天。还有，这么大的雪，我平生也是第一次见到……"

慕容白曜："我的济南王封地，还有平城附近的一处草原。到了今年春天，我一定带着自己的女人到草原上去。那个场景，想想都快活，我要双手扶着犁柄，跟在耕牛后边一步一步走……先前我干过一次农活儿，感受过木犁的抖动和跳跃。那时候，我甚至能够闻到泥土下面翻出的草根的芳香，还有啊，那种犁铧翻起带着融雪潮气的泥土的香味，也让人印象深刻……"

李崔、李长祥父子对视了一眼，表情复杂。他们知道面前这个慕容白曜是冯皇后的亲信。让他们没有想到的是，这位济南王，是如此地没有城府和架子。

李崔："济南王，您的王妃好像先前是皇后宫里的女官吧……"

一提到元华，慕容白曜脸上闪现出兴奋的光泽："是啊，我的夫人元华，先前一直服侍皇后。包括我在内，当初如果不是承蒙皇后的恩典和扶持，哪里会有今天！"

听慕容白曜这一席话，李崔、李长祥父子便知道，慕容白曜对于冯皇后和李贵妃之间的事情，应该是知之甚多。

　　充满温情的回忆和向往，使得慕容白曜平素严厉的眼睛里流露出一种近似羞怯的快活神情。他环视着周围的景物，望着在崎岖山路上艰难行进的马匹，一边不断吆喝着掉队的官兵，一边和李崔、李长祥父子愉快地交谈着。

　　路过一个村庄，村子里面飘出阵阵羊臊味。几匹没有洗刷过的马匹好奇地望着路过的大队柔然战马；一只公鸡站在村子里面的高冈上高声啼叫，十多只花母鸡咕咕叫着，为了躲避冬天的风雪，藏在了路边的板棚下面。一只小花猫正在围墙土台上闭着眼睛晒太阳；在牛车架子边上的马棚旁边，粪堆上有一条大狗正在狂吠，吓得近处的几匹军马跳了起来。这条狗惹得一个禁卫军恼怒不已，他嗖地一箭，把那条狗射死在原地……

　　村子里有一块围场，太阳照晒下，雪已经基本融化，汇成一片湿漉漉的小水洼。几头黑乎乎的猪正低着头在那里喝水。

　　慕容白曜等人仔细地打量着那块围场，并未发现有村民在那里干活儿。附近的坡下，是冰雪覆盖的河床。远望对岸，可以看到半圆形的森林和田野柔软的轮廓。到处都是白茫茫的。

　　如此平凡的生活，对于这些还有命回朝的北魏军人来说，显得特别安逸……

　　回程的辇车上，拓跋濬显得疲惫不堪。他晃了晃晕乎乎的脑袋，不停地向身边的宦者要水喝。

　　他对骑马跟随在辇车旁边的乙浑说：“这次出征，唉，感觉真不好……朕现在全身哪里都疼，怎么回事儿呢？”

　　乙浑一脸忠心和急于表功的样子：“陛下，您肯定就是偶感风寒，没事的……回到平城之后，您好好休息一阵子，身体肯定会恢复得更好！这次北征，嗯，您对柔然的那几个美人还满意吧……”

　　拓跋濬的脸色忽然红润起来：“忠义王，还是你惦念朕躬！那几个柔然美人，绝色啊，就为了这件事情，朕回去也要对你大加赏赐一番……不过，你还是不要让高令公、高侍郎那些人知道我们这次北征无功。上朝之后，一定说我们这次是旗开得胜，蠕蠕可汗闻风远遁……”

　　乙浑一脸谄媚：“那是当然！此次大军征伐，朝中群臣皆所不愿，唯陛下与小臣欲之！陛下方欲经营宇宙，一统天下！高令公、高侍郎等人，都是些胆小懦弱的儒生，屡疑大计。陛下亲率六军，不畏寒冷，不畏强敌，远至幽漠雪山，其功不小！小臣听说，行至德者不议于俗，成大功者不谋于众，非常之人，乃能非常之事！此次军队大出，斩获高车部族叛众首级数千，俘获牛马羊无算，可以说是上安社稷，下慰民望！有陛下您如此圣君，我大魏苍生幸甚！小臣等幸甚！"

听乙浑如此奉承自己，拓跋濬高兴得咧嘴笑了。这么一高兴，这位皇帝的面颊顿时显得丰满起来，甚至他腮帮子上那本来绷得紧紧的皮肤似乎都亮了起来，他本来苍白的面孔也现出了血色。

万寿宫内。两个宫婢从厨房中急匆匆跑出来，每个人都端着满满一盘子馅饼。

馅饼热气腾腾。赵黑劝常氏说："吃吧，吃吧，太后，您也别烦心啦！这是刚烙出来的面饼，羊肉馅的，特别好吃。您先吃，皇帝再吃。他就是太累了，没有别的什么可担心的……"

由于刚刚出炉的馅饼太烫，赵黑双手哆嗦着，不停地把饼在两手中倒腾，才使得那热烫的饼不至于烫到自己的手。

常氏心里非常痛苦，她根本没有任何食欲。看到面前刚刚回朝的皇帝的样子，她禁不住满眼泪水。

拓跋濬神情萎靡地躺在榻上，脸上胡子拉碴的。他那本来清俊的脸，如今变得十分瘦削。甚至，他的脖子似乎都因为生病而变细了一圈。敞开的前襟底下，这位年轻皇帝的胸膛似乎都干瘪进去了，露出一副皮包骨的样子。

看着皇帝瘦骨嶙峋的一双手，常氏心里激起一股过去她从未体验过的爱怜和悔恨之情。情不自禁地，她搂住拓跋濬，温柔地亲了亲他那干瘦焦黄的额角。

拓跋濬看到乳母这种关切、痛心的表情，脸上闪过一丝遗憾的微笑："常妈妈……嗯，太后，儿子这次真的没事，就是出征太累了，也太冷了……"

常氏这辈子读的书并不多，但是她的本能告诉她，自己的这位皇帝儿子这次病得不轻，甚至可以说情况糟糕透了。她生平第一次看到自己养大的皇帝身体状况这般糟糕。她咬着牙，给已经是成年人的皇帝换全身的衣服。摸着他因发烧而滚烫的身体，常氏觉得自己浑身都在颤抖！先前那么俊美有力的男性躯体，忽然间就变成了只有一层皮包着的骨头，变得如此瘦削。而就在这层皮肤下面，曾经有着那样年轻、鲜活、健康的帝王的生命！

此时，在常氏的心中，只有爱怜，只有像泉水一般从心底涌上来的怜惜。某个瞬间，她的心中甚至闪过这样一个念头：皇帝这次可能要死了……

如果皇后刚刚小产的那个孩子能够留下来，有多好啊……

冯婉华匆忙赶到。她扑过来，趴在榻前，满脸关切："陛下，您生病了！您真的生病了！"

拓跋濬看着自己瘦得像麻秆似的腿，心中涌起一股黑色的不祥的预感。他很想自己起身，但他全身都直打战，两条腿完全经不住身体的重量，一下子又倒卧在床榻之上。

看到皇后走近，拓跋濬满脸泪水。冯婉华凄惶的声音，犹如利刃一般刺痛了他的心。

冯婉华立刻弯下身子，跪在床榻边，用手轻轻地抚摸着皇帝夫君的前额和面颊。拓跋濬有些茫然无助地看着皇后，立刻于无意中惊奇地发觉，她好像瘦了一些，也更憔悴了一些。

感觉现在自己像一个废物一样瘫躺在床榻上，拓跋濬以一种更为自卑的神情望着冯婉华。在这一瞬间，拓跋濬眼中的皇后，显得更加美丽。黑色的裙裾裹着她那几乎跟少女无二的柔韧、匀称的身躯，她那秀美、娇嫩的脖子，在深色衣服的衬托下显得更加白皙，还有她那起伏均匀的胸脯，还有纤纤玉手……她浑身上下，没有一处不显出一种高贵的优美……

即使命运和生活一直在严厉地指导冯婉华如何战胜痛苦和犹豫，但面对夫君如此的病容，她还是忍不住失声痛哭起来。

常氏在旁边，也忍不住哭出声来："皇后，你也要保重啊……"

生平第一次，常氏在冯婉华这里感受到的不再是敬爱。如今，冯婉华正用一种发自深心的执拗而疲惫的目光看着自己，里面没有丝毫的畏怯。

一种非常不愉快的感觉立刻使常氏的心情沉重起来。在皇帝儿子如此病入膏肓的时刻，她所期望看到的皇后，肯定不应该是这样的。特别使常氏感到惊异的是，冯婉华对自己的不满，甚至是敌对情绪，此刻暴露无遗，甚至连宫内的宫婢都能感觉到……

先前——一直到今天之前——即使当了好久的皇后，冯婉华见到常氏时，脸上也总会有点羞怯的神情。低眉顺目的同时，她那双发亮的眼睛里，也总会闪现出某种含而不露的柔情。而且，她的樱唇上总是绽放着富有魅力的谦恭的微笑——皇后冯氏的这种仪态，总会让常氏感受到自己无上的权力和地位。

拓跋濬喘息了一阵，对冯婉华说："皇后，朕就是这次出征受了寒凉，没有什么大事儿。御医已经给朕看过了，好好养一养，很快就能恢复……唉，听太后说你的孩子小产了，恰巧朕出征在外，未能陪伴，皇后劳苦！"

冯婉华听到夫君如此说，心如刀绞。她真想回避这个话题，真想逃离这个沸腾着仇恨、敌意四伏的世界。心灰意冷之余，想起自己曾经陪着面前这个她深爱的人走过的千辛万苦，她内心忽然涌起一股羞愧、伤心和痛苦……爱情，现在对她来说，已经不是什么快乐了。流产的孩子，更是她付出的非常沉重的代价！而如今，常氏又在自己病入膏肓的夫君面前这么粗暴地触及自己的秘密，她内心深处感受到了一种难以泯灭的仇恨！

到了现在，冯婉华自己都能感觉到，她再也不怕威胁！强烈的复仇的愿望，已经渗透到她的心灵深处。

常氏以她那种与生俱来的底层妇人的敏锐洞察力，深刻感受到了冯婉华的变化。

此刻皇后虽然泪流不止，脸上却仍带着微笑，对拓跋濬说："陛下，臣妾没什么事儿，您可一定要好起来啊……"

看着夫君这张脱了相的瘦削脸庞，听到他恹恹的声音，冯婉华努力想从他的眉宇间重温从前他那风流倜傥的英俊感。但是，如今的这张脸，已经没有任何阳刚潇洒之气，只是一张垂死之人失去了魅力的脸。曾经俊朗开阔的眉宇，由于痛苦和忧愁显得死气沉沉；那双深陷的眼窝里面，再也没有有神的目光射出来……

通过努力地回忆，冲破时光的阻隔，冯婉华终于回忆起夫君曾经的外貌。只要闭上眼睛，不看面前的这个人，她的皇帝夫君原有的相貌就会变得十分充实和真切，一下子变回原先那样一位完整、年轻、俊美、生动的人。而在当下，目光所及之处，冯婉华看到的皇帝夫君，简直是一个完全不同的人……

站在济南王府门前，元华笑着大喊："夫君，你终于回来了！"

慕容白曜头戴皮帽，身披裘皮大氅，一副剽悍骑士打扮，策马疾驰到门前，翻身下马。

元华上身穿着红色的短皮袄，头上也戴着裘皮帽子，外罩青灰色厚呢大氅，披满一身的雪花。显然，她已经站在府门前等了许久。

虽然有太阳，但平城冬天的雾霾还是非常浓厚，阳光透过漫天的寒气倾泻下来，有些朦胧不清。

慕容白曜紧紧搂住元华："夫人，我真的好想你啊……"

元华也搂住了慕容白曜，眼泪禁不住流了下来。雪花纷飞起来，很快，太阳就被云彩遮掩，天色迷蒙昏暗。"夫君，你这次出征在外，我天天提心吊胆的……"

慕容白曜安慰说："夫人，我们这次出征蠕蠕，陛下带了十万大军，完全是杀鸡用牛刀，根本没有遇到蠕蠕主力，没有什么真正的危险。相比上次一路往北追击蠕蠕大军，完全是两码事。"

元华："哦……我看朝廷的露布①说大军如何如何歼灭敌军，斩杀了敌军、叛匪数千人什么的，京城内的人都以为战况非常激烈呢……"

慕容白曜搂着元华，边往王府内走，边和她详说这次出征的情况。

面对着元华那迷人的近在咫尺的面容，慕容白曜注视着她的眼睛，心中充满了温暖的爱意，以及那种发自内心的倾慕和感激之情。

夫妻二人进入屋内坐定，慕容白曜深情地看着元华，问："夫人，我此行两个月有余，京城之内，我们府邸之内，一切都还好吧？"

元华若有所思："当然，都还好……"

从元华的表情可以看出，她对她的夫君慕容白曜有着一种近似崇拜的感情。她把他想象得比实际中更好——确确实实，这位鲜卑年轻人英俊异常，相貌堂堂。和他面对面对视，元华都能体验到一种发自内心的欣赏和愉悦。谈话之间，当与他那亲切、单纯、信赖的目光相遇，她心中更是感到无限慰藉。

此刻，慕容白曜用那双疲倦的大眼睛望着元华，显得有些孩子气。元华叹息一声，说："皇后那边不太好，她小产了。"

慕容白曜非常惊讶："啊，皇后腹中龙子没了？我们出发之前，她还一切都好啊！"

元华欲言又止，想了想，对夫君说："女人有孕这件事情，不好说，反正这次就是没有保住胎儿……好像还是个男孩子。"

慕容白曜："真是太可惜了！"

元华岔开话题："此番乙浑撺掇陛下御驾亲征，动静不小。刚才经你这么一说，大军此行，其实没有什么战果啊。"

慕容白曜愤愤不平："杀降不祥！那些高车人本来都是向我们大魏投诚来的，竟被乙浑下令屠杀后冒功，大缺阴德……"

元华关切地问道："夫君，你的这种不满，没有在乙浑面前表现出来吧？"

慕容白曜握住元华的手，笑着说："当然没有！乙浑毕竟是禁卫军总头目，我没有必要公开得罪他。更何况，禁卫军中还有一部来自高车部族，那些人都默然，没有什么激烈的反应，我怎么可能会出头，对乙浑表示不满呢。我看，乙浑此人，貌似鲁莽，内实劲狭，不可不防啊……"

元华放心地点点头："夫君，你这样做就对了！唉，这次陛下出征回来后，

———————————

① "露布"大约在秦代问世。所谓露布，原指不加缄封而公开发布的官方文书。露布一般有四种作用：一、汉代皇帝制书用玺封，但赦令赎令均露布下州郡；二、汉代臣民上书君主，相别于封缄的奏书而言，不缄封的都称为露布；三、汉末也把军中檄文称为露布；四、北魏至唐代，大将在外用兵获胜，向皇帝奏捷的文书，也称为露布。

病得非常厉害。万一有个三长两短的，朝廷之内，可能会起乱端啊……"

慕容白曜："我正要和你商议此事！乙浑在出征途中，与太后之兄常英等人书信往来密切，如今他本人又统领京城禁卫军，一旦皇上有什么三长两短，如果乙浑心存不轨，我真不敢想会出什么大事……夫人，你入宫之后，最好提醒一下皇后。"

听到夫君慕容白曜满怀对大魏、对自己的深切的义务感讲这些话，元华感到一种发自内心的欣慰。她把头扎在慕容白曜怀中，深情无限……

第六十八章　生死无常

清晨时分，拓跋濬寝殿内。

拓跋濬几近昏狂，不停呻吟。在他身边，除了冯婉华，还有常氏、乙贵妃以及御医、赵黑、抱公公等人。

陷入昏迷状态的拓跋濬，嘴里发出无意识的呻吟："给我水喝！我热死啦……啊啊啊……"

冯婉华把自己的嘴唇贴在夫君的脸颊上，用一个小碗细心喂水给他喝。御医也拿来一个大碗，不停往拓跋濬赤裸的胸膛上倒水。御医非常紧张，手抖得厉害，甚至连拓跋濬肩胛骨的凹陷处都积有水。

没过多久，由于发烧高热，拓跋濬身上的水就蒸发干了。垂死之际的高烧，正在让拓跋濬备受煎熬。无论冯婉华往他嘴里喂多少水，无论御医往他的身上倒多少水，拓跋濬一直翻来覆去地挣扎，痛苦不堪。

"我热死啦！……全身像被火烧一样……"

虚弱无力到这种地步，等了好一会儿，终于感觉凉爽了一点，拓跋濬才勉强睁开眼睛，意识似乎突然变得非常清楚。握着常氏的手，他说："太后，皇后，这次……我怎么感觉自己要死了呢……"

常氏泪下如雨："我的儿，怎么会……"

冯婉华也满脸泪水："陛下，您不要这样想……"

拓跋濬兀自挣扎着，说："我感觉十分不好……以我的名义下诏，让我外出就镇的几个皇弟回京，以备不讳……太后，召常英舅舅，让他执勤内宫。还有啊，皇后，传我诏令，召冯熙回京……"

乙浑在旁边听着，一脸忧惧之色。

拓跋濬又说："陆丽、源贺、刘尼等老臣，但凡有在外镇为官的，也尽快召回京城……宫内宫外守卫，都由忠义王乙浑统领，不得有误……"

乙浑立刻觉得宽心了，赶忙跪倒叩头："陛下，小臣遵命！"

常氏劝解："皇帝，你会好起来的，不会有什么事情的，有妈妈在此……"

拓跋濬半睁开眼睛，克服着发自内心的痛苦和恐惧，清晰地说："我这次北征受寒，没有想到会病到这个地步……我真真切切地觉得自己要死了……我的胸口闷死了……哎呀，一直闷得我喘不过气来……"

拓跋濬喉咙中传出短促而沉重的呼吸声，以及喉咙被浓痰堵住的声音。他的脸上，因为疼痛和呼吸不畅而透出了一层薄汗。慢慢地，他用尽全力举起自己不听使唤的、好像非常沉重的手，在额头上擦了一下。

如今，拓跋濬浮肿的两颊显得特别怪异。他原来英俊的面庞，现在变得非常难看，仿佛先前那俊美清晰的轮廓，都在死神的催逼下消失殆尽了。不过，在稍微感觉不那么痛苦的瞬间，为了安慰常氏和冯婉华，他依旧挤出一丝微笑……

拓跋濬垂下头，闭上双眼休息了一会儿，似乎太医给他吃的药剂有了效果，他暂时安静下来。他好像睡着了一样，又好像已经死了，但是他的手指还在慢慢地抖动着。

暖殿里面，满是阴冷、悲哀的气氛。窗子外面，大风吹动着冬天的枯枝。那些沾满了灰尘的暗色叶片上，覆盖着一层已经发暗的残雪。

不久，拓跋濬又睁开双眼："我刚才好像看到父亲了，景穆皇帝……他身上穿着从前的太子服饰，缓缓朝我走来，一脸的不高兴……"

常氏和冯婉华对视了一眼，都没有说话。

拓跋濬又开始剧烈地喘息起来。他不停地喘着，每说一个字都显得十分困难。

常氏问："皇帝，万一你这次有个什么好歹，太子可以继位否？"

冯婉华紧张地看着拓跋濬。

窗外的风更大了。摇动的树梢如同低垂的乌云一般，带来更多悲哀的黑色意念。暖殿内，仿佛一切都在这黄昏的寂静中凝止了。所有人都在悲哀而又没精打采地等待着皇帝的死亡。

拓跋濬目光呆滞，他看了一会儿常氏，又看了看冯婉华。忽然之间，他睁大了眼睛，眼里散发出异样的光芒。他大张着嘴，艰难地仰起头，把自己的左手伸到了冯婉华的手里。

冯婉华非常小心地握住了皇帝夫君的手，屏住呼吸，仔细望着他的脸。

只见他的胸口急剧地起伏着，脖子剧烈地抽动了一阵，而后，呼吸又相对平稳下来，似乎想要说话。

常氏："儿啊，如果你身子难受，就不要说话了……"

接着，常氏轻轻地抚着拓跋濬的手，请求般地说："大魏不能没有你啊，皇帝……"

拓跋濬轻轻地叹息一声："唉，我真不愿意死……"

冯婉华紧紧握住拓跋濬的手："陛下，您不会死的！"

拓跋濬紧闭双眼，重重地叹了口气，脸色越发疲惫颓唐，仿佛有什么沉甸甸的东西压在了他的胸口。

拓跋濬的呼吸越发困难："我现如今难受得要命，你们想象不到我这种难受……真觉得还是死了好……"

常氏轻抚着拓跋濬的额头，说："儿啊，你先睡一会儿吧，睡着了，就会好受一些……"

乙浑、抱公公、赵黑等人，静默又紧张地跪在地上，望着濒死的皇帝。

夜晚时分，太极殿内。

乙浑在空旷的大殿内不停踱步，他目光恶狠狠的，显得心事重重。慕容白曜因为当值，身披全副甲胄。李崔、李长祥父子皆穿着平时上朝时候的文官袍服，李崔脸上满是忧虑。

李崔问乙浑："忠义王，陛下病情如何？城内流言汹汹，有消息说陛下龙体大不祥，是真的吗？"

李长祥说："是啊，这次陛下出征，回程快到平城的时候我见到他，就已经龙体欠安，当时就吓了我一大跳！不知陛下到底是什么病，竟到了这样严重的地步……"

慕容白曜望着乙浑的脸，说："唉，忠义王，一旦陛下驾崩，宫内宫外，会生出太多的事情……"

乙浑佯作镇定地道："有我在，有我等在，不会出什么大事的！李侍中、李侍郎，你们父子可要把中书省那几个起草诏书的官员看好了，掌管印玺的人也看住了。慕容将军，一旦皇帝真的驾崩，禁卫军任务最重，切记，一定要防着那些拓跋宗室王爷乘机起事。还有那些前朝老臣，有在外带兵的，凡是没有陛下诏书而擅自入京的，一律先抓起来再说！"

慕容白曜听乙浑如此说，马上拱手抱拳行礼，表示遵从。然而内心之中，他对乙浑的恼恨几乎将他自己憋得喘不过气来。

皇帝驾崩，对大魏的影响是非常致命的。让人疑惑的是，皇帝那么年轻，忽然之间就到了弥留之际，这事发生得太突然了。

慕容白曜怀着阴郁和不祥的想法，问乙浑："如今太子这么小，才十岁，一旦皇帝驾崩，他能管理国家吗？"

李崔、李长祥听慕容白曜如此说，神色马上紧张了起来。乙浑瞥了二人一眼，沉吟片刻，说："太子幼冲，肯定管理不了国家，但有太后在，有朝廷在，有我在，只要不出什么别的事端，大魏必能稳如泰山！"

李崔舒了一口气："太子虽然年少，毕竟一直由皇后养成保育，又有太后支持，只要他坐稳皇位，天下自然无忧……"

李长祥则满脸忧虑，说："万一有拓跋宗室心怀野心，和朝中大臣嚷嚷'国赖长君'什么的，恐怕太子就危险了啊……"

乙浑狞笑了一下，面露得色，说："宫内外禁卫军全部归我统领，没有什么大不了！就算是与当今陛下血缘再近的王爷，就说他的那些兄弟吧，只要有人敢觊觎神器，我们就先把对方杀了再说！"

李崔马上附和说："忠义王神机妙算，指挥若定！"

乙浑低头沉吟片刻，又道："陛下如今虽然已在弥留之际，脑子还是挺清醒的。刚才他还提到让冯皇后的兄长，定州刺史冯熙入京，让常英掌管部分禁卫军……可是，他并没有提到你们父子二人，显然，他深知朝廷中各方权力平衡的重要性啊……"

李崔一脸忠心耿耿："我们父子，是太子至亲，陛下现在不用我们，也不委任我们宫内要职，还是因为我们是大家最关注的帝室外戚。但是，中书省里面的任何情况，我们父子一定随时向忠义王您汇报。宫内有太后把持，宫外有忠义王和慕容将军这样的人把握大局，即使陛下有个什么万一，朝中也不会大乱。"

乙浑闻言，高兴地点点头："李侍中说得极好！慕容将军，你一定派人严加把守各处宫门，没有我的命令，外人一概不能进入，即使是拓跋宗亲也不行！各个宫殿之间，也不许随便出入穿行，尤其是各宫的宦者和宫婢，也要严加防备，提防这些人为人指使，传递消息！"

慕容白曜："敬听忠义王令！"

乙浑拍拍慕容白曜的肩膀，表示道："慕容将军，这次一旦你为我立功，日后我肯定给你一个比济南王更大的荣耀，把大魏太原王的王封给你！"

慕容白曜："臣不敢奢望太原王封，只愿为忠义王效力！"

望着乙浑远去的背影，李长祥轻声对李崔讲："父亲，乙浑此人，我总感觉居心叵测啊……"

李崔："嗯，你的感觉很对！"

李长祥："如今皇宫内外，禁卫军大权均在乙浑手中，这确实太让人忧心了。"

李崔："不过，乙浑此人，志大才疏，必不长久！宫内，他不过是因为曾与太后相好而大受陛下重用。像济南王那样的军将，看上去对他忠心耿耿，可那济南王妃，又是皇后的心腹侍婢出身。在宫外，乙浑没有任何大功于朝廷，文武不附，一旦日后有变，恐怕他三族都难保！"

李长祥："父亲大人明鉴！乙浑这个人，我们现在不能得罪，也不敢得罪，但是，绝对不能把他当棵大树来靠！"

李崔深深点头："一旦皇帝驾崩，宫内宫外必定是血雨腥风，我们父子一定要躲过这一劫。眼下只能走一步看一步，只要一步走错，一事做错，即使太子当了皇帝，我这做皇帝外公的，还有你这做舅父的，都保不住命！"

坤德六合殿的偏殿内，烛光摇摇。

冯熙匆匆进入殿内，对妹妹冯婉华和姑姑冯昭仪拜礼："拜见皇后！拜见姑母！"

冯婉华低声说："如今在内廷，没有外人，我们姑侄兄妹相见，哥哥不必多礼。"

冯熙缓缓起身。

冯婉华指着站立在坐榻旁的李奕："哥哥，你见过李奕哥哥啦？"

冯熙："我这次入京，到朝廷报到之后，第一个见的就是李侍郎。"

李奕马上答言："回禀皇后和昭仪，我和冯刺史已经长谈了一宿。"

冯婉华站起身来，走到偏殿的窗口，推开了窗子。窗外，黑色的树梢轮廓上方，星星闪闪发光，显衬得平城的天空无限深远。

过了片刻，冯昭仪也站起身来，紧挨着冯婉华，一同望着宫殿外面阴暗的夜色。冯婉华挽着姑母的手臂，默默地靠在了她的肩上。冯昭仪轻抚着冯婉华的肩膀，用丝绢手帕揩着她蒙眬的泪眼。

窗外，是死一般的寂静。黄昏时分，平城的喧哗声没有一丁点传到这内宫深殿里来。冷风扑面而来，吹动着冯婉华和冯昭仪的头发。冯昭仪感觉到侄女的身子仍在不停地颤抖。许久，她们姑侄两个就这样动也不动地站在窗口，凝视着黑暗，没有一个人说话。

静默久之，冯熙和李奕开始焦躁起来。冯熙问："皇后，陛下的身体还能好吗？"

冯婉华叹息了一声。她想了一会儿，声音低低地回答说：“应该好不了了……我问过御医，他这次不是偶感风寒，而是在北征的时候染上了草原上的瘟疫……”

李奕：“草原上的瘟疫？怎么别人没有染上？”

冯昭仪：“皇帝这次出征前，因酒色过度，身体已经不是很好。勉强出征，行那么远的路，旅途劳累，加上乙浑又在他身边安排了不少柔然美人，更是让皇帝虚了身子……”

李奕闻言，若有所悟。

冯熙十分紧张而迫急地问：“皇后，我这次被召入京，是陛下的意思吗？”

冯婉华点头：“是陛下亲口说的，同时也得到了太后的同意，你才被召入京。”

冯熙：“我该怎么办？刚才到中书省，他们给了我一个‘殿中将军’的位号，大概是统领一部禁卫军吧……”

李奕若有所悟：“冯熙哥哥，这肯定是太后的意思，这样既能向陛下交差，也不让你掌握真正的权力。”

冯熙一边擦着额头上冒出的汗，一边问李奕：“这是如何说？”

李奕：“这没有什么奇怪的。老实说，太后现在掌握着宫内的大权，禁卫军军权又都在忠义王乙浑手中。哥哥，给你这个头衔，陛下听了会安心一些。但你从前从来没有统领过禁卫军，这次分配至你辖下的那部禁卫军，其中的中级军官都是乙浑的人。所以，哥哥你不可能有什么实际的军权……”

李奕的声音非常镇静，同时也很清晰。忽然，他截住了话头，若有所思地望向站在窗边一直没有说话的冯婉华和冯昭仪。

冯婉华：“既然如此，哥哥，你一定要向乙浑表忠心，不要让他对你产生防备和猜忌之心。只有稳住了他，稳住了太后，我们冯家才不会招惹大祸……”

她好像是在自言自语，又好像在对哥哥冯熙说话，声音很轻很轻。

拓跋濬寝殿内。

窗外的暮色越来越浓重，傍晚那种带雾的寒气，使得殿内殿外的一切都变得非常模糊，即使巨烛高烧，作为病人的拓跋濬，脸庞也变得晦暗不清。

常氏和冯婉华坐在拓跋濬的病榻前，一直在低语，讨论着皇帝的病情。

拓跋濬忽然苏醒。他慢慢地扭过脸来，那没有光泽的眼睛忽然睁开，嘴唇还在发抖。他低声对冯婉华说：“先前皇祖驾崩之后，宗爱想杀我，我们一起逃亡……那次路上我也得了重病，幸亏你照顾，我挺了过来……这一次，我希望还能挺过去……”

冯婉华听夫君如此说，一种没有眼泪的痛苦哽咽刹那间塞住了她的喉咙。她勉强抑制住自己马上就要爆发的号啕痛哭，把脸凑近拓跋濬的脸，说："陛下，您肯定会没事的，肯定能够挺过去……"

极度的悲哀使得冯婉华的脸显得更加温柔。尽管她没有立刻流下泪水，但内心的悲苦和哀伤，使得她说话也断断续续的："……陛下，您答应过我，我们还要去辽西巡视的，到时候我们要一起在路上游玩、打猎……对吧，陛下，您答应过我的啊……"

冯婉华说着，把夫君沉重的双手交叠放在他的胸口，又把他那格外沉重的脑袋在枕头上摆正，而后弯下腰，无限温柔地轻轻抚摸着这位濒死皇帝的头发。

拓跋濬苦笑了一下。刚刚回到平城的时候，虽然已经发病，他还是表现得满不在乎，甚至有时候他还显得非常愉快，常常讲些北征途中的趣事给冯婉华听，和她开开玩笑。当时，他的目的就是勇敢地遮掩自己的痛苦和不祥的预感。

冯婉华再也忍不住，趴在皇帝夫君的身上哭出声来。她悲痛地呜咽着，身体不停地颤动。

常氏一直默默地淌着眼泪。她不知该如何安慰拓跋濬，也不知道该如何安慰冯婉华。透过泪水，她静静地望着病榻上皇帝那张已经完全脱相的脸，望着他那仿佛马上要陷入长眠的紧闭的双眼，还有他那发黑的、勉强还想保有一丝微笑的嘴唇。

常氏竭力抑制住自己的眼泪。如今，她绞尽脑汁，想用什么特别的爱抚来安慰自己的皇帝儿子，更想说些亲切的话来安慰心急如焚的皇后。多年的母子深情，使得她在思虑宫内外的大事之余，也沉浸在悲痛之中不能自拔。但是，一时之间，她真也想不出什么话来安慰面前的这对夫妇……

第六十九章　乙浑的筹谋

黄昏时分，太极殿外一片嘈杂。

一支大概几百人的禁卫军队伍正列队行进，他们的脚步踏在太极殿外的积雪上，低沉的咯吱声似乎包含有一种展现着力量、勇武，同时又非常可怕的东西。

乙浑、常英、常泰从温暖的屋子里出来，嘴里哈着白气。乙浑仰望天空，看着殿宇的飞檐，一脸烦躁。几只乌鸦大咧咧地飞落到地上，在禁卫军骑兵的高大马匹下面停下，旁若无人地啄食着新鲜的马粪。

看着这些全副武装的禁卫军，乙浑感觉自己的心定了一些。回到温暖静寂的偏殿内，慕容白曜和高车禁卫军头领莫那娄都站立着，注视着乙浑。

莫那娄怯生生地问乙浑："忠义王，我等高车禁卫军只负责太极殿外的护卫，坤德六合殿和万寿宫的护卫，原本是刘尼将军负责，我们连入门的资格都没有。"

乙浑摇摇手："我已经和中书省说了，升任东安王刘尼为司空，至于殿内的禁卫军，就由慕容将军和你来指挥。"

莫那娄："谢忠义王栽培！不过，我们这一部高车禁卫军的服色和其他禁卫军不一样，如果我们贸然进入坤德六合殿和万寿宫，恐怕会引起麻烦……"

常英一副胸有成竹的样子，说："这事儿好说。慕容将军，你负责把高车禁卫军的服色都换掉吧。"

乙浑点头："但还是得有所区别，万一有什么事情发生，我们也好鉴别你们这一部禁卫军。你们在左胸处缠绕一条白色布条吧。"

常泰哈着腰对乙浑说："王爷，不用专门在服色上有所区别吧，高车禁卫军人高马大的，看上去就比鲜卑人和华人强壮，相貌也大多是高鼻深目，一眼就认得出来……"

乙浑连连摇头："万一事起仓促，正赶上黑灯瞎火的时候……还是在胸前缠一条白布条，更好及时认清。"

莫那娄向乙浑深深地弯腰，行了一个军礼："忠义王，我等高车禁卫军，听从王爷您的一切号令，万死不辞！"

乙浑想起来什么似的，有些狐疑地看着莫那娄，说："我忽然想起来了，先前北征的时候，我当众杀掉你们的禁卫军幢主，你们不忌恨我吧？"

莫那娄闻言，即刻跪地，一脸忠勇："我们怎么敢忌恨忠义王！大敌当前，幢主勿地延不遵命令，延误军机，确实该死啊！"

听莫那娄如此回答，乙浑没有说话，也没有看他。他站在殿内，从袍袖中拿出一壶酒，又掏出一块用绸巾包着的腌制的肥羊肉。那块红色的绸巾已经完全被油浸透了，羊肉散发出特有的膻气和香味。

乙浑咬了一大口羊肉，似乎对味道非常满意，而后，他举起酒壶，几乎一口就喝了半壶。

莫那娄依旧跪在地上，眼巴巴地望着乙浑。此时，这个高车禁卫军首领深知，只要他对乙浑稍微表现出一点怀疑，乙浑就会马上要了他的性命。

常泰这时候笑着过来，扶起莫那娄："你起来吧，忠义王不是怀疑你，现在正重用你呢……你们高车人忠勇憨直。"

乙浑仰头，又喝了几大口酒。同时，他思虑着什么，似乎在做什么决定。

常英呵呵一笑，说："忠义王杀掉勿地延之后，马上提升你为幢主，对你有提携之恩啊……"

慕容白曜也过来打圆场："忠义王，疑人勿用，用人勿疑。如果您当时不杀掉勿地延，莫那娄也当不上高车禁卫军的幢主，您对他有恩的啊！"

莫那娄非常感激地望了望常英、常泰、慕容白曜三个人，随即又跪下，对乙浑说："对啊！王爷您对我恩重如山，我感念不尽，绝对不敢有二心！"

乙浑兀自站在那里吃肉喝酒，没有说话。终于，他吃饮痛快，嘴里大嚼着羊肉，鼻孔张得老大，把手中的酒壶递给莫那娄："当时我杀掉幢主，是因为他不肯执行我的命令！军中自有法纪，只要有命令，必须马上执行！但是，你们高车兵士勇敢善战，勇士很多，所以我才能用你们这些人！"

乙浑虽然如此说，但他的眼睛里面还是充满了不信任的恶意。

莫那娄跪在原地没有起身，他举起酒壶，仰头把里面的剩酒一饮而尽："我对忠义王您的忠心，至死不渝！"

殿外，一群寒鸦兴奋地叫唤着，似乎已经预感到春天快要来临。

众人走入的殿内。乙浑依旧保持着那种冷淡、不和气的表情，对身边的莫那娄、慕容白曜以及常英、常泰父子说着什么，而且一直保持着吩咐的姿态。莫那娄毕恭毕敬地弓着腰，一直站在乙浑身边，不停点头，露出忠顺的样子。慕容白曜也不停点头，但可以从他的眼睛里看出，他满怀心事。

不久之后，乙浑挥挥手，示意慕容白曜和莫那娄离开。二人行军礼之后，离开了太极殿偏殿……

慕容白曜和莫那娄骑马，并肩而行。距离他们几十步远的地方，就是太极殿外围茂密的树林。那些树木虽然叶子已基本落光，还是枝条浓密。白天里明亮的太阳已经完全沉落到林梢后面，一束束金红色的阳光穿过扶疏的树木枝条，照在二人的脸上。

光线虽然已经很暗，但慕容白曜还是能看出莫那娄那张长满胡须的脸上表情阴沉。这个高车军人骑着一匹铁青色的柔然马，行了一段距离之后，忽地勒住马缰，回头朝太极殿的方向看了看，用手抹了抹已经没有汗水的额头，仿佛想要把刚才那种缺乏信心、唯唯诺诺的自己忘掉。

宫外，河水应该已经开始解冻，许多冰排相互撞击，发出巨大的响声，在河心汹涌奔荡。宫墙内高大的白杨树在大风的吹拂下不断起伏摇晃着，发出巨大的响声。

慕容白曜忽然说："将军，您刚才很危险啊……"

莫那娄在马上拱手行礼："多赖济南王保全在下性命！……当然，也要万谢忠义王对我的不杀之恩……"

慕容白曜意味深长地笑了一下。

莫那娄试探性地问："慕容将军，忠义王如此调动禁卫军，动静不小。万一激起别的宗室或者大臣的疑心，我们这些人可怎么办啊？"

慕容白曜脸上露出冷笑："听天由命吧……如今皇上不豫，万分紧急，宫内外守卫大事均由忠义王统领。忠义王矫诏把东安王刘尼升任为司空，把平原王陆丽升任为司徒，这二人，名义上都升了官，但他们实际的职权全部被剥夺，而陇西王源贺远在冀州，鞭长莫及。唉，我等身为禁卫军将领，也无可奈何……"

莫那娄不自觉地用袖子擦了擦嘴，吐了口唾沫："忠义王的那壶酒，确实不好喝……"

慕容白曜侧脸看看莫那娄，心领神会："如果想化祸为福，我们还是要机警些，凡事往远处想一想……"

莫那娄也仔细观察着慕容白曜的脸色，使劲点了点头。

第七十章　宫内风云

万寿宫内，常英、常泰带来的一帮匠人正在重新装饰宫殿，常氏怀着她那一整天都被坏消息困扰的烦恼心情，忍受着骚乱和嘈杂。

常氏对赵黑说："黑儿，皇帝的病越来越重，怎么办呢？"

赵黑："即使皇帝驾崩，还有太子在，有皇后在。到时候，太子登基，皇后成为皇太后，您成为太皇太后。内有大臣，外有军将，南北二寇必不敢贸然行事，我们大魏还是非常稳定的！"

常氏非常坚决，像是在自言自语一般地说："是啊，有我在，谁敢怎么样呢……"

赵黑："我们大魏，只有您才能够真正母仪天下！"

常氏说着话，在褥垫上挪动了一下自己坐得发麻的屁股。"我对皇帝，比对亲生的孩子还亲。如果皇帝真的驾崩了，老身心里，还真是空落落的……"

说着，她拿起一把吃东西时用的小刀，在几案上面刮了一下。而后，她把光滑、冰冷的刀锋贴在自己脸颊上。显然，某种莫名的恐惧和忧虑已经攫住了她，使得她的脸看上去苍老了许多。内心之中，她感到自己的神经被越拉越紧，她甚至感到自己的脑袋也涨痛得厉害。不由自主地，她的手指神经质地抽搐起来。左思右想之中，她赶紧放下手中的小刀。

常氏脸色很难看："我现在觉得自己身体内有什么东西正往外压迫着我，让我呼吸都困难。唉，这种不祥的预感，只有在皇帝的父亲景穆皇帝被杀的时候我才有过……今天不知怎么的，这种不祥的预感又来了……"

赵黑在一旁劝慰说："太后，这平城皇宫，就是大魏的心脏！您，就是我们大魏的主心骨！宫内宫外，都由您掌握着，还有什么可忧虑担心的呢……"

常氏深深叹了一口气："反正我总是心惊肉跳，慌慌的……我这边的娘家人，我兄长和常泰，靠不上啊。这两个人，给他们什么高官显职，也没有用……

乙浑还行，只是啊，他在朝廷内外的人缘都不好，乙氏家族的宗族人丁又不繁盛……"

赵黑："忠义王毕竟是太后您自己的人，掌管内外禁卫军，应该可以依靠……我担心的是，皇帝一旦不讳，忠义王是否会生出些什么别的想法来……"

常氏听赵黑如此说，立刻非常警醒地道："乙浑敢有什么想法？他想当皇帝？他有那个心，也没那个胆子！论权力和控制力，当年宗爱的权力、控制力大不大？最终他还不是身死族灭了！我现在害怕的，就是拓跋皇族里有谁趁机出来搞事，或者被人抬出来搞事，危害大魏社稷！"

常氏说着，用自己胖胖的依旧灵巧的手拿起一只厚靠枕，放在自己身后的锦褥上面，舒服地半躺下去。这时候，一个宦者急急地小跑入殿："太后，皇后前来拜见！"

常氏忽然坐起身来："皇后？我没有召她入见啊……快请，快请！"

冯婉华入殿之后，向常氏行礼。常氏亲自下榻，两个人握着手，互相扶持着落座榻上。

常氏关切地对冯婉华说："皇后啊，接连数日，你衣不解带地服侍皇帝，太辛苦你了！"

冯婉华言发泪下："太后，我倒没什么，最辛苦的是您！陛下这边您问汤问药，国事那边您还要处理……"

看到冯婉华神情关切的脸和枯瘦的容貌，太后常氏禁不住也潸然泪下。此时，两个女人显得非常亲密，紧挨在一起说话。

看着太后、皇后低声谈话，赵黑静静地侍立在一边。

常氏："皇后啊，这一次如果皇帝真有什么意外，第豆胤就要继位，你就是皇太后了。老身当退避后宫，吃斋念佛，宫内宫外，就都要靠你操心劳力了……"

说完这些话，常氏紧紧盯着冯婉华的脸，观察着对方的反应。

冯婉华展露出一副万念俱灰、索然寡味的表情："太后，我从一个宫婢做起，幸得太后您的扶植，才有命有幸当上皇后，富贵已极！陛下归于山陵之后，我愿意到陵墓旁边建一处居所，日夜为陛下守陵……"

常氏马上握紧冯婉华的手，急赤白脸地讲："那哪行，你还这么年轻！再者，我们大魏从来没有皇帝崩后皇后守陵的制度和先例……"

冯婉华："太后，我今日来拜见您，就是想问您陛下的身后事该如何啊……"

正说话间，常氏忽然干呕了起来。

看着常氏在那里干呕，冯婉华赶紧凑过去帮她拍后背。常氏当下干呕的样子，在半明半暗的灯光下，让冯婉华感到十分熟悉。在摇曳不定的烛光下，忽然一个念头闪现，让她不胜惊异。

停了一会儿，常氏又伏在床榻上不停作呕，吐着酸水。不顾从对方嘴里散发出的那种酸腐的味道，冯婉华用绢帕不停揩拭着这位皇太后的嘴唇，然后扶起她来，从宫婢手里接过碗，慢慢喂水给常氏喝。但是，刚才那种瞬息即逝的疑惑，不断地涌上她的心头：皇太后已是四十多岁的人了，怎么还有这样的孕吐反应呢……

冯婉华一边拍着常氏的后背，一边对赵黑吩咐："你赶紧叫太医过来，为太后看看……唉，定是陛下这些天害病，把太后给累着了……"

常氏忽然直起身，摆手对赵黑说："不用，不用！……我肯定是昨天受了风寒，近日又吃了油腻的东西，才这样的。我没事的，不打紧……"

就在这一瞬间，常氏已经恢复了镇定。她定了定神，然后掀开盖在自己腿上的毛毯，把一个角盖在了冯婉华的腿上。"婉华，你也要注意自己的身体……你小产过后这才多少天啊，又赶上皇帝生病，真是太难为你了……"

冯婉华听常氏又提到这个话题，面色很不好看："谢太后惦念。我先前也是不小心，吃了寒凉的东西，致使腹中胎儿小产，有负皇恩……"

常氏非常诚恳地说："唉，婉华，我现在最后悔的，就是当初你有孕的时候没有发布诏令，废除子贵母死旧制。如果当时我发布了诏令，说不定你肚子里面的孩子还能活下来呢……"

常氏现在这样说，完全不是在试探冯婉华，她甚至没有细看冯婉华的脸色，只自顾自地在那里自怨自艾。冯婉华呢，已完全陷入对常氏刚才那种干呕的揣测之中。同时，她也很害怕自己陷入这种迷离恍惚的状态。但是，出于隐隐约约的某种类似复仇的意念，她感觉到有什么东西把她使劲地拉了过去，似乎有个声音一直在她耳边低语：抓住这个机会，抓住这个机会……

忽然间，常氏又不由自主地干呕起来。一阵喘息过后，她笑着对冯婉华说："你看我，就像怀了孕似的……"

说完这句话，常氏忽然意识到什么，脸色一变。

冯婉华佯作完全没有在意她刚才那一瞬间的脸色变化，敷衍着说："太后，您就是疲劳过度了，让御厨给您熬制一些姜汤，趁热喝下，肯定能够止呕……"

发了一会儿呆，常氏望向作宦者打扮，一直跪在距离自己和冯婉华不远处的那个鲜卑青年面首。她下意识地揉了揉自己的肚子，脸色更加沉郁……

平城郊外。

冬天快要过去了。在太阳下面，蒸腾着一大片云彩。空气依旧刺骨寒冷，路上的薄冰在赵黑、抱公公、慕容白曜三人的马蹄下咔嚓咔嚓地响。大马的鼻孔里喷出来的热气，被冷风向后吹去，在马鬃上凝结成一片白霜。

路边就是一个村子的平地市场。不少鲜卑人身穿长长的皮袄，黑压压地在那里挤成一片；还有很多穿着鲜卑小袖窄服的鲜卑妇女，紧掩镶着花色绣边的皮袄，也东一堆西一堆地挤在一起。这些妇人都很好奇，望着面前路上慢慢骑马路过的三个衣衫华丽的贵人。

沿着平城周边的大道往下走，三个人望着渐渐昏暗的天幕，各自心事重重。天幕的底部，远远地露出了平城内高大建筑物的轮廓。远望过去，这些轮廓蕴含着让人不可理解的美感，十分陌生。

走着走着，路边村中的房子逐渐亮起烛光，影影绰绰的，把屋子都照得暖烘烘的。村庄里面不断走出一个个黑影，使得城市一下子变得柔和和舒适起来……

这时候，路边有个流浪汉，他佝偻着身子，把手插在腋下几乎全烂了的袍子里，全身哆嗦着，呆呆地向骑马的三个人嗫嚅哀求道："赏口东西吃吧……"

这个乞丐一样的男人就这样赤脚直立在寒冷的雪地上，脚掌冻得通红，近乎透明。还好，他的眼睛不是很浑浊，显示出旺盛的生命力。抱公公从怀里掏出一串太和五铢钱，扔给了这个乞丐："你拿去先买件衣服穿上，这么冷的冬天你都扛过去了，不久之后就是倒春寒，说不定你会冻死……"

乞丐千恩万谢地跪地，捡拾起那串钱，赶忙揣在自己的怀里，不停向三个人叩首。

忽然，他眼睛一亮："啊，这不是济南王慕容将军吗？"

赵黑闻言一愣，伸手握住了腰间的刀。他仍骑在马上，低头问："你怎么认识慕容将军？"

乞丐躬身答言："先前大军北征，我也是十万大军中的一个啊……出发前我倾家荡产才凑齐了马匹和铠甲，结果回程中我的马死了，铠甲也被人偷了……回到家里，老婆孩子也得病死了……"

抱公公注视了这个乞丐一会儿，对他说："嗯，你自求多福吧……去买件厚衣服，别饿死，或许日后你还有机会再入大魏军队效力！"

慕容白曜叹息一声，也从腰中解下一个钱袋，扔给了乞丐："来日方长，等来年秋季招兵，你凭着这个钱袋来京城军营找我，我看能否给你一个差事！"

乞丐跪在地上叩头不止："谢济南王！"

赵黑悄声对慕容白曜说："他都认出你了，杀了他算了！"

慕容白曜低声回复赵黑："我们几个在郊外，被他认出来也没有什么后果，杀之无益，又损阴德……而且，他只认识我，根本不知道抱公公和你到底是谁，我作为军将，骑马出城巡视，也是极平常的事情……"

几个人谈了一个多时辰，都觉得肚子饿了。他们走过一座小桥，来到了一个饭店。饭店的橱窗里烛光耀眼，案子上面和架子上面全是各式各样的鲜卑灌肠，以及猪肉、羊肉等肉类。

赵黑："我饿了，抱公公肯定也饿了，我们先吃点东西吧……"

饭店的一楼，顾客拥挤，看上去热闹非凡。在灯火通明之中，弥漫着酪浆和各种煮肉的气味。几个鲜卑跑堂穿来蹿去，他们手上托着盘子，任凭晃动奔跑，里面的东西稳稳当当。这几个鲜卑人，都有着因为常年骑马而导致的罗圈腿，脸膛被太阳晒得黑黑的，宽颧骨，髡发，在脑后扎着一条长长的小辫，光秃的脑瓜圆得像没有花纹的西瓜一样……

一伙西域商人围坐在大桌子边。这些人穿着华丽的狐皮大衣，皮肤紧绷，高鼻深目，从他们自己带来的琉璃瓶里喝着紫色的葡萄酒……

三个人上了楼，在一个小房间坐下。鲜卑跑堂迅速端来几盘热腾腾的煮羊肉，放下盐豉之后，退下关上了房门。

抱公公一边解下腰间的佩剑，一边说："陛下一旦升遐，我们这大魏，看来又要遭受一场劫难啊……"

赵黑落座，一脸平静地说："爹爹勿忧！太子虽然幼冲，还有皇后在，有太后在，宫内只要不出事情，外廷官员按部就班，一切就应该无妨。更何况，宫内已经没有宗爱那样的大奸大恶之人，篡弑之祸，基本没有可能再发生啊……"

抱公公："我所担忧的，是那个乙浑啊！"

慕容白曜看了看赵黑，说："陛下这次重病，起因就是这个乙浑！当初若不是他撺掇陛下亲征，陛下也染不上病症。不过，他是太后的心腹，太后应该控制得住他吧……"

抱公公表示赞同："太后居于深宫之中，确实心机多端。平时有陛下在，乙浑手中的权力再大，也翻不出天去。如今一旦陛下升遐，国内无主，乙浑把握着宫内禁卫军，京中军队也都在他的人手里，我就怕此人生出什么事端来。"

赵黑不屑地说："乙浑此人，本性粗鲁，即使他控制了京内军队，外有方镇，内有辅政大臣，他应该也干不出特别出格的事情……"

慕容白曜表示不同意："乙浑绝对不是一个粗人。近日他一直在禁卫军内升贬军官，但凡他认为不和他一心的，都被调到京城外的军中去了；只要是他认为可靠的，都安插在宫内宫外重要门防和营防地点……"

抱公公对慕容白曜不停点头："其实，乙浑这个人粗中有细，虽然城府不是特别深险，但他特有的粗鲁和莽撞，反而会激使他干出特别让人惊奇的事情来。而这一点，正是我最担心的……太后重权谋，对乙浑过于重用，使他手中军权过大，又没有旁人制衡，一旦他要干些什么事情，恐怕祸起萧墙啊！"

慕容白曜继续对赵黑说："幸亏有王爷您在太后身边，才能对皇后有所护持，调和二宫，否则，外人一旦离间太后和皇后的关系，皇后就会非常凶险啊。"

抱公公："皇后最凶险的时刻已经熬过去了。唉，好不容易怀上一个皇子，还流产了……女人生产和流产，都是一只脚踏在鬼门关里。"

赵黑对抱公公说："我这里时刻关注着太后宫内的动向，但凡乙浑有什么动静，我也会告知爹爹您的！唉，可惜太后之兄常英乃无谋贪婪之辈，不可大用。如果这位舅爷是个人才，大可平衡乙浑的权力啊。"

慕容白曜摸着刚刚从腰间摘下的剑鞘，说："常英、常泰父子，无谋无断，我看他们现在啊，完全就是乙浑手下的两条狗！哪天太后不在了，我估摸着，他们这两个人也就距离完蛋不远了……"

赵黑像忽然想起来什么似的，对抱公公和慕容白曜说："最近啊，太后的身体似乎也出了点问题……"

第七十一章　文成帝之死

　　拓跋濬寝殿之内，光线很暗。

　　一两个时辰过去了，拓跋濬都没有什么动静，环立的宦者和宫婢静悄悄的，殿内给人一种静谧安详的感觉。忽然，拓跋濬全身猛地抖动了一下，将自己的左手放在了胸口上。而后，他的整个身子剧烈地抖动起来，嘴里发出呻吟声，脑袋无力地垂晃着，从枕头上慢慢滚到了榻上。

　　可以看到，此时的拓跋濬眼睛睁得很大，但眼睛里面毫无生气，只是静静地看着跪在榻前的冯婉华。

　　冯婉华赶紧握住了他的手。

　　拓跋濬看了冯婉华一会儿，又望向窗外，然后，他用一种冯婉华觉得非常陌生的声音低声说："这一次，恐怕我真的要死了……我刚才做梦了，梦到一处周围都是古墙的墓地……那里面荒草杂芜，阴风惨惨……又好像是平城附近的陵墓，又好像是太武皇帝的陵墓。我梦到自己飘浮在墓碑之间，有个声音在说，皇帝，你也一样，在此永世长眠……在一扇巨大的墓地大门上，绘着非常辽阔的绿色平原……深绿色的……有几处墓穴裂开，露出里面的骷髅，很多，白齿森森……迷迷糊糊地，我还看到不少老头和老妪，他们身上裹着颜色奇怪的裹尸布……我还看到，在广阔的平原上飞翔着一位顶天立地的女神，她穿着红色的宽袍，在云中飘动……唉，我梦到的这些场景，大概是我们鲜卑祖地的地府吧……"

　　回光返照一般，拓跋濬脑子忽然变得异常清醒，说话也非常有条理。

　　冯婉华屏气凝神地听着拓跋濬说话，心中充满近乎凄凉的悲哀。她向周围望了一圈，感觉瘆得慌，似乎她这皇帝夫君梦到的鬼魂正悄悄地在周围晃荡。

　　拓跋濬接着絮叨："……我现在要死了，才知道临死的人的感觉……人，快死的时候，都会产生一种虚幻的感觉，好像陷入一种孤寂和朦胧之中，好多事情，如梦如幻……我还梦到一个女人，她从万寿宫内的某个殿宇里走出来，非常亲热地拉着我的手，对我嫣然一笑，说着有多想我什么的……

"她的嗓音很迷人，很动听，她的体态有些丰腴，俊俏的脸朝向我的时候，满眼都是泪水……好像是夜晚时分，她看我的眼神特别安详柔和，我能够感觉到……她洁净的身上穿着紫色的绸睡衣，非常悠闲地站在一个偏殿里，她身边，还有一只白猫，长着白丝绒一般的长毛，眼睛是粉红色的，正卧在离她不远的垫子上打呼噜……我梦里所看到的，都非常真实，我甚至能够听出那个女人的柔然口音……或许，她就是我的生母郁久闾氏吧……"

拓跋濬正说话间，殿门忽然轻轻地响了一声。

冯婉华吓了一大跳。回头一看，常氏入殿，匆匆往病榻上的拓跋濬走来。

拓跋濬不断地说着话，他似乎拼命想把自己要说的话在死前都说出来。冯婉华和常氏都感到无限恐惧，她们能看到拓跋濬的脸闪着蜡黄的亮光，鬓角处似乎都变得透明了。他的胸部不断剧烈地起伏，拉风箱一般大声喘息着，正在倒最后那几口气。冯婉华惊恐地把视线移到夫君那毫无生气的胳膊上，却发现他的手指甲里正凝透出粉红色的血印。

拓跋濬低声哀号着："唉，我冷死了……"

夕阳，透过殿堂的窗户，照在拓跋濬被最后的喘息和抽搐扭歪的嘴唇上。这位年轻皇帝眼皮微合着，面庞如同蜡塑的一般，没有一点血色。

冯婉华慢慢地抱住拓跋濬的肩，一下子就把他抱了起来。她注视着夫君鼻梁上那细碎的雀斑，捕捉着那两道英气勃勃的弯斜黑眉下面的眼神。但是，原先光彩射人的瞳仁里，已经凝不起一点微光。

拓跋濬身体软弱无力，他向后仰着的脑袋越来越低。常氏凑过来，看到皇帝细脖子上的蓝色血管里，还有脉搏在微弱地跳动着……

拓跋濬微睁着眼睛，望着常氏，说："常妈妈，我一直记得我小的时候，每次你给我喂奶之后，都会坐在万寿宫当时我住的宣和殿的里屋喝酪浆，就在靠南的一个角落里……我一直喝奶喝到六岁，所以记得……有时候，你舒适地坐着，慢慢喝着热酪浆，全身皮肤红通通的，一头黑发散发着香气……我每次喝奶喝饱了，脑海里就会浮现千百种怪异的念头，想象着你给我讲的那些鬼怪故事里的许多东西，又害怕又舒服……那种时候，我就特别想抛弃宫内和人间的一切，永远留在你的怀里，和你一起躺在温暖的寝殿里睡觉，倾听你的呼吸声，嗅闻你身上好闻的气味……我还记得每晚临睡之时，你都会亲自走到窗前，把一个铁楔子插在窗户上面的一个销子尾部的窟窿里。我只要听到那种砰砰的声响，就觉得自己特别安全，觉得你好强大，把一切充满危险的东西都关在窗外了……"

常氏躬着身，臂肘撑在床榻上，听着拓跋濬回忆往事。听到这里，她好像头上被人打了一下似的，颓然无力地跪在这个她视若己出的皇帝身边。而后，她双手捧住脸，痛苦地哭泣起来。

冯婉华劝慰说："陛下，您少说些话，保持着精气神……"

拓跋濬对冯婉华笑笑："皇后，就要和你分别了，其实我好害怕，气丧胆寒的……人死之后，到底是什么样子，到底能到什么地方，我一点都不知道，这是最让人感到恐惧的……唉，时间就像风一样，把日子一天一天吹走了……我的日子，我们的日子……"

从天空中俯瞰，从平城近郊开始，天气似乎忽然暖和了起来。在积雪已经融化的山崖上，巨大的佛龛在阳光下熠熠生辉。岸边的河水泛着泡沫，翻滚的河水变成了深蓝色。看上去光秃的黑土地，散发着春天的气息。

地平线上的景色，已经有些像春天了，蒸腾起淡蓝色的蜃景一般的东西。平城皇宫内的宫殿琉璃顶上，顺着飞檐滴溜着淡蓝色的水珠。喜鹊和乌鸦飞来飞去，发出凄凉的吱吱喳喳的声音……空旷而静寂的宫殿内，忽然响起了常氏和冯婉华凄厉的哭叫声："皇上，皇上……"

而后，宫内哭声一片……

第七十二章　二宫临朝

拓跋濬崩逝之后，冯婉华带着太子拓跋弘在拓跋濬陵左哭灵，终日哭不绝声。母子二人大表哀痛，二日不食御膳，只饮一些清水。侍臣也侍哭，宫内上下一片白色。所有宦者、宫婢、宫奴皆素服白衣，灯笼皆罩以白绸。

中书省内，李奕和高闾正在向中书令高允禀报。李奕说："令公，如今皇帝忽然崩逝，皇后、太子已经两天没吃饭了。听说常太后还对外表示，想要皇后、太子行三年大丧之礼。可一旦如此，朝廷无主，谁来统领群臣，谁来掌管朝纲？这确实令人担忧啊。我和高侍郎草拟了一份奏表，代表全体大臣，劝说皇后、太子进食。同时，也希望太子即刻继承大魏大统，以安社稷人心。"

高闾报称："此奏疏基本是李侍郎所拟，我只是看了看而已。"

高允深深点头，对李奕说："你念一下我听……"

李奕："上灵不吊，大行皇帝崩背。溥天率土，痛慕欲绝。伏惟皇后、皇太子孝思烝烝，攀号罔极。皇后以天下母仪，皇太子以至孝之性，哀毁过礼！伏闻二日所御三食，不满半溢白米。臣等叩心绝气，坐不安席。愿皇后、皇太子暂抑至慕哀思之情，遵先朝成事，思金册遗令，奉行前式，无失旧典！臣等闻先王制礼，必有随世之变；前贤创法，亦务适时之宜。良以世代不同，古今异致故也。三年之丧，虽则自古，然中代已后，未之能行。先朝成式，事在可准，圣后终制，刊之金册。伏惟皇后慈爱，皇太子至孝发衷，哀毁过礼，欲依上古，丧终三年。诚协大舜孝慕之德，实非俯遵济世之道。今大魏清穆，百姓康静，然万机事殷，不可暂旷。春秋烝尝，事难废阙。伏愿皇后明鉴，抑皇太子至孝之深诚，达亿兆百姓之企望，丧期礼数，一从终制，则天下幸甚。日月有期，山陵将就，请皇太子展安兆域，以备奉终之礼……"

听着李奕所念的《群臣劝奉表》，高允不住地点头。

坤德六合殿内。

冯婉华泪眼未干，仔细看着李奕起草的群臣奉进的疏奏。思之良久，她以皇后的名义道："近闻公卿大臣屡上疏奏，依据金册遗旨，依据前代成式，请求过葬即吉。大行皇帝崩逝，吾五内崩摧，仰惟恩重，不胜罔极之痛。皇太后思遵远古，以求终三年之礼。皇太子冲幼，本欲建庐守陵。近接群官疏奏，具论所怀，深有所依。吾与皇太子断度今古，复为节降，以情制衷。大行皇帝葬后，吾即临朝称制，皇太子践皇帝之位！今临机变礼，感痛弥深！"

冯婉华口述答复，元华、元蕊用笔记录，元丽、慕容雪莲在一旁侍立。而后，元华、元蕊仔细交叉比对各自所记内容，再由元华誊录成正式的诏书。

冯昭仪一直在旁边听着，非常感慨，不停点头："婉华，你入宫这么多年，一直在研习文义，真没有白学，如今终于用上了……"

冯婉华："多谢姑母夸赞。当初您收我入昭仪宫，就不断催促我识读文字，背诵诗章，给我看皇帝的诏书和大臣的章奏，耳濡目染，我自己现在也能张口成诵了……"

冯昭仪："先帝升遐，常太后最近几日一直在万寿宫内不出，也不知道她葫芦里卖的什么药……"

冯婉华："太后之前放出了风声，要让我和太子在皇陵守孝三年，这可绝对不行！国家不可一日无主，我倒没什么，太子肯定得即刻继承帝位才对……我还是亲自去万寿宫和常太后密谈一下，以免她生出什么误会。"

冯昭仪思虑良久，表示赞同："是啊，先帝崩逝，按照礼制，太子就该即刻继位，你就是皇太后了。太子继位的诏书，也要以你的名义发出才合制。但如今，常太后马上要升格为太皇太后了，她也有发诏的资格。如果诏书频繁出于坤德、万寿二宫，且内容互相矛盾，朝臣肯定会议论纷纷，弄不好要生出什么变端来……"

冯婉华表情坚定："姑母放心！我绝对不会干出任何让常太后生疑的事来，皇后宫内的一切诏旨，我都会提前送去给她过目。不过，近日常太后身体有恙，似乎总是心神不宁的。"

冯昭仪忽然问："听说常太后是得了什么病。严重吗？……"

太极殿，太庙。

拓跋濬崩逝后，北魏朝廷在太庙设灵位，皇后冯婉华和皇太子拓跋弘朝夕拜棺柩而行哭礼，而后稍进蔬食。冯皇后依旧哀哭追感。

头七之日，冯皇后、拓跋弘夜宿于太庙。夜间一刻时分，礼官导引诸王、三都大官、驸马、三公、令仆以下以及奏事中散以上官员，包括刺史、镇将级别的官员，立哭于庙庭。

北魏监御令一身素服，把皇后、太子服笥捧送到太庙陛南。近侍元蕊、元丽接过孝服，升列于垩室①前席。高允跽奏，请皇后、太子换孝服，呈进缟冠、皂朝服、革带、黑屦。冯皇后、太子亲近侍臣也都换上孝服，统一是黑介帻、白绢单衣、革带、乌履。而后，众人集体跪地，面向拓跋濬棺柩，哀哭至黎明时分。

不久，大批的朝官和外官都开始入哭致哀，这些人的孝服和宫内近侍所穿一样。朝臣之后，还有北魏各地少数部族渠帅入哭，南朝宋国使者也来拜祭。

凌风阁，风大，有些凉。

常氏坐在御辇之上，在皇宫的高阁上把下面发生的一切都看得清清楚楚。

赵黑侍立在她身后。常英、常泰父子脸上没有丝毫戚容，反而比起平时还显得更高兴一些。

常氏对赵黑说："黑儿啊，你看，皇后这个人，平时看上去温温柔柔的，真干起事情来，井井有条！这么复杂的丧仪，前前后后都是皇后自己主持定夺，没有出任何差错啊。"

赵黑表示赞和："太后您平时对她教导有方，人家皇后自己也说，没有您给她当主心骨，她早就累倒，削发为尼，去替先帝住庙守陵了……"

常氏道："黑儿啊，我们女人说话，有时候你不能太当真！皇后还是有魄力、有能力的一个姑娘……唉，可惜啊，皇帝这么年轻就去了……"

言及刚刚崩逝的拓跋濬，常氏忽然哽咽，不禁泪下。看到常英、常泰父子没事人一样远望吊祭的人群，她气不打一处来："哥哥、常泰，你们父子二人，怎么连孝服都没穿！作为皇亲国戚，成何体统！"

常英、常泰父子赶忙躬身行礼认错，下去换衣了。

常氏望着二人的背影，对赵黑说："黑儿啊，哪天我如果也死了，这父子二人，一定很快就会被人弄死！"

赵黑一时间不知如何回答。

想了想，赵黑才说："……太后，您老人家现在身子骨这么硬朗，别总说什么死啊活啊的。大行皇帝如今去了，太子还没登基呢，一切都要依靠您老人

---

① 古时居丧者居住的屋子，四壁用白泥粉刷。

家的圣断独裁！您这兄弟、侄子两个人，确实是不太争气，可外面还有忠义王啊……"

常氏点头："嗯，乙浑这个人，还真是可以依靠的人……黑儿啊，传中书省李侍中和李侍郎父子到万寿宫来，我和他们商量一下如何再给忠义王加实职的事儿。现在这个关头，不仅仅要让他掌握军队，朝中大小政事他也应该能够参与才行。"

说着，常氏忽然又干呕了起来……

太极殿内，北魏百官上朝议事。殿上，拓跋濬先前的坐榻上，也披着一大匹白绸。皇太后常氏和皇后冯氏的座位，设在帝座两边。常氏和冯婉华皆身穿素服，坐在榻上听政。太子拓跋弘则身穿孝服，站立在御榻旁边。

中书侍郎高闾高声奏称："大行皇帝梓宫即将入殡，皇太子年纪尚幼。童子之节，事降成人，不必在登基之时穿孝服，登基前穿斩衰衣裳就可以了……"

李䜣对皇太后和皇后行过礼，也高声说："太后，皇后，臣虽然见识比古人差得很远，但也读过一些史书和礼仪记录。有言道，近取诸身，远取诸礼，验情以求理，寻理以推制。如今遭遇国丧，太子可不居丧庐，不拄丧节，但一定要多次到达先帝灵前，和大臣一起哭灵。三日一小哭，七日一大哭，以尽孝心！若不行于己，而立制于人，是为违制以为法，从制以误人……"

李䜣言毕，高闾继续高声奏报："臣闻五帝以前，丧期无数，三代相因，礼制始立，名虽虚置，真正行之者极寡。难道历史上各朝岂无至孝之君，贤明之子？皆以理贵随时，义存百姓。是以君薨而即位，不暇改年；逾月而即葬，岂待同轨；葬而即吉，不必终丧！皇后慈仁，皇太子以至孝之性，忽遭罔极之痛，永慕崩嚎，哀过虞舜，诚是万古之高德，旷世之绝轨。然而天下至广，万机至殷，储君如果久旷不朝，朝廷大政肯定荒废。如今，天下百姓百官，皆瞻仰皇太子风采，应该早日登基，以承继社稷！"

李䜣拱手行礼："万事由太后做主！"

高允也行礼："太后、皇后二宫协和，共渡难关！"

李䜣又奏："太后睿圣渊识，皇后慈爱仁德，虑及始终。太子确实应该早登大位，以慰天下万民之望！但哭陵拜陵，不可荒废！太子年纪虽幼，但钦明稽古，圣思渊深，按照制度哭陵拜陵，足以为万世仪轨！由此，太子以至孝之诚，必能感彻上天，孝贯天地！"

李奕出班，奏称："近日数日，太后、太子哀毁过礼，一日之餐，不过半溢米，昼夜不释素衣经带，哀思缠绵，如此日久天长，必定对身体有所损伤。先帝崩后，天下百姓以及朝廷百官，希望皇后和太子保重圣体，否则必定会忧惧失守！希望太后和太子思大孝终始之义，哀怜亿兆万民悲惶之心，抑思割哀。太子早登大宝，天下幸甚，万民百姓幸甚！"

几个中书省大臣在朝上说来说去，李崔、李长祥父子不发一言。常英、常泰呢，看戏一样，饶有兴味地袖手旁观。

太子拓跋弘一脸烦躁，站在榻前不停地换脚，似乎已极度疲乏。显然，他对大臣们争论的内容，都不是很清楚。

乙浑一直冷眼站在一旁静听。此时，他嘿嘿窃笑，对身边的慕容白曜说："此等腐儒，皇帝驾崩之后，没人出来定国安邦，就知道天天在朝堂上讨论这些没用的礼仪规制，议论三天，也议论不出个所以然来……"

众臣议论久之，一礼官高声宣布：

"宣皇太后万寿殿诏书：加侍中、车骑大将军、忠义王乙浑为太尉、录尚书事；宣皇后坤德殿诏书：加辽西王常英为太宰，评尚书事；安东将军常泰为护军将军，朝鲜侯；拜驸马都尉冯熙为昌黎王，加殿内将军。"

乙浑、常英、常泰、冯熙出班叩谢。乙浑、常英、常泰得意扬扬，冯熙诚惶诚恐。

礼官接着高声宣布：

"宣皇太后万寿殿诏书：依据'代都旧制''举毡称汗'，明日吉日，皇太子登基仪式在万寿宫内正式举行，皇太后、皇后、皇太子、京兆王、辽西王、忠义王、昌黎王共同参与！"

殿中的王公大臣听到此诏，议论纷纷。

高闾低声问身旁的高允："令公，这'代都旧制'有何所指？"

高允低声回答："这是大魏皇族拓跋鲜卑特有的即位仪式。大魏前身代国时期，在盛乐①即位的皇帝，当时也称'可汗'，还有皇后，称'可敦'。他们继位或者称尊号的时候，都是坐在黑毡上，由七位直系皇族把那块大黑毡承负托起，西向拜天……这种仪式非常隐秘，只有宫内少数几个老巫师和女巫知道具体过程，我们外人，包括宫廷官员、宫婢和宦者，都不能观看。我在大魏为官这么多年，从来没有看过这种仪式。"

李奕："令公，既然您说参加仪式的七个人应是皇族直系，为什么这次参与

---

① 十六国时期代国的首都。

的，只有京兆王拓跋子推一个皇族呢？"

高允正要回答，忽然殿上礼官高喝："退朝！"

退朝之后，高允、高闾、李奕、李诉以及李崔、李长祥父子，都在中书省会合。

李奕继续问高允："令公，刚才在朝殿上我问您的问题，请您告诉下官吧。"

高允说："本来，大魏皇帝继位，按照'代都旧制'，肯定是要拓跋皇族直系亲属参与的，就是按照拓跋宗室的辈分和血缘亲疏排列，最亲的那几个王爷才能够参与。可如今太后有定夺之权，估计这个做法就是她或者她身后的人想出来的，以此来彰显太后一系的权力！太后、皇后、太子、京兆王这四个人，参与仪式自然是合情合理，辽西王常英和昌黎王冯熙参与吧，他们毕竟分别是太后和皇后的兄弟，是皇亲国戚，也说得过去。可这个乙浑，与皇族非亲非故，显然，这个定议完全是太后所为！"

李诉看了看旁边的李崔："如果这样说，李侍中，您是太子的亲外公，怎么也比常英、乙浑和皇帝的关系更亲近，也应该参与'举毡称汗'的仪式啊……"

李崔连忙摇手："李侍郎，千万不要这样讲！我们父子本来就是外臣，刚刚承蒙太后恩典调入京城，已经知足了，哪里有资格参与皇帝登基仪式？您言重了，言重了……"

李长祥虽然没有说话，却是一脸愤愤不平之色。李奕此时一脸忧虑："刚才殿中所宣的皇太后诏令，竟加侍中、车骑大将军、忠义王乙浑为太尉、录尚书事！如此一来，我们大魏的行政权、军权，就全部由乙浑一个人掌握了啊，他的地位远远超过了拓跋皇族亲王！"

李长祥小心翼翼地问："李侍郎，怎么，你怀疑忠义王对朝廷的忠心？"

李奕："我是深为朝廷忧！忠义王手中权柄过大，无所掣肘，一旦有事发生，国中必起大变！"

几个人的目光，此时都集中在高允身上。

高允将须细思，也面露忧虑："如今诏旨大政，皆出于太后、皇后二宫。说白了，皆出于太后一人。吾等中书省文官，只能看一步，走一步。如今皇帝新崩，太子还未登基，还真不是我们冒死上谏的时候……"

第七十三章　乙浑矫诏杀陆丽

北魏代郡①温泉宫。

得知京城有御使来，陆丽新换了一身朝服，跪地接诏。

慕容白曜宣读皇太后诏旨："宣侍中、司徒、平原王陆丽，即刻入平城皇宫，参与大政！"

陆丽行礼，接诏。

接诏仪式过后，慕容白曜屏去旁人，低声对陆丽说："如今宫车晏驾，奸臣在位当朝，陆大人您德望素重，一旦奸人忌恨，说不定要对您下手啊。恐怕您这次到京城，就会有不测之祸。希望您谨慎考虑，可推说自己身体不好，暂时在温泉宫内养病。等到太子登基之后，朝廷宁静，您再赴京城也不晚！"

陆丽低头想了想，说："先前皇帝新崩，朝廷就把消息瞒了我、刘尼和源贺等人，还特意派人把我送到这个地方来，说是要让我'养病'。现如今，我已经知道了君父之丧，怎么还可能在这里停留，迟迟不回京城呢？"

慕容白曜拱手施礼，言道："平原王，在下也是私下劝您。如果您自己已拿定主意，非要去京城不可，我也无可奈何……"

陆丽："慕容将军，你刚才所言，劝我暂时不要入京，是皇后的意思吗？"

慕容白曜犹豫了片刻，说："不，不是皇后的意思，是我自己的意思……"

陆丽目光坚定："如今乙浑擅政，贼臣当道，皇太子幼冲，我更要回到京城，辅佐新帝登基。为臣，必须尽臣道，万死不辞！"

万寿宫偏殿里。

乙浑坐上座，常英、李崔于左右陪坐，常泰、李长祥侍立。

---

① 在今山西大同浑源县。

乙浑转动着他的大眼珠，胡须颤动着，一口气把一个浅口碗里的酒全部喝了下去。而后，他慢慢地用手掌擦着他紫黑的嘴唇和黑胡子，又大嚼了一口羊肉，打了一个响嗝，舒服得眯缝起眼睛，显然吃得十分畅快。

常泰趋步上前，给乙浑斟了第二杯酒。乙浑含笑注视着常泰。

乙浑："常泰啊，以后你就给我当干儿子吧！"

闻言，李崔、李长祥父子对视了一眼。

常英欢喜无限地催促常泰："还不拜谢干爹！"

常泰赶紧跪地叩首："拜见干爹！如今我们义同君臣，情如父子，真是一家人了啊！"

乙浑哈哈大笑："几年前谁能够想到，皇太后的亲侄子，会给我乙浑做干儿子！"

常英："忠义王，如今您认了常泰做干儿子，我们就成了真兄弟了！来，干一杯！"

乙浑举杯，又一饮而尽。

常泰："如今您大权在握，别说我，就是当今太子，我看给您做干儿子都成！"

常英看了一眼李崔、李长祥，呵斥道："常泰，不要胡言！人家太子的亲外公和亲舅舅就在这里！"

李崔马上表明态度："以忠义王安定社稷之功，日后我一定上表皇帝，可称忠义王为'尚父'。恰如当年周公辅政。尚父，其实也就是皇帝干爹的意思，这有何不可！"

乙浑闻言，异常欣喜："李侍中，今日就我们在这儿，没有外人，我就是找你们来商议一下，太子登基之前，我们还要采取些什么行动，才能完全控制住朝局和宫廷内外的大臣？"

李崔表忠心道："忠义王如今身兼太尉和录尚书事，文武大权皆在手里，还有什么可忧虑的呢？"

乙浑："李侍中，你说这话就是官话、客套话了！论威望、功勋，比我有能耐的大臣还有好几个，说得更明白一些，陆丽、刘尼、源贺、拓跋子推，这几个人，要先把谁除掉，我才能在朝中树立起威信来？新帝初立，我不杀几个人，定不能立威！"

常英醉醺醺地笑着问："忠义王，非要杀人才能立威吗？"

乙浑皱着眉头说："辽西王，我看你喝多了吧。这事很明白，我肯定要杀人才能立威。"

李崔捋须沉吟。常泰唯唯。

一旁的李长祥鼓起勇气，说："当今能够和您声威相较的几个人，拓跋子推虽是皇族近支，却无权无军，除非有人在背后推举他，否则，他根本就不是威胁；刘尼将军近年多病，如今得到司空荣显，禄位荣宠至极，关门闭户，唯求自我保全，他应该也不是问题；源贺远在冀州，孜孜埋头于当地府治，也不必多虑……"

乙浑："如此说来，只能拿陆丽开刀了？"

李长祥点点头，道："平原王陆丽，宗族繁盛，兄弟子侄布列各州各郡，禁卫军里也有不少他曾经的下属和亲近之人，您想找一个能够对您形成威胁的人来杀之立威，我只想到了他……"

李崔听儿子李长祥如此给乙浑出主意，低头不语。

乙浑对李崔说："李侍中，令郎为人真是聪明多智，是我的智囊！你也不必担心，事成之后，我对你们父子肯定多多提拔！毕竟，你们是新帝真正的近亲嘛！"

李崔拱手施礼："李某实不敢当，只求忠义王知晓我们父子对您的一片忠心。作为外戚，我们绝不敢干政……"

由一队高车禁卫军簇拥着，平原王陆丽走入太极殿大殿。大殿之内空空荡荡的，基本没有人。陆丽感到奇怪。忽然间，常泰、李长祥出现。

常泰高喝道："太后有诏旨！陆丽跪听！"

陆丽闻言，跪地听旨。

"皇太后诏曰：陆丽早蒙宠禄，位极人臣。自先帝以来，受非常之诏，许以不死之旨，思得君臣上下齐信，以保大义。岂谓陆丽阴谋反噬，希冀天位，谋逆之甚，一至于斯！其与兄弟子侄结祸，数怀逆图，讪谤朝廷，书信炳然。诚赖忠义王乙浑忠贞奋发，侦知陆丽阴谋，便尔驰表，终使朝廷清泰，恒岳无尘。思陆丽罪恶，当为门诛。吾谛寻前旨，本不欲尽诛。然其反逆之志，自负幽冥，违誓在彼，不关朝廷。今陆丽反心逆意，昭然若揭，特颁懿旨，三族皆戮！"

陆丽乍听到此般诏旨，一时间没有反应过来。他摸了摸自己花白的头发和宽阔的额角，愣在原地好大一会儿。

"……我谋反？我陆丽谋反？皇太后认为我谋反？"

常泰阴阳怪气地说："平原王，不要再这样桀骜不驯！事已至此，你也别再多说了！当然，我也可以对你说句实话，抓你杀你，这不是太后的意思，是忠义王的意思！"

陆丽看了看站在常泰旁边低头不语的李长祥："这不是李侍郎吗？常英、常泰父子乃乙浑鹰犬，汝乃皇太子元舅，清贵之门，岂能参与乙浑等人的谋划？"

李长祥依旧低头不语。

常泰大喝："陆丽反贼，死到临头，还在这里污蔑忠义王，来人，把他绑上！"

数十个高车禁卫军冲过来，把陆丽死死捆住。

生怕夜长梦多，乙浑下令马上对陆丽以及他的家族施刑。北苑的草地成了临时刑场，几十个人高马大的高车禁卫军充当刽子手，手持大刀，站在刑场周边。他们因为紧张而显得苍白的脸上，表情非常凶狠。同时，这几个人左顾右盼的，显得非常不安。

作为第一批要被处决的人，陆丽和他的兄弟子侄在高车禁卫军的层层包围下，静静地朝北苑走来。这时候，大批围观的禁卫军里响起一阵低语。毕竟，陆丽长期担任禁卫军统领，军士们对他一直非常尊敬。

陆丽双手被绑缚着，走在最前面。他的靴子被剥掉了，光着脚，身上穿着一件肥大的袭衣。即便是上刑场，他依旧坚定地迈着脚步，踏着北苑泥泞的草地，往刑场走去。由于脚底下一直打滑，陆丽不时左右摇摆身体以保持平衡。

陆丽身边是他的长子陆定国。忽然遭到逮捕，陆定国的脸色像死人一样苍白得可怕。他沉默地走在父亲身边，艰难地挪动着脚步，眼睛里面露出绝望的神情，嘴一直在痛苦地翕动。

陆丽的兄弟陆馛，岁数和陆丽差不多，迈着细步，跟随在陆定国身后，也是脚步沉重。他的肩膀颤抖得厉害，非常冷似的。其实，这个陆馛也是王爷，乃北魏建安王。他是从建安王府中以参议朝事的名义被请出来的，所以穿戴齐整。遭遇如此非常之事，他哆嗦个不停。

几个高大的高车禁卫军过来，剥去陆丽、陆定国爷儿俩身上的厚衣服，只剩下内衣。这父子俩都光着脚，站在那里。初春时分还非常寒冷，两人冻得嘴唇直哆嗦。

陆丽越过看押他们的高车禁卫军的头顶，眺望着乌云密布的灰蒙蒙的远方。他两只清醒而又冷冰冰的眼睛，若有所期地四处望着，紧张地眨动，似乎也在幻想有什么奇迹出现。就在这个时候，他发现了骑在马上默默看着他的慕容白曜。

陆丽低下头，长叹了一口气。

这时候，乙浑骑着一匹大马，身后带着几个随从，风驰电掣般到来。他飞身下马，走近陆丽。

乙浑得意地笑着："陆大人，平原王，你也有今天呀！你平常一直看不起我，在太武帝时代，我在你手下当差，你还用鞭子抽过我一顿呢，还记得吗？你说我偷禁卫军府库的马鞍……"

陆丽："呸！乙浑，你这个狗才……我和我的家人是马上要死了，可是乙浑，你三族被诛的命运，其实也在眼前！可惜我不听人劝，要死于你这种蠢愚之人之手，真是太遗憾！唉，我不能看到你三族被杀的那一天了！"

听到陆丽临死还这样说话，乙浑黑红的大脸顿时变得苍白。他凶狠而略微紧张地盯着陆丽看了看，按捺着心中的愤恨，腮边咬肌滚动。"陆大人，这又有什么可遗憾的呢！你肯定看不到那一天，我也不会有那一天！"

陆丽："我怎么能不遗憾呢！我低估了你的愚蠢，低估了你的凶恶。要知道，若能亲眼看着你乙家的一切都化为灰烬，终归是我人生一大快事！"

乙浑瞬间被气笑了："那可办不到，陆大人，你今天就要死啦！轮到我死的那一天，可能你的骨头都化成泥了！"

乙浑再次按捺住心中的愤恨，挥挥手，高声问刑场上的禁卫军军官："反贼陆丽的家里人，都抓到了吗？给我一一报上名来！"

一名禁卫军军官手捧写着无数姓名的诏书，大声道："犯人已拿到！除陆丽一子陆睿逃脱，陆丽之妻杜氏，妾张氏，长子陆定国，以及其余子孙兄弟近亲，全部抓获到案！"

乙浑狞笑着说："念！"

禁卫军军官得令，照着名单念了起来："陆定国之子陆安保、陆昕之，陆昕之原为驸马都尉、镇东将军；陆睿之子陆希道，原为淮阳县男；陆睿之子陆希悦，原为散骑常侍、卫将军、相州刺史；陆睿之子陆希谧，原为太尉参军；陆睿之子陆希静，原为邵郡太守；陆睿之子陆希质，原为骠骑大将军、中书监、青州刺史……"

乙浑大笑："哈哈，很好！跑了个陆睿，他的五个儿子却被一网打尽！陆丽，你这五个孙子都挺漂亮啊，多么好的孩子，粉雕玉琢的，可惜，作为你这个反贼的子孙，就算他们自己无罪，也要被砍头！"

他望了望跪在刑场上的陆丽的诸多家属，接着高声喝问："还有呢，接着念！"

　　禁卫军军官："陆丽兄弟陆馛，原太保、建安王；陆馛儿子陆琇、陆凯等六人；陆丽兄弟陆石跋，原泾州刺史；陆丽兄弟陆归，原太子舍人、驾部校尉；陆丽兄弟陆尼，原内侍校尉、东阳镇都大将；陆丽兄弟陆陵成，原中校尉、河间太守；陆丽兄弟陆龙成，原安南将军、青州刺史、乐安郡公；陆丽兄弟陆骐骥，原夏州刺史……"

　　乙浑为了看清楚押到现场的陆丽家属，重新骑到马上。从高处，他看到跪倒的人群之中，还有十多个小至三四岁，大到七八岁的孩子，脸上更是露出了狞笑。

　　他重新下马，走到陆丽近前，笑着说："陆大人，你这家族真是子嗣繁盛啊，瞧瞧，你回头瞧瞧，重孙子竟然都这么多……可喜可贺的是，一会儿啊，你们这一大家子，都可以在地下再次团聚了，呵呵……"

　　陆丽的家属中，有几个人的脸上带着一种似乎不在乎的表情。陆丽的几个有军职的孙子，也就是陆定国的儿子，都是二十几岁的年轻人，他们的眼睛里充满了愤恨，朝着乙浑站立的方向啐唾沫。然而，大多数人，尤其是跟陆丽平辈的几个兄弟，歪扭变形的脸上都露出无限的恐惧。

　　包围刑场的禁卫军多达数千人，一层又一层。在乙浑的安排下，高车禁卫军兵士手持大刀，站在第一排和最后一排。除了他们，绝大多数的禁卫军在面对陆丽三族被诛的惨状时，都不忍心细看。很多人只盯着地面，或者把脸转开。

　　乙浑心情大好，俯视着陆丽。陆丽皱起眉头，对着乙浑高声谩骂起来："你这个狗贼，看我作甚？"

　　乙浑笑着说："陆大人，你这才被关了三四天，怎么长了这么多白头发？瞧你的两鬓，完全白了！是愁的吧？"

　　陆丽朝地面吐了口唾沫，没有搭理乙浑。

　　充当行刑指挥的一个禁卫军低级军官小跑着过来，向乙浑请示着什么。

　　乙浑使劲摇头："不！绝对不要先斩陆丽、陆定国父子！他们父子放到最后来处决，我就是要让他们看着他们陆氏这么多人是怎么一个一个被杀掉的！"

　　在充当刽子手的一排禁卫军面前，可以看到一条长长的、准备埋人用的土坑。这是早上临时匆匆挖的。

　　乙浑大喝："先送陆丽的兄弟们上路！"

　　听到乙浑这声命令，陆馛条件反射一般立刻往前跨了一步，跪倒在土沟边。而后，他疲惫地打量着和自己跪在一排的几个兄弟。陆琇、陆凯、陆尼也都是花白胡子的老头了，他们都微驼着背，沉重地喘息着，目光注视着地面，一直没有抬起头来。至死他们也没能明白，他们的兄长陆丽到底犯了什么弥天大罪，要陆氏三族的人头来承担。

乙浑："杀！"

行刑兵士挥刀，陆丽的几个兄弟一起被砍杀。随后，他们的尸体被兵士踢入沟内。在场的陆氏家属中不少女人和小孩立刻发出了号哭之声。

陆丽咬着牙，皱着眉头。他高抬着头，仰望天空。站在刑场四周的禁卫军，无论是鲜卑人还是华人，似乎良心都在遭受谴责，不少人的腿都在打战。

在乙浑的亲自指挥下，行刑兵士又开始处决陆丽的侄子们。这些有军职的小伙子都很勇敢，没人吭声，很快都被砍死在土坑边上。

不久，刑场上一片寂静，就连陆家女眷和孩子也因为过度恐怖的场景而停止了哭泣。

不知什么时候，天空开始下起冻雨。刑场上太静了，就连雨点打在兵士甲胄上的声音都听得清清楚楚……

乙浑仔细看了看，说："现在轮到陆丽的孙子了！唉，陆丽的长子长孙，陆定国之子陆安保！"

说完，乙浑仔细打量着陆安保，然后对站在陆丽边上的陆定国说："你不太能生啊，怎么就两个儿子！嗯，还是你弟弟陆睿能生，而且个个都是人才啊！如果国家放走了你们这些反贼，该有多大的害处啊！可惜，你们这几个人都被抓住了，只跑了个陆睿！不过陆丽，你也别高兴，陆睿跑不了多远，肯定也要被抓住杀头的，很快他就会到地下去和你们见面……"

陆定国的次子陆昕之，白面书生的样子，是个驸马都尉。看到自己的几个兄弟接连被杀，他恐惧得要命。他忽然向后仰着身子，双手紧紧抓住面前行刑的禁卫军的靴子，摇晃着泪水纵横的脸，挣扎着发出叫喊声："不要杀我，我是皇家驸马啊，我没犯罪啊，我没有谋逆啊……求求你们，乙浑大人，求求你，不要杀我！我家里还有三个小姑娘呢，她们都是皇家骨血啊……"

陆丽怒视着自己的这个不肖孙。陆定国低下头，唉声叹气。

乙浑笑了。一个身材高大的高车禁卫军走近陆昕之，猛地用膝盖朝他胸上一顶，周围都清晰地听到了这个驸马的胸骨被顶裂的声音。两个高车禁卫军把他扶架着，想让他跪直，他却又趴在地上，在那些刽子手脚底下乱爬，同时用干裂的嘴唇去亲吻那些正往他脸上乱踢的大皮靴，哭泣不止，上气不接下气地哀求："别杀我，别杀我……"

陆丽低吼了一声："你这个不肖子！丢脸！"

陆昕之抱住高大的行刑兵士的膝盖，兵士再次将自己的双腿挣脱，跳了开去。他用钉着铁掌的靴子朝陆昕之耳朵上重重地踢了一脚，鲜血立刻从陆昕之另一只耳朵里流了出来。而后他对周围的禁卫军说："把他扶正！"

几个高车禁卫军费了好大劲才把陆昕之扶正，而后，行刑兵士即刻挥刀，把陆昕之斩于坑边。

人群中，陆丽家属中的女眷和孩子又厉声哭叫起来……忽然，一个穿着红色袍服的女子跳出人群。她大概是陆昕之的公主妻子，右手抱着一个孩子，左手拉着一个小姑娘，身后还跟着一个小姑娘，跌跌撞撞地跑着，想冲出禁卫军重围。

受到这个女子的影响，更多女眷和孩子也都挣动起来。

这些人倒不是真要逃跑，而是想要逃离这个可恶的屠杀地。眼睁睁看着亲人的惨状，听着他们的叫喊和呻吟声，这些妇女和孩子的神经几近崩溃……

乙浑高举起一只手，立刻有一大队高车禁卫军围拢上去，砍瓜切菜一般，对这些妇孺进行屠戮。没费多长的时间，这些妇女和孩子就尽数被屠杀在当地。

陆丽叹息了一声。他抬起头来，仔细地看着北苑天空上那些灰色的云，一脸悲愤……

面对无比凄惨、震撼人心的场面，禁卫军中的一些新兵心惊肉跳。只有那些参加过南征北战、对死亡场面已经无比熟悉的老兵，特别是那部最近刚刚跟从拓跋濬和乙浑等人北征的高车部禁卫军，没有什么表情。他们静静地看着眼前的一切，大多紧紧抿着嘴唇。

新挖的土坑里面已经堆放了两层死尸，禁卫军匆匆用黄土盖住。然后，又把刚刚杀掉的妇孺拖到坑里面埋掉。

陆丽眼里重新燃起仇恨的怒火，他紧盯着乙浑那张兴高采烈的脸，恨恨道："狗贼，今天你杀我三族，我相信老天是公平的，很快就会轮到你！"

陆丽忽然来了精神，他慷慨激昂地对四周围观戒备的禁卫军高声喊话："各位健儿，我陆丽多年来一直统领禁卫军，你们肯定知道我的为人，我绝对不会背叛朝廷和皇帝！请你们记住我的话！乙浑这个奸贼，绝对是矫诏杀害忠良！我希望你们擦亮眼睛，不要跟随这个奸贼走得太远！"

几个一直是陆丽手下的中级禁卫军军官忽然勒紧了马肚带，飞驰而出。这些人连头也不回，驰过山冈之后，往北苑边上的宫门跑去。

乙浑皱着眉头，对身边一个军官说："记住那几个人的名字，把他们列入反贼陆丽的同党名录，都要门诛！"

而后，乙浑忽然笑了。他先是让行刑兵士把陆丽的长子陆定国杀死在坑边，然后径直走到陆丽跟前，道："陆大人，你看，你们这一大家族，人可真多，这么深、这么长的坟坑都已经填得满满的。明年春天，这里面肯定会长出不少的草木来……嗯，我今天给你一个人情，看在咱们同朝为官的情分上，我赏你一个全尸！"

陆丽啐了一口，说："乙浑，你这个奸贼狗才，要杀要剐你随意！"

乙浑："来人，搭一个绞架，送陆大人上路！"

随后，乙浑低声对手下一个高车禁卫军吩咐了些什么。

那个高车禁卫军叫来几个兵士，很快拆掉一辆兵车，搭起一个临时绞架，而后两个高车兵士夹持着陆丽，把他押到绞架中间站定。绞索下面，垫了一块石头。陆丽昂着脑袋，表情豪迈，露出黝黑粗壮的脖子，他的脸上，包括浑身的筋肉，没有哆嗦一下。

这位老将军自己伸头，把脖子套进了绞索。

陆丽对着乙浑高声说："狗贼，你怎么连绞架都不会搭？绞索太矮了，应该再搭高一些，才能把我绞死！"

乙浑阴险地一笑："陆大人，我就是要让你慢慢升天！"

乙浑挥手，行刑兵士蹬开陆丽脚下的石头。陆丽高大的身躯猛地旋转了一下，坠了下来，但就在他的双脚脚尖马上要触到地面时，勒在他脖子上的绞索剧烈地抖动起来，使得他喘不过气。这个姿势逼使陆丽不自觉地向上挺起身子，最终，他还是踮着脚尖站住了。他光着的大脚趾使劲蹬住因为下雨而潮湿的泥地，深深地吸了一口气，用他那双几乎被勒出眼眶的眼珠横扫了一眼寂静的禁卫军部队。

陆丽瞪着乙浑，低声吼道："狗贼，好手段！我诅咒你……"

乙浑奸笑着，指挥着两个高车禁卫军在陆丽脚下慢慢挖坑。被吊在绞索上的陆丽大瞪着眼睛，因为痛苦而泪如泉涌。他歪着嘴，拼尽全力，痛苦而又模样可怕地将身体向上探去。出于本能，这位王爷还是想减轻一些自己临死时的痛苦……

慕容白曜骑马站在绞架近处，轻声对身边的莫那娄说："杀人也就罢了，何必如此侮辱折磨！禁卫军中多是陆丽将军的手下，万一哗变，怎么得了！"

莫那娄点头表示同意。他定了定神，忽然拍马奔出。冲到绞架前的一刻，他猛地勒马，掏出腰间的刀，一刀捅入陆丽胸中。这一刀，使得陆丽当时就死掉了。

临时绞架发出咯吱咯吱的响声，陆丽的尸体轻轻摇晃着，挂在绞索上慢慢转动，仿佛是想让乙浑、行刑者以及周围的禁卫军都看清他那张大家熟悉的紫黑的脸……

乙浑脸上一惊，喝问："莫那娄，你干什么？！"

莫那娄飞身下马，跪在乙浑脚下，低声说："忠义王，禁卫军将士不少都是陆丽手下，末将怕如此虐杀处决陆丽，会激起兵士哗变……"

乙浑捻须，点了点头："莫那娄，我一直信任你手下的高车禁卫军，你可替我把他们看好了，领好了！"

莫那娄："末将遵命！"

第七十四章　珠蚌暗结

万寿宫内，常氏的寝殿窗子朝着花园，房间非常安静温暖，被宫婢和宦者拾掇得整齐干净。每到黄昏，她就让人把许多香炉点燃，殿内氤氲着扑鼻的香气。而后，她常常穿着异常精致的软皮便鞋，蜷起脚来，依偎着那个年轻的鲜卑面首，把自己的身子缩成一团，躺在榻上的锦褥之中，愉快地打发时间。

不过，最近一些天，由于拓跋濬崩逝，加上她自己的身体也出现状况，她整日忧心忡忡的，神情异常。

赵黑站在榻边侍立，躬身和常氏说着什么。常英、常泰父子也坐在榻上，满脸惊讶。

常氏忽然坐起来："黑儿，你刚才所说的都是真的？乙浑把陆丽给杀了？！"

赵黑："太后，确实如此，乙浑不仅把陆丽杀了，还是用您的名义把陆丽给杀了，而且诛杀了陆丽三族！"

常氏："……乙浑太胆大妄为了！这种大事，他竟然不和我商量！"

常泰嗫嚅半晌，说："乙浑抓陆丽一事，我也有份。不过，当时他只和我说要把陆丽抓起来关到狱里，没想到他竟把陆丽给族诛了……"

常英厉声斥责："如此大事，你为何不和太后说，为什么不和我说？！"

常泰说："我们商议此事时您在场的啊，恐怕您当时醉得厉害了，才忘记了……可您先前不是嘱咐我，对乙浑要言听计从吗……"

常氏表情复杂。在榻上愣了许久之后，她叹息一声，说："算了，杀都杀了，也复活不了……乙浑有如此决断，也不是什么坏事，只要他能够一直在我们的掌控之下……今天我唤你们父子来，是想和你们商量一件更大的事儿……"

常英赶忙问："太后，什么大事，比乙浑杀陆丽还大？"

常氏意态消沉："嗯，是我自己的事儿……"

赵黑面色警觉,他看了一眼跪在榻后的鲜卑面首:"太后,吾等皆是您最亲近之人,您有什么事情,但说无妨……"

常氏又想了一会儿,才道:"黑儿啊,其实是我们常氏家里的事儿。你先回避一下,我和常英、常泰说说……"

赵黑行礼退出。

常氏对近前的常英说:"最近我不是一直呕吐吗,昨天我找了一个御医来看,结果很严重……"

常英一脸惊诧地问:"太后,您得了什么重病?"

常氏盯了一眼常泰,说:"我现在对你们所言,只要让任何一个外人知晓,你们定死无疑!哪怕你们是我的亲戚!"

常英小心翼翼道:"您说……"

常氏:"御医告诉我,我有孕了!"

常英、常泰一脸疑惑。

常氏坚定了音声,面目却有些狰狞:"事已至此,我也不再瞒着你们了!今天找你们父子来,就是要商量这最棘手的问题,该怎么办!"

常英、常泰一时间都恍恍惚惚的,惶然不知怎么办才好。

两个人静静愣了好久,才明白过味来。

常英指着不远处跪着的鲜卑面首,低声问:"想必就是这个狗才干的好事儿?要不,先把他结果了?"

常氏本想发作,最终却叹息一声,好言道:"哥哥啊,你不要舍本求末,这孩子也不是什么坏人,表面上看,好像是他惹的祸,但祸,其实是我自己找的……对了,昨天给我诊疗的那个御医怎么样了?"

常英:"已经按照您的指示,昨天他一出宫门,就灭口了……"

常氏满意地点了点头:"嗯,这就好。"

常泰忽然想出什么好主意似的,兴奋地说:"太后,我有一计,不知可行否?"

常氏:"说来我听。"

常泰低声说:"太后,反正您深居后宫,就把这个孩子生下来,对外称是先帝某位美人或者嫔妃生的遗腹子,接下来再赐死她,把这孩子当成先帝的皇子养育,就好了……"

常氏哼了一声,怒斥道:"如果后宫只有我一个人,这事还好办,可后宫里那么多嫔妃,还有冯氏和冯昭仪,怎么能长久瞒过她们!更何况,我怎么能把自己生出的孩子说成是先帝的孩子，玷污皇室血统……再说，怀胎十月和生产，于我这么大岁数的人来说，肯定是凶多吉少……"

常英问："太后，您如今有孕几个月了？"

常氏："才三个多月！哥哥，你近日到坊间仔细找寻，找个稳妥的稳婆，秘密弄到宫里来，帮我把这腹内的一块肉打掉！"说着，她望了一眼那个鲜卑面首，"唉，还真不怨这个小伙子，每次做完事，这孩子都伺候我，用红花、麝香什么的把下身洗干净，而且，水银汤剂什么的，我也每次都没忘了喝。谁料想，我这个岁数，竟然还能有孕……"

鲜卑面首听常氏如此说，无限惶恐，不停叩首："小的罪该万死！"

常氏面露怜惜，安慰道："这件事情，还真不怪你，你毋忧毋惧！"

而后，常氏陷入深深的苦恼之中。她的思想一点都不深刻，就是她这么多年在宫内学到的生存知识，加上她从民间掌握的本能，使得她在皇太后这个位置上变得日益穷凶极恶。但是，近来这个鲜卑面首给她带来的肉体享受，使得她乖戾和暴躁的性格变得温柔多了，甚至如今还感受到了某种屈辱和羞愧。可见，所有她在宫廷中所展现出来的，并非她人性的本质！

太极殿秘殿。

北魏皇帝的继位仪式，在太极殿秘殿内举行。这一次的继位仪式，并无郊祭，非常神秘。

少年拓跋弘被七个人用黑毡托举着，在女巫和男巫的深沉低吼声中，多次被举抬到空中。

神秘的鼓声。奇怪的音乐。令人痴迷的仪式。最后，一个大巫师用鲜卑语宣布仪式完毕。而后，大巫师再用华言宣布："大汗继位，天授神权，统领万国！"

拓跋弘稽首在地："谨受命！"

礼官入内，先给拓跋弘换上鲜卑服色的可汗大袍，而后引导拓跋弘跪拜秘殿内的一些很奇怪的牌位。拜礼之后，礼官进献华服，为拓跋弘戴上皇帝冠冕。

宫殿以外，皇帝车驾大摆。冯婉华跟随拓跋弘前往太极殿正殿。

北魏和平六年（公元465年）夏五月甲辰，拓跋弘即皇帝位，大赦天下，这就是北魏的献文帝。

当日新帝下诏，尊冯婉华为皇太后，尊常氏为太皇太后。

太极殿内，群臣肃立。

礼官大声宣布：

"太皇太后、皇太后、皇帝诏旨：以太尉、录尚书事乙浑为丞相，位居诸王之上。军国大事，事无大小，皆送丞相参决；以辽西王常英为尚书左仆射，协参国事；以昌黎王冯熙为侍中。"

接着，礼官又大声宣布：

"皇帝诏曰：夫赋敛烦则民财匮，课调轻则用不足，是以十一而税，颂声作矣。先朝权其轻重，以惠百姓。朕承洪业，上惟祖宗之休命，夙兴待旦，惟民之恤，欲令天下同于逸豫。近年颇兴干戈，徭赋不息。今兵革不起，畜积有余，大魏全境，全复十一之税，以养民生！"

常英低声对身边的乙浑说："丞相，如今朝中，事无大小，皆赖您定夺！"

乙浑面露跋扈之色，说道："新帝登基，孤儿寡母，正是吾辈效力之时……嗯，对了，国内恢复'十一税'这个诏旨，怎么我不是很清楚……"

常英："这是中书省李奕李侍郎那些文官弄出来的，大概是新帝登基，对百姓施政的意思，争取民心吧……反正老百姓认为这是大魏朝廷给予的好处，其实呢，您就是朝廷，所以这也就是丞相您给的好处……"

乙浑微微点头。

少年拓跋弘在御座上端坐，很有帝王的派头。他往下打量着群臣，忽然问："朕想问问，那个白胡子的平原王陆丽陆王爷，今天怎么没来？"

乙浑闻言，顿时色变。常氏一脸不快。李崔、李长祥父子互相望了一眼。

高允、高闾、李奕、李敷、李䜣等中书省官员皆面面相觑。

乙浑咬咬牙，甩袖出班，大声回奏道："回禀陛下，陛下登基在即，平原王陆丽伙同其兄弟子侄，心同枭獍，潜引党羽，违悖天常，欲行谋逆，罪该万死！臣奉……遵太皇太后诏旨，前日已擒杀陆丽，明正典刑！"

常氏紧抿着嘴唇，低头做思虑状。

众大臣一阵喧哗，不少人大惊失色。

少年拓跋弘吃惊不小："陆丽谋反？"

冯婉华转头看了看和自己夹拓跋弘而坐的常氏，说："平原王陆丽，有大功于先帝。当年先帝得以登基承继大魏帝业，陆丽有不赏之大功，为何如今一朝而反？说他谋反，有事实依据吗？"

常英想替乙浑辩解，大声说："陆丽包藏祸心，阴谋构乱，近来得知先帝崩逝，违天背道，想趁机谋逆！"

冯婉华问高允："令公，平原王陆丽这种级别的大臣行谋反之大事，御史台、司隶校尉、中书省等官员，就这样仓促审问，这么快就把他给杀掉了？"

高允实话实说："臣等实在不知此事！"

乙浑望了望殿外的禁卫军，又暗自咬了咬牙，高声说："非常之时，当有非常之人行非常之事！臣蒙先帝信任，得知陆丽谋反，即刻向太后请旨，诛杀陆丽！为了今日陛下能够顺利登基，臣尽忠国家，不畏其他！"

冯婉华、拓跋弘以及在场众臣，皆默然。慕容白曜忽然出班，为乙浑解释说："丞相于国家有难之时，效诚尽节，求情推理，果断处置谋逆大事，防患于未然，其拳拳忠心，由此可见！"

李长祥此时也出班："臣等邀逢幸会，生遇昌辰。才非利用，坐班位列，功无汗马，猥受恩勋。值此国家多事之秋，陆丽阴构不息，觊觎神器，原心语迹，不可饶恕！"

常英此时也来了精神："陆丽兄弟子侄，从恶累年，暗地与南朝、蠕蠕交通，包藏奸逆，不杀不足以定国家，平民愤！"

乙浑见到这几人当众为自己开脱，脸色逐渐和悦起来。

下朝之后，众人在坤德六合殿稍事休息，冯婉华只带着抱公公一个人，进了万寿宫。

经历了这么多大事，冯婉华的神情显得疲惫不堪。平时觐见常氏，都是很快就会有赵黑或者其他宦者、宫婢来接待，可这一次，冯婉华等了好久，才有一个无精打采的老宫婢小跑着过来，低声请冯婉华一个人入常氏寝殿。

也就是两个时辰未见，忽然再见到常氏，冯婉华忽然发现她已经是一脸病容。她脸色蜡黄，眼角和唇边似乎一瞬间布满了细小的皱纹，已经完全没有先前坐在朝殿之上的那种威严和颐指气使了。

常氏身边只有两个宫婢伺候着。当着冯婉华的面，她们把一团团白色丝絮堵在常氏的下身，再把已经用过的丝絮团扔掉。冯婉华亲眼看到，那些用过的丝絮团浸满了血，鼓涨起来，已经变成褐黑色。

冯婉华大惊："太皇太后，您这是怎么了？刚才在朝上的时候您还没事呢……"

常氏的脸由于失血过多而变成了青灰色，她的嘴在痛苦地哆嗦。她喘息了一会儿，对冯婉华说："婉华，我们娘儿俩，这么多年来，相安无事，我也待你们冯家不薄吧……"

冯婉华："太皇太后对我，对我们冯氏，恩重如山！"

一个侍婢端来一碗琥珀色的汤药给常氏。常氏喝了之后，似乎药效很快显现，她的疼痛感一下子就减轻了许多。"……婉华，事已至此，我就实话告诉你吧，我可能，快不行了……"

冯婉华发自内心地感到惊讶，问："太皇太后，您得了什么病，怎么忽然就这样了？！"

常氏挥退身边的两个宫婢，小声说："……我这病啊，说出来都臊得慌。近日我发现，自己有了身孕……不得已，我就想把肚子里面的孽障打掉，可也不知道哪里出了问题，从刚才开始，我下身忽然就流血不止……最有可能的是，那法子太烈……"

冯婉华很想再问清楚一些，犹豫了一下，问道："太皇太后您服用的是什么药，有如此强烈的药性？有御医前来诊疗过吗？"

常氏脸上一红："如此羞臊之事，我怎么能够大张旗鼓找御医来诊疗……你还记得吗，多日之前我们娘儿俩在一起商量事情的时候，我就干呕，当时我自己还打趣说自己有孕了。岂料，我还真有孕了……"

冯婉华急切地问："那您如何确定是真的有孕了？"

常氏："皇后啊，我们女人有孕，自己也能猜出个十之八九……这两三个月月事不来，我又没有老到那个地步……"

冯婉华又问："有御医确诊吗？"

常氏："有啊，当时我还真没往有孕的事情上想，所以唤了太医院的御医前来诊疗……唉，为了大魏朝廷内宫的声名，那个为老身确诊的御医，事后肯定不能再活……老身也信佛行善的，总不能每次看诊都杀一个御医。所以，这堕胎之药，都是老身让下面的人偷偷从坊间一个知名稳婆那里弄来的。岂料，第一个法子没有效力，而后又给了一个法子，效力却如此之猛！……"

常氏和冯婉华交谈之际，万寿宫内一角，抱公公和赵黑边走边谈着什么。

抱公公："如今皇帝新立，可朝内朝外，人心惶惶。乙浑一朝获得这么大的权力，一方面是先帝在的时候对他宠信有加，另外嘛，也是因为近期他依靠太皇太后的诏旨，擅权揽政啊……"

赵黑："太皇太后今日下朝之后，忽然得了血崩症，下体流血不止。"

抱公公："血崩症？"

赵黑："是御医说的……"

抱公公思虑久之，忽然问赵黑："太皇太后是不是一直在宫内养着面首？"

赵黑："不瞒干爹您说，确实一直有，是乙浑从柔然那边找来的。此人剃面易服，以宦者的身份混入宫内。这事儿，知道的人几乎没有，干爹您是怎么知道的？"

抱公公："咱在宫内这么久，猜的。"

赵黑："哦……"

抱公公："太皇太后这哪里是得了血崩症，应该是暗中堕胎，没弄好，才会有这样的结果。嗯，这个御医挺聪明，如果他公然说出太皇太后是堕胎不净导致的流血不止，估计没出宫就被弄死了！"

赵黑："太皇太后都这个岁数了，还能有身孕？"

抱公公："太皇太后连五十岁都还不到，她在宫中这些年保养得宜，面首又是青壮之年，她有孕不是稀奇事！"

赵黑恍然大悟："原来是这样，难怪前几天太皇太后和常英、常泰说要商量什么他们家里的大事儿，把我支开了……"

抱公公："有太皇太后在，乙浑此贼还基本控制得住！一旦太皇太后有个三长两短，如今乙浑官为丞相，位在诸侯王之上，宫内宫外禁卫军也全部归他统领，就再没人能管他了啊……"

万寿宫内，常氏和冯婉华继续密谈。

冯婉华有些埋怨地对常氏说："太皇太后，您冒着那么大的风险堕胎，怎么事前也不和我商量一下……"

常氏叹息一声："此事干系重大，又不是什么正大光明的事，我怎么能和你商量呢。唉，先帝崩逝，我本来就难过到好多天睡不好觉，如今又弄出这件事情来，看来我命不久矣……也好，我们娘儿两个很快就要在地下团聚了。"

说着，常氏的泪珠扑簌簌地掉落下来。说起拓跋濬，冯婉华也流泪不止。

不久，常氏止住哭声，说："唉，坊间稳婆的话，有时候不可尽信！"

冯婉华也拭泪而止，问："太皇太后，您是用的什么法子堕胎呢？"

常氏："听我哥哥他们传稳婆的话，弄一些土膝根，择出几棵五寸长的，用清水洗净，再用帛带将这些土膝根蒂紧紧扎住，在根头搽满麝香粉，然后放入阴中。本来说一日之内腹中胎儿就会自己堕下……当时稳婆还嘱咐说，一定要把土膝根扎紧扎好，不然的话，麝香的药气冲心，会要了人命……结果，我把那东西放入阴中一天一夜，也没有任何动静，只是腹痛而已……"

冯婉华问："然后呢？您没再用别的什么法子吗？"

常氏："唉，我只能把那稳婆弄入宫内，她说她会用针灸堕胎，还说那土膝根的法子本是有效力的，然而胎儿已经死在腹中，却因我内虚无力，所以胎儿未下……当时，她拿针刺了足三阴交二穴，又刺泻足太冲二穴，结果捣鼓了一个时辰也没动静……"

冯婉华叹息："太皇太后，堕胎这件事情，性命关天，到了这个地步，您还是应该唤太医来诊治的啊。"

常氏泪眼迷离："当时老身也真是迷了心窍，一而再，再而三地受这个稳婆的蛊惑，不得已，只得又服用她开的药方。你看，就是这个药方，什么芫花、天花粉、马钱子、生南星、生川乌、生草乌、水银、巴豆、蜈蚣、水蛭、三棱、莪术、益母草……用这么多东西熬了一剂药，药性太猛，刚喝完胎儿就掉了下来，但我也开始血流不止……"

望着常氏深陷进去的眼睛和白得像蜡一样的嘴唇，冯婉华悲从中来："太皇太后，如今先帝刚刚崩逝，第豆胤刚刚得立为君，正要靠您统领万机，岂料，您这身体……"

常氏："一切都是命！"

冯婉华："如今我们大魏，孤儿寡母，强臣在堂，太皇太后，我们没有您不行啊……"

常氏："婉华，你是在担心乙浑吧？他不过是一条狗而已！他现在的权力是大了点，又能怎么样？！乙浑出身微贱，他背后没有宗族力量支持，你放心，这个人不会对第豆胤和我们大魏有什么威胁的。"

冯婉华摇头："平原王陆丽，乃忠厚老臣，乙浑竟然能够不禀告您就矫诏妄杀，而且是族诛，可见他有多么暴横无礼！怕只怕，日后您养的虎反噬大魏啊……"

常氏："我也有些后悔，所以才对我兄长常英和你兄长冯熙加官晋爵，希望他们能够对乙浑有所制衡。不过，我兄长本性愚懦，恐怕难负重任！"

冯婉华："我的兄长冯熙本性厚道，刚从外任入京，恐怕也不能济事。更何况，我姑母冯昭仪一直嘱咐他，说身为外戚，要小心谨慎，他哪里能制衡乙浑啊！"

大概是刚刚服用的西域麻醉药暂时止住了疼痛感，常氏的精神头比起冯婉华刚入殿时好了许多。忽然觉得身体发热，常氏撕开自己的内衬衣服，无所顾忌地露出她已经松垂的双乳，抚揉着前胸。"只要老身活着一天，乙浑就不能怎么样！婉华你放心，我会悉心安排的……"

天越来越黑。从万寿宫寝殿的窗户望出去，天际乌云四合。平时温香热闹的太皇太后寝宫，如今沉浸在非常不寻常的寂静之中。某种阴沉昏暗代替了以往深邃的宁静。逐渐浓厚的夜色中，在场的几个人思绪越发飘浮不定。

寝殿内极暖，热得乙浑、常英、常泰、李崔、李长祥几人满头大汗。

常氏倚靠在锦垫上面，两个宫婢不停地用一个盛满冰块的金桶给她的头和后背降温。

常泰、李崔、李长祥等人不敢直视，皆低头站立在一旁。乙浑、常英似是有些好奇，特别是乙浑，几次开口想问，又没出声。

常氏："这是御医告诉我的，遇到子宫出血，就是血崩症啦，有一个自疗的方法，就是将头发用水打湿，或者用冰为身体降温，女人的子宫会收缩，对止血大有功效……"

第七十五章　萧墙祸端

皇宫万寿宫内，和身边诸人谈了一会儿自己的病情和药方，常氏有些睡眼惺忪，精神头显然非常差。

平日香气蒸腾的太皇太后寝殿，此时充满了药味，各种药物的味道混杂在一起，使得寝殿莫名有一股衰朽的气氛。乙浑显得有些不耐烦，对常氏说："太皇太后，您就在万寿宫安心养病，宫内宫外的大事，有我和辽西王、李侍中等人计议，您不必多虑！"

常氏忽然睁大了眼睛，目光炯炯地盯着乙浑："乙浑，乙丞相，你现在翅膀硬了不是？！没有我和先帝对你的宠信，哪里有你今日的风光！"

常氏的怒气来得突然，她的目光阴森可怕，里面闪烁着愤怒和焦灼。乙浑哆嗦了一下，一瞬间脸上就恢复了往日里的奴颜婢膝。他爬到病榻之上，凑到常氏近前，为她掖好被褥："太皇太后，您对在下的恩德，乙浑粉身难报！当今之天下，乃太皇太后您的天下！我乙浑愿效犬马之劳，安定国家，保全大魏社稷！"

常氏满意地点点头："一旦我有个三长两短，你们几个可要抱团抱好了。今天你能族诛了陆丽，明天别人也能族诛你！"

常英："乙丞相如今全权在握，又有我和李侍中内外调和，太皇太后，您就放心，别人又怎能奈何我等！"

常氏："嗯……有几个人，我一直放心不下……"

常英："哪几个？"

常氏："赵黑，慕容白曜，冯熙……"

乙浑闻言，兀自想了想，然后摇摇头，轻蔑地笑了。

李崔："赵黑此人一介阉人内宦，不是太皇太后您的亲信吗，您怎么会对他生疑？"

常氏："黑儿确实是我的心腹，而且先帝当时能够登基，他也出力甚多。但是，这个人和冯太后身边的抱公公关系极好，我怕他内外交通，日后对我们不利……"

乙浑："太皇太后，您就放心吧，赵黑不过是个宦者，他那个安定王的王封又是个虚封，他手中没有实际的兵权和朝权，一旦发现他对您有异心，我随便几个宦者就能把他拿下！至于慕容白曜嘛，他一直在我手下，我有私恩于他！"

李崔："济南王慕容白曜的王妃元华，原本是冯太后的女官，他们之间有这一层关系，不可不防啊。而且，现在慕容白曜的妹妹慕容雪莲也是冯太后身边的女官……"

常英："慕容白曜平时对太皇太后极其孝敬，可他家女眷又跟冯太后有着这一层关系，所以我认为他平时在太皇太后、皇太后二宫两头讨好，也算正常……"

常泰："对呀，这次以太皇太后的名义把陆丽从代郡汤泉宫叫来平城，也是慕容白曜亲自去的，也没见他耽误我们事儿啊。"

李长祥："冯熙是冯皇后的亲兄，如今封王，诏旨出于太皇太后，他肯定也对太皇太后感激涕零。只要他手中没有兵权，也不必担心。"

常氏："嗯，我提到这几个人，就是叫你们小心一些，我并非让你们即刻对他们动手……不过，赵黑是我的义子干儿，这么多年以来，我最捉摸不透的，还是他……"

李崔忽然说道："乙丞相，还有一人，我觉得您不得不防！"

乙浑："谁？"

李崔："林冬闲！禁军军校。"

乙浑和常英、常泰等人面面相觑。

乙浑："林冬闲？我怎么不熟悉此人……"

李崔："这人是冯太后身边的女官元蕊、元丽的父亲，他原来的身份和我们父子一样，也是从南朝被大魏军队俘虏到平城来的降人。后来，他的女儿得以在冯太后身边服侍，所以这个林冬闲也被委任为禁军军校了。"

乙浑、常英、常泰等人恍然大悟。

常氏不是很认可李崔的话，但也不得不表示赞同："元蕊那个小女子，老身还记得，当时他们父女在先帝面前献艺而得宠，元蕊能够入宫，还是因为老身发话呢……不过，李侍中提醒得对，这个林冬闲身怀武功，身手不凡，一旦这样的人在禁卫军中生事，肯定会弄出大事情来，千万不可小觑！"

坤德六合殿。又一个春日的午后。

众人都站在殿外的空地上，远望着殿宇广场边上的树林。树木上的叶子虽然还不多，远看却已经笼罩着一片嫩绿色，让人顿起一缕春愁。

冯婉华使劲吸了一口气，说："雨后的空气真是清爽，我仿佛都能闻到有蘑菇的香气飘进殿内了……"

冯昭仪笑了："婉华啊，你还是要注意身体。先帝崩后，你瞧你瘦得，衣服都比先前宽大了许多，脸也瘦了……"

抱公公满怀忧虑地说："太后，您确实要保重身体啊，现在您每天吃的东西太少了。"

冯婉华拉着姑母的手，道："不妨事！我知道自己的身体状况，没什么大碍……只是现在太皇太后那里，她身患重病，总有一种油尽灯枯的感觉，我很是担忧……"

冯婉华把自己手中的一纸药方拿给李奕看："李侍郎，前日我去万寿宫，得知太皇太后的血崩症，是因为吃了这个药。你懂医术，你觉得如何？"

李奕看了那药方一遍，低声道："……这哪里是治血崩症的方子，这是堕胎的药方啊！药性太猛，太毒了……"

冯昭仪听李奕如此说，睁大了眼睛看着侄女冯婉华。

冯婉华看看四周，低声说："李侍郎果真懂医术啊……太皇太后就是因为吃了这个药打胎，才忽然患上重症的！"

冯昭仪啧啧称奇："太皇太后年届五十，还能有这样的丑事发生……"

元华恨恨："太皇太后是宫婢乳娘出身，全赖先帝尊崇，才能在后宫作威作福，太厉害了……她几乎就是左右参执朝政……她的病，好得了吗？"

李奕："她这样的年纪，如果遵信医嘱，堕胎得当，应该没有什么大碍。但用了这样的堕胎猛药，导致流血不止，肯定丧损元气。这些药物之中，许多都有大毒。我们常人身体无事，喝了这些东西都会大病一场，更何况她是堕胎损气……应该命不久矣！"

冯婉华看到兄长冯熙一直沉默不语，就对他说："哥哥，太皇太后近日对你有所封升，你切勿轻举妄动。一旦太皇太后不讳，乙浑再无人可以控制，到时候他会做出什么事情来，难以逆料！"

冯熙："太后放心。乙浑近日所为，实在让人震恐！不过，我对乙浑一直毕恭毕敬，不敢怠慢，他应该不会对我等产生特别的敌意……"

冯婉华诚嘱道："兄长切勿大意！当年宗爱就是派乙浑到长安对我们冯家进行逮捕和门诛的，我和元华都是他当年率领禁卫军押送回平城的，而且我们的母亲其实也算是死在他的手中。为此，乙浑对我们冯家，肯定有戒备疑惑之心……"

元华咬牙切齿地说："我父亲当时就是死于乙浑这个贼人之手，每次见到他，我都想亲自手刃他！"

冯婉华说："元华啊，乙浑对我肯定是有印象的。但对你，入宫之后，你只是个普通的犯官家的奴婢，这么多年过去，估计他早已经忘了你。现在，他只知道你是我身边的女官这层身份而已……李侍郎，你有何建议？"

李奕："乙浑如今凌驾朝廷，心狠手毒，我们对他一定要提防，切勿轻信！最紧要的是四个字：韬光养晦！"

白日里无事，冯婉华来到慕容白曜位于平城郊外的济南王府。

冯婉华和元华坐在一架有护棚的车上，车后只有几个卫士跟从。路上，她对元华说："我只要到了这样的郊野，就会感觉自己的头脑更清醒一些。从童年时期开始，元华，你还记得咱们长安的老家吗，那里近郊的村舍、乡亲、空气……唉，从记事起，每到春天来临，我就特别高兴。在长安，元日之后，很快就是春天，那些光秃秃的空旷的田野，好像只消春风吹上几个晚上，忽然间就百花吐艳，万象更新了……"

一路上，乡村的图景看上去宁静而迷人。温暖的春风之中，田野显得格外宁静淳朴。宫车在坎坷不平而又泥泞的路上颠簸，冯婉华的心情既轻松又复杂……

路旁，高大的树木耸立入云，许多杈丫上都有鸟雀搭建的黑乎乎的鸟巢。路边不远处，木头搭建的房子前，站着不少庄户人家，都在昏暗处向宫车方向张望……不久，天空下起雨来。这真是一场沁人心脾的春时佳雨，空气中有着雨水和泥土混合在一起的特有的清爽气息，和那种已经耕种过的富饶土地的芳香。

冯婉华说："元华，你还记得我们在长安最后的一个春天吗？当时下着大雪，我和你穿得暖暖和和的。我们站在父亲议事厅的厅内，望着黄昏前那大雪纷飞的天幕，猜着天上下的是盐还是什么别的东西……"

元华眼圈有些发红："我记得那场大雪，记得咱们两个在看雪，但当时您说了什么话，我完全不记得了……"

冯婉华："那天吹风吹久了，当天晚上我就发了烧。那么多年前的事情，仿佛就在眼前一般……为了给我焐汗，父亲和母亲请来了郎中，把房间里用炭火暖得特别热。当时又闷又热，我至今还记得屋子里那种毛料、帷幔、皮衣等东西散发出的味道……到了半夜，你在我的卧榻旁边睡着了，我热得受不了，自己走出房间，看到屋子外面的暴风雪如同巨大的魔兽，把天地搅得看不清。天昏地暗，冰冷的雪花扑面而来，我吓得赶紧跑回到屋子里面。当时，可能是发烧烧出幻觉来了，我觉得眼前的一切都在旋转，仿佛自己完全被一种奇怪又宏伟的黑暗包围了……"

元华脸上满是温情。她笑着说："太后，当时我们都是五六岁的年纪，怎么您还记得那么多当时的事情啊。我和您不一样，这些细微的事情，我根本记不住。"

冯婉华继续陷在回忆之中："在长安的时光，真是难忘啊！其实我也不知道我对长安的这些回忆，到底有多少是真的，或许不少回忆都是我日后的幻想，都是源于我对父母的思念而假想出来的东西……那些记忆中的春天、阳光、积雪、苍穹，还有家里的厅堂和花园，好像越来越清晰，就跟真的一样。甚至我还记得我们在长安的最后一个春天，有一日我还看到一只越冬的苍蝇在窗户纸上爬动……"

掀开车上的窗帘，能够感觉到田野中的风仍然很是寒气袭人。地里面，去年秋天留下的土红色的麦茬子还残余不少，要用来耕种的土地已经准备就绪，当地百姓即将开始播种。初耕过的土地，看上去很肥实，都是黑褐色的沃土。

慕容白曜在王府大门处迎候着。看到元华扶冯婉华下车，他赶紧趋前，跪地行礼拜见。在他身后不远处，跪着一群王府家仆和杂役。

冯婉华挥挥手："济南王请起。我们家人聚会，不必如此多礼……"

王府里准备了午饭。冯婉华和元华二人吃饭，慕容白曜指挥着仆妇侍奉。

冯婉华吃着饭，对元华和慕容白曜说："我难得有这样一刻的清闲啊……"

这是二月初的一天。从济南王府的窗户往外望去，阳光灿烂，晴空碧透，先前堆在院子里的那些灰白的春日积雪，已经变成了青灰色，靠近窗子的树皮湿润漂亮，泛着光泽；屋檐下滴溜着水，似乎是残余的雪水。天空中有团团白云浮过。这样的景色，令人心生快意，欣喜不尽，百看不厌。而屋子里面，又温暖宜人。王府中的几个侍女，在屋子外面叽叽喳喳地说着话，这些女孩子的欢声笑语，更使得房间里面充满了世俗的温暖和情谊。

看着花园里那些树枝在阳光下那么生机勃勃，冯婉华似乎又恢复了青春活力。

这时候，元华对冯婉华说："春天真是太神奇了，您看，就这几天工夫，冰雪已经消融殆尽，我们府门外面的那条河，前几天还冻得挺实，忽然就要开冻了……"

元华看到冯婉华吃得差不多了，马上站起身，忙上忙下的。

　　在门口的慕容白曜看着元华挽着袖子，看着自己的王妃那充满魅力的女性线条，禁不住笑容满面，心中升起对生活的眷恋。如今，心中满怀喜悦，他感受到了人生的力量，感受到了这些美好的时刻是多么珍贵……

　　这种美好的感觉越浓烈，慕容白曜的思绪越清晰。

　　不久，他站在门口处施礼道："太后，如今太皇太后病危，皇帝刚刚登基，乙浑擅政，请您近日千万不要再外出巡视……"

　　冯婉华："慕容将军，你说得对，我知道最近不能大意……我在宫内这么多年，追随先帝，唯一值得欣慰的，就是先前说服先帝派你率军南征，而后你立下军功，获得了王封！元华能够嫁给你，也是她的福分！"

　　慕容白曜一脸虔敬："太后，能够娶元华，是在下的福分。当初没有您的保全，我早就死了……"

　　元华也发自内心地对冯婉华说："皇后，我跟随您这么多年，风风雨雨，最难的时候都经历过了。现在的局势，确实不能大意。我们夫妇，誓同生死，追随您！"

　　冯婉华点点头："我们之间的情谊，不必多言了……"

　　正说话间，屋子外面忽然响起喧哗声。王府里一个仆从入内跪禀："禀报太后，万寿宫有使人来见！"

　　万寿宫一个宦者上气不接下气，入屋跪地："太后，太皇太后大渐，宣您入万寿宫！"

第七十六章　常氏之死

万寿宫内，常氏脸色煞白、头发散乱地躺在榻上，对跪在榻边的常英说："我大概睡了十个时辰吧……"

常英："太皇太后，您睡了有一天多了……"

常氏："唉，没有想到，先帝这才走没多少天，我竟然也要去了……也好，我就是伺候皇帝的命，阴曹地府，再给先帝当乳母去……"

说罢，她扭头看见跪在不远处抽泣的鲜卑面首，又对常英说："哥哥啊，我死之后，你一定要善待这个孩子。这一年多来，他尽心尽力地侍奉我，没有功劳也有苦劳……"

常英："妹妹放心，我一定给他安排一个好去处！"

常氏苦笑了一下，低声诫嘱说："你可真要答应我，别等我一咽气，你们就把这个孩子弄死……"

常英："您放心，万一您有不讳，您身后留下的小猫小狗，臣等都会让它们颐养天年，何况这个小伙子呢……您今天既然当面交代了我，我肯定办好这件事儿。"

随着头脑渐渐清醒，常氏的心情也慢慢平静下来。于是，她对着榻前站立的赵黑温言道："黑儿啊，我快走了，你帮我梳洗打扮一下，让我干干净净地去见先帝……"

赵黑赶紧吩咐宫婢和宦者拿来梳洗器具，仔仔细细地为常氏梳洗。赵黑给常氏梳好了头，还亲自为她整理头巾，抖搂出里面不少的白色头皮屑。其间，常氏又喝了一碗汤剂，回光返照的势头更加明显。

殿外，那殷红的晚霞正在逐渐暗淡下去。天空之中，横着一大片紫红色云霞，一动不动。不远处的高大白杨上，栖满了数十只寒鸦，发出凄厉的叫声。

在如此肃穆的黄昏时分，这些寒鸦的声响都显得那么凄凉和肃杀。即使从殿内的香炉中飘出阵阵浓郁的奇怪香气，也遮挡不住这些寒鸦叫声所带来的那种死亡的意味。

一个宫婢把一团团丝絮从常氏的下体拿出，上面都是黑色的血迹。宫婢仔细地换着丝絮，依旧有鲜血冒着泡地往外涌出。看到这种情势，宫婢吓得脸都成了青灰色，似乎自己也感到痛苦，嘴唇直哆嗦。

常氏闭上眼睛。忽然，她小声问："太后呢，太后来了吗？"

冯婉华匆匆入殿。

常氏睁开眼睛，看到冯婉华，眼泪顿时涌溢出来："婉华，我忍死等你啊……"

这个时候，冯昭仪也匆匆赶到。姑侄两个都在常氏的病榻前跪下。

常氏挥挥手，示意常英、赵黑、鲜卑面首以及宫婢都退下。药剂的麻醉止痛效果在逐渐褪去，常氏显然重新开始承受疼痛的折磨。她握住冯昭仪和冯婉华的手："咱们娘儿几个有缘啊，这些年里，如果有得罪之处，你们千万别往心里去……"

冯昭仪和冯婉华顿时痛哭失声。

冯昭仪："太皇太后，您别胡思乱想，我们娘儿俩对您感激不尽，一直怕我们有哪里对您失礼，还希望您多多包涵……"

冯婉华几乎哽咽不能言："常妈妈……"

常氏的泪水顺着她的脸横流不已："婉华啊，你叫我这一声'常妈妈'，唉，心痛死我了，我就是你和先帝的'常妈妈'啊……"

痛哭之中，冯婉华忽然忘记了那富有心机、一直想操控自己的太皇太后常氏，而是回忆起了这么多年来她对自己的关怀和爱护。她抱住常氏的头，痛哭不已，泪水沾湿了常氏的脸。

常氏此时脸色青中透黄，两颊上遍布泪痕。她原先饱满性感的嘴唇上，如今满是痛苦和难看的皱纹……

临终之际，大概是不舍这令人极其留恋的现世生活，常氏痛苦地呻吟起来，颤巍巍地用手掌捂住自己的嘴，想止住哭声。但是，由于哀痛在女人之间有传染性，三个人一直恸哭不已……

忽然，冯婉华擦干脸上的泪水，非常冷静地问："太皇太后，一旦您不在了，有什么嘱咐，请您直言！"

常氏："……婉华，凭着我的直觉，当今皇帝年纪尚幼，我觉得你会辅助他，继续统治我们大魏！"

冯婉华："太皇太后，有乙浑将军和辽西王等辅佐皇帝，我们大魏肯定会继续昌盛强大，请您不要担心！"

常氏眼里散发出一种奇怪的光芒："……婉华啊，我临死就有一件事情求你……我们常家，混到今天太不容易，我兄长常英和侄儿常泰皆懦弱之辈，这父子二人都没什么本事，也没有什么大的野心……一旦日后他们得罪于你，看在咱们娘儿俩昔日的情分上，饶恕他们性命吧……如果哪天我们常家犯下门诛之罪，你留几口男丁……"

听常氏如此说，冯婉华不禁倒吸一口凉气。但非常显然，常氏此刻根本不是在试探，也不是在演戏，因为她已经命悬一口气。

很快，冯婉华已经听不清常氏嘴里面发出的模糊不清的话语。但是，从她眼睛闪出的乞求的光芒和颤抖的嘴唇，隐隐约约可以猜出她在说什么……

太极殿内，乙浑正和李崔、李长祥二人议事。常英骑马奔驰而来，一脸惊惶地向乙浑报告："丞相，太皇太后崩了……"

听常英如此说，乙浑脸上没有过多惊奇的神色："这么快啊……也好，这样她能少受些苦。"

常泰失魂落魄地说："太皇太后崩了，以后我们再想发诏下旨，就不能凭借她的名义了啊。"

乙浑呵呵一笑："你怕什么，我们还可以借太后或者陛下的名义下诏啊。"

李崔、李长祥父子闻言相顾。

乙浑对莫那娄吩咐说："如今太皇太后崩逝，幼主在朝，对于太后那边，你们一定要加强'保卫'啊！"

莫那娄想了一下，拱手施礼："丞相大人，在下明白了！"

几人正说话间，太极殿广场上忽然闯进几百名禁卫军。这些禁卫军中不少人还骑着马，密密层层地拥进来。

乙浑等人本以为是莫那娄的高车部禁卫军来了，仔细一看，却根本不是，而是清一色的正规鲜卑禁卫军。这些人全副武装，穿着禁卫军统一制服，其中一个人着王爷服色，骑一匹大马，在一个殿中将军的引导下，鹤立鸡群地纵马奔来。

仔细再看，原来来人正是京兆王拓跋子推。

乙浑大惊失色。他勉强保持住镇静，迎头喝问："京兆王，你来干什么？"

拓跋子推朗声而言："我听殿中将军说，太皇太后猝然崩逝，宫内将有大变，我特意前来护驾！"

乙浑："护驾？护什么驾？护谁的驾？"

听到当朝丞相如此发问，拓跋子推也有些惊慌。他扭头看着身后的一个将军，似乎想让这个人替他回答："林将军，你刚才告诉我说宫内有变。现在乙丞相、辽西王等人在此，安定宫内，应该不会有什么变故啊……"

在拓跋子推身后，是一张张红扑扑、面色激动的脸。一众禁卫军似乎受到了某种情绪的感染，个个满脸愤怒。特别是当他们看到近日残杀了昔日老统领陆丽的乙浑，不少人都横眉立目。

禁卫军的情绪似乎也传染给了他们座下的马匹。不少柔然大马愤怒地长嘶，间或互相咬踢，甚至又激动地在广场上乱跑，给人以场面马上要失控的感觉。

关键时刻，李崔忽然站出来，面对拓跋子推，厉声喝问："京兆王，宫内有诏书给你吗？你带这么多武装禁卫军忽然入宫，到底是什么意思？！"

拓跋子推有些发慌，嗫嚅着不知该说些什么才好。

接着，李崔又喝问拓跋子推身后的那位将军："汝是何人，胆敢逼拥京兆王贸然闯宫？！"

那位将军回答说："在下林冬间，恰巧在宫外遇到京兆王，又听说太皇太后崩逝，特意护京兆王入宫，以保圣驾！"

乙浑忽然想起来什么似的，若有所思地说："哦，你就是林冬间！"

李长祥此时也高声责斥道："林冬间，你的两个女儿都在太后宫内做女官，如今太后和圣驾平安无恙，你还不赶紧随京兆王退下！"

太极殿广场上空，笼罩着低垂的尘雾。在场的禁卫军，个个握紧武器，紧张地等待着拓跋子推的号令。

乙浑面色发白。李崔、李长祥父子面色凝重。莫那娄东张西望，紧张地环顾四周。当时，除了身边有几个高车随从，他看不到其他的高车禁卫军。

拓跋子推看了看乙浑和他身后的李崔、李长祥，以及常英、常泰等人，犹豫了片刻，在马上深施一礼："丞相，辽西王，李侍中，是小王冒犯。我实在是不知情实，本想入宫保护圣驾，哪里知道你们已经先到了……"

李崔拱手还礼道："京兆王，不必多说！你也是一片忠心，赶紧率领这些人马退下吧，免得惊动圣驾，招致大罪！"

林冬间握紧手中的刀柄，向拓跋子推使眼色。拓跋子推却完全没有注意到林冬间的神色，他唯唯诺诺，猛地调转马头，挥手对身后的禁卫军兵士说："即刻撤出太极殿！"

而后，他拉着马缰绳往后退走。由于惊慌失措，他的胯下马也有些失魂落魄的，被殿上的石头滑了一下，后腿一失足，陷进两块殿石之间的缝隙中，差点把京兆王摔下去。这位王爷急忙用刺马针刺了自己的大马一下，大马吃痛，忽然跳了起来，一下子把京兆王摔到了地上……

莫那娄赶忙过去用一只手搀起拓跋子推，扶着这个王爷金装玉饰的漂亮马鞍，像抱个孩子一样把他扶到了马上。

乙浑哑然失笑，就连林冬间阴沉的脸上也闪现出一丝苦笑。

拓跋子推嘴里大概是在恶毒地咒骂着什么，他挥起手中的马鞭，死命地抽着胯下大马……

乙浑舒了一口气，忽然高声道："林将军留下！"

看到太极殿广场上的众多鲜卑禁卫军兵士随着拓跋子推散去，乙浑张嘴笑了，露出发黄的牙齿。

他对李崔说："李侍中，刚才情况好凶险啊……"

李崔冷冷地看着林冬间："是啊，丞相。刚才京兆王只要马鞭一指，那些乱兵就会一拥而上，把我们几个人杀在此处！……你，林将军，如今是什么职务？"

林冬间："在下乃殿中尚书。"

李崔面色狞厉："你好大的胆子，竟敢率领人马，拥京兆王入宫，难道你想谋逆不成？"

林冬间："我有二女在太后宫内做女官，怎敢谋逆造反！……听说太皇太后崩逝，我怕宫内忽然有变，猝遇京兆王入宫，所以领兵护卫而来……"

乙浑用眼神示意莫那娄。莫那娄微微点头。两个高车兵士过来，牵过林冬间刚刚所骑的大马。一个身强力壮的黑脸高车禁卫军兵士静静地站到了林冬间的背后，用手掌摸着他刚刚所骑的那匹枣红马汗湿得发黑的脖子。这个黑脸高车兵士长着一个大大的圆脑袋，一双大眼珠子凶狠地外突着，脸上长长的唇髭往下垂着。

乙浑这时候完全恢复了镇定和威严，对林冬间说："拥逼拓跋皇室王爷入宫，意图谋逆，你还想活吗？"

李崔："丞相，我们父子一直告诫您，切勿轻心。特别是禁卫军中，一旦有人猝然起事，你我就大势去矣！"

林冬间愤然扔掉手中紧握的钢刀，恨恨地往地上吐了一口唾沫："京兆王为人无胆，刚才他只要登高一呼，大事便成矣！乙浑奸贼，你枉杀陆丽陆司空，人神皆愤！"

而后，林冬间从容地脱下自己身上的军衣大氅，抬起一只脚来，轻蔑地用长筒靴踢着脚下的殿石。他朝着自己身后左右又看了一眼，像是在估量自己能否逃脱。看他的神情，显然是十分懊恼于刚才的事情。如果趁着那些鲜卑禁卫军聚集广场，忽然暴起行动，现在的乙浑肯定就是一具尸体了。

乙浑冷笑一声："唉，你这样的人，和刚才那个京兆王一样，瞻前顾后，一辈子也成不了什么大事儿！"

林冬间轻蔑地看着乙浑说："我本意是拥京兆王入宫，擒拿你这个奸贼，然后交由陛下和大臣处置！哪里想到，堂堂一个拓跋宗室王爷，竟懦弱至此，丧失了擒杀你这个奸贼的大好良机！"

乙浑气得发笑："你说我杀陆丽招致人神皆愤，可再怎么着，在我们大魏，也轮不到你这样一个南来降人来杀我啊……哦，我失言了，李侍中、李侍郎父子也是降人出身……"

在莫那娄的示意下，黑脸的高车禁卫军兵士猛出一拳，打在林冬间的太阳穴上。林冬间趔趄了一下，摔倒在地。愤愤之余，乙浑抽出腰间的刀来，要亲自斩首林冬间。

李崔赶紧上前劝阻："丞相，这人毕竟是太后身边女官的父亲，对他实行显诛，真不好向太后交代。咱们和太后那边也别这么快就撕破了脸，还是赏他一个全尸吧，对外可以说他是意外跌落殿阶而摔死的……"

乙浑咬着后槽牙，想了想，说："也好！"

莫那娄对那几个高车兵士示意。黑脸的高车兵士跪下，用大手紧紧扼住林冬间的脖子。同时，另外一个高车兵士死死压住林冬间抽搐的大腿。很快，黑脸高车兵士就掐死了林冬间。

乙浑一脸凶恶，对那个高车大汉说："这个逆贼的靴子不错，你可以脱下来拿去穿，我看尺码也合适！"

说着，乙浑又从腰间掏出一小袋金宝，扔给了他。黑脸高车兵士跪地叩谢。而后，这个黑脸大汉和另外两个高车兵士一起，抬着林冬间还热乎的尸身，把这位殿中尚书从几丈高的陛阶扔下……

看到林冬间的尸身被摔得脑浆迸裂，闻到新鲜的甜腻的血腥味，李长祥忽然大呕起来。

常英、常泰父子也吓得面色惨白，站在一旁双腿发抖。

乙浑冷笑："这个拓跋子推王爷，先前我看到他和先帝一起打猎，还算是个神箭手呢，能够一箭把野猪的双眼射穿。可真到了关键时刻，你们瞧，无能之人也！"

第七十七章　权臣擅政

乙浑骑在马上，因为精神亢奋而满面通红。近日的酗酒和狂吃，使他眼皮肿胀，腮边肥肉都耷拉了下来。他扭了扭自己宽肩膀上又粗又短的脖子上的大肉脑袋，饶有兴致地把他的黑胡子捻成两支箭头的式样，盯着站在他面前的一排禁卫军幢主，一言不发。

莫那娄高声言道："乙丞相有令，自今日起，在皇宫内执勤，全部人骑马带刀佩弓箭。武器佩戴所需，都要准备齐全。马鞍子时刻备好，只要乙丞相一声令下，必须保证随时能够为乙丞相效力！"

不远处，禁卫军都在忙着洗刷马匹和擦拭笼头，不少人还精细地打磨着笼头上的衔口链，还有不少铁匠正弯着腰在那里钉着马蹄铁。人们远望着乙浑和他手下的禁卫军高级军将，总觉得要发生什么事情。

慕容白曜骑在一匹青色的高腿大马上，站在乙浑的身后，用手拉着缰绳；莫那娄骑着一匹红色大马，一脸得色。乙浑的胯下马歪着脖子，不停用嘴巴摩擦胸肌上的韧带。乙浑默然良久，从怀中掏出了一方绢帕，像是要擤鼻涕。

静默了一会儿，忽然，乙浑凶神恶煞地大喝："来人，带出反贼！"

站立着听乙浑训话的一排禁卫军高级将领，都被这一声大喝吓了一大跳。

莫那娄威风凛凛，用眼神指使手下一队高车禁卫军，冲入那排禁卫军将领中，精准地拉出了八个幢主。八个幢主顿时焦躁激动起来，纷纷挣扎叫喊："我们有何罪？"

乙浑骄横跋扈地宣称："前日林冬间逼拥京兆王在宫内发难，几乎酿成大乱！究其缘由，就是你们这些陆丽的同党，一直暗中纵容，包藏祸心！来人，斩！"

乙浑命令一下，在场的高车禁卫军毫不犹豫，把那八个既有鲜卑又有华人的幢主按倒在地，即时斩首。远处的禁卫军见到这一幕，都愣住了，纷纷停下了手中的活儿。

常英、常泰有些惊吓过度。常英张着大嘴，露出满嘴不整齐的牙齿；常泰呆若木鸡，满面愁容，驼着背静听着乙浑的话，腰间挎错了方向的马刀不停晃荡；慕容白曜则紧咬牙关，恨恨地用靴后跟踢了一直在倒动四腿的大青马一下。

看到八个幢主一时被杀，莫那娄也有些紧张，他鼓出的喉结不断上下滑动。

乙浑指着已经断头的八具尸体，面容狞厉：“……只要背叛我，或者想背叛我，这些人，就是下场！”

不远处的军营中，有一匹马在长嘶。乙浑面前整齐的军将队列，寂静无声。那些还有命活着的军官都圆睁双眼，好几个人浑身都在战栗。

忽然间，乙浑脑袋一扭，用马鞭指着他身后的慕容白曜。慕容白曜心中一凛，咬紧牙关，兀自静立不动。

乙浑仔细看了慕容白曜一会儿，露出诡谲的笑容，高声说：“济南王，慕容白曜将军，胸怀忠义，可为领军将军！”

慕容白曜感到自己的后背都是冷汗。他佯作镇定，在马上向乙浑行军礼致意。

乙浑傲狠地扫视了一圈手下的军将，又讲了些话，任命了八个新的禁卫军幢帅。而后，他斟酌字句，想再激起面前的军将对自己的敬畏，同时又絮絮叨叨地嘱咐这些人要对自己尽心尽力……

辽西王府。

府门前的许多大树，枝叶繁茂。一大片青石砌成的空地打扫得干干净净。进入府门，就是绿油油的大花园。春回大地之时，花园里花草丛生，满眼青翠。

辽西王常英的这座宅邸非常豪华漂亮，古色古香，显然前任主人是某个拓跋宗室王爷。前厅四壁雪白，其中的摆设争奇斗艳，所有的房间门窗都从早到晚大开着，因此，从这里的所有房间之内往外看去，都能看见房子周围那些深浅交映的繁茂树木；往上看去，也都能看到那些枝叶间透出的碧蓝天空。

李崔、李长祥父子被常英、常泰父子领着，一路走，一路欣赏王府内的景色。跟随他们的，还有个一脸倒霉相的年轻人，便是常氏原先的那个鲜卑面首。这个小伙子非常谦恭有礼，一路沉默寡言。一直走到客厅，他才有些好奇地站定脚步，四处张望。

常英对那个鲜卑面首温言说道：“赫连秀达，你就在我这辽西王府里待着，好好待一阵子。等消停了，我给你一笔钱财，你就去辽西那边我的封地，当个富家翁吧……”

这位名字叫赫连秀达的年轻人嗫嚅着说："我在您府上要待多久？"

常泰此时插话道："待多久？肯定要待到你脸上的胡子都长出来才行……"

常英："对啊，否则现在就放你出去，你脸上光溜溜的，肯定会招人怀疑。等你胡子长全了，估计怎么也要一年半载的，那时再放你出去。"

这时候，李崔、李长祥父子才知道这个面首的名字叫赫连秀达。这个鲜卑面首长着一头秀丽的黑发，面孔白皙。他唇上已经留起了些许黑髭须，但嘴唇鲜润，堪比美妇人。

赫连秀达身上的衣服极为整饬，都是崭新的，就连内衬衣服都是浆过的。显然，他还在继续享受着太皇太后面首的待遇。

他恭敬地行礼："承蒙王爷恩典，小人叨扰了。"

说话的时候，这位鲜卑面首平静地凝视着常英，目光中隐藏着某种神经质般的恐惧。

李崔问："你姓赫连？这应该是个匈奴姓氏啊……"

赫连秀达："不瞒李侍中，在下就是匈奴赫连氏人。太武皇帝大杀赫连家族时，我有幸得活，那时候我年纪还小，被父亲携入蠕蠕境内避祸……"

李崔若有所思地点了点头。常泰眼珠子转了转："你也姓赫连？……呵呵，那被我们太皇太后赐死的赫连太后，肯定是你的同族啰？唉，冥冥之中，都是孽缘啊……"

没等常泰等人和赫连秀达深入交谈，常英便吩咐王府仆从来将他带走。

"赶紧带这位贵客入府内客房安歇！"常泰对着前来带客的几个仆从努努嘴。

为首的一个仆从心领神会地点了点头。然后，他哈腰引领赫连秀达离开前厅。离开之前，赫连秀达久久地凝视着眼前的一切，渴切而又快乐地深深吸了一口早春时分冰冷清鲜的空气，似乎还沉浸在王府花园那种万籁悄然的美丽当中。

赫连秀达没走多远，前厅内的常英、常泰父子和李崔、李长祥父子就听到了一阵低沉的哀号以及砰砰的声音。很快，周遭重新陷于安静。

常英有些惊奇地问常泰："何事喧哗？难道你……"

常泰嘿嘿一笑："此人留着也是祸害，不能让他玷污了太皇太后的清名啊……还是让他早点到地下去陪太皇太后吧……"

常英低头不语。

李崔跷起大拇指夸赞常泰："公子做事果断，日后当有大成！"

常英勉强笑了笑，对李崔、李长祥父子说："李侍中、李侍郎，太皇太后崩逝，宫内无主，日后我们两家人，一定要成为一家人啊，千万要互相照应……"

李崔："太皇太后待我们父子恩重如山，我们当尽心报答！"

常英："太皇太后临死时还特意嘱咐我，多听您的主意。"

李崔："如今乙丞相大权在握，只要我们倾力辅佐好他，万事就不愁不平。"

常英叹了一口气："如今乙浑杀人太多，我深恐日后会发生什么大的变端啊。"

常泰满不在乎地接过话茬，说："父亲不必忧虑！太皇太后不在了，那冯太后只是一个没有见识的妇人，皇帝年幼不晓事，如今宫内所有权力，全部在乙浑大人的掌握之中。如今他不杀人，就不能立威！"

李崔看了儿子李长祥一眼，对常泰拱拱手："公子所言极是！"

常泰一反平日在姑母面前的拘谨和懦弱，一张嘴像上了发条似的，嗓门很高地滔滔不绝。

常英察言观色，看到李崔、李长祥父子对常泰都是一副赞赏的神情，才稍感心安……

坤德六合殿花园。

冯婉华望着殿外的春色，不禁感叹："真是姹紫嫣红啊……"

初春时节的景色，确实让人心情愉快。皇宫花园里面大部分土地还显得光秃秃的，反而衬得几块摆在那里的石头显出一种鲜活之感。林边空地上已经呈现出一片青翠，小草间生发着各种鲜艳的小花。在花园远处一块偏低的凹地上，那些松树和冷杉的颜色，从原先的深绿色开始变化，树尖露出了一抹鲜绿。

抬头望去，花园中的那些合抱粗的大桦树上，白嘴鸦已经开始呱呱叫个不停。所有的往来雀鸟，似乎从早到晚都在不知疲倦地忙碌。就好像碌碌众生一样，从来都是以操劳为乐，即使已经精疲力竭也不能停歇……

冯昭仪问："婉华啊，是不是春天让人感到充满了希望？"

冯婉华："是啊，姑母。但我们现在的处境，很是让我忧心……我总感觉周围满是恶意，有人在虎视眈眈……"

李奕随行。看到周围没有杂人，他问："太后是否在忧心乙浑？"

冯婉华点头："非常担忧！听说他近日又把禁卫军内的军官清洗了一遍……"看了看身边的元华，她又道，"希望慕容将军能够顺利躲过此劫！"

李奕："据我所知，乙浑还是拿慕容将军当心腹看待的，毕竟他武艺超群。"

元华满脸忧色："只怕夜长梦多……"

冯婉华："嗯，乙浑此人，不是什么老谋深算的人。但这样的人做事，完全不顾忌后果，你看他最近所行生杀之事，完全是随心所欲！太皇太后崩逝，皇帝年纪又小，我现在深居后宫，对于宫外之事和朝廷大事，完全掌控不住啊……"

李奕沉思良久，建议道："当今之计，太后您只能先让乙浑感到轻视，别让他对您产生猜忌和提防……外间之事，只有慕容将军可以依靠了。"

几个人正说话间，拓跋弘由几个宦者簇拥着，骑马慢悠悠地走过来。

行到近前，拓跋弘翻身下马，向冯婉华和冯昭仪施礼："拜见母后！拜见昭仪！"

冯婉华慈爱地亲自扶起这个少年皇帝，嘴唇无声地翕动着。很快，她的眼睛里缓缓地流出了大滴大滴的眼泪。

众人默然。

显然，拓跋濬死后，这个少年一出现，总会勾起冯婉华哀怨的情愫，让她想起他们母子俩当下孤儿寡母的境地。

元华用手抚着拓跋弘后背。此时，少年脸上露出恨恨的神色，似乎依旧对元华嫁人出宫有情绪。

冯婉华好气又好笑："第豆胤，你别总对元华姐姐这个样子，每次见面都脸黑黑的，像人家欠了你什么似的……"

拓跋弘噘起嘴，脸上依旧是少年人那种倔强的劲头。元华有些尴尬，眼中有泪花显现。

冯婉华对拓跋弘说："第豆胤，你现在已经是皇帝了，马上要搬到太极殿或者万寿宫去居住了，我身边这几个人，你选一个陪你去……"

冯婉华指的就是元蕊、元丽、慕容雪莲这几个女官。拓跋弘毕竟已经是个少年了，听冯婉华这么一说，几个姑娘的表情都有些羞涩。

然而拓跋弘气鼓鼓地说："我不选！现在选了，她们长大后又要出宫嫁人的！"

冯昭仪赶忙走到拓跋弘近前，低声哄着他说："陛下，现在千万别惹你母后生气，赶紧选一个……"

拓跋弘看了看母后的脸色，又仔细看了看那几个姑娘，稍微想了一下，指着元丽说："就她吧……"

元丽的脸一下子涨得通红。她当时就觉得一股热血涌到头上，似乎连头发都在发麻……

远处的树丛一片嫩绿，如同绿色在燃烧一般。一只毛色鲜亮的鸟站在附近的枝头上，高声歌唱着，歌喉婉转清亮。

冯婉华看看元丽，又看看拓跋弘，满意地点了点头……

坤德六合殿外。

慕容雪莲刚走到花园里，忽然看到围墙外面有大批禁卫军兵士在出操。听着初春的那些鸟儿在树头唱着歌，踏上春天太阳照耀下的树影斑斑的小径，这位姑娘心情大好，径自走出门去，大模大样地观看门外的禁卫军。

莫那娄浑身盔甲鲜明，骑在马上威风凛凛。忽然看到太后宫内有女官走出来，他一时间愣在原地，不知是该下马行礼还是该继续干些别的什么。

此时，慕容雪莲刚好面朝莫那娄站着，两手抬到脑后整理着自己的秀发。朝阳照射在她的脸上，使她光彩照人。

看到这位相貌古怪的大胡子将军一直愣愣地看着自己，慕容雪莲笑了。她问莫那娄："看你这服色，你是个幢主吧……"

莫那娄有些唐突失措："……下官莫那娄。"

慕容雪莲看了看他身后的那些禁卫军，忽然像耳语似的低声道："你下马！"

莫那娄鬼使神差，听从命令一样从马上下来，问道："怎么啦？"

慕容雪莲也不答话，嗖一下翻身上马，身手十分敏捷。如此行径，使得莫那娄这位大胡子高车幢主惊骇异常，仰头问道："你这是要干什么？"

说着，莫那娄走到马前，想抓住马缰。可慕容雪莲突然双手一扬，抖动缰绳，双腿一踢马腹，柔然大马顿时载着她飞奔而去……

莫那娄失魂落魄一般，拔腿就追。

慕容雪莲一直跑，莫那娄一直追，浑身满脸都是汗水。出操的禁卫军看到这个情形，又惊又喜，纷纷笑着开始打趣。

莫那娄窘迫之余，抄起一根木棒，威胁道："姑娘，你赶紧下马，再不下马，我把你打下来！"

飞驰之中，慕容雪莲忽然从一个高车禁卫军兵士的背上扯掉一副弓箭，以惊人的速度搭箭上弓，回身就是一箭，正把莫那娄手中的木棒射落在地。如此神技，把莫那娄吓得乖乖站立在原地不敢动弹，周围观看的禁卫军齐声喝彩。

正在此时，慕容白曜骑马到达，他对着妹妹大喝一声："下马！"

慕容雪莲忽然看到兄长，非常欣喜。她扔掉手中的弓箭，拍马飞奔到慕容白曜的面前，嗖一下蹿坐到兄长的大青马上，从后面搂住了慕容白曜的腰。

慕容白曜拉着缰绳，慢慢走到还在发呆的莫那娄面前，笑着道歉："将军莫怪，这是我妹妹……"

太极殿外的禁卫军军营内，林冬闾的尸体躺在榻上。他全身都被清洗干净了，穿着禁卫军军官的制服，一双苍白没有血色的大手放在胸前，胸脯挺得高高的。他惨白的脸上，连鬓胡子显得非常扎眼，高挺的鼻子也非常苍白。即使已经死亡，他的面容依旧显得倔强而严厉。

莫那娄看了看身旁站立的慕容白曜，对元蕊、元丽说：“令尊前日在训练中从马上摔下来，不幸离世……”

元蕊强忍悲痛，问：“我父亲精通骑术，怎么会掉下马来？他又怎么会把头摔成这个样子？”

面对元蕊咄咄逼人的目光，莫那娄一时间不知如何是好。

良久，他敷衍含混地答称：“当时我不在场，不知道令尊具体是如何摔下来致死的……得知他的女儿就是你们两位，在太后宫内做女官，我们才谨慎行事，请你二位过来相认。乙浑大人有令，对二位优加抚恤……”

慕容白曜也不好说什么，想了想，他对元蕊、元丽说：“大概令尊当时喝醉了，所以才会摔伤致死……”

元丽又怒又悲，厉声说道：“我现在已经是皇帝身边的女官，我回宫之后一定禀明陛下，查出我父亲到底是怎么死的！”

莫那娄闻言，挑了一下眉毛：“令尊死亡之事，与我和慕容将军完全无关。如果你向陛下禀报此事，他问起缘由来，也只能召见乙浑乙丞相！”

痛苦始终在元蕊心中猛烈地撞击着她，泪水不时涌上她的眼眶。她闭着眼睛，不让眼泪流出来。大概是想到了什么，元蕊抓住妹妹元丽的手轻轻地摇着，安抚着她。

元蕊低声对元丽说：“妹妹，此事莫要轻对人言，对陛下也不要说……父亲命苦，丧命于北国异乡，来日我们安排一下，让他能得返南朝安葬于故乡吧……”

午后。

元丽泪眼未干。她在太极殿的偏殿看见拓跋弘，马上强颜欢笑，表情又变得温柔可爱起来。

拓跋弘半躺在榻上，看到元丽，也笑了。他招呼元丽过去陪他说话。少年人很粗心，根本没有发现元丽哭泣过，只是道：“元丽，你说，我现在当这个皇帝，怎么一点也感觉不到自己像先帝那样有权力呢？”

元丽强忍着悲伤，回答说：“陛下，您现在年纪还小呢，等过几年您加了元服，就是大魏真正的皇帝了。现在，您还要听太后的话才行……"

拓跋弘遥望远方："母后待我很好，她好像要临朝听政，帮助我治理国家。不过，现在朝中的大奸臣是乙浑，他的权力好像要大过我和母后……"

元丽警觉地看了看四周，轻捂住拓跋弘的嘴，低声说："乙浑耳目很多，太后让我告诉您，您说话的时候一定要注意！"

拓跋弘愤愤地说："这个奸贼杀了我们大魏的忠臣陆丽，早晚我要把他也杀了！"

元丽："陛下，您千万不要轻言杀人的话，君无戏言，您说要杀谁，谁听了就都会恐惧害怕！"

少年皇帝闻言摇头："唉，我现在能杀谁啊，谁也杀不了！就是宫内的一条狗，我也杀不了……"

元丽轻抚着这个比自己小三四岁的少年皇帝的头发，像个大姐姐一样安抚着他。来到太极殿侍奉拓跋弘的这一个多月里，她经常同他一起度过漫长的夜晚，长时间地为他弹琴，照顾他吃饭、穿衣、入睡……作为情窦初开的少女，元丽很快就沉醉于这种微妙的幸福之中，心中充满柔情，对皇太后冯婉华更是心存感激。

拓跋弘是个左撇子。他忽然站起身，坐在案子前，用右手按住案上的纸，开始用左手写字。

他长时间地坐在那里，好像在思索着什么问题。突然间，他把案上的纸按得紧紧的，奋笔疾书，动作非常有力。

元丽跪坐在他的旁边，看着他龙飞凤舞地在纸上写着，赞赏说："陛下，您的字真好看！"

拓跋弘非常认真地说："我的老师是高允高令公，还有高闾高侍郎！他们的字，写得比我还好看。"

元丽："陛下，您应该自称'朕'，不要总是'我我'的了……"

拓跋弘忽然发怒："狗屁朕！现在我想杀个人都不行，还称什么朕！"

第七十八章　冯皇后投火自焚

拓跋濬崩逝四十九天之后，北魏宫廷在太极殿为他举行"断七之礼"。

太极殿殿内和殿外的广场上，都是黑白一片，仿佛世界末日来临了一样，布置得肃穆无比。

在美好的春时，春天永恒的芳华，在帝王之死面前似乎都显得那么忧伤！临哭的后妃、王公以及群臣，心中充满了哀伤。这个春天，由于太极殿内外的挽幕和身穿素服白衣的后妃群臣，变得落寞无比。春天的喜悦，生机勃勃的景象，一下子都变了味道似的。本来已经逐渐淡化的悲伤情绪，被整个环境一渲染，又浓重起来。

群臣皆孝服素衣，唯独乙浑和几个禁卫军幢主身穿军服。乙浑甲胄在身，但还是在外面披了一件白袍。他骑马在祭祀人群的外围不停走动，和身边的莫那娄说着什么，面无丝毫戚容。

虽然殿内殿外一片哀悼的景象，太极殿外面的花园依旧五彩缤纷，花团锦簇。高大的树木日益浓绿，鲜花的香气也被风吹散在空气之中。

高闾身穿正式的丧服，对高允说："令公，先帝的丧葬之礼，基本是遵从华俗啊。"

高允苍老的脸上还有泪痕："……是啊，但今天的断七之礼，还是受胡俗影响，特别是烧埋大礼，要烧掉先帝生前用过的所有物件和东西，这完全是拓跋皇族先前的部族遗风。据说，所有这些东西，都会变成草原上面的牧犬，在阴间一路护送先帝灵魂回到他们鲜卑人的发祥地，好像是叫'红山'吧。这个过程被称为'忠犬护驾'还是什么的……"

望着堆满殿中广场的拓跋濬生前用过的东西，包括家具、被褥、衣服、器物、珍玩等等，高闾、高允忍不住叹息。

御座之上，皇太后冯婉华和皇帝拓跋弘满脸悲伤，静静地坐着。可以想见，他们都处于恼人的煎熬之中。

这母子二人在拓跋濬最后的丧礼仪式上，彼此坐得很近，又好像离得很远，只因这对母子各自沉浸在发自内心的悲伤中……

中书令高允看到自己的手下高闾、李䜣、李敷、李崔、李长祥，以及李奕身后的几个年轻的鲜卑官员，老头子就开始不厌其烦地给他们讲述华俗丧仪。

高允说道："汉家丧礼非常烦琐，在今天的断七之礼之前，先帝的丧礼都是依据华俗进行的。按华俗，第一个仪式叫'初终'，就是病人将死之时，最亲近的家属守在床边，'属纩以俟绝气'。属纩，就是将丝绵新絮放在临终者的口鼻上，目的在于察验死者是否还有呼吸。皇帝崩逝，要由皇太子或者他的兄弟来行此仪式。第二个仪式叫'复'，是为死者招魂的仪式。招魂时，由专门的'复者'拿着死者的衣服，一手执领，一手执腰，面向空中拉长声音高呼死者的名字，呼唤他的灵魂回来，如此反复多次。然后，由皇太子接过衣服，给先帝的遗体穿上。这一仪式，是表示为挽回先帝的生命而做最后一次努力。而后，还有'铭旌''沐浴''饭含''设重''设燎'等仪式，以上各项仪节，一般都要在初终后的一天之内完成……"

一个年轻鲜卑官员似懂非懂地道："好像接下去就到'小殓'了……"

高允："在人死亡后的第二天，要给他穿上入棺的寿衣，称为小殓。诸侯王五日小殓，天子七日小殓。小殓之前，要先把各种殓衣连同亲友所致之襚①全部陈列于殿中。小殓时，还要陈列盛馔于堂下，皇太子一面为先帝着装，一面燃香祭奠。皇太子、皇后以及宗室近亲抚尸擗踊痛哭。擗踊，是捶胸跳脚的意思，就是由此表达发自内心的极度悲伤……先帝着装毕，宫内礼官用衾被裹尸，然后用绞布收束尸体……至于'大殓'嘛，是指再一天之后举行的正式的入棺仪式。大殓前，也要先陈列先帝御衣于殿内，陈奠食于堂内。抬入棺木后，皇后和皇太子擗踊痛哭。然后在执事人的帮助下，在棺内铺席置衾，皇太子亲自奉尸入棺。盖棺之后，又擗踊痛哭。接着，在殿内继续进行一次规模较大的祭奠，大臣和四夷宾客向先帝棺木行礼，皇太子答拜，皇后在帷内痛哭……唉，小殓、大殓的时候，皇后、皇太子要不停地哭，称为'举哀'。这样的礼仪，要消耗大量的体力精力。所以，最近皇后——不，现在应称她为太后了——身体尤其消瘦……接下来，还有'成服''朝夕哭''朝夕奠'等礼仪。"

几个年轻的鲜卑官员听得头昏脑涨的，兀自在那里点头。

高允继续讲解："……先帝梓宫下葬之后，还有'反哭'之礼，一般在祖庙进

---

① 亲友赠给死者的衣物。

行。反哭之后，就进行'虞祭礼'。虞者，安也，先帝形体已经入葬，但唯恐他的灵魂无所不至，一时有可能彷徨失依，就要设祭安之；虞祭礼结束，又有'卒哭'之祭。卒哭，就是止哭的意思，皇后、皇太子以及王公大臣，在这项仪式之后就可以'止无时之哭'，不用过分哀痛了。从此，先帝的神灵，就离开殿宇家宅了。"

李崔听得入神，插言道："我们华俗的卒哭之祭，一般都在丧后第一百天举行。今天先帝的这个断七之礼，好像和华俗的卒哭之礼类似。"

高允："先帝和陛下、太后都信佛，佛教就是遵从这种'做七'的习俗。人死后，每七天做一次佛事，设斋祭奠。佛家认为，人生四十九天后魄生，人死四十九天后魄散，所以佛教做七，以五七最为隆重，七七之时，称为断七。断七之礼，就相当于华俗的卒哭之礼。我们大魏自从先帝崇佛以来，民间已经以断七之礼代替华俗中的三虞卒哭之礼了……"

大殿广场上，堆砌着一个巨大的香木垒成的柴寮。上面堆放着文成帝拓跋濬生前的御用物件，大大小小，堆积如山。其中，还包括先前从太皇太后常氏那里拿到的拓跋濬多年以来梳头落下的头发以及剪下的手脚指甲……

宫廷礼官高声喊道："举火！"

柴寮很快就熊熊燃烧起来，空中充满了奇怪的香气。由于火势颇猛，环绕柴寮的群臣纷纷向后退开。

皇太后冯婉华忽然陷入了一种由悲伤情绪引起的迷狂之中。她眺望着柴寮冒起的腾腾烟雾，里面玲珑透光，影影绰绰，阳光、蓝天、丁香、合欢花，以及盛开的爱情，过往的回忆，万种柔情在她的心中油然而生。她站起身来，不由自主地，好像在听从火光中和天空中传来的拓跋濬的召唤。

熊熊火光中，她看到自己的皇帝夫君正焕放着异彩。他呼唤她的声音，越发洪亮地在她耳边响起……同时，她又好像什么也没有看见，什么也没有听见，只觉得到处都是拓跋濬的影子。而且，这个俊美的影子一直在呼唤着她。她的目光无论接触到什么，都能看见拓跋濬的形象栩栩如生地站在那里，呼之欲出……

于是，缓慢地，坚决地，冯婉华朝着柴寮火堆，走了过去……

坤德六合殿的寝殿中，冯婉华躺在榻上，榻边围了一圈人，包括元华、元蕊、元丽、冯昭仪、慕容雪莲以及御医等人。

冯昭仪非常急切地问御医："太后身体如何？"

御医恭敬回言："太后主要是受了烧烫伤，没有大碍，臣已经给药，基本都是凉血止血、解毒生肌的药材。太后服食的时候，千万不要过量。这些药物，大都药性寒凉……"

冯昭仪又问："太后为何晕厥至今不醒？"

御医："太后晕厥，是因为入火之时被烟雾闷呛，应该很快就会苏醒。"

冯昭仪仔细查看着侄女冯婉华的身体烧伤情况，发现她的脸部没有烧伤，只是双腿和上身一些地方起了不少燎泡，显然是被燃烧的衣服燎到所致。

御医叹息道："幸亏当时太后身边的女官反应迅速，把太后从火中拉了出来。但凡当时稍有迟疑，太后的脸部会形成严重烧伤，喉咙也会被火焰烧灼成重伤，那样的话，就真有性命之虞了……"

冯昭仪看了看元华、元蕊、慕容雪莲以及抱公公等人，他们的手臂上均有不同程度的烧伤，但都不是很严重。

此时，冯婉华哎哟一声，苏醒过来。

冯昭仪音带哭声地说："婉华，你何必自苦如此！今日先帝烧埋大礼，奈何你自投入火啊！"

冯婉华的声音很微弱："昭仪姑母，我真不是想自杀，当时我头晕眼花，不知不觉中，我就被先帝的魂魄勾了进去……"

累月的疲惫和身心煎熬，加上烧伤火呛，使得冯婉华的脸色更加苍白了。她面颊瘦削，精神非常疲惫。

坤德六合殿外面，少年皇帝拓跋弘站立着，一脸愁容。

地面上，覆盖着厚厚一层去年秋冬时分留下的残叶，有的地方显得干爽，落叶是草黄色的；有的地方似乎还湿着，积叶呈褐色，踩上去沙沙作响。听到有人声，拓跋弘回头，发现是冯熙带着三个和拓跋弘年龄相近的少年来到近前。

冯熙向拓跋弘行礼："拜见陛下。"

他身后的三个少年也行礼。

拓跋弘："舅父不必多礼。"

冯熙指着身边两个少年说："陛下，他们是臣的儿子，冯诞，冯脩。他们都是您的表弟。"

随后，他又把身后一个长身玉立的美少年拉近，介绍说："陛下，这位是驸马万安国。"

拓跋弘想了一会儿，恍然大悟道："啊，就是你娶了我的姐姐河南公主！你是我的姐夫啊……"

万安国行礼："拜见陛下！"

看到和自己年龄相仿的几个少年人，拓跋弘的精气神一下子就好了许多。他指着李奕问冯熙道："这位是？"

冯熙介绍："这是中书省的李侍郎，李奕。"

李奕拜见拓跋弘，而后道："臣闻知太后烧伤，特来献药方。"

拓跋弘马上说："李侍郎，这种烧伤药如何制作？我要亲自为母后煎药熬药……"

李奕献上药方给拓跋弘看。

拓跋弘接过药方，只见这方子十分细致，要用到春天新出的嫩槐花段，加上生地黄、熟地黄、香白芷、爪黄连、艾叶、生甘草、血余炭、黄腊、冰片等，用香油熬制。

拓跋弘问："这药如何使用，是内服吗？"

李奕摇头："非也！这是外敷之方。"接着他又细细为拓跋弘讲解了敷用之法。拓跋弘认真听完，仍是有些不解，问道："仅用这外敷之方就能治好母后？"

李奕："内服之方，御医肯定有。陛下只需以此外敷之方配合御医所开内服之方，同时为太后使用，内外同治，火毒才易解。▮▮"

拓跋弘点点头，又仔细看起药方来。

阳光照耀下，碧蓝的天幕显得雄伟壮丽。一片墨绿色的云杉林，树木高大挺直，尖尖的树梢直插云端。这些树木投下斑斑点点的阴影，细碎的阳光洒在几个少年和冯熙、李奕的脸上，闪闪发亮。

拓跋弘仿佛仍然惊魂未定："今天真是吓死我了，太后扑入火中，如果没有她身边几个女官及时拉她出来，她的身子肯定要被烧坏的……"

冯熙叹息一声，说："太后肯定是太想念先帝了，所以神思恍惚……"

几个人说话间，从云杉林中慢腾腾地走出来一头黄色的小牛犊，身上的皮毛闪闪发光。它走到万安国身后，张口咬住他的衣服后摆。万安国吓了一跳，边笑边喊叫起来，挣开小牛犊的牙，跑到一边。

拓跋弘也大笑起来。冯诞、冯脩也笑。毕竟是几个少年人，刚才还在为太后的烧伤忧心忡忡，一瞬间，被这头小牛犊一逗，似乎就把先前的愁思都忘得一干二净了。

小牛犊还在追着万安国的衣服咬。万安国咧开嘴，局促不安地继续躲避："甭惹我！"

几个少年人不禁哈哈大笑。

受到欢乐气氛的感染，冯熙和李奕在旁边也笑了起来。

第七十九章　骄狂跋扈为谁雄

太极殿内，乙浑坐在皇帝御座上，大大咧咧地啃着一大块羊肉。

李崔对乙浑说："太后这么年轻，竟然不顾毁容之危，忽然跳入火中，真是出人意料。"

李长祥也说："皇太后此人，不可小觑。"

乙浑从鼻子里面哼了一声，说："不可小觑？她有什么本事呢，一个妇人，居于深宫后殿，孤儿寡母，还不是靠我等维持家国大政！"

常英想了想，说："太皇太后临终之时，也嘱咐我提防冯氏。但我怎么看，也不觉得冯氏能够对我们产生什么威胁啊……"

常泰笑了："当今皇帝又不是她的亲儿子，虽然冯氏现在是皇太后，可和我们常家的太皇太后相比，她可差远了！"

乙浑掏出皮酒壶喝了几口酒，打了几个饱嗝。他畅意地拍着自己屁股底下的御座，说："当今这天下，如果不是我忠心耿耿，可能已经不是拓跋氏的天下喽……"说着，他瞥了一眼李崔、李长祥父子，"你们爷儿俩放心，我可没有篡位的野心，你们作为当今小皇帝的亲姥爷和亲舅舅，你们父子对我言听计从的，咱们真是一伙儿的……"

李崔连忙躬身："我们李氏能在朝中立足，都靠辽西王、乙丞相和太皇太后的恩典，特别是乙丞相，没有您的抬举，我们父子很可能已经被如今的冯太后发配到偏远郡州做官去了吧……"

乙浑点点头，表示认同："李侍中，你这话肯定是出自你的肺腑……"

夜色降临，笼罩了太极殿以及近处的花园。突然，远处北苑方向传来一声魔鬼怪兽般的嚎叫。而后，嚎叫又变成了撕心裂肺的尖声嘶啸，像是动物的叫声，又像是某种大鸟的啼鸣……

乙浑蹙眉道："他妈的，这是什么东西在叫唤？让我心惊肉跳的，真是不祥之兆啊……"

常英、常泰父子缩着脖子，也都心怀不安地看向殿外的黑暗处。

不久，从远处田野里吹来一股寒气袭人的风，又传来几声打着响鼻的马的嘶叫声，粗野，雄浑，有力。

乙浑听到马嘶，面色稍安："有可能就是马的叫声，刚才的声音怎么那么吓人……"

常英："大概是风声把马的嘶鸣声吹变音了吧……"

高车幢主莫那娄一直默默站立着，不吭声。他忽然发觉乙浑在看自己，赶忙摘下脑袋上的帽子表示礼敬。此时，莫那娄装出快活的样子。他的年纪虽然不大，但已经秃顶了，在他光秃的头顶周围，先前长有鬓发的地方，现在长着一些稀疏的淡黄色细发。

望着莫那娄略显冷淡的威风凛凛的脸，乙浑忽然笑出声来："莫那娄，你这个高车蛮贼，没有我，哪里有你的今天？！"

莫那娄一脸谄媚："当然！乙丞相，我就是您手下的一条狗，您让我咬谁，我就咬谁，六亲不认！"

莫那娄显然也是想了一会儿词句的，很想讨好这位现在有着生杀予夺大权的乙浑乙丞相。

乙浑从御座上站起身，带着几个人走到殿外花园中。寻摸了一下，他选了一棵手腕粗的小树，对莫那娄说："给我们展示一下你的高车快刀！"

莫那娄："得令！"

他眼睛直盯着前方，大踏步向那棵树走去。而后，他扬起两只筋肉隆起的长胳膊，双手抡刀，在下蹲的同时猛力一挥，一下子斜砍过去，把那棵小树拦腰砍断！

乙浑、常英、常泰，以及李崔、李长祥父子都赞许地点头不已。

乙浑问："我听说，有的高车军将能够在骑马奔驰的过程中挥刀把敌人连人带马砍成两段，是真的吗？"

莫那娄："是真的！我就有这样的一把刀，在营中没有拿出来，只是在陪同皇帝出征，真打仗的时候才用！"

李崔很感兴趣地问："这种刀有什么特殊之处？"

莫那娄如数家珍地讲述说："我们这种刀是让铁匠专门打制的，刀背有一条槽道是空的，里面灌有水银，人抡起来才使得上力气，才能够达到足够的力量。使用这样的刀砍下去，确实能够把敌人连人带马砍成两截，非常厉害！不过，这种刀，砍几次就不能用了，因为里面的槽道是空的，砍过几次之后，刀就会断裂……"

乙浑眉开眼笑："嗯，我就喜欢砍人，一刀下去，和砍一团面差不多！人的身子柔软得很，脖子就更软了！……先前，我砍死你们高车部族的那位幢主，就是那样的手感……嗯，莫那娄，我砍死你的同族上司，你心中不记恨我吧？"

莫那娄一脸忠直："卑职岂敢记恨乙丞相！先前我就说过，我谢您还来不及！他不死，我怎么会有今天的职位！乙丞相，我们高车军人的天职，就是听候命令，砍杀，砍杀，砍杀！我们高车人每杀一个人，天神就会宽恕我们前世的一桩罪过。所以，我们杀死人，就像杀死害虫和毒蛇一样……"

乙浑忽然想起什么似的，拍了一下自己的额头，说："我还真忘了一个人了……"

李崔："您指谁？"

乙浑："赵黑！"

常英哈哈笑了："赵黑肯定是咱们的人，他一直是太皇太后的人！"

乙浑摇头："嗯，他表面上看是太皇太后的人，可我一直拿不准他……我很早之前就和他打过交道，他不像你们想象的那样简单……"

北苑。天气已经开始有点热。拓跋弘和元丽走在阳光斑驳的林荫路上，手拉着手，高兴地笑语着什么。

远远可见一片梨树上洁白的鲜花正在怒放，还有苹果树上的花朵也在盛开。在耀眼蓝天的衬托下，树下落英缤纷。为此，在温暖的空气中，弥漫着沁人心脾的芳香。如此碧蓝的天和温暖的空气，以及鲜花香甜的气息，都给人以温柔甜蜜之感。同时，还有不少蜜蜂在嗡嗡地叫着，在这春日里芬芳馥郁的花海里钻来钻去。

在元丽面前，少年皇帝感到十分自在，时而长吁短叹，时而哈哈大笑，觉得元丽这个漂亮的姑娘给他带来一种奇妙的愉快感。少年人停住脚步，对元丽说："元丽姐姐，我累了，我要躺在你的身上歇一会儿……"

元丽迟疑了一下，随后就地躺下，闭上了眼睛。拓跋弘躺在元丽的身上，一声不响，也闭上了眼睛。

太阳的光线，透过苹果树的枝叶和繁花，一下子把热乎乎的光斑倾泻在少年皇帝的脸上，很快就晒得他脸上的皮肤开始有些发痒。元丽咯咯笑着，温柔地揪了揪拓跋弘头上又黑又硬的头发，小声地说："陛下，您的头发好光滑，好香啊……"

拓跋弘把一方绢帕放在自己的脸上。感觉到自己后脑勺枕着的姑娘柔软的大腿，他的神情有了些异样。接着，他把头移动了一下，挨着元丽柔软的肚子："哦，元丽姐姐，你的身上好香啊……"

元丽依旧闭着眼睛，没有说话。显然，她羞怯而又满怀柔情地爱着躺在她身上的这个少年人。元丽身上衣裙的气味，肌肤的气味，与芳香的花园中那些鲜花的气味结合在一起。不远处，有雀鸟在啼啭，空气温暖而馨香，弥散着甜丝丝的香气。花丛中那些蜜蜂懒洋洋的嗡嗡声，使人昏昏欲睡，心荡神迷……

在二人不远处有几个随行的宦者，还有一队禁卫军在很远的地方背对着他们站立执勤。在这一队禁卫军的外围，北苑的山坡上，骑马并立着慕容白曜和赵黑。

赵黑远远望着躺在一处亲昵的拓跋弘和元丽，叹息一声，说："如果这个情景被高令公那些华官看到，他们肯定会进谏的……这位少帝，先帝刚刚崩逝，母后还因烧伤卧在病榻，他却有心思与身边的女官这样行乐……而且，那个女官就是被杀的殿中尚书林冬间的女儿吧，其父刚死，她竟也有这样的闲情逸致！"

慕容白曜犹豫片刻，说："……陛下毕竟还是一个孩子，元丽嘛，作为皇帝身边的女官，皇帝让她干什么，她也不能不干啊……"

由于春天风大，隐隐约约地，元丽那种青春少女特有的银铃般的声音依稀传到了赵黑和慕容白曜的耳朵里。其间，还夹杂着拓跋弘的大笑声。

赵黑的唇边挂着他素有的讥讽微笑，说："这位少帝也真是心大，你看他现在，其实就是一个高级囚徒，但凡乙浑有篡位的野心，他皇帝的位子马上就没有了……"

慕容白曜脸上显出复杂的表情："皇帝毕竟年纪小，还不知道危险呢……这位皇帝确实性格挺怪异，曾经当着皇太后的面和我的面，说要把我杀了，就是因为我娶了元华做王妃，他就怪我夺走了他的玩伴……"

赵黑遥望着拓跋弘和元丽，继续说："我现在有一种预感，这个少年人，日后如果真的从皇太后手中拿走了权力，绝非皇太后所能驾驭控制的……"

慕容白曜没有接赵黑的话茬，忽然问道："安定王，现在我们身边没有外人，我很想问一句，您为什么那么忠心效力于太后？"

赵黑微微一笑："慕容将军，您指的是哪个太后？"

慕容白曜："我当然是指现在的皇太后，冯太后！"

赵黑仔细想了想，才说："冯太后此人，天佑吉人！她从一个亡国贱俘，能够成为皇后，如今又成为太后，都是天意！而且，超出你们现在许多人的想象，当初冯太后还是个小姑娘的时候，受大太监宗爱所遣，押送她和她的母亲到平城来的，就有我和乙浑！"

慕容白曜："这个事情我知道。"

赵黑意味深长地又笑了："我几乎忘记了，你的王妃元华当时就是太后的侍婢，也在押送行列中……元华的父亲，还是在押送途中被乙浑亲自下令处决的……"

慕容白曜："安定王，您别说元华，就说您自己，接着说说我刚才问您的问题吧……"

赵黑："冯太后此人，坚毅韧忍，绝非一般的妇人可比！常太后性格阴狠，心肠太毒辣，但对于军国大事没有特别的深谋远虑，所以，其实她要比冯太后差远了……"

慕容白曜："既然如此说，为什么太皇太后还活着的时候，冯太后那么听她的话？"

赵黑的脸色变得严峻起来："宫廷之内，势力相随！有势，才有力！太皇太后有先帝撑腰，他们情同母子，是当时任何人——包括冯太后——也离间不了的。所以，太皇太后活着的时候才有那么大的威权！冯太后当时作为皇后，如果不低眉顺目，可能早就被太皇太后干掉了！"

慕容白曜闻言，不停点头。

赵黑又说："我这么多年追随冯太后，当然也有抱公公的原因。抱公公是我干爹，我肯定要听他的言语。当然，最大的原因，还是我认为冯太后值得我追随，值得我效忠！作为宦者，出于最大的私心，我想的就是在这宫内怎么好好活下去！跟着冯太后，我就觉得我能够好好活下去！"

第八十章　树欲静而风不止

文成帝拓跋濬大丧已过，太极殿的殿内殿外都扯掉了用于丧仪的各种布幔，基本恢复了先前的景象和格局。大臣们三三两两，进入殿内进行朝议。

殿上御座还是两个，但此时皇太后冯婉华的御座是空着的，只有少年皇帝拓跋弘坐在先前他父亲拓跋濬所坐的御座上。在他的侧后方，侍立着元丽。

乙浑手里拿着一张红色诏旨，象征性地让中书省礼官当着朝臣们的面盖了玉玺，然后就开始宣布任命："东安王刘尼，迁尚书右仆射，加侍中，因其有大功于朝，特旨出为征南将军、定州刺史；安定王赵黑，克己清俭，忧济公私，有功于朝，出为镇南大将军、仪同三司、冀州刺史；陇西王源贺，以先帝之时定策之勋，加征北将军，特遣外出于漠南，都督三道诸军，以防蠕蠕入侵。"

乙浑宣读完任命，朝上众人皆默然。高允出班，质问乙浑："乙丞相，朝廷以功授官，因爵与禄，实乃国之常典。但刚才你所宣读的任命，本来是中书省职责，奈何我作为中书令，对此竟一无所知？"

常泰不屑地道："乙丞相位在诸王之上，内兼政务，外理戎机，如今统领大魏国之万机。令公，这不是已经把诏旨念给你们听了吗，中书省执行就可以啦。对了，丞相有大功于国，中书省应该以皇上的名义下诏，对他加以褒赞啊。"

李长祥此时出班，高声道：

"皇上有旨，褒扬荣显乙浑乙丞相。诏曰：'周武奉时，藉十乱以纂历；汉祖先天，资三杰以除暴。朕今登基，理民济治，斯道未爽。忠义王乙浑，蕴伏风烟，抱含日月，总奇正以成术，兼文武而为资。临危受命，仁龙颜而振腕，想日角以叹息。先帝崩殂之时，忠义王忠勇奋发，虎士如林，更立义功，所向风靡。故能兴振朝纲，俾朕继承大位。当今外有蠕蠕、吴贼，丑类跋扈。内有众盗未息，患在肘腋。大魏国家，正赖忠义王一举大定，下洽民和，上匡王室。此非常之功，必有非常之赏，可改封忠义王为京兆王，加京兆王使持节、柱国大将军、大丞相！又宜广开土宇，以荣忠臣，可增封京兆王十万户，通前食邑共二十万户，加前后部羽葆鼓吹！'"

常英、李崔、冯熙距离乙浑最近，听到诏旨之后，皆拱手向乙浑道贺。

乙浑哈哈大笑。他从朝臣中拉出赵黑、刘尼、源贺，大声说道："几位王爷，咱们今天一起受封，一起升官发财，应该向皇帝谢恩才是啊……"

源贺黑着脸，没有搭理乙浑；刘尼含笑拱手，跟随着乙浑往御座前走；赵黑则满脸堆笑，躬身跟在乙浑身后，一起来到御座之前。

乙浑、源贺、刘尼、赵黑齐声拜谢："臣乙浑、臣源贺、臣刘尼、臣赵黑叩谢圣恩！"

拓跋弘虽然是个少年人，但一直受到礼官和儒臣的教导，此时深知不能多说话，只得向乙浑等人颔首示意。

中书令高允虽然脸上有愤然之色，此时也只能振袖甩衣，表示心中不平而已。

高闾低声对身边的李敷、李奕兄弟说："刘尼、源贺、赵黑，皆三朝老臣，今日皆外派，如此一来，朝廷之中，再无可以与乙浑抗衡的大臣了……"

眼看朝议之事如此顺利，乙浑非常得意。他从腰间掏出皮囊做的酒壶，开始畅饮。常泰见状，赶忙从袖中取出一块用绸缎裹好的上好的羊肉，递给乙浑。

乙浑非常高兴，拍拍常泰的肩膀。常泰胁肩谄笑，一副丑态。

乙浑看到众臣私语，议论纷纷，忽然又对御榻上的拓跋弘说："陛下，如今臣贵为京兆王，位在拓跋宗王之上，又是大丞相，柱国大将军，但臣的妻子还没有封号，是否能够赏赐臣妻一个公主的位号？"

拓跋弘一时间不知道如何回答才好，就问："这件事情，是否要中书省官员议定？"

高允低头，愤愤不语。

常英马上奏称："京兆王劳苦功高，当然王妃也要获赐位号！"

朝中一些乙浑的党羽纷纷点头，竭力赞成乙浑妻子获封公主位号。

常泰就向高闾等人言道："你们这些中书省的官员，还不赶紧拟旨，予京兆王妃以公主位号！就不要等下次朝会了，皇帝在殿，重臣在朝，你们现在写下来，然后当廷宣布就对了！"

李崔问："乙丞相，您的妻子需要什么公主位号？愿闻其详！"

乙浑转着大眼珠子想了一想："就太原长公主吧！王封之中以京兆王、太原王最大，公主当中呢，既然没有'京兆公主'，就弄个'太原公主'来当当！"

议论纷纷之间，李奕挺身而出："乙丞相，您如今总揽朝廷大政，升免官员一事，确实可以由您定夺！但您的王妃封公主位号，绝非今日能定之事！”

乙浑闻言恼怒，直愣愣地看着李奕。

冯熙这时候出班和稀泥："李侍郎，乙丞相本人都是王爷，他的王妃得封公主，也顺理成章啊……"

李奕继续高声反对："公主封号，只有皇帝的女儿才能获得！乙丞相虽然有大功于社稷，但他毕竟是庶族，不是皇族！而他的妻子也是庶族。所以，公主位号，不能封！"

乙浑听李奕如此说，振衣怒言："李奕，你一个白面书生，真是小气！难道非要我当上皇帝，我的妻子才能当上公主不成！"

常泰笑着道："乙丞相，您如果当上皇帝，您的妻子就是皇后了，您女儿才是公主……"

忽然意识到殿上默然无声，乙浑和常泰都觉察自己刚才说错了话。

李奕朗声言道："作为中书侍郎，我李奕宁可今日就死，也不愿替陛下写诏封庶族女人为公主，这可是要被后世取笑的事情！而且，刚才乙丞相所言自为皇帝之语，真真是大逆不道啊。希望丞相您谨言慎行！陛下坐于殿上，群臣立于殿下，乙丞相如此妄言，奈大魏社稷何！奈群臣朝议何！"

乙浑听李奕如此说，气得扔掉了手中的酒囊，握住腰间刀柄。

李奕丝毫不惧，拱手道："我所言在公，乙丞相如果不听，生杀随意！"

看到乙浑震怒，手握刀柄要杀人的样子，赵黑和刘尼上前劝阻。

刘尼好声好气地道："京兆王，王妃封公主，多么小的事啊。等下朝之后，我等吩咐中书省别的官员去做就好了，奈何和这样一个小臣置气！"

赵黑也劝说："乙丞相，您大人大量，我和刘将军马上要外派为官，都是美差！临行之前，一定一起请您开宴高会，切勿因为这个小事搅了您的雅兴！"

拓跋子推此时也走近，问："乙丞相，朝廷把我的京兆王封还给您了，您还没封我的爵位啊，我不能当白帽子王爷啊……"

拓跋子推的这句话最管用，一下子让乙浑又找到了感觉。他拍着胸脯大言不惭道："我已经让中书省拟旨，封王爷您为忠义王了，我们两个的王封对调！怎么样，我乙浑对你不薄吧？"

拓跋子推躬身施礼："丞相推恩及人，大肚能容！"

看到周围人人恭维自己，乙浑更是得意。他悄声对拓跋子推讲："王爷，先前你被那个禁卫军将领林冬间误导，手中没有诏旨和制书，竟也敢带着数百兵士全副武装进入宫内。就这一件事，如果没有我，你的王封就能被罢，弄不好，还是个谋逆篡位的罪过！"

经乙浑如此一说，拓跋子推吓得面无人色，不停向乙浑作揖致谢……

望着逐渐散去的朝臣，乙浑面有得色。

李崔为乙浑出主意："大丞相，您以后有什么意向，比如封王妃当公主什么的，还是不要当众朝议的好，直接让中书省内的自己人拟旨，然后到殿上宣布就好……"

常英："是啊，这个李奕真不晓事，敢当众顶撞京兆王您！"

常泰比了一下砍切的手势，厉声说："此人该杀！"

乙浑故作大度，笑着说："区区一个中书侍郎，白面书生，杀他作甚！这样也好，能堵住悠悠之口，以免内外都说我是司马昭！"

常泰："司马昭是谁？"

乙浑笑了："怎么，你连司马昭是谁都不知道？还不如我呢……"

李崔看了看慕容白曜，指着御榻方向，低声对乙浑说："夜长梦多，京兆王如果想久安，不如自坐此位！"

乙浑闻言，定睛瞧看了李崔好久。而后，他仰头哈哈一笑："李侍中，你贵为侍中高官，亲为当今皇帝的外祖父，如此之言，肯定是在试探我！"

李崔、李长祥父子闻言色变。

李长祥竭力解释说："我父所言，绝非试探京兆王！虽然我们父子贵为当今少帝的外祖父和舅父，但大魏朝中上下，一直猜忌外戚。如今的皇太后冯氏，又与我们李氏没有亲眷关系，我们如今的处境其实大为不妙……倘若京兆王有意帝位，我们父子在您的新朝大可以弄个开国功臣来当当，富贵当不减今日！"

乙浑眼珠子转了半天，心中琢磨着李崔、李长祥父子此番言语的可信度。

此时，他看到慕容白曜和莫那娄一直不言语，就问："二位将军，意下如何？"

莫那娄不敢怠慢："只要王爷您一声令下，谁我都可以杀"！

慕容白曜躬身一礼："丞相，您知道贱内乃太后昔日女官，今日如此密计，也能不避讳我，下官感激无限！……不过，称帝建国之事，在下以为，实非仓促可为，应该从长计议，以保万全！"

乙浑点头："拓跋皇族根深叶茂，不是那么轻易就能换掉的。但如今本王有你们这些人拥戴，统领国家万机，说句实话，和皇帝有什么两样？刚才殿上的那个黄口孺子，其实就是一个摆设。我如果想坐上那个御榻，容易得很！只是，坐上去之后的事情，可就不那么容易了……想当初宗爱篡弑皇帝，也是权倾内外，一朝冰消，如在眼前……"

李崔跷起大拇指赞说："王爷您真是思虑长远！"

乙浑望着莫那娄，语重心长道："莫那娄啊，你手中那六千高车禁卫军，一定要随时戒备，听从我的调度！这京城内外十多万禁卫军，唯独你所领的高车禁卫军配有全套武器和马匹，只要你能稳住宫内，这天下就是我们的！"

莫那娄使劲拍着胸脯说："我手下的高车禁卫军，完全听从王爷您的指挥！"

乙浑点头："莫那娄，我近日会派慕容将军到漠南去，给他一个显赫的官职，以监视源贺的动静。你好好干，待慕容将军离开京城，我就把他的领军将军一职交给你，你就是禁卫军的最高统领了！"

高大宫墙之内的太极殿外广场上，如今只剩下李崔、李长祥父子。

李长祥有些后怕地对李崔说："父亲，刚才您当着那么多人建议乙浑篡位登基，似乎不妥啊……"

李崔："我这样做，第一，是让乙浑对我们父子完全放心；第二，就是要看看乙浑这个人到底有什么大的志向；第三，也是逼着在场的慕容白曜等人对此也表态！日后乙浑失势被诛，慕容白曜等人也因为忌讳今日之事，不敢主动告发我们父子……"

李长祥恍然大悟："父亲您真是精明啊！……怎么，您对乙浑也不看好？"

李崔："此人完全就是一个莽夫！如果不是先前太皇太后宠幸他，又撺掇先帝屡次升迁他，以他的才德，当个领军将军都不够格！"

李长祥："嗯，德不配位，必有余殃！"

第八十一章　韬光养晦

清晨，阳光普照，夜间所感受到的那些痛苦似乎消失了不少。坐在洒满阳光的房间里，皇太后冯婉华能够清楚地感受到家的温暖，心灵的慰藉，以及那种难得的平静。殿内的东西都还摆在她所熟悉的老地方。但是，室内弥漫着的气味，增添了不少她不是很熟悉的草药味道。

这时，冯婉华才第一次清楚地理解到先前和她结合在一起的皇帝夫君，已经完全依靠不上了。他的崩逝，带走了他的帝王权势。但是，从今往后，她自己，以及自己的嫡子第豆胤，还要继续活下去。

想到统治国家的艰辛，她脸上露出了倦容。可一旦面对臣下，她脸上的那股倦怠就会马上消失不见，转换为时而淡淡微笑、时而高兴兴奋的表情。

冯婉华问兄长冯熙："听说乙浑在殿上，自己要当皇帝的话都说出来了，众位爱卿，操劳不少啊……"

冯熙察言观色，说："乙浑要为他的妻子讨公主封号，幸亏李侍郎据理力争，竟然把他给驳回了！"

李奕一脸坚毅："我现在想起来也有些后怕，乙浑连陆丽陆大人都敢杀，杀我更不在话下……"

慕容白曜进言："太后，如今乙浑确实胆大妄为，还有李崔、李长祥父子在背后给他出主意，他越加深谋远虑了。这不，他说要把我外派，让我到漠南去监视源贺大人。"

赵黑叹了一口气，说："乙浑表面说是派你去监视源贺，其实也就是对你放心不下。把你外派，就是把你从禁卫军中支出去，从上到下全部换上他的人。如果你被外派，禁卫军全部部队，就完全掌握在乙浑和他自己人手里了……"

冯婉华："该断不断，必受其乱！"

冯熙："现如今，乙浑已经完全控制朝廷内外，我看我们行事还是稳妥点好，先看他下一步到底要干什么！"

赵黑建议说："不能等了！我和刘尼、源贺两位大人，只要一出平城，就可能性命难保！再等下去，乙浑又来一招先发制人的手段，吾辈死无葬身之地！"

冯婉华同意赵黑的说法："现在，幸亏乙浑对我和皇帝还没有多在意。眼下宫禁之中到处都是他的耳目，全部处于禁卫军掌握之中……如果哪天，唉，他再把我和皇帝身边的人都换了，到时候我们真是后悔都来不及！慕容将军，你觉得禁卫军里的那些将领，真的全部都听从于他吗？"

慕容白曜："不久前乙浑为了立威，忽然下令杀了八个禁卫军幢主。现在他唯一信任的，就是高车禁卫军幢主莫那娄了。此人手下的八千高车兵士，全都听莫那娄的……"

李奕："如今情势，箭在弦上，不得不发！我看乙浑派人送到中书省等待批准的八名禁卫军新任幢主，全都是他自己家族的亲信。一旦这些人到位，再有八千高车禁卫军以护驾为名围住内宫，那太后和陛下，就几乎是乙浑的囚徒了……"

冯婉华问："慕容将军，你能先把禁卫军中的那几个乙浑主要的心腹干将解决掉吗？"

慕容白曜犹豫了一会儿，回答说："太后懿旨，我不敢不遵！不过，这事情办起来还是很有难度，待下官仔细考虑之后，再下定策！如今乙浑最倚重的高车禁卫军幢主莫那娄，其实心中深恨乙浑。但此人善于和乙浑虚与委蛇，一旦宫中势力有变，他很有可能倒戈……"

冯婉华一脸明决："乙浑不同于常人，性格粗暴鲁莽，有董卓之势。一旦他逼宫上殿，我和皇帝性命堪忧！如今，趁着正月十五之前，源贺将军、刘尼将军以及赵黑、慕容将军你们这些人还在朝中，我们一定要行大事！"

李奕："太后圣明！正月十五是大朝贺，到时候见机行事，一举拿下乙浑等人！"

听到冯婉华如此说，赵黑心情大好："唉，我昨夜一宿不眠，忽然太后您就有了决定，我此刻感觉就如洗了热水澡一般痛快！"

待李奕、慕容白曜出宫之后，冯熙、冯婉华兄妹和姑母冯昭仪相见议事。

望着侄女憔悴的面容，冯昭仪说："婉华啊，也真难为你了，你今年才二十五岁，就要一个人扛这么大的事情！"

冯婉华勉强笑了笑，道："谁让我现在是皇太后了呢。先帝猝然崩逝，皇帝幼冲，诸王没有胆识，我只能独当一面了。"

冯昭仪："如果常太后还在，可能事情不会至此。"

冯婉华："常太后一直宠信乙浑，所以连同先帝当时对乙浑也是言听计从，才让他逐渐坐大，真是养虎遗患啊。以乙浑如今的权势，先帝又没了，就算她还在，也不见得控制得住！"

当提到常太后的时候，冯昭仪瞥见侄女的眼睛里，一刹那间似有愤怒在闪烁。虽然那种愤怒瞬间就消逝了，但冯昭仪还是感觉到了侄女对常太后深深的怨恨之情——毕竟，正是当时常太后子贵母死的威胁，才迫使冯婉华主动打掉了肚子里面的孩子……

冯婉华对冯熙说："兄长，你在朝中或者在外面，见到乙浑，一定要对他毕恭毕敬，别让他对你起什么疑心。"

冯熙："太后放心，臣一直小心谨慎，即使见到常英和常泰，我也是对他们毕恭毕敬的。"

冯婉华又对元华说："元华啊，我们现在手中最大的筹算，就是你的夫君慕容将军了。当初我劝先帝派他南征立功，就是为了现在啊……好在他一直行事小心，没有惹起乙浑对他特别生出疑心来。在乙浑将他们几位将军外派之前，只有慕容将军能够解决乙浑的那些心腹了。也只有慕容将军，能够说服那个高车幢主莫那娄！"

元华："太后您尽管放心，我们夫妇就是一死，也要为了您和大魏社稷，把这件事情干成！更何况，我和奸贼乙浑还有杀父之仇！至于禁卫军里那些乙浑的亲信，我刚才想出了一个计策。回到府中之后，我就和夫君商议，一定稳妥行事！"

元蕊走近，把手中码放得整整齐齐的药布和药膏放在一个托盘上面，轻轻跪在冯婉华面前，开始替她用槐花水洗净腿上和胳膊上的烫伤。

冯婉华的伤口都已结痂，她低头看着元蕊俯首忙活，不停地点头。她道："李侍郎的药膏，真是太管用了！"

闻言，慕容雪莲也凑过来，看着元蕊给皇太后擦洗、上药，饶有兴趣。"太后，您的皮肤又白又细，幸亏当时没有烧到脸，否则就真是出大事了……"

冯熙："太后您确实足智多谋啊，当时您这么一跳，肯定也让乙浑这些人觉得您完全不把国事和政事当回事，心里只有先帝……"

冯昭仪："唉，婉华啊，先帝烧埋大礼的时候你那么一跳，我当时看着……那火烧得太大了，万一当时元蕊、慕容雪莲和元华等人都救助不及，你就此把脸或者眼睛什么的烧坏，真是后悔都来不及啊……"

冯婉华情真意切地对冯熙和冯昭仪说："兄长、姑母，你们还真别以为我当时跳入火中是事先谋划好的，我真没那么多的心机……不知道为什么，当时想起和先帝之间的情意，我一时间恍然，不知不觉就冲进火堆去了……"

第八十二章　少帝的性情

万寿宫内，拓跋弘对元丽说："我在太极殿先帝的寝殿里，真是睡不着。每天晚上，我都会做噩梦……"

元丽一边给拓跋弘斟酒，一边答道："是的，每次我听到您呼喊，就算是深更半夜我也会跑到您的寝殿去。但每次您醒了之后，也不说到底在梦里见到了什么……"

拓跋弘："嗐，当时我的睡榻旁边有好几个宦者，我就什么都不想说了。我每次都会梦到一个青面獠牙的怪兽，仿佛它就在寝殿的黑暗中藏着。那是一个身形巨大的魔鬼，每次我梦到它，都会听到它的嘎嘎哀嚎。有时候仿佛它又在寝殿窗户外边的树上待着，还会发出像狗叫一样的汪汪声。有时候，它发出的声音又像小孩子的低声哭泣……对了，我还能听见它啪啪扇动翅膀的声音，似乎它就在寝殿内飞来飞去的，发出阵阵啸叫，每次都让我浑身打战……好几次我做噩梦醒来，都感觉那个魔鬼还在寝殿里面没有离开，甚至我都能闻到它的气味，真是太让人毛骨悚然了……"

元丽听得面色都有些苍白："陛下，您别说了，我听您这么一说，吓得心都快要停止跳动了。"

说着，元丽全身都有些发抖。拓跋弘得意地笑了。他搂住元丽的肩膀，把她拉入自己的怀中："每次从噩梦中醒过来，我都两眼瞪着窗外漆黑的夜空，聚精会神地听外面的动静。别说啊，这种时候，我还真听到过一种特别瘆人的长嚎，就像巨大的魔鬼在那漆黑一片的花园发出来的。我当时就想，那个魔鬼肯定是钻进了花园的地下……"

元丽："……陛下，您别再说了！以后我都不敢去太极殿旁边的花园了……"

拓跋弘哈哈大笑："没事！即使真的有魔鬼，它们也怕白天，怕太阳！或许，这个魔鬼，就是我父皇的灵魂呢……"

元丽："陛下切勿把此言对太后讲！太后认定先帝是升天成佛了，他怎么会变成魔鬼在寝殿之中徘徊呢……"

拓跋弘看到怀中的元丽那依旧充满惊悸的目光，听着她如此直爽和诚恳的话语，也叹息一声，深深地点了点头。

元丽："反正您现在都搬到万寿宫来住了，这里应该没有魔鬼什么的……"

拓跋弘四下望了望，说："这里最早是我皇祖景穆皇帝当太子时所住的东宫。记得高令公和我讲过，我皇祖被奸贼宗爱所害，很早就死了，没有真正当过皇帝，他的皇帝名号是我父皇登基后追谥的……"

元丽："先帝活着的时候，这里一直住的是太皇太后。那个老太太，很可怕的，现在的太后都非常怕她……"

拓跋弘："嗯，这个我当然知道。在我的记忆之中，在我小的时候，太皇太后总去母后那里看我，也常常和我玩。我小的时候对她最深的印象，就是她的手上戴着好多大戒指，好像每个手指上都有……对了，她还带着我到这个万寿宫里来玩过几次，我记得在她宽阔的寝殿内，堆着各种各样西域和南朝进贡的珍宝，她还让宫女养过一只特别大的绿鹦鹉。那种鹦鹉真的很大，很古怪，叫来叫去的，好大的声音……"

元丽："太皇太后也刚去没多久，您就不怕这万寿宫里面有鬼魂！"

拓跋弘高昂起头，说："我不怕这个死去的老太婆！再说，我住在万寿宫，更加远离母后，我也怕她管我……"

拓跋弘和驸马万安国在万寿宫内骑马玩耍。拓跋弘兴致勃勃的。他们先是沿着万寿宫花园的大道快跑，后来又快马挥鞭，钻进了附近的林子。

北苑的树林，沐浴在细雨和阳光中，光点粼粼，幽美而静谧。林中的空地，一片青绿，一些水潭积满了水，马蹄踏过，溅起不少水花，弄得马上的拓跋弘和万安国浑身上下都湿了……

二人骑马来到一片宽阔的平地，在阳光下并马而立。

拓跋弘对万安国说："你是驸马，你父亲也是驸马，娶的都是我们大魏的公主，真是华丽的家族啊……"

万安国："陛下，我祖父的名字叫万真，从他开始，我们家世系往上捯，都是代郡的鲜卑酋帅，从世祖皇帝（指拓跋焘）那个时候起就屡立战功。所以，我的祖父万真，当时就获封为平西将军、敦煌公，后来又封骠骑大将军，仪同三司！我父亲万振，迎娶先帝的姊姊高阳长公主，拜驸马都尉。他也立有军功，在先帝之时被封为宁西将军，赐爵冯翊公……"

拓跋弘非常亲切地看着自己的这位表兄弟，说："你父亲娶了我父皇的姊姊高阳长公主，你又娶了我的姐姐河南公主，等日后河南公主生了儿子，再娶个我们大魏的公主，你们家就三代人都是驸马了……"

万安国："陛下，这驸马都尉，就是一个荣显的爵位。我还是希望自己能够为国家立功，靠自己的功勋获得封爵奖赏！"

拓跋弘高兴地看着万安国，说："你好好陪我玩，以后等我真正有皇帝的权力了，肯定给你封王拜将！"

万安国："陛下，您现在就是皇帝，也有权力啊……"

拓跋摇头："现在我哪里有权力？虽然朝会时我坐在皇帝御榻上，可真正说了算的，是京兆王乙浑！他想杀谁就杀谁，他想封谁的官就封谁的官。即使没有乙浑，还有我母后听政呢，我现在完全做不了主……"

太阳把大地晒得热乎乎的。阳光越发灿烂，天空碧蓝澄澈。春天卸下了柔和嫩绿的淡妆，到处都是绿油油的，草地上更是一片青翠。花园内，芳香扑鼻。不仅蜜蜂到处嗡嗡，许多闪着铁蓝色光泽的苍蝇也围着两个少年不停地飞。

在距离此处几十丈远的地方，几十个禁卫军远远骑马站定，望着这两个少年。

拓跋弘指着那些禁卫军，对万安国说："这些禁卫军，名义上是来保护我的，实际上都是乙浑派来监视我的……"

万安国恨恨道："这些狗奴……陛下，您日后亲政了，一定要把这些人全部杀掉！"

拓跋弘点点头："此话正合我意！"

恶作剧一般，拓跋弘忽然从背上取出长弓，又从箭囊内抽出一支箭。而后，他瞄也不瞄，搭箭上弓，嗖的一声，冲着那群禁卫军就发了一箭！

"哎哟！"一个兵士应声落马。

万安国兴奋地高扬手臂欢呼："陛下神箭！"

可拓跋弘的脸色一下就白了。显然，他漫无目的地射出一箭，并不是真想把谁射中。

万安国怂恿道："陛下，您无须多虑！即使您射死一个禁卫军，也只能算是打猎时误射所致，大不了赏那被射死的人大量金宝，他家里高兴还来不及呢！"

听万安国如此说，拓跋弘心内稍安。两个人调转马头，朝着那群禁卫军慢慢走了过去。

看到拓跋弘近前，禁卫军都在马上行军礼。马下那些正忙着救治中箭兵士的禁卫军，也都跪地叩首行礼。

看到这些监视自己的禁卫军对自己如此礼敬，拓跋弘恢复了气势。他高傲地骑在马上，居高临下，望着躺在地上的兵士。

地上那个倒霉蛋，肋间两当铠甲的系带处正好被拓跋弘刚才所发的箭矢射中，箭头穿透了甲衣下面的衣服，插入肉体，但并不是很深。

拓跋弘低头问："疼吗？"

倒霉的兵士呻吟着，没有听清拓跋弘的问话。估计是正在遭受一阵热辣辣的钻心疼痛，他辗转扭动不停。几个禁卫军帮他卸下身上的两当铠甲，而后脱下他的衣服，一阵寒气吹来，他那被汗湿血浸的上半身便不由自主地颤抖起来。因为又冷又疼，他的脸更加扭曲了。

一个禁卫军将领过来行礼，道："陛下，他应该很疼……"

拓跋弘说："嗯，他如果死了，就给他家里一大笔钱；如果没死，给他晋两级爵……"

禁卫军将领："谢陛下恩典！"

这一回，受伤的兵士显然听清楚了拓跋弘的话，不顾自己还在冒血的伤口，匍匐在地，笨拙地把戴着头盔的头叩向色彩斑杂的草地谢恩。

拓跋弘嘴角露出了一丝微笑。他低声对万安国说："正如你刚才所言，看来，作为皇帝，射死一个人，还真不是什么大事……"

万安国虽然只是一个十五六岁的少年，性情却非常冷酷无情："这些奴才，狗命一条，陛下勿忧！"

二人说着，轻轻踢着马刺，慢慢往回走。

拓跋弘抬眼望去，天空非常明亮，万寿宫内的花园里，那些苹果树、梨树、柿子树、李子树等，万花盈树，香气充溢在空气之中，芳香馥郁，让人心旷神怡。满怀喜悦，拓跋弘又扭回头，注视了那群禁卫军一会儿。

"看来，皇帝就是皇帝！从前我远远看到这些禁卫军，心里还挺害怕的。今天看到他们这种奴才样，我完全不害怕他们了……嗯，射人，比起射猎射动物，要好玩多了……"

阳光普照之下，远处干燥的旷野看上去越发叫人愉快。为了在万安国面前表现自己的骑术和冒险精神，拓跋弘肆无忌惮地策马飞奔起来。跑出去很长一段距离之后，他忽然勒住坐骑，然后使劲用马刺刺马，跃过一丛丛灌木，再继续风驰电掣。

　　万安国也当仁不让，拍马在拓跋弘身后疾驰。百十号禁卫军兵士紧张地注视着这两个少年人，也听不清楚他们在说些什么，只能看到两个骑马飞驰的身影，听到他们不断发出的哈哈大笑的声音。

第八十三章　大行不顾细谨

傍晚。坤德六合殿内，慕容雪莲嘴里吹着口哨，正在用一条巾帛仔细擦拭着从箭囊里面取出来的箭。殿内的水盆中，反射出窗外的蓝天；元蕊正在往香炉里面放香料，一股异香悠悠地冒了出来。几个宫婢也没闲着，她们不断从盛着热水的桶里拎出大块大块的抹布，揩拭着殿内的家具和殿柱。

冯昭仪和皇太后冯婉华正说着什么，姑侄两个面色和悦。正说话间，有宦者入报，说乙贵嫔携女入见。

一听乙观音带着女儿过来了，冯婉华显得挺高兴，吩咐宦者赶紧让她进来。

乙观音气喘吁吁的，追着跑在她身前的两三岁的女儿，进入殿内。

"拜见太后！拜见昭仪太妃！"

冯婉华马上站起身，揽过乙观音的小女儿，一面替她擦着那热得发红的小脸上的汗水，一面和蔼可亲地亲吻着小姑娘的脸。小女孩倒不认生，也不害怕，扑闪着浓密的睫毛，对着冯婉华不停地笑。冯昭仪一脸慈爱，在一旁抚摸着乙观音女儿的头发。

元蕊、慕容雪莲也过来，拿饧给小女孩吃。

冯婉华对乙观音说："乙贵嫔，你可是好久没有过来看我了。"

乙观音赶忙说："太后，我来过，当时听说您烧伤，我当晚就来了……"

元蕊："是啊太后，乙贵嫔当天晚上就来探望您了，当时您昏睡未醒……"

冯婉华抚摸着小女孩说："唉，小公主都这么大了，会说话了吧？"

乙观音："还说得不是很清楚，应该很快就会说整句子了。"

冯昭仪："女孩子说话快，你看她现在一个词儿一个词儿往外冒，说不定忽然哪一天，一下子就会说整句整句的话了。"

乙观音："是啊，昭仪太妃，这孩子挺聪明的……"

冯婉华叹息一声："唉，瞧这姑娘的眉眼，多像先帝啊！"说着，她的眼圈一下子就红了。

乙观音："是啊，她的嘴唇也像先帝，红润红润的……"

冯婉华努力止住哀痛之情："乙贵嫔啊，还是你命好，生了个公主，现在可以疼她，她长大了你也有人疼，用不着惦记什么子贵母死……"

乙观音犹豫了片刻，看看元蕊和慕容雪莲，道："太后，我有话要跟您说……"

冯婉华："乙贵嫔，元蕊和慕容雪莲都是对我忠心耿耿的人，你不用避讳，有什么话就在这里说吧。"

乙观音低头沉吟了一下，说："太后，我父亲乙瓌派人找到我，让我来找您。"

冯婉华："哦？"

乙观音："我父亲说，他近日上朝，亲眼看到我们乙氏宗族的乙浑骄横跋扈，目无尊亲，又说乙浑还擅自杀害了平原王陆丽等人，他心中十分忧虑……"

冯婉华听乙观音如此讲，也不好明白地表态，含混地道："乙丞相如今身为丞相，统领国家大政，而现在国家处于非常时期，按理说，生杀决断，也是他的职责……"

乙观音跪地再拜："太后，我父亲只让我向您讲明此事，他还让我求您，日后乙浑若是被诛，肯定是犯下族诛的罪过，希望您对于我们乙氏宗族能够网开一面……"

乙观音走后，冯婉华对姑母说："就连乙贵嫔也知道乙浑的跋扈情状了，看来，真是必须动手了啊……"

冯昭仪点头："那乙浑的堂兄弟乙瓌，听说是个正人君子。"

冯婉华："乙瓌这个人本性忠直，不过，他指使女儿来向我求情的事，估计不久乙浑也会知道，反而是打草惊蛇了！"

冯昭仪："正如她所说，日后如果真的要清算乙浑的罪行，肯定是诛三族的罪过啊。从这一点上看，乙瓌还是很有心思的。"

乙浑在平城的京兆王府大得惊人，其中广阔的花园紧靠皇家御苑。在宅邸大花园围墙的三个角上，都可以看到御苑内郁郁葱葱的高大的云杉林。

王府内的仆从如云，不少仆妇和仆人在花园内跑来跑去，他们猫着腰，端着装有各种食物的案盘，来来回回。各种炙烤肉类的香味，飘荡在花园的空气中。

乙浑走在最前面，右边跟着常英，左边是李崔。常泰和李长祥，跟随在他们身后。而走在最后的，就是那个高车禁卫军幢主莫那娄。

诸人的大皮靴子在坚硬的石板地上踏得咯吱咯吱直响。乙浑头戴一顶毛色鲜亮的皮帽，帽子很高，使他那本来就圆大的脑袋显得更大。他不停用手摩擦着自己两只粉红的耳朵，不时就往自己的嘴里灌酒。由于饮酒过量，他目光炯炯的眼睛下方，吊着两个巨大的眼袋。他湿润的嘴唇哆嗦着，不停伸出舌头来舔着嘴唇……

几人边走边聊着什么，说得很热火。走在最后的莫那娄不时蹿到乙浑的身边，回答他的一些问话。

乍暖还寒时节，天色已晚，几个人从花园进入王府前厅。由于厅堂过于阔大，墙间的壁炉中还是生着熊熊炉火。所有这些人，除了乙浑因为一直拿着个皮囊饮酒而不感寒冷，其余几个人，纷纷凑到炉火前来取暖。

前厅中由西域白玉砌成的壁炉中，来自林邑的香木烧得正红。炉膛里面蹿起耀眼的火苗，使得整间前厅都氤氲着莫名的浓郁香气。常泰使劲靠近壁炉，不停把香味极其浓厚的烟雾往自己身上挥拢。

常泰阿谀道："丞相，您这壁炉中林邑香木的一夕之费，估计抵得上一般的百姓人家十年的用度！"

常英从壁炉旁的一堆香木中捡拾起一块沉香看了看，又放在自己鼻子底下闻了闻，说道："岂止十年用度，我看是五十年的用度！"

李崔也捡起几块沉香嗅闻着，说："嗯，这些上好的沉香，上面几乎全是油线，太贵重了……"

乙浑哈哈一笑："这些东西，我宅内的仓库里面堆得满满的。好吧，既然你们喜欢，又懂香料，等咱们吃完饭，临走我每人送你们一抬！"

李长祥："乙丞相，何为一抬？"

乙浑指了指壁炉旁边一个用象牙丝编织的大筐："这个筐就很值钱，是南朝那边的商人弄过来的东西，把象牙裁成细丝，然后编织而成。而这个象牙筐，装上沉香之后很重，需要两个人抬，所以，这就叫作一抬！"

欢声笑语之间，几人靠近壁炉坐定，仆从给每个人递上用琉璃盅盛装的西域美酒。榻上厚厚的锦褥背后，都有括弧形的硬木头靠。熊熊的炉火和沉香散发出的浓郁芳香，使得几个人舒适异常。几个男仆在一旁架着的铁板上面烤炙着大块的肉类，有牛肉、羊肉、鹿肉、虎肉、熊肉，以及猪肉。在烤肉架子旁边，还有仆从在烤麦饼。他们把这些东西一片片翻动，将它们烤黄烤脆，使得它们越来越松软膨胀，散发出诱人的香气。

李崔："明天就是正月十五大朝贺，乙丞相，听说冯太后烧伤也好得差不多了，也要参加朝会。依据礼制，在大朝会上她还要宣布临朝听政呢……"

乙浑摆摆手："她一个深宫妇人，听政不听政的，有什么关系！"

常英问道："冯太后如果临朝听政，是否就会得到和先前我们家常太后一般的权力呢？"

乙浑猛地一挥手："李侍中、辽西王，你们这么聪明的人，我看你们今天怎么糊涂起来了！从前太武帝时代的保太后，还有先帝时代的常太后，是因为她们的儿子是长君，是皇帝，而且是成年皇帝，所以当时他们两个乳母出身的妇人，才会有统领后宫之大权，权倾内外，甚至可以干涉国事！"

常英、常泰父子听到乙浑此言，互相对望了一下。

乙浑接着讲："现在的冯太后，你们也看到了，前些日子先帝的烧埋大礼中，她愣是跳入火中，差点没有烧死。可见，这个妇人现下已经完全陷入殉葬的躁狂，发长识短！嗯，哪天只要我想除掉她，我就借助女巫和神汉的仪式，让她去给先帝殉葬……此外，最最重要的，就是冯太后根本不能像保太后、常太后那样拥有权力，因为她没有成年的儿子皇帝给她支持！第豆胤不过是一个乳臭未干的孩子，所以她只有在后宫里才有那么一点权力，她们冯家又一直没在京城，她的兄长冯熙刚刚调入平城，这还是靠的常太后和我们的面子，给了他一点虚官闲职……"

李崔还是有些不放心，说："乙丞相，您所说的全对！但我总觉得，冯太后不像我们想象中那么简单好对付。"

莫那娄此时拍着胸脯说："乙丞相、李侍中，你们尽管放心，有我们高车禁卫军在，什么样的大朝会，我们都会在宫内执勤。周围都是我们的人，那些参加朝会的大臣手无寸铁，又能有何人胆敢冒犯我们乙丞相？！"

李长祥："乙丞相，我建议您还是尽快把慕容白曜从禁卫军中调离，这个人，我总觉得不放心！"

乙浑："嗯，我都和他本人说了，到时候给他升个荣官显爵，外派到漠南，让他和源贺那个老东西一起待着去。他原有的领军将军职位，我会交给莫那娄的……"

就在乙浑等人饮酒作乐的时候，在平城济南王府，慕容白曜也在张罗酒席，大宴宾客。

八个禁卫军幢主分四组坐在各自的榻上，面前都摆放着食案。慕容白曜居于主人专用的上首位置，横榻坐着，不停地举杯劝饮。这些幢主都是军人出身，虽然席上宴间都是穿着常服，依旧高声笑语，喧哗不断，展示出粗豪的军人本色。其间，慕容白曜借口更衣，离开待客的前厅，在旁边一个小屋子里面与元华见面。

元华非常严肃地对慕容白曜说："夫君，这几个人都是乙浑的心腹，你今天必须下决心，把他们全部解决掉！"

慕容白曜面露难色："他们确实都是乙浑的心腹，但也是我这几年来的军中同僚，平时，我们的关系还是非常不错的！"

元华："夫君，你怎么到了这么关键的时刻，忽然有了妇人之仁！明日正月十五大朝会，有这几个人在禁卫军中，乙浑就有足够的军力支持，太后那边，还如何成就大事？！"

慕容白曜手里紧攥着一块羊肉，融化了的羊油从他的手指缝里流出来。他在锦褥上漫不经心地擦了擦手掌，又低头沉思起来。

黑夜将尽。窗外的景色无限肃穆。天空中圆圆的满月发出灿烂的光辉，一切恍如梦境……

元华因为过度紧张而脸色发白。她穿着小巧玲珑的软靴，站在慕容白曜面前，跺着脚对他说："机不可失，失不再来！该断不断，必留后患！"

慕容白曜依旧不语。

元华的声音都颤抖了，说："夫君，你真忘记我们先前的誓言了吗！你我现在的荣华富贵，都是冯太后给我们的。到了这么关键的时刻，我们要为她出力啊！"

慕容白曜脸上露出精疲力尽的神色。低头又沉思了片刻，他下定决心，说："好吧！毒酒在哪里？是你拿过去，还是我拿过去？"

元华："当然是你拿过去给他们喝！"

慕容白曜咬了咬牙："既然我和这几个人有几年的袍泽之谊，又是我把他们请到自己的府内来饮酒的，男人大丈夫，不做暗事阴事，我今天晚上，就和他们一起去死！"

元华听慕容白曜如此说，脸上顿时露出无限惊惶之色……

思虑多时，元华似乎打定了主意，道："夫君，既然你今天要和这几个禁卫军幢主一起去死，我也拦不住你！……好吧，你先入座，我一会儿去给你们倒酒！"

慕容白曜愣怔了片刻，说："……好吧……"

众人谈笑饮酒之间，元华装出一脸愉快的样子走了过来，手中拿着一个很大的西域琉璃盏，盏中装满了琥珀色的西域葡萄酒。在她身后，跟着两个侍女，她们每人端着一个托盘，托盘上面各有四个精美无比的西域琉璃杯。

八个禁卫军幢主已经喝得醉醺醺的，看到元华这个济南王妃亲自入内劝酒斟酒，纷纷离榻行礼。其中有三四个人醉得一塌糊涂，离开坐榻的时候可以说是扑摔了下去。忽然，前厅外吹进一阵风，把高燃的巨烛之火吹得摇曳不定。两三个幢主大声说着什么，大概是在感谢元华……

元华的脸色极其苍白，如同脸上搽了一层厚粉似的。她从身后侍女手中的托盘里拿起琉璃杯，亲自一个接一个地放在八个禁卫军幢主的案子上。而后，她又亲自把琉璃盏里的酒倾倒在每一个琉璃杯之中，倒得满满当当。

在慕容白曜的眼中，元华那双黑眼睛里含有深不可测的微笑，目光锐利。她一双白皙的手，手指纤细；突出的锁骨，藏在她薄薄的鲜卑对襟小袄下面……最后，元华捧起一个琉璃杯，放到了慕容白曜面前的食案上，也为他倒了满满的一杯酒。

慕容白曜低头沉思片刻，忽然，他把面前的琉璃杯砸摔在地，从元华手里抢一样夺过还装有近半盏酒的琉璃盏，高举半空。他跪踞起上半身，高声向八个幢主敬酒，说道："诸位，人生别易会难！今晚，我们尽醉方休！无论是今生还是来世，我们都做好兄弟！"

言毕，慕容白曜仰头，咕咚咕咚把那半盏酒一饮而尽！

八个幢主不敢怠慢，也都跟着仰头痛饮，喝掉了自己杯中的葡萄酒。

忽然，八个幢主接连扑倒在地，口吐血沫，登时身死。而慕容白曜呢，只是依旧醉眼迷离，坐在榻上，呆呆地发愣。

元华身后的两个侍女吓坏了，手中的托盘都掉落在地，浑身颤抖不已。

片刻之后，慕容白曜对着元华大呼："啊，这些兄弟死了？他们全死了？"

元华异常冷静地回答："死了，全死了。我在酒里放了剧毒……没有任何痛苦，他们都死了！"

慕容白曜匪夷所思地把手中的酒盏蹾在案子上，问："我和他们喝的都是一样的酒，我怎么没事？"

元华："夫君，酒本身没有毒，有毒的是琉璃杯！"

愣怔了片刻，慕容白曜才明白过来。他把琉璃盏猛地扔在地上，捂脸痛哭！忽然，他站起身，从壁断上取下一把宝剑，想要自刎。元华扑了过去，夺过他手中的宝剑，高声叫喊道："夫君，我有孕了！你死了，我们娘儿俩怎么办……"

第八十四章　定策诛乙浑

太极殿内，皇太后冯婉华坐在御榻上。她身穿正式朝会的袆衣，深紫色，文以翚翟，五采重行。在阳光照射下，她的头发显得一片金黄。她头上簪珥步摇，戴着十二钿花首饰，并用两只奇珍异宝装饰的博鬓卡住头发。她的脸上，挂着一种神秘的微笑。

冯太后脸上的这种微笑，半是仁慈，半是轻蔑，让在场的群臣内心都感到奇怪。

拓跋弘的神情依旧是木木的，他还不习惯长时间坐在御榻上接见群臣的朝贺，对于自己皇帝的身份，他还没有把握。这位少年帝王穿着一身华服冠冕，衣服做工精细。可他特别不自在，特别是一直悬晃在面前的冕旒，总让他看不清前方的东西。虽然已是皇帝，可他毕竟才十一二岁，稚气未脱，神情里总不免带着些孩子气。左顾右盼了半天，他开始显得很不耐烦。

大魏宫卫之制非常严格：从太极殿殿门到陛阶之下，左右各有羽林郎十二队。还有雄戟队、持鍛队、长刀队、铤槊队、细仗队、格兽队、楯铩队、赤氅队、角抵队、羽林队、步游荡队、马游荡队。禁卫军中，还有左右武贲各十队，左右翊各四队，步游荡、马游荡左右各三队。另还有直从武贲左右各六队，在左者为前驱队，在右者为后拒队。还有募员武贲队、强弩队，都是对称的左右各一队，在左者以左卫将军统领，在右者为右卫将军统领。站在殿外的禁卫军，都着两当甲，手执桲杖。陛阶站立的左右卫将军、将军都穿两当甲，手执檀杖。最贴近皇帝和皇太后扈卫的，有武威、熊渠、鹰扬三队，这些人，本来都被乙浑以高车禁卫军替换了，但今日朝会之前，这三队禁卫军又被慕容白曜以先前的鲜卑军人换了回来。这三队人都是戎服执仗，但他们都在殿门之外站立着。依据制度，没有兵杖敢入皇太后、皇帝所在的殿内。

大臣当中，乙浑的打扮非常特别——他穿着鲜卑服色的王爷朝服，身上佩戴着金玺龟钮，一身装束利落。殿上所有大臣之中，只有他腰中悬挂着一把真正的钢刀。

朝臣站定，集体向御榻上的皇太后和皇帝行礼。

行礼毕，乙浑得意扬扬。

常英对乙浑说："京兆王，今日众臣云集，朝廷将对您大有封赐，还有九锡之礼的宣诏，真是可喜可贺！"

乙浑："同喜同贺。"

常泰："我听人说，九锡之礼过后，王爷您可能就会得到当今皇帝的禅让了……"

乙浑微笑着摇手："可不敢这么说，可不敢这么说！今日之天下，犹自是大魏天下！"

礼官出班，高声宣读对乙浑的九锡之礼的策文：

"咨尔使持节、大丞相、都督内外诸军事、柱国大将军乙浑：天覆地载，藉人事以财成；日往月来，由王道而盈昃。君匡国济时，除凶拨乱。百神奉职，万国宅心。今将授王典礼，其敬听朕命：朕以不德，早承丕绪，上灵降祸，夙遭愍凶。妖丑觊觎，密图社稷，宫省之内，疑虑惊心。公受命先皇，志在匡弼，辑谐内外，潜运机衡，奸人慑惮，谋用丕显。伊我祖考之代，任寄已深，入掌禁兵，外司藩政，文经武略，久播朝野。当今委君以连城，建旌杖节，教因其俗，刑用轻典，如泥从印，犹草随风。此又公之功也；先帝御宇，任重宗臣，入典八屯，外司九伐。禁卫勤巡警之务，治兵得搜狩之礼。此又公之功也；蠕蠕跳梁，拥众漠北。村落成枭獍之墟，人庶为豺狼之饵。公以元勋，辅佐先帝，授律出师，风驰席卷，随机扫定。此又公之功也；朕在谅暗，公实总理万机，替天行道。此又公之功也；陆丽猖狂，阴谋称兵。公乃一举先发，量敌制胜。擒斩凶恶，扫地无遗。诛杀逆贼，廓清环宇，此又公之功也；公素业清徽，声掩廊庙，雄规神略，气盖朝野。序百揆而穆四门，耻一匡之举九合。尊贤崇德，尚齿贵功，录旧旌善，兴亡继绝。宽猛相济，彝伦攸叙，敦睦帝亲，崇奖王室。今进授丞相总百揆，以代郡等二十郡为乙丞相封国。昔尧臣太尉，舜佐司空，姬旦相周，霍光辅汉，不居藩国，唯在天朝……"

乙浑听得半懂不懂，问李崔说："这篇策文是谁写的，用了这么多的好词？"

李崔："此策文出于吾儿李长祥之手。"

乙浑不停点头："李公子大才，大才！我肯定还要用他，重用他！对了，刚才策文夸我是汉朝霍光啥的，那是什么意思呢？"

李崔："就是说给您封了二十郡的封国之后，不让你回藩地去，留您在京城继续辅政！京兆王不必着急，还要宣布给您加九锡呢！"

礼官继续高声宣读：

"又加京兆王、大丞相乙浑九锡，其敬听朕后命：以公执律修德，慎狱恤刑，为其训范，人无异志，是用锡公大辂、戎辂各一，玄牡二驷；公勤心地利，所宝人天，崇本务农，公私殷阜，是用锡公衮冕之服，赤舄副焉；公乐以移风，雅以变俗，遐迩胥悦，天地咸和，是用锡公轩悬之乐，六佾之舞；公仁风德教，覃及海隅，荒忽幽遐，回首内向，是用锡公硃户以居；公水镜人伦，铨衡庶职，能官流咏，遗贤必举，是用锡公纳陛以登；公执钧于内，正性率下，犯义无礼，罔不屏黜，是用锡公武贲之士三百人；公元本阙。是用锡公鈇钺各一；公威严夏日，精厉秋霜，猾夏必诛，顾昒天壤，扫清奸宄，折冲无外，是用锡公彤弓一、彤矢百，卢弓十、卢矢千；惟公孝通神明，肃恭祀典，尊严如在，情切幽明，是用锡公秬鬯一卣，珪瓒副焉……"

高允紧皱眉头，对身边的高闾说："乙浑太着急了，先帝崩逝这才多久啊，幼帝在朝，他就迫不及待地加九锡之礼，想必离篡位也不远了……"

高闾叹息："唉，吾等不幸，今日竟然得见王莽、桓玄复生！不过，这篇九锡的策文，却真写得是文采熠熠，真是宏文华章啊。"

李奕凑过来说："估计乙浑下一步要继续派人以陛下的名义下诏，让他可以戴十二旒冠冕，建天子旌旗，出警入跸，乘金根车，驾六马，备五时副车……"

李崔站在乙浑身边，详细给他解释"九锡"是哪九种东西，以及它们的寓意。乙浑不停点头。常英、常泰父子在旁边也听得入迷。

封赠乙浑的仪式过后，百官纷纷交头接耳，议论不已。此时，又出现一个礼官在殿前，大家站好，静听这个礼官宣读诏旨内容。礼官道："阳平王拓跋新成、忠义王拓跋子推、济阴王拓跋小新成、汝阴王拓跋天赐、任城王拓跋云，今得皇太后懿旨，入朝拜贺。"

听到这个诏旨，乙浑脸上的表情有些惶惑。他问身边的常英："这几个宗室王爷，除了忠义王拓跋子推，不是都在他们各自的封地吗，怎么都回京城来了？"

冯熙此前一直站在常英旁边，此时对乙浑说："这是我的主意。我是为王爷您着想，也是为陛下着想，觉得这些拓跋氏近宗皇族待在封地还是不稳妥，怕他们有异动，就和皇太后说把他们召入朝中。一旦发现他们有什么动静，可以将他们一网打尽！"

乙浑将信将疑，对冯熙说："昌黎王，这么大的事情，你怎么事先完全不和我商量一下……"

冯熙一脸虔诚和镇定，道："这些拓跋氏宗室王爷的手中没有任何兵权，京兆王您就放心吧。把他们调入京城，对外还可以说是为了让他们以宗室之亲，留京翼护皇帝。"

常英："昌黎王所说也有道理，乙丞相您就不必多虑了。"

此时，礼官高喝："皇太后懿旨，从今日起，皇太后正式临朝听政。国内一切大事，皆由皇太后全权处置。诸王群臣，皆听号令！"

乙浑脸上出现更多的疑虑神情，问李䜣："这一诏旨，由谁而发？刚才给我封赠九锡，不就是任命我全权处理军国大事吗，怎么现在皇太后又宣布听政了？后面这个诏旨，我怎么一丁点都不知道？"

李䜣摇头："中书省那里，好像我也没看过有这样的懿旨。难道，是懿旨中出，由皇太后直接授权中书省发的？"

狐疑之下，乙浑有些烦躁。他在殿门口仔细往外张望着，当他看清楚外面的禁卫军左胸纽襻上都缠着白布条，才心内稍安。

观望了一会儿，乙浑看到了慕容白曜，后者在殿外的广场上，全副甲胄在身，骑着一匹大马来回巡视。保险起见，乙浑把常泰叫过来，在他耳边嘀咕了几句。常泰得令，匆匆出殿。

礼官继续宣读："东安王刘尼、安定王赵黑、陇西王源贺，皆先帝之时定策大臣，今有旨，继续留京，量才授官，官职待定！"

朝臣之中，刘尼、赵黑、源贺三个人出班，依次向冯婉华和拓跋弘行礼。

及至此时，乙浑脸色大变。环顾之间，他发现刚才还在他身边的冯熙、李䜣、李长祥父子皆不见人影，只有常英一个人还呆愣愣地站在那里。

乙浑对常英低声言道："今日之事，大有异样啊……"

说罢，他又走到殿门处往外一看，发现莫那娄骑马站在距离慕容白曜不远的地方，好像正和慕容白曜说着什么。乙浑举起右臂，向莫那娄挥舞。

莫那娄见状，在马上向他行军礼。看到莫那娄在殿外，依旧一副忠勇的样子，乙浑心中有了底，又回到殿内。他大声呼喝道："先帝临崩，对我把臂相托。常太后临崩，对我深切顾命，任命我为丞相，位在诸王之上。内外大政，当由我定！奈何今日大朝会，忽然乱纲紊政，难道中书省内有贼臣窜入，想要谋逆不成？！"

乙浑说着，已经把手放在腰刀柄上，踱到高允、高闾、李奕、李䜣等中书省官员面前，咄咄逼人地看着这些文臣。

高允将着自己全白的胡须，一脸满不在乎的样子；高闾、李奕也不吭声，扭头看向别处。李䜣摇着手说："乙丞相，这事和我等无关，乃太后和陛下的意思啊！"

乙浑冷笑，面朝冯婉华和拓跋弘的御座，高声喝问："太后、陛下，你们真有这样的诏旨发出吗？"

出乎所有人的意料，端坐在御座之上的冯婉华忽然开了口："今日元月十五大朝会，国家大政，正当议论！所有诏旨，皆由我和皇帝发出！乙丞相，你又有何疑？"

冯婉华在说这些话的时候，脸上带着一丝轻蔑和嘲弄。拓跋弘此时脸上的表情也活跃起来，听到母后忽然对乙浑这样说话，他感到非常振奋，也目不转睛地看着乙浑。

乙浑被冯婉华的话语噎住，一时间竟然无语。过了许久，他才明白过味来，忽然仰头大笑。

他狞笑着望着冯婉华，说："先帝尸骨未寒，泪血未干，我们大魏内忧外患之际，皇太后竟然妄自宣布临朝称制。如此一来，牝鸡司晨，不仅让南北二寇闻之对我大魏产生轻视之心，朝廷内的忠直臣子，也应该寒心啊！"

源贺此时忽然出班，怒斥乙浑："大胆乙浑，竟敢当众侮辱太后，乱语胡言！先帝嫡子登基，继承大统；太后嫡母临朝，辅佐帝业，有何不可！你这个贼人，先前冤杀平原王陆丽，欺上瞒下，一手遮天，还有臣子的样子吗？！"

乙浑气急败坏，回骂道："源贺老贼，我看你是活腻歪了！我心怀恻隐，没有族诛你，还放了个美差外任给你，你竟敢如此不识抬举！"

源贺转身，面对众大臣高声说："乙浑贼臣，性多嗜欲，意好贪聚，积恶数年，鸩毒华夷！此人不除，必是国家大患！"

争执期间，常泰从殿外小跑着进来，在乙浑耳边低语了几句。乙浑脸色大变。他低声问："禁卫军那八个幢主，一个也没来？"

常泰："确实没来！听说昨儿夜里全部被慕容将军叫到济南王府去饮酒了……"

乙浑搓着双手，腮边咬肌乱滚，言道："难怪！看来，今日要早行大事了！"

而后，乙浑对常泰又耳语了几句，常泰得命，转身又跑出殿外。

冯婉华忽然从御榻上站起身，高声对殿内的大臣说："乙浑欺天造恶，欲图篡我大魏政权！今有能斩乙浑者，封万户侯，赏万金！"

朝殿之上，礼官刚刚才宣读诏旨，封乙浑二十郡的封地，又加九锡之礼，一瞬之间，皇太后又亲口宣布乙浑为罪恶滔天的奸贼。一时之间，殿内的空气仿佛凝固了一般。众臣默然良久。

乙浑摩拳擦掌，脑中转个不停。出乎他意料的是，今天在朝中，是当朝皇太后冯婉华首先对自己发难，当着这么多大臣的面，宣布自己为谋逆之贼。事已至此，箭在弦上，不得不发。

乙浑大叫："皇太后冯氏实乃吕后再世，重用外戚，想篡移大魏神鼎！皇帝非先帝血胤，乃冯氏为自重其权，取民间百姓之子冒充……如能追随我首起大义，成功之后，定不吝封爵，封侯拜相！"

乙浑情急之余，脑筋转得还不慢，一顿胡说八道，听得中书省那些官员都忍不住笑了。

冯婉华虽然宣布了乙浑为逆臣，但即使武臣出身之人，如源贺、刘尼等，因为都是赤手空拳，殿中又只有乙浑一个人腰间挎刀，所以还真没有人立刻冲上前去把他拿下。

想起来殿中都是手中没有任何武器的人，乙浑脸上褪去了惊惶之色。他挥舞着手中明晃晃的钢刀，不慌不忙来到殿门处，高呼："莫那娄何在？高车禁卫军何在？"

莫那娄此时还不知道殿内发生了什么事情，赶忙举手应声："在！"

李奕在这个关键时刻，也跑到殿门口，高声叫道："慕容将军何在？"

看到李奕呼喊自己，慕容白曜知道殿内事情已发，高举手中钢刀，大喝一声："在！"

李奕高呼："皇太后懿旨，诛杀叛贼乙浑！"

此时此刻，殿内殿外的文臣武将，忽然明白了乙浑、皇太后这对立的两大阵营里的主要人物已彻底翻脸。

莫那娄也从腰间抽出钢刀，他迟疑了一下，看了看身边不远处的慕容白曜。慕容白曜低吼着向莫那娄交代了几句话，而后一拍战马，首先冲了出去。

慕容白曜的胯下马才刚蹿出去没几步，忽然用后腿站了起来，差点把他摔下。就在他往鞍上坐稳之时，扭头一看，就见紧跟着自己的一个禁卫军兵士被箭矢射中坠马。

慕容白曜揽辔，站在马镫上，向殿下的台阶瞭望。他先是看见了许多晃动的长槊尖部，而后发现竟有几十个高车禁卫军拨转马头沿着台阶往上冲。这时候，可以看到一个身材高大的高车禁卫军军官，姿势优美地举着马刀跑在前面。这个高车军官边骑马奔跑边高喊："奉大丞相命，诛杀朝中叛贼！"

　　给当时在场所有的人都留下深刻印象的，就是从台阶下策马而上的这个高车军官阴沉的脸，以及他端庄而英勇的骑马姿势。

　　慕容白曜不敢怠慢，立刻从背后拿出弓，又从箭囊里面抽出一支箭。嗖的一声，慕容白曜一箭正射中那个禁卫军军官的脖子。此人的威风凛凛，也就是很短时间里的事情。随着箭矢旋生一响，这个高车禁卫军军官被射死在当地。

　　听到乙浑的叫嚷，莫那娄手下那个先前被乙浑升任为副幢主的黑脸高车军将也急急忙忙从太极殿的大墙外面赶来救援。他龇着牙，脸色显得更黑，大声呼喝着，手里挥舞着马刀，旋风一样在马鞍上转来转去，大显威风地纵马而来。

　　为了挫对方的锐气，慕容白曜从殿门近处的栏杆处跳到下面的一匹马背上，拍马大喝，迎着那个副幢主就冲了过去。看到慕容白曜本人来迎，副幢主略有迟疑。最终，他还是挥舞着马刀冲了过来。

　　副幢主身手不凡，二马交错之时，他的刀尖竟然在慕容白曜的脖子上划出一道浅浅的血痕。

　　由于夜间和八个禁卫军幢主饮了许多酒，慕容白曜的反应比平常要慢一些。当副幢主调转马头再回来的时候，他稍减速，举刀挡架对方的砍杀。两刀相击，铿然有声，顿时火星飞溅。

　　近战之时，慕容白曜看清了那黑脸高车副幢主长满胡须的汗脸在仰起的马头后面闪晃着。毕竟慕容白曜一直是禁卫军统领，武艺又高强，两个回合过后，副幢主就显现出惊惶的神色。他下垂的颚骨颤抖着，开始在马背上没有章法地对着慕容白曜胡刺乱捅，很想趁乱把慕容白曜劈下马去。

　　当二人第四次两马相交的时候，慕容白曜看到对方惊恐的深棕色眼睛死死盯住自己的脸。这一次，没等对方再出刀，慕容白曜的刀已经斜砍在他的胸脯上。副幢主胸前冒出一股鲜血。他撕着胸前没有穿戴甲胄的军服，向后一仰，栽下马去。

　　就在副幢主落马之际，殿下的禁卫军中又冲出四个高车骑兵。这几个人，大概是先前那个副幢主的贴身亲随。马蹄嘚嘚，四个高车兵士把慕容白曜团团围住，扬刀抡槊，直朝慕容白曜杀来。

　　慕容白曜不慌不忙，跃马直立，使出浑身解数，左右开弓，挥杀自如，先后打掉了两个高车兵士手中的马刀。趁着对方发愣的刹那，他又抓住一个高车兵士刺过来的长槊，猛力一带，夺过长槊，随手用槊杆把持槊的兵士击打下马。而后，他又挺槊刺死了一名丢掉马刀的高车兵士。

　　如此厮杀，风驰电掣，余下的两个高车兵士有点吓着了，开始拿着手中的武器胡砍乱劈起来。如此，他们就对慕容白曜完全构不成威胁了……

至此，这场人数对比悬殊的殊死格斗似乎形势急转直下。如同表演操练一样，接下来，慕容白曜刀劈槊捅，把两个高车禁卫军杀死在当地。远远看到黑脸高车副幢主和他的四个贴身随从被杀，聚集在殿外的一群高车禁卫军全都慌乱起来。而就离乙浑十多丈远的莫那娄，又没有对他手下的高车禁卫军发出任何明晰的指令。这时候，由慕容白曜直接指挥的一大批鲜卑禁卫军围拢过来，俯身去看那个名噪一时的黑脸高车副幢主的尸体。

慕容白曜策马跑到众人前面，他勒住呼哧直喘的马，仔细看了看那个刚才还生龙活虎的高车人。副幢主的脸朝下侧趴在青石板上，苍白的手掌反扭着，他毛茸茸的粗壮手腕在阳光下闪着黯淡的光泽。慕容白曜刚才那一刀很厉害，在开膛的同时近乎把这个汉子劈成了两半。

杀了几个高车禁卫军之后，莫那娄依旧没有动静。他骑马站在陛阶旁边，身后只有几十个人马。他一会儿仰望着殿上，一会儿又看看慕容白曜和聚集过来的越来越多的鲜卑禁卫军。

殿门口的乙浑，此时异常着急，他如同一头困兽，跳着脚，呼喝着莫那娄和他手下的高车禁卫军。

结果，由于被慕容白曜的一番大显身手所震撼，莫那娄又没有给出明晰的指令，在场的高车禁卫军都瞠目结舌，彼此相视，没有一个再骑马过来的。甚至在围墙处的一些高车禁卫军还拍马遁去，瞬间逃无影踪……

乙浑见势不妙，急忙拉过身边的常泰说了几句话。而后，他挥刀直前，沿着陛阶跑了下来。毕竟殿上群臣中只有他一个手中有刀，一时竟然没人敢阻拦他。陛阶两旁的禁卫军，包括慕容白曜事先安排过来的一批鲜卑禁卫军，也都没有人上前。

常英就如同完全丧失了主心骨，跟着乙浑失魂落魄地往下跑。跑到陛阶下面后，乙浑跳上一匹大马，拍马就奔莫那娄所在的方向而去；常英惶急，也拉住一匹马，跳了三四次才跳上马背。

慕容白曜将这一幕看得真切，命令手下禁卫军追赶二人。十多个禁卫军兵士从右翼斜插过来，以惊人的速度奔过去，试图拦截乙浑和常英。乙浑一面用鞭子使劲抽马，一面不断回头观察。同时，他仔细看了几眼依旧驻马不动的莫那娄，试图在这极短的时间内决定自己的去处。

心急火燎加上害怕，乙浑发灰的脸痛苦地抽搐着。他那一双大眼珠子几乎要从眼眶子里鼓出来了，急切地看着莫那娄；常英则笨拙地伏在鞍子上，跑在他的马后。

常英边跑边喊："京兆王，不得了！不得了！他们追上来啦！"

常英身上没有武器。此时此刻，他忽然后悔得要命：自己为什么要骑着马跟随乙浑跑啊？到现在为止，他其实也没真正干过什么大逆不道之事啊。而且，刚才皇太后在殿上，只指斥了乙浑的罪责，完全没有提及他常英啊……

此时常英的脑子里只有这么一个念头，对于周围渐渐围拢的禁卫军，他根本没有想到要抵抗。当然，他也没有武器和武艺去抵抗。他把自己的身躯缩成一团，把脑袋紧紧贴在马肩上，想着只能先逃出宫门再说。这个时候，一个全身甲胄的禁卫军兵士追上了他，用长槊使劲朝他后背刺过来。

常英哎呀一声，痛得立刻号叫不已——那支槊尖从他后背正中刺入，穿透了他的身体，登时把他刺了个透心凉！

与此同时，另外一个禁卫军也挺槊，直刺乙浑。乙浑对着莫那娄和那帮高车禁卫军高喊："弟兄们，给我上啊，杀啊！"

乙浑在疯狂喊叫的同时，挥舞着自己手中的钢刀，猛地挡开朝他肋部刺来的长槊。然后，他和先前慕容白曜与高车副幢主决斗时一样，也在马镫上立起身来，晃过长槊之后，趁机抓住槊杆，挥手一刀，竟然一下就把想刺他下马的那个禁卫军兵士的脑袋斩掉了……

又一个禁卫军兵士勒马不住，冲了过来，差点把乙浑的胯下马撞倒。这个兵士正好看到乙浑马上挥刀斩首的恐怖画面，距离又如此之近，几乎是跟乙浑脸对着脸。乙浑的面部因为恐惧而抽搐着，挥手就是一刀，又将这个兵士斩于马下……

即使亲手斩杀了两个禁卫军，乙浑依然非常不安和害怕。他兜着战马跑了几圈，胡乱地叫喊着。还有几个禁卫军在围着他转，然而毕竟看到了乙浑刚才的武艺，他们暂时也没有了刚才那种一刺必中的勇气和决绝。

乙浑感到自己的两条腿一直在哆嗦。他不停地喊啊叫啊，累得上气不接下气。毕竟身经战阵，他明确地意识到了形势的危急，看到莫那娄等高车禁卫军一直没有任何要帮他的意思，他急得浑身无力，跑得两眼发黑。

在慕容白曜的指挥下，越来越多的禁卫军骑着马追了过来。听到后面越来越多的马蹄声和喘息声，乙浑清楚地意识到：一个他之前全然没有想到的，非常之可怕的，但又是不可避免的结局，已经近在眼前了。

在这一刹那，乙浑明白，他必须做出决定了。再这样骑着马被禁卫军追，一直在陛阶下面绕着圈地跑，没有任何用处，也毫无意义。于是，他揽辔拍马，直朝莫那娄和他身边那几十个高车禁卫军跑了过去。

乙浑气喘吁吁地吼道："莫那娄，立刻召高车禁卫军过来助我！事成之后，我封你为王！"

说时迟那时快，乙浑已经冲到了莫那娄的跟前。然而，这个时候，乙浑所看到的莫那娄的脸，再不是平素他熟悉的那张总是挂着谄谀奉承的微笑的脸了，而是一张神情冷冷、爱答不理的脸。

没等乙浑有所防护，莫那娄忽然一伸手，抓住了乙浑的一只胳膊，然后迅速把他拉到自己近前，抬手就将手中刀捅入了乙浑没有甲胄防护的腹部。

乙浑发出一声可怕的尖叫。他伸出一只手，眼神像发疯了一般，另外一只手紧紧抓住莫那娄的胳膊。

莫那娄轻轻推开了乙浑。他轻蔑而又充满仇恨地瞧着乙浑大张着的嘴，看着他呼哧呼哧地喘气，看着他的眼睛一下子变得黯淡无光。

巨大而钻心的疼痛，使得乙浑一瞬间几乎什么都看不见了。过了一会儿，他才艰难地睁开眼睛，费了很大的劲把莫那娄的马刀从他那僵硬而有力的大手里抽出来。

莫那娄低声对乙浑说："乙浑，你那天夜里所杀的我们高车禁卫军的幢主勿地延，可是我亲叔父啊……"

乙浑低头看着自己的腹部，就在那把插入他腹中的马刀的刀口之处，正汩汩地往外冒血。接着，莫那娄伸手一拳，就把乙浑打下了马去。

乙浑在地上翻滚，怒吼道："莫那娄，我杀的那个勿地延，原来是你的叔父！唉，你们这些高车狗，从姓氏上根本就看不出来是一家人……早知如此，我当时就把你宰了！"

说着，乙浑两手撑着身子，想从地面上再爬起来。血红的眼泪从他的肿眼泡里滚出，顺着脸颊流了下来。由于剧烈的疼痛，他把自己的脑袋努力缩进肩膀里，在地上乱爬着，他那紫黑的嘴唇剧烈地哆嗦着，呼哧呼哧地不停大喘着气，死人一样蜡黄的额头上，渗出大粒大粒的汗珠。即便受伤至此，他还在骂骂咧咧："莫那娄，你这个吃狗屎的奴才！"

这个时候，慕容白曜骑着马，慢慢来到了莫那娄身边，也居高临下地望着乙浑。他笑着问："莫那娄，乙丞相为什么骂你吃狗屎？"

莫那娄往乙浑身上唾了一口唾沫："估计是因为我们高车部族的人爱吃狗肠子，他才骂我们吃狗屎吧……"

慕容白曜恍然一笑："此贼临死，还不忘侮辱别人！"

莫那娄从身边一个高车禁卫军手中拿过一支长戟，从上而下，使劲又扎入了乙浑的肚腹。然后，他双手使劲一拉，这一下，乙浑的身体下面露出来的肠子越来越多了，往外直冒热气。垂死之际，出于本能，乙浑还用自己的手去搂着那些不断流出来的肠子，把它们拼命往肚子里面塞……

慕容白曜怒斥道："乙浑，你杀平原王陆丽的时候，想不到你自己也有今天吧！"

乙浑用两只手支撑着地面，转过身来，脑袋使劲向后一仰，圆鼓鼓的后脑勺在他紧缩的肩胛骨中间猛力地摇晃着。他用沙哑的声音低声向慕容白曜吼道："慕容将军，看在我们这几年同袍的情谊上，你赶快让我死掉吧！"

听乙浑如此说，慕容白曜顿起恻隐之心。他示意站在他马头旁边的一个禁卫军立刻动手。那个兵士猫下腰，爽利地一刀，剁断了乙浑的脖子……

太极殿外一片吵嚷，马蹄声此起彼伏，刀光剑影不断。殿内，皇太后冯婉华面色煞白，强自端坐；皇帝拓跋弘毕竟是个少年人，有些害怕，战战兢兢地左顾右盼；群臣有的站在殿门处往外看热闹，有的在殿内三五成群地聚在一起，小声商量着今天的事情该如何收场。

外面的情形到底发展如何，乙浑到底跑出去了没有，高车禁卫军到底有没有加入战斗，殿内的人尚不清楚。

大概是乙浑在下殿前出的主意，忽然，原本站在御榻不远处的常泰发狂了一样，狗急跳墙，拎着一把高车人惯使的短柄弯刀，号叫一声，直接就朝冯婉华和拓跋弘并排而坐的御榻冲了过去。

事起仓促，殿内群臣大都没有反应过来，只有刘尼、源贺等武将急扑过去护驾，但似乎也来不及阻止常泰了。赵黑一直在殿门处观察外面的情形，待他听到殿内的惊呼之声，也只是看到常泰拎刀急趋的背影。

李奕距离御榻比较近，他猛扑过去想抱住常泰，却被后者闪身躲过，然后一脚踹到了他的脸上。扑倒在地的李奕没有放弃，拼命想抱住常泰的脚，也被对方死命一踢之后挣脱……

冯婉华和拓跋弘母子，眼睁睁看着常泰拎着白刃扑过来。这个年轻人，这时候眼睛红红的，像一只野兽一般，龇咧着嘴，露出牙齿。

冯婉华站起身，想要迎前挡在拓跋弘的身前。忽然，一个老臣滚了过来，一扑就抓住了常泰的一只脚。常泰急红了眼，挥刀一砍，砍掉了这个老臣的胳膊。大家定睛一看，这位老臣原来是乙浑的堂兄乙瓌。

常泰继续持刀向前。他两眼发红，刀上滴血，疯了一样。任谁也料想不到的是，一直侍立在御榻后面的元蕊忽然冲出来，挡住了常泰的去路。常泰挥手就是一刀，被元蕊扭身躲过。而后，她扭胯飞身，来了一个空中侧踢，一下子就把常泰手中的刀踢飞了。常泰一愣，没想到这个平时看上去那么文静的女孩，武功竟然如此了得。

就在常泰愣神的一瞬间，慕容雪莲从他后面大步跑过来。她手中拿着一个金壶，连壶带水，猛地砸向常泰的后脑。

砰的一声，常泰还在当地站立了一会儿，而后才眼睛上翻，轰然倒地。群臣此时上前，对着常泰的脑袋拳打脚踢，只一会儿的时间，就把这位想劫持甚至是杀害皇太后和皇帝的贼臣打得脑浆迸溅，死透在当地……

乙瓖这时候拿起自己被斩掉的半截手臂，哈哈大笑，高喊道："老夫用这只手，足以保全我们乙氏一族门户了！"

由此，一场政变，忽然就结束了——以乙浑的失败而告终。

慕容白曜忽然觉得自己没了气力，他摇摇晃晃地，和一群禁卫军一起，骑着马来到北苑那个碧波荡漾的池塘边，准备洗去身上的鲜血和晦气。在这个美丽如画的池塘边上，似乎不久前也发生过战斗。岸边倒着十多具尸首，看服色也都是禁卫军，应该是和乙浑一伙儿的，或者是被认为和乙浑一伙儿的人。

慕容白曜手下的禁卫军没闲着，下水洗澡之前，纷纷来到那些尸体旁，脱去它们身上的靴子和衣服，在荷包里面搜着值钱东西。不时地，他们还偷偷看一看那些双眉紧锁的死人的脸。

有一个兵士受了重伤，下半身浸在水中。他微弱地呼叫着什么，探头向岸边的禁卫军寻求救护。看到他的左胸处扎着白布条，再看他那高鼻深目的典型高车脸庞，就知道他是一个逃跑未遂的高车禁卫军。于是，没有人理会他，也没有人上前去给他一个痛快

这个受了重伤的高车禁卫军其实也明白，自己活不成了。他视线不清的眼睛，已看到了死亡……

慕容白曜像是在自言自语般，对身边的几个兵士说："唉，孰料我们大魏军人，如今竟自相残杀，真是罪孽啊……"

说着，他脱掉了自己身上沾满血迹的衣服，而后匆匆走到岸边，准备下水。出身于白部鲜卑，慕容白曜的皮肤白皙光洁，身材非常匀称。

在下水之前，他还费了老半天工夫，将元华给他戴在脖子上的佛符和缝在内衣上的绣满经文的福袋摘下来放好。而后，他赤裸着身体，怀着一种近乎颓唐的心情，慢慢走入水中。

走着走着，岸边的一股血水慢慢浸涌过来，一直漫到他的胸部和肩部。他赶

忙用手把那股红色的水流推开去，然后大叫了一声，身子前倾，把自己的头往水里一扎，开始向水塘中心一处灌木丛生的小石滩游了过去……在这么冷的水里游泳，慕容白曜的头脑很快变得清醒，心情也慢慢平静下来，不复刚才那样地痛心疾首了。

慕容白曜一面挥手击水，一面对自己说道："唉，这次幸亏死的是别人，如果是我，今天我就见不到我的夫人了，我未来的孩子更是没有父亲了……"

岸边其余的禁卫军也开始默默地脱衣，准备下水洗澡。此时，暮色渐深。一阵微风，从天边吹来朵朵厚厚的黑云。池塘里面也漾起来一阵阵淡淡的潮湿气味，夹杂着岸边污泥渗透着鲜血的甜腥味道。

禁卫军所携带的马具，以及马刀和马镫，其碰撞声划破了北苑水塘长久以来如同睡梦般的寂静。慕容白曜仰躺在水中，看着上空。高大松树梢头的夕阳余晖已经黯淡下来，大片的黑云在树林上空飘动，苍茫的暮色，显得更加幽暗、浓重……

第八十五章　朝廷大定

不知不觉，已到黄昏时分。而后很快，太极殿就陷入了黑夜。杀戮已经过去，大魏宫廷已经全然不同。昔日一直居于后宫，给人以温文柔弱印象的皇太后冯婉华，忽然之间，一举扫平乙浑的势力，成为北魏真正的统治者。

同时，在皇宫之外，灯火、美酒、歌声，还有食物的香味以及各种香料的气息，都融合在一起。所有这些充满愉悦和欢乐的气味和声音，都从皇宫之外飘到了高墙里面。

冯婉华、李奕、元蕊、慕容雪莲，以及一些宫婢和宦者，站在宫城的角楼上，望着墙外灯火辉煌的坊市。冯婉华脸色柔和，亲切地对李奕讲："李侍郎，这上元节怎么来的，上元节老百姓在民间闹花灯，起源到底是什么，你能给我说说吗？"

李奕："正月十五闹花灯的风俗，臣以为，从其产生的时间、地域及风俗内容来推测，可能与佛教的发展有关。《涅槃经》上说：'如来阇维讫，收舍利罂置金床上，天人散花奏乐，绕城步步燃灯十二里。''阇维'是梵语，翻译成华言就是'焚烧火化'的意思。也就是说，根据《涅槃经》的记载，如来佛祖涅槃火化后，人们将火化后得到的舍利子装在精美的罐中，安放在金床上。然后，那些仙人，应该就是如来的大弟子们吧，他们一边散花，一边奏乐，绕城行走，并以一步的距离一一燃灯。根据我们大魏的度量衡推算，燃灯的路长为十二里，大约需要四千盏，规模确实不小……很明显，经文上所说的这个场景，是为释迦牟尼涅槃举行的悼念仪式。但这个记述，还没有明确记载那一天就是正月十五。后来，在这个日子里，我们中土贵族士庶逐渐形成僧俗共同观看舍利放光的固定活动……"

冯婉华很感兴趣，接着问道："这种闹花灯的习俗，到底是从南方流行起来的，还是从我们北方流行起来的呢？"

李奕："南朝近世风俗，每逢正月十五夜，民间都要燃灯游戏。每年的正月望夜，百姓充街塞陌，聚戏朋游，燎炬照地；男女混杂，缁素不分，无问贵贱。为此，南朝有大臣还专门上表皇帝要禁行这个节日，说在这一天夜里'秽行因此而成，盗贼由斯而起'……但为臣认为，从地点看，这个闹花灯的习俗肯定是从我们北方开始流行的。特别是先帝、常太后，包括您，都一直崇佛，我们大魏平城、邺城以及洛阳周边州郡，百姓也崇尚佛教，所以，大家越来越喜欢过上元节……从习俗内容看，上元节可以打破一切界限，正可以体现我佛人人平等，人人都有佛性之理……"

冯婉华："依据李侍郎你的推论，闹花灯的习俗，原本起源于佛教和佛事活动，而后慢慢地成为现在百姓爱过的佳节……唉，想一想，一年刚刚开始，严寒的冬季即将结束，人们在欢庆完春节后，再来一个人人平等狂欢的高潮，由此便可以将心头的一切郁愤和忧伤都尽情地释放出来。啊，这是一个多么好的节日啊！"

皇宫外面的坊市，热闹非凡，绵亘数里，放眼望去都是杂耍场和戏场。文武百官的家眷纷纷夹路起棚，无论是街上走的行人，还是坊市上表演的人，全都穿着锦绣缯彩。尤其是女性，皆鸣环佩，衣华服，珠翠金银，千姿百态，美丽异常。

正月十五的夜晚，是一年中平城百姓最欢快的日子，金吾弛禁，特许百姓夜间在坊市和街道中玩乐夜行。火树银花，星桥夜开。暗尘随马，明月逐人。坊市人头攒动，越来越多的女子进入街市，似乎连空气也稠密发热。不少男人都有了醉意，特别是一些年轻后生，越加放肆地去看女人。男女青年迎头相碰，也都虚礼一番，而后眉目传情……

李奕瞧着身边的冯婉华，忽然发现她因为心情愉快而更显得生机勃勃。她纤细玲珑的躯体中，似乎还藏有昔日那个长安小女孩的影子。她本来就年轻，这一刻显得更年轻。李奕忽然领悟到，这个站在他身边观坊市灯景的当朝皇太后，也才不过二十六岁！

夜深了。冯婉华起身离座，在李奕等人的陪同下走下角楼，而后来到幽暗的花园里。偌大的花园里面，有一座巨大的暖房。这是当年太武皇帝拓跋焘时代就兴建的，专门供皇帝和后妃在冬天和春天之际到这里来饮酒欢宴。

暖房内部，充溢着奇异的香气。冯婉华和李奕面对面坐下。元蕊端来了美酒。

冯婉华劝酒。李奕跪地施礼，而后，他毕恭毕敬地接过酒觞，一饮而尽……

一弯月，在已经亮起的云隙中翻腾。很快，暖房外面的花园渐渐变成银白色，可以隐约听到远处田野里面有公鸡开始啼鸣。又过了一会儿，整个皇家花园都开始明亮起来。透过暖房的琉璃望出去，可以看到在广阔的天空中，慢慢露出了金光……

李奕似乎没有注意到冯婉华眼里的温情，说："太后，这次大朝会真是很危险啊，如果没有按照您的部署除掉乙浑，他很有可能就要对安定王赵黑和陇西王源贺等人动手了。而且，乙浑死前，他手上写的，都是他在朝廷内外要任免的官员名字。一旦得逞，他的党羽将遍布天下，不可能再控制得了……"

一大早，太极殿内，冯太后面见赵黑、源贺、李奕、高允、高闾、冯熙、慕容白曜等几个心腹重臣。

赵黑首先言道："正月十五大朝会，如果不是慕容将军事先诛杀了八个禁卫军幢主，局势于我们而言会非常危险，毕竟，当时有那么多的高车禁卫军可为乙浑所用！为此，臣建议，应该尽数坑杀这些高车禁卫军，以绝后患！"

慕容白曜马上表示不同意："安定王，此议万万行不得！这部高车禁卫军总人数有八千之多，更何况，他们的幢主莫那娄在关键时刻亲手给了乙浑致命一击，算是为国家立有大功。如果当时莫那娄指挥他手下那帮高车禁卫军投向乙浑，助其谋反，我们还真不一定就能当场解决掉乙浑！最危险的是，他们当时就有可能控制整个内廷……"

赵黑："唉，慕容将军，想不到你竟有如此妇人之仁。日后一旦这些高车禁卫军有变，祸生肘腋，再后悔可就来不及了！非我族类，其心必异，今日他们能反乙浑，他日他们也能反你！"

冯婉华同意慕容白曜的建议："莫那娄虽然参与过乙浑的阴谋，可终究是临阵反戈，功劳不算小。如果真把这八千高车禁卫军都杀掉，就有些过分了……"

李奕也说："乙浑把持朝廷，有赵高之暴。在朝大臣，也大多不敢拂逆其意，所以万万不可因乙浑而兴起大狱。即使对乙浑实行门诛，乙氏疏宗也不应该被牵连进来，斩尽杀绝，以此可以彰显皇太后和皇帝陛下的仁德……"

高闾摇头："根据大魏案律，谋反之家，其子孙虽养他族，也应该追还就戮，以此来彰显对谋逆之人断子绝孙的惩戒！"

李奕不同意："断绝罪人后代子孙，以彰大逆不道之罪，从法理上说得过去，但从情理上则有过滥之嫌！为臣建议，但凡大臣中涉及贪渎等罪名的，只要罪臣没有参与乙浑谋逆案，其兄弟子侄，加上道隔关津、没有音信联系的亲族，皆可不受其罪行的牵累。门诛之罪，其家男丁有三岁以下孩童的，我觉得也可以不杀，改以惩处流刑……"

　　源贺也赞同李奕："为臣也同意李侍郎的建议。人之所宝，莫宝于生全；德之厚者，莫厚于宥死。然犯死之罪，难以尽恕，权其轻重，有可矜恤。如今南北两地皆有国寇，宋贼蠕蠕，劲寇游魂，狡贼负险，常常与我大魏交战。疆场防戍，非常缺人手。臣以为，但凡那些没有涉及大逆和赤手杀人之罪的犯人，都可以宽恕他们的性命，流放他们，让这些人谪守边境，为国保疆。如此法令得以施行的话，那么，已断之体，更受全生之恩；徭役之家，渐蒙休息之惠！"

　　冯婉华低头想了想，对高允、赵黑、李奕等人说："刚才源贺劝我宽恕国家的这些死刑犯，让他们作为战士和刑徒守卫边疆。此议得行，一年年施行下来，能保全不少人命啊。如此下去，生济之理既多，边戍之兵有益，确实有利于国家。如果人人都像源贺这样忠直敢言，治理天下，应该就不是什么太难的事情啊……"

　　高允行礼称颂说："非忠臣不能进此计，非圣明不能纳此言！"

　　冯婉华举起手中的一篇奏文，问："昨天还搜到了这篇以皇帝的名义向乙浑表示要禅让皇位的诏书，是谁写的？"

　　高允："中书侍郎李䜣。"

　　冯婉华把奏文递给身边的元蕊，道："元蕊，你现在认那么多字了，给我们读来听听。"

　　元蕊先仔细看了诏书一遍，然后读道：

　　"皇帝诏曰：元气肇辟，树之以君，有命不恒，所辅惟德。天心人事，选贤与能，尽四海而乐推，非一人而独有。魏德将尽，妖孽递生，骨肉多虞，藩维构衅。或小或大，图帝图王，则我祖宗之业，不绝如线。丞相京兆王乙浑，睿圣自天，英华独秀，刑法与礼仪同运，文德共武功俱远。爱万物其如己，任兆庶以为忧。手运玑衡，躬命将士，芟夷奸宄，刷荡氛昆，化通冠带，威震幽遐。虞舜之大功二十，未足相比；姬发之合位三五，岂可足论！遍观环宇，河洛出革命之符，星辰表代终之象。烟云改色，笙簧变音，狱讼咸归，讴歌尽至。且天地合德，日月贞明，皆丞相明德至尊，照临下土。朕虽寡昧，未达变通，幽显之情，皎然易识。今便祗顺天命，出逊别宫，禅位于丞相京兆王，一依唐、虞、汉、魏故事……"

　　冯婉华若有所思地道："文采确实很不错。谄谀之词，蔚为壮观！"

　　元蕊："刚才是第一篇。这里还有第二篇《再劝进禅让诏》。"

　　接着，元蕊又读了起来：

　　"下君咨尔丞相京兆王：自汉迄晋，有魏至周，天历逐狱讼之归，神鼎随讴歌之去。道高者称帝，福尽者不王。今魏德将尽，祸难频兴，宗戚奸回，咸将窃发。顾瞻宫阙，将图宗社，藩维连率，逆乱相寻。摇荡三方，不合如砺，蛇行鸟攫，投足无所。丞相京兆王，受天明命，叡德在躬，救颓运之艰，匡坠地之业，拯大川之溺，扑燎原之火，除群凶于城社，廓妖氛于远服，至德合于造化，神用洽于天壤。八极九野，万方四裔，圆首方足，罔不乐推。往岁长星夜扫，经天昼见，八风比夏后之作，五纬同汉帝之聚，除旧之征，昭然在上。近者赤雀降祉，玄龟效灵，钟石变音，蛟鱼出穴，布新之觌，焕焉在下。九区归往，百灵协赞，人神属望，我不独知。仰祇皇灵，俯顺人愿，今敬以帝位禅于尔躬。天祚告穷，天禄永终。於戏！王宜允执厥和，仪刑典训，升圜丘而敬苍昊，御皇极而抚黔黎，副率土之心，恢无疆之祚，可不盛欤！"

高允见状，急忙解释说："李䜣在中书省任侍郎，如果太后要怪罪，可以直接加罚于我。乙浑跋扈，生杀任意，想必李䜣也是不得已而为之……"

李奕也向冯婉华施礼求情："李䜣毕竟是文士，刀斧之下，不敢不写啊。"

冯婉华叹息一声："唉，这些弄笔的文人，节操可忧啊。这两篇劝进文，写得不是不好，就是写得太好了。可文笔太好，其心可诛！……令公，李侍郎，你们放心，我对这些人绝对不会秋后算账……"

说着，冯婉华转身对元蕊、慕容雪莲说："派人把从乙浑家中搜出的他和朝中大臣以及地方官员的往来信件全部烧毁！"

慕容白曜此时也进言说："太后，元华设计，在我的王府内设宴款待禁卫军中乙浑委任的八个幢主，然后把他们全部都毒死了……这些人毕竟和我有袍泽之谊，太后能否赦免他们，不再追究他们和乙浑的关系……"

冯婉华同意："这八个幢主，死得真是时候。原本他们肯定是逆贼乙浑的党羽，要被处死，弄不好还都要被门诛。如今，可以对外说他们是被乙浑所害，其家人还可以享受国家恩恤……"

第八十六章　冯太后与李奕

坤德六合殿内，李奕正埋头抚琴。冯婉华与他挨得这么近，甚至闻到了他秀美的鬓丝散发出的些微幽香。

刹那之间，她心里涌现出一种复杂的感情。

望着自童年时代起就跟自己非常亲昵的李奕哥哥如此细腻而清秀的五官，在近处欣赏着他潇洒倜傥的外表，她恨不能去摸摸他的头发和面庞。即使没有音乐的缭绕，她都会自然而然地对这个自己从童年时代起就熟悉的美貌青年产生一阵阵发自内心、回肠荡气的爱恋之情……

李奕一曲琴曲抚毕，犹自沉浸在乐曲声中。

冯婉华微笑着说："李侍郎，真是天籁妙音啊……"

李奕神情秀爽："太后，每次我在弹奏乐曲的时候，我都相信，冥冥之中，空中飘浮的那个乐句确实存在着。它在人间飘浮着，是人间的东西，却也存在于一种超自然的声音世界之中。音响和乐符随时变幻，有时变得模糊黯淡，像一个幽影，有时候又活跃欢腾，似乎是彩色的……每次我在弹奏的时候，都能进入乐曲所构建的神奇世界，我好像都能飞升到我们身处的这个尘寰的上空，看到闪耀的彩色光焰。那种感觉，让人欣喜若狂，轻柔、细腻……"

冯婉华："嗯，这些乐曲很玄妙，它们需要如此稳健的手，来忠实地描绘出它的轮廓……"

情不自禁地，冯婉华轻摸了李奕的手一下。

李奕浑身一颤。

冯婉华继续说："每个曲子，应该都得之于天才的启发！创造这些琴曲的人，能够把握到那些我们不能理解的力量的规律。在你弹奏的时候，幻想应该主宰了一切。有时候，我感觉某段琴曲，就如同一只被伴侣遗弃的鸟儿，在暗中独自哀怨着。是啊，指尖流淌出来的乐声，有时候好像就是为那个呻吟着的小生灵倾诉哀怨。一只小鸟的身体里，也有着完整的灵魂……或者，那就是一个仙女，在天际飞来荡去。我觉得，你在弹奏的时候，某些东西已经深入你的心灵。我自己有时候弹琴，身体也会像着了魔一样颤动起来。你自己可能感觉不到，我能够感觉到！"

李奕拱手："诚如太后所言！我知道，有一种深刻的美妙的意绪，往往在最后一个乐章的结尾出现。这中间，隔着很长一段乐曲。有一些音乐家，老是想把这一段跳过，直接表达最后的高潮。其实，中间这一段舒缓的部分，存有一些特别美妙的思想。我第一次听别的琴师演奏时，未能辨听琴曲的中间一段所包含的深刻含义。后来，我慢慢发现了，这些精髓的东西，就是恰恰在不经意间，存在于每段乐曲中那些最流缓的阶段的。其实，也就是存在于我们人的记忆之中，有可能是前世的记忆之中……"

冯婉华："乐曲之妙，类同大道。道之为物，惟恍惟惚……"

李奕："太后，其实，从汉朝末年到魏晋时期，在士族阶层中有不少特立独行的文人、音乐家。太后，不知道您是否知道'建安七子'中的阮瑀，'竹林七贤'中的嵇康、阮籍、阮咸等人都是大音乐家。此外，晋朝的左思、刘琨、戴逵等人，也以善琴著称于当时……"

冯婉华问："嵇康，应该是魏晋名士中最有名的人物了？"

李奕："是啊。嵇康这位大名士，一辈子都钟情于琴曲。他认为抚琴度曲，可以导养神气，宣和情志。所以，琴和诗，都是嵇康借以忘忧、守道、逍遥的工具。弹琴、咏诗，就是这位大名士的人生乐趣。魏晋文人雅士不仅弹奏琴曲，甚至都自创琴曲。嵇康所作琴曲，有'嵇氏四弄'，就是《长清》《短清》《长侧》《短侧》四首，我刚才给您弹奏的，就是这四首琴曲中的一首。我们常把嵇康的这'四弄'和汉末蔡邕的'蔡氏五弄'合称'九弄'。"

冯婉华听得仔细："这些大名士、大文人，我总以为他们是以诗词文章著名呢。"

李奕："嵇康还写过《琴赋》，文采华丽极了，真是摹声状音，辞采天发。在他的《琴赋》中，还提到许多琴曲作品，包括传说中古代大乐师师旷演奏的《白雪》《清角》，还有古代流传下来的《渌水》《清征》《尧畅》《微子》等曲目。在《琴赋》中，特别记录了嵇康所在的时代流行的琴曲，包括《东武大山》《广陵止息》《流楚窈窕》《飞龙鹿鸣》，还包括蔡邕的'蔡氏五弄'以及《王昭（君）》《楚妃》《别鹤》等……唉，愔愔琴德，不可测兮；体清心远，邈难极兮；良质美手，遇今世兮；纷纶翕响，冠众艺兮；识音者希，孰能珍兮；

能尽雅琴，唯至人兮！"

冯婉华："嗯，我懂了，嵇康这是咏叹和悦之琴德，无法探其深广；其体则清明，其心则旷远，其高邈真是难以企及啊……我觉得，琴的优良质性，得遇今世之美手，何其幸也；美好的良琴，具备各种美妙的音质，可惜知音稀少，往往不知珍惜，唯有至人大妙手，也就是深得乐理玄味的人，才能深究雅琴之理也……"

李奕一脸钦服之色："太后，您真是太懂琴曲的奥秘了……"

冯婉华："我记得'竹林七贤'中和嵇康齐名的有一个大名士，叫阮籍，他好像也会琴曲。"

李奕："对！阮籍是'建安七子'阮瑀的儿子。遭逢魏晋乱世，他只能时时借酒佯狂，以啸声和琴曲来抒发他孤傲不群的性情。阮籍著有琴曲《酒狂》，就是表达他当时心境的作品。……"

当冯婉华和李奕独处的时候，他们谈论着音乐，会找到许多共鸣，但似乎都没有像今天这样有如此深刻、玄妙的感受。当奏鸣在他们之间响起，虽然延续的时间是那么短暂，如同彩虹在草原的天幕上忽然悬挂，光泽升腾，又逐渐消失，但其间那种前所未见的异彩，都通过琴弦淋漓尽致地表达出来了。

同时，这样美丽而神乎其神的音声，美妙又脆弱，恰如蜃景，让人无限哀婉……

当高允和冯熙走入殿内，听到殿里有人谈笑风生，还感到有些奇怪。结果，入殿之后，看到李奕正和皇太后相谈甚欢，二人都禁不住有些吃惊。

高允和冯熙很快平静下来，走近向冯婉华行礼。冯熙还装出一副惊喜的样子，和李奕说话：

"李侍郎，没想到你早过来了啊……"

冯熙这句无心的话，弄得李奕脸一红，甚至感到几分尴尬。他慌忙站起来，抱歉似的笑笑，与高允、冯熙见礼，解释道："太后要我给她讲一下琴艺，我就先来了……"

冯婉华用手指抚弄着自己裙子漂亮的绦边，含笑和高允、冯熙打招呼。

现在殿内的几个人，冯熙是冯婉华的兄长，高允是三朝老臣，李奕自不必说，都是她感到非常亲近甚至当作自己亲人的大臣。所以，她脸上完全没有上朝时候所表现出来的那种皇太后的矜持和做派，反而像一个情窦初开的姑娘一样，腼腆中还带着些害羞。

冯婉华对高允和冯熙说："令公、兄长，我今日召你们入殿，不谈政事，就是想和你们闲聊一下。天南地北，坊间城内，什么奇闻异事啦，什么家长里短的，我们都可以聊一聊……"

冯熙看到李奕坐在古琴前，就问："你要给太后弹奏什么曲子啊？"

李奕："我正要弹一首《思归引》。"

冯婉华问高允："令公，您平常喜欢听曲吗？"

高允："回禀太后，老臣当然也喜欢听曲。特别是老臣年轻的时候，一度沉迷于此。包括太武皇帝时期的崔浩崔大人，也都特别喜欢琴曲，时常找乐师来演奏，欣赏切磋……李侍郎要弹的这首琴曲《思归引》，相传是春秋时期小国卫国卫侯之女，滞留在楚国，思归不得，于是抚琴而歌曰：'涓涓流水，流反而淇兮；有怀于卫，靡日不思；执节不移兮，行无诡随；坎坷何辜兮，离厥灾。'琴曲终罢，这位美人就自缢而死……根据老臣的记忆，这首琴曲也叫《离物操》。其实，日后真正把这首《思归引》发扬光大的，是晋朝大名士石崇。他为这首琴曲作了一首诗呢……李侍郎，你肯定会背诵石崇的这首诗吧。"

李奕拱手施礼："令公，我当然会背诵。思归引，归河阳，假余翼鸿鹤高飞翔。经芒皐，济河梁，望我旧馆心悦康。清渠激，鱼彷徨，雁惊溯波群相将，终日周览乐无方。登云阁，列姬姜。拊丝竹，叩宫商。宴华池，酌玉觞！"

高允不停颔首赞叹："石崇的这首诗之前，还有一个简短的序言……余少有大志，夸迈流俗。弱冠登朝，历位二十五，年五十以事去官。晚节更乐放逸，笃好林薮，遂肥遁于河阳别业。其制宅也，却阻长堤，前临清渠。柏木几于万株，江水周于舍下。有观阁池沼，多养鱼鸟。家素习技，颇有秦、赵之声。出则以游目弋钓为事，入则有琴书之娱。又好服食咽气，志在不朽，傲然有凌云之操。欻复见牵羁，婆娑于九列，困于人间烦黩，常思归而永叹。寻览乐篇，有《思归引》。悦古人之心有同于今，故制此曲。此曲有弦无歌，今为作歌辞以述余怀。恨时无知音者，令造新声而播于丝竹也……"

这一老一少的一席话，说得冯婉华和冯熙也悠然神往。

冯婉华问："你们说的这个石崇，是不是那个和晋武帝的舅舅王恺斗富的人，他还有个美貌的姬妾叫绿珠？"

高允："正是那位石崇！太后博闻广识啊！"

冯熙也插言道："嗯，这位绿珠确实是一位历史上有名的美人。不过，石崇这个人是个很有钱的大豪客，我曾经听人说，他不仅仅和晋武帝的舅舅斗富，居家请客的时候，如果他手下的美人给宾客劝酒不成功，他就会杀掉这个美人。如此粗莽的一个人，竟然也能吟诗作赋度曲啊……"

李奕笑了，纠正说："昌黎王，这个石崇，其实还真不是什么粗人。我们现在一说起石崇，都会想到他和晋武帝的舅舅王恺以及贵戚羊琇斗富的故事，就想当然地以为他是个贪鄙暴富的粗陋之人。其实，石崇的父亲石苞是个美男子，字仲容，当时人称'石仲容，姣无双'。石苞这个人，一直是晋武帝的父亲司马昭的亲信，也是司马家族从曹魏篡国的得力功臣。石苞晚年，官至司徒。他有六个儿子，石崇是最小的那个。这位石司徒临终时，把家财均分给五个儿子，唯独不分给石崇。当时，石苞的夫人问石苞这样做的原因，石苞说，此儿虽小，后自能得……"

听李奕如此讲故事，冯熙很感兴趣，冯婉华也听得津津有味，高允一捋长髯，也以赞许的眼光看着自己的这位下属。

冯熙很期待地看着李奕，说："李侍郎，你接着说！"

李奕："石崇，字季伦，是石苞最小的儿子。他生于青州，所以小名叫'齐奴'。青年时代，这位石崇就性情敏慧，有勇有谋。晋武帝时，因为石崇是功臣石苞的后代，气局丰厚，深得晋武帝信任。晋武帝崩逝之后，杨太后的父亲杨骏辅政，石崇受到排挤，被外放为荆州刺史、南蛮校尉。也正是在荆州任上，石崇常带手下官兵外出打猎，不时在路上劫夺路过的远来客商和贡使，很快就成为当时天下豪富之人……石崇算是魏晋时期那种典型的性情中人，行事很不检点，朝廷对他屡拜高官，但屡拜屡免，对此他自己丝毫不放在心上。后来，他被召入京师做卫尉，官职不小，负责京城的治安和守卫。当时，他和大文士潘岳等人谄事皇后贾南风的外甥贾谧，是赫赫有名的'文章二十四友'之一……"

冯婉华饶有兴趣地道："那个潘岳好像也很有名……"

高允笑了："太后，您听李侍郎接着给您讲吧，我们现在说的'貌赛潘安'，所谓'潘安'，其实就是指的潘岳……"

李奕："石崇豪富之人，室宇宏丽，家里有上百美女为妾侍。后来晋朝'八王之乱'中，赵王司马伦手下家臣孙秀势焰熏天，他听说石崇有一位名叫绿珠的美人相貌美艳，善于吹笛，就派人去索要。石崇当时正在他的金谷别墅宴饮，便让他的数十位婢妾都出来，任孙秀使者挑选。使者并不上当，看了一圈后表示说，这些美人确实都漂亮非常，但他受命只索绿珠，不知是哪一位。石崇勃然大怒，道：'绿珠吾所爱，不可得也。'孙秀的使者很沉得住气，劝道：'君侯您博古通今，愿加三思！'石崇坚称不可。孙秀得知石崇竟敢不把美女给自己，大怒，就把石崇的名字篡入当时晋朝宗室淮南王'造反'一案。不久，朝廷派出的兵士前往逮捕石崇。看到忽然刀枪盈庭，他转头对身旁的绿珠说：'我今日是为你得罪啊。'绿珠也是一位烈性女子，泣言道："我当效死于君前！'言毕，她便越梯跳楼自杀了……"

冯婉华听得入迷，道："这绿珠真是一个烈性女子！后来呢？"

李奕："石崇自恃乃晋朝功臣之后，没想到会被杀头，更没想到自己会被诛三族。看到朝廷有兵来逮捕他，他当时还对左右从人说：'我不过会被朝廷流放到岭南一带，很快就会得到赦免回到都城……'谁知，囚车并未把他押至官狱，而是把他和他一大家子人都径直载往东市刑场。到了刑场，石崇才知无法免死了，自叹道：'这些奴辈，定是觊觎我的家财！'骑马押送他的军校闻言，讽刺地回驳他：'知财致害，何不早散？'至此，石崇无言以对……"

高允一直倾听，此时插言："嗯，李侍郎，接着给太后讲讲潘岳吧。"

冯婉华问："对啊，那潘岳和石崇又是怎么一回事啊？"

李奕看着冯婉华的脸，一时都笑了："小臣都成说书人了……潘岳，字安仁，小名檀奴。皇太后、昌黎王、令公，我们刚才说到，石崇的小名是'齐奴'，潘岳的小名是'檀奴'，可见魏晋时代的人起小名的时候爱用'奴'字……潘岳，河南荥阳中牟人。我们现在一夸那些个士人男子，最高的褒赞就是'才过宋玉，貌赛潘安'——这所谓的潘安，就是潘岳。"

冯熙打趣道："李侍郎，我看就可以用这八个字来夸赞一下你！"

高允捋髯，仔细打量李奕，说："还真是，宋玉之才，我看你比宋玉还要高，至于潘安之貌，你绝对能够赛过他。当然，我们也没有见过潘岳长什么样子……"

李奕望了一眼冯婉华，脸稍稍一红，接着道："潘岳确实是晋朝的美男子，但他的文采更加卓然不群，在当时就有同辈大文人夸他说'潘文如江'，'岳藻如江，濯美锦而增绚'。而且，这个人对他的爱妻情切，悼亡诗中，要属他写得最情深意切……"

冯婉华仔细回忆着，道："嗯，我看过这方面的记述，好像还有几个故事，什么掷果盈车的？"

李奕："太后圣明！潘岳玉树临风，潇洒风流，'掷果盈车，傅粉檀郎'就是讲这个人的。他确实是一个倜傥潇洒的美少年，长身玉立，风度翩翩。青少年时代，他曾手执弹弓在洛阳大道上徜徉，街上竟有那么多的大姑娘小媳妇对他青睐不已。大庭广众之下，她们手拉手地把这位俊俏少年郎围于中间，向他车内抛掷新鲜水果。潘安仁出行一次，竟也能满载一车花果而归。"

冯婉华："晋朝女人，能够那么自由自在啊……"

李奕："晋人风气非常开放。小臣觉得，这也是当时妇人在表达她们发自内心的欣悦纯洁的爱慕之情……"

冯婉华仔细凝视着李奕的脸："这个情景，我还真能想象出来……李侍郎，我估计你十七八岁的时候，如果在潘岳那个时代去，同在锦绣洛阳城，肯定也有那么多的妇人向你的车内扔水果鲜花……"

李奕听冯太后如此说，脸更红了："太后真真折杀小臣！我可不敢和潘岳相比。和潘岳同时代的文人中，还真有效仿潘岳的，就是晋朝的另外一位大才子左思！"

冯婉华嫣然一笑："这个人我知道，我刚入宫的时候，我姑母还让我背诵过他的《三都赋》……"

李奕："嗯，就是这个左思！左思，字太冲，文采绚烂，但人长得非常难看，据说，他也乘车效仿潘岳在城内招摇过市，结果，时人这样记载：'群妪齐共乱唾之，（左思）委顿而返。'……"

听到这里，在场的几人都情不自禁笑出了声来。

冯婉华笑得尤为花枝乱颤："你们听听，群妪！那些往他车上吐唾沫的，还都是些年长的妇人，连小姑娘都没有！相比潘岳的檀郎玉貌，看来，这位左思真是长得太丑了……"

笑了一会儿，冯婉华又说："潘岳这个人长相这么好，又是历史上特别有名的情深之人。这样的人物，真是难得。"

李奕："潘岳对妻子真的是情深脉脉。他和结发妻子杨氏伉俪和谐，始终如一，琴瑟和鸣。他的夫人杨氏，是晋代名儒杨肇的女儿。杨氏一家，门第清高，她十岁就许配给了潘家。潘岳在河阳当县令的时候，当地山清水秀，林木秀挺。案牍之余，夫唱妇随，琴棋书画，日子过得美满幸福。然而，到了晋惠帝元康八年（公元298年），杨氏忽然身染重病，不久就香消玉殒了。爱妻死后，这位美男子神伤情摧，哀痛欲绝。痛定之后，他写下了流传千古的《悼亡诗三首》，还有《杨氏七哀诗》……"

冯熙："唉，我都背诵过潘岳的《悼亡诗》！荏苒冬春谢，寒暑忽流易。之子归穷泉，重壤永幽隔。私怀谁克从，淹留亦何益。僶俛恭朝命，回心反初役。望庐思其人，入室想所历。帏屏无髣髴，翰墨有余迹。流芳未及歇，遗挂犹在壁。怅恍如或存，回惶忡惊惕。如彼翰林鸟，双栖一朝只。如彼游川鱼，比目中路析。春风缘隙来，晨溜承檐滴。寝息何时忘，沉忧日盈积。庶几有时衰，庄缶犹可击。"

高允听到冯熙能够吟诵如此长诗，感到奇怪："昌黎王，你怎么知道这首诗？看来你也是一个深情之人啊……"

冯熙面露哀痛之色："不瞒太后、令公，在娶公主之前，我还有一个羌族妻子，我到定州任刺史之后，她就病故了。所以，潘岳的这种伤情之作，我非常能够理解。"

冯婉华脸上的笑容消失了："哦，兄长家里还有这等事情……这几年宫内闭塞，我还真不知道呢……"

冯熙躬身一礼："太后勿怪，我打扰您的清兴了。"

冯婉华："兄长，我们现在是在内宫，家人兄妹之间，不必拘礼！……刚才听兄长诵记潘岳的悼亡诗，写得真是情真意切，很有《古诗十九首》的意味。"

李奕："诚如太后所言！诗中，潘岳回思妻子仙逝后一年间之事，情真意切，心情摧沮。空屋之中，他再也看不到爱妻的美好俏容；墙壁上，却仍留存有妻子的书法手迹，睹物思人，悲何以堪！无论是清醒或睡梦之中，潘岳总是沉浸在怀念亡妻的悲伤之中。在诗中，潘岳也曾希望自己能仿效先贤庄子'妻死鼓盆而歌'的达观，但哀愁缭绕在心间，永远拂拭不去！"

高允："潘安真是情深之人，每一涉笔，淋漓倾注，抒写新婉……"

李奕："可他也真是祸不单行。亡妻之痛未消，潘岳年才数岁的儿子又因病早夭。鳏夫丧子，雪上加霜，犹可哀痛。但是，他的稚子娇妻，一时归于黄壤，毕竟有亲人送葬，最终保全首领安息于地下。而几年之后，潘岳自己，包括他的潘氏三族，都被绑缚闹市，与他的老朋友石崇一起问斩……"

冯婉华听到此处，惊讶地一挑眉毛，问："这又是怎么说？"

高允语重心长，在一旁言道："李侍郎，你好好给太后讲讲！潘岳所处的时代，宫廷暗流涌动，凶险着呢，这对于日后太后听政，大有裨益！"

李奕："潘岳所处的魏晋年代，名士辈出，听上去非常令人向往——竹林七贤，人物俊爽。刘伶醉酒，阮籍傲歌，嵇康抚琴，王戎清谈。但那一时期真正的历史，更多的是刀与火的杀伐，是泪与血的呻吟啊。晋武帝司马炎在太康元年（公元280年）俘获江南的孙皓，三分归一统，刚刚结束了自董卓之乱起长达九十多年的分裂，多么不容易啊。但是，晋武帝驾崩之后，他的儿子白痴皇帝晋惠帝袭位，晋武帝的老丈人杨骏和晋惠帝的皇后贾南风接连擅权，很快导致了'八王之乱'。从此开始，中原板荡，重堕分裂，兵来马往，杀戮循环，生民涂炭！"

冯婉华的脸色变得凝重起来："这段大的历史，我也略知一二！如果没有当时的晋朝（西晋）灭亡，其实也就没有后来我们冯氏燕国和现在的大魏啊……"

李奕略微沉吟，转移话题说："……潘岳这个人，官宦子弟出身，他祖父潘瑾就做过太守级别的官员，他的父亲潘芘为琅邪内史。潘岳早年的成长教育环境，属于非常典型的儒家正统。在礼法颇严的晋朝开国时期，曹魏以来的'九品中正制'，对潘岳这样的人才最有利不过。年纪轻轻，他已经得到层层举荐，进入京城做官。晋武帝坐稳江山后，率众臣躬耕籍田，潘岳献呈《籍田赋》，赋文泱泱，文采华章，挥挥洒洒上千言，可与汉代大作家司马相如的《大人赋》相提并论，尽力颂扬晋武帝的功德伟业！当时，晋武帝捧章赏读，龙心大悦，面生喜色，直夸潘岳有才。福兮祸兮，潘岳风采妙绝，眉目如画，又能以时文感动当今圣上，却惹得朝中不少大臣嫉妒，心中恨他入骨。由此，潘岳被外放，任一小县令长达十年之久，蹭蹬不遇。潘岳先在河阳县做县令，后来又在怀县做县令，确实算是个知民疾苦、爱民如子的清廉好官……"

冯婉华："当时，他的妻子杨氏肯定还活着吧？"

李奕："是啊，正是因为与结发妻子杨氏伉俪情深，他才有闲情逸致，在河阳县全县遍植林木，使得河阳当时桃李成林，有'花县'之称。翩翩玉人桃李花，真让我们后世这些文人骚客追思不已。……不过，这潘岳真倒霉，潦倒沉沦十余年，好不容易因两任县令的政绩调入朝廷，却被委任给晋朝太傅杨骏当主簿。结果，没过多久，杨骏就被晋惠帝的皇后贾南风杀掉了。至此，潘岳这位美男子又受牵连，被晋廷除名，免官成为一介平民……"

冯婉华："唉，回家还好，朝廷多事啊！"

李奕："晋朝太多事了！不久，潘岳为了自己的仕进，和老朋友石崇一起搭上了皇后贾南风的外甥贾谧。潘岳母亲当时多次劝说儿子不要太趋时附利，潘岳充耳不闻，锐意仕进。近十年之间，潘岳除了给贾谧当诗词写手，他自己也写了不少著名的诗赋，有《西征赋》《为贾谧作赠陆机诗十一首》《家风诗》《于贾谧坐讲〈汉书〉诗》《金谷集作诗》等……我长话短说吧，晋惠帝元康九年十二月，经过长久谋划，皇后贾南风图谋害死晋惠帝的太子司马遹，就让她的外甥贾谧逼迫潘岳伪造司马遹的笔迹，仿冒太子口吻写了一堆大逆不道的话。然后，皇后贾南风灌醉了司马遹，让他照着潘岳的草稿抄写。最终，皇后贾南风以此为理由，废杀了司马遹……"

冯婉华："我记得也读过晋朝的史书，好像这位皇后贾南风长得很丑……"

李奕："是，这位皇后真是很丑，个子矮，皮肤还很黑……她废杀了皇太子司马遹，司马宗室中一个非常有野心的王爷，赵王司马伦，借机忽然发动兵变，假借晋惠帝的名义，最终废杀了贾南风。同时，赵王司马伦还立刻在京城逮捕了贾氏亲党，将其全家诛杀！"

冯婉华："哦，我明白了。潘岳和贾南风的外甥贾谧是好朋友，因此受到了牵连。但他也罪不至死啊！"

李奕："确实罪不至死，但坏就坏在，赵王司马伦的首席谋主叫孙秀。这个孙秀，和潘岳有旧恶！"

冯婉华："这又如何说？"

李奕："潘岳的父亲潘芘做琅邪内史时，孙秀当时作为最低级别的小吏，曾被潘芘派去伺候公子潘岳。孙秀狡黠小人，潘岳很讨厌他的为人，多次对他拳打腿踢，更在大庭广众之下屡屡辱骂呵斥孙秀……赵王司马伦和孙秀合谋杀掉皇后贾南风之后，野心更大，接着他们又杀了晋惠帝的弟弟，淮南王司马允。事后，司马伦、孙秀广为株连，以司马允这个'谋逆'案为借口，再加上贾谧的案子，竟然在朝中杀掉了几千官员和名士。其中，就包括美男子潘岳和他的老朋友石崇。"

冯婉华听得聚精会神，沉浸在李奕的讲述中："哦，这样啊……"

李奕："潘岳那边，由于小人孙秀的陷害，包括他自己一家人，还有一个兄长、三个弟弟，以及这些兄弟的家人，一大家族，全被朝廷官兵拘押。在校检正身之后，直接以槛车载送东市问斩。眼见白发苍苍的老母也身披锁具，忆起昔日老母对自己的劝诫叮咛，潘岳当时泪如雨下，跪拜于地痛陈自己有负于阿母……就在这位美男子披头散发被押到刑场之时，他忽见大富豪朋友石崇一家好几十口已经背插罪标跪在那里。"

冯婉华："啊，原来潘岳和石崇最后在刑场上还有交集！"

李奕继续讲述："石崇一抬头，在这个场合看见潘岳，也吃了一惊。他随即明白事由，苦笑着说：'安仁，你也有份儿呵。'潘岳回思前因后果，也苦笑着对石崇说：'我今天和您一起上路，真可谓白首同所归了。'"

冯婉华："这又是什么典故？"

李奕："此前，潘岳曾著有《金谷集作诗》，陈述他们'文章二十四友'这些人在一起欢饮笑谈、切磋诗艺的快乐时光。在诗中，他怀念风花雪月、清啸赏乐的朋友之情，最后两句是'投分寄石友，白首同所归'。岂料，一语成谶，一朝显验！当然，潘岳原诗，本来是讲他和石崇两人友情笃深，描述说他们肯定会一起终老田园，不料横祸忽来，这两个人竟然一起于盛壮之年在刑场上血溅黄壤……"

冯婉华："令公，还是李侍郎会讲故事和典故。我看呀，不仅您要给第豆胤继续当师傅，以后还要让李侍郎也给他当师傅了！"

李奕："太后，陛下新近登基，还是应该找高允、高闾这样的硕儒教授学业。微臣不才，不敢担当……"

冯婉华仔细想了想，道："也好，你多给我讲讲就行……对了，你们看，刚才说起石崇、潘岳的故事，李侍郎、令公，你们提到晋朝的'八王之乱'，我现在正在琢磨如何管理大魏的拓跋宗室，你们能不能把这'八王之乱'大概的过程给我讲述一下啊，毕竟史能做鉴嘛。"

李奕低头沉思了一会儿，在脑中梳理了一下记忆中的史料和源流。而后，他侃侃而言：

"晋朝的历史，对于皇太后您日后治理国家，大有裨益。

"晋武帝司马炎篡魏后建立晋朝，结束了后汉三国以来的分裂。大好形势下，对于国家最关键的太子问题一直犹豫不决。他死后，他的呆傻儿子晋惠帝即位。十六年间，晋朝内部政治越来越乱。

"晋惠帝刚继位时，太傅杨骏擅权。这个杨骏，是晋武帝皇后杨后的叔父，他当权之后，一直与晋惠帝的皇后贾南风争权。此时，晋朝德高望重的汝南王司马亮害怕杨骏要害自己，慌忙逃亡许昌。为了巩固自身势力，杨骏任命自己的亲信掌管禁卫军。这一举动，引起宗室诸王与许多大臣严重不满。

"经过一系列精心策划的宫廷阴谋，晋惠帝的皇后贾南风借助司马宗室的一个青年王爷、楚王司马玮发难，一举诛杀太傅杨骏。接着，她先以晋惠帝名义任命汝南王司马亮和大臣卫瓘掌政。不久，心狠手毒的皇后贾南风，又利用楚王司马玮与汝南王司马亮之间的嫌隙，派楚王司马玮杀掉汝南王司马亮和大臣卫瓘。"

冯婉华："嗯，这个贾南风真有心机和本事啊。"

李奕："这个女人，貌丑心险。很快，她又下伪诏，杀掉楚王司马玮。至此，贾南风皇后完全夺权成功。此后一段时间内，大概有近十年的时间，由于晋朝有张华等大臣理政，内部政治稍安。可惜，刚刚粗安，晋朝边疆有外族入侵，动荡再次开始。在晋朝如此狼狈不堪、疲于应付的时候，野心勃勃的皇后贾南风又废杀了晋惠帝的正牌太子司马遹，激起晋朝内部大臣愤恨。眼见有机可乘，阴险狡诈的宗室赵王司马伦采纳手下奸吏孙秀之计，联合齐王司马冏，以替太子司马遹报仇为由，忽然发兵，一举铲除了皇后贾南风及其党羽。至此，赵王司马伦开始专政。我们先前所说的石崇和潘岳，都是在这期间被杀的。"

冯婉华问："这个赵王司马伦，也是晋惠帝的兄弟辈王爷吗？"

李奕："不，赵王司马伦是晋惠帝的叔公，他是司马懿的儿子……他除掉皇后贾南风后，在孙秀撺掇下，竟然自立为帝，逼迫晋惠帝退位为'太上皇'——此事荒谬绝伦，因为按照辈分，晋惠帝这个'太上皇'，竟然是赵王司马伦的侄孙……赵王篡位称帝，天怒神怒。没过多久，齐王司马冏、河间王司马颙、成都王司马颖三王开始联手长沙王司马乂出兵，共同讨伐赵王司马伦。很快，老贼赵王司马伦和他的党羽孙秀等人被杀，晋惠帝复位。"

冯婉华："这个晋惠帝是个痴愚之人，也真不容易的……"

李奕："晋惠帝复位后，在攻杀赵王司马伦战争中立下大功的齐王司马冏开始专政。这样一来，就引起先前和齐王一起联手的成都王司马颖及河间王司马颙的不满。于是，这些王爷互相翻脸，成都王、河间王二王开始联手讨伐齐王司马冏。而在京城洛阳内部，长沙王司马乂暗中响应成都王、河间王二王。经过一系列的宫廷内斗，齐王司马冏和他手下的党羽都被诛除，而本人恰在京城的长沙王司马乂在洛阳开始掌政，成都王司马颖在邺城遥控。"

冯婉华陷入沉思。"嗯，一个王爷在京城洛阳掌权，一个王爷在重镇邺城遥控，国家大政肯定不会消停……"

李奕："恰如皇太后所明鉴！不久之后，成都王司马颖为了除掉驻守京城、控制了晋惠帝的长沙王司马乂，开始联合河间王司马颙率军攻击洛阳，但被长沙王司马乂屡屡击败……由于这几个王爷长时间的内斗和战争，洛阳城缺粮。人在京城的晋朝宗室疏宗东海王司马越，忽然勾结禁卫军头领变脸发难，生擒长沙王司马乂，开城向城外的二王军队投降。失败之后，长沙王司马乂被河间王司马颙手下将领架火烤死……"

冯婉华："这些皇族之间自己人杀自己人，竟然用如此残忍的手段！"

李奕："这位晋惠帝的弟弟长沙王司马乂，相貌俊美，先前在京城控制朝廷的时候，他一直对当皇帝的傻哥哥尊敬有加。此人平时又轻财好士，很得民心。所以，他被虐杀的时候，许多军士和百姓痛哭不止……成都王司马颖得胜之后，逼迫晋惠帝立他为皇太弟，又封他的同谋河间王司马颙为太宰，封东海王司马越为尚书令。而后，成都王司马颖为了继续遥控京城，便带领自己的军队返回邺城，使得晋朝真正的政治中心从洛阳开始北移邺城。"

冯婉华望着不远处一幅挂在壁上的地图："原来邺城的地理位置这么重要，难怪我们大魏从道武帝开始，都想把都城从平城迁移到邺城啊。"

李奕："至此，那个本来在晋朝宗室中没有什么地位的东海王司马越野心渐炽，他忽然集结各方兵力，裹挟晋惠帝，出兵讨伐成都王司马颖。但成都王手下很能战，交战中重新把晋惠帝夺回手中。兵败之后，东海王司马越逃回了他的封地。至此，成都王司马颖的同盟河间王司马颙军队占领洛阳……不久，东海王司马越的亲弟、当时任并州刺史的东瀛公司马腾以及私心甚重的晋朝幽州刺史王浚联合乌桓、羯族等部族出击，在大战中击败成都王司马颖。见势不妙，成都王司马颖挟晋惠帝逃到洛阳，想去投靠和他一伙的、当时拥有关中及洛阳大片地区的河间王司马颙。为了能够完全控制朝政，河间王司马颙就改立晋武帝的小儿子司马炽为'皇太弟'。这期间，原本逃回封国的东海王司马越死灰复燃，他在山东再次起兵，竟然率领兵马攻入长安。见势不妙，河间王司马颙和成都王司马颖仓皇败走，不久，这两个王爷和他们的几个未成年儿子相继被杀。"

冯婉华："嗯，这些皇室王爷打来打去，最终竟然让这个皇室疏宗的王爷捡了便宜。"

李奕："心地阴险的东海王司马越得胜后，把呆傻晋惠帝裹挟回洛阳。不久，司马越觉得晋惠帝这个愚痴皇帝失去利用价值，就派人毒死了晋惠帝，转而扶立晋惠帝的弟弟豫章王司马炽继位，这个人就是晋怀帝，改元永嘉。从此，晋朝所有大权都由这个东海王司马越控制了……"

冯婉华听到此处，也长舒一口气，问："晋朝的'八王之乱'，终于结束了？"

李奕："算是暂告一段落了吧……可是很快，晋朝最黑暗的时代就要来临了！晋朝的'永嘉之乱'您知道吧？由于内部互相残杀，晋朝国力大弱，匈奴、鲜卑、羯、氐、羌等五个异族，纷纷拍马呼啸而来！"

冯婉华："唉，'八王之乱'的过程，大概我是听明白了，但这些司马王爷的名字我真有点记不住……晋人口中所谓的'五胡'，李侍郎，就是你刚才所说的匈奴、鲜卑、羯、氐、羌吧。其中的鲜卑，就是我们大魏前身吗？"

李奕："我们大魏鲜卑，其实和北晋朝（西晋）的灭亡关系不是很大。原来臣服晋朝的匈奴刘氏军队，先后俘杀了两个皇帝，最终灭掉北晋朝。后来，司马睿逃到江东，建立了南晋朝（东晋），再后，南晋朝又被宋国刘裕篡了……"

冯婉华："依你所述，鲜卑还有好几个部落……"

李奕："是的，鲜卑族群很大，有东鲜卑、北鲜卑和西鲜卑。东鲜卑有段部、慕容部和宇文部等。其中，段部被羯人建立的石氏赵国击溃，慕容部的慕容皝创立大燕国（前燕）。这个燕国后来被氐人苻氏的秦国（前秦）所灭。

淝水之战后，苻坚皇帝败于南朝晋国，慕容垂又建立了燕国（后燕）。这个燕国，最终被我们大魏道武皇帝所灭……"

冯婉华："这个过程，我大概都知道的……如此说来，晋人口中'五胡'中的鲜卑，主要指慕容鲜卑吧？"

李奕："太后明见！"

冯婉华问："我们大魏的鲜卑，属于北鲜卑？"

李奕："正是！我们大魏皇族就是北鲜卑的拓跋部。其实，我们大魏家的死敌蠕蠕，从族属来说，和我们还是同源，也是北鲜卑！"

冯婉华非常吃惊，问："蠕蠕竟然和我们大魏是出于同一个源流？"

李奕："是的。"

冯婉华又问："那西鲜卑呢？"

李奕："东鲜卑那个燕国的创立者慕容廆有一个哥哥，率领部众远迁到晋朝的西平郡一带，称为吐谷浑，一度非常强盛。在阴山以北，东部鲜卑和敕勒部融合，形成乞伏部，趁着苻坚皇帝败亡，他们也建立过一个秦国（西秦），最后被赫连勃勃的夏国所灭……所以，吐谷浑、乞伏部，都算西鲜卑。"

冯婉华："那个灭掉乞伏部的赫连勃勃我知道。当年我们大魏的赫连皇后，她的父亲就是赫连勃勃……"

想了想，冯婉华又对高允和李奕说："嗯，令公、李侍郎，我们在宫内，不必忌讳'胡'字，我们冯氏和你们一样，本来祖先都是晋人，也就是华族。当今大魏，拓跋皇族是鲜卑种族，占据高位和把持国内大镇的，也大多是鲜卑贵族。我听政之后，一直在想，日后要怎么样平衡国内这些部族和族群势力，唉，我全赖令公和李侍郎你们这些人啊。潜移默化之中，化胡为华，消泯大魏内部的族群意识，使我大魏各族百姓安居乐业，这是我要做的最主要的事情！……听李侍郎弹琴是一种享受，真谈到治理国家，有时候我头一下子都大了……就说刚才，李侍郎讲的晋朝'八王之乱'，记来记去，那八个王爷的名字我都记不住。"

高允行礼："太后，您博闻强记！西晋那八王名字之所以记不住，还是因为您不是特别关心前朝之事。先帝那几个弟弟的名字，我看您就记得非常清楚啊……我来给您更简要地梳理一下八王之乱的八王：汝南王司马亮，是晋惠帝的四叔公，司马懿第四子；楚王司马玮，是晋惠帝第五弟；赵王司马伦，是晋惠帝九叔公，司马懿第九子；齐王司马冏，是惠帝堂兄，司马师的嗣孙；河间王司马颙，是惠帝堂伯父，司马懿三弟司马孚的孙子；成都王司马颖，是晋惠帝十六弟；长沙王司马乂，是晋惠帝六弟；东海王司马越，是晋惠帝堂叔父，乃司马懿四弟司马馗之孙……"

冯婉华笑着说："这么多司马王爷，我还是记不住！……"

高允忽然把话题拉到当下："太后，这次乙浑当众谋逆，常英、常泰都参与了。为此，常太后的常氏家族，依据大魏律法，应该诛三族啊。"

冯婉华沉思久之，说："常英确实是乙浑一党，即使当时没死，也活不了；常泰胆大包天，敢于在殿上行刺我和皇帝，罪大恶极，肯定也饶不了。他们常氏家族的男丁，现在有多少人？"

高允："回禀太后，常英有四个妾生子，最大的四岁，最小的还在怀抱；常英大弟弟常喜，官职是镇东大将军；常英有三个妹妹，都在常太后时代封为县君；常英的大妹夫王睹，现为平州刺史；常喜的长子常伯夫，现任散骑常侍，次子常伯员，任金部尚书，第三子常振，任太子庶子。常喜这三个儿子，各有一个男孩子；常泰家里姬妾众多，有十六个孩子，九个是男孩，最大的才两岁，最小的还在襁褓之中……"

冯婉华长叹一声，说："常太后临死的时候，哀求过我，说日后她兄长常英和侄子常泰犯事，让我饶恕他们……我当时还真没在意，以为那就是常太后死前说的胡话或者托孤的客套话。如今看来，常太后真有先见之明！"

高允："常太后跋扈已久，亲信遍布朝中，她应该会预见她死后这些人的下场！唉，热火烹油之时，她还是不能有退一步的打算！特别是乙浑这个奸贼，完全是常太后一手托起来的。这个奸贼骗得先帝信任，差点误我大魏国家！"

冯婉华以征求意见的口吻问高允和李奕："令公，李侍郎，我在常太后死前答应过她，说会保证常氏家族的安全，如今，怎么办呢？"

冯熙抢先答道："太后，您答应常太后的，是在她死后保证常氏家族的荣华富贵，可并没有答应常氏家族的人谋逆之后去保全他们！常英、常泰父子，恶贯满盈，特别是常泰，当众谋大逆，就算当时不死，事后也要受千刀万剐的刑罚。如今他们父子死了，肯定还是要诛三族！"

李奕表示赞同："国有长法，例有常规。常氏父子陷于大逆不道，常氏家族肯定要受最重的刑罚！别的罪恶可以饶恕，谋大逆的，国法不可能宽容，否则在大魏国内，日后无以惩恶扬善啊。"

冯婉华思之良久，叹息一声，说："既如此，可我毕竟答应过常太后要保全她的家族，而且常太后先前对我们姑侄有恩德……这样吧，常英的三个妹妹皆饶以不死，免去常英弟弟常喜三个孙子的死刑，就给常家留一线血脉吧……"

高允、冯熙、李奕三个人还想说些什么，看到冯婉华坚定的神色，也就都没有再言。

冯婉华对高允说："我现在听政，国事真是千头万绪，希望老令公您多多辅佐，广进良言！"而后，她又望着李奕的脸，说，"李侍郎，为了日后你入宫更加方便，我加你几个官职吧……令公，加李侍郎何种官职合适呢？"

高允想了想，说："可以加李侍郎为散骑常侍，宿卫监。由此一来，他可以随时在朝中行走顾问；而宿卫监一职，使得他可以随时入宫侍奉太后和陛下。"

冯熙想说什么，犹豫了片刻，没有开口。

冯婉华："好！就依令公所言，加李侍郎散骑常侍、宿卫监！"

第八十七章　如脱樊笼

仲春时分，一大早还是有些阴冷。寝殿内香炉青烟袅袅，四处氤氲着香气。角落里几个值班的宦者和宫婢都在站着打瞌睡，寂静之中，只听得见窗外早起的鸟儿高朗的鸣叫声。

拓跋弘天不亮就起了床。他刚刚坐定，元丽就笑意盈盈地端来一碗热酪浆，递给了他。拓跋弘一饮而尽。而后拓跋弘信手把浅口杯盏放在一边，一下就把元丽拉过去，两个人滚倒在床榻上。元丽咯咯地低声笑着，一边假装抵抗，一边往拓跋弘身上靠。

毕竟还是少年人，拓跋弘和元丽玩耍了好一阵子，才匆忙起身，大声吆喝着宦者和宫婢给他换衣、盥洗。

这时候，元丽心里忽然充溢起一种恐惧心理，生怕刚才的情状被人暗报给皇太后知道。她心里也拿不准，皇太后若是知道自己和皇帝这样玩耍，会对自己进行何种处罚或责骂……

拓跋弘对元丽说："元丽姐姐，你身上的味道真的很好闻啊，你好好伺候我，日后我封你个贵妃或者贵嫔什么的……"

元丽听拓跋弘如此说，脸忽然通红："君无戏言，陛下您可别骗我！"

拓跋弘笑了："呵呵，我要杀的人，一定要杀；要封的人，也一定要封！"

这时候，天已经大亮，太阳也升起来了。看着比自己小三四岁的少年皇帝意气风发地站在殿门口，元丽心中有些惘然若失。她站在那儿，脑子有些发木，双脚也感觉发软。

元丽悄声说："陛下，我昨天晚上做了一个梦，梦到我走到悬崖边，在干草丛中发现了一棵很高的白桦树，我想爬上去，却怎么也爬不上去，累出一身汗。结果，好不容易刚爬上去，我就掉下来了，一直掉到了悬崖下面……我吓醒后，浑身都是大汗……"

拓跋弘想了想，亲热地揽住元丽的臂膀，道："元丽姐姐，你不要怕，我听母后说过，梦都是反的，你这个梦嘛，应该是……咳，反正没事，会有好事发生的……"

元丽："但愿陛下说的是对的……对了，陛下，一会儿那个万驸马就要来了，他好像还要带一个人来，也是拓跋宗室的王爷……"

拓跋弘高兴得脸色发红："我就喜欢和万驸马一起玩！他今天带过来的，是我的一个兄弟，建昌王拓跋长乐。"

元丽："陛下，您的兄弟，这个建昌王，还需要万驸马带才能来见您啊……"

拓跋弘点头："大魏一直有制度，宗室王爷都不能私下与皇帝随便往来。我先前当太子的时候，母后怕我出什么事情，也不准我独自外出。那时候，常太后那个死老太婆骄横跋扈，导致我更不敢随意和我的兄弟们在一起玩，只能天天憋在宫里，由高令公、高侍郎他们教着念书，唉，真是太闷了！"

此时，宦者来报："启禀陛下，驸马万安国、建昌王拓跋长乐求见。"

拓跋弘马上说："见！"

陛阶下，驸马万安国领着一个和拓跋弘年纪相仿的少年人急匆匆走上来，见到拓跋弘之后，二人皆跪地行礼。

拓跋弘很高兴，赶忙说："起来吧。内廷之中，不必多礼！"

说着话，拓跋弘打量着这位自己从未见过的兄弟。建昌王拓跋长乐身形和拓跋弘差不多，只略显高挑一些，肤色白皙，长着一双女人一样的桃花眼，还有薄薄的红嘴唇，使他的脸显得有些尖刻。他穿着鲜卑窄袖，裤褶，长皮靴，头上梳着鲜卑辫发。如果不是肤色分别，这位拓跋长乐和拓跋弘就像是双胞胎。相较之下，拓跋弘的肤色更深一些，嘴唇更厚一些。

拓跋弘笑着问建昌王拓跋长乐："多大了？"

建昌王拓跋长乐："陛下，我是兴安二年五月十五日出生的……"

拓跋弘："我也是兴安二年生的……我肯定比你大一些。"

拓跋长乐："陛下您是哪天生的啊？"

拓跋弘摇摇头："我还真不知道。"

万安国："陛下的具体生日，只有皇家大内档案里才有。从前，当陛下被立为皇太子之后，他的生辰八字就一直严格保密了！"

元丽在一旁忍不住问："这是为什么呀？"

万安国的裤褶掖在鞣制细腻的纯白色长靴之内，薄嘴唇在阳光下显得鲜润异常。他用他那双炯炯有神的棕色眼睛，目不转睛地看了元丽一会儿，才道："我是听我母亲高阳长公主说的。她说，陛下的生辰八字之所以要保密，是怕奸人知道这些东西后，会暗中以左道诅咒陛下……"

元丽："哦……"

拓跋弘对拓跋长乐说："建昌王，听说你特别会骑马，特别会玩，以后你就跟着我，咱们好好玩！"

拓跋长乐立刻施礼，道："陛下，臣弟愿效犬马之劳！"

拓跋弘大喜："你还真会说话！现在，我可是真皇帝了，我一直在等着这一刻。乙浑那个逆臣掌权的时候，我母后害怕，我也非常害怕，生怕哪天他把我们母子都杀掉。你们两个想象不到，当时我在宫里是多么焦躁不安，天天连手脚都是冷的，就那样，还老被高令公、高侍郎催着背诵诗书，弄得我脑子里面一团乱麻……"

万安国看看左右，低声说："陛下，现在太后听政，您还不能完全算是能发号施令的真皇帝，等您整十六岁的时候，举行了加元服仪式，太后才会还政于您……"

拓跋弘想了想："……是吗？没事，反正我现在是皇帝了，你们看，太皇太后、乙浑都死了，只要我母后不把我管得太厉害，让我自由自在的，就行！"

第八十八章　操柄国政，施惠于人

坤德六合殿外的花园里，有一条围绕花园而建的小路，非常平坦，四周景色美丽。沿着小路旁起伏不大的平野，远远地可以望见北苑的山谷。山谷两边的山峦起伏纵横，大有腾跃之势。到了高坡之上再来俯视，则可看到皇宫的殿宇飞檐插天，错落有致。整个山谷内的葱郁的树木，如翡翠一般碧绿。河水蜿蜒流过，让人顿觉心旷神怡。

这条宫内的小径，平时过于寂寥，冯婉华很少到这里来行走。如今，有李奕陪同，她忽然觉得这条小路和周围所有的景色都变得非常温暖、可爱。

冯婉华对李奕说："这棵核桃树，我上次倚靠着它，还是在三四年前……"

李奕站在冯婉华身边。核桃树非常粗壮，越过它往下望去，在正午太阳的照耀下，宫中群殿顶部的琉璃瓦闪闪发光。

"太后，您的记忆真好。这里的山坡上有这么多树，您还记得这是您几年前倚靠的哪一棵啊……"

冯婉华："这一棵核桃树，非常与众不同。你看，它的枝权特别弯曲，像虬龙一般。以前，但凡我来到这个山谷，总要在这棵树下歇一会儿……李奕哥哥，以后若是周围没有别的人呢，你还是叫我婉华吧。别一口一个'太后'的，都把我叫老了……"

李奕面露犹豫之色："太后……不，婉华……唉，我还是称您'太后'吧，免得哪天叫顺嘴了，在大臣或者宫人面前喊出您的名讳，那可真是大不敬之罪！"

冯婉华想了想，微微一笑："也罢，随你……对了，李奕哥哥，如今乙浑已经被诛，他在禁卫军中的党羽也得以清除，常家也受到了惩罚。可据我所知，李贵妃的父兄、李崔、李长祥父子，和乙浑的关系也非常密切。对他们，该如何处理呢？"

李奕："李崔、李长祥父子，虽然和乙浑关系密切，但他们没有表露出任何反迹……更何况，李氏父子乃当今皇帝的至亲。如今巨奸刚刚诛除，朝廷内外依然人心惶惶，臣觉得还是不要对朝臣广为牵涉。毕竟乙浑当权之时，气焰熏天，群臣中阿附者众多，我们不可能把他们都当成逆党加以处理。依臣愚见，为了显示您的宽仁，还应该对李崔、李长祥父子进行封赠和加官，让他们继续留在京城。"

冯婉华停下脚步，道："李奕哥哥，你刚才所言，非常有道理。毕竟李崔是皇帝的外祖父，李长祥是皇帝的舅舅。先前李贵妃被赐死，宫外还有谣传，说是我的主意，其实，那件事完全出自常太后的决断。现在，如果我将李氏父子外贬，或者把他们列入乙浑逆党，肯定会有人认为我心胸狭窄。"

李奕："是啊，如今皇帝日渐长成，待他成年之后，得知您今日的大度和宽仁，肯定更会感激您……"

偌大的皇家花园内，有李奕这样一个童年时代的哥哥一样亲密的人在自己身旁，冯婉华感到自己就像是得到了新生。蓝天之下，微风之中，冯婉华觉得自己灵魂之中似乎萌生出一对绚丽的翅膀。同时，对面前这位小自己几岁的皇太后，他心中充满了敬爱之情。昔日的小姑娘，如今变成了千万人仰望的皇太后，她就如同太阳和神祇，悬挂在蓝色苍穹之上。只是，这位把握大魏命脉的奇女子，是以靓丽女子的身影，降临到这个人世间的。

隐隐约约，李奕心中也遽然萌生了一种模糊不清的情感。这种情感，非常隐秘，他不敢表露，但他能够觉察到这种情感的炽热……

太极殿正殿内，礼官高声宣布：

"皇帝若曰：於戏！惟尔侍中、左卫大将军李崔，风度宽宏，位望隆显。卫我国家，绵历数载。入当心腹，外任爪牙，驱驰轩陛，勤劳著绩。念旧庸勋，礼秩加等。公辅之寄，民具尔瞻，宜竭乃诚，副兹名实，是用命尔为征南大将军、仪同三司、都督关右诸军事、雍州刺史。往钦哉！光应宠命，得不慎欤！"

李崔出班，诚惶诚恐地跪拜下去："为臣谢恩！谢皇太后恩典！谢陛下恩德！"

礼官又高声宣布："中书侍郎李奕，勋庸早著，英望华远。恭敬勤绩，简在朕心。加散骑常侍、宫内监！"

李奕出班，跪拜谢恩。

礼官继续高声宣布：

"陆睿，加散骑常侍，迁尚书左仆射，领北部尚书！先王立教，以义承恩。朕登庸惟始，王业初基，承此浇季，实繁奸宄。奸贼乙浑，潜结贼党，煽惑朝廷，包藏不逞，祸机将发。族害平原王陆丽。陆睿披露丹心，尽事君之道，始终报效。今凶谋既彰，罪人斯得。朕每念诚节，嘉之无已，懋庸册赏，宜不逾时。陆丽平原王爵号，陆睿承继！"

陆睿出班，跪拜谢恩。

礼官再宣："皇太后听政，皇帝登基，今万国来朝，高丽、库莫奚、契丹、具伏弗、郁羽陵、日连、匹黎尔、叱六手、悉万丹、阿大何、羽真侯、于阗、波斯国，各遣使朝献！"

听到礼官如此宣布，前来贡献的各国使臣虽然衣服各异，皆拜于陛阶之下，舞蹈欢呼。

看着殿中如此情境，冯婉华面露欣慰之色，拓跋弘则展现出非常好奇的神色。

李宅，李崔、李长祥父子对坐，皆表情严肃。

李长祥说："父亲，如今乙浑被诛，本以为会牵连广大，我们父子难逃此劫。岂料今日早朝，竟然有旨给您加官晋爵，实在是出人意料啊。"

李崔长舒一口气："唉，也真是出乎我的意料。乙浑被诛之后，我度日如年，就怕皇太后会惦记我们父子。思前想后，我们父子先前还算有先见之明，和乙浑之间的往来没有留下任何文字证据。而且，那么多的朝官，大多与乙浑有交往攀附，宴饮之事也难免……"

李长祥："太后还算宽容。倘若她想对我们父子有所加害，总能找出理由的。我想，我们父子身为当今皇帝的至亲，太后有可能是想到了这一点，才没有把事情做绝……"

李崔："无论如何，逃过此劫，我们父子应该庆幸。至亲不至亲的，只要太后心存恶念，把我们打入乙浑一党，即使要族诛我们也是没有办法的。死人，是无法说话的。杀掉我们，日后皇帝长成，对我们父子也根本不会有任何印象。追念前事之时，说不定他还会认为皇太后是替他大义灭亲呢……"

李长祥："如此说来，太后是个仁德之人。但先前姐姐被害，她是难逃干系的啊……"

李崔压低音声，摆摆手道："现在不是纠结这些事情的时候。我们李氏如今重新在朝中坐稳，千万要小心谨慎。"

李长祥："听说皇帝如今已逐渐长成，还自己搬到了万寿宫去居住。我们父子该和皇帝建立起联系啊。"

李崔："不要忙。慢慢打探消息，看看有什么切实可行的方法，毕竟咱们不可能直接到万寿宫去拜见他。虽然我是他外公，你是他舅父，但天家无骨肉！行事若是不慎重，一旦太后知道我们私下接触皇帝，必会生出猜疑……"

早晨，冯婉华、李奕、赵黑悄悄坐轿子出宫，对外只说是赵黑自己要出城。元蕊、慕容雪莲骑着马，也跟随出了宫。出了宫门之后，换上马车，又走了十多里路，穿过一座桥，就来到了熙熙攘攘的市坊。

赵黑、李奕扶冯婉华下车。元蕊、慕容雪莲把马拴在车辕处，也步行跟随，一起往市坊里面走。

冯婉华对李奕和赵黑说："我六岁入宫，到现在差不多已二十年了。除了出宫逃难那次，基本没有离开过皇宫内院。最远的一次，就是元华出嫁后去了一次济南王府邸，那次，我还真算是在路上领略到了真正的田野风光……这次到京城内的市坊，算是我有生以来第一次能够自由行动。熬到今天，宫内终于无人干涉我了，想走就走，想停就停……而且，想快就快，想慢就慢。"

李奕："您现在是皇太后，当然可以这样！"

赵黑诚嘱道："李侍郎，您记住了，我们马上就要进入市坊，你不要再称'皇太后'，应该称'冯夫人'。我们这次出宫是微服私访啊，可不是大摆銮驾出游。"

李奕："谢安定王提醒！"

赵黑："也别叫我什么安定王啦，叫我'赵郎'即可。我们叫你'李郎'。"

冯婉华趁机打趣说："也别叫我'冯夫人'了，叫我'李夫人'吧……唉，这是我生平第一次能够按照自己的意志行事，去一趟市坊，看把我给高兴得！"

李奕四下看了看，开始对冯婉华介绍坊市的情况："太后……哦不，李夫人，我给您介绍一下平城吧。您常年待在深宫之内，对于整个都城不一定有多熟悉。我们大魏定都平城之后，营宫室，建宗庙，立社稷，兴建宫殿苑囿、楼台观堂等上百处。从城北引如浑水，从城西引武州川水入城。您看，城内到处有潺潺流水，东西鱼池还有游鱼嬉戏。水边有树，弱柳、丝杨以及各种杂树交相荫盖。只要站在稍微高一点的地方，就可以望见宫殿楼阁，真可谓灵台山立，壁水池园，双阙万仞，九衢四达！"

赵黑："皇……李夫人，平城城内确实花团锦簇一般！"

李奕："大魏都城，由皇城、京城、郭城组成。北面就是您长年居住的皇城，皇城南面，是周回二十里的京城，再外，就是周回三十二里的郭城。先说皇城吧。从天兴元年道武皇帝迁都平城开始，先后成了大殿、苑囿、观堂、楼池七十多处，在平城西建筑宫城，四角起高楼。本来，平城四面都有如浑水围绕，天兴二年修筑鹿苑时，又凿渠引武州水注之苑中，疏为三大沟，分别流入宫城内外。宫城之中那些楼台殿阁，这个我不用多讲，就是以太极殿为中心，还有西宫、东宫等等。"

冯婉华："宫城内基本我都熟悉，你接着说京城。"

李奕："天赐三年六月，道武帝下诏，大发八部人员，开始大规模缮修都城，规立外城，周方二十里，分置市坊，从此里宅栉比，逐渐形成现在这种九衢相望的规模。歌台舞榭，月殿云堂。但市坊之内，还是分别士庶，一般的百姓和官员士大夫不能居住在一起，至于各种伎作屠沽之辈，分门别类，各有居处。"

赵黑："平城这个都城确实越来越大，京城之外还有郭城。"

李奕："对，郭城就更大了。明元帝泰常七年秋九月，皇帝下诏筑平城外郭，周回三十二里。我们大魏郭城绕宫城以南兴建，略呈方形，边长八里，周长三十二里，其中所置，都是四四方方的坊。又在坊中开巷，大坊容四五百家，小坊六七十家。郭城之内，里坊、寺院、市场、园林，应有尽有！郭城外，分为四郊，建有苑囿。郭城再往南，建有明堂和辟雍，周边还有籍田和药圃等地方。这些地方，是皇帝常去的地方，皇太……李夫人，您可能很少参加那些仪式……京城西郊呢，有郊天坛，坛东侧有郊天碑，碑上刻有《五经》和我们大魏的国记。坛西，有西苑、洛阳殿、灵岩石室等；北郊，有灵泉池、北苑、白杨泉、鹿野佛图；东郊，有白登台、宁光宫、东苑。东苑之内，建有太祖庙……至于平城郭城外，又设四方四维，置八部帅，分别统兵镇守……"

赵黑不停地点头："李……李郎啊，这宫城内，我待了二十多年，肯定比你熟悉，我给你念叨念叨。宫内，有太极殿、天文殿、天华殿、中天军殿等二十四座大殿；建西宫、北宫、南宫、东宫、宁宫等十五宫；建东苑、西苑、北苑、鹿苑四处苑囿；还有华林园、永林园、永兴园三园；有鸿雁池、天渊池六处池塘；有云母堂、金华堂六座堂宇；还有蓬台、白台等七处台榭；有玄武楼、无武楼；有凉风观、临望观、东明观三处；还建有郊坛、方坛、五精帝坛三处；当然了，太庙、太社、太稷帝社、孔子庙、虎圈、圜丘、方泽、明堂、灵台、辟雍等，无所不包！"

冯婉华听得津津有味："是啊，仅宫城之内，就大得惊人，到了现在，好多地方我都没有去过……"

　　进入坊市，冯婉华感到眼前的景物都非常新鲜，甚至刺眼。晴朗的日子，许多人在买东西，还有许多人在散步。坊市内不断响起悠扬、虔诚的钟声。在这里，再也没有宫内那种死气沉沉的寂寥，再也看不到宫婢、宦者那种低眉顺眼和小心谨慎。人来人往中，还有不少柔然、西域的商人。一个浅蓝眼睛、浅褐色头发、身材高挑的年轻西域胡商，甚至停下脚步，仔细打量了冯婉华一会儿。赵黑握紧了腰间的刀。李奕给赵黑使了一个眼色，提醒他这里不是宫中。

　　确实，冯婉华有生之年，特别是当上皇后之后，除了拓跋濬，还没有人敢这样直着眼看她。

　　男男女女，嘈杂，热闹，到处都是喧闹声，空中弥漫着各种食物的香气。赵黑低声说："皇……李夫人，是否我一会儿让人把那个胡商宰了？如此大胆，敢在您面前停留那么久，直直地盯着您看……"

　　冯婉华心情很好，摆手说："不要！不知者不罪，他又不知道我是谁。"

　　李奕也微笑着说："李夫人美丽异常，引得那个胡商定睛瞧看，真怪不得他啊。"

　　赵黑也笑："李郎真会说话……"

　　冯婉华忽然问李奕："这坊市中有算卦的吗，我也要去算一卦，看看有没有人能算出我是什么命格来……"

　　李奕："我还真有个坊间的朋友，此人在平城特别有名，叫刘睿，卖药兼算卦，许多达官贵人都要找他……"

　　冯婉华："好！"

　　李奕显然对市坊内的道路非常熟悉，他带着冯婉华、赵黑、元荟以及慕容雪莲几个人，绕东走西，很快就到了一处门廊。门廊前面，有一块空地，一个身材高大的男子正站在药摊之前，抱着自己的双臂晒太阳。

　　这个人，三十岁左右的年纪，身材魁梧，体格健壮，头上没有戴冠帽，眼神冷峻而明亮，露出一头秀黑的头发，在头顶随便打了个发髻。他的脸非常英俊，鼻直口阔，一双俊目炯炯有神，前额饱满，嘴唇鲜红。相较李奕，这个人的肤色要黑得多，表明他经常在露天太阳下活动。

　　这个人表情略显粗暴，以及衣着方面似乎有些不修边幅，使得他身上有一种坊市内平民没有的豪奢之气。仔细观察，还可以发现他的双手青筋暴突，晒成了棕黑色，这说明，此人经常在野外骑马，身上有着贵族遗韵。

　　李奕过去和这个男人见礼。寒暄过后，李奕指着冯婉华说："刘兄，我带这位李夫人来，请您为她占上一卦吧。"

由于阳光强烈，冯婉华的脸逆着光，刘睿没有立即看清楚来人。他打趣地说："哦，李夫人，不是你李侍郎的夫人吧……"

李奕赶忙摇手："不是不是，这位是我们李氏同族的李夫人。您好好给她看看面相，请占卜一卦吧……"

刘睿走到冯婉华近前，深施一礼，而后仔仔细细地打量起来。良久，刘睿沉思不语。

李奕问："刘兄，有何见教？"

赵黑也问："这位仁兄，我们这位夫人，日后是否能够富贵啊？"

刘睿扭头看了一眼赵黑，愣了一下，而后再次低头沉思。

许久后，刘睿才开口道："夫人您双目神澄，黑白分明。娇而有威，媚而有势。身正性刚，行缓步轻。耳厚额圆，鼻直眉弯，发润唇红。刚柔相兼，乃人中之龙！"

赵黑一脸坏笑："人中之龙？我们李夫人可是妇人啊……"

刘睿不敢再看冯婉华的脸，再次施礼："夫人乃女中之至人，大贵不可言！"

李奕、赵黑听刘睿如此说，都禁不住点头。冯婉华所展现的仪态，确实不同于凡人。

回程途中，冯婉华说："这个刘睿，还挺神，相貌堂堂的，一点不像民间卦师，倒像一个落魄的贵族公子。"

李奕："刘睿的远祖就是刘琨，晋朝非常著名的大臣，忠臣！"

冯婉华："刘琨，就是你前日给我弹奏的《胡笳五弄》那个曲子的刘琨？哦，他的《登陇》《望秦》《竹吟风》《哀松露》《悲汉月》这五首曲子，真是凄凉壮美啊……当日我有政事处理，没有来得及细言，李……李郎，你现在给我们讲讲这个人吧。而且，我特别感兴趣的是，这个刘睿竟然和他还有关系？"

李奕："刘琨是中山魏昌[①]人，乃汉朝中山靖王刘胜之后。对，刘胜这位王爷您应该知道，他生有儿子一百余个，连三国蜀汉皇帝刘备都是他的后代。刘琨也是出身贵族世家。他二十六岁时，已得司隶从事这样的清闲官职，平日里是大豪客石崇的金谷园别墅的座上常客……"

冯婉华恍然道："哦，前日你讲的石崇和潘岳，他们都是好朋友啊。"

李奕："对！当时晋惠帝的皇后贾南风权势熏天，她外甥贾谧是一位喜爱文墨、

① 在今河北定州邢邑镇。

专事冶游的贵族公子哥，一帮文士和豪客都与他气味相投，其中就包括刘琨、石崇、左思、潘岳、陆机、陆云、欧阳建等人，号称'文章二十四友'。"

冯婉华："这些人里面，真是好人坏人都有……"

李奕："晋怀帝永嘉元年（公元307年），把握朝廷大权的东海王司马越封刘琨为并州刺史，加振威将军，领匈奴中郎将，把他作为心腹安插至并州一带，抵御反叛的五部匈奴刘渊等胡人。刘琨顿时显现出他忠臣的本色。在赴任路上，道险山峻，胡寇塞路，他依旧以少击众，冒险而进。历尽千辛万苦，刘琨率领一路招募的一千多号人马，沿路搏斗进击，最终到达晋阳城①。"

冯婉华："就是我们大魏今天繁华的晋阳城？"

李奕："是啊。当时的晋阳，经五部匈奴军队蹂躏，官府建筑全都被烧焚一空，僵尸遍地。侥幸存活下来的民众，个个被饿成活骷髅，面无人色。和现在我们大魏繁花似锦的晋阳城完全不同，当时整个城内荆棘成林，到处乱窜着吃饱了人肉的野狼。刘琨到后，剪除荆棘，收葬枯骸，建立市场和官府，几乎重新构建了晋阳城。很长一段时间内，周围的胡寇和坞堡强盗相继来袭，刘琨率从属兵士血战数次，数历惊险，终于驱除贼寇，在晋阳安顿下来。"

冯婉华问："他流传千古的'胡笳退兵'，就是在那一段时间发生的吧？"

李奕："确实。刘琨其人，自有浑然天成的魏晋风度。在许多个寒风凛凛的夜晚，晋阳城外胡骑纷纷，团围城市。正当守兵、人民窘迫之时，刘琨一袭白衣，乘月登楼，发出阵阵清啸之声，围城的贼寇听到之后，皆凄然长叹……夜深之际，刘琨又吹奏胡笳，音声哀感行人，城外那些草原胡寇禁不住流涕唏嘘，大有怀土思乡之情。到黎明时分，刘琨重新吹奏《胡笳五弄》，感动得那些胡寇哄然而退……"

冯婉华："唉，在那样一个血腥、杀戮、乱离的时代，乐声琴曲，竟然有如此巨大的魔力……"

赵黑："李侍郎所言，真是让人恍觉那就是眼前发生的事情——晋阳城楼之上，刘琨独自一人，明月当头，仅是一支胡笳在手，呜呜咽咽，感人至深！想那墙外群胡，驻马低首，泪眼迷离，谁也不忍心抽白羽搭弦给这位大名士当胸一箭。琴曲的魅力，也是可以臻于极致啊……"

冯婉华非常感兴趣地又问道："刘琨最后结局如何？"

李奕："由于当时坐镇一方的另外一个晋将王浚和刘琨窝里斗，匈奴刘氏军

① 在今山西太原。

队屡屡得手。晋怀帝永嘉五年，继石勒全歼司马越十余万众之后，匈奴刘聪的军队攻陷洛阳，生俘晋怀帝，杀伤数万汉族兵民，满载而归。窘迫之余，我们大魏一位先祖还赶忙前去救援刘琨！"

冯婉华："怎么，这刘琨还和我们大魏的先祖有关联？"

李奕使劲点头："对，就是拓跋猗卢！日后道武帝称帝后，追谥这位拓跋猗卢为穆皇帝，他就成了我们大魏的先帝先祖之一……拓跋猗卢率鲜卑大军追击，在蓝谷①又大败匈奴汉军，杀得对方伏尸数百里，为此，刘琨亲自自营门步入拜谢。"

冯婉华："哦，有了我们鲜卑生力军，刘琨能够转败为胜了吧？"

李奕："也没有。击败了匈奴刘氏汉国军队之后，穆皇帝馈送刘琨兵车百乘，马、牛、羊各千余以为军资，以兵疲马累为借口，婉然回绝了刘琨。至此，刘琨经营了几年的晋阳城又变成废墟，再也无法重建。无奈，刘琨移军至阳曲②，虽然仍兢兢业业，招集亡散，但世易时移，形势对他越来越不利。"

赵黑也极感兴趣地说："他可以再找穆皇帝帮忙啊……"

李奕摇头："我们大魏的这位穆皇帝，当时还真帮不了忙，因为他死了，被他自己儿子给弄死了……"

冯婉华："啊？除了道武帝，我们大魏前辈皇帝中，还有被儿子杀死的啊？"

李奕："我们这位穆皇帝由于对晋朝有大功，晋愍帝建兴三年（公元315年）他已被朝廷封为代王。要知道，和华族喜欢嫡长子不一样，鲜卑部族一直有爱宠幼子的习惯。封王之后，穆皇帝想立小儿子比延为嗣君，就把他的长子拓跋六修派去新平城，同时还黜废了他的母亲，下令打入冷宫。拓跋六修有日行五百里的骏马，穆皇帝也强夺过来送给小儿子。惭怒之下，拓跋六修不告而去，穆皇帝大怒，率军讨伐拓跋六修。结果，他竟然被这个儿子给打败了。穆皇帝拍马逃跑，其间拓跋六修这个逆子驰马而至，当胸给了穆皇帝一刀。而后，拓跋六修自立为代王，但不久就被他的堂兄拓跋普根攻杀。拓跋普根得位不正，拓跋部族一下子就大乱了，亲族之间互相攻杀，迭相诛灭。至此，我们大魏先祖所在的拓跋部一乱，刘琨也就没有得力的盟军了……这年年底，晋愍帝在长安被匈奴刘氏生俘，很快被杀。不久，匈奴刘氏手下大将石勒又大败刘琨所领的晋军。山穷水尽之时，幸得晋朝幽州刺史段匹磾派人来邀。穷极无路，刘琨只得前往蓟城，依附段匹磾。"

---

① 在今山西太原蒙山西南。
② 在今山西太原。

冯婉华："这个段匹磾，听上去好像就是你先前给我说过的那些东部段氏鲜卑？"

李奕："对！段匹磾就是东部鲜卑人，他的父亲叫务勿尘，曾被晋朝封为大单于，段匹磾也受封为左贤王，一直率领段部鲜卑帮助晋朝征讨匈奴刘氏。他父亲务勿尘病死后，段匹磾的哥哥疾陆眷承袭大单于封号。在攻打匈奴刘曜的军队时，段匹磾的堂弟段末杯追击匈奴大将石勒的时候被俘。当时，出身羯族的石勒不仅没杀他，反而送还于段部鲜卑单于疾陆眷。为此，东部鲜卑就与匈奴刘氏汉国大将羯胡石勒结盟，双方不再战斗……段匹磾一直不赞成兄长与石勒休战的做法，尊刘琨为大都督，派兵准备攻击石勒。听说能战敢战的段匹磾要来攻打自己，大惧之下，石勒派人给段匹磾堂弟段末杯送去大量珍宝。段末杯既想报答石勒先前不杀之恩，又想乘段匹磾在外征战侵夺他的地盘，就向段匹磾的哥哥疾陆眷单于进言，说段匹磾有自立的野心。……不久，疾陆眷单于病死，段匹磾闻讯，率军赶回为哥哥奔丧。段末杯声言他是要回来篡位，半路设伏追击，段匹磾败走。段末杯大败段匹磾之后，即刻杀掉同族子弟二百多人，自立为单于。因此，刘琨依附段匹磾之时，这位鲜卑人自己也处于多难之秋。惺惺相惜，两人关系开始处得很不错。"

冯婉华："哦，我好像想起来了，这位刘琨后来恰恰是死于这位段氏鲜卑段匹磾之手……"

李奕："段匹磾一直很敬崇刘琨，两人相见，相约共扶晋室，尽忠朝廷，并结为兄弟。同时，两人又一起上表远在建康的司马睿，拥戴他为皇帝……当初，段匹磾在奔兄丧时，刘琨的儿子刘群也和他一起。段末杯大败段匹磾，段匹磾逃走，刘群被俘。段末杯抓住刘群后，答应推戴刘琨为幽州刺史，结盟共击段匹磾。刘群这个小伙子年轻无识，写信给父亲刘琨，并派密使送信。半路，段末杯派来为刘群送信的人被段匹磾手下抓获，搜出密信。"

冯婉华又是一声叹息："乱世之中，就怕这些事情。人和人之间，一旦有所猜疑，大势去矣！"

李奕："诚如您所料！其间，段匹磾的弟弟段叔军害怕晋人为了救出刘琨在军中起事，力劝段匹磾杀掉刘琨。惶惧之余，建康的王敦等人忌恨刘琨才华和名声，也派使者来劝段匹磾动手，最终，段匹磾派人缢杀了刘琨，刘琨时年才四十八！"

冯婉华："唉，乱世忠臣，都没有好下场……嗯，这刘睿英豪过人的样子，在他身上，应该还有他远祖刘琨的风采吧……"

李奕："如果我们想象刘琨的长相，应该就和刘睿差不多吧"。

冯婉华："刘睿是晋朝大忠臣之后，如今竟然沦为坊市卜卦卖药的贱民，天意不测啊……回朝后，我们和高令公商议一下，看看怎么用他！"

第八十九章　躁动的少帝

万寿宫内，少年皇帝拓跋弘对着身边陪伴自己的万安国、拓跋长乐和元丽，大讲内心感受："我小时候其实就喜欢万寿宫，这里好玩……我对宫内的景色也十分熟悉，每次到这里来，那个老太婆常太后，都让人给我很多很多吃的东西，随便吃，好几次都把我撑到了……"

万安国仔细听着少帝的话语，接着说："陛下，您对这里有这样的好印象，肯定就是和这里有缘啊。您那么讨厌常太后，我还以为您不喜欢这个地方呢。"

拓跋弘："不喜欢人，不一定就意味着要讨厌这个地方。我现在还记得，大概是在我七八岁的时候，有一次我和母后一起到这里来，应该是在夏天吧，常太后殿里有个宫女，带我去花园里面玩。她穿着很薄的丝绸衣服，好看极了……红日西沉时，花园内巨大树木散发出来的干爽沁人心脾的清香好闻极了，还有茉莉花那种特别浓郁的香味，阵阵向我扑来。阳光从那个宫女的背后照过来，她的衣服好像都变成透明的了，人显得更好看了，那种夏日来临的感受，现在还刻在我脑子里面……"

拓跋长乐双眼发亮："陛下，您现在都搬到万寿宫来住了，大可以把先前那个宫女找出来，接着伺候您啊。"

元丽恨恨地望了拓跋长乐一眼，道："太皇太后临死前，把许多宫女都放还回家了，还去哪里找！"

拓跋长乐没有感觉出元丽的恨意和醋意，接着说："那还不容易，派几个宦者到专门管理宫女的掖庭监去，肯定能够找到那个宫女……"

拓跋弘笑着摇摇头："算了！我都问过宦者了，当时放归回家的宫女有一千多个，我也不是特别记得那个宫女的样子了。即使真把那些人都喊回来，我也可能都认不出是哪一个了……嗯，现在我身边有元丽姐姐，挺好的。"

元丽听拓跋弘如此说，低头抿起嘴唇笑了。至此，拓跋长乐才发觉自己刚才的冒失，偷偷向万安国吐了吐舌头。

万安国说："陛下，先前您的嫡舅冯熙不是领了他两个儿子冯脩、冯诞来吗？您的这两个表弟，和我们年纪也差不多，怎么您不让他们也进宫来陪您玩啊？"

拓跋弘摇头："不行，他们两个都是书呆子！他们后来几次入宫，都和我谈论诗书方面的东西，真是很烦人的……更何况，如果我们带着他们两个一起玩，他们肯定会把我们干了什么都告诉我舅舅。可以想到，我舅舅又会转告给母后……我母后对我管教可严了，如果让她知道我们天天跑马玩乐，她肯定要训诫我们的，说不定还会让人用棍棒罚我们……"

万安国很诧异，问："陛下，您从前挨过打？"

拓跋弘："当然挨过打，好多次呢……不仅母后打过我，父皇有一次因为我淘气，也亲自用棍子敲过我的腿呢。不过，大多数时候母后都是让宦者用戒尺敲我的手掌。"

拓跋长乐："陛下，您现在可是皇帝了啊，太后不可能再打您了。"

拓跋弘想了想，说："嗯，确实应该不会了吧。反正我现在都搬到万寿宫来住了，和母后不住在一起，我舒服多了。不过……"拓跋弘压低了声音，"和我一起来的，有几个是我母后的耳目，估计就是来监视我的，现在都归赵黑赵公公管。我们干什么特别好玩的事，一定要躲过这几个人……"

万安国愤愤地言道："这些奴才竟敢窥伺皇帝，日后您找个机会，把这些人都杀掉才好！"

拓跋长乐也露出愤愤不平的样子。拓跋弘点点头。元丽低头不语。

万安国说："陛下，我母亲高阳长公主让我对您说，您哪天有空，还清到我们家里去看看。"

拓跋弘应道："嗯，有时间我就去你的府邸看看，我也很想知道，公主和驸马家里到底是什么样子的……不过，我最好偷偷去，按规定，我但凡出宫，都要向母后报告呢。唉，你的母亲，还是我的亲姑姑呢。"

万安国："陛下，我的妻子，也是您亲姐姐啊。"

拓跋弘目光炯炯："我们应该是同父异母吧……唉，我的生母是谁，到现在我也不知道！我也不敢问母后。好像这件事情在宫内还挺神秘的……"

拓跋弘望着殿外林荫路上一片金红的余晖，有些发愣："我想，我的生母一定也像我母后一样漂亮，容光焕发，光彩照人！……去年夏天，我代表母后给常太后那个老太婆送什么西域的葡萄酒去，她招待我在万寿宫吃饭，还让我也喝了酒，喝得我头昏昏的。当时，我依稀听到她和她兄弟常英在说什么我的生母好像是被我母后害死的……后来，我醉乎乎地去花园撒尿，不知不觉就醉倒了，头枕着一棵大树的根部，一下子就睡着了。阳光越来越烈，不知道过了多久，我在酷热和光亮中醒过来，大概是中暑了，我呕吐了半天，又睡了过去……头疼到就像要裂开的时候，我做了一个梦，梦到了我的生母。在炫目的阳光中，她的面貌特别美丽，刚刚出浴一样，整个人都焕然一新，慢步走到我的面前……"

李氏府邸。书房的窗户大大地敞开着，窗下密密丛丛地长满了鲜花，使得整个书房都充溢着浓郁的花香。京兆王拓跋子推坐在榻上，李崔、李长祥陪坐，看着拓跋子推饮酪浆。

看到有家仆端了三盏绿油油的液体过来，拓跋子推很好奇，问："李侍中，这是什么东西？"

李崔："此乃茗饮，俗名唤作'茶'，江南一地，和尚和士大夫常常饮用此物。"

拓跋子推："嗯，我好像听说过，先前南朝使者来平城，也馈送过我这样的东西，一直被我堆放在仓库里面。我喝过一次，好像很苦。"

李崔："不知南朝使者是什么时候赠与王爷您的？"

拓跋子推："去年吧，不，前年了。当时那些茶叶也是绿油油的，就如同新鲜的树叶一样……"

李崔："王爷，茗饮所用的茶叶，还是要当年的好。放久了，味道就大变了。来，您尝尝我府上的东西吧。"

拓跋子推不好推辞，只好端起茶盏，犹豫了一下，喝了一小口。他咳嗽了一下，忍不住说："哎呀，味道还是有些苦啊……"

说着，他把案子上摆放在酪浆旁边的一盏新鲜奶油倾入茶饮，而后将茶饮一饮而尽。他擦了擦嘴唇，道："嗯，这味道就能下咽了，还真是有特别的风味啊。"

李崔："京兆王您好厉害，我以后饮茶，也学您这样喝。来人，给我上鲜奶油！"

仆从马上拿来新鲜的奶油，李崔、李长祥父子各自将奶油倾入自己的茗饮之中，而后大口喝下。

李崔大声叫好："好！软滑香浓，饶有趣味！"

李长祥仔细品咂："这样一来，奶油不腻了，茶也不苦了！茶为奴，奶油为主，主奴相得，太好不过！"

拓跋子推哈哈大笑，非常高兴："李侍中，你今日请我到你府上来，有何见教？"

李崔躬身行礼："在下岂敢！"

说话间，一群麻雀忽然从被阳光照得耀眼的花丛中惊飞，嘈杂声使得李崔赶忙探身往窗外查看。

李长祥："父亲，这是在咱们府邸，没有外人的。"

李崔揉了揉两个略显浮肿的眼泡，诡谲地笑了一下。而后，他对拓跋子推说："王爷，这次乙浑被诛，大家都躲过了一大劫啊！"

拓跋子推也是如释重负："唉，前一阵子，你们二位也知道，那个禁卫军军官林冬间哄着我入宫，也没对我明说要干什么，直接就把我带到了乙浑面前。当时那种情境之下说不定他们能当场就把乙浑宰了！不过呢，如果那样的话，你父子也在，说不定也遇害了。"

李崔一捋胡须，附和说："乱兵一起，没有头绪，不仅我们父子可能被杀，说不定您也难逃一劫！"

拓跋子推："这又是怎么说？"

李崔："宫内之事，但凡于常理之外行事，肯定变化万端！幸亏王爷您当时很明白事理，没有指挥禁卫军杀掉乙浑。"

拓跋子推禁不住冷汗直冒："李侍中你不要夸我！说句实话，我当时也是吓坏了，根本反应不过来，绝对不是临危不惧啊……"

李长祥："无论如何，王爷您是吉人天相！"

不久，案子边三坛酒已经饮空，李崔、李长祥、拓跋子推三个人皆已微醺。

拓跋子推慨言道："冯太后虽是一妇人，在这次元月十五大朝会上的表现还真是出彩，真正做到了临危不惧。我等不及啊！"

李崔："真有吕后之风！"

拓跋子推感觉李崔话里有话，问："……吕后？"

李长祥："唉，冯太后确实是人中之杰！看现在这个势头，她比起常太后来，那简直是更胜一筹！乙浑当时多么嚣张跋扈啊，朝廷内外都把持住了。岂料冯太后一朝而发，竟然在那么短的时间内，把乙浑这样的人及其同党连锅端了！有魄力，有胆力！"

拓跋子推仔细琢磨着李崔刚才的话语，说："太后确实有胆力和魄力，但拟之为吕后，似乎有点……"

李崔仔细观察着拓跋子推的表情，试探着说："王爷啊，我是怕如今子弱母壮，日后对大魏皇族不利啊。吕后淫恣，几乎就灭亡了汉家天下。前朝倾城之戒，不可不慎啊。"

拓跋子推虽然醉醺醺的，也在非常小心地仔细端详着李崔、李长祥父子的脸色。

李崔："京兆王身为皇叔，本应入卫宫闱，朝夕在皇帝左右，保卫社稷之主啊！如今主上幼冲，皇叔您钦明睿哲，用心平允。日后皇帝加元服之后，万机亲览，王爷您才可以放心啊……"

拓跋子推想了想，说："我乃先帝亲弟，本无才无德，早逢兴运，有命有时！藉风云之会，滥公于卿之首，蒙先皇不次之赏，荷陛下非分之恩，得以逃过乙浑之祸。如今呢，其实我常虑盈满有祸，岂可主动去求宿卫皇宫的重任？"

李崔做出一副推心置腹的样子，劝说道："京兆王，作为皇叔，您当然不用自己主动要求护卫宫闱，我父子二人，加上中书省诸官，会联名推荐您，您不必自己出头。"

拓跋子推沉吟："这样最好不过……"

又沉思了一会儿，拓跋子推才对李崔说："我幼时长于姊姊高阳长公主府邸，与高阳公主名为姐弟，实同母子。现在，听说她的儿子驸马万安国和皇帝天天玩在一处。我可带你们父子与公主先交结一二，而后最好再让皇帝能够真正见到他的外祖父和舅父，也就是你们二位！"

李崔听得此言，兴奋得一下子坐起来，拱手道："如此，深谢京兆王大德！"

高阳长公主府邸。

先前见惯了常太后和冯太后的华服打扮，初次见到高阳长公主，李崔、李长祥父子发现她的衣着有些怪模怪样。

只见长公主上身穿一件大红色的绸缎窄袖夹袄，下身穿淡紫色裤褶，脚上穿着软皮的短靴，头上梳着大概是拓跋鲜卑入平城之前的高髻，额头还糊着亮闪闪的粉红色贴。她那张略显松弛的脸上，基本没有什么表情，但一双眼睛烁烁发光。

李崔、李长祥跪地施礼："拜见长公主！"

高阳长公主大模大样地坐在榻上，努嘴对拓跋子推说："喂，这两位可是当今皇帝的外公和舅父？你还不赶快把他们扶起来！"

拓跋子推过去扶起李崔、李长祥父子。在午后的静寂和空蒙之中，厅内显得有些阴暗。这里许多摆设都非常鲜卑化，空气里面弥漫着一股浓浓的酪浆味道，气味古怪的熏香让人有昏昏欲睡之感。

高阳长公主四十岁左右的样子，她半躺半坐地靠在厚软的锦褥上，非常舒服地端着一盏酪浆啜吸着，双眼含笑地对着李崔、李长祥说话。虽然年纪不小了，长公主的皮肤还没有完全松弛，眼睛炯炯有神，拿着杯盏的手也非常细滑白皙。

喝完了那盏酪浆，高阳长公主一骨碌翻身坐直了，和蔼亲切地对李崔说："李侍中，相比我们这些人，你和皇帝的亲缘关系更近啊。"

李崔："哪里哪里！陛下姓拓跋，京兆王姓拓跋，公主您也姓拓跋！大魏之天下，乃拓跋之天下，我们乃母系外戚，岂敢造次！"

李崔这几句话，说得高阳长公主心花怒放。她对拓跋子推微微点头。拓跋子推高声吩咐公主府内的仆从："来，马上备家宴！"

花园内到处飘溢着烧烤肉类的味道。家宴的地点在水中的一个绿洲上，绿岸夹护，碧波粼粼，长长的水带上和弯弯曲曲的岸边，都燃着无数巨烛，把园内照亮如白昼一般。

在这个绿洲小岛上，覆盖着一簇簇的树丛；水中，那些萋萋水草生长旺盛，颜色翠绿翠绿的，不停随着水流起伏波动。河中间，还疏疏落落露出些奇形怪状的石头。流逝的水波击石，忽然散落成飞溅的水珠，在阳光下粼粼耀眼，形成了美丽的彩虹……各种各样的睡莲，在两岸漂浮着它们巨大的绿色叶子，与附近岸上开满的鲜花遥相呼应。一座精美的虹桥呈拱形，在桥墩和栏杆上，覆盖着绿茵茵的苔藓。显然，这座桥没有人行走，只是供人观赏的装饰而已。

李崔望着豪奢的场景，低声对儿子李长祥说："没想到大魏宗室如此豪阔，连公主家里都这么奢侈，仅仅这些巨烛一天的花费，就定是相当惊人！"

李长祥连连点头。

高阳长公主豪饮了几盏酒，有点醉意："我们家里这园子还可以吧？春夏秋三季，我都可以在这里呼吸有益我健康的清新空气。特别是到了秋天，看着岸边那些金黄树丛上双双对对的鸟儿，唉，一种甜美又凄凉的宁静就会涌上我的心头……"

李崔："唉，空谷回响，百鸟鸣啭，公主，您这里，简直就是人间天堂！"

高阳长公主："李侍中，如果早春时分来，我这园子风光更好！如果你有什么烦心事，想要平复心上伤痛流血的地方，最好和我一起荡舟而行。到那时候，春水缭绕，风物滋养，别有一番风味啊……当然了，到了秋天，还可以在这小岛上缅怀已经死去的人们，比如我那死了十年的死鬼驸马……"

李崔、李长祥二人看着水中一群小鸭子在嬉游，一时间不知道如何接这个话茬……

第九十章　母子生隙

李奕跟着冯婉华，进入位于坤德六合殿花园深处寂静的凉殿。他发现这个建筑非常奇特，与周围花香四溢的景物相得益彰。凉殿坐北向南，有几扇大窗户。每扇窗户上都挂着巨大的帷幔。风时时吹过，帷幔掀开一小角，窗外的绿色就会透映进来，闪现出依山傍水的风致。此时，年轻的皇太后的眼睛是那样明亮、晶莹，她近在咫尺的呼吸，是那样清新。

李奕感到自己的心跳得厉害。他深深知道，他所面对的，不是一般的女人，不是一般的美丽女人，而是大魏的皇太后。

两个人本来是面对面坐在榻上对饮。忽然，冯婉华轻轻凑了过来，坐在了李奕的旁边。李奕知道，这位年轻的皇太后，此刻春心荡漾。同时他也深知，自己肯定已经撞开了她的心扉。在这样非常的时刻，在这样非常的地点，好像从前的美梦，一朝都实现了。

虽然此时的李奕内心也异常兴奋，但他表面上还是展现出恭敬的神色。甚至，如果仔细看，他的脸上似乎还带着一丝怏怏。在内心深处，他的爱恋其实还一直蜷缩在角落里。冥冥之中，甚至包含着灾难降临的预感……

冯婉华眼中有情，心中有火。

"李奕哥哥，你说，我们之间，是否要有非常强、非常多的机缘，才能够形成今天这样一种关系呢？老话说百世修来同船渡，千世修来共枕眠，我和你之间有着这样的机缘巧合，是否要一万世才修得来呢？"

李奕低头道："臣……臣实不知……"

冯婉华："李奕哥哥，即使到了今天，我还记得那年我被押送长安，就在我母亲快死的那一晚，在驿站看见你时的样子……"

李奕发出一声深深的叹息："是吗？臣也记得您当时的样子，当时，您是一个多么孤独无助的小女孩啊……"

李奕心中深知，与面前这样一个女人之间的爱恋，可能要他付出自己甚至是家族的生命的代价！他此时的心情，并非年轻男女初恋时所产生的那种因为性格腼腆而造成的疑惧，而是一种深深的恐惧。上天注定了这是一种无望的恋情。这种感情，最后肯定会变成悲剧，变成忧郁。所以，这种感情刚一开始，李奕的内心就已经被悲伤和忧郁的情绪笼罩了。

但是，李奕又无法拒绝面前的皇太后如此天真、自然地流露出来的那种欲念的闪光。此时，在他的心中，有几分高兴，又有几分羞愧，还有几分莫名其妙的欢愉。

冯婉华像个小姑娘一样调皮地搂住李奕的肩，口中香气如兰："李奕哥哥，你喜欢我吗？"

李奕面红心跳。皇太后的这道声音，直透他的心扉，充溢他的灵魂，恰似一束阳光，忽然照亮了一汪深不可测的水潭。他恨不能逃走，可是已经迟了。她紧紧搂住了他的脖子，他们的目光相遇了。李奕的眼里，流露出不可自抑的悲伤。

冯婉华深情无限，问："李奕哥哥，我的脸红得厉害吗？"

李奕点点头。

冯婉华的脸上，完全不见平素在朝堂之上和坤德六合殿内的高傲。她的脸红红的，直直凝望着近在咫尺的这个美男子的脸，她想从对方声调的细微变化中，捕捉他情绪上的波动。

倾听着冯婉华迷人的声音，呼吸着从她表露纯情的双唇间吐出来的幽幽兰香，这一切，也勾起了李奕心中的渴望。他也想以同样的狂热，把面前这位美丽的女人紧紧搂在怀里！

就在这样的时刻，每当两个人独处，年轻的冯婉华讲到某些高兴事情时，就会笑起来，快活得像春天的燕子一样。而当她讲起过去的忧伤时，那声音又充满了少女的哀怨。

旁边没有女官、侍婢和宦者的时候，李奕才敢仔细端详冯婉华。他的目光尽情地在冯婉华身上移动着，寻找着从前那个无比依恋自己的小姑娘的身影……李奕不由自主地闭上眼，紧紧搂住冯婉华的腰，亲吻着她的嘴唇，双手在她的鬓发中温柔地抚摸着。同时，毕竟总有一种恐惧的心理折磨着他，欲望越强烈，他越不能自制，内心的恐惧就越强烈。

李奕压低嗓音，说："太后，您可是大魏的太后啊……更何况，现在还有皇帝在朝呢。您能够把握您的命运吗，能够保证我的命运吗……"

李奕最后的一句话，似乎深深刺痛了冯婉华的心——她才刚刚在亲吻和抚摸中感受到了无边的乐趣和真正的恋情。

李奕褪下冯婉华肩膀上的衣带，一边亲吻她的双肩，一边偶尔抬起头凝视她的眼睛。而后，他的嘴唇淹没在冯婉华胸前的馨香中。如同幻梦一般的快乐，在漆黑之夜中闪闪发光……

而冯婉华，看到这位自己在童年时代就朦朦胧胧喜欢上的男子，现在竟像小孩子一般腼腆、畏怯，她确实感到出乎预料。特别是他方才说话时，不知为什么，还突然压低了声音，似乎被内心的恐惧压倒了。她轻轻叹了一口气，压抑住自己内心深处的隐忧，说："我能！"

坤德六合殿内，冯婉华居中坐御榻，献文帝居中坐御榻。群臣皆坐殿上席位。

冯婉华对高允说道："令公，你所统领的中书省，人才辈出，既有临危不惧，替我和皇帝挡刀的李奕，也有文采飞扬，替乙浑写劝进表和替皇帝写禅让诏书的李䜣，他们都是人才啊……"

高允拱手以礼："不才，诚愧对太后与陛下。"

冯婉华："我入宫多年，一直对儒道之学非常感兴趣，但学情未专。现如今总理朝廷万机，更没有时间专门看书研习。散骑侍郎李奕，忠心不贰，明于儒道，今拜李奕为都官尚书，封安平侯，依旧领宫内监一职，常备顾问。"

李奕离席谢恩。李䜣一脸惶恐，在坐席上神情不定，似是不安至极。

李奕为李䜣求情说："臣闻至治之隆，非文德无以经纶王道；太平之美，非良才无以光赞皇化。如今圣治钦明，道隆三五；九服之民，咸仰德化。李䜣前为乙浑所逼，不得已在中书省为他书写疏奏，实非本意。李䜣确实是我们大魏家的髦俊之士，长管中秘，经艺通明，应该选派为外官。一旦获蒙进用，显任一方州郡，必定思念帝恩，报效国家！"

李䜣听李奕在救护自己，赶忙离席匍匐，叩首诉道："先前臣为巨贼乙浑所逼，不能自励，臣实惶恐！"

冯婉华思考了一下，说："国家善待人才，拜李䜣为安南将军、相州刺史。如今国家委任你为牧守之官，希望你到州之后，为政清简，明赏审罚，察访善恶，明加贬赏！"

李䜣："臣如今重荷荣遇，不敢不以死报效！"

冯婉华面色严厉，言道："李䜣，希望你到州郡之后，能够将功折罪。一旦治绩无效，贪暴远闻，贬退是轻，必行诛戮！"

李䜣叩首谢恩："臣不敢！"

殿内，群臣耸然。

冯婉华接着又大声宣布："李奕上疏，奏闻有庶民刘睿，善于天文卜筮，自强不息，特旨擢为太卜中散，入朝为官。"

刘睿："臣谢恩！"

朝中大臣，还真有不少人认得这个刘睿，曾经到坊间让他卜卦。如今，忽然看到这个相貌堂堂的卦师也入朝为官，皆大相叹异。

冯婉华："令公，最近洛阳一带瘟疫流行，是否拟好了以皇帝名义下的诏旨？"

高允从怀中掏出一份诏旨，大声念道：

"皇帝诏曰：朕思百姓病苦，民多非命，至于夜中不寐，疢心疾首。特命洛阳官员，广集良医，远采名药，同心协力，救护兆民。可宣告天下，民有病者，所在官府遣医者就家诊视，所需药物，官府统筹，任医者按量酌情给之！洛阳附近州镇，又逢荒年民饥，所在官府，开仓赈恤！"

高允站在殿外，望着殿内冯婉华和拓跋弘离去的身影，禁不住叹息了一声："皇太后懿德深厚，气度不凡，真是我们大魏之幸啊！"

李䜣抹了抹额头上的冷汗，说："刚才吓得我真够呛，以为皇太后念起旧恶，要处死我呢……当初我给乙浑写那些东西，真的也是被逼无奈。令公，感谢您先前替我在太后那里关说此事；李长侍，特别感谢你，刚才替我说了那么多好话，我如今得放外州为官，喜出望外啊！"

刘睿气概粗豪，对李奕讲："李长侍，我也要感谢你，现在我能够入朝为官，这辈子都想不到！"

李䜣："恭喜刘中散，您现在官职中的中散，就是中散大夫的省称，基本就是和我一样的官职！"

刘睿哈哈大笑："我也成为大夫了，哈哈，这真可以衣锦还乡了！"

万寿宫内。拓跋弘坐在案几旁，一脸不耐烦，看着堆放在那里的一堆奏章。在他身边，元丽正忙前忙后，一点没有被日常生活琐事烦扰的样子，显得特别悠然自在。

"元丽姐姐，万驸马和建昌王来了吗？"

元丽："已经派人提前通知他们了，应该很快就到了吧……"

拓跋弘推开案子，一下子站了起来。他接过元丽递过来的酪浆，美滋滋地喝了起来。而后，他一边竭力找些话头来讨元丽的欢心，一边搂住元丽的腰，用鼻子闻嗅她身上的香味。"元丽姐姐，我好喜欢你，喜欢你身上的气味……"

元丽用眼睛瞟着不远处几个侍立的宫婢和宦者，假装闪躲："……陛下，您不要在这么多人面前这样子，我怕他们说出去！"

拓跋弘语气恶狠狠地道："谁敢！有谁说出去，朕杀他三族！"

拓跋弘如此说，近前能够听到他说话的宦者和宫婢，都禁不住哆嗦了一下。拓跋弘这个少年，情窦初开，但本性轻狂，当着宫婢和宦者的面，他一面搂着元丽闻嗅，一边用手在元丽身上摸索着……

元丽咯咯笑着，依旧假装闪躲，左扭右扭的。她是个非常聪慧的姑娘，眼睛看上去特别明亮和清湛，年纪虽然不大，但已经懂得人生的艰辛。特别是在冯婉华身边侍奉的一段时间，她已经见证了宫里女人许多的奥秘和辛酸……

拓跋长乐、万安国很快就到了。这两个人，都是美丽俊秀的贵族青少年，面庞都俊美异常。可只要看看他们的眼睛，就不难发现这两个人贪婪、轻佻的心性。

两人都已经和拓跋弘熟络得不行，见面的时候，连君臣之礼都免了。三个人勾肩搭背，宛若坊市里的年轻人一般，说笑个不停。

拓跋长乐牵来一条纯黑色宽脊背的大狗，西域种类，颈上的皱褶耷拉着，浑身肥得冒油。它有一双亮晶晶的、暴突出来的栗色眼睛，还有一颗黑乎乎的塌鼻子。这条狗一见到人，就会翘起下巴，摆出一种要吞噬对方的高傲自大的神气，而后，还会吐出夹在獠牙之间的紫红色大舌头，哼哼个不停。万寿宫里，但凡在走廊上或者殿外殿内碰见这条大狗，宦者和宫婢马上就能听到它喉咙里发出的呼哧呼哧的嘶哑的声音。这条恶犬就像憋着一股邪气一样，即使被牵住了脖颈，也抑制不住它的怒气和狂暴，依然会冲人凶猛地高声狂吠，往往吓得那些宦者和宫婢双腿颤抖，甚至一些宫婢会被吓得大哭起来……但特别奇怪的是，这条大狗只要见到拓跋弘，凶蛮的嘴脸就会变得驯顺，甚至连暴躁都一丝不见。

为此，拓跋弘特别喜欢让人带这条大狗来宫内玩耍，他总是和拓跋长乐、万安国一起带着这条巨犬骑马飞驰，到北苑去打兔子。

拓跋弘喝了一大口酒，说："有一天，我不知为什么，睡过了头。醒来之后，发现只有元丽在我身边，高令公派来的教我读书的师傅也没进来。你们不知道我当时有多么舒服……我躺在床上不起来，透过窗户，望着殿外，望着外面太阳的光辉。唉，那时候我感觉到了少有的宁静。哪天，我真的自己统领天下了，就再也不要早起上朝了，朕要随心所欲！"

说着，拓跋弘俯下身去，抚摸着大狗的脖子。大狗谄媚地逢迎着他，还用舌头舔着这位少年皇帝的手。

拓跋弘问道："建昌王，你在你的王府中，有什么可行乐的事情啊？"

拓跋长乐："臣近日派手下搜来了三四斗大蝎子。有个奴仆犯事该罚，我先把蝎子放入一个大缸之中，再把那个奴仆也放入其中，看着那些蝎子在缸里面蜇他，蜇得他号叫不已，真是大乐之事！"

万安国看了看拓跋弘："这似乎有些残忍了吧……"

拓跋弘却一脸向往之色，说："如此大乐之事，该告诉我啊！下次我去你家里观看，我们一起玩！"

拓跋长乐听到拓跋弘如此说，赶忙跪下："陛下肯临幸我的府邸，我三生有幸了！"

万安国："陛下，我母亲还请您有空到寒舍一饭呢……"

拓跋弘："哦，你的母亲是我的姑母高阳长公主吧？说实话，我还从来没有见过她呢。好啊，我会去，你们家里有什么好玩的呢？"

万安国："只要陛下来了，肯定有好玩的东西等着您！"

又喝了一会儿酒，拓跋弘说："嗯，我叫元丽姐姐马上派人收拾准备，这两天就找时间到驸马府去玩玩……"

说到要出门，拓跋弘立刻进入一种亢奋的状态，跃跃欲试。对这个少年来说，乙浑被诛之后，他心里从前被压抑的一切，几乎都复活了。他对周围的一切感受，都在逐渐恢复。他深刻地理解到，这个国家中的一切，特别是平城皇宫内的一切，殿宇、坊市、财宝、兵士、宦者、宫婢、朝臣、禁卫军，都是他的。在皇宫之中，只有一个人值得他畏惧，那就是居于坤德六合殿的母后。

万寿宫外面那些多云的天空，坊市街道上尘土的气味，雨后空气里的清香，以及别的王府和贵族府邸中那些越墙而出的特殊的气息，都成了他向往和憧憬的东西。

此时，拓跋长乐像突然想起什么似的，凑近拓跋弘说："陛下，您外出，是否要提前告知太后？不告知的话，太后或会嗔怪吧？"

拓跋弘一脸恨恨："是啊，确实要提前告知太后……我要找个理由才行。唉，什么时候我自己说了算，我才是真皇帝！"

万安国："陛下，您到我们府里去玩，太后肯定会批准的。我母亲高阳长公主是先帝的姊姊，我的妻子又是您的姊姊。您到姑母家去玩，应该没有什么忌讳……"

商量完出宫玩乐一事，三人坐在一处，拓跋弘和拓跋长乐开始玩起了握槊，驸马万安国在一旁观看。三个年纪相仿的少年人玩得津津有味，宫婢不停递上酪浆和西域葡萄酒，他们边玩边饮。游戏期间，万安国和拓跋长乐不停给拓跋弘讲述宫外的奇闻异事。拓跋长乐为人很机敏，心性佞巧；相对而言，万安国虽平日里时常神情傲狠，心地却相对良善一些。在偌大的宫殿之中，这两个少年人就成了少年皇帝仅有的朋友。

三个人还在玩握槊，忽然元丽急匆匆地冲了进来。她没有多说，呼啦啦地把几人面前握槊棋盘上的棋子全部推掉，倒入自己手中一个盒子里，又把几本儒家经典摆在三个人的面前。接着，还没等三个人缓过神来，元丽又把他们身边的装盛着葡萄酒的琉璃盏杯一股脑扫进了近旁的一个漆盒之内。

见元丽如此行事，拓跋弘有些恼怒："元丽！这些琉璃器价值连城，你这样弄，会把器皿磕坏的！"

元丽一边在三人的榻前案子上摆好酪浆，一边气喘吁吁地解释："陛下，太后来了，马上就要入殿了！你们赶紧佯作读书，否则太后肯定会责怪陛下的……"

话音刚落，冯婉华便坐着四人抬的肩舆，从殿门处进来了。

宦者高呼："皇太后驾到！"

拓跋弘、拓跋长乐、万安国、元丽，以及在场的一众宦者、宫婢，皆跪地行礼。

拓跋弘："母后，儿臣不知道您驾到，请恕儿臣未能远迎！"

冯婉华慈爱地看着拓跋弘，目光温柔："皇帝，今天天气好，我忽然想出来走走，顺便到你这里来看看。唉，这地方……汝祖景穆皇帝和汝父先帝都在这里住过很长时间，这么多年过去了，景色不变，却是物是人非了啊……"

冯婉华看了看拓跋长乐和万安国，又四顾一番，脸上露出些许感伤。这个宫殿，留给了她太多的回忆。

"这两个人，就是建昌王和驸马吧？"

拓跋长乐和万安国匍匐在地，皆满脸惶恐。

冯婉华盯着万安国看了一会儿："嗯，我十多年前和先帝在万寿宫见过你母亲高阳长公主一次，你长得真像你母亲！"

拓跋弘趁机说："母后，我在宫内待得有些烦闷，是否能允许我到高阳长公主府邸去，我也和我的姑母见个面……"

冯婉华面露笑容："皇帝，当然可以！万驸马的妻子，也是你的姊姊河南公主呢，正好你也去见一下你的姊姊。连我都没见过你姊姊呢……唉，从前大魏后宫制度极严，至亲骨肉，一辈子也没有什么机会相见……对了，你们三个人在干什么？"

拓跋弘："儿臣和建昌王以及驸马在读书。"

冯婉华顺手拿过拓跋弘案子上的书籍翻看了一下，问："今天就你们三个人读书啊，怎么没有中书省高令公他们派来的师傅在这里教你们呢？"

元丽："回禀太后，早上中书省当值的官员因须草拟重要诏旨，请假了，说下午来，陛下就和建昌王、万驸马一起自己研习儒经……"

冯婉华看到元丽，神色变得更加和悦了。她拉着元丽的手说："元丽啊，我真挺想你的，元蕊和慕容雪莲也都特别想你……皇帝这边，你可要看好了，别让他摔到磕到……"

元丽："谢太后惦念！陛下这边您放心，陛下圣质聪颖，专心读书，他都这么大了，肯定摔不到碰不到的……"

拓跋弘也笑了，有些娇痴的样子，撒娇似的说："母后，儿臣都自己搬到万寿宫来住了，又不是七八岁的小孩子，不会摔到碰到的。"

冯婉华笑着对拓跋弘说："我隐约听安定王说过，你最近喜欢走马疾驰。你可千万小心！毕竟你是大魏皇帝，万乘之尊，若是受个什么大伤小伤，那可就不好了。"

拓跋弘："母后，先帝曾经给我讲过，我们大魏鲜卑，本来就是马上得天下的。就是记得这句话，我才时常练习骑术，还有射箭什么的。您放心，我有禁卫军教官在一旁护持，还有驸马和建昌王跟我一起练习。"

万安国："太后毋虑，有臣等在此护持陛下，定能保陛下万全。"

冯婉华心情大好："嗯，驸马啊，你大皇帝两三岁吧？该劝他读书就多劝他读书，骑马的时候，也多想着一些安全，切勿让危险的事情发生！"

万安国："臣谨遵太后懿旨！"

元丽也道："太后，您敬请放心！"

如今的元丽，在冯婉华和元蕊、慕容雪莲眼里，仿佛已是一个完全陌生的人。她打扮依旧素雅，但脸上的表情已经没有先前的青涩。当她说话的时候，那双睁得大大的眼睛熠熠闪光，显出一副愉快而幸福的样子。

冯婉华又仔仔细细地上下打量了一番元丽，说："嗯，有你在皇帝身边，我肯定放心。"

冯太后御辇走后，拓跋弘非常高兴地对元丽说："元丽姐姐，刚才幸亏有你啊，否则太后看到我和建昌王、驸马在一起饮酒、握槊，非大怒不可！"

万安国："就是就是，刚才太后一高兴，马上就答应让陛下到我们家里去了，真是择日不如撞日！说不定换个别的日子，太后根本就不会同意陛下出宫。"

拓跋长乐："刚才差点把我吓死！如果让太后看到我和陛下在一起玩握槊，还喝酒，估计马上就把我的王封给免了……"

元丽的两手还在微微发抖，心里有些难过。她苦笑了一下，说道："唉，刚才我是在欺骗太后啊，这是欺君之罪！"

万安国安慰元丽道："你是为了陛下才骗太后的，肯定没事。"

拓跋弘面露骄横："什么欺君之罪！只有你欺骗朕，才是欺君之罪！今日元丽姐姐你太向着朕了！日后朕一朝亲政，看朕怎么赏你！"

元丽没有说话。她心事重重，忽然觉得周围的一切都有些模糊了。她心不在焉地收拾着案几上的经书，一时间惘然若失，泪水夺眶而出。

元丽是个很少流泪的姑娘，这一次，因为欺骗了皇太后，她忍不住哭了。一种强烈的愧疚和伤感刺穿了她的心，她觉得自己太对不起皇太后了。毕竟，皇太后是那样信任自己，爱惜自己……

第九十一章　内外结盟

高阳长公主府邸。

高阳长公主焦灼不安地走动着，她的绸裙沙沙作响。皇帝今日将亲临府邸的消息确定之后，她一直坐卧不安。李崔、李长祥父子也都心绪不宁，在高阳长公主府邸的前厅内来回走动着。

李崔对高阳长公主说："今日皇帝能够驾到，幸亏有驸马从中调和。否则，现在宫内太后听政，他不可能有机会到长公主府邸来的。"

高阳长公主："吾儿还是很聪明啊，如今哄得皇帝高兴，兄弟一般，竟然还能得到太后的首肯，让皇帝亲临府邸，真真是千载难逢！先前我兄长做皇帝，可能十年才有机会一见，还都是在国家大朝会这样的时候，哪里能够屈尊到私人府邸来呢。"

拓跋子推："先帝在世的时候，对我们兄弟还算不错，尤其是我，一直留我在京城，我内心着实感激。当今陛下嘛，一直由太后鞠养，说实话我还真不知道他的脾性到底如何。"

李崔："所以，这次见面太重要了。唉，如今太后大用私人，什么李奕、李敷兄弟，还有一个李奕推荐的市坊出身的卦师，竟也当上了内廷大官，简直匪夷所思！此种小人难育，朽棘不雕，日后定会怙恶不悛，干出大坏事来……"

李长祥对父亲使了一个眼色，而后对高阳长公主说："太后毕竟是妇道人家，有可能一时耳朵软，听信李奕谗言，所以才用了刘睿这种坊市小人吧……"

高阳长公主看着李崔、李长祥父子，说："皇帝来之后，你们父子一定要小心谨慎，说话也要察言观色。虽然他还是个孩子，但毕竟是当今皇帝，一旦对你们留下不好的印象，肯定也会拖累老身的。"

李崔："长公主，您但放宽心！我们不可能说错话，一旦发现皇帝有所不快，我们甚至可以不说话！"

拓跋子推笑了，哈哈地打圆场："如今皇帝驾临长公主府邸，表面是驸马请皇帝来宅邸看望姑母，实际上，完全就是为了让李侍中你们父子和皇帝认亲啊！"

李崔躬身向长公主施礼："万谢公主！公主大恩，粉身难报！"

高阳长公主脸上露出诡谲一笑："嗯，你记得就好……"

一直等到黄昏，高阳长公主府邸内外才出现一阵骚动。府邸之外，宫车辚辚，拓跋弘的銮舆到达。

皇帝仪仗威严，从长公主府邸的门前一直排到前厅。銮舆中只坐着一个人，是元丽。她的表情有些紧张，透过车窗盯着窗外近处一个地方看。顺着她的目光，只见身穿鲜卑猎服骑在马上的拓跋弘，似乎兴致十分高昂。在他身边与他并肩骑马前行的，就是驸马万安国和建昌王拓跋长乐。

銮驾到达前厅门前，高阳长公主、李崔、李长祥、拓跋子推趋出迎驾，都面向銮舆跪在地上行礼。恍惚之中，首先是李崔发现了銮驾中坐着一个女人。

他再仔细一看，才发现皇帝原来不在銮驾中，而是骑在马上。

万安国和拓跋长乐赶忙离鞍下马，和高阳长公主等人一起跪着。在万安国的示意下，伏跪在地的人齐齐向骑在马上的拓跋弘施礼。

拓跋弘低头观瞧，发现他的这位姑母的脸略显浮肿。她的脸上，依旧留有年轻时代的姿色，但对于看惯了宫内如太后那般的韶华美人，以及元丽等年轻女孩的拓跋弘来说，这位姑母显然太老了。

李崔呢，他平日里那张阴郁、极易动怒的脸，如今满是慈祥和低眉顺眼的恭顺。不过，他那滴溜乱转的眼睛，还是暴露了他其实心事重重。李长祥也匍匐在地，他长身玉立的形象，给拓跋弘留下了深刻的印象。拓跋子推也是风度翩翩，儒雅非常。

拓跋弘飞身下马，派人过去扶起高阳长公主，道："公主请起！姑母，您最近身体还好吧……"

高阳长公主眼含泪花："谢陛下惦念，臣妾身体粗安！陛下能够亲临臣妾府邸，臣妾万分感念！"

身穿鲜卑贵妇礼服的高阳长公主一直躬着身，头始终向前低着，显示出无比的忠诚和唯命是从。高阳长公主深知，自己面前的虽然是个少年人，但他是当今皇帝，所以，她必须显出万分的尊敬来。

拓跋弘显然认识拓跋子推，他笑着打招呼："京兆王皇叔也在此，你和长公主也熟悉啊？"

拓跋子推赶忙躬身行礼："陛下，我小的时候一直由高阳长公主鞠养。公主于我而言，就像是母亲一样！"

拓跋弘显然对拓跋子推所言之事不知就里："哦，这样啊……"

说着，拓跋弘左顾右盼，一边往前厅里面走，一边四处打量着高阳公主府邸内的景色和装饰。

众人走入前厅，仆从献上酪浆和果盘之后，随銮驾而来的元丽等人相继开始品尝。

等拓跋弘坐定，高阳长公主才指着李崔、李长祥说："皇帝，这两位大臣，也不是外人。"

拓跋弘没有什么反应，随口应道："哦，我和母后坐朝的时候，好像见过他们。尔等官居何职？"

李崔："臣李崔，官居侍中。"

李长祥："臣李长祥，官居中书侍郎。"

拓跋弘漫不经心地道："嗯，我只记得高允、李奕、刘尼、源贺还有几个亲王王叔的名字，你们的名字，我好像也在哪里见过，似乎是在什么奏疏上……"

高阳长公主略微迟疑了一下，离席隆重行礼，道："陛下，这位李侍中，是您的外公；这位李侍郎，是您的舅父……"

听高阳长公主如此一说，拓跋弘手中的酪浆忽然泼洒出来。他盯着李崔、李长祥父子，一脸不可置信的神情："外公？舅父？"

李崔、李长祥父子离席行礼，皆低头哽咽不已……

夜晚，酒席已散。拓跋弘闷闷不乐，他四处张望着，脸色看上去十分沉重。元丽依旧忙碌着，指挥着随行宦者和宫婢收拾皇帝带来的御用器物。拓跋弘身边，只有万安国和拓跋长乐。

拓跋弘眉头紧皱："哦，原来我的生母是李贵妃……"

万安国："是啊，这事非常重大，请陛下回宫之后，不要主动向太后提起……"

拓跋长乐："不提这件事情，也不好吧……"

拓跋弘点点头："建昌王所言极是！母后耳目众多，我现在都知道外公、舅父是谁了，不可能一直假装不知道。而且，日后朕得掌朝权，还要贵显他们！"

元丽一直在周围收拾东西，此时忽然插话："陛下，您应该在以后某次拜见太后的时候，不经意地问上一句。您不要提您的生母，就提您是否还有舅舅什么的，等于就把这事情挑明了……"

拓跋弘一下子愁眉得展："嗯，还是元丽姐姐聪明！"

元丽："陛下，等太后告知您舅舅、外公的事情之后，您也不要显得过于兴奋或者马上就要委任他们特别大的官职，否则，太后肯定会不高兴的。"

元丽一席话，说得在场几人纷纷点头。

皇帝车驾离开。高阳长公主寝室之内，李崔跪地向公主拜谢。

李崔："今日陛下见我父子，思及生母，感动流泪，真是出乎我的意料！"

高阳长公主："是啊，我还以为皇帝一直由冯太后鞠养，又一直不知道生母是谁，对母家没有感情呢……"

李崔："日后陛下亲政，肯定会照顾我们父子的！长公主今日之大恩，容当后报！"

高阳长公主笑了。她站起身来，走到李崔面前，用手抚摸着李崔的头顶，良久不语。

李崔："长公主……"

高阳长公主满脸红霞："李侍中，不必后报，你现在就可以宽慰一下我……"

万寿宫内。早晨，拓跋弘醒来的时候，首先映入他的眼帘的，是明媚的阳光，还有元丽亲切的笑脸。他望向窗外，花园里鸟语花香，浓荫如盖。所有的鸟啼和气味，都是他从孩提时代起就已经非常熟悉的。但是，身穿罗衣的元丽俯身在他身边忙着，给他穿衣服，使得这位少年皇帝体内涌起一阵躁动。

拓跋弘忽然握住元丽的手，不容分说地把她拉入怀中，亲热地在她全身上下抚摸着。这种狎昵，一直就存在，元丽半推半就。可这一次不一样，少年皇帝忽然脱掉元丽身上的衣服，而且不由分说，很快就扒下了元丽的亵衣。一边脱，拓跋弘还一边低声贴着元丽的耳朵，跟她耳语着什么。

元丽全身颤抖，压抑住内心的恐慌，任由少年皇帝把自己压在了身下……

过了许久，元丽半裸着身子，胸脯上盖着被子，梨花带雨，哭声逐渐由饮泣变成痛哭。少年皇帝躺在床上，表情愉悦，他抚摸着元丽秀媚的脸，不停亲吻着她那被泪水浸湿的两颊，心潮起伏。

拓跋弘："元丽姐姐，你放心，我会对你好的！嗯，我会先封你为贵妃！"

显然，女人，特别是元丽这种内廷女官出身的人，她们的心是很容易被爱抚征服的。更不用说，爱抚她的人还是皇帝，一个少年皇帝。一时之间，元丽意识到刚才自己其实已经倾出全心的奔放热情，完全忘记了一切地将自己给了皇帝。

但是，一旦这番具有毁灭性的快乐浪潮退散，她忽然清醒过来，甚至尖叫了一声，把被子蒙到了自己的头上。

拓跋弘轻抚着被子问："元丽姐姐，你怎么了！"

元丽哭得梨花带雨："我辜负了太后的信任！她是让我来照顾您的！而我，失去了理智和羞耻心……她若是知道了这件事情，非杀了我不可！"

拓跋弘笑了："怎么会这样！元丽姐姐，你放心吧，我喜欢的人，母后肯定更喜欢！说不定你还会为我们大魏生出个皇子、公主什么的呢！唉，从现在开始，我要珍惜每一分钟，要尽情享乐！对了，等我亲政了，母后也就再管不了我，到时候我可以无法无天，我可以去做一切我愿意做的事情！"

说着，刚经过一番激烈云雨的拓跋弘忽然感到疲倦至极。蒙眬欲睡之际，他还在心安理得地劝着依旧在抽泣的元丽："元丽姐姐，你也睡一会儿吧，睡吧……"

第九十二章　少帝加元服

坤德六合殿。午后时分。

冯婉华笑意盈盈："李奕哥哥，你看，我让人在这个寝殿内部的墙壁上全部镶了细木护壁，外面涂了有香椒的涂料，是不是很香啊？"

李奕："太后，确实很香……"

冯婉华："李奕哥哥，这里面又没有外人，你不要叫我太后、皇太后的。叫我婉华吧，就叫我婉华。"

李奕："婉华……我真不习惯叫您的名字，只怕日后上朝时说走了嘴……我还是叫您太后吧。"

说着，李奕继续细心地整理着棋盘。

冯婉华："现在宫内又没有什么常太后了，只有冯太后，李奕哥哥，你还怕什么？"

李奕："陛下年纪渐长，我们不能不慎重啊。若是某日我们正在安寝，忽然陛下来找您，我们很可能就暴露了。您毕竟是大魏的皇太后啊……"

冯婉华莞尔一笑："他只要从万寿宫出发到我这坤德六合殿来，就会有人告知我，我们又怎么会来不及收拾呢？"

李奕："太后，皇帝年纪渐长，您去他那里，有时候也都是怀着伺察他是否在努力用功、是否在看儒经这样的心理。一旦有小人离间你们二宫之间的关系，作为皇帝，他确实也可以直接来找您的啊……我们还是谨慎些好，您看，我摆好了棋盘，作为臣下，我陪您弈棋是非常正常的，即使陛下来，哪怕他进了这寝殿来，我们也还有时间准备……"

冯婉华："李奕哥哥，你确实太谨慎了。不过，谨慎是好事。"

冯婉华的脸上透着笑意，她用纤指拿起一粒黑色的云石棋子，看着棋盘，似乎在思考着什么。

此时此刻，在李奕眼中，这位皇太后娇艳的容颜和青春的体态，所有这些昔日蕴藏着的美丽，似乎都在她成了宫廷主人之后，全然爆发了出来。薄如蝉翼的丝罗这种紧身衣饰，更凸显了她窈窕的体形，也更凸显了她的美丽无瑕。在这样的时刻，李奕会忽然生起一种心如刀绞的感觉，他特别想像从前一样，隐匿在平城喧嚣的人群中。那时候，他可以怀着无限的爱意和敬意，从远处望着他心中喜爱的小姑娘，而不是在这样寂静而又充满危险的深宫之中，如此地贴近她。

冯婉华忽然说："嵇康讲过'琴棋自乐，远游可珍。含道独狂，弃智遗身。寂乎无累，何求于人。长寄灵岳，怡志养神'。唉，李奕哥哥，如今能够和你在一起，琴棋书酒，平淡一生，我也满足了。"

宫廷内，如此闲适、和谐的生活，使得冯婉华感觉到，在李奕的陪伴下，一种从未有过的宁静正在注入自己的心灵。而李奕，他总是怀有黑色的预感，常怀惴惴，有时候甚至痛悔莫及。

李奕拿起一粒棋子："……我们大魏的围棋很有发展，南朝那边，还延续着魏晋时的十七道棋盘，而我们使用的棋盘，是十九道。曹魏时期的士大夫邯郸淳曾经讲过，'夫围棋之品有九。一曰入神，二曰坐照，三曰具体，四曰通幽，五曰用智，六曰小巧，七曰斗力，八曰若愚，九曰守拙'。"

冯婉华："李奕哥哥，你仔细给我讲讲，看看我们能够到达几品。"

李奕："按照邯郸淳的说法，围棋的第一品是入神，就是弈棋的时候神游局内，妙而不可知；第二品是坐照，即不须劳动自己的神思，万象一目了然；第三品是具体，讲的是人各有长，未免一偏，能达此品，就能兼有众长；第四品是通幽，弈棋时心灵开朗，能知棋中妙义；第五品是用智，如果未能具备神妙的知见，就必须用智谋深算；第六品是小巧，静思熟虑，常有巧妙着法胜人一筹；第七品是斗力，竭尽心力，用蛮力博取胜利；第八品是若愚，此谓大智若愚，看似愚钝，但也让人不可侵犯；第九品是守拙，不和对方巧斗智谋，自守钝拙。"

北苑。拓跋弘骑着一匹高大的黑色骏马，拓跋长乐、万安国各骑着一匹红色的柔然高马，立于高冈之上。在正午的阳光之下，三个少年人的背影显得英姿飒爽。

拓跋弘高呼："冲！"

三个少年从高冈上一起策马扬鞭，俯冲下去，冲下一道又一道山梁。

他们的背影，越来越远。

马蹄声声，由远而近，三个少年在岁月的流逝中，已经长成青年人了……

平城北魏皇宫祖庙。

礼官高声宣布：

"皇太后祝曰：令月吉日，始加元服。弃尔幼志，顺尔成德。寿考惟祺，介尔景福！"

刘睿和李奕也在众朝官中间。二人相伴而立。

刘睿咋舌："这仪式够隆重的啊。"

李奕："这是按照我们华族嘉礼进行的。我们华族嘉礼，内容庞杂，包括婚冠、饮食、宾射、飨燕、脤膰、贺庆等等。这些嘉礼中，冠礼、婚礼、射礼、飨礼、宴礼、贺庆礼应该是最重要的。如今正在举行的，就是皇帝的冠礼。冠，也称为'元服'，'进元服'就是行冠礼。冠礼都要在宗庙举行，主持者一般是将行冠礼者的父亲。由于先帝崩逝，皇太后听政，所以如今由她主持……"

礼官高声宣布：

"冠称元服，衣曰身章。皇帝居长德之地，务亲仁之道，爰就师保，克修志业，寝门问安而资敬，大学齿胄而徵善，大犹且酌，元服宜申。史称周诵之年，傅纪鲁襄之礼，粤若敬始，谓之成人，逮兹建正，式展嘉事！"

停顿片刻，礼官继续高声道："卜筮大吉，皇帝加冠。"

行冠礼的席位，位于大魏宗庙阼阶北端。鼓乐响起。礼官把作为加冠者的中书令高允从东堂领出就席。老头颤颤巍巍，为坐在榻上的拓跋弘梳头、挽髻，髻上加簪，再用一种黑色的绢帛把头发束好。

礼官高声宣布：

"皇太后曰：加冠！"

刘睿看着那几个冠，很奇怪，就问李奕："李长侍，戴个帽子就戴了，怎么还有五顶帽子？"

李奕："加冠，绝非简单地把冠给受冠人戴在头上。依据古代冠礼规定，士人加冠为三加，即始加、再加、三加，每一加要分别戴上不同形制的帽子，代表着不同的寓意。始加，戴缁布冠，表示受冠男子从此可以治人、治家；再加，戴皮弁，这是一种用白鹿皮缝制而成的帽子，表示今后受冠男子要为国家服兵役；三加，戴爵弁，是一种像爵形状的黑色帽子，表示受冠男子从今以后有权参加家族的祭祀活动。而古代的诸侯行冠礼，三加之后还有四加，戴玄冕，又称元冕，就是那种外黑里红的礼帽；如今，我们大魏帝王天子行冠礼，还要五加，最后皇帝戴的，是衮冕！"

刘睿："真够麻烦的……"

仪式继续进行。

高允为拓跋弘梳头挽髻之后，昌黎王冯熙负责给已经是十七岁青年的拓跋弘加冠。冯熙亲自为拓跋弘插簪、系带，而后，小心地固定冠冕，一丝不苟。

李奕小声继续给刘睿解释："冕，自古以来就是帝王、诸侯及卿大夫所戴的一种礼帽，这种帽子最早是用于祭祀的，所以属于祭服。按照周朝礼制的规定，帝王进行不同的祭祀，戴不同的冕，因此有五冕形制。祭享先王，则戴衮冕；祭享先公和飨射，戴鷩冕；祀四望山川，戴毳冕；祭祀社稷，戴希冕；进行群小祀祷，戴玄冕……我们大魏皇帝简化了华族礼制，但仪式还是保存了很多步骤……"

刘睿："真是挺复杂。"

李奕对刘睿介绍说："冕的形制确实复杂，你仔细看，顶部是一块长方形的木板，长一尺六寸，宽八寸，这称为冕板。冕板外包着丝织物，红色的里，黑色的面，这称为'綖'。"

刘睿："哦，这冕板好像不是平的，前低后高？"

李奕："嗯，前低约一寸。看到了吗，冕板前后两端各垂有不少的旒。旒，就是悬垂的玉串，而且是彩色玉珠。旒的数量，包括彩玉的数量，根据五冕形制不同和戴冕者身份不同，都有严格具体的规定。当今天子衮冕，前后各十二旒，共二十四旒。每旒用五彩丝绳贯穿青、赤、黄、白、黑五色玉各十二颗，每颗玉之间，相距一寸，所以旒长一尺二寸。天子衮冕，共用彩玉二百八十八颗。"

刘睿："戴着这种东西那么挡着脸，看东西好麻烦啊。"

李奕："就是正式仪式上戴这么一会儿，不妨事的。"

刘睿问："那么，这天子五种冕，是颜色有区别吗？"

李奕："天子五冕，只有冕旒数量的区别，旒上玉石数量和色泽没有区别。鷩冕为前后各九旒，毳冕为前后各七旒，希冕为前后各五旒，玄冕为前后各三旒，每旒都缀有十二颗五彩玉。在五冕中，衮冕的规格最高。只要是朝廷大礼，大朝日（元日）视朝，受群臣上尊号，还有册封皇太子的典礼，皇帝都要戴衮冕。今天皇帝登极即位，需要去祭祀天地和先帝，所以一定需要戴这隆重的衮冕。"

刘睿恍然大悟："哦，我现在清楚为什么老百姓把新帝登极即位称为'加冕'了。李长侍，加冕加元服什么的，不是应该由受冠人的父亲做吗，怎么当今皇帝是由高令公和他的舅父来加冠？"

李奕："这样才彰显皇太后的威权！皇太后此举，一来向鲜卑皇族显示高令公这种华官的威仪，二来以昌黎王冯熙来加冠，显示她现在的听政地位。"

　　刘睿又问："皇帝加冠之后，是否就可以亲政了？"

　　李奕："这就要看皇太后的意思了。依据礼制，皇太后是可以继续亲政到皇帝二十岁的。……"

第九十三章　刘睿护驾有功

太极殿。

冯婉华和拓跋弘端坐御座，面对群臣。

冯太后音声朗朗，对群臣加以训诫：

"自晋朝永嘉之乱后，宇内分崩，群凶肆祸，生民不见孔孟之道，百姓唯睹戎马之迹，礼乐文章，扫地将尽。我们大魏建国以来，尤其注重儒道！道武皇帝初定中原，始建都邑，便以经术为先，立太学，置五经博士生员一千多人。天兴二年春，增国子太学生员至三千。从此之后，高才有德之流，自强不息；鸿生硕儒之辈，抱器献策。由此可见，天下可以马上取之，不可以马上治之。为国之道，必须文武兼用。天兴四年春天，道武皇帝还曾下诏，命令乐师学习前朝歌舞，祭奠先圣和先师。明元帝之时，改国子为中书学，立教授博士。始光三年春，国家在平城东别起太学，高允高令公当时被征入太学。而后，朝廷诏旨频下，命令州郡各举才学。从此，我们大魏儒林更兴。我和皇帝与高令公等人商量过了，为了彰显儒教，近日下诏，在大魏全国设立乡学，每郡置博士二人，助教二人，学生六十人。经高令公、李长侍等人建议，如果是大郡，立博士二人，助教四人，学生一百人；次郡立博士二人，助教二人，学生八十人；中郡立博士一人，助教二人，学生六十人；下郡立博士一人，助教一人，学生四十人。根据郡县大小不同，设置学校的规模。"

听冯太后如此说，朝臣之中，华族官吏纷纷点头称是，一些鲜卑武将和老臣则面露不屑，但也都不敢当众反驳。

稍停片刻，一人出班奏言："太后，我大魏出自鲜卑，马上得天下，应该遵照鲜卑旧俗统治国家，奈何专用华俗？"

冯婉华和众臣定睛瞧看，发声的乃是拓跋宗室，东阳公拓跋丕。

冯婉华脸上没有丝毫愠怒之色，温言道："东阳公，汝欲何言，继续讲。"

拓跋丕："太后，老臣认为，我们大魏如今北有蠕蠕之寇，南有荆扬未服，西有吐谷浑之阻，东有高句丽之敌。可以说是四方未平，九区未定。以此推之，我们日后肯定要大兴征伐之举，讲求的就是武力戎马，岂可以在天下兴儒，日日读儒经，以儒学为宗呢？老臣以为，我们更应该荣显武将，在各个州郡让百姓子弟习武跑马，日后好为国家出力，拓土开基，强盛国力！"

拓跋丕长着一张又圆又大的面孔，一头花白头发，头上梳着鲜卑辫发。虽然已经年近六十，但因身形魁伟高大，他仍然显得身强力壮。从这位宗室王爷的眼睛里透露出真诚，脸颊泛出某种近似童稚的红润。他的音容笑貌和言谈举止，都透露着一种让冯婉华感到快意的忠厚可爱的神气。

高允出班，反驳拓跋丕道："东阳公，从古时候起，周公'兴正礼乐'，礼制就成为周代通行数百年的法则。我大魏拓跋皇族，乃黄帝少子昌意的后人，遵循华夏流传的礼乐文明，也是天经地义！"

拓跋丕表示不服："老臣听说，晋朝一直以儒学为宗，最后还不是亡国丧身，百姓流离！臣恐怕一旦在各地兴盛学校，百姓闻风效仿，埋头经书，日后国家再有征战，百姓皆体弱神疲，不能参与其事啊！"

冯婉华："立天之道，曰阴与阳；立地之道，曰柔与刚；立人之道，曰仁与义！东阳公，儒家所言的仁义礼智信，百姓必须加以尊崇和礼敬。文武之道，必须刚柔相济！你刚才所言，我和陛下也很理解，知道你心存国家，初衷乃希望国家强盛，应该奖励！"

看到东阳公拓跋丕还要在殿上和冯婉华以及高允等人继续争论，刘睿朝着站在自己前面的礼官的屁股轻轻踢了一脚。礼官回头，刘睿朝他使眼色。

刘睿低声而严厉地提醒礼官："赶紧宣布，下一个贡献仪式开始。"

这个宫廷礼官很聪明，急忙点头。转过身去之后，他就大声高喝："高句丽、库莫奚、契丹诸国，各遣使朝献，敬祝皇太后、皇帝千秋万岁，一统封疆！"

大概有一百多人的西域及外国贡献使团，开始络绎不绝地从殿下走上来，他们各个屏气凝神，在陛阶之下就开始跪拜礼敬。

朝会之后，接见了域外使臣，冯婉华和拓跋弘一起坐在一个三十六人抬的大辇上，后面跟随着群臣，去往鹿苑观赏那些西域、波斯等国进贡的狮子、老虎等野兽。

夏日炎炎。鹿苑的树木葱郁，阴凉处很多，众人并不感到炎热。树上有鸟儿不停鸣啼，蜜蜂嗡嗡，大家都感到惬意和舒适。灿烂的阳光下，几个装着狮子和老虎的大木笼子摆放在一棵大树下。这些猛兽看到来人很多，都阴沉地低吼着，显得烦躁不安。

包括冯婉华和拓跋弘在内，在场众人都很少见到这些奇珍异兽，此时饶有兴趣地观赏着这些动物。

东阳公拓跋丕虽然有些胖得喘不过气来，为了显示自己的勇武，他还是挤到距离猛兽笼子最近的一排，做凶恶状，向笼内的老虎示威一样发出大吼。

拓跋丕这番表演，惹得大家都笑了。

笼子内的一只花纹斑斓的大老虎神志紧张，被东阳公拓跋丕惹怒了一样，用头猛撞笼子。拓跋丕看到太后和皇帝都在笑，就更加得意地对着老虎大声吼叫……

突然，咚的一声！大概是因为养兽人刚刚给笼子内的老虎喂过食，笼门上的铜丝竟然没有拧紧。凶猛的老虎忽然就把木门撞开，冲了出来。

忽然之间，大老虎就站在距离拓跋丕一丈多远的地方。

闻到这只猛兽嘴里发出的恶臭，刚才还大喊大叫的拓跋丕愣住了，呆立在原地一动不动。

老虎大吼了一声，群臣中许多人开始拔腿狂逃！

辇车周围的禁卫军没有得到命令，谁也不敢前去护驾。而那些抬着巨辇的宦者也没人敢逃，都呆立在原地。

老虎用鼻子嗅着地面，慢慢地朝着冯婉华和拓跋弘所乘的辇车走过来。

冯婉华和拓跋弘都愣住了。他们两个人没有过多的反应，只能呆坐在辇上，眼睁睁看着老虎离辇车越来越近。

步行跟随辇车的刘睿情急生智，他猛一低头，从地上捡起两块瓦当；距离辇车不远处的万安国也还算机灵，从身边吓得目瞪口呆的一个禁卫军兵士手中拿过一根仪仗用的木殳，准备防卫。

大概是被巨辇吸引了注意力，看到那些抬辇的人又不动弹，老虎开始加速，抬脚朝辇车冲了过来。这时候，无论是辇车上的冯婉华和拓跋弘，还是抬着辇车的那些宦者，都有一种在劫难逃的感觉。

关键时刻，刘睿也不知道哪里来的勇气，迎着老虎就冲了过去。人虎相遇之时，他忽然跳起，高举手中的两块瓦当，直直朝老虎的两只眼睛砸过去！大概在笼内关太久了，这只老虎的行动已经不太灵敏，竟然没有躲过。双眼被瓦当一砸，它吃痛不已，轰然栽倒！

这时候，骑马在外围负责扈卫的慕容白曜才反应过来，大叫："护驾！"高呼的同时，他也拍马靠近，但距离巨辇十多丈远时，他胯下那匹马看到老虎，竟然转身嘶鸣着开始狂逃。

此时，周遭成百的禁卫军才敢行动，硬着头皮呐喊而来。但这些人手中都没有真刀真枪，拿的都是木制的仪仗礼器。

满脸是血的老虎，忽然发出一声震天动地的怒吼，重新站起身来。它的双眼发出凝滞不动的光，张开血盆大口朝众人大吼。而后，它又开始一步步地重新走近辇车。

这时候刘睿已是赤手空拳，刚才他手中的瓦当在砸虎的时候已经掉落在地。情急之下，他挺身一跃，挡在老虎的面前。

万安国不知道哪里来的勇气，也朝着老虎扑过去，高举起手中的棍棒，猛力打了下去。半瞎的老虎往前一撞，万安国一棒子没有打到老虎，正好打在刘睿的脑袋上。

刘睿遭到如此猛烈的一击，差点当场昏厥。这时候，他嘴里感觉到有一股热辣辣的血的咸味，面前的老虎也开始旋转，好像在迅速地朝他扑过来。刘睿依旧往前猛扑，却一个趔趄摔倒在地上。

此时，禁卫军纷纷上前，七手八脚，开始用手中的各种仪仗礼器猛力击打老虎，终于把那猛兽打翻在地。

老虎不动了。

怕它没有死透，围在周围的禁卫军依旧不停地砸打老虎的脑袋，几乎把它的脑袋砸扁……

过了一会儿，躺在地上的刘睿才恢复知觉。他睁开眼睛，发觉自己脸上的血已经流进了眼里，嘴里满是血腥味。万安国赶忙扶住他。刘睿吐了一口带血的唾沫，捡起地上刚才砸虎用的两块瓦当，忽然仰天大笑起来……

猛虎被打死之后，刚才逃走的群臣纷纷聚拢回来。几百禁卫军围拢在巨辇周围。辇上的冯婉华和拓跋弘都面色发白，显然刚才受到的惊吓不小。事出仓促，众人皆惊魂未定。

慕容白曜下马，赶忙在辇前跪倒："太后、陛下，臣护驾来迟。臣对猛兽防备未严，惊动二圣，恕臣死罪！"

众臣见状，都觉得自己刚才四散逃跑太过失态，皆跪倒在地，齐声高呼："恕臣死罪！"

拓跋弘惊魂未定，气鼓鼓的，坐在辇上一声不吭。为了打破这种尴尬的气氛，冯婉华勉强露出了一丝微笑。她脸色煞白，对依旧站在原地，满脸鲜血，拿着两块瓦当的刘睿夸赞道："刘爱卿，刚才幸亏你忠勇有胆，敢于赤手空拳搏虎，挺身保护了皇帝和我。你真是我大魏的勇士！"

刘睿笑着举起手里的两块瓦当，回答说："臣不算赤手空拳，这不，从地上捡到两块瓦当……"

冯婉华："拿过来我看看！"

刘睿走到辇前，双手举起手中的瓦当。冯婉华仔细看了看，若有所思地点点头："嗯，这两块瓦当，一块写着'富贵万岁'，一块写着'传祚无穷'，都是吉祥话，预示着我们大魏国泰民丰，国祚万年！今日之事，众爱卿不必自责。猛虎无情，事出仓促，管理鹿苑的诸官员，也属无心之失。好在经过此事，我们大魏又发现了一员忠勇大臣！传我懿旨，立刻升任刘睿为太仆令，爵为中山王！"

刘睿跪地谢恩："谢太后恩典！"

冯婉华四顾寻找，问："高令公、李长侍何在？"

众臣之中，没有高允和李奕的身影。

刘睿奏言："先前大朝会之后，高令公和李长侍，还有其他几个中书省官员，去草拟赏赐来朝使者的诏旨了，因而没有跟随御驾来鹿苑……"

冯婉华："李奕李长侍，荐举刘睿有功，赐爵安平公！"

刚才对着虎笼大叫的拓跋丕，这时候也觍着老脸，凑过来争功："太后，老臣觉得，刚才我也有功，那老虎被我吓得够呛哪……"

众臣闻言，纷纷发笑。冯婉华禁不住也笑了："东阳公啊，想必你年轻的时候是一名勇士！可是刚才猛虎出笼，我们也没见你像刘睿那样，敢于以身挡虎救驾啊……"

拓跋丕老脸微红，说："太后，老臣虽然没有像刘太仆那样挡住猛虎，但老臣也没跑啊……"

万安国低声不屑地对身旁的人说："这老匹夫，当时就是吓呆了！"

冯婉华面露笑容，语气轻松："好吧，那就赏东阳公绸缎百匹！"

拓跋丕喜出望外："谢太后恩典！"

冯婉华又对拓跋丕及众大臣语重心长地讲："人之立身，百行殊途，但总以德行和勇气为首。研习孔孟之道，必能入孝出悌，忠信仁让，不待出户，天下自知。如果没有这种素养，即使力大无穷，一直以勇武自称，一旦亲临猛虎出监，你们依旧不能救君护主。所以，学习儒道，博闻多识，对日后你们这些大臣立身于道大有裨益！你们看，刚才中山王刘睿，就是因心中有忠君爱君之气，自然意气风发，飙发电举，奋力阻挡了猛虎！"

拓跋丕及众臣唯唯。

忽然间，一直沉默无言的拓跋弘说话了："母后，刚才驸马万安国亦表现勇武，也应该有赏吧……"

刘睿："太后，刚才万驸马虽然那一棒子打在了为臣的头上，却也是真心要打虎救驾，望太后也对他有所封赏！"

冯婉华看了看皇帝拓跋弘，想了想，道："嗯，驸马万安国，赐爵安国公！"

万安国即刻跪地谢恩。

第九十四章　少帝云雨情浓

拓跋弘一把将被子掀开，敏捷地跳下床榻。他身上只穿着一件薄绸内衣，敞着领口，光着两条长腿，整个身形显得颇为瘦削，还属于那种从少年到青年过渡时期的身材，年轻而结实。

他刚爬出被窝，全身还是热乎乎的，就扑到正在为他摆放早餐的元丽背后，如醉如痴又贪得无厌地亲吻起来。寝殿内，这时候只有元丽一个人在侍奉他洗脸、穿衣。其间，拓跋弘不停地动手动脚和元丽亲昵。元丽不再躲避，迎合着皇帝。

元丽的目光里，藏有某种微微挑逗人的，同时又满含着少女纯真的东西，这是一种半属于少女半属于成年女性的魅力。拓跋弘显然是体会到了元丽的这种美丽。与此同时，他还时常觉得元丽有些神秘莫测。她总是离他这么近，又好像离他那么远！

拓跋弘这种青春期男性对元丽的爱恋，显然开启了他一生中十分特殊、珍贵、独特的时期。而元丽，她那如晨曦一样的青春，是那样朝气蓬勃，加上她的美丽，她的优雅，她的细心体贴，使得这位年轻的皇帝内心有了极大的依恃，同时，他还有了极好的倾诉对象……

元丽和皇帝之间有了这种隐秘的关系，内心一直感到有些痛苦。同时，她自己又隐约怀有一种幸福感。而夜以继日使她片刻不得安宁的一个念头就是：如果皇太后知道了自己和皇帝的关系，她会怎么想，怎么看，又会怎样对待自己？！

拓跋弘搂住元丽，一边忘情地亲吻着，一边说："元丽姐姐，见到了外祖父和舅父，我真是好高兴，又好难过……我想起了那个从来没有见过面的生母，思恋至深啊。"

元丽闭上了眼睛："我在太后身边侍奉的时候，有一次听太后和昭仪太妃私下讲话，提到过这件事。其实，陛下您小的时候，应该是见过您的生母的。当时好像您的生母李贵妃还想抱您，被常太后阻止了，只不过您当时太小，怕是记不得了吧。而且，宫内有那么多嫔妃和女官，即使您母亲就在您的近旁，当时的您也不可能知道……"

拓跋弘："嗯，此事我也曾略有耳闻。好像是母后下令，让我的生母李贵妃依子贵母死制度自尽了，也不知道真假……元丽姐姐，日后你多和我姑母高阳长公主亲近亲近，从她那里我能够知道好多从前不知道的东西。唉，这大魏皇宫内院里，秘密太多了。"

拓跋弘的脸色有些忧郁，似乎他的童年因为没有生母鞠养而缀满了痛苦。自从在高阳长公主那里见到了外祖父李崔和舅父李长祥，回到万寿宫后，他常常以激烈的言辞向元丽描述自己缺乏生母之爱的童年时代。那种对母爱的渴望，好像一直压在厚厚的冰雪之下。而冯太后的存在，又使得拓跋弘这种被压抑的渴求，似乎还要再经历绵绵无尽的冬天……

元丽性格比较内向，但也不是一个沉默寡言的姑娘。面对年轻的皇帝，如此亲密的爱人，她几乎无话不说。每当谈到冯太后和李贵妃这个话题，她总会用秀媚的眼睛看着皇帝，神色复杂。

元丽："陛下，其实吧……我觉得，太后对您还是挺好的，毕竟，您从小就是由她养育的。她当时是先帝的皇后，您从小被她养育，长大后才能以先帝嫡子的身份成为太子，才能够继承大魏帝位啊……"

拓跋弘睁开眼睛，面色阴沉："元丽姐姐，我希望咱们两个人在一起的时候，你说话不必顾虑！我当然知道你从前是太后身边的人，你也应该向着她说话。可你现在是朕的人了，应该向着朕说话！"

元丽恐慌了片刻，随即她的表情又恢复了常态："陛下，您现在还没有亲政，一切还是小心为妙！先前的常太后，对于朝廷内外的大事，可是有生杀予夺大权的，我真怕您和现在的太后搞僵了关系，让一切又回到从前！而且，宫里人这么多，也不知道会不会有谁把我们之间的谈话泄露出去……"

拓跋弘点了点头。

元丽内心十分清楚，只是对皇帝俯首帖耳、百般温顺，并不能完全赢得皇帝的心。她要把自己的心里话都掏出来，一切从皇帝的角度去为他着想，才能真正赢得他的信任。当然，元丽也清楚，这样一来，可能在某些方面就是对太后冯婉华的背信弃义，她也有可能为此付出高昂的代价。

每每和这位年轻的帝王亲热之际，元丽总会想起先前在坤德六合殿里的那些日子，想起太后对她的慈爱之情，这时候，她内心之中往往充满了矛盾的自责。可回头再想，相对于和自己有肌肤之亲的皇帝，对于皇太后，她还是畏惧多于感念。

　　拓跋弘："元丽姐姐，我太需要你在我身边了！有时候，你和我讲一句话，就会让我一整天都快乐；你鼓励地看我一眼，就能驱散我心中的黑暗……"

　　听到皇帝如此说，元丽感动至极。她的眼中闪现出类似殉道者的那种光芒，刚才还萦绕在心中的那种周而复始的恐惧和担忧，似乎全然消散了。

　　"陛下，我生是您的人，死是您的鬼！"

第九十五章　元丽认母

寝室之内，高阳长公主衣衫不整，半倚半靠在李崔怀中，春情流露。她仰头望着呼吸还未平复的李崔，柔声道："李侍中，你真是宝刀不老啊！"

李崔听闻此言，皱了皱眉。而后，为了讨好这位长公主，他还是低下头去，使劲亲吻着她略有皱褶的脖颈："长公主，全赖您成全，我才能够得见陛下。近日，陛下时时派人赏赐金宝给我们父子。我今天来的时候，还把陛下赏赐给我的一颗夜明珠给您带来了……"

高阳长公主慵懒地笑了："李侍中，这些金珠宝贝什么的，你以后不要往我这里拿了。再怎么说，我也是大魏公主，这些东西我从小见得多了。我的皇父和皇兄，每年按照年例赏赐给我的金银财宝，不计其数！"

李崔："长公主，在下也是聊表寸心嘛……"

高阳长公主扭头，动情地搂住李崔的脖子，目光中燃烧着欲火："你真心要谢我，就常来陪我！这比你拿那些金银财宝什么的来，更能让我高兴！唉，如果我是寻常人家女子，再嫁给你也心甘情愿！可我是大魏公主，长公主，当今皇帝的姑母，就只能这样和你偷偷摸摸地在一起了。唉，我那个驸马丈夫死后，我就像一个老处女一样，一直孤零零的。如果没有李侍中你，我就只能独自一人终老……"

李崔："长公主，我们现在的关系，是一种全新的关系，和大魏日后的强盛大有关联，这比什么都牢靠！"

高阳长公主想了想，点头说："还真是！既然已经到了这个地步，日后，我们一荣俱荣，一损俱损！毕竟有皇帝在，他就是我们的希望！等到他真正主政的那一天，一定要把你们父子还有吾儿安排好。大魏天下，毕竟是我们拓跋氏皇族的天下啊……"

李崔面有忧色："唉，陛下能不能主政，也不是他说了算，还是要冯太后说了算。冯太后这个人，从表面上看，她没有常太后那样的骄横跋扈，对待臣下也慈眉善目的。可仔细观察，此人的心机，我想，比那个常太后可深多了！如今朝廷内外遍布她的亲信耳目，她内宠李奕、刘睿，外有刘尼、源贺、陆睿等人驻于重镇大郡。如果她一直抓住权力不放，皇帝亲政的事情，还真不好说！"

高阳长公主："冯太后年纪虽然轻，手段真的老辣。不过，谁上位当了皇太后，都会用她自己的人，这也是正常。皇太后听政，主要的借口是皇帝年轻。皇帝加冠之后，按理说，她就应该逐渐把国政交给皇帝了。依据大魏礼制，再迟也不能迟于皇帝二十岁之后……"

长公主府邸内，仆役高喝："皇帝御使元丽姑娘到！"

元丽进入长公主府邸的前厅。万安国在她前面走着，恭敬地为她引路。

元丽："奉皇帝口谕，赐李崔精装宝刀一把！"

李崔跪下："谢陛下恩典！"

李崔双手举过头顶，跪受宝刀。此时，他激动得脸色发白，内心充满了狂喜——自己的皇帝外孙，赐给了自己一柄宝刀。其中，肯定有着特别的用意，显然是在暗示不久的将来，要把权柄授予自己！

元丽略微低头，对李崔说："李侍中请起。"

万安国扶起了李崔。

高阳长公主："皇帝真是有心人啊……元丽姑娘，辛苦你了！"

元丽向高阳长公主行礼："长公主，我受陛下嘱托，万死不辞！陛下也让我向您转达他的问候！"

高阳长公主："谢陛下恩德，总是惦念老身！"

而后，高阳长公主努嘴示意，一个婢女将一个锦囊递了过来。高阳长公主接过锦囊，又转递给元丽，道："元丽姑娘，这一粒东珠，应该是我们大魏最大的一粒东珠了。这是先前父皇在我出嫁的时候赐给我的。这么多年，我也就是结婚的时候戴过一次。如今啊，老身年纪也不小了，更没有戴这么贵重的东珠的机会了，就当作礼物送给你吧……"

元丽听高阳长公主如此说，一脸惶恐："这是景穆皇帝赐给您的东西，我怎么敢收！"

高阳长公主一脸慈柔："元丽姑娘啊，我待你，就像待自己家姑娘一样。可惜，我就这么一个儿子。我太希望自己有个姑娘了，知冷知热会疼人……"

元丽非常识趣："长公主，倘若您不嫌弃，我就拜您为义母干娘了！"

　　说着，元丽跪下，朝着高阳长公主就是三拜。元丽如此表现，也出乎高阳长公主的意料。她一时间笑得嘴都合不拢，赶忙起身，扶起跪在地上的元丽："元丽姑娘，从此之后，我们就是母女同心了！但凡宫内有消息，皇帝那边有谕旨，就烦请你多多关照我们母子了！对了，"她对万安国示意道，"你过来，拜见妹妹！"

　　元丽赶忙向万安国施礼："元丽拜见哥哥！"

　　万安国："元丽姑娘，您是皇帝的身边人，我应该向您行礼才对！"

　　元丽："哥哥，我们如今在长公主府邸里，就是一家人，我应该向您行礼！"

　　看着眼前的这一幕，李崔非常高兴。异姓结拜这种习俗，南朝出身的李崔一开始心里并不是很能接受。但为了共同的利益，他当下对此极为赞同！元丽和高阳长公主建立起这种新的关系，就意味着日后在宫内，他们有了更强大的同盟和眼线。

　　忽然，元丽把装有东珠的锦囊递回给高阳长公主："长公主，不，义母，这个您先替孩儿收着！我现在宫内伺候陛下，根本没有机会戴。而且，一旦有人知道我手里有这么贵重的东西，消息肯定很快就会传到太后那里去……为了避免麻烦，您就先替我收着吧……"

　　高阳长公主先是怔了一下，而后立刻明白过味来，道："闺女啊，还是你心细。好，我就替你收着！"

　　李崔也在一旁夸赞说："元丽姑娘，你资质如此端妍，陛下又如此信任你，日后嫔妃重位，一定有你的！哪天你得怀龙子，皇后的位子，肯定是你的！"

　　元丽听李崔如此说，脸忽然红透了。高阳长公主仔细观察着她，笑言道："闺女啊，哪天你真诞育龙子，我还真要向皇帝建议，必须废除子贵母死制度……"

　　李崔听高阳长公主说起此事，佯作忧虑状："唉，从长远看，哪天元丽姑娘怀了孕，就是一关；生下皇子，又是一关；皇子进入宗籍，身份是否算嫡子，还是一关！这三关能否得过，关键就看当今冯太后了！一旦她有什么想法，元丽姑娘可忧矣……"

　　一时之间，厅内安静下来。静默了许久，在场人的目光都逐渐暗淡下来。他们都深深知道，自己现在都在扮演着重要而又危险的角色。逐渐地，他们都变成了可以说是和冯太后对立的密谋者。而且，一旦踏上这条路，他们就只能孤注一掷地全情投入。这条路，一旦成功，报酬极高；可如果失败，后果则不可想象，就连长公主也会成为替罪羊……

第九十六章　撞破秘密

薄暮时分，坤德六合殿内。

李奕亲吻着冯婉华，低声说："太后，您的皮肤，真像那初绽的茉莉花一般细嫩……"

冯婉华闭着眼睛，享受着无边的温柔："李奕哥哥，现在和你在一起，我的心灵才终于有了超凡的快意……我真的算没白活了。我六岁入宫，长久以来最大的想法和希望就是，我要活下去！而现在，我不仅要活下去，我还要生活下去！每天我在宫内等你，就是在等待欢乐时刻的到来！我太期待我们两个人单独相处的寂静夜晚了……"

李奕："太后，如果我晚上留宿宫中，就太招人耳目了！反正，白天我随时都能够入见您。"

冯婉华："李奕哥哥，有你在我就不孤独！如果能够拿大魏国家的一切来换你，换你天天和我在一起，我也换！"

冯婉华久久地凝视着自己心爱的男人，跟每一个陷入情爱的女子一样，她盘桓于梦幻一般的感情之中。一旦陷入这种情愫之中，这个女人的头脑也进入了一种类似眩晕的状态。

她完全听不到寝殿之外的喧闹声。每一次的情爱，冯婉华和李奕都像是在面临着生死离别，陷入迷狂。肉体缠绕之时，冯婉华不断地索求，似乎需要李奕不断向她输入精神和肉体的双重营养。这些，是她多年来最缺乏的东西。同时，她也要从李奕身上得到这个男人特有的某种能够充溢她心灵的巨大力量。

李奕的脸色有些苍白："太后，唉，我们现在的生活……我预感到，有一个巨大的旋涡，就像变化莫测的苍穹一样，深不可测……"

冯婉华对待李奕越来越温柔，也越来越有激情，似乎到了不顾一切的地步。如今，她身边的侍婢之中，只有元蕊、慕容雪莲能够进入寝殿来伺候。其余的宫婢和宦者，没有接到命令，绝对不得踏足寝殿一步。即使如此，为谨慎和小心起见，李奕在每次与冯婉华幽会之后，仍然会尽量缩短逗留宫中的时间。

有时候，冯婉华会一直搂住李奕的脖子挽留他。李奕不得已，便会把棋盘或者古琴拿出来，转移冯婉华的注意力，让她与自己下棋，又或者弹奏几曲古琴曲，目的就在于让候在寝殿外面的元蕊和慕容雪莲不至于发觉他们那不可告人的秘密……

好在，元蕊和慕容雪莲都是未经人事的姑娘。近来，太后总是表情严肃，吩咐她们"绝对不能打扰我和李长侍"。作为宫廷女官，她们非常听话，没有太后的招呼，她们从不敢擅自入内打搅。

温存了良久，李奕推开窗，想让激动的心和躁动的身体都静一下。花园里，茉莉花的花香沁人心脾。天空之中，云蒸霞蔚，远处的丘壑和山谷千姿百态，一下子让人有豁然开朗的感觉……

冯婉华和李奕整理好衣服，端坐在棋盘跟前。冯婉华高声叫道："上茗饮！"

殿外的元蕊听到，马上和慕容雪莲手忙脚乱地准备起来。这时候，元丽走了进来。元蕊和慕容雪莲亲热地和她打招呼。

元蕊："妹妹，你来了！你怎么忽然就来了，也不提前给我们打个招呼。"

元丽："是啊，陛下派我来给太后送水晶杯，是西域国进贡的东西。"

慕容雪莲仔细看着元丽的头饰和脸上的妆容，说："元丽姐姐，最近你越来越好看了！"

确实，元丽最近的样子和气质大变。此刻她身上穿着一袭华丽的紫色衣裙，头上戴着高高的义髻，上面插着镶嵌了珠翠的步摇，气度雍容华贵。如果距离稍远一些，或许元蕊和慕容雪莲都会认不出她来。

元丽："陛下知道太后最近很爱喝西域贡来的葡萄酒，特意派我把这个透明的水晶杯送来。你们看，杯子几乎完全透明，斟上葡萄酒，好看极了……"

说话间，元蕊、慕容雪莲已经把茗饮准备好了，放在一个漆盘上，准备送进寝殿去。元丽顺手把水晶杯也放在盘子上，笑着说："我好久没有伺候太后了，我来端进去吧。"

寝殿中，冯婉华正在和李奕下棋。李奕仔细观察棋局之后，笑着说："太后，我这里可是已经占有先机，就看您怎么腾挪了。"

冯婉华觉得自己马上要输棋，就笑着作势要拂乱棋盘。李奕伸手挡住，却被冯婉华揪住了衣袖。两人笑着闹着，双臂纠缠在一起。就在这个时候，元丽走入寝殿。看到这番情状，她顿时愣住了，站在那里进退不能。

　　还是李奕因为面对着殿门，率先发现了元丽。他立刻站起身来，表情很不自然："元丽姑娘，你怎么来了？"

　　冯婉华倒没有觉察到什么异样。首先，她觉得元丽是自己身边原来的女官，并不会多想；其次，此时她和李奕都穿戴整齐，正在弈棋，除了举止稍显亲密了些，并无其他不妥。因此她未作他想，扭过头来非常亲热地和元丽打招呼："元丽啊，你好久都不到我宫里来了……皇帝怎么样，最近还骑马吗？"

　　看到冯婉华放松的表情，元丽内心终于放下一块沉重的石头："太后，陛下派我把这个水晶杯送给您。他知道您最近喜欢饮西域葡萄酒，正好西域贡品中有这个透明的水晶杯，他很想着您，派我来送给您。"

　　元丽在心中努力地抵抗着畏怯之情，故作镇静地回冯婉华的话。这时候，有两种情绪在控制着她：猜疑与害怕。而这份猜疑，来得这么突然，把元丽自己都吓住了。

　　李奕有些心烦意乱，内心升起一股前所未有的黑色预感，脸上也不免流露出焦虑的神色。

　　冯婉华根本没有注意到元丽和李奕异样的神色，她拿起那个水晶杯仔细端详欣赏。而后，她高声对殿外叫道："元蕊，拿一坛葡萄酒来！"

　　元蕊、慕容雪莲送元丽出殿。临走的时候，元丽的脸上聚起愁云。和刚才入殿的时候相比，此时她的眼睛黯淡无神，脸色白得像丧失了血色一般，甚至连后背好像都驼了一些。

　　元蕊觉察到元丽的不对劲，关切地问："妹妹，你哪里不舒服吗？"

　　慕容雪莲也关心地说："元丽姐姐，你是不是刚才来得太急，没有吃东西？你先等一下再走，我去给你拿一点吃的东西，好吗？"

　　元丽长长呼出一口气，意味深长地回头瞥了一眼太后的寝殿，心不在焉地应着："……我只是刚才忽然腹中有些疼痛。可能是月信来了吧，现在没事了……"

　　元蕊和慕容雪莲马上关切地仔细观察着元丽的脸，她们一人拉住她的一只手，安慰着她。

　　就这样，元丽在坤德六合殿发现了皇太后冯氏的一个灼人的秘密！这个秘密太危险了，瞬间就让她变得战战兢兢。

　　回到万寿宫，已经是傍晚时分。迎着元丽，拓跋弘说："元丽姐姐，你从母后那里回来啦……幸亏赵黑这个死太监最近一直没在宫内，不然的话，我们好多事情都会被他汇报给母后！"

元丽："赵公公现在何处？"

拓跋弘："被我派出去巡视各地郡州了，嗯，他还挺高兴的，听说太监若是能够以钦差身份出巡，可气派了。"

元丽："他被外派，太后知道吗？"

拓跋弘："知道，她当然知道。听说我派赵黑出去巡视郡县，她也特别高兴，这样的话，下面州郡的内情，不久之后她也会一清二楚的。"

元丽："哦……"

元丽的双手非常修长，肌肤妙丽。握着她微微弯曲的葱指，拓跋弘轻轻地把她推倒在榻上，亲吻着她的手指肚。年轻的皇帝喜欢享乐，却又不缺乏温情。这样的性格，使得原本多愁善感的元丽更感觉皇帝对自己情意缠绵，从而内心之中对他更加忠诚。

亲吻完了元丽的手，拓跋弘又掉过头去，捧起元丽的一双纤足亲吻，痒得元丽咯咯笑出声来。

拓跋弘："唉，元丽姐姐，我觉得你就像春天的时候，那些绿树新发的叶子一样，充满香气，生机勃勃……"

元丽："陛下……"

元丽是个非常奇怪的女子，有时候稚气十足，有时候又心地老练，同时具有可爱少女和沉猜妇人的性格特征。从女孩变成了皇帝的女人，元丽一改先前的沉默寡言，她的心神逐渐集中在如何在宫廷之内生存一事上，随时保持着警惕。无人的时候，她往往心事重重，神态严肃。特别是刚在太后寝殿内发现了惊天的秘密，让她一直心绪不宁。

拓跋弘叹息一声："唉，这么多年，没有生母呵护，我长大的过程中，总觉得亏了好多东西。"

元丽："陛下，太后一直鞠养陛下您啊。我想，她应该对您挺好的。"

拓跋弘："与其说是太后鞠养，不如说是元华等女官养育了我。嗯，可惜，那个元华姐姐后来还被母后赐给慕容白曜了……"

想起元华，拓跋弘依旧一脸恨恨。他忽然像感觉到了什么似的，问："元丽姐姐，你怎么了？我看你这次从太后那里回来之后，好像心事重重的……她训斥你了？还是对你有什么不满意的地方？"

鼓足了勇气，元丽决定向拓跋弘吐露出心中的秘密："有一件事情，陛下，让我的内心备受折磨……"

拓跋弘："元丽姐姐，你说吧，我听着呢。"

元丽："我今日到太后宫中去送水晶杯，发现了一个天大的秘密！"

拓跋弘感到好奇："在太后那里？坤德六合殿里能有什么秘密啊，还是天大的秘密？"

元丽咬着嘴唇，又仔细想了想，才说："太后和李奕李长侍，似乎有奸情……"

拓跋弘大惊失色。"什么？！"

元丽："陛下勿恼！"

拓跋弘脸色大变："你看见了什么？"

元丽："我到达坤德六合殿的时候，正赶上元蕊姐姐她们要给太后送茗饮，我就亲自端了进去……结果，我就看到了太后和李长侍非常亲密的情状……"

拓跋弘眉头紧锁，问："怎么个亲密法？"

元丽："太后揽住李长侍的袖子，两个人好像……"

拓跋弘："当时他们衣衫不整吗？"

元丽："没有，他们都穿戴整齐。我进去的时候，太后没有防备，正好向李长侍做出了那般亲密的举动，被我看到了。当时李长侍的表情非常不自在，更证实了我的猜测。陛下，您可能不信我说的话，我这可是冒死向您说出来的……"

拓跋弘毕竟年轻气盛，听到此处，即刻咬牙切齿地道："嗯！驸马、建昌王，还有我的外祖父，以及皇叔拓跋子推等宗室都一直在暗示我，说太后专意喜欢提拔李奕、刘睿等华官，我起先还以为她是要在大魏国内复兴儒教才这样做的……如此说来，她把李奕升为宫内监的时候，就存了和这个贼人私通的念头……"

元丽："陛下，特别实在的证据，我也没有。……李长侍毕竟在先前正月元会的时候还救过您，他是有功劳的啊。"

拓跋弘满脸恨恨："哼，那算什么功劳！别说和太后私通，就是平时他上表上疏奏的时候写错一个字，我都可以给他一个'大不敬'之罪。儒家孟子不是说'男女授受不亲，礼也'吗？现在，李奕作为臣子，竟然敢和皇太后有如此亲昵的举动，就凭这一点，他就是诛杀三族的罪过！"

第九十七章　冯昭仪离世

听闻元华诞育一儿，冯婉华立刻就到济南王府去探望。

看着襁褓中的婴儿，冯婉华赞叹道："多么好的孩子啊，像你，又像慕容将军……还是你过的日子好，远离尘世，又生了这么一个标致英俊的娃娃！"

元华的脸上充溢着幸福的笑意。她天性爱笑，如今，这种天性被母性激发，使得她的面庞在妩媚之余充满了慈爱。她站在太后冯婉华身边，看着自己的孩子，脸上满是幸福的憧憬。

"太后，等他稍稍长大，我就让他向他父亲学习武艺。将来，也让他为我们大魏效力疆场，建功立业！"

冯婉华："瞧你！济南王的世子，就非要去当将军吗？等他稍稍长成，也可以学习儒业，照样为我们大魏效劳，说不定还能当上个宰相什么的呢……"

元华："太后，有您这金口一开，此儿定当鹏程万里！"

望着元华的孩子在朱红的襁褓中睡得香甜，冯婉华忍不住轻轻抚摸起孩子的小手："瞧这孩子的小手，摸上去嫩嫩的，真和软豆腐的感觉一样一样的。"

元华也去摸孩子的另一只小手。冯婉华身边的元蕊和慕容雪莲，都特别好奇地凑近去看孩子。她们忍住去摸他那粉嫩的小脸的冲动，朝睡着的小孩子做着鬼脸。

忽然，婴儿啼哭起来，元华赶紧把孩子从摇篮中抱出来，边摇边哄。而后，她也不顾及皇太后还在身边，解开衣襟，赶忙把奶头塞进孩子的嘴里。元华喂奶的时候，还嘟囔着道："啊，小宝贝！瞧你，别哭啦，饿坏了吧。吃吧，吃吧，吃得饱饱的……"

不知什么原因，婴儿依旧哭啼不止，同时嘴上也不闲着，不停地咂着元华的奶汁。

冯婉华仔仔细细地看着孩子吃奶，忽然脸上闪现出忧戚。她悄声对元华说："当初我那个孩子不打掉的话，我也能享受当母亲的乐趣和幸福呢……"

元华继续喂着奶，劝慰道："当今陛下就是您的儿子啊！那时候常太后对您心存歹意，万一那个孩子生下来，您还不知道结局如何呢。"

由于过于专注于喂养孩子，一直以来元华一见到冯婉华就会展现出来的那种关注的神情已全然不见。她只是低头认真地看着自己袒露的双乳，用右手两个手指揪着深红色的奶头，小心翼翼地在孩子嘴里轻轻晃动。在元华的眼神中，闪烁着充满母性的温暖的光亮。喂奶的过程中，她一边微耸起肩膀，托着就要滑下来的衣服，一边不知疲倦地轻轻晃动着孩子……

太妃冯昭仪所在的昭仪宫，内部家具和装饰都非常素雅简朴，室内室外，满是鲜花散发的芳香。进入寝室，更是让人觉得宁静肃穆，这和平时冯昭仪的生活方式极为相称。

揭开镶着流苏的白色薄绸幕帘，冯婉华看到了姑母那张消瘦得可怕、惨白到没有任何血色的脸。冯婉华注意到，姑母此时面庞的颜色，太像常太后死前的模样了，没有一点润泽。即使有温暖的太阳从窗外照进来，洒在床榻上，冯昭仪似乎依旧感到无比寒冷。

冯婉华轻轻掖好姑母身上的被子，轻声言道："姑母，我们才几天没有见面，您怎么病成了这个样子！"

冯昭仪："婉华，我怕你担心，一直禁止下面的人把我的病情告诉你……唉，可我真是病入膏肓，肯定就要死了。我死之前，我们娘儿俩好好说说话啊……我问了御医，我这次得的病，是石瘕，乃恶毒之症，治不好的……"

冯婉华劝慰说："姑母，您也别太担心，我们女人总时不时会有崩漏带下的症状，说不定就是这种小病而已，您别自己吓唬自己！我再延请御医，为您仔细诊治！估计让医生开一些活血化瘀、扶正祛邪的方子，吃几服药，您就会好起来了！"

冯昭仪："婉华，你也不用安慰我了！我自己的身体，我自己心里有数！……只是，我死之后，宫内就只剩你一个人了，谁来照顾你啊……"

言罢，冯昭仪泪如雨下。

冯婉华忍住自己的眼泪，低声说："姑母，你不会死，也不能死！"

冯昭仪毕竟是个非常坚强的女人，她很快就拭泪而止："婉华，人生修短有命，我活到现在，也够了！看着你这么多年，从一个掖庭的宫婢，一步步成为贵人、贵妃、皇后、皇太后，唉，我们冯家出了你这样一个人，还有什么遗憾的呢。……对了，我听元蕊说，你前几天曾经要到我这里来和我商量事情，是什么事情？"

冯婉华："我前几天去了济南王府上，元华生了一个儿子……想起我那被打掉的孩子，我真挺伤心的。当初如果不是常太后掌握着后宫，我怎么会打掉胎儿呢！唉，在后宫做女人太难了。为了给我们家族祈福，趁着我现在还是皇太后，趁着我还能掌控后宫，我想在大魏宫廷废除子贵母死制度。等日后皇帝真的长大了，我还政给皇帝，再有嫔妃产子，他也不会再因这个制度为难。"

冯昭仪沉吟了半晌，说："婉华，人之将死，其言也善。我作为女人，当然希望你把这个旧制废除；但是，作为皇太后的姑母，婉华，我劝你三思！后宫之内，你现在虽然已经是皇太后了，但皇帝心智未熟，拓跋皇族内多有不服之人，还不知道日后会出现什么事情呢。你现在手中多掌握一些制衡的权力，不是坏事，可如果你先自己把路都堵住了，万一以后出现异情，你又如何去应对呢？"

眼见病榻之上这位平素以善良著称的姑母，在病危的时候还如此向自己吐露衷曲，冯婉华不免叹息。

姑侄二人絮絮叨叨地拉着家常。她们回忆起这些年共同走过的日子，讲起最初的痛苦，中途的失望，以及如何避免命运中悲剧的忽然发生。冯昭仪是个心灵上非常玉洁冰清的好女人，这么多年以来，这个侄女是她生活中唯一的希望。冯婉华每一次遇到难事，冯昭仪都感同身受。就是到了现在，冯昭仪仍能够从侄女的脸上看透她那如少女一般对快乐和青春时光的千分渴望！

冯昭仪含泪的双眼久久地注视着冯婉华。这种目光，对于冯婉华来说，恰似永世的瑰宝，一直在往昔艰难的岁月里放射着熠熠光彩，照亮她生命的道路，并偿付过去所受的一切苦难！

冯昭仪忍住身体上的痛苦，对侄女说："婉华，切记切记，居安思危！你不是一个庸碌无能之辈，你是大魏的主宰！如今你已经战胜了胆怯和懦弱，今后，你更要能够独立地做出决断！在这个世界上，你能够相信的，能够依靠的，只有你自己！"

看到姑母处于这样的状态，冯婉华深知，姑母的生命，应该就要走到尽头了。作为一个二十多岁的年轻的皇太后，始终保持自己的威严形象，是一件非常不容易的事情，在许多时候，这还是一件让冯婉华痛苦万分的事情。有时候，深夜时分，噩梦来临，从前的一桩桩、一件件往事，都会使她在内心之中感到莫名的战栗。只有在面对自己的姑母时，冯婉华才会显露出她本性中的柔懦，才会怀着女性特有的胆怯去与姑母商量、探讨。

只是，冯婉华深深地知道，这肯定是她们姑侄两个最后一次推心置腹地谈话了。可面对这种令她撕心裂肺的痛苦，她还不能过于悲伤，以免让姑母带着无尽的忧虑离开人世。

抚摸着冯婉华娇嫩的容颜，冯昭仪眼中几颗豆大的泪珠夺眶而出。

在烛光之下，她的泪珠是那么晶莹，如同珍宝一样，镶嵌在昭仪的脸上，熠熠生辉。泪珠慢慢顺着冯昭仪的两腮流到下颏，冯婉华用丝绢轻轻替她揩拭着。她想忍住自己的眼泪，但饱含了二十多年亲情的眼泪，还是忍不住颗颗滴落。

泪水很快模糊了冯婉华的双眼，她开始无声地抽泣，就如同二十多年前那个刚刚进入昭仪宫见到姑母的六七岁小女孩那样，她忘情地哭泣着，宣泄着自己的感情……

冯昭仪略微愕然地看着自己的侄女，拉起她的手，放在自己的脸上。而后，她又把冯婉华的双手放在自己的嘴上，吻了又吻，凝望了她一会儿。

冯昭仪："婉华，记住，你是大魏的皇太后！你的皇帝儿子，毕竟不是你的亲生儿子！而人，都是会变的！记住我最后的这两句话，就好了……"

第九十八章　少帝满腹心事

黄昏时分，拓跋弘骑着马站在万寿宫背后的高冈之上，脸色沉郁。

天空正下着雨。跟随扈卫的禁卫军都离得远远的，骑在马上望着皇帝一行，其中许多人都蜷缩到了被雨水浇得湿淋淋的松树下。跟随着拓跋弘的建昌王拓跋长乐、驸马万安国以及京兆王拓跋子推，也都冷得直打哆嗦。

由于马蹄的践踏，草坡上到处都是污泥和烂树叶。而秋雨清淡凉爽的气息，使得空气变得十分香甜。

拓跋弘一点也不感到寒冷。他那张英俊却阴郁的脸上，被风吹出一片红晕。静默了好久，他解开两当铠甲的纽襻，长长地叹息了一声。

猛地一震铠甲，似乎是突然想起了什么，他又像是在对在场的几个人说，又像是在自言自语："我什么时候，才能做大魏真正的皇帝呢……"

晚饭过后，冯婉华拿着几封奏章，和李奕一同到坤德六合殿附近的山冈上散步。这一片山冈，富有荒野景致，草木不是很繁盛，到处是嶙峋的石头，路边还有几棵很高大的橡树。

夕阳余晖下，两个人的脸被照得红红的。他们一边走，一边聊着一些朝廷奏章上的内容。

冯婉华："李奕哥哥，你看，前几天我和皇帝在北苑射箭，被高令公知道了，他就上了这么一封奏章来劝谏。"

李奕："高令公确是纯臣，不管您高兴不高兴，只要认为有必要进谏和提醒，他马上就会上奏。如果赶上朝会，他也会在殿上直言进谏。"

冯婉华："这事我明白。我给你读读他的谏言，非常有文采。'孔子云，士志于道，据于德，依于仁，游于艺。六艺者，礼、乐、书、数、射、御。前四艺，乃丈夫妇人可以同修者。而射艺、御艺，乃男子之事，不应及女。古之贤妃烈媛，母仪家国，垂训四海，宣教九宗，可秉道怀德，率遵仁礼。伏惟皇太后，含圣履仁，临朝阐化，肃雍恺悌，自可因时暇豫，清暑林园，足以威灵遐畅，义震上下。如此，则文武慑心，左右悦目矣！'"

李奕："高令公确实文采华章，而且他说得也有一定道理。可是，我们大魏毕竟是鲜卑族创建起来的国家，是在马背上建的国。妇人弯弓走马，也是寻常之事。"

冯婉华："李奕哥哥，你再看这一篇，是李䜣的奏疏，和高令公的奏疏完全就是两码事！"

李奕接过奏疏，问："他所奏何事？"

冯婉华："那一天，皇帝援弓射箭，他的臂力还真不错，射出的箭远达一里五十余步之外。李䜣当时也在场，回去后，马上拍马屁上了这封表奏。这个李䜣，还是不改他先前阿谀奉承的性格。看人家高令公，该劝谏就劝谏，一点也不怕触怒皇帝和我……"

李奕笑笑，开始吟诵李䜣的表奏："伏见陛下，亲御弧矢，临原弋远，弦动羽驰，矢镞所逮，三百五十余步。臣等伏惟陛下圣武自天，神艺夙茂，巧会〈驺虞〉之节，妙尽墨圃之仪。威风八面，魁岸慑气。才猛所振，勃憋弭心，足以肃截九区，赫服八宇矣。盛事奇迹，必宜表述，请勒铭射宫，永彰圣艺。"

一边读着，李奕还一边不停点头："他这篇奏疏的文采，比高令公那篇还要好。确实，他的才能没有用到合适的地方啊，这不，他还请求允准他再写一篇颂扬皇帝射技的铭文，勒石记功，放到射宫流传后世呢。"

冯婉华叹息说："先前看在高令公和你的分上，没有把他牵入乙浑谋反案中，而是外放他去大郡当官。这个人真有才，可惜了。"

说着，冯婉华走到一方石案前坐下，挥笔信手在李䜣的表奏上批复道："此乃弓弧小艺，何足以示后世！"

又想起了什么似的，她问："李奕哥哥，你的兄长李敷任南部尚书之后，一直多病，最近如何？"

李奕："承蒙太后惦记，他这几年确实体弱神疲，一直居家休养，但也没有多大的危险，最近身体已略有平复……"

傍晚，红霞满天。万寿宫内，拓跋弘和元丽相对而坐。

元丽忽然说："陛下，我已经三个多月没有来月信了……"

拓跋弘没有立刻听明白元丽的意思，只是道："哦，是吗？"

元丽："陛下，我应该是有孕了！"

听元丽如此说，拓跋弘的眉头一下子舒展开来，鼻子翕动着，眼睛里射出亮闪闪的光芒。他把元丽揽到自己身边，看着她的眼睛道："元丽姐姐，你有孕了？……太好了！"

从拓跋弘喜出望外的眼神中，元丽深知他对这个消息的反应是高兴。至此，她一颗悬吊着的心，终于暂时放了下来。

"是啊，陛下，您要有孩子了！"

拓跋弘兴高采烈："元丽姐姐，我父亲就是十六七岁生的我！现在，你也要给我生孩子了，是我们大魏的大喜事！"

元丽脸上还是挂着忧虑："陛下，我是太后以女官的名义派到您身边来侍奉的，这件事情，我怕她知道之后会怪罪我……毕竟，我和您这么久了，也没有告知她……嗯，就是我和您现在的这种关系……"

拓跋弘稍微想了想，猛地站起身来："料也无妨！对了，元丽姐姐，你有否召御医来确定过有孕的这件事？"

元丽："我没敢……如果召御医来看，太后马上就会知道的……"

拓跋弘："元丽姐姐，你不必担忧！现在你有了身孕，这孩子就是我大魏的凤子龙孙，太后怎么会不高兴？到时候，我和你一起去跟她说！"

望着拓跋弘兴高采烈的脸，元丽陷入了困惑之中，脸上有一股苦不得脱的神情。从坤德六合殿侍奉皇太后开始，而后到万寿宫来侍奉皇帝，这期间她一直窥察着二宫动静，期待着自己能够同时讨好太后和皇帝。

但是，她很快发现，即使自己千方百计地深入宫廷，极力避免让他人不高兴，结果却都必然是一场空……

如今，元丽的意志坚强了起来。从前，是皇帝强烈的欲望使她屈服；而后，他们二人之间的情感使她沉迷其中不能自拔。而如今，怀孕所带来的恐惧大于欣喜，但她内心由母性本能激发出来的意志，却越来越坚定。

元丽："陛下，我们的孩子刚刚在我腹中萌生，在享受到我给他喂奶的幸福之前，我可不愿意就这样毁掉自己……"

不知不觉，元丽说出了心中的隐秘。此时拓跋弘完全不了解元丽这句话的意思。作为一个过于年轻的帝王，他现在的性情和心智都还处于毫无定准的阶段。对于元丽对未来的隐忧，他似乎没有想得很长远。所以，拓跋弘没有察觉到元丽惶惶不安的心情。

拓跋弘俯下身去，把元丽搂在怀中："元丽姐姐，你就放心吧，从现在起，你好好养着身子，我去和太后说……"

在这样的傍晚，两个年轻的爱人在平城皇宫的陛阶上相拥。元丽定了定心神，惆怅地望着落日霞光染红了不远处的峰顶。原本翠绿的山谷，罩上了一层温暖的粉红色，看上去就像一张巨大的婚床，异常绚丽。

重温着少女时代已经逝去的幻想，暗自咀嚼着心中的感伤，元丽的心情极其复杂："唉，以后的日子，真难熬啊！"

第九十九章　百政协和

北魏平城太极殿内，冯太后坐殿主持朝政，拓跋弘坐在她旁边。大殿内的气氛，一片祥和。

中书令高允出班，奏称："太后，老臣向您禀报一事。近日老臣到平城近郊，看到市集中有一个老妪非常可怜。这个老妪在她的孙女头上插了一个草标，在市场售卖。唉，那个女孩才六七岁的年纪，聪明伶俐，见者无不泪下……"

冯婉华非常关心民间疾苦，问："今年年景不错，没有大的旱灾水灾。近在京畿，怎么会有这样的惨事发生呢？"

高允："这个老太太的两个儿子，前几年跟从先帝北征，皆战死疆场。本来她家里有几亩薄田，可以维持生计，祖孙二人，苟活而已。岂料，京兆王封地中有一大块在平城近郊，他手下人就以括检为名，把大片土地划为禁田。老妪家里的田地，就此被京兆王府没收。田地里种下的庄稼刚刚发芽，就被京兆王的牛马吃掉了。老妪失去赖以活命的土地，只能把孙女卖掉，还说她准备自杀。而老妪卖掉这个女孩的原因，是想给女孩找个有吃食的人家，好让她不至于饿死！"

冯婉华听高允这样讲，立刻声色俱厉地问拓跋子推："京兆王，这是怎么回事？！"

拓跋子推心内一凛。他站在原地想了想，硬着头皮解释道："启禀太后，我们鲜卑人一直是马背上的民族，自道武帝开始，疆土越来越广。中原地域广大，土地肥沃，从道武帝开始，每逢开疆拓土，就要下诏划一些田地供我们鲜卑人放牧用，此乃天经地义之事啊……所以，皇家禁田乃从道武皇帝时期起就定下的规矩，是我们大魏的祖制！这江山是我们鲜卑人用血打下的江山，难道我们这些王爷和宗室，都该饿死不成？！"

高允愤愤然道："我们大魏在国家初创的道武帝时期，刚刚进入中原广大地区，将士部民携家带眷，当时划禁田，目的是为了解决部民的粮饷和畜牧问题。

而后，大魏制度越来越完善，逐渐离散部落，封土定居，开始务农种地。从明元帝、太武帝时期，我们就逐渐开始督课农桑，严格限制禁田数量。京兆王，你为什么不把明元帝和太武帝时期的规定当作祖制来遵守呢？”

拓跋子推无语。

冯婉华面色严肃："这几年来，高令公、李长侍常常和我讨论前朝历史，周朝建懿亲之礼，汉朝开磐石之固，封建诸侯，荣显皇族，内以惇睦九族，外以辑宁百姓，目的在于深根固本，共辅王室。如此，安则有以同其乐，衰则有以恤其危。魏晋之后，诸侯王多不遵法度，各徇所私，北晋朝（西晋）竟因'八王之乱'而灭亡！希望京兆王你们这些皇族贵戚，详查前代历史，莫蹈前人的覆辙。如果你们任性胡来，继续骄横跋扈，骚扰百姓，我和皇帝必对你们采取措施！"

李奕出班："太后，臣以为导俗当以渐行，非可忽然顿革！百姓恋怀旧，应该加以爱护。如今，幸赖太后、陛下仁圣，区宇肃清，锋刃不起，但各州郡疮痍未复，百姓依旧艰苦谋生。京兆王以亲以贵，乃皇家仪轨，日后定能够以身作则，使百姓沐浴皇风，不致劳扰，肯定会成为一代贤王！"

冯婉华听李奕如此一说，脸上顿时露出和悦之色："看在李长侍的面上，京兆王，今天我和皇帝就不处罚你了！京兆王，你乃先帝亲弟，皇帝亲叔。地居臣子，情兼家国，如果你再行侵袭百姓、干纪乱常之事，我绝不轻饶！"

拓跋子推闻言，只得下拜表示道歉。与冯太后并坐的拓跋弘望了李奕一眼，面色阴沉。

高允："太后、陛下，自太武帝以来，崇礼皇室，有些宗王以及鲜卑贵臣，跋扈至极，往往强娶民间良家女为妾，后房有成百的姬妾，犹恐不足，日日肆行淫乐，以悦其情。一旦这些宗王贵戚病重将死，还不欲他人得到这些美女，往往遗令这些良家女孩烧指吞炭，毁容之后出家为尼……"

冯婉华："宗王贵戚，竟然有如此恶行，令人发指！高令公，您为我和皇帝细细查之，报上名号，必须严加整肃！"

朝堂之上，冯婉华的一番言语使得不少官员欢欣鼓舞，同时也让一些拓跋宗室和贵戚感到非常紧张。

李崔、李长祥父子望了望冯婉华旁边默然无语的拓跋弘，交换了一下眼色。

对于一般不知就里的朝臣和勋贵来说，拓跋弘的默然，不过是出于年轻皇帝对母后的尊重，但对于李崔、李长祥父子来说，他们看到的是年轻皇帝的额头阴云密布，是儿子皇帝在母后面前那种暗藏恨意的冷淡态度。

冯婉华今天很有兴致，继续和高允论政："高令公，我临朝称制以来，常常批阅奏章到深夜，还是有许多事情不是很明白。比如，我们大魏的各个州郡，为什么人口差别那么大？相州有户三十多万，人口多达百万！而有些州郡，竟然仅有百余户，人口不过几千。不瞒众臣，在我祖父冯弘时的燕国，其治下有辽东郡和昌黎郡，据说十分繁华，人口繁盛，土地宽广，为什么现在的辽东郡只有一百多户人家，人口才不到两千呢？而昌黎郡一个郡，竟然人口不到一千！想我祖父当时为一国之主，雄霸两辽之地，属下再怎么说也应该有百十万人口，为什么到了现在，就变得这么少了呢？"

高允深施一礼，回奏说："太后明察！当年您祖父所在的燕国，也就是如今我们大魏的辽东、辽西地带，确实是沃土千里，人口众多，号称强国。可就是因为连年战乱，人口越来越少……太武皇帝延和元年，我们大魏大军在辽西大败燕军，杀死当地很多军民，百姓逃亡的也不少。得胜之后，太武皇帝一次就把辽东、辽西三万多户百姓迁移到幽州等郡县。后来，您祖父逃亡高丽，又带着数万人离去。所以，两辽之地，一时间几乎成为空地了……"

冯婉华深深点头："哦，难怪我近日在朝廷上听到幽州官员说话的口音，大似我父亲的口音。原来，这幽州之民，不少就是来自辽东、辽西。我不明白的是，太武皇帝占领辽东、辽西之后，为什么不在当地依据原先的州郡设置官员管理，非要把当地人都迁到别的地方去呢？斯民斯土，让百姓安居乐业，国家又能征收赋税，何乐而不为呢？"

高允："唉，就这件事情，我还和李长侍深入讨论过，可以让他向您禀报一下。"

李奕："太后明鉴！我们大魏原本居于朔方，世代逐水草游牧，没有固定的封疆。所以，从道武皇帝时开始，击灭诸小国或者大胜攻破一个地方，必定会把当地的人口、牲畜一掠而空。所以，大魏每胜，必会迁徙人口，逐渐成为定例。后来，随着大魏国土面积越来越大，采取了'劝课农桑'政策，设置州郡，但在攻取一地之后，还是会按照旧例，把所占之地的百姓迁移到京城平城及附近州郡。天兴元年，当时将要把都城迁到现在的平城，就曾经下诏把山东六个州和辽东等地所攻占土地的百姓三十多万，以及俘虏的工匠技人十多万，全部迁到平城用以充实人口。所以，如果您有机会到平城坊市或者周遭郊野去访看，就一定会发现许多百姓都口音各异！"

冯婉华："原来是这样。可迁移人口，致使百姓背井离乡，绝非长治久安之计啊。"

李奕："太后明见！这也正是多年以来，我们攻打南朝损兵折将、不能久占其地的原因！"

冯婉华赞许地对李奕说："李长侍，众臣皆在殿内，你为我们仔细说说！"

李奕："数十年以来，大魏军队攻伐战胜之后，迁徙当地人口几乎成为定例。北地中原，如今大都为大魏所有。而淮南、河南、齐州、青州、徐州等地，人民富庶，当地百姓对于北方苦寒气候大都心怀畏惧，不习水土。得知大魏军队每次战胜后必迁移百姓，当地人每战之前，势必协助南军拼死抵抗，如此一来，我们每攻占一城，也会损失将士无数。即使得胜占领一地，一旦有风尘之变，南朝军队反攻，那些被占领地区的百姓，肯定会心向南朝，纷纷投附……多年以来，我们大魏军队难以逾越淮水，主要就是因为这种战胜迁民的政策。"

冯婉华："我们与南朝并立这么多年，军力国力一直占据上风，可就是击灭不了他们，看来，民心和吏治也是重要原因啊。"

李奕："更重要的是，本朝源起大漠草原，以游牧为生，王公贵族以及各部官员，本无俸禄，都要靠百姓缴纳赋税，贡献徭役，号称随需索取。为此，各部落大人和统帅，特别喜欢杀伐征战，得胜之后，他们可以从国家获取生口[1]、牲畜和财物赏赐。每次征伐过后，大批南朝百姓被转迁到平城以及晋阳、并州中山、云中等近畿州郡，以充任奴仆和劳役。这些人生活困苦，勉强得活。如果碰上清廉的官员，他们还可以维持生活，苟全下去；如果遇到横征暴敛、贪赃枉法的官员，则是严刑峻法，水深火热，当地百姓就犹如生活在地狱之中啊……"

冯婉华："嗯，李长侍和高令公所言，使得我和皇帝恍然大悟！至此，我也完全明白了高令公为什么在中书省近三十年，竟贫困到了令先帝都动容的地步！我们大魏要尽快制定官吏俸禄制，官员俸禄由国家统一筹集，严格整顿吏治，绝对不容许官吏自筹。如此，则可以清源逐本，惩治贪污！"

听冯婉华如此说，在场文官大都面有喜色。

拓跋弘依旧一脸木然。李崔、李长祥父子又交换了一下眼色，心照不宣。在他们心中，皇帝如今完全被把握在冯太后这个专横之人的手里。他在殿上的沉默，其实饱含着哀怨、风霜和惶恐……

冯婉华望着高允，殷切言道："高令公，您还对朝政有其他建议否？"

高允："老臣还想对陛下劝谏一二。"

冯婉华："哦？"

拓跋弘听闻高允言及自己，也不得不表态："令公但说无妨。"

---

[1] 即俘虏。

高允："陛下，老臣也希望您多习儒经，垂心国政，不可终日纵马驰骋！"

拓跋弘："朕每日都在悉心学习啊……"

高允："太后钦明慈淑，临制统化。陛下天纵英才，垂心儒业，披云台而问礼，拂麟阁以招贤。希望您身为榜样，多习儒学，定能崇道重教，以身作则！"

冯婉华看了身边的拓跋弘一眼："皇帝，高令公所言极是！你最近儒业学习得如何？"

听皇太后如此发问，拓跋弘突然有些慌张。他匆匆地瞥了一眼母后的脸，不停点头表示恭顺。可就在这一瞥之间，拓跋弘发现，在他们母子分宫别住的这段时间里，他的母后变得比以前更加漂亮了。她那纤巧而美丽的脸上，增添了一种新的充满妩媚的气派，神态悠然。她的眼睛和从前相比，也显得更加晶亮。

拓跋弘心中升起了一股痛苦的意念：现在，母后那美丽灼人的美貌，应该已经不属先帝和自己了。堂堂一国皇太后，竟然是臣子李奕的胯下之物！

拓跋弘强忍内心的不快，垂头丧气地坐在御榻上。冯婉华完全没有觉察到这位年轻的皇帝内心深处隐藏的东西。在殿上，她只觉得这个孩子是因为他自己没有处理国政的能力而失落。而高允的这一番劝谏，等于当众揭露他每日跑马游玩的荒唐之举，所以才使得这位皇帝郁郁不乐……

冯婉华和颜悦色地对高允发问："令公，您还有什么劝谏的吗？"

高允："老臣还有劝谏。希望太后和陛下不要频频出宫，临幸大臣和王公宅邸……"

冯婉华对高允此言有些不快："哦，我出宫所去最多的地方，不过是昔日女官元华所在的济南王府。如今她是济南王慕容白曜的王妃，又新生一子，为此，我出宫去看她的时间确实是多了一些……皇帝呢，好像时常去看望他的姑母高阳长公主，也是因时因事而去罢了……"

高允："关于太后、陛下频频出宫之事，为臣写有专门的表奏。"

说着，高允从袖中掏出一篇表奏。冯婉华不得不当众表示赞许："令公，那您就念一下吧。我和皇帝都喜欢您奏章之中飞扬的文采。"

高允清清嗓子，展开表奏，朗声念道：

"《礼记》云：'诸侯非问疾吊丧而入诸臣之家，是谓君臣为谑。'皇太后父母如在，有时回家归宁，礼也！汉朝上官皇后将废昌邑王刘贺，霍光乃其外祖，亲为宰辅，上官皇后犹御武帷以接群臣，以示男女之别，此乃国之大节。近日，皇太后、皇帝轩驾频出，幸济南王、长公主府第。如今虽渐中秋，余热尚蒸。皇太后、皇帝衡盖往还，圣躬烦倦，此非顺时而游，更非奉养有度。纵然云辇崇凉，御筵安畅。而左右仆侍，众过千百。扶卫跋涉，袍甲在身。蒙曝尘日，涣汗流离。致时饥渴，餐饭不赡。兴师动众，交费钱帛。人称皇太后、皇帝甚乐，实乃臣下至苦！……伏惟皇太后月灵炳曜，坤仪挺茂。诞育帝躬，德逾文母。荣光帝京，士女藻悦。白首之耋，欣遇牺年；青衿之童，庆属唐日。千载之所难，一朝之为易。若非至明超古，忘骄释吝，孰能若斯者哉！为此，臣等更望皇太后及皇帝，遵酌前王，贻厥后矩。以天下国家为公，以亿兆万民为任，兴居出入，和乎彝式。辅养神和，简息游幸。以德为车，以乐为御，考仁圣之风，习治国之道，则率土属赖，含生仰悦矣……"

冯婉华微笑地听着，不住点头："嗯，高令公文采华章啊……白首之耋，欣遇牺年；青衿之童，庆属唐日。千载之所难，一朝之为易！说得多好啊……"

拓跋弘伴作赞同，也点头附和。

李崔低声对李长祥说："高令公越来越迂腐了！连太后、皇帝出游他也管！"

李长祥："看来太后耳目确实多，连陛下到过高阳长公主那里也知道。"

第一百章　太后的心事

元丽入坤德宫，向冯婉华施礼："太后吉祥！"

在殿外的花园里，到处都能听到鸟的啼鸣。毕竟已经到了秋天，空气中充满了凉爽的气息。此时的冯婉华，似乎身上的一切都是那么美好而迷人。元丽眼中所见，是她那充满风韵的漂亮面庞，健康红润的气色，以及充满青春活力又满含女性温柔的明亮眼睛。

相对于冯婉华而言，元丽的面容显得有些憔悴，脸色苍白。

元蕊关切地对元丽说："妹妹，你的脸色怎么这么不好啊……"

慕容雪莲："是啊，元丽姐姐，你的脸好像有些浮肿。这是怎么啦？"

冯婉华听到二人如此说，才开始仔细打量起元丽来："是呀，元丽，你怎么这个样子？在万寿宫待得不顺心？皇帝欺负你啦？"

元丽沉默了一会儿。暗下决心之后，她向冯婉华道出了自己有孕的事情。

"啊？！"冯婉华、元蕊、慕容雪莲不约而同地发出了惊呼。

元丽直视着冯太后的双眼，再次说："是的！我有孕了！"

贵为皇太后，冯婉华乍闻此事，内心感到震惊。不过不久她就镇静了下来，目光中满是慈柔："天哪，多好的事情啊！皇帝知道吗？"

元丽眼中噙着泪水，点了点头："陛下知道！"

冯婉华不停点头，同时看上去又有些心事重重："嗯，嗯，这是好事，好事……"

元丽满怀真挚的深情，又带着些许忧伤，望着若有所思的冯婉华，很想从她脸上看出些端倪来。

冯婉华问："元丽，你肚子里面的孩子……有多久了？"

元丽迟疑片刻，回答："大概三个月了吧。"

冯婉华："你为什么不早点告知我？去看御医了吗？"

元丽："今天上午召御医来诊视，确实是有孕了，我这才敢对您说……"

冯婉华点点头，抬起头来，长吁出一口气。不知道为什么，她心里有些沉甸甸的。她想起这几年来自己在身边这些女官，诸如元华、元丽、元蕊、慕容雪莲等，身上所花费的心血，深深感到自己和这几个女孩义同君臣，却情同姐妹。她向元丽的脸和肚子看了又看，仔细观察着这个女孩忐忑不安的脸，心中渐渐升起些微不悦。

元丽的脸上，挂着明显的卑躬和胆怯。

元蕊忙凑近元丽，对她说："妹妹，你还不好好谢谢太后！如果不是她派你到皇帝那里去，你怎么会怀上龙子啊！"

元丽："这是自然！我们一家人深受太后大恩……如此大恩，何以言谢！"

慕容雪莲还是少女心性，全然没有感觉到冯婉华沉默背后的思虑。她笑着对元丽说："元丽姐姐啊，你可要好好把太后哄好了！等你生下龙子，说不定会被立为太子呢，你要知道，大魏宫廷有旧制……"

元丽听到此处，已经明白了，看上去非常惊慌失措。她眼巴巴地看着冯婉华，似乎想听到对方说出一句能安慰到自己的话。岂料，冯婉华并没有接话。

冯婉华倒不是故意要以这样的沉吟来吓唬元丽，而是她忽然想起了刚刚去世的姑母冯昭仪，想起了她劝说自己的那些话。在这样让人伤感的秋天里，元丽有孕的消息，勾起了她记忆中那些陈年往事。她竭力把自己的伤感隐匿，抑制住听闻元丽有孕一事后心底生出的无限憾意……

元丽的思绪，紧张而又活跃。作为一个即将成为母亲的人，爱子之情会化作巨大的力量和坚强的意志。此时，为了讨皇太后欢心，为了祈求一张温柔的笑颜，元丽大费周章，察言观色。然而，她得到的却是冯婉华这种淡漠的回应。内心之中，她不免感到怨恨和忧伤……

第一百零一章　辩　论

北苑猎场，拓跋弘骑着一匹大马，驸马万安国、建昌王拓跋长乐、李崔、李长祥等人跟从左右。

遥望远方的山峦，拓跋弘抓着缰绳，在鞍座之上静默久之，似乎满腹心事。

拓跋长乐说："陛下，冯太后乃华族女人，一直心向华官，在朝廷之上，往往侮辱我们拓跋皇族。如此下去，对我们鲜卑拓跋皇族大为不利啊。"

拓跋弘微微摇头："也不尽然！朕的生母李贵妃，包括我的外祖父和舅父，也都是华族。"说着，拓跋弘看了看身边的李崔和李长祥，"他们内心肯定都是心向大魏的！朕也相信，母后作为大魏的皇太后，一定也是为了大魏好。她听政以来，确实有意压制拓跋宗室，想必她的初心，肯定是希望朕能当好这个皇帝……只是，李奕、刘睿、高闾等人，陆续执掌朝中大权。他们都是华官，他日朕亲政，这些人必会带来不利！"

李崔察言观色，问道："陛下，难道您胸中毫无远大抱负吗？"

拓跋弘挥舞着马鞭，说："朕浑身是力，觉得自己可以征服万方世界！……然而，朕现在名为皇帝，实则是儿臣，在宫内宫外，其实是孤立无援的！所以，每时每刻，朕都必须有所警惕和提防……要忍，一定要忍！"

说到这里，拓跋弘越发觉得委屈，不知不觉地火冒三丈起来。正是从前冯太后对他溺爱多年，使得他更像一个被宠坏了的孩子，一味任性。如今，只是受到稍许牵制和管教，加上旁人的挑唆，他就开始心怀怨恨。而这种情绪，加上近日元丽的话语，支配了他的整体认知和情感，一发不可收拾。

李长祥劝说道："陛下应该尽早亲政！"

拓跋弘脸上露出一丝苦笑："国家大事，事无巨细，如今全是太后一人做主，不容朕有自己的愿望和想法。你们看看，每逢朝会，朕就只能在母后身边坐着，形同偶人，就好像朝堂上没有朕这个人一般！"

万安国："陛下，国权国政的事情，一定要循序渐进，慢慢来！如果不悉心经营，即使哪天太后归政于您，您也掌握不了全局的啊。"

李崔看了看万安国，赞和说："驸马所言极是！陛下必须留心，慢慢把内廷的禁卫军军权抓到手中。如此，您才能主宰宫中，而主宰了宫中，您毕竟是天下之主，肯定也能够主宰外廷了！"

诸人说话间，高车禁卫军将领莫那娄骑着马，后面跟随着两个兵士，慢慢往坡上走来。

拓跋弘忽然高声说："朕近日射箭技艺大进，给你们看看朕的箭法！"

说着，拓跋弘冲着身边的万安国和李崔竖起自己的左手拇指。二人定睛瞧看，发现拓跋弘的拇指上套着一个纯金玦。金玦上面，竟然有一道浅浅的勾痕，大约是因拓跋弘长期拉弦练箭，故而在金玦上面留下了痕迹。

只见他从背后摘下一把硬弓，而后右手持弓，左手拇指用金玦勾弦，大喝一声，右手用力往上一抬，左手迅速放弦，一支利箭便嗖地飞出，正中莫那娄身边一个兵士的胸口。

饶是身穿两当铠甲，那个禁卫军也是应弦落马，滚落在地。

这时，众人都没有缓过神来，对面的莫那娄反而哈哈大笑。他滚鞍落马，拜在地上："陛下好箭法！神箭法！"

拓跋弘微微一笑，对身边的李崔低声说："这个高车贼将，还是很精明懂事啊……"

李崔："莫那娄这个人，总比慕容白曜要信得过啊。"

太极殿内，冯婉华和拓跋弘坐殿，与众臣商议朝政。

高间奏言："我们大魏如今内政修明，但距离国富民强还有距离。太后、陛下圣明，一直想除众官贪贿之风，实行三长制，核实土地，清点户籍，最终目的就是要使国库充盈，兵精粮足。如此几年下来，北定蠕蠕，南灭岛夷，不足虑也！但今日国中，贵戚横暴，各地鲜卑豪强，藏匿人口，逃避徭役，富者日富，贫者日贫，如果国家再不严刑峻法，国政不可能完全清平啊。"

李䜣看了看太后和皇帝的脸色，表示说："我到相州之后，发现州郡的日常算核，每年都有统计，应该数字上没有太大的出入。高侍郎常在朝中，对州郡细事，当不甚了了。"

刘睿斜眼看了李䜣一眼，说："李刺史此言差矣！我出身民间，知民疾苦，各地历年的人口统计，一向是官官相护，各地豪强宗主和坞堡的坞主，往往收留逃亡百姓，自行开拓耕地，隐藏奴隶，他们没有一个人会上报自己真正的收成和人口，主要就是为了逃避税赋和徭役。当今之计，如果想富国强兵，必须派出大量官员到各个州郡去，重新丈量田亩，核实户籍人口，对于瞒报者，深究其罪！多杀几个鲜卑豪强，自然就会令行禁止！"

冯婉华对此事显然很上心，表示说："各位官员，你们有什么建议，尽可以畅所欲言，我和皇帝绝不怪罪！"

东阳公拓跋丕出班道："太后，陛下，高闾、刘睿之言，老臣觉得太过夸大！更何况，我们大魏以鲜卑为国人立国，他们两个人乃华官，对于我们大魏自道武帝以来的治国之法，根本就没弄明白！或者，这二人根本就是包藏祸心，想弱化我们鲜卑国人，本意是动摇我们大魏根基。如此，则会误国误民，该杀该剐！"

李崔不阴不阳地插了一嘴："或许，高侍郎之意，是想'以夏变夷'吧……"

在场大臣，特别是华官，一听到"以夏变夷"四个字，都不敢再言声。对于以鲜卑为"国人"的大魏来说，这个议题是非常敏感的，稍有不慎，就会被鲜卑贵戚抓住把柄。

冯婉华听李崔如此讲，很不高兴："我们大魏立国以来，一直能够用中国之士，能行中国之道，所以历代明主，包括先帝和皇帝，都是真正的中国之主！更何况，我们大魏鲜卑皇族拓跋氏本身，就是黄帝轩辕氏少子昌意的后人。当年昌意受封于北土，一直迁徙到大鲜卑山，最终以此山来命名族群！黄帝土德，拓者，土也！跋者，后也！拓跋，即是'黄帝后裔'的意思！从那以后，昌意所领族群人口越来越多，各代分别姓氏，因此鲜卑大兴，竟有一百一十八氏！所以，我们大魏皇族，和华族完全是出于同源同流！东阳公，你千万不要为了尊崇鲜卑，而自认为夷狄啊！"

李长祥为了挽回其父李崔刚才的话语，赶紧接过冯婉华的话茬："太后所言极是！大魏国富民强，武力赫赫，自可继续对周边族群用华夏礼义来实现'以夏变夷'。如此，则四夷臣服，事我们中华以忠！"

拓跋丕听到李长祥竟会如此说，很是吃惊："如此说来，我们大魏鲜卑拓跋氏不是华族眼中的夷狄，竟然是真正的华夏？"

冯婉华："我们大魏，也是华夏，这是当然的！不过，即使是夷狄也没有太大关系，就连周文王都是西夷出身，何况别的古代圣贤呢。华夏民族，一直重视礼义廉耻，着重农耕，千年以来，四夷宾服，故而逐渐皆变为华夏。所以，夷夏同祖，四海一家！"

拓跋子推对冯婉华和拓跋弘察言观色了许久，而后才奉承地说："太后乃华族名门出身，自然远见卓识啊！"

冯婉华莞尔一笑，问拓跋子推道："京兆王，你觉得我是华族吗？"

京兆王拓跋子推："这是自然！太后您的家族冯氏，也曾在辽地称王称帝，当然是华夏高族大门！"

冯婉华："非也！我们辽地冯家，乃东夷冯氏，当在汉朝的时候随匈奴单于入朝汉家，而后留居汉地，成为冯氏名门。你们看，昔日之匈奴，如今也皆入华族和鲜卑，这就是华夷同族同源之意啊……"

拓跋子推："啊？太后，可您这冯家也不是华族的冯姓啊……"

李奕帮冯婉华解释道："司马氏北晋（西晋）灭亡之后，中原板荡，匈奴、鲜卑、羯、氐、羌部族纷纷入据，立国十多家，最终要数我们大魏一枝独秀，一统北方！数十年来，淮水、秦岭以北境土，尽在我们大魏手中，就是因为几代帝王都是实行华夏一家的政策啊！"

第一百零二章　少帝怒闯太后宫

夜晚的万寿宫里，树欲静而风不止。

元丽目光幽幽地看着拓跋弘，说："陛下，您和我在一起，我感到自己一身轻松，对我们未来的生活充满了希望……"

由于有孕，元丽感受到了自己从身体到情绪的种种变化。有时候，她会陷入毫无来由的极度惆怅之中；有时候，她的内心会充满辛酸的牢骚；有时候，她又会对宫廷内的各种事务产生出乎意料的勃然兴致；有时候，她则忽然会爆发无名的震怒；更多的时候，她在酸楚的快乐中以泪洗面，同时又在黑色的希望中不停想象着即将出世的孩子的性别和命运……

拓跋弘搂住元丽，安慰说："放心吧，朕会和太后说的，如果你生下皇子，就把子贵母死的制度废掉。"

元丽："陛下，事情没有您想象的那么简单。近日我去坤德六合殿拜见了太后，说起我有孕的事情，她根本没有承诺说要废除这个制度。我隐约觉得，她对我很不满意……大概我有孕一事也在她意料之外吧。"

拓跋弘叹了一口气："是啊，后宫之事，肯定是她来做主的，朕现在还不是真正说话算话的皇帝。即使是先帝，当时都已经是真正的皇帝了，朕的生母李贵妃生下朕之后，她的命运也仍然被掌握在当朝太后常氏手中……"

元丽："后宫之中，太后的权力确实最大。"

拓跋弘："唉，为之奈何啊！"

元丽咬咬牙，下定了决心，说："陛下，如果您想让我生下龙子之后不死，就必须抓住太后的把柄！她出于内心的愧疚和羞耻，可能就不会对我实施子贵母死了吧……"

拓跋弘脸上露出惊异的神色："元丽姐姐，你是说李奕？……只要我们抓住她和李奕的把柄，哦……"

坤德六合殿外，棉絮般的薄雾被大风吹着，擦着窗户旁边的松树梢，瞬间飘过林间空地，而后，又顺着黑绿色的草地在低空盘旋，最终消失在蒙蒙细雨之中。寝殿之内，炉火熊熊，香烟缭绕。冯婉华和李奕，缠绵汗流。

事毕，李奕迅速起身穿衣。冯婉华则一脸甜蜜，慢慢地穿着褒衣。

冯婉华回味着透入骨髓的欢乐，巧笑倩兮："李奕哥哥，如此良辰乐事，每一次你都是匆匆而起，让人无法尽兴！"

李奕迅速走到寝殿外面的厅堂，在先前已经摆好的棋盘前坐定，手拿一颗棋子，仔细看着棋盘上面的局势。冯婉华穿好衣衫，也出来在棋盘对面的坐榻上坐定。

冯婉华低声说："李奕哥哥，你过来，吻我一下！"

李奕："太后，我们毕竟是在宫中，人言可畏，墙后有耳，万一被陛下知晓这件事情，后果极其严重……"

冯婉华："皇帝从万寿宫出来前，每次都派人向我报告，他怎么会不告自来！"

怀着深浓的感情，怀着这种因为纯洁的欲望而不顾一切的心，冯婉华犹如陷入情网的少女一般，有时候非常疯狂。

李奕："太后，治理国家确实不容易啊……为了让那帮鲜卑贵族闭嘴服从，您竟然自称冯氏是匈奴裔群。"

冯婉华："乱世之中，族群混一，也是好事。当初我们冯氏燕国，其实完全是鲜卑化的国家。我小的时候，华言和鲜卑话都会说的……"

寝殿外面，正在当值的元蕊和慕容雪莲有些百无聊赖，玩起了握槊，嘻嘻哈哈的。忽然，拓跋弘闯了进来，身后只跟随着一名小宦者。元蕊、慕容雪莲即刻跪下行礼！

拓跋弘正颜厉色地问道："太后何在？"

元蕊："在寝殿前厅，正和李长侍弈棋。"

慕容雪莲："陛下，是否要奴婢前去禀告？"

拓跋弘摆手："不用！朕自往！"

说着，拓跋弘大踏步往冯婉华的寝殿前厅走。他一把掀开幕帘，正面对前厅幕帘的李奕首先看到了他，即刻一惊，赶忙跪伏行礼："拜见陛下！"

冯婉华也是吃惊不小，回过身来看着面沉似水的拓跋弘："皇帝……你怎么来了？"

拓跋弘表情复杂，脑子飞快地转动着："……母后，今日朕接到疏奏，得知蠕蠕突发内乱，高车部族遁逃西部自立门户，朕觉得此事紧急，想赶紧和母后商量一下……"

冯婉华定睛细看少帝的面色，表情沉静："嗯，这事情我知道了。蠕蠕内乱，其内部有人前来大魏投附，非你我能够定夺的，还是明天上朝之时再与大臣们议定吧。我唤李长侍入宫，一是陪我弈棋，二也是来商议此事……"

拓跋弘站定，仔细打量着棋盘。果然，从棋盘上面所摆的棋子可以看出，两个人已经下了有一百多手的样子，好像太后还略有领先。接着，拓跋弘又望向前厅隔壁的寝殿。目中所见，床榻井然，没有丝毫异样。

李奕的表情有些不自然。他依旧跪伏在原地，头低垂着。

冯婉华看了看气息勃勃的皇帝，对跪伏在地的李奕说："李长侍平身。"

拓跋弘略微迟疑了一下，对冯婉华说："母后，既然您说明天上朝再商讨此事，儿臣就暂先告退了。"

冯婉华："好。"

望着皇帝匆匆而去的背影，冯婉华原本妩媚的脸上蒙上了一层看似愤怒，又像是忧郁的神色。沉思之中，她的眼睛里露出了警觉。

李奕额头冒出冷汗，心惊肉跳："太后，幸亏刚才我们在弈棋。皇帝此时忽然出现，真是太让人心悸了……"

冯婉华："嗯，他今天这样忽然闯来，绝非随意而为，必定是听到了什么风声……我身边的元蕊、慕容雪莲都不可能泄露此事，何况，她们也根本不知道我们俩在寝殿内的事。"

李奕："从陛下看我的眼光中，都能感知他有所憎恨。唉，此事定是瞒不住了。"

冯婉华："李奕哥哥，不必惊慌。我现在还是太后，不是任人随便处置的后妃！"

冯婉华说这句话的时候，面色沉郁，语气坚定，显露出她固有的烈火般的天性。李奕叹了口气，在榻上疲软地坐下去，似乎筋疲力尽。片刻之后，他鼓起勇气，像是自欺欺人，又像是在安慰冯婉华："希望陛下只是偶然兴起，真的是到您这里来和您商议国事的吧……"

一股愤怒的火光在冯婉华的眼中闪烁起来："哼，我这才刚过上几天好日子，就遇到这样的事情……李奕哥哥，你不要心忧，我自会处理。"

虽然嘴上如此说，冯婉华内心深知，先前和李奕之间的无拘无束，软语温香，短时间内是不可能再有了，而且，他们俩也没有心情再如此这般无忧无虑地享受情爱了。

思及此，又想想刚才皇帝进来时的样子，冯婉华恨恨之余，心内波澜大起。

第一百零三章　少帝亲征

太极殿内，冯婉华和拓跋弘御榻并列。高允、高闾、李奕以及其他王公贵臣皆集于殿内。

高允奏称："太后，陛下，前日中书省已上报军情，如今蠕蠕贼寇日渐削弱，先前被他们奴役的部族相继反叛和逃亡。其中，高车部族十万余落集体西迁，自立门户……"

冯婉华问："蠕蠕境内有不少高车人，他们先前在哪里？"

高允："在我们大魏建国初期，高车部族的游牧地幅员广大，最北端远达巳尼陂①，被我们大魏征服后，他们数十万落高车人集体南迁，被我们安置在东至濡源、西暨五原以及阴山，横阔三千里的广大地区。在这期间，高车副伏罗一部，在蠕蠕入侵的时候被征服，沦为奴隶。最近，这个副伏罗部的酋长趁蠕蠕内乱，统领高车部众十余万落西叛，酋长阿伏至罗自立为'侯娄匐勒'……"

拓跋弘问："侯娄匐勒？这是什么意思？"

高允："即'大天子'之意。蠕蠕可汗震怒，开始讨伐高车副伏罗部，但没能成功，其国内更是因为汗位之争而日益混乱、衰落……"

拓跋弘一脸兴奋，说："诸贼相攻，中国之利也！趁蠕蠕内乱，我们可以考虑发兵取利！"

高允："蠕蠕内部贵族一直为争夺可汗之位大打出手。据可靠消息，蠕蠕的可汗伏图已经被杀，王子丑奴和阿那瓌兄弟两个人争夺汗位，其间，阿那瓌被打败，现在正在赶往我们大魏平城的路上，想要觐见陛下，前来亲降！对于这位即将入京的阿那瓌，不知太后、陛下如何处置？"

冯婉华望向殿内众臣，问："众位爱卿，你们意下如何？"

---

① 在今俄罗斯贝加尔湖畔。

李奕："臣以为，自秦汉匈奴为患，边患其来久矣！虽隆周、盛汉，莫能障服这些边寇。蠕蠕也同其类，衰弱则降，富强则叛。为此，作为我们大魏天朝，或修文德以来之，或兴干戈以伐之。皇太后、皇帝临朝，皇代勃兴，威驭四海，高车、蠕蠕迭相吞噬，主丧民离，不绝如线。如今高车部族终雪前耻，反头摧击蠕蠕，正是因为其部族种类日益繁多，蠕蠕不可尽灭！为此，作为我们大魏，也不能坐视高车部族坐大，我们先可以接受蠕蠕阿那瓌的投降，而后，派他率领部族余众返回蠕蠕本土，使得蠕蠕内部互斗不休，同时，还应该支持高车部族占据一方。如此，三寇互攻，则可保我们大魏境土数十年中再无战尘……"

高允闻言，不停点头："李长侍所言极是！如今蠕蠕内乱，高车强盛，蠕蠕来降附的阿那瓌畏惧大魏威名，束手投身。他属下百姓归诚，万里相属，确实是我们大魏的幸事。兴亡继绝，抚降恤附，能够体现太后、陛下的威德。但是，阿那瓌所率降人，来者既多，如果全徙内地，损我资储，迎送艰难，弄不好还会重蹈昔日晋朝司马氏之时匈奴刘氏乱华的覆辙……反之，如果弃而不受，则亏我大魏仁德。李长侍之计，礼送蠕蠕阿那瓌返回境土，存其部族，对于那些新近崛起的高车军队，则立有内顾之忧，他们就不会有机会觊觎我们大魏上国。如果坐待蠕蠕被高车全灭，日后高车日益强盛，等于再生一蠕蠕新寇！"

冯婉华："好吧，就依李长侍、高令公所言，封阿那瓌为蠕蠕王，地位等同于我们大魏的拓跋皇族，高于一般异姓藩王。以皇帝名义下诏，在平城对阿那瓌专赐宅院，再赐赠他大批锦绣、杂彩。对于他手下来降的部族，也赏赐大批牲畜和粮食，一定要好好款待这些蠕蠕降人……皇帝，你觉得如何？"

忽然经冯婉华一问，拓跋弘一惊。先前坐朝，冯太后从来没有征询过他的意见。如今太后当着众臣的面问他，他一时竟然不知道如何回答才好。嗫嚅良久，他回答："就依太后懿旨……"

下朝之后，拓跋弘和几个心腹在万寿宫内议事。

李䜣首先出主意说："陛下，如今蠕蠕衰败，您正好以出击蠕蠕为名，效仿先帝，自统大军出征！这样的话，一来可以在军中亲政，与军中将领们结成真正的君臣关系；二来可以暂时摆脱太后控制，展示自己理政的能力；三来嘛，蠕蠕必败，陛下乘胜回京，便可以名正言顺地主持国政！"

拓跋弘："对，这确实是一个机会！朕听说蠕蠕来降的阿那瓌走到中途，忽然又不来了，观望逡巡，他此举恰好给了我们出兵征伐的借口。"

拓跋长乐："军国大事，必须经过朝议和太后的同意，特别是要经过太后同意。她现在会同意皇帝您亲率大军出征吗？"

万安国："太后一介妇人，她主要是听信高允、高闾、李奕之徒摇舌。一旦有人力排众议，赞许皇帝出征，说得有理有据，陛下亲征就应该不难！"

李长祥："我们先告知京兆王，他身为宗室之首，说话应该管用！毕竟，陛下亲征并非出外打猎游玩，名正言顺，太后那里也不好反驳吧。"

第二日，在太极殿中议事的时候，拓跋子推首先发表意见："今日朝议，尊太后、陛下之令，大家主要议一下蠕蠕近况。据报，阿那瓌说是要入京朝觐，他率领的蠕蠕残部已经到达我们大魏边境地区，可忽然又走了，停驻在当地，向我们索要钱粮和牲畜牧草等物。蠕蠕贼寇，食言而肥，真该大兴戎旅，征伐示惩啊！"

李崔马上附和："蠕蠕贼寇，一向负恩忘义，大魏当行天罚，严惩不贷！"

冯婉华表情严肃，问："京兆王，你的意思，是要皇帝亲征？"

拓跋子推施礼："太后，陛下已经成年，如果躬行出征，定能振奋军心，一举摧寇！"

拓跋弘即刻表态说："朕亦久有此意，希望太后允许儿臣率领大军出征，效仿先帝生前壮举，为太后解忧！"

冯婉华问："众位大臣，汝等有何建议？"

高允提出异议："如果陛下车驾亲行，臣恐京师危惧。不如先行持重，观察自安。蠕蠕残虏悬军深入，粮草没有后备，以臣量之，肯定不久自退。届时，自可遣将追击，破之必矣！"

李䜣出班，奉承皇帝说："陛下钦明则天，比踪先帝，丹心为国！蠕蠕阿那瓌，蠢尔荒愚，轻犯王略，远来颠沛，我以宴安待之，坐而纵敌，必有损大魏天威！如果陛下銮驾亲动，贼寇肯定望麾崩散！"

冯婉华俯首沉思了一会儿，道："高令公和李刺史所言，皆有道理。只是皇帝年轻，从前没有打过仗，如今亲率戎旅，我还是有些不放心啊。而且，如今刘尼、源贺等人，皆在外镇守边，没有这样的老将随行，军旅事重，让人担忧。"

李长祥："太后，有慕容白曜、莫那娄等大将率领禁卫军精锐扈卫陛下，以众临寡，以强胜弱，必可临阵破敌！"

冯婉华想了想，说："也好……皇帝此去，恰恰可以锻炼亲政的能力。想当初，先帝初次率领兵马征伐蠕蠕，也是在刚刚继位不久。有父有子，再立新功！"

拓跋弘见冯太后允了，非常兴奋："李长侍，太后一向表彰你文思敏捷，一挥而就，如今朕将亲自领军出伐蠕蠕，请你当殿替朕草拟一诏吧。李䜣刺史，如今你暂时不要回相州，也留在京城，参理政事。既然李刺史多才，且也曾在中书省任职，便就请你起草一纸诏书，与李长侍所拟诏旨同时发出！"

李奕施礼："臣遵旨。"

李䜣："臣遵旨。"

宦者送上笔墨，李奕凝神静思片刻，而后，文不加点，一挥而就；李䜣思虑片刻，也伏案摇笔，顷刻立成。

李奕："臣尊皇帝诏旨，已经拟好诏书内容。"

拓跋弘："念来！"

李奕："昔日黄帝五十二战，成汤二十七征！方今大魏，德施诸侯，令行天下。朕君临万邦，日月所照，孰非我臣！蕞尔蠕蠕，僻居荒表，鸱张狼噬，侮慢不恭，抄窃我边陲，侵夺我城镇。阿那瓌送款军门，寻请入朝归罪。朕以许其改过，乃诏迎来。而长恶靡悛，宴安鸩毒，此而可忍，孰不可容！便可分命六师，百道俱进。朕当亲执武节，临御诸军，厉兵秣马，观兵漠北，顺天诛于海外，救穷民于倒悬。若有识存亡之分，悟安危之机，翻然北首，自求多福；必其同恶相济，挤拒王师，若火燎原，刑兹无赦！"

包括冯婉华和中书令高允在内，听到李奕朗诵出师诏旨，朝中大臣，皆露出赞叹之色。

李䜣："臣也已经拟就诏书。"

拓跋弘："念来！"

李䜣："天地大德，降繁霜于秋令；圣哲至仁，著甲兵于刑典。故知造化之有肃杀，义在无私；帝王之用干戈，盖非获已。甘野誓师，夏开承大禹之业；商郊问罪，周发成文王之志。蠕蠕小丑，迷昏不恭。乱离多阻，种落还集。移告之严，未尝面受，朝觐之礼，莫肯躬亲。近日蠕蠕诱纳亡叛，不知纪极。关柝以之不静，生人为之废业。朕今亲总六师，用申九伐。比戈按甲，誓旅而后行。三令五申，必胜而后战。营垒所次，务在整肃。百姓田稼，秋毫勿犯。布以恩宥，喻以祸福。若有同恶相济，抗拒天军，国有常刑，俾无遗类。明加晓示，称朕意焉！"

听李䜣念罢，拓跋弘大为首肯："李刺史言辞犀利，把我们大魏天威宣示得淋漓尽致！李长侍所草诏旨也不错，深副朕意！"

退朝之后，冯太后与李奕在坤德六合殿内密议。

冯婉华说："皇帝这次率兵亲征，显然是有人给他出的主意。大概为了显示他的翅膀已硬，才出此谋划……"

李奕："此提议虽为京兆王首先提出，但为臣推测，陛下的外祖父李崔应该才是背后最大的推手！"

冯婉华："如今皇帝身边，实际上已经聚集了好些拓跋皇族的人，比如京兆王、建昌王，还有东阳公等人。此外，那万安国也不可小觑。至于李崔、李长祥父子，他们是皇帝的生母李贵妃的父兄，这两个人，大概一直认定是我当初施行的子贵母死旧制，才害死了李贵妃，肯定恨我不已……"

李奕："太后，陛下逐渐长成，羽翼日丰。一旦你们母子离心，大魏国事堪忧啊。"

冯婉华面露恨恨之色："我总是以国家大事为念，皇帝此行北征，也好，让他知道一下国事的艰难。只要这次出征得胜，等他回来之后，我就归政于他。元丽很快就要诞育孩子了，如果是皇子，我正好躬亲养育，为大魏培养日后的新一代储君。"

李奕："如果您再鞠养元丽所生的皇子，是否会让元丽觉得，您又从她手中攫取了孩子的养育权呢？"

冯婉华摆摆手，说："李奕哥哥，这个你倒不必担心，元丽应该懂得这个道理。在大魏后宫，自道武皇帝开始，只要后妃诞育皇子，依据制度，从来都是不会留给他生母养育的……"

艳阳下的平城西郊武周塞"昙曜五窟"，庄严肃穆。

拓跋弘指着五尊大佛中的一尊，对元丽说："你看，那尊大佛，就是昙曜和尚根据朕的父皇文成皇帝的相貌雕刻的！"

元丽跪地礼拜："先帝真是相貌庄严啊！"

拓跋弘："是啊……元丽姐姐，你看朕的相貌，像不像先帝？"

元丽："嗯，陛下，您好像更俊秀一些，应该更像您的生母李贵妃吧……"

拓跋弘："等日后朕真正有了权力，一定要找一个好的谥号追封朕的生母为皇太后！此次出征，朕也希望先帝的在天之灵保佑朕旗开得胜！"

元丽忧形于色："陛下，如今您到哪里去，太后都知道得一清二楚。这不，前日我们去万宁寺祈祷，这就有李奕来上奏章，劝您不要登高。"

拓跋弘冷笑："朕春秋正盛，身手敏捷，躬登九层浮屠，又有什么好值得说道的呢？"

元丽手里拿着奏章，念道："伏见皇帝亲升上级，伫跸寺庙表刹之下，佛心良意，诚为福善。然圣躬玉趾，非所践蹑。臣庶悝惶，窃谓未可。《礼记》曰为人子者，不登高，不临深。臣闻'千金之子不垂堂，百金之子不倚衡'。万宁寺寺高累级，阁道回隘，以陛下柔仁之宝体，乘至峻之重峭，万一差跌，千悔何及！昨日京城风霾暴兴，红尘四塞，白日昼昏，特可惊畏。伏愿皇帝息躬亲之劳，广风靡之化！"

拓跋弘从鼻子里哼了一声："这些华官汉儒，大不可耐！包括高令公在内，没事就大掉书袋，引经据典，着实多事。"

元丽："他们的言外之意，就是劝您多读儒经，不要做危险的事情。"

拓跋弘狠命地拍了一下栏杆："危险的事情？李奕这厮，与太后通奸，还有比这件事情更危险的吗！"

元丽抚摸着自己的肚腹，说："平素给太后出主意和帮忙的，内有李奕、高闾、刘睿等人，外有慕容白曜，这些人如果得除，陛下，您就能真正主持内外大计了……"

元丽如此说，拓跋弘也是一愣。良久，他诚心实意地说："元丽姐姐，你可谓朕之入幕之宾啊！对了，朕应该去太后那里先替你讨个嫔妃的名头。否则，没名没分的，我们也不好在宫内相处。"

平城演武场。

天气非常寒冷，大地像冰一样坚硬。虽然天上挂着正午的太阳，冷飕飕的北风还是让身穿甲胄列队的军士感到浑身冰凉。这些人站在寒风中，仰着头，望着高台轩车上的皇太后和皇帝，纹丝不动。

拓跋弘坐在一辆高大的轩车上，车旁，骑马侍立着拓跋长乐、万安国、李崔、李长祥等人。冯婉华、元华、元蕊、慕容雪莲一行人，共坐在一个巨大的辇车上，位于高台的最高层。慕容白曜则戴着一顶禁卫军将领专用的突骑风帽，威风凛凛，身后簇拥着莫那娄等人，骑马站在列队的最前面。

广场上，以及后面的大片空地之上，站立着黑压压一眼望不到头的十万魏军。冯婉华和她身边的元华都注意到，就算是在这十万大军中，慕容白曜依然显得仪表堂堂，鹤立鸡群。济南王黑色的毛皮军衣外披了一件紫红色的锦袍，他胯下骑乘的白色骏马身上也披着厚厚的马衣。

寒风中一动不动的北魏军士，还有他们披甲持弓的样子，就像一群等待扑食群羊的猛虎。看着如此威雄之师，冯婉华忍不住对身边的元华说："你看，无须担心，皇帝此行必胜！那些军士浑身铁铸一般，眼中杀气就足以令敌人落胆！"

元华眼里罩着一层泪雾："太后，毕竟是出征杀敌，我心里总是扑腾扑腾的……"

冯婉华："皇帝这次出征的阵势，让我想起我跟随先帝第一次北征蠕蠕的盛况。唉，那时候的先帝，身体特别好……"

元华："希望这次戎旅，陛下和我的夫君都好好的……"

高车军将莫那娄身后，跟随着数百名高车禁卫军。这些人大多牛高马大，皆配有重骑装备，一骑配副马两匹，个个身上穿着精甲，马身上罩着精械马铠。

到了此时，已临出发，拓跋弘终于觉得自己做成了一件大事。他终于要动身了！内心深处，一种他从未经历过的恢宏感觉，让他非常爽快。如鸟出笼的兴奋冲击着他，使得他的眼睛都显得亮晶晶的。他压抑着音声，对驸马万安国说："朕突然觉得一身轻松！这一次，朕仰人鼻息的生活就要结束了，终于要结束了！"

驸马万安国："陛下，应该是永远地结束了！"

信心满满，拓跋弘似乎对未来的新生活充满了希望。他情绪高昂，精神振作，站在高高的轩车之上，仿佛在用崭新的目光观察着周围的一切！他像是在对自己打气一样，低声吼道："别了，平城！当朕回来的时候，一切都会不一样！"

皇帝一行动身的时候，平城的天气阴沉沉的，天空中稀稀拉拉地开始掉雨点。巨大的广场上，十万大军看上去人山人海，漫漫无际。他们身上的铠甲和头上的兜鍪都在闪着暗光，使得阴冷的气氛充满了躁动和喧嚣。

附近的树木上只有乌鸦在呱呱地叫着，好像在呼唤着风雨的来临。毕竟临近冬天，空气中冰冷的气息，总是让人觉得凛然。

在过分拥挤的旁观人群外面，元丽远远地、孤零零地站在那里眺望着。在她的眼中，轩车上的皇帝，就是她的全部生命和生活！忽然，元丽像发了疯似的，满脸恐惧，拎着裙角，向皇帝所在的轩车跑过来。

拓跋弘看到一脸泪水的元丽，赶忙走下高高的轩车。他弯下身去握住她的手，满脸都是关切："元丽姐姐，你来了！你别跑，肚子里面的孩子要保重啊……"

元丽泪眼婆娑："陛下，您放心吧，您一定要保重龙体！"

拓跋弘俯首殷切叮咛："放心！朕定凯旋还师！"

　　而后，拓跋弘又安慰了元丽几句，然后挥手上了轩车。轩车和扈卫兵马开始移动。元丽如同正在经历生离死别一样，一手拎着裙子，慢慢地向后退去。她一直昂着头，盯着拓跋弘的身影，看着越来越猛烈的风吹起了高高站在轩车之上的拓跋弘的头发……

　　这一切，都被冯婉华看在了眼里。她的嘴角微微动了动，什么话都没有说。

　　冯婉华身后，元蕊和慕容雪莲互相看了一眼，想说什么，也没敢说出口。

　　良久，冯婉华叹息一声："唉，元丽真是长大了……"

　　元华意味深长地道："是啊，太后，比起她姐姐，元丽可是懂事多了。"

　　冯婉华回头拍了一下元蕊的手："元华不是说你不懂事，你别多想。"

　　元蕊脸色苍白："望太后恕罪！我这个妹妹，性格倔强，有时候真不知道她在想些什么。"

　　元华脸上也满是失望："元丽鼓着这么大的肚子，当着这么多人的面来为皇帝送行，后妃之中，能做出这样举动的人太少了……对了，太后，元丽封了什么品位？贵人，或是贵妃？"

　　冯婉华："元丽毕竟是我身边的人，我和皇帝说了，只要她生下儿子，我就封她为左昭仪。"

　　元华："啊，元丽的命真好！左昭仪的地位，在后宫中可是仅次于皇后啊。"

　　关于拓跋弘的一些不连贯的、零碎的记忆，忽然闪现在冯婉华的脑海之中。而元丽昔日那种亲切的形象，却在她的记忆中暗淡了下去。她想到自己即将迎来和皇帝之间的母子决裂，想到自己和李奕之间那无厌的情欲……唉，那是多么疯狂的事情啊，她仿佛要竭力补偿先前自己在深宫中多年的亏欠一般……

　　风吹猎猎，拓跋弘神经质地笑着。他披了披挡住眼睛的风帽的长耳，呼出一口长气，英俊的脸上露出诡谲的笑意。而同一时刻，队伍中，慕容白曜那两颊上的连鬓胡子非常英武，挺秀的鼻子微微翕动着，眉毛上面结满白霜，眼神略显阴沉。

第一百零四章　旗开得胜

天色逐渐黑下去，远处的天空却还是一片灰白色。很快，雪片越来越大，忽然从北向南横扫过来，北魏蜿蜒而行的大军队伍顿时淹没在白色暴雪中。

整个北魏军队，从军将到兵士，包括拓跋弘在内，都跳下马，躲在马的身后，死死拽住缰绳的同时，把身体艰难地蜷缩着贴在马身上。没遇到敌兵，却先遭受了这场大雪的肆虐，这些准备与柔然敌寇厮杀的北魏军将也只能咬着牙承受摧残。到了夜半时分，将士们筋疲力尽，纷纷倒在白晃晃的雪堆上睡着了。许多人就这样默默被冻死了，被发现的时候，他们的脸上都带着诡异的微笑。

年轻的拓跋弘没有躲在轩车里面取暖，他骑着马，和那些军士一样，熬到拂晓时分，开始继续骑马前行。骑兵们排成一个弯弯曲曲的纵队，在慕容白曜下达停下休息的命令前，谁也不敢停歇，在极度的困倦中懵懵懂懂地随众前行。

寒风继续从北面吹过来，让人觉得越发冰冷难挨。有一些没有厚皮冬衣的兵士只得把头上的突骑帽拉到脖子处抵御寒风。

拓跋弘精神愈奋，他一身紧束打扮，带领拓跋长乐、万安国、李崔、李长祥等人，以皇帝之尊，走在队伍的最前面。当然，在前面几丈远的地方，还有一个骑马的斥候，一直在警惕地东张西望。

拓跋弘身后不远处，跟着一群由莫那娄率领的精锐高车禁卫军骑兵。由于大雪，走在最前面的斥候视线有些模糊。忽然之间，他发现前方有一团灰白色的影子在向自己靠近，同时，轻微的马蹄声提醒着他，对面似乎有一队骑兵正在飞奔而来。

正是由于雪厚，马蹄的声音不容易被发觉。在来人的马蹄腾越之间，魏军斥候忽然看清楚了对面的景象：来人有一百多，个个伏在马颈上，身形异常轻巧地随着马身起伏。

斥候高呼："敌人！"

话音刚落，对面忽然响起了箭声，瞬间就有一支箭插入了斥候的嘴里。他一下子往后仰倒，掉下马去，拓跋弘从他身边经过的时候，看到他就像是张口吞下了那支箭，嘴外面只留下白色的箭羽。

对方大概是发现魏军人多势众，又射出一支响箭。而后，随着一声刺耳的骨哨声，敌人马队纷纷调转马头往回跑。

拓跋弘高声大喊："追！"

拓跋长乐有些害怕，暗暗勒了勒缰绳，想让自己的马放慢速度；万安国一点也不害怕，他抽出一支箭叼在嘴里，猛抽坐骑，紧随着拓跋弘对掉头逃跑的敌人穷追不舍。此时，附近的高车禁卫军骑兵纷纷围了上来，在拓跋弘周围形成了一个保护圈。

拓跋弘胆气益壮，他嘴上横叼一支箭，另一支箭已搭在弦上。他瞄准了前面一个狂逃的柔然骑将，嗖的一声，箭射进了对方的后颈，那人一下子趴倒在马背上，死掉了。

这个时候，魏军骑兵大部队在慕容白曜的指挥下，从两侧横切了过来。这些禁卫军都是有战场经验的人，他们逆着柔然骑兵逃跑的方向，从侧面贴地飞奔，朝着措手不及的敌人放箭。这些柔然骑兵，大概是为了轻装行军，身上都没有配甲。魏军禁卫军所使用的重头箭射在他们身上，犹如穿骨切肉一般，中箭的人必死无疑。一时间，人呼马嘶，暴露在外侧的那些柔然骑兵惨号一片，沉重的身躯像猎物一般纷纷从马背上滚落，摔到厚厚的淹没了马蹄的积雪之中，发出阵阵扑扑的闷响。

在雪地上全力奔驰了一阵，柔然骑兵一直向前冲，力图寻找突围的机会。可逐渐地，他们发觉北魏军队人数非常多，他们根本跑不掉。显然，这支柔然轻装骑兵，不是惯常进行突击战斗的队伍。不过，他们都是柔然军中精选出来的勇武骑士，很快从最初的惊惶中镇静了下来，开始冷静而绝望地进行反击。他们人数不多，但并没有四散逃跑，而是逐渐收拢着后退，同时在途中继续放箭，试图拖住北魏军队。

大概是得到了其中某个人的命令，柔然骑兵忽然分散开来，跑在最后的一个骑兵突然勒马回身，从胡禄①中抽出一支箭头宽大扁平的大箭，张弓就射。这支箭速度不快，但非常沉稳，一点也不发飘，正好迎面射中位于拓跋弘正前方的一个高车禁卫军骑兵的颈部。

① 即箭囊。

让拓跋弘等人骇然的是，这支大箭像一把铲刀，竟然平切向那个骑兵的脖子，从前自后飞出，骑兵的头一下子就被完整地切下，鲜血喷出，溅得拓跋弘和万安国一身都是。而那无头的尸体，在惯性作用下，依然端坐在马背上，继续往前冲去……

慕容白曜大声喊道："陛下，不要被敌人骗了，只追那几个贵人装束的骑手，分散开的人不要去追……"

毕竟将皇帝护在了骑兵群中，又有慕容白曜和莫那娄等人的指挥，北魏禁卫军骑兵越来越镇定，开始有条不紊地对柔然骑兵进行包围和歼灭。

被追击的柔然骑兵本想把北魏禁卫军骑兵从大队中引出打散，再缠杀突围。但由于慕容白曜和莫那娄富有经验的指挥，北魏禁卫军骑兵没有上当，紧紧追击着这队柔然骑兵中的几个衣着显赫的人。

由于皇帝就在身边，受到激励，北魏禁卫军骑兵纷纷策马不停。战马的马蹄在夜间的雪地上扬起黑泥，积雪反射着月光，在兵士们坚毅的脸上投下斑驳的亮光。厚雪吸收了大部分声响，双方都没人再说话，静悄悄地纵马，边跑边战，只听得见马蹄偶尔踩在树枝上发出的咔咔脆响。

拓跋弘丝毫没有畏惧之意。他穿着一件黑色的袍子，里面裹着甲胄，戴着一顶和禁卫军将领相同的兜鍪，骑着一匹高大的黑色大马，一直奔在队伍前面。他紧紧咬住前面柔然骑兵中的一匹白色战马猛追。

拓跋弘的骑术非常好，在用两腿夹住不停颤动的马腹的同时，他果断地举弓朝敌人射出箭去。前方那匹白战马背上的柔然骑士身穿一袭白袍，头戴黑色貂皮帽子。他正好转身要朝后方的追兵射箭，嗖的一声，北魏青年皇帝射出的箭正好命中他的脖子。柔然骑兵两手一撒，当即死在了马上……

拓跋弘高兴地大叫："朕射死了一个！"

很快，北魏禁卫军骑兵就基本把百十号柔然骑兵消灭掉了，只留下七八个贵臣打扮的人和几个随从，被逼到了河岸边。

初冬时分，河面刚刚冻上，还能听到薄冰浮动的声音。在黑幽幽的寂静之中，那几个柔然贵臣不得不下马，试图渡河，其中一两个人慌忙脱下戎服捆扎在腰上，又把裤褶和靴子脱了，想光着下半身下到冰水里。其中一个人首先忍着刺骨的冰冷跳入薄冰之中，用力拨开碎冰，想逃到对岸去。

慕容白曜搭弓一箭，贯穿顿项①，箭头从敌人的脖子前面穿出，把那个人射死

---

① 兜鍪中护脖子的围脖。

在了水中。

河水其实不深，有的地方还没有到马腹。如果追兵不多不急，这些人还是能够渡过去的。但是，如今到了这个地步，岸边的柔然人也不再奔逃了，只能选择静静地待在原地等死。

静默了一会儿，包括拓跋弘在内，北魏骑兵逼近了河岸。岸边的柔然人都下了马，其中一个看上去十分显赫的人走上前来。慕容白曜用鲜卑语问询对方，对方也用鲜卑语回答。

在场的北魏人中，只有拓跋弘不怎么懂鲜卑语，因为他从小在冯太后鞠养下长大，一直使用华言。其余的人，包括慕容白曜、拓跋长乐、万安国、莫那娄以及那些高车禁卫军，都会鲜卑语。

慕容白曜："回禀陛下，这群蠕蠕骑士，原来是阿那瓌的使团人员，本是前来拜见陛下您的。"

拓跋弘："拜见朕的使团？那为什么见我们就跑，还杀伤我们的兵士？"

慕容白曜："我问他们了，这位领头的蠕蠕使团头目说，他们这些天一直被高车人追着打，忽然在夜间看到我们，以为是高车人，所以才狂逃不已。"

拓跋弘："哦，这么说，阿那瓌的这个使团，基本被咱们歼灭了……呵呵，看来这些蠕蠕都成惊弓之鸟了，没有朕来之前预想的那么厉害啊……"

凌晨时分，魏军人困马乏，拓跋弘却神采奕奕。莫那娄请示道："陛下，这几个蠕蠕使者如何处理？"

拓跋弘不假思索："杀掉！"

慕容白曜面露犹疑："这些人是使者，之前是产生了误会才跟我们交手的，现在还要杀掉他们吗？"

拓跋弘面色冷峻，说："先前阿那瓌说他要亲自到平城来投降，拜见朕，其后他却又出尔反尔，烦朕亲征。如此反复之辈，怎么也要惩戒一下！杀！"

莫那娄对身后的高车禁卫军示意。一时间，众箭齐发，岸边的柔然使者和从人顿时皆被射杀在当地。

没过多久，天亮了。北魏军队已经摆好了阵势，柔然军队也列阵相待。双方骑兵马蹄踏起的尘土渐渐消散。

漫山遍野都是北魏的黑色军旗，看上去非常壮观。他们站在相对高一点的坡地之上，居高临下。而相对于北魏军队，柔然军阵则有些散乱。两军阵间的空地上烟尘又起，柔然军中有百余骑兵奔来。这些人手中，都高举着白旗。原来，这是阿那瓌派骑使再来告降。

拓跋弘见状大喜，对身边的慕容白曜、莫那娄等诸将说："蠕蠕贼寇阵脚已乱，我们大魏勇猛之师，可以乘势冲之，杀此一阵！"

慕容白曜劝谏道："陛下，阿那瓌不是已经确实投降了吗？我们不应该再进攻了啊。"

拓跋弘脸色傲狠："蠕蠕贼寇现在已是惊弓之鸟，这些人畏惧武力而不怀德，杀他一阵，也让他们知道我们大魏军队的厉害，知道朕的厉害！冲！"

不得已，慕容白曜举起手中的令旗。顷刻之间，鼓声大作，北魏禁卫军骑兵作为前锋，如巨浪一般一波一波地开始策马发起冲锋。漫山的北魏黑旗随风飘扬，犹如云海激荡。在红色朝霞的映照下，这一朵又一朵黑色的狂云，挟着风雷般震耳欲聋的马蹄声呼啸而去。万匹战马奔腾，骑士们头上的铁兜鍪、身上的明光铠甲，以及战马身上的马铠，起起落落，映射出闪闪的耀眼光芒。两军交阵的瞬间，铁蹄踏地和铠甲撞击的声音交错着轰然响起，人喊马嘶，场面惊人！

在北魏军队的如此冲击之下，柔然军队几乎已经在意念上崩溃了。由于先前阿那瓌已明确向北魏投降，这些柔然骑士如今都失去了迎前抗击的信念。看着冲杀过来的北魏骑兵，他们纷纷拨转马头奔逃。

先前，这些柔然军士一路被高车人追击，已经疲乏至极。至此，再遭北魏生力军攻杀，立刻溃不成军，不成队列地一路狂逃，甚至几乎没有人回身发箭反击。

柔然军队，完全成了一群被北魏军队追击的猎物。铺天盖地的箭雨阵阵倾泻，不断有柔然将士被射伤射死而落马。北魏骑兵在后面紧紧追着，享受着"打猎"的乐趣，一刻不停地搭弓射箭。一路下来，许多人身上足以装百支箭的箭囊都空了。

北魏骑兵一直追杀了近二十里地，最后，还是甲骑具装的战马实在跑不动了，嘶叫着口吐白沫停下，同时因为箭矢已用完，北魏骑兵才停止了追击。最后，只有零星没有穿重铠的轻装骑兵还在追击，偶尔和敌人发生一些接触和厮杀。

很快，双方都基本停了下来。拓跋弘及手下的将领们骑马站在高坡上望去，可以看到无数柔然骑兵横尸旷野。除了人尸，还有大量的马尸，重重叠叠。已经发乌的血在地面蜿蜒流淌，有些地方冻住了，有些则渗入了黄白色的土壤。许多失去主人的马匹失魂落魄地在尸体之间行走，时不时低头啃食一下地面的枯草，再抬起头来时，就会露出它们满嘴的血污。地上还有不少没死的伤者在滚动挣扎，哀号着，一直到绝气……

　　太阳逐渐升高，从云层中投下万丈光芒，照耀着地面上的血腥战场。望着坡下那些刚刚经历了厮杀而烂泥翻腾的草地，看着那些柔然战士和马匹的尸体，拓跋弘一脸快意："嗯，这可比平时在平城打猎要好玩多了！"

第一百零五章 虐 杀

北魏与柔然接壤的边境地区。魏军富丽堂皇的皇帝大帐之前，密密麻麻跪倒一片柔然贵族。在他们身后，是大批的马拉车，上面满载金银宝物。拓跋弘高坐在辇车上，居高临下俯视着以阿那瓌为首的前来投降的柔然人。

阿那瓌是个二十岁出头的年轻人，面孔英俊，长身玉立，满头的辫发，身穿华丽的紫色袍服以及裤褶、长靴，袍服下面是金丝编成的软甲。他除了肤色稍显黝黑，长相和北魏的鲜卑贵族很像。

阿那瓌跪地行礼。虽然身为俘虏，但他音声洪亮："尊贵无比的陛下，我怀着奴仆般的敬意，向您跪地称臣！我们柔然人，如今恰似易凋的花束，静待您的雨露恩赐！"

阿那瓌旁边跪着的舌人迅速把他所说的话译成鲜卑语和华言，传达给拓跋弘。

没有任何平城宫内那样的繁文缛节，没有音乐，没有礼官引荐，看着百年巨寇柔然如今在自己座下俯首称臣，拓跋弘心中兴奋异常："朕已经赦免你们柔然先前的罪行！我们的大魏先头部队，已经大败你的对头丑奴所率的柔然部属，推立你的堂兄婆罗门为主，他现在自称'弥偶可社句'可汗……"

经过舌人翻译，听拓跋弘如此说，阿那瓌马上抬起头，面露焦急之色："陛下，'弥偶可社句'，在我们柔然语中是'安静'之意，可是婆罗门此人反复多端，绝非'安静'之人！希望陛下支持我，让我能够返回漠北称汗，永远做大魏和您的臣仆！"

拓跋弘从身边的宦者手里拿过一纸诏令，说道："阿那瓌，朕赐号给你，封你为敕连头兵豆伐可汗！"

阿那瓌闻言，思索了一下，赶忙叩首谢恩："谢陛下深恩！'敕连头兵豆伐'，在我们柔然语中的意思是'总揽全局'。既然陛下让我总揽柔然全局，我定不辜负陛下期望，为您扫平四方，世世代代做大魏的藩臣和奴仆！"

拓跋弘转身，低头对李崔轻声说："蠕蠕豺狼之心，何可专信！只暂让阿那瓌高兴一下，如今他称臣致款，确实要加以奖赏！"

李崔低声答言："方今蠕蠕已经降附，诚不足虑也，希望陛下尽快考虑日后大事，返军之前，把该做的事情都做了……"

入了夜，拓跋弘喝得有些微醺。在他身边，拓跋长乐、万安国、李崔、李长祥几人，似乎也都有些酒意。显然，这几个人已经饮酒多时。

慕容白曜和莫那娄进入帐内，跪地行礼。

拓跋弘面色沉郁，目光闪烁，脸上露出诡异的笑容："二位将军免礼！此次出军大胜，你们两个人功劳不小，来人，看酒！"

出乎慕容白曜和莫那娄的意料，帐内竟然没有宦者和军士伺候。拓跋长乐和万安国两个人，每人手执一壶，亲自为他们斟酒，拓跋长乐为慕容白曜执壶，万安国为莫那娄执壶。

李崔和李长祥分别把酒盏递给慕容白曜和莫那娄。二人跪在榻上，抑制住心中的诧异，高举酒盏致谢，而后仰头满饮。

然而，酒刚一入喉，慕容白曜就身子一软，瘫倒在榻上。此时莫那娄还没发觉自己的身体有什么异样，伸手过去扶慕容白曜。

慕容白曜面色大变，问："陛下，这又是为何……"

拓跋弘恨恨地说："慕容将军，功高不赏，朕只能让你死了！"

慕容白曜浑身没有一点力气，但仍然可以说话："陛下，君叫臣死，臣不得不死……可是，如果是臣有过错，大可返回大魏之后名正言顺地申明臣的罪状，门诛族灭，任您处罚。奈何现在赐臣药酒？"

拓跋弘冷冷地说："你哪里有罪状？娶太后的女官元华？做太后的心腹？这都不能成为罪状啊……"

慕容白曜痛心疾首："太后鞠养陛下，奈何您对她如此怨恨！恨憎相及于臣，臣无话可说。只是，您这酒是麻酒，为何不赐臣鸩酒！"

拓跋弘半醉之余，站起身来，一脚踢在了慕容白曜的头上："朕就不让你好死！建昌王，把他拉出帐外，砍掉他的双脚！"

拓跋长乐很听话，站起身来要把慕容白曜拖出去。慕容白曜身材高大，拓跋长乐拖了半天也没将他拖出帐。此时，看着一直匍匐在地、吓得浑身哆嗦的莫那娄，拓跋弘上前踢了他一脚："莫那娄，你去帮忙……"

莫那娄赶忙起身，帮着拓跋长乐拖慕容白曜出帐。趁着酒劲，到了帐外，拓跋长乐抽出腰刀，信手就砍掉了慕容白曜的两只脚。

饶是硬骨头大英雄，遭此剧痛，慕容白曜还是忍不住大叫了两声。他躺在土岗上，想起了自己和元华临别前的那一夜，还想到了他们那年方数岁的孩子。他心中涌起刀绞般的剧痛。即使如今被砍掉了双脚，这种肉体的伤痛他完全能够忍受。可记忆中任时间也模糊不了的那亲切的面容，让他忍不住忽然间热泪盈眶。他的心跳得非常厉害。他睁开双眼，那张因为剧痛而扭曲的脸上满是挣扎，竭力想在自己的记忆中最后再见一见元华抱着孩子，微笑着看他的模样……

记忆，硬将元华初次见到他时那张带着得意笑容的美丽脸庞推了出来——她扭回头来，两颊绯红，面若桃花，黑眼睛里面闪烁着火焰般的两团光芒，激情无限而又挑衅般地打量着自己；而她那两片红艳多情的嘴唇，在某一个夜里，在自己耳边悄悄倾吐着温柔又热烈的话语……

慕容白曜眯起眼，望着天上遥不可及的北极星。星星寒光闪闪，挂在漆黑的天幕上，非常刺眼。慕容白曜感觉到自己浓密的睫毛下，涌出了非常冰冷的泪花……

一瞬间，慕容白曜知道自己马上要死了。他哆嗦起来。他仿佛闻到了元华头发上那熟悉的淡淡的醉人香气。他叹息一声，整个人蜷缩起来，俯身趴在地上，微微张开鼻孔。他所闻到的，是山冈上那些陈积落叶的腐烂气味。而后，元华那靓丽无限的脸逐渐变得模糊，越发暗淡，像雾一般飘散开去。

在生命最后的一刻，慕容白曜努力睁开眼睛，盯着天边那颗越来越暗的北极星，把手掌放在临走时元华挂在他脖子上的佛牌上……

距离慕容白曜不远的草地上，李冲、李长祥父子出帐。盯着正发出最后的呻吟声的慕容白曜，李冲脸上露出了复杂的神情。

李冲心惊肉跳地说："陛下的性情真是暴戾异常啊！慕容白曜和他没有冤仇，不过是娶了他身边从小到大服侍的女官而已。唉，杀也就杀了，奈何出此惨杀之招啊。"

李长祥："我姊姊性情温顺，真不晓得陛下这性情出自何人？先帝的为人也不是这般残暴啊……父亲，陛下这种性格，颇似嬴政，一旦亲政，必能干成大事！"

李冲苦笑："也只能这样想了。我只是想，哪天我们父子若是得罪了他，虽然有骨肉至亲之情，估计下场也好不到哪里去……"

虐杀慕容白曜之后，莫那娄匍匐着爬入帐内。他俯首磕头，乞求道："陛下，奴才无罪！万望陛下恕臣一死！"

拓跋弘面无表情，说："如果你有罪，刚才你也死了！朕封你为领军将军，代替慕容白曜的职务！"

莫那娄有点不相信自己的耳朵，良久，他才叩头至出血，嘴里忙不迭地说："谢陛下恩德！谢陛下不杀之恩！"

拓跋长乐看着自己溅上了血的靴子，问："陛下，这慕容白曜死了，回程之后，该如何对太后交代啊？"

拓跋弘："嗯，就说他战死疆场……"

李崔："慕容白曜的夫人元华肯定会哭尸，到时候她发现慕容白曜的两只脚都断了，我们如何解释？"

万安国很有谋略，说："还是把慕容白曜的尸体和阵亡的兵士尸体一起烧化吧，弄点骨灰出来装在坛内带回，好过把尸体拉回去让他们看到。"

李长祥面露犹豫："按理说，慕容白曜这个级别的军将，又是济南王，尸体应该拉回去厚葬才对……"

拓跋弘想了想，说："那我们就对太后说慕容白曜的尸身被敌军砍得七零八落，只能烧化！朕回去亲自和太后说，朕还怕她不成！"

李崔："如今杀掉了慕容白曜，日后太后肯定会起疑。陛下，如今箭在弦上，不得不发，回朝之后，还要尽早把赵黑、李奕也除掉，剪除太后羽翼，那样您才能真正亲政啊！"

万安国也凑近，说："据报，太后近期一直在代郡温泉宫修养，回朝之后，趁着她不在京城，我们可以干许多事情！"

第一百零六章　构　陷

代郡温泉宫。黄昏降临了，天色非常昏暗。代郡温泉宫外，树林光秃秃的，风声呼呼作响，声音比在平城皇宫里要听得更清楚。冯婉华临窗，望着宫门处闪烁的灯火，脸上露出忧虑的神色。

在她背后，元华哭成了泪人。元蕊、慕容雪莲也都满脸是泪，陪在元华身边。

冯婉华轻声劝解："瓦罐不离井栏破，大将难免阵前亡！慕容将军这次北征阵亡，其实也在意料之中……不过，蹊跷的是，据军中使者来报，他这样的高级军将，竟然没人说得清他是在哪场战斗中阵亡的，这件事情确实奇怪。而且，慕容白曜是元华的夫君，再怎么说，陛下也应该派专使用军车护送他的尸身回京安葬……"

元华拭泪而止，语气渐趋平静："太后，我夫君为国尽忠，丧身疆场，是他的本分，是他的责任。只是，他死得这么不明不白，我心里真过不去！有些话，我也不敢多说，只是希望太后日后能够提高戒心，宫内多事，自兹而始……"

冯婉华："唉，如果赵黑在就好了！可惜他被皇帝派出巡查，在国内转悠大半年了。京城和军中的事情，没有赵黑，我可以说是完全丧失了耳目！元蕊，即刻传我懿旨，唤赵黑回京！"

太极殿内，拓跋弘独坐御榻。群臣在下。

李䜣出班，奏称："陛下，据宫臣讲，太极殿西序殿石之上发现了一颗灵菌，此乃吉兆之物，群臣理应称贺。"

拓跋弘大喜："此次朕出征得胜，蠕蠕畏服，高车送款，确实大吉大利！群臣有能歌赋者，自可一试身手，朕大大有赏！"

高闾、李奕等中书省官员面面相觑，都没有出班。

高允抗言道："太极殿发现的所谓灵菌，臣仔细观之，按察其形，乃庄子所谓'蒸成菌'者也。庄子又云'朝菌不终晦朔'，即言此菌乃蒸气郁长，朝不及夕！而其柔脆之质，凋殒速易，旬月之间，无需斧斤砍凿，必然凋衰零落。更何况，此类菌种，多生于墟落秽湿之地，殿堂高华硬地非常罕见。今太极殿极宇崇丽，墙筑工密，粪朽弗加，沾濡不及，而此菌竟然能够在西序生长，诚足怪异！野木生于朝堂，野鸟飞入宗庙，古人以为败亡之象。如今大魏国家，境外兵革不息。国内大旱跨时，民劳物悴。伏愿陛下节夜饮之忻，强朝御之膳，养方富之年，保金玉之性，则我们大魏国祚可以永隆，皇帝之寿等于山岳！"

拓跋弘腮边咬肌滚动，想要发作，忍了忍，微微一笑："令公还是老样子，贤臣进谏，诤言可听！唉，太后现如今在代郡，如果她当朝，肯定会大大奖赏令公一番啊……"

众臣散朝之后，拓跋弘单独留李䜣在殿内。君臣相对，良久无言。

李䜣身边，只有李崇、李长祥父子二人。

李䜣有些忐忑，问："陛下，为臣此次从相州回来述职，近日就要回州继续任职了，不知陛下有何教诲？"

拓跋弘定睛看着李䜣，忽然发问："李刺史，你身为我们大魏显官，位列上卿，官居大州，国家典刑，你应该明晓吧？"

李䜣："自然。臣在中书省多年，对于刑律法典，还是非常熟悉的。"

拓跋弘陡然变色道："据御史台奏报，卿在相州，大肆聚敛，贪污受贿，无所不为！"

李䜣闻言，顿时汗下如雨，脸色变得死白。

李崇在一旁冷冷言道："李刺史，在我们大魏，贪污是可以族灭的大罪啊……"

李䜣跪地叩首不止："臣贪冒是实，但臣忠心事主，天日昭昭！"

李长祥趁机进劝说："皇帝哀矜，李刺史如果按机行事，自可免祸！"

李䜣叩首出血："死生唯命！"

拓跋弘又诱导道："朕今欲诛李奕，卿可为此戴罪立功！"

李䜣闻言，跪在地上，眼珠乱转了好久，说："臣与李敷、李奕兄弟，族世虽远，情好甚笃！先前臣牵涉入乙浑一案，还是李奕为臣开脱……"

拓跋弘冷笑："如此说来，李刺史是甘心要受族诛之罪了？"

李䜣闻言，仔细思虑一会儿，又叩首求哀："臣不敢逆违圣意！待臣细思之……臣与李敷、李奕兄弟皆长久交往，可以攀附他们兄弟，但是，万望陛下可以先以罪罚臣，处以百鞭髡刑，言臣贪冒，配为厮役惩戒……而后，再伺机复臣官职……"

李䜣一席话，说得拓跋弘有些摸不着头脑。

李崔轻蔑一笑："陛下，李刺史之意，是您明天上朝的时候，先当众宣示李刺史有贪污的罪过，然后说朝廷在审讯他的时候，他交代了自己曾贿赂李敷、李奕兄弟，这就等于李氏兄弟也是贪污罪臣。至于李刺史，自供有功，可以轻罚，过后再复其官职……李刺史，你是不是这个意思啊？"

李䜣："诚如李侍中所言！"

拓跋弘恍然大悟："哦，如此一来，杀了李奕之后，太后也怀疑不到你的头上。好一个李䜣，果真是明智之人！"

说服李䜣之后，拓跋弘心内释然，迤迤然回到自己的万寿宫。元丽一边给拓跋弘更衣，一边祝贺："陛下，您此次得胜回朝，神威大震，再怎么样，太后也要还政于您了！"

拓跋弘志得意满："北征途中，朕已经把慕容白曜解决了，如今回朝，趁太后还在代郡，再干掉李奕！这厮胆大包天，竟然敢与太后通奸，污朕皇族门户！"

元丽闻言，手中活计稍停："陛下，这事一定要做得稳妥啊。太后毕竟还没有正式还政于您，她所恩养的大臣军将，遍布宫内宫外。您即使要诛杀李奕，也一定要做得有理有据。"

拓跋弘目光炯炯："李䜣已经自证，攀附李敷、李奕兄弟。"

元丽："最好是让李䜣攀附李敷为主，讲李敷贪冒受贿之余，欲图叛归南朝。如此，叛国乃族诛大罪，牵连而诛杀李奕，太后也说不出什么不是。如果只讲李奕受贿，名不正言不顺！"

拓跋弘眼睛一亮："元丽姐姐，你真是朕的帐内诸葛啊！你赶紧把孩子生出来，如果是男孩，朕即刻立你为皇后！"

元丽听皇帝如此说，依旧面无喜色，而是非常急切地嘱咐说："陛下切勿冒失，太后不是好对付的人，您千万小心！"

第二天早朝，太极殿内。

众臣刚刚入朝站定，礼官忽然携诏旨入内。

礼官高声宣读：

"相州刺史李䜣，贪冒受贿，本当门诛。念其首告李敷有功，免死处以杖刑！李敷贪污受贿，希冀国灾，私通南朝，罪大恶极！李氏一门，荷国重恩，本当竭股肱，岂料背信弃义，人神同疾！不施菹醢之诛，何彰大魏刑典！南部尚书李敷、李敷之弟李宪、李奕，李敷从弟显德、妹夫宋叔珍等人，皆坐关乱公私，伏法同诛！"

诏旨一出，大出群臣意料。一时之间，殿内鸦雀无声，就连京兆王拓跋子推和东阳公拓跋丕等宗室和王公贵族，也面露惶恐之色。

李奕似乎有所预料，高声抗言道："臣兄李敷，近年卧病在家，未涉国政，奈何会牵涉进与李䜣之间的贪冒之罪？"

拓跋弘火起，从御榻上起身甩袖，大喝一声："君臣无狱！胆大李奕，你还敢和朕对质吗！"

高允见事起仓促，不顾自己衰年之躯，跪地叩头死谏："臣闻上天爱物之生，明王重民之命，故杀一人而取天下，仁者不为！《周书》曰：父子兄弟，罪不相及！今李敷、李奕获罪，合族无辜，奈何加以极辟？李氏一族，或有忠臣，或有仁者，倘若如此淫刑，滥及诸人，杀忠杀仁，何以服天下万民！何以致信皇太后！希望皇帝止迅烈之怒，抑雷霆之威，不以人废言，不以罪族诛，留神省察！"

拓跋弘不听，竟然起身拂袖而去。

第一百零七章　哀　怒

代郡温泉宫。前来报信的刘睿一脸伤痛，对冯婉华说："太后，这是李长侍临死之时所赋之诗，是我当时在刑场，及时记诵抄下来的。"

冯婉华脸上没有任何表情："读！"

刘睿哽咽，读道：

"月逢霾而未皎，霞值月而成阴。望他乡之阡陌，非旧国之池林。山有木兮而蔽月，川无梁兮而复深。怅浮云之弗限，何此恨之难禁！心郁郁兮徒伤，思摇摇兮空满。思故人兮不见，神翻覆兮魂断。君之门兮九重门，余之别兮千里分。愿一见兮导我意，我不见兮君不闻。去上国之美人，对下邦之鬼蜮！知进退之非可，徒终朝以默默。愿生还于洛滨，荷天地之厚德！"

刘睿读毕李奕的绝命诗，转头再看冯婉华的脸，竟发现这个女人脸上没有一滴泪水。

秋天，没有热度的太阳在白云点缀似粼粼微波的天空中飘移着。平城的高空，风轻轻地吹着云片，却似一缕闲愁。皇宫内苑已经发黄的那些高树的梢头，忽然吹过大风，橡树和白杨高高的树冠被吹歪了，在周遭的山冈密林中掀起阵阵波涛，一时间卷起许多红叶，漫天飞舞和追逐。

冯婉华忽然问刘睿："刘太仆，我问你，李长侍是被斩首而死的吗？"

刘睿无比悲愤："李奕的兄长李敷和他弟弟等亲属，都是处斩，而李长侍，却独独被处以车裂之刑！五马分尸，极其痛苦！"

冯婉华如遭电殛，脸上瞬间掠过非常痛苦的表情。过了许久，她才说："好了，刘太仆，这些事情我现在都知道了，你退下吧……"

刘睿退下。

冯婉华站在庭院里面，若有所思。她用膝盖夹住自己厚厚的裙子，感受着在殿堂里外咆哮肆虐的狂风，一动不动。不久，她惊觉自己满脸泪水，冰冷一片。

元华轻轻走过来，搂住了她。不远处，元蕊、慕容雪莲也满脸戚容，望向这边。

冯婉华终于失声痛哭。她对元华说："我失李奕，汝失夫君，诚可哀痛啊……"

元华也哀痛至极："太后，养虎遗患，一至于斯！您真要当心啊！"

接到李奕死讯后的第三天，冯婉华才率领手下人众返回都城平城。

因皇帝得胜回朝，殿内殿外到处一派喜气洋洋。拓跋弘在御榻上高言："太后，儿臣此次出征大胜，蠕蠕可汗送款降附，百年巨寇，一朝土崩！"

冯婉华语气平缓，颜色和悦："皇帝此次北征，可算是旗开得胜。只可惜，众军还是有所损伤。你回朝之时，我恰好在代郡温泉宫休养。我听说，你还颁布了诏旨，为国除奸。皇帝外出征战这么久，回朝马上着手治理国政，真是不容易啊！"

冯婉华说话的时候，殿中群臣皆仔细观察着她和拓跋弘的表情。从表面上看，这对母子之间似乎没有任何嫌隙。

拓跋弘："是啊，母后，朕这次出征大胜，全赖将士舍生忘死，才得成大功。唉，可是其间兵将损失一万多人，多是因为天气寒冷而冻死的。最让人悲痛的还是济南王慕容白曜，阵前不幸，死于王事……幸好，他还有儿子慕容真安在，可以袭爵。"

冯婉华点头："是啊，慕容白曜将军，自少暨长，对国家勋勤备至。真是可惜了。"

母子二人说话间，大臣李䜣忽然出班，说道："慕容白曜策名王庭，受先帝、太后信用，累荷荣授，折冲敌国，开疆千里，拔城十二！辛勤于戎旅之际，契阔于矢石之间。如今扈卫皇帝北征，登锋履危，志存静乱，最终竟然在阵中殉忠死难！太后，陛下，我们大魏一定要对这样的忠勇之士重加奖赏啊……"

冯婉华看到了李䜣，故作惊讶状，问："李䜣？咦，我近日在代郡好像听说你因为贪墨之罪被门诛了，怎么还在朝班？"

冯婉华如此一问，殿内空气忽然如凝固了一样，一众王公大臣皆屏息静默。

李䜣嗫嚅半响，回答说："……臣戴罪立功，检举首告之后，陛下恕臣死罪，如今臣才依旧能够为太后、陛下效力！"

拓跋弘鼓足勇气，对冯太后说："禀告母后，幸亏李䜣举报了罪臣李敷！此贼近年装病在家，实际上一直和他的兄弟等亲属谋叛国家，私通南朝，罪大恶极。朕已下诏诛之！……此事未及禀报母后，儿臣有专擅之嫌，向您请罪！"

冯婉华表情平静如常，问："李敷之弟李奕，也牵涉到此案中了？"

拓跋弘佯作不明白其中细节，回道："李敷所犯乃族诛之罪！依据大魏刑律，其弟李奕也在被诛之列……"

冯婉华表情平静，点了点头："唉，这李长侍也很可惜，平时入宫顾问，才艺通博，无论是政事还是医术，都很精通。既然他的兄长李敷牵涉谋逆叛逃之案，想必皇帝也救他不得啊……"

拓跋弘听冯婉华如此说，又见她表情平静如此，心内非常惊奇。原本他以为冯太后会大怒，孰料她竟这般轻描淡写，她的这种反应，反而让拓跋弘内心有些慌乱。

高允在殿，想要出班说些什么。高闾在一旁牵了牵高允的袖子，高允止言。

宗室之中，拓跋子推、拓跋丕等人一直在察言观色，细细打量拓跋弘和冯婉华二人言语往来之间的表情和态度。

拓跋弘忽然又道："母后，朕这次北征大捷，为国除去大患，陪同官员和将士多有立功之人，我想封赠其中几个人的官职，不知母后以为如何？"

冯婉华的神色显得非常温和："当然可以啊。你想封谁啊？"

拓跋弘："儿臣想加皇叔京兆王拓跋子推为太尉；慕容白曜将军阵亡之后，我想封莫那娄为领军将军；加爵驸马万安国为安国王，领殿内尚书；加李崔为右仆射，掌管中书省；加皇兄建昌王拓跋长乐为侍中；加李长祥为宫内监，替代李长侍……大概就是这样了，不知母后认为如何？"

冯婉华即刻同意："皇帝，你这次出征回来，颇习政事，任人以贤以智，非常得当。令公，下朝之后，你马上让中书省按照皇帝意旨，下达诏命吧。"

高允行礼，表示领旨。

拓跋弘眉开眼笑："谢母后夸奖！"

忽然，面对群臣，冯婉华高声道："此次出征柔然，大胜凯旋。皇帝聪睿，从今日起，我决定还政于皇帝！"

殿内众臣听冯婉华如此说，皆大惊失色。

冯婉华接着说道："不过呢，我也提醒皇帝，帝王迭袭，盛衰无常。此次北征大胜，虽属天意，也是借助了将士们的人力！帝王重位，天命有在。希望皇帝能够一直心存社稷，公允平直，使得大臣们共相辅戴！"

拓跋弘喜出望外："朕以寡薄之德，受太后恩育，今日得以抚临万邦！朕愿与亿兆百姓同乐欢庆，大赦天下！"

拓跋子推出班道："为臣不才，徒以宗室之长，深受太后、陛下慈恩深念，屡获高职，不知何以为报！"

冯婉华："京兆王，你这太尉一职，乃是皇帝亲自口谕封给你的，你记住皇帝的深情厚意就好了。只要你能够尽忠皇帝，就足以报答皇帝对你的信任了！"

听冯婉华如此说，拓跋子推更是心怀惴惴。

拓跋弘得了便宜卖乖，低眉顺目地对冯太后说："朕仰恃慈明，才得以如今缉宁四海！太后归政之后，国家大事，朕都会上达太后知悉！诸臣有重大事宜，也可以直接向太后请示！"

冯婉华："这倒不必！如今我归政皇帝，自当规避后宫，颐养天年。对了，只有一事，安定王赵黑如今巡视四方之后归朝，便就让他负责宫内的殿中精甲吧。这样一来，我和皇帝就更能安心宫内之事，各自处理自己该处理的事情了。"

拓跋弘眼珠乱转，还是立刻回答说："母后明鉴！殿中精甲自然由安定王掌管最为合适！"

冯婉华忽然转移话题："昨日得报，皇帝所幸贵人元丽诞育皇子，真是我们国家之幸事！这个皇子，我会带入坤德六合殿亲自抚育。从此之后，我便含饴弄孙，其乐何极！"

拓跋弘听冯太后说起元丽，突然想起了什么似的，请求说："母后，儿臣初得皇子，您可否封赠其母元丽一个名号？"

冯婉华："元丽之子为皇帝嫡子，元丽可封左昭仪。"

拓跋弘有些发蒙，问："元丽之子，为朕嫡子？"

冯婉华："是啊。他是皇帝你的第一个皇子，如今你还没有皇后，左昭仪元丽所生皇子，当然是嫡子！"

拓跋弘咽了一口唾沫，问："……那么，我们大魏后宫子贵母死之制，不知母后是否能考虑废止呢？"

冯婉华正色对拓跋弘和满朝大臣说道："律有常规，国有常法。大魏宫廷制度，还是要按照祖制办理啊。皇帝，后宫之事，你就不要操心了，你把国政办好就是！"

第一百零八章　再行旧制

北征凯旋之后好长一段时间，因为在军中清除了慕容白曜，回朝又杀掉了李奕，拓跋弘的心情非常愉快，确信自己还是非常有能力把控朝局的。冯太后自代郡温泉宫回京之后，第一次上朝就当众表示归政于自己，并认同了自己对拓跋子推等人的任命，为此，拓跋弘更加开心。

现在，唯独让他感到忧心的，就是皇子诞生之后，左昭仪元丽的命运。

明媚的阳光，映照在花园里的松树和草地上。鸟雀依旧从早到晚不知疲倦地忙碌着，欢快地吵闹个不停。万寿宫内的花园里面，绝大部分的树木还是光秃秃的。但细细查看就可以发现，垂柳的枝头已经初吐新绿……

生下孩子之后，元丽的身材和相貌恢复得非常快。她朝气蓬勃，脸庞依旧靓丽迷人，眼神看上去也一如从前那般纯洁秀美。拓跋弘如醉如痴地端详着元丽的脸，却发现，现如今在她那略显纯真的眼光里，透露出深深的忧郁。

拓跋弘抚摸着元丽的纤纤玉手，说："元丽姐姐，前日上朝，太后封你为左昭仪，朕建议她废除子贵母死旧制，却被她当着满朝文武的面拒绝了……唉，我们刚要过上好日子，难道朕就要这样失去你吗？"

元丽面色煞白："太后肯定明白，她和李奕的奸情是我告诉您的。所以她才会这样报复我，当着朝臣的面表示要封我们的儿子为您的嫡子。如此一来，我必死无疑，她也算一报还一报！……陛下，难道您就坐视太后这样继续做下去吗？"

拓跋弘唉声叹气："元丽姐姐，朕总不能弑母吧……当初如果不是因为朕是太后的嫡子，朕也得不到这个帝位啊……别看朕杀李奕容易得很，可朕若是想对母后做出什么大事来，就是冒天下之大不韪……而且，宫内宫外的兵权，现在虽然都在我们自己人手中了，却唯独殿中精甲千把号人，依旧归赵黑统领，让朕不得不投鼠忌器……"

元丽望着殿前花园中的大片树林，阳光灿烂，显得更加迷人。她仰头，看见天空彤云四合。

年轻的拓跋弘和他的美人，如今似乎陷入了人生的泥泞中。所有的一切，沉浸在皇宫内这样不寻常的宁静中，渐趋柔和、昏暗。

白天，很快就要再一次沉入深邃又温暖的夜色，沉入飘浮不定的命运里。

元丽的声音有些颤抖，问："陛下，您可是大魏的皇帝啊，难道连我您都救不了吗？"

拓跋弘没有说话，棱角分明的脸上掠过一丝残忍又痛苦的表情。

元丽叹气："唉，陛下，我真的也不怪您，不过，我现在的心情，和您生母李贵妃当年的心情应该是一模一样的。只有真正设身处地，才能知道别人的痛苦到底是什么样的……唉，我真怀念小时候在南朝的生活，那么宁静，那么淳朴，现在每天晚上进入我梦乡的，都是我小时候所见的水田景色，还有一家人围坐在一起吃饭的场景……特别是像现在的早春天气，总会下雨，我家周围的花都会开放，雨中的空气都是芬芳的，很香很香……"

拓跋弘听着元丽说话。他皱着眉头，脑海中却根本没有出现元丽所描绘的那种沁人心脾的场景。沉思之中，他只感觉到自己和母后之间已完全没有了昔日的亲情，只剩下刻骨铭心的仇恨——而于他而言，帝国、军队、元丽、嫡子，所有这些东西，远比什么春雨、芬芳更令他上心……

拓跋弘搂住元丽的肩膀，劝慰说："元丽姐姐，要不，你再去坤德六合殿求一下太后？我们现在没有别的办法，她统领后宫，手里又掌握着所谓的祖制……"

坤德六合殿。花厅边的小路临水蜿蜒，路边长着槐树和椿树。冯婉华站在水边的亭子里，望着树上那些细嫩鲜绿的小树叶在微风中轻轻抖动。在她身后，站着抱公公、赵黑、元蕊，以及慕容雪莲。

冯婉华无比感慨地说："在大魏皇宫之内，我能够活到现在，一是有贵人扶持，比如赫连皇后，还有我的姑母冯昭仪，甚至是常太后；二是靠天命，靠运气；这第三，现在，就要靠我自己，靠你们的帮助了。"

赵黑看了看元蕊："我没有想到的是，元丽这个姑娘现在变成了这个样子。陛下在北征之后性情大变，他身边的人，越来越有主意了……"

抱公公："太后慈仁，可日后如果再不提防，宫内之事，堪忧啊。"

元蕊怯生生地问："太后，元丽是我家妹妹，我……您是否要遣我回家，回避一下呢？”

冯婉华："即使是一母所生的双胞胎，也会性情各异，更何况是你们这样的姐妹呢……元蕊，我一向用人不疑，疑人不用，你自可安心在我这里继续当你的女官，我也不相信你会和元丽之间暗通消息。"

元蕊跪地叩首："对太后，我只有一片忠心，别无其他！"

冯婉华忙扶起元蕊："让我感到伤心的是，皇帝从小由我养育成人，一朝翅膀硬了，竟然什么事情都能干出来。"

赵黑又看了一眼慕容雪莲，说："太后，您必须有万分的小心才是。我在军中的眼线告知，北征大军撤军之时，有人抬烧慕容将军的尸体，发现他的双脚是被齐茌砍断的，绝对不是在战斗中伤亡的样子。而且，尸体就在皇帝营帐旁边，也不是从战场上抬回军营的……由此可见，陛下身边的人，真能下狠手啊。"

抱公公："陛下回京之后，下诏族诛李敷、李奕兄弟，竟然还专门对李长侍五马分尸，这也是狠人才干得出的事！慕容将军和李长侍，人所共知，都是太后平素信用之人啊。"

赵黑："陛下虽然年轻，却做事果决不计后果，真的超出他那个年龄的人所该有的……如果他不是皇帝，干出这些事情，只能说明他太蛮干，没有经验；可如今他是皇帝，能够干出这些事情，就能看出他确实不一般！"

几个人正说话间，有宦者入报，元丽来见。

冯婉华不假思索，马上说："见！"

如今，元丽的身份已经是左昭仪，但她身后没有带任何从人，只身来见冯婉华。她的脸，依旧如从前一般美丽，只是神情显得非常疲惫。她身穿一件先前在冯婉华身边做女官时常穿的粉色长裙，手里拿着一串佛珠。

来到冯婉华近前，元丽下拜行礼。

冯婉华："昭仪啊，你为大魏诞育皇子，真是辛苦了！"

看到冯婉华身边有这么多人，元丽有些欲言又止。不过，她还是说道："如果没有太后的恩德，我也没有机会入宫；不入宫，更无机会为皇帝诞育皇子！奴婢对太后的深恩厚德，感激不尽！"

冯太后身边的元蕊，现在看着自己的这个妹妹，表情气鼓鼓的；慕容雪莲也没有了平素见到元丽时的那种亲切和温和。

冯婉华的表情依旧没有什么大的变化："你放心吧，孩子现在我这里，一切都好。有我专门挑选的乳母喂奶，还有十多个宫婢一起伺候着，孩子身体特别好……"

元丽眼中噙泪："孩子有太后惦念，臣妾自然放心！"

冯婉华冷冷言道："不过，根据我们大魏的后宫制度，元昭仪，你是不能见孩子的！"

元丽："这个事情，臣妾也知道……"

冯婉华："嗯，你毕竟在我身边也有那么久了，我相信你都知道。"

元丽咬牙，似乎下定了决心，说："太后，看在奴婢先前侍奉您那么久的分上，您能否开恩，留奴婢一命……"

元丽表情恍惚，犹如一个已经丧失理智的人在说着谵语。

冯婉华故作不解："元昭仪，我留你一命？你这样的语气，好像是我这个做皇太后的，存心要杀你要害你似的，怎么是我'留'你一命呢？"

元丽："不不，奴婢是说，您是否能够改变宫内子贵母死的制度……"

冯婉华："元昭仪，你都知道这是大魏宫内的制度，是祖制！我作为皇太后，就应该维持祖制，又怎么能够因为你曾经是我的女官而存私情杂念，去改变祖制呢！"

元丽默然久之。

绝望，有时候会让女人变得更加坚强。她拭泪而止，慢慢站起身来，目光变得坚定了许多："既然太后不能给我恩德，我也不说什么了……太后，那您能否告知，这祖制什么时候会降临到我身上？希望您能够给我一个确切时日，哪怕就是明天也好，省得奴婢天天提心吊胆……"

赵黑喝道："元昭仪，不得无礼！"

元蕊也在一旁怒斥："元丽，你太大胆放肆了！"

冯婉华挥手制止赵黑和元蕊："没事，让她接着说。"

元丽豁出去了："太后，我不怕死。我希望在我死后，您和陛下的母子关系能像从前那样好……您毕竟母养陛下那么多年，劳心费力，切勿因为小嫌而生仇隙啊。"

冯婉华冷笑数声："元丽，既然话都说到这个份上了，我也就明明白白告诉你，我对你恩德如此，是你全然不顾，竟然离间我和皇帝母子！"

元丽："我……"

冯婉华："不必多说，不必解释，你我都明白其中缘由！就仅仅离间我和皇帝这件事情，你都是族诛之罪！当然，皇帝宠你信你，还和你生下皇子，故而这么久以来，我都忍了！可即便如此，后宫这里，毕竟我还在，我还活着！没想到你竟然还有脸面前来求我废除旧制，真不知道你是怎么想的，岂复稍有人心！"

元丽犹豫片刻，再无顾忌，低吼道："如果太后自己行为端正，又哪里会有流言蜚语传到皇帝耳中！"

冯婉华听到此话，目中冒火，痛斥道："元丽，你这样的女人，一朝有孕得子，竟然就能猖狂至此！如果真让你活下去，很可能以后你随便找个机会都能把我这个皇太后弄死！"

元丽看到冯太后如此暴怒，心中生怯："太后息怒！奴婢知错了！"

冯婉华对赵黑高声发令："安定王，传我懿旨，明天你就到万寿宫，送元昭仪上路！"

第一百零九章　以退为进

万寿宫里，气氛沉郁。

拓跋弘泪眼未干。他站立在殿门处，看着来赐死元丽的赵黑等人的背影在宫门处消失。

"唉，朕身为皇帝，竟然连自己喜欢的嫔妃都保不住，情何以堪！"

万安国："陛下节哀！臣说句实话，太后赐死元昭仪，依循的是宫中祖制，也不是什么出人意料的事情。只是，太后如此急切，就显得非常不一般！以样还样，臣觉得太后这就是做给陛下您看的！"

拓跋弘："是啊，朕近日下诏族诛李敷、李奕，太后现在反应过来了，所以才立刻赐死了元昭仪……"

李崔："陛下，如今两宫之间算是撕破脸了，有些事情，希望您早做决断。"

李长祥："太后已经有懿旨发出，召源贺、刘尼等人入京。这些人都是军中老将，入了京城，肯定是心向太后的。"

拓跋长乐："该断不断，必留后患，陛下应该先发制人！"

拓跋弘摇摇头。如今他已经是一个思虑久长的青年，理智地分析道："这次北征得胜，朕确实在军中网罗了不少将领。但太后这么多年广施恩信，宫中军中她都根深脉广。朕先退一步再看……"

李崔听拓跋弘如此说，面露焦急之色："退一步？陛下，您如何退？"

太极殿。默然端坐御榻良久，拓跋弘面对满朝大臣，高声宣布道："朕如今亲政多日，深感朝政多烦，身心俱疲。国赖长君，朕想把帝位传给朕的皇叔，京兆王拓跋子推！如此，长君临位，才是我们大魏之大福！来人，传朕诏旨！"

礼官高声宣读："承蒙皇太后恩德，朕承洪业，运属太平，淮岱率从，四海清晏。然躬览万务，损颐神之和；一日荒旷，政有淹滞之失。朕希心玄古，志存淡泊。今考会群心，朕徙御崇光宫，传大位于皇叔京兆王！"

诏旨一宣，百官大惊失色。拓跋子推本人也大惊，赶忙跪倒在地："天下事大，陛下岂可如此轻率！"

高允色变声高，出班抗言道："陛下，如今天下太平，四海无事，岂能忽然禅让，上违宗庙，下弃兆民。而皇帝之位，父子相传，其来久矣。皇魏之兴，一向是父子家天下。皇太后钦定皇储正统，圣德凤章。陛下如果真要归养深宫，颐神清旷，那么储君有在，应传亲子。如果您轻移宸极，以皇帝之位授予叔父，绝非社稷之福！此行此举，必定骇动人情，人心思乱！皇帝之天下，乃祖宗之天下！陛下轻率，移动神器，上乖七庙之灵，下长奸乱之道，此是祸福所由，愿陛下深思慎之。"

听到皇帝如此当众宣布把皇位传给拓跋子推，拓跋长乐腮边咬肌滚动，愤愤不平之色溢于言表。他低声对万安国说："普天之下，哪里有皇帝把皇位禅让给叔父的！如果不是父子相传，就理应我们兄弟相及啊！"

万安国低声劝说："建昌王，你此时千万不要公开发表此议，免得成为这些大臣攻击的靶子！"

太尉源贺掀髯进谏："陛下如果想把帝位禅让于京兆王，臣恐春秋蒸尝，昭穆有乱！不仅会起乱于当代，也会贻笑万世之后！希望陛下能够奏请太后再临朝，处理国政，而非置国家于不顾，胡乱禅位！"

东阳公拓跋丕也有些着急："皇太子圣德凤章，虽然幼冲，还有皇太后可以听政临朝。如今陛下富于春秋，刚刚开始亲政，普天景仰，率土系心，奈何忽然出此策，不以天下百姓为意！"

刘尼："老臣在外镇已久，如今刚刚入京辅政，竟惊闻陛下要传位给皇叔，此事万万不可！不仅老臣认为不可，太后肯定也认为不可，天下人更认为不可！"

李崔也急了："陛下，令公、太尉、东阳公所言极是！您现在有皇太子了，即使您真的禅位，也应该传予太子啊！"

高闾："子有天下，归尊于父；父有天下，传之于子。皇帝可以传位于储君嫡子，践升大位。传位之后，您大可优游岁月，栖心佛道！由此，则大魏社稷安定，宏业有继！天下百姓，百官有司，肯定也会真心全意加以拥戴！"

李长祥非常积极地参与朝议，高声说："高侍郎所言极是！往昔三皇之世，淡泊无为，故称'皇'。汉高祖刘邦既称皇帝，尊其父为'太上皇'，以彰明尊父之道。如今储君幼冲，可上陛下尊号为‘太上皇帝’！如此，国家万机大政，陛下得暇，依旧可以统领！”

拓跋长乐低声对万安国说：“看看，这岛夷品性就是如此狡猾！李崔、李长祥父子，看他们急得，就怕皇帝禅让之后，他们就失去外戚帝舅之尊了。……”

坤德六合殿内。冯婉华坐在榻上，怀中抱着一只猫。抱公公、赵黑、刘睿三人侍立。

冯婉华沉思久之，说：“皇帝竟然来了这么一招，真是非同常人……难道他想以退为进，让我这个皇太后重新临朝听政，身边榻上，还要有一个怀抱中的孩子皇帝？”

刘睿：“是啊，太后，他就是为了让天下人对他产生同情感吧，让人觉得您是贪图权力，利用幼小童稚，以拥立新君的名义重新听政……”

赵黑：“太后您千万不要大意，兹事重大，定三思而后行！”

抱公公：“陛下虽然年轻，这一招确实老辣，出人意料……太后，千万不要麻痹大意！”

冯婉华语气之中满是沉痛：“第豆胤这个孩子，是我亲自从小养大的，从前真是完全看不出来他的心性。唉，如今他竟然有了这么大的本事和心机！他这才刚刚亲政，忽然又在朝堂上公开要禅位，真是步步紧逼啊。”

赵黑问：“太后，您如何应对呢？”

望着殿外清朗的夜空，冯婉华静思久之。璀璨的星空，似乎一下子照亮了冯太后的生命之途。她怀着无比坚定的信念，似乎在让星光澄净自己的灵魂。寂静之中，空气微微流动，她的心在剧烈地跳着。

“唉，这一切多么不真实啊！本来我退居后宫，想要静养神思，为了大魏，想慢慢和皇帝消除隔阂，还想着要为皇帝培育他新生的儿子，为国家培育新一代储君……可如今，我想安闲是不能了。既然他要禅位，就让他禅位！明天，我就带着他的儿子，带着娃娃皇帝，重新临朝听政！”

第二天早朝，北魏皇宫太极殿，冯婉华身着全套临轩华服，威严地坐于御榻之上。在她身边，跪坐着元蕊，怀中抱着小皇帝拓跋宏。

群臣礼拜，山呼万岁。

皇兴五年（公元471年），冯婉华再临朝，称太皇太后。孩童拓跋宏受拓跋弘禅位，即皇帝位，改年号为延兴。这位拓跋宏，就是历史上的北魏孝文帝。

第一百一十章　剑拔弩张

午后。

拓跋弘和他的外公李崔、舅父李长祥，以及心腹拓跋长乐、万安国围坐在一起，商议对策。

拓跋弘首先发言："真没想到，太后竟然敢再临朝！难道她不怕被国人视为吕后吗？"

李崔："陛下，我们大魏一直有子贵母死制度，鲜卑国人并不觉得有什么特别的。道武帝以来，有保太后、常太后的先例，大家也见怪不怪了。更何况，太后自先帝时期以来，与先帝并称'二圣'，群臣拥戴，恩信遍于天下，她才不怕别人怎么说她。"

拓跋弘有些后悔："如此说来，我先前禅位，是出了一个昏招？"

拓跋长乐："陛下，如果当时您禅位给皇叔京兆王，名不正言不顺，即使他真当了皇帝，也当不了几天。后来，您禁不住群臣建议，又把帝位禅让给了储君皇太子，但他年纪太小了，您等于把朝权全部交回给了太后……"

拓跋弘叹息良久："唉，还真不如当时我把帝位禅让给建昌王你呢，兄终弟及，还算能靠上古礼！这样，估计朝臣中反对的人就不多了……"

李崔："那也不一定。兄终弟及制度，只有商殷一朝施行过。从周朝开始，基本就没有这种情况了，都是父子家天下。"

万安国有些急躁："现在争论这些都晚了，到了这个地步，我们还是想想下一步到底该如何行动吧。"

拓跋长乐面露凶光，说："也不用再考虑别的了，趁着太上皇您现在还有莫那娄等人可用，抓住时机，让他率禁卫军攻入坤德六合殿，解决掉冯太后！"

拓跋弘面有不忍之色："冯氏毕竟是我的母后呀……"

李崔谏劝说："太上皇，大行不顾细谨，大礼不辞小让！都这时候了，要干大事还顾惜亲情或者身体，就什么事情也干不成！待再过几天，太后重新把宫内外的禁卫军以及京畿内的部队安排好，您就会成为被软禁的囚徒！至于我们这些人，身死族灭，肯定就是这个结局了！"

万安国也说："李仆射所言甚是！"

李长祥："当今之计，先对付赵黑这条阉狗！他掌握着殿中精甲，先把他骗来杀掉再说！"

拓跋弘问："接下来又怎么做呢？"

李长祥："现在您手中还有兵符，调集宫外兵马，以勤王为名，派人趁乱撞开坤德六合殿的宫门，解决冯太后！"

拓跋弘在殿内徘徊了好久，犹豫不决。

拓跋长乐还在一旁激劝说："太上皇，您再不决断，吾等就向冯太后自首算了！现在自首，不过是身死的罪过，还不至连累家人！"

拓跋弘小声说道："冯氏母养我十多年，不可以加以锋刃啊。我这里有西域鸩酒，极毒，先前用狱囚试过，入口即死，应该没有任何痛苦……"

拓跋长乐闻言大喜："陛下明断！"

拓跋弘问："谁去坤德六合殿宣赵黑？"

万安国自告奋勇说："我去吧……"

拓跋弘望着殿门外耀眼的阳光，咬牙言道："宣莫那娄率领高车禁卫军一部，入卫万寿宫！"

坤德六合殿内，冯婉华端坐御榻。

万安国由宦者引领，进入殿内。他向冯婉华行礼之后，宣拓跋弘的口谕："安定王赵黑，太上皇口谕，宣您到万寿宫议事。"

赵黑问："宣我何事？"

万安国："太上皇说，他马上要搬去崇光宫修佛颐养。临去之前，得和您商量一下万寿宫的扈卫移交之事，以及崇光宫的扈卫之事。"

冯婉华死死盯着万安国的脸，问："驸马，今天你敢到我宫里来，确实是胆大心细！太上皇派你来我宫里，真的要找安定王去商议扈卫之事？还是他有什么别的打算？"

万安国语气坚定，答言："太皇太后，太上皇吩咐臣来，臣不能不来！据臣所知，一切如常，确实没有别的事情，只为商议扈卫之事！"

赵黑也不怕冯太后对万安国翻脸，当机立断地对冯太后说："臣觉得事有蹊跷！"

冯婉华自言自语一般道："难道这么快，我们这位太上皇就要和我公开决裂了？"

刘睿："防人之心不可无，您手中有调动京畿军队的兵符，太上皇那里也有，但是刘尼、源贺将军看到双方兵符，肯定会听您的话，携带兵士入卫坤德六合殿！"

冯婉华："……好吧！"

赵黑叮嘱说："太皇太后，我一个时辰不回来，肯定就出事了。我走之后，您一定要严卫宫门，除了源贺和刘尼两个人，谁来您也不要开门，千万做足准备！一旦有任何失误，悔之无及！"

刘睿："安定王说得对！一旦太上皇急眼，说不定会派万寿宫内的禁卫军到这里硬来！"

临行前，赵黑急速召集了殿中精甲的几个军头，仔细向他们交代了一些事情。那几个军头唯唯，向赵黑躬身行礼。万安国正要随赵黑出殿，被赵黑阻止："万驸马，您先留在这里，等我回来之后，您再回万寿宫不迟。"

万安国面白如纸。

万寿宫。赵黑刚刚进入宫门，立刻就有几名身强力壮的兵士过来，裹挟着他进入殿内。而跟随赵黑的两个殿中精甲，立即被人解除了身上的兵器，刀抹脖颈，杀死在当地。

赵黑回头看了看，静了一下，表情倒没有多慌乱。而后，他叹息一声，静静地随着几个兵士进入殿内。

赵黑入殿，向拓跋弘行礼："拜见太上皇。"

拓跋弘嘿嘿一笑："赵黑，实话实说吧，我知道你是太皇太后多年的心腹，如今你掌握殿中精甲，我没办法留你活命，但从前你在宫内，一直对我还算不错，看在我们是老熟人的分上，我赐你一个好死！记住，你死之后，我绝不会牵涉你的家属，事成之后，对于你的家人，我也肯定会恩恤！"

赵黑："谢陛下。奴才其实也没有什么家属，在宫中，我一直是孑然一身。"

拓跋弘："哦，难怪你对太皇太后那么忠心耿耿，没有后顾之忧，一直以来，一点都没有向我投身的意思。呵呵，等太皇太后百年之后，我真正掌握国权，即便你得罪过我，你也并不怕被门诛或者族诛。"

拓跋长乐怒喝道："赵黑，你这条阉狗还算命好。呵呵，你就在地下等着吧，你的皇太后，很快也就去了，到时候你还可以在地下继续当她的奴才！"

赵黑瞧了一眼拓跋长乐，语气平静地劝说道："建昌王，别说这样大逆不道的话。太皇太后虽然与太上皇失和，毕竟还是太上皇的嫡母！当初若是没有太皇太后的养育，哪里有他今天的帝位！"

拓跋弘听赵黑如此说，眼神显得有些黯淡。

赵黑一脸虔敬，说："陛下，我都要死了，您能否告诉我，您下一步要做什么，奴才也为您出出主意。"

拓跋弘感到奇怪，问："你？你要为我出主意？"

赵黑向四周望了望，说："陛下，瞧您身边的这几个人，李崔、李长祥父子乃南朝降虏，万驸马、建昌王乳臭未干，京兆王才疏志小，哪里是成大事的人啊。"

拓跋弘笑了："赵黑，既然你都要死了，我告诉你也没事。我马上要派出京畿卫军去攻打坤德六合殿，而现在守卫我万寿宫的，又是莫那娄手下那些最忠实的高车禁卫军，此事万无一失！当然，我这里已经给太皇太后准备好了美酒一杯！"

赵黑："陛下，行事不可过于造次！"

拓跋弘："造次？"

赵黑："坤德六合殿外宫墙坚厚，门卫森然，还有我手下殿中精甲数千人扈卫。如今京畿卫军和高车禁卫军总不能大张旗鼓地强攻坤德六合殿吧，其间一旦有所闪失，陛下的境况堪忧。更何况，刘尼、源贺等人已经率领兵马在京城驻扎，一旦太皇太后有懿旨传出，您觉得，刘尼、源贺是听您的，还是听太皇太后的？"

听赵黑如此说，在场的拓跋弘、拓跋长乐、李崔、李长祥等人皆面面相觑起来。

拓跋弘拍案而起："我手中有调兵的兵符！"

赵黑实心实意地说："太上皇，您手中有兵符，太皇太后手中也有。可最主要的是，陛下，太皇太后手上还关于陛下您身世的重大秘密！"

拓跋弘又是一阵惊愕："我的秘密？"

赵黑："是的！就是您生母李贵妃的秘密！反正我都是要死的人了，也就不介意临死暴露这个秘密了。这份档案，是多年之前，也就是您出生前，我从掖庭狱拿到的。您的生母李贵妃，本是罪王永昌王拓跋仁府上的女眷……"

拓跋弘眼珠乱转，扭头看向身旁的拓跋长乐等人，问："那又如何？"

赵黑："根据我从掖庭狱拿到的档案，证明李贵妃在被先帝临幸前，其实已经有孕！"

拓跋弘忽然明白过味来，顿时暴怒，用手中的刀柄砸向赵黑的脸。

就这一下子，就把赵黑的左眼砸烂了。赵黑的脸上顿时流满鲜血，那颗被砸坏的眼珠从眼眶中流了出来，半耷拉在他脸上。

赵黑趴在地上喘息了一会儿，笑了："陛下，我猜您现在不敢马上攻杀太皇太后了吧……她藏有后手，先前她曾对我说，若哪天她忽然暴崩，立刻会有人向王公大臣、八座贵臣公布这个秘密……"

拓跋弘愤怒欲狂："你胡说！如果太皇太后真的死了，谁敢公布这份档案？！谁能公布这份档案？！哼，就算世上真有这份你们假造的档案……"

赵黑："太皇太后做这件事的后手到底是什么，她如何安排的，为臣也确实不知道了。可您知道的，太皇太后在宫内这么多年，非常谨慎深沉，您不是她的对手啊……唉，太上皇，我可是看着您长大的，别说您，当初太皇太后才六岁，也是老奴我亲自率领禁卫军护送她到京城来的。不过，她当时的身份是罪臣家属，是入宫来当宫婢的……"

李崔眨了眨眼睛，劝说拓跋弘："陛下，别听这个阉狗瞎扯别的事情！不管那份档案是真是假，我们还真不能仓促行事，最好先把太皇太后弄到手，找到那份假造的档案……"

拓跋长乐也说："对，先把冯太后那个老婢抓住，逼她说出来档案的下落，再逼她说出先前安排好的宣示途径。一切得手之后，对这个老婢杀之剐之，都是太上皇您一句话的事情！"

赵黑惨然一笑："好了，陛下您若是能听劝就好。我作为大魏忠仆，在宫内这么多年，伺候过几个皇帝了，到如今，我也算是对得起你们母子二人了……"

临死之际，赵黑想起了冯婉华。在他脑海中，浮现出从长安到平城路上的那个小姑娘的面容，浮现出入宫之后那个逐渐长成的女孩的面容，又浮现出她从贵妃到皇后再到皇太后这些年来的所有的模样……宫婢、宫女、贵妃、皇后、皇太后、太皇太后，这个女人身上的所有一切，都是那么美好而迷人！她那可爱而漂亮的脸庞，她那带着几分稚气的女性温柔，她那双明亮而又坚定的美丽眼睛，还有她个性中的坚忍与果决——所有的这一切，都让赵黑觉得自己值得为她付出生命！为冯婉华而死，如今成了赵黑人生中最为美好的事情。

在这么短的时间内，心神俱瘁，安定王赵黑的面容，忽然显得非常憔悴。殿中卫士不敢怠慢，两个人把赵黑死死按在原地。拓跋长乐走近，粗暴地把毫不抵抗的赵黑的头发揪住，掏出一把尖刀，准备割开他的脖子。

拓跋长乐用左手握刀，绕到赵黑脖子上，准备动手。赵黑温言好语地对拓跋长乐说："建昌王，我建议你用右手，那样你才使得上劲。你从前面切入我脖子上面那条大的血管，如果你的活儿够快够好，我死得也爽快些；别弄不好割到我的颈椎骨上面，那样一来，你费事不说，还有可能会割伤你自己的手指……"

拓跋长乐哼了一声，不过还是听从赵黑的建议，右手执刀，从左到右朝他的脖子用力割下。鲜血，顿时从拓跋长乐的手指缝中汩汩流出。

赵黑身体一软。拓跋长乐将他往前一推，赵黑倒在了地上。他艰难地嘟囔出最后一句话，模模糊糊的，似乎是在夸赞拓跋长乐的手法不错。

拓跋弘握紧手中的佛珠，低声黯然说道："唉，愿安定王早升极乐！"

拓跋长乐心急火燎："太上皇，接下来我们还有事情要做！"

拓跋弘对李崔、李长祥以命令的口吻说："烦劳二位，拿我手中兵符，即刻出宫去调京畿卫军。刘尼、源贺的军队，可以凭我兵符悉数调之。然后，让他们马上率人到坤德六合殿去，如果殿中精甲敢有反抗，全体消灭……"

迟疑了一会儿，拓跋弘从案子旁翻出一个水晶瓶，递给李崔："这是西域的鸩酒……记住！对太皇太后，切勿胡来！"

几人出发之后，拓跋弘无限焦急，坐立不安，在殿内殿外走走停停，一直止歇不住。

拓跋长乐也不停拔刀，又不停地把刀放入鞘中。

第一百一十一章　最后的角力

不久，忽然有大批武装人马出现在万寿宫门口，守门将领急忙骑马上前。仔细一看，为首的两位是源贺和刘尼。在他们身后，还有万安国以及李崔、李长祥父子。这三个人也都骑着马，不过，他们身边都有军士以利刃夹护。

更奇怪的是，源贺和刘尼到万寿宫来，身后所带的武装扈从竟有数百骑之多，并且都穿着铁铠，手执弓矢刀槊。

人马喧腾，一时之间，万寿宫宫里宫外，即刻都给惊动了。

宫门内忽然拥出十几个禁卫军。这些军士都没来得及披甲，手上却各自拿了弓箭。事起仓促，这些禁卫军抽出箭朝外面乱射。

这时候，骑马跟在源贺和刘尼身后的慕容雪莲出现了。她骑在马上，拉弓还击。嗖嗖声之中，不少人被射中。宫内的禁卫军本来就少，根本抵挡不住，很快就丢下死伤的几个同伴，朝宫里逃去。

此时，高车禁卫军首领莫那娄出现在宫门口。他看到源贺、刘尼所率领的京畿卫军非常多，兵器铠甲的撞击之声绵绵不绝，立刻对源贺和刘尼施军礼。源贺和刘尼骑马到近前，对莫那娄说了些什么。而后，源贺又指了指自己身后。

莫那娄往后面望去，竟然看到了冯婉华的銮驾。待他仔细再看，只见太皇太后冯婉华高坐辇上，元蕊、慕容雪莲背弓在背，马鞍两旁都挂着箭囊。其余的武装骑士，也都多带弓矢，气势汹汹。

莫那娄陷入沉思。很快，他一挥手，示意刚刚从宫内拥过来想要把守宫门的高车禁卫军让开道路。

浩浩荡荡地，源贺、刘尼等人率领大批人马进入万寿宫。随后，冯婉华的銮驾也进入。

路经宫门的时候，众人看到了地上躺着安定王赵黑的尸身，还有一摊已经发黑的血迹。

忽然听到宫外的喧哗声，拓跋弘和拓跋长乐赶紧来到殿门口张望。很快，他们看见万安国一个人出现在殿门口。

万安国低声说："陛下，事情已了，我把太皇太后带来了……"

听万安国如此说，拓跋弘长吁一口气。拓跋长乐来了精神，高声说道："把冯老妪带过来干什么，应该就在坤德六合殿杀掉，除贼先除王，一了百了！如今带过来，还给太上皇添麻烦！"

脚步声越发嘈杂，大批人马出现在拓跋弘和拓跋长乐的视线之中。莫那娄走在最前面，在他身后，冯婉华的銮驾出现。这位太皇太后神情严峻，元蕊、慕容雪莲、源贺、刘尼、刘睿等人都冷着脸跟从在銮驾旁边。

随着这些人越走越近，拓跋弘忽然感觉到事情有些不对劲。拓跋长乐也发现了情况异常，拔腿就想跑。

冯婉华朝慕容雪莲使了一个眼色。慕容雪莲急速摘弓搭建，一箭就把奔跑中的拓跋长乐的左腿射穿。拓跋长乐在地上翻滚着，辗转哀号。

拓跋弘站在殿门口正中，一脸惨白。

这时候，万安国方才走到拓跋弘身前："……臣深负陛下！"

在元蕊、慕容雪莲的扶持下，冯婉华下辇。

莫那娄急趋上前，走到冯婉华和拓跋弘附近，恭敬地站住。

拓跋弘气急败坏地对莫那娄骂道："你这个高车狗才，我让你护卫万寿宫宫门，奈何你竟卖我，以臣叛君！"

莫那娄躬身施礼道："太上皇，上有天，下有地，奈何您不敬皇母啊！您北征之时，当着我的面杀害慕容白曜将军，杀害无辜大臣，伤天害理。想当初乙浑作乱，如果没有慕容白曜将军，您危矣，太皇太后危矣，大魏天下危矣！更何况，此番我是受太皇太后懿旨而来，您怎能责我以臣叛君！"

拓跋弘又望着李崔、李长祥父子，问："我把兵符都给你们了，怎么还会坏事？"

冯婉华冷笑一声："太上皇，你忘了，你昨日已经宣布禅位，你手中的兵符，自然也就作废了！"说着，她瞟了一眼李崔，道："李崔，你在中书省这么久，这件事情都不知道吗……"

李崔、李长祥父子脸上都呈现出颓唐之色，低头不语。

静默久之，冯婉华忽然转身。她对着刘尼、源贺、莫那娄以及众多禁卫军将士说："众位退下！我和太上皇单独有话说！"

听冯婉华如此说，众人皆躬身施礼退下。万安国、李崔、李长祥等人，也都被带下。腿部中了箭，一直在地上哀号的拓跋长乐被四个高车禁卫军抬走。一个兵士嫌他吵闹，一拳打在他的脸上，把他打昏了过去。

冯婉华站在殿内，对面，是垂头丧气的拓跋弘。在冯婉华身后，只有元蕊和慕容雪莲侍立，她们皆有刀在身。

抬头观察，拓跋弘的眼神闪烁了一下。

冯婉华冷笑，说："第豆胤……太上皇，你也不必多想，我身后的元蕊、慕容雪莲，你对她们没有任何恩德可言。你不要还想着对我动手。一旦你动手，她们肯定会比你更快地动手！倘若如今是元华在这里，她从小抱你到大，还真有可能对你下不了手……"

拓跋弘叹息一声："我们母子一场，何以至此……"

冯婉华拿出先前拓跋弘交给万安国的水晶瓶，轻轻放在案子上，说："我们母子一场，还算你有一份孝心，为我准备了能让我快死的毒药，不想让我受罪。"

拓跋弘露出勃勃不屈之色："……儿臣诚负母后！不过，儿臣是为了大魏的江山社稷！"

冯婉华恨极，言道："不，你不是为了大魏的江山社稷！你完全是为了你自己，为了你自己的野心，为了你自己能够为所欲为！"

拓跋弘辩称道："这么多年，太皇太后虽然恩养我，但杀母之仇，我怎能忘记！"

冯婉华："汝生母李贵妃之死，当时完全是常太后所为。但凡你稍稍有心，去询问求实，此事许多人都知道！更何况，即使当初是我本人下令以旧制赐死汝母，你也不能记恨于我，这是大魏一向秉行的宫中制度！多年以来，我把你从一个吃奶的孩子养育成人，推干就湿之恩不报，你却对我反噬成仇！为人子，为人臣，你还算是人吗？！"

拓跋弘听冯太后这样说，眼中有泪："母后，我确实有不对的地方……您多年养育我的恩德，竟然最终成为我心中潜藏的仇恨，我确实让您伤心了……但是，"他看了看冯太后身后的元蕊和慕容雪莲，"您自己私德有亏，又对得起先帝吗！"

冯婉华斩钉截铁地说："此事全然和你无关！这么多年以来，我和你虽然不是血缘母子，但我一直待你如亲骨肉！谁想到，你却有这样的蛇蝎心肠！"

拓跋弘脸上恢复了傲狠的神情，对冯太后说："朕毕竟是大魏皇帝，是皇家血胤！但凡有辱先帝和列祖列宗者，朕定杀不赦，定斩不饶！"

冯婉华大声冷笑道："慕容白曜将军和你有何仇隙，你竟然对他如此残杀！你天性凉薄至此，怎敢称有德之君！……你扬扬自得自称是先帝之子，自称皇家血胤，好吧，我就给你看看这个东西！"

说着，冯婉华从怀中掏出一张发黄的纸张，递给了拓跋弘。拓跋弘接过，仔细看了一遍，面色顿时大变。

拓跋弘："母后，赵黑所说，竟然是真的？"

冯婉华郑重地点头："是真的。这个秘密，这么多年，只有我和他两个人知道。当初你生母李贵妃临死之前，我也给她看过这份东西。就是因为我保守了这个秘密，你才能以皇帝嫡子的身份得活世间，所以，她临死前其实对我感激不尽！"

至此，拓跋弘的精神一下子就完全垮掉了。

徘徊久之，拓跋弘似乎是在低声自言自语："先前赵黑说这件事情，我还以为是他临死前骗我，想为您争取活命的时间呢……"

冯婉华面色凝重："嗯，他告诉你这件事情，应该也有为我争取时间的意思……一个宦者都能如此忠勇，而你，身为人子人臣，竟然这样对待我！"

忽然，拓跋弘跪倒在地，向冯婉华叩头哀求不已。

冯婉华泪流满面。

拓跋弘抬起脸，满脸伤痛和悔恨。他低声说："母后，儿臣知错了！事已至此，儿臣不敢再与母后一起戴天踏地，只能以死谢罪！……不过，万望母后看在我们母子这么多年的分上，最后一次成全我，把我生母的这份档案给我吧，让我把这个秘密带入阴曹地府……"

又过了一段时间，冯婉华在元蕊、慕容雪莲陪同下，走出了万寿宫。

一众禁卫军护送冯婉华登上銮驾。同一时间，源贺、刘尼的京畿卫军包围了万寿宫。

嘈杂声中，拓跋弘的手发着抖，持烛烧掉了那份记录着他生母李贵妃月信的发黄发脆的档案。

他痛极无泪的脸上没有表情。呆呆坐了一会儿，这位年轻的太上皇慢慢拿起案子上的毒酒。犹疑了片刻，毅然决然地仰头喝下……

北魏皇宫太极殿内。

太皇太后冯氏再度临朝。

年幼的孝文帝拓跋宏正式继位。

群臣朝拜。外国使者亦入朝拜贺。

北魏宫廷礼官当众宣布，太上皇拓跋弘因病暴崩，冯太后拥立孙子拓跋宏即位，改元太和，并重新临朝称制。

此后，冯太后扶持孝文帝执政长达十四年，整顿吏治，立三长制，在国内实行均田制。在冯太后的亲自教育与监督下，孝文帝拓跋宏手不释卷，孜孜以求。

太和十四年（公元490年），冯太后因病崩逝，被孝文帝追谥为"文明皇太后"。而后，孝文帝遵冯太后遗志，全面改革鲜卑旧俗，移风易俗，迁都洛阳，改鲜卑姓为汉姓，拓跋皇族也改姓为"元"。孝文帝所有这些举动，推动了北魏经济、文化、社会、政治等的全面发展，极大缓和了北魏各民族之间的关系，史称"太和改制"。

当年，就在冯太后再临朝之际，曾出现这样一幕：

南齐使者、骁骑将军刘缵和来降的柔然可汗阿那瓌，同时进入太极殿正殿，作为外国使者团之首，朝拜坐在御榻上的冯太后和当时还是孩童的北魏孝文帝拓跋宏。

南朝齐国使者刘缵相貌酷似李奕，柔然可汗阿那瓌相貌酷似文成帝拓跋濬。

看到这两个人的刹那，冯太后泪眼迷离！

由此，她追忆起了自己的似水华年，追忆起点燃了她生命的那两个俊美的男人，追忆起了她那已经逝去的如烟似幻的少女和青年时代……